S0-BKH-903

안나 카레니나 1

Анна Каренина

세계문학전집 219

안나 카레니나 1

Анна Каренина

레프 톨스토이

연진희 옮김

민음사

원수 갚는 것은 내가 할 일이니, 내가 갚겠다.[*]

로마서 12:19.

차례

1부   11
2부   257

2권 차례

3부   9
4부   249
5부   421

3권 차례

6부   9
7부   251
8부   457

작품 해설   561
작가 연보   584

주요 등장인물

안나 카레니나 스테판 오블론스키의 여동생이자 카레닌의 아내로, 브론스키와 사랑에 빠진다.

알렉세이 알렉산드로비치 카레닌 유능한 고위 관리이며 아내인 안나보다는 20년 연상이다.

알렉세이 키릴로비치 브론스키 부유한 백작으로 안나와 사랑에 빠진다.

스테판(스티바) 오블론스키 유흥을 좋아하는 젊은 공작.

다리야(돌리) 알렉산드로브나 스테판의 아내.

콘스탄친(코스챠) 드미트리치 레빈 시골에서 조용히 농지를 돌보며 사는 귀족으로 키티에게 구혼한다.

카체리나(키티) 알렉산드로브나 다리야의 여동생으로 브론스키와 레빈 사이에서 갈등한다.

세르게이 이바니치 코즈니셰프 레빈의 동복형.

니콜라이 이바니치 레빈 레빈의 친형.

알렉산드르 안드레이치 키티의 아버지인 노공작.

세르게이(세료쟈) 안나의 아들.

일러두기

1. 번역 대본은 프라브다 판 톨스토이 전집(1987. 총 12권) 7, 8권에 수록돼 있는 Анна
Каренина이다.
2. 러시아어 고유 명사와 도량법 표기는 국립국어원의 외래어 표기법을 따르는 것을 원
칙으로 하였다. 다만 발음상 편의를 위하여 구개음화를 적용하였고(카체리나, 콘스탄친,
미챠 등) Ш(쉬), Щ(슈), С(스), З(즈), Ж(쥬)를 구분하여 표기함으로써 'ㅅ'와 'ㅈ'의 음가
를 세분하였다. 다만 영어를 비롯한 외국어에서 차용한 러시아어에는 구개음화를 적용
하지 않았다.(키티, 스티바 등)
3. 본서의 고딕체와 ( ) 부분은 원문을 따랐다.
4. 톨스토이가 원문에 쓴 프랑스어, 영어, 독일어 표현은 러시아 사교계의 언어 사용을
생생하게 표현하기 위해 이 책에서도 원어 그대로 실었고 옮긴이 주에 그 뜻을 번역하
였다.
5. 작품 속 성경 텍스트는 대한성서공회가 간행한 『성경전서』(표준새번역판, 1993)에서
인용하였다.

1부

1

행복한 가정은 모두 모습이 비슷하고, 불행한 가정은 모두 제각각의 불행을 안고 있다.

오블론스키의 집은 모든 것이 뒤죽박죽이었다. 아내는 남편이 전에 자기 집의 가정교사로 있던 프랑스 여자와 바람이 난 것을 알아차리고, 남편에게 더 이상 한집에서 살 수 없다고 선언했다. 이런 상황이 벌써 사흘째 이어지자, 당사자인 부부뿐 아니라 다른 가족과 하인들까지 못 견디게 괴로웠다. 가족과 하인들은 모두 오블론스키 부부가 함께 사는 것이 무의미하다고 느꼈다. 심지어 여인숙에서 우연히 만난 사람들도 오블론스키 가의 부부, 가족, 하인들보다는 사이가 더 좋을 거라고 그들은 생각했다. 아내는 자기 방에서 한 발짝도 나오지 않았고, 남편은 사흘째 집에 들어오지 않았다. 아이들은 부모 잃은 고아처럼 온 집 안을 뛰어다녔다. 가정교사인 영국 여자는 가정부와 다투더니 친구에게 새 일자리를 구해 달라는 편지를 썼다. 요리사는 어제, 그것도 저녁 식사 시간에 맞춰 집을 나가 버렸다. 그리고 허드렛일을 하는 하녀와 마부는 급료를 계산해 달라고 성화였다.

부부 싸움이 벌어진 지 사흘째 되는 날, 스테판 아르카지치 오블론스키[1] 공작 ─ 세간에서는 그를 스티바라고 불렀다 ─ 은 평상시처럼 아침 8시에 눈을 떴다. 그가 누운 곳은 아내의 침실이 아닌, 자기 서재의 모로코산(産) 가죽 소파 위였다. 그는 소파의 스프링 위에서 온실 속의 화초처럼 연약한 살진 몸뚱이를 뒤집어 돌아눕더니, 다시 한숨 푹 자고 싶은지 베개를 꼭 끌어안고 거기에 뺨을 파묻었다. 그러다 갑자기 벌떡 일어나 앉아 눈을 떴다.

'그래, 그러니까, 어떻게 됐더라?' 그는 꿈을 떠올리며 생각에 잠겼다. '그래서 어떻게 됐지? 맞아, 알라빈이 다름슈타트에서 만찬을 베풀었지. 아냐, 다름슈타트가 아니라 미국풍의 장소였는데. 그래, 다름슈타트는 미국에 있지. 맞아, 알라빈이 유리 테이블에서 만찬을 베풀었어. 그래, 그리고 그 유리 테

---

1) 러시아의 인명은 '이름, 부칭(아버지의 이름+-에비치, -오비치), 성'으로 표기한다. 여성의 부칭과 성에는 특별한 접미사가 붙는다. 부칭일 경우엔 ─예브나, ─오브나가 붙고, 성에는 ─아, ─아야 등이 붙는다. 가령, 알렉산드르 쉐르바츠키 공작의 딸들의 이름은 다리야 알렉산드로브나 쉐르바츠카야, 카체리나 알렉산드로브나 쉐르바츠카야가 되는 것이다. 그런데 부칭은 ─에비치, ─오비치 대신 ─이치로 축약해 부르기도 한다. 그래서 스테판 아르카지예비치를 스테판 아르카지치로, 뒤에 등장할 레빈의 맏형 세르게이 이바노비치를 세르게이 이바니치로 부르기도 한다. 단, 결혼한 여성의 경우에는, 아버지의 성 대신 남편의 성에 '─아, ─아야'를 붙인 성을 갖게 된다.

이블들이 노래를 불렀어. 「Il mio tesoro」[2]였지. 아니, 「Il mio tesoro」가 아니라 더 멋진 노래였는데. 그리고 유리로 된 작은 술병들이 있었어. 그 술병들은 모두 여자였고.' 그는 기억을 더 듬었다.

스테판 아르카지치의 두 눈이 명랑한 빛으로 반짝이기 시작했다. 그는 미소를 지으며 다시 생각에 잠겼다. '아, 멋있었어. 정말 좋았지. 또 거기에는 굉장한 것들이 많았어. 말로 표현할 수 없고, 현실에서는 상상조차 할 수 없는 것들이었지.'

그는 나사 커튼 사이로 새어 든 한 줄기 빛을 보고는, 즐거운 마음으로 소파에서 다리를 내리고 아내가 지어 준 슬리퍼를, 금빛 모로코 가죽으로 테를 두른 그 슬리퍼를 두 발로 찾았다.(아내가 지난해에 생일 선물로 지어 준 것이었다.) 그리고 9년 동안 몸에 밴 오랜 습관에 따라 그 자리에 그대로 앉은 채, 그의 침실에서 늘 실내복을 걸어 두는 곳으로 손을 뻗었다. 그는 그제야 갑자기 자기가 왜 아내의 침실이 아니라 자신의 서재에서 잠들었는지 생각해 냈다. 그의 얼굴에서 미소가 사라졌다. 그는 이마를 찌푸렸다.

"아, 아, 아! 아아……!" 그는 그동안 일어난 모든 일을 떠올리며 신음소리를 냈다. 그러자 머릿속에 아내와 싸울 때의 세세한 장면, 꼼짝달싹할 수 없게 된 자신의 처지가 새삼 떠올랐다. 특히 자신의 잘못을 떠올리자 못 견디게 괴로웠다.

---

2) '나의 보물.'(이탈리아어). 아마도 모차르트의 『돈 조반니』 가운데 2막 2장에서 돈 오타비오가 부르는 「내 연인을 위해(Il mio tesoro intanto)」를 가리키는 것 같다. 이 아리아에 "그사이 나의 사랑하는 사람을 위로해 주시오. 내가 원수를 갚았다는 말을 전해 주시오."라는 대목이 있다.

'그래! 아내는 용서하지 않을 거야. 아니, 용서할 수 없겠지. 가장 끔찍한 건, 모든 원인이 내게 있는데도, 내가 잘못하긴 했어도, 그렇다고 해서 내 책임은 아니라는 거야. 여기에 모든 드라마가 있지.' 그는 생각했다. "아, 아, 아!" 그는 그 다툼에서 가장 고통스러웠던 순간을 떠올리며 절망적인 어조로 중얼거렸다.

무엇보다 불쾌했던 것은 최초의 순간이었다. 그가 아내에게 줄 큼직한 배를 들고 즐겁고 흐뭇한 기분으로 극장에서 돌아왔을 때였다. 아내는 응접실에 없었다. 아내가 서재에도 없자 그는 깜짝 놀랐다. 그리고 마침내 침실에서 그는 그 모든 것을 폭로한 불행의 편지를 손에 든 아내를 발견했다.

그녀가, 언제나 걱정이 많고 부산스럽고 다소 멍청하다고 생각했던 돌리[3]가, 손에 편지를 쥔 채 꼼짝 않고 앉아 공포와 절망과 분노가 뒤섞인 표정으로 그를 바라보았다.

"이게 뭐죠? 이것 말이에요." 그녀는 편지를 가리키며 물었다. 이 회상 장면에서 스테판 아르카지치를 괴롭힌 것은, 흔히 있는 일이긴 하지만, 사건 자체보다 자신이 아내의 말에 보인 태도였다.

그 순간, 갑자기 너무나 부끄러운 일을 들킨 사람들에게 나타나는 현상이 그에게 일어났던 것이다. 그의 죄가 드러난 지금, 그는 아내 앞에서 자신이 처한 상황에 어울리는 표정을 지을 수 없었다. 화를 내거나 부인하거나 변명하거나 용서를 빌거나 차라리 태연했더라면 좋았을 텐데. 어떻게 했든 그가 한 행동보다는 나았을 것이다. 그러나 그렇게 하는 대신, 그의 얼

---

3) 다리야의 영어식 애칭. 러시아식 애칭은 돌렌카, 돌린카, 다센카 등이다.

굴은 완전히 무의식적으로(생리학[4]을 좋아하는 스테판 아르카지치는 '뇌신경의 반사작용'이라고 생각했다.) 그야말로 완전히 무의식적으로 갑자기 평상시의 선량한 미소를, 그 선량함 때문에 철없어 보이는 미소를 지었다.

그 철딱서니 없는 미소는 그 스스로도 용서할 수 없는 것이었다. 그 미소를 본 돌리는 육체적인 고통이 엄습하기라도 한 듯 부들부들 떨더니 격렬한 분노를 터뜨리며 지독한 말을 퍼붓고는 방에서 뛰쳐나가고 말았다. 그때부터 그녀는 남편을 보려 하지 않았다.

'이게 다 그 멍청한 미소 때문이야.' 스테판 아르카지치는 생각했다.

"하지만 어떻게 해야 하지? 어떻게 하나?" 그는 절망에 빠져 중얼거렸지만 해답을 찾을 수 없었다.

---

4) 1863년에 I. M. 세체노프가 『뇌의 반사작용』이라는 책을 출간했다. 당시 러시아에서는 유물론적 생리학에 대한 관심이 높았다.

2

스테판 아르카지치는 스스로에게 솔직한 사람이었다. 그는
자신을 속이지 못했고, 자신의 행동을 후회한다고 스스로에
게 단언하지도 못했다. 여섯 해 전쯤 처음으로 부정을 저질렀
을 때 후회하던 것에 대하여, 이제 그는 후회하지 않았다. 그는
쉽게 사랑에 빠지는 서른네 살의 미남인 자신이 다섯 아이와
죽은 두 아이의 어머니이자 자기보다 겨우 한 살 적은 아내를
더 이상 사랑하지 않는 것에 대해 후회하지 않았다. 그는 다만
아내에게 자신의 부정을 더 잘 속이지 못한 것에 대해 후회했
다. 그러나 그는 자신의 괴로운 처지를 충분히 절감했고, 아내
와 아이들과 자신이 가엾다는 생각을 했다. 그 소식이 그녀에
게 그토록 강한 충격을 줄 거라고 생각했다면, 어쩌면 그도 자
신의 죄를 아내에게 더 잘 감출 수 있었을지 모른다. 그는 결
코 그 문제를 깊이 생각한 적 없었고, 다만 막연히 아내가 오
래전부터 자기의 부정을 알면서도 모른 척하는 거라고 여겼을

뿐이다. 심지어 그는 더 이상 아름답지도 않고 나이도 많고 쇠잔한 그녀가, 뛰어난 구석이라고는 전혀 없이 그저 선량한 가정주부에 지나지 않는 평범한 그녀가 공정심을 발휘하여 관대함을 보여야 한다고 느꼈다. 그러나 상황은 정반대였던 것이다.

"아, 끔찍해! 아아, 아아, 아아! 끔찍한 일이야!" 스테판 아르카지치는 계속 똑같은 말만 되풀이할 뿐 아무런 묘안도 생각해 내지 못했다. '그 일이 있기 전에는 모든 것이 얼마나 순조로웠던가, 그리고 우리는 얼마나 잘 지냈던가! 아내는 아이들에게 만족하며 행복해했고, 나는 무슨 일이든 아내를 간섭하지 않은 채 아내가 아이들과 집안 살림에 전념하도록 내버려 두었지. 사실, 상대가 우리 집 가정교사였다는 점은 과히 기분 좋은 일이 아냐. 볼썽사나워! 자기 집 가정교사를 쫓아다니다니, 어딘지 모르게 진부하고 저속한 구석이 있어. 하지만 그녀는 얼마나 멋진 가정교사였던가!(그는 mademoiselle[5] 롤랑의 교활한 검은 눈동자와 미소를 생생하게 떠올렸다.) 그래도 그녀가 우리 집에 있는 동안에는, 나 역시 아무 짓도 하지 않으려 했어. 그런데 더욱 나쁜 건, 그녀가 이미……. 이 모든 일이 마치 의도적으로 이루어진 것 같아. 아, 아, 아! 아아아아! 하지만 도대체 어떻게, 어떻게 해야 하지?'

달리 해답이 없었다. 지극히 복잡하고 도저히 해결할 수 없는 모든 문제에 대해 삶이 부여하는 그런 일반적인 대답만 있을 뿐이었다. 그 대답이란, 그날그날의 요구에 따라 살아가는 것, 즉 잊어버리는 것이다. 더 이상 잠으로 잊을 수는 없다. 적

---

5) '마드무아젤.'(프랑스어)

어도 밤이 올 때까지는, 유리 술병 여인들이 부르는 노래로 되돌아갈 수 없다. 그러니 삶의 꿈으로 잊는 수밖에 없다.

"이제 곧 알게 되겠지." 스테판 아르카지치는 혼잣말을 했다. 그리고 자리에서 일어나, 하늘색 명주로 안감을 댄 회색 할라트6)를 걸치고 허리끈을 아무렇게나 묶고는 떡 벌어진 가슴으로 공기를 한껏 들이마셨다. 그리고 뚱뚱한 체구를 아주 거뜬히 싣고 다니는 구부러진 두 다리로 평상시처럼 활기차게 걸으며 창문으로 다가간 후, 커튼을 걷어 올리고는 요란스럽게 벨을 울렸다. 벨이 울리자마자, 오랜 벗이자 시종인 마트베이가 옷과 부츠와 전보를 들고 들어왔다. 마트베이를 뒤따라 이발사가 면도 도구를 들고 들어왔다.

"관청에서 서류가 왔나?" 전보를 받아 든 스테판 아르카지치가 거울 앞에 앉으며 물었다.

"책상 위에 있습니다." 마트베이는 동정 어린 눈빛으로 뭔가 묻고 싶은 듯 주인을 흘깃 쳐다보았다. 그리고 잠시 후 교활한 미소를 덧붙였다.

"삯마차 주인이 사람을 보냈습니다."

스테판 아르카지치는 아무 대답도 하지 않고 거울에 비친 마트베이를 힐끔 쳐다보았다. 거울 속에서 마주친 그들의 시선에서, 그들이 얼마나 서로를 잘 아는지 엿보였다. 스테판 아르카지치의 눈빛은 마치 이렇게 묻는 것 같았다. '왜 그런 말을 하지? 정말 몰라서 그러는 거야?'

마트베이는 모닝코트 주머니에 두 손을 찔러 넣고 한쪽 다

---

6) 실내복으로 이용되는 헐렁하고 긴 상의.

리를 벌린 채, 선량한 표정으로 알 듯 모를 듯 말없이 미소를
지으며 주인을 바라보았다.

"일요일에 오라고 했습니다. 그때까지는 주인님을 성가시게
하지 말고 공연히 헛걸음하지 말라고 일렀습니다." 아마도 그
는 할 말을 미리 준비해 둔 것 같았다.

스테판 아르카지치는 마트베이가 우스갯소리로 주의를 끌고
싶어 한다는 것을 깨달았다. 그는 전보의 겉봉을 뜯은 후, 언
제나처럼 오자(誤字)를 짐작으로 정정해 가며 전보를 읽었다.
곧 그의 얼굴이 환하게 빛났다.

"마트베이, 내 누이 안나 아르카지예브나가 내일 온다는군."
그는 이발사의 포동포동하고 반질반질한 손을 잠시 멈추게 하
고 이렇게 말했다. 이발사는 길고 굽실굽실한 구레나룻 사이로
장밋빛 길을 내던 참이었다.

"고마운 일이군요." 마트베이가 말했다. 그는 주인과 마찬가
지로 이 방문의 의미를 잘 알고 있었다. 스테판 아르카지치의
사랑스러운 누이 안나 아르카지예브나는 부부의 화해를 도울
수 있을 것이다. 마트베이는 이 대답으로 자신이 그 방문의 의
미를 잘 알고 있음을 넌지시 알린 것이다.

"혼자 오십니까, 아니면 남편분과 함께 오십니까?" 마트베이
가 물었다.

스테판 아르카지치는 이발사가 윗입술 주위를 면도하고 있
어 대답할 수 없었다. 그래서 손가락 하나를 들어 올렸다. 마트
베이는 거울을 향해 고개를 끄덕여 보였다.

"혼자 오시는군요. 위층에 방을 마련해 둘까요?"

"다리야 알렉산드로브나에게 어디에 방을 마련할지 물어

봐."

"다리야 알렉산드로브나 마님에게요?" 마트베이는 미심쩍은 듯 되물었다.

"그래. 아내에게 물어봐. 여기 전보를 가져가. 그리고 아내와 방에 있는 다른 사람들이 뭐라고 하는지 전해 줘."

'마음을 떠보려나 보군.' 마트베이는 주인의 마음을 알아차렸다. 하지만 그는 그저 이렇게 말할 뿐이었다.

"알겠습니다, 주인님."

마트베이가 손에 전보를 든 채 부드러운 양탄자 위로 부츠를 삐걱거리며 느릿느릿 방으로 돌아왔을 때, 스테판 아르카지치는 이미 세수를 하고 머리를 깨끗이 빗은 후 막 옷을 갈아입으려는 참이었다. 이발사는 이미 방에서 나가고 없었다.

"다리야 알렉산드로브나 마님이 외출할 거라고 전해 드리랍니다. 그리고 그이, 그러니까 주인님이 좋으실 대로 하라고 하셨습니다."

그는 눈으로 실실 웃으며 이렇게 말했다. 그리고 두 손을 호주머니에 찔러 넣고 고개를 옆으로 기울인 채 주인을 응시했다.

스테판 아르카지치는 잠시 침묵했다. 잠시 후 그의 잘생긴 얼굴에 선량하면서도 다소 가련해 보이는 미소가 떠올랐다.

"그래, 자네 생각은 어때?" 그는 머리를 가볍게 끄덕이며 말했다.

"다 잘될 겁니다, 주인님." 마트베이가 말했다.

"잘될 거라고?"

"그럼요."

"그렇게 생각한단 말이지? 거기 누구야?" 스테판 아르카지치는 문밖에서 여자의 옷자락 스치는 소리를 듣고 물었다.

"저예요." 강인하고도 경쾌한 여자 목소리가 들렸다. 그리고 곰보 자국이 난 근엄한 얼굴이 문 뒤에서 불쑥 튀어나왔다. 보모인 마트료나 필리모노브나였다.

"마트료샤[7], 무슨 일이야?" 스테판 아르카지치는 그녀를 향해 문 쪽으로 걸음을 옮기며 물었다.

스테판 아르카지치가 아내에게 전적으로 잘못했고 그 스스로도 그 사실을 잘 알고 있는데도, 집안사람들은 거의 모두, 심지어 다리야 알렉산드로브나의 둘도 없는 친구인 보모마저 그의 편이었다.

"무슨 일이지?" 그는 침울한 어조로 말했다.

"주인님이 가서 한 번 더 용서를 빌어 보세요. 틀림없이 하느님이 도우실 거예요. 다들 힘들어하고 있어요. 보기에도 딱할 정도죠. 게다가 집안 꼴이 말이 아니에요. 주인님, 아이들이 불쌍하지 않으세요? 주인님, 용서를 비세요. 어쩌겠어요! 썰매 타기를 즐기려면[8]……."

"그래, 하지만 아내가 용서해 주지 않을 텐데……."

"그래도 할 수 있는 데까지는 해 봐야죠. 하느님은 자비로우세요. 하느님께 기도하세요. 주인님, 제발 하느님께 기도하세요."

"알았어. 그만 가 봐." 스테판 아르카지치는 갑자기 얼굴을 붉히며 말했다. "자, 그럼 옷을 입어 볼까." 그는 마트베이 쪽으

---

7) 마트료나의 애칭.

8) 러시아 속담에 '썰매 타기를 즐기려면 썰매를 끌어라.'가 있다. 즐거움에는 수고가 따른다는 뜻이다.

로 돌아서서 결연한 모습으로 할라트를 벗었다.

마트베이는 이미 준비해 둔 루바슈카[9]를 무거운 짐인 양 들고 눈에 보이지 않는 무언가를 후후 불어 냈다. 그리고 노골적으로 만족스러운 표정을 지으며 주인의 소중한 몸에 루바슈카를 입혔다.

---

9) 블라우스와 비슷한 러시아의 남성용 겉저고리.

3

옷을 갈아입은 스테판 아르카지치는 몸에 향수를 뿌리고 루바슈카의 소매를 반듯하게 편 후, 익숙한 동작으로 담배, 지폐, 성냥, 두 개의 줄과 장식이 달린 시계를 주머니마다 챙겨 넣었다. 그리고 그는 자신의 불행에도 불구하고 청결하고 향기롭고 건강하고 육체적으로 경쾌한 자신을 느끼며 식당으로 갔다. 걸음을 뗄 때마다 다리가 가볍게 떨렸다. 식당에는 이미 그를 위한 커피가 준비되어 있었고, 커피 옆에는 편지와 관청에서 온 서류가 있었다.

스테판 아르카지치는 테이블 앞에 앉아 편지들을 읽었다. 그 가운데 한 통은 몹시 불쾌한 편지였다. 그것은 아내의 영지에 있는 숲을 매입하려는 상인이 보낸 편지였다. 그 숲은 꼭 팔아야 했다. 그러나 지금으로서는 아내와 화해하기 전까지 그 문제에 대해 말을 꺼낼 수 없었다. 무엇보다 불쾌한 것은, 그 때문에 아내와의 화해라는 다급한 문제가 금전적 이해관계와 얽혀 버렸다는 점이다. 자신이 금전적 이해관계에 좌우될 수 있다는 생각, 자신이 이 숲을 매각하기 위해 아내와의 화해를 모색하는 것인지도 모른다는 생각, 그런 생각만으로도 모욕감이 일었다.

편지를 다 읽은 스테판 아르카지치는 관청에서 온 서류를 가까이 끌어당겨 두 가지 문제를 대충 검토하고 굵은 연필로 몇 군데 표시를 한 뒤, 서류를 밀쳐놓고 커피를 마시기 시작했다. 그는 커피를 마시면서 눅눅한 조간신문[10]을 펼쳐 읽기 시작했다.

스테판 아르카지치는 자유주의 신문을 구독했다. 그의 자유주의 성향은 극단적인 수준은 아니었고 대부분의 사람들이 고수하는 정도였다. 사실 그는 학문, 예술, 정치에 관심이 없었다. 그런데도 그는 이 모든 분야에 대해 대부분의 사람들과 자신이 읽는 신문의 견해를 꿋꿋하게 고수했다. 그리고 대다수의 사람이 견해를 바꿀 때만 그도 견해를 바꾸었다. 아니, 그가 견해를 바꾼 것이 아니라, 견해 자체가 그의 안에서 눈에 띄지 않게 변해 갔다고 하는 편이 더 적절한 표현이리라.

스테판 아르카지치는 어떤 유파도, 어떤 견해도 선택한 적이 없었다. 오히려 유파와 견해가 그에게 찾아왔다. 그것은 그가 모자나 프록코트의 모양을 고르지 않고 남들이 입는 것을 따라 입는 것과 다를 바 없었다. 일정한 사회에 사는 그에게, 흔히 성년기에 발달하는 어떤 사유 활동을 필요로 하는 그에

---

10) 스테판 아르카지치는 아마도 A. 크라예프스키가 발행하던 《골로스》라는 신문을 읽은 듯하다. '여론의 척도'로 알려진 이 신문은 주로 자유주의파 공무원들이 보았다.

게, 견해를 갖는다는 것은 모자를 갖는 것과 똑같은 일일 수밖에 없었다. 그의 주변에는 보수적인 견해를 가진 사람도 많았다. 그런데도 그가 보수주의보다 자유주의에 더 애착을 가진 이유가 있다면, 그것은 자유주의가 보다 합리적이라고 생각해서가 아니라 자유주의가 그의 생활 방식에 더 가깝기 때문이었다. 자유주의파 사람들은 러시아의 모든 것이 추악하다고 말했다. 사실 스테판 아르카지치에게는 빚이 많고 돈이 절대적으로 부족했다. 자유주의파 사람들은 결혼이 진부한 제도이므로 이를 개혁하지 않으면 안 된다고 말했다. 사실 가정생활은 스테판 아르카지치에게 별 만족을 주지 못했고, 그에게 거짓말과 허위를 강요했다. 이런 것들은 그의 천성에 전혀 맞지 않았다. 자유주의파 사람들은 종교가 그저 야만적인 부류의 국민들을 위한 굴레일 뿐이라고 말했다. 아니 더 정확히 말하면 그렇게 암시했다. 사실 스테판 아르카지치는 짧은 기도를 하는 동안에도 발의 아픔을 견디지 못했고, 이승의 삶도 얼마든지 즐거울 수 있는데 무엇 때문에 내세에 대한 무시무시하고 과장된 말들을 읊조리는지 이해할 수 없었다. 그리고 유쾌한 농담을 즐기는 스테판 아르카지치는 때때로 순진한 사람들을 어리둥절하게 만들면서 즐거워하곤 했다. 예를 들면, 가문을 자랑하려거든 류릭[11]에서 멈추어서는 안 되며 인류의 시조가 원숭이라는 것을 부인해서도 안 된다는 식이다. 결국 자유

---

11) 바랑인으로 알려진 스칸디나비아 유랑 민족의 족장인 류릭은 거주민들의 요청으로 노브고로드 공국을 세웠고, 그리하여 고대 러시아 귀족의 조상이 되었다. 류릭 왕조는 862년부터 1598년까지 러시아를 통치하였고, 이후 로마노프 왕조가 이를 계승했다.

주의 성향은 스테판 아르카지치의 습성이 되었고, 그는 자기가 구독하는 신문이 자신의 머릿속에 일으키는 옅은 안개 때문에 그 신문을 점심 식사 후에 피우는 시가 한 대만큼 사랑했다. 그가 읽은 사설에는, 급진주의가 보수적인 모든 요소를 삼키려 위협한다든지, 당국이 혁명의 히드라를 진압할 방도를 강구해야 한다든지 하는 말들이 오늘날에는 완전히 무의미한 개탄일 뿐이며, 오히려 "우리의 견해에 따르면 진정한 위험은 상상이 만들어 낸 혁명의 히드라가 아니라 진보를 가로막는 완강한 인습이다."라고 적혀 있었다. 그는 재정과 관련된 또 다른 사설을 읽었다. 그 사설은 벤담[12]과 밀[13]을 언급하며 내각을 신랄하게 비꼬았다. 그는 특유의 민첩한 판단으로 그 모든 독설을 이해했다. 그는 각 독설이 누가 누구를 겨냥한 것인지, 어떤 사건을 두고 나온 것인지 알아차렸고, 이것은 언제나처럼 그에게 다소 만족을 안겨 주었다. 하지만 오늘은 마트료나 필리모노브나의 충고와 집안의 불행한 상황에 대한 기억이 이런 만족을 독살하고 말았다. 그는 보이스트 백작[14]이 소문대로 비스바덴으로 여행을 떠났다는 소식, 앞으로는 백발이 없어지리라는 기사, 경륜 마차를 판다는 광고, 젊은 여인을 제공한다는 광고를 읽었다. 그러나 이런 소식은 그에게 예전과 같은 평온하

---

12) 영국의 철학자이자 법학자로서 공리주의 철학을 주창하였다.
13) 철학자이자 실험철학과 경제학자로서 1848년에 출간된 『정치경제학 원리』의 저자이다.
14) 작센 공국의 총리였고 이후 오스트리아-헝가리 제국의 수상을 지냈다. 비스마르크의 정적인 그는 당시 언론에 자주 오르내렸다. 독일 헤센 주의 주도인 비스바덴은 온천으로 유명한 곳으로, 보이스트는 1872년 2월에 비스바덴을 방문했다.

고 아이러니한 만족을 주지 않았다.

신문을 다 읽고 두 잔째의 커피를 비우고 버터 바른 흰 빵을 먹은 그는 자리에서 일어나 조끼에서 빵 부스러기를 털어내고는 넓은 가슴을 곧게 펴며 즐거운 듯 미소를 지었다. 그 미소는 그의 마음속에 특별히 유쾌한 일이 있어서 나온 미소가 아니라, 원활한 소화가 불러일으킨 미소였다.

그러나 그 즐거운 미소는 곧 그에게 모든 일을 떠올리게 했고 그를 우울한 기분에 빠뜨렸다.

문밖에서 두 아이의 목소리가 들렸다.(스테판 아르카지치는 막내아들 그리샤[15]와 큰딸 타냐[16]의 목소리임을 알아차렸다.) 아이들이 무언가를 들고 가다 떨어뜨렸다.

"내가 뭐랬니? 지붕 위에 승객들을 태우면 안 된다고 했잖아." 딸이 영어로 소리쳤다. "어서 주워!"

'모든 것이 엉망이로군.' 스테판 아르카지치는 생각했다. '아이들이 집 안에서 마구 뛰어놀고 있으니.' 그는 문으로 다가가 아이들을 큰 소리로 불렀다. 아이들은 기차 삼아 놀던 귀중품 함을 내던지고 아버지에게 다가왔다. 아버지의 애정을 독차지한 소녀가 힘차게 달려와 아버지를 끌어안고, 언제나처럼 아버지의 목에 매달린 채 깔깔거리며 볼수염에서 풍기는 익숙한 향수 냄새를 즐겼다. 몸을 굽히느라 붉어진 그의 얼굴이 다정함으로 빛났다. 소녀는 그런 아버지의 얼굴에 입을 맞추고는 아버지의 목을 감은 팔을 풀고 도로 달려가려 했다. 하지만 아

---

15) 그리고리의 애칭.
16) 타치야나의 애칭.

버지가 그녀를 붙잡았다.

"엄마는 어때?" 아버지는 딸의 매끄럽고 보드라운 뺨을 어루만지며 말했다. 그리고 그는 인사를 건네는 소년에게 "안녕!" 하며 미소를 지었다.

그는 자신이 소년을 덜 사랑한다는 사실을 알고 있었기에, 언제나 둘을 똑같이 대하려고 애썼다. 그러나 소년도 그것을 느끼고 있었으므로 아버지의 차가운 미소에 미소로 답하지 않았다.

"엄마요? 일어나셨어요." 소녀가 대답했다.

스테판 아르카지치는 한숨을 내쉬었다. 그는 '또 밤새 자지 않은 모양이군.' 하고 생각했다.

"그렇구나. 엄마가 기분이 좋아 보이든?"

소녀는 아버지와 엄마가 다툰 것, 어머니가 즐거울 리 없다는 것, 아버지가 그 사실을 알면서도 아무렇지도 않은 척 가볍게 묻고 있다는 것을 알았다. 소녀는 아버지 때문에 얼굴을 붉혔다. 그도 곧 그것을 알아차리고 얼굴을 붉혔다.

"몰라요. 엄마는 공부하라고 하지 않고 미스 굴리[17]와 할머니 댁에 놀러 가라고 했어요." 소녀가 말했다.

"그래, 다녀와라, 탄추로치카[18]. 아, 잠깐 거기 서 봐." 그는 여전히 소녀를 잡고 그녀의 부드러운 손을 어루만졌다.

그는 벽난로 위에서 어제 놓아둔 과자 상자를 꺼내 소녀가

---

17) Miss Hull. 러시아어에서는 외래어의 [h]를 [g]로 발음한다. 톨스토이는 타냐가 영국인 가정교사를 부를 때 러시아식 발음으로 부르는 것을 보여 주기 위해 영어 대신 러시아어로 표기하였다.
18) 타치야나의 애칭.

좋아하는 초콜릿과 크림 과자를 하나씩 주었다.

"그리샤는요?" 소녀는 초콜릿을 가리키며 말했다.

"그래, 그래." 그는 소녀의 자그마한 어깨를 한 번 더 어루만지고 귀 밑과 목에 입을 맞추고는 그녀를 놓아주었다.

"마차가 준비되었습니다." 마트베이가 말했다. "그런데 청원을 하러 온 부인이 있습니다." 마트베이는 이렇게 덧붙였다.

"오래 기다렸나?" 스테판 아르카지치가 물었다.

"30분 정도 됐습니다."

"손님이 오면 곧장 알리라고 몇 번을 얘기했어!"

"커피 드실 시간이라도 드려야 할 것 같아서요." 마트베이는 도저히 화를 낼 수 없을 만큼 친근하고 허물없는 말투로 대답했다.

"어서 들어오라고 해." 오블론스키는 화를 버럭 내며 이맛살을 찌푸렸다.

청원을 하러 온 이등 대위 부인 칼리니나는 불가능하고 무의미한 일을 부탁했다. 하지만 스테판 아르카지치는 여느 때같이 그녀를 자리에 앉히고 그녀의 말을 중간에 가로막는 일 없이 주의 깊게 다 듣고는 누구에게 어떻게 의뢰해야 할지 상세하게 조언해 주었다. 심지어 큼직하고 또박또박하고 길게 늘인 듯한 아름다운 필체로 그녀를 도와줄 만한 사람에게 보낼 소개장을 민첩하고 유려하게 써 주었다. 이등 대위 부인을 보낸 후, 스테판 아르카지치는 모자를 잡고 뭘 잊은 게 없나 하며 잠시 머뭇거렸다. 그러나 잊고 싶었던 아내의 일 말고는 아무것도 잊은 것이 없었다.

'아, 그렇지!' 그는 고개를 떨어뜨렸다. 그의 잘생긴 얼굴에 침울한 표정이 떠올랐다. '가야 하나, 말아야 하나?' 그는 속으로 중얼거렸다. 그러자 내면의 목소리가 아내에게 갈 필요가 없다고, 그 속에는 허위 외에 아무것도 있을 수 없다고, 그들의 관계를 바로잡는 것은 불가능하다고 그에게 속삭였다. 그녀를 다시 매력적이고 사랑을 불러일으킬 만한 여자로 만들 수도, 그를 사랑할 능력이 없는 노인네로 만들 수도 없기 때문에. 이제는 허위와 기만 외에 그 무엇도 나올 수 없다. 하지만 허위와 기만은 그의 천성을 거스르는 것이었다.

"그래도 언젠가는 해야 할 일이야. 상황을 이렇게 방치할 수는 없잖아." 그는 용기를 북돋우려 애쓰며 이렇게 중얼거렸다. 그는 가슴을 쫙 폈다. 그는 담배 한 개비를 꺼내 불을 붙이고 두어 모금 빤 뒤, 진주조개 재떨이에 담배를 던지고는 빠른 걸음으로 음울한 응접실을 지나 아내의 침실로 통하는 문을 열었다.

4

다리야 알렉산드로브나는 얇은 상의를 걸치고 숱이 줄어든 머리칼을 땋아 핀으로 목덜미에 고정시킨 모습이었다. 예전에는 그녀의 머리카락도 풍성하고 아름다웠다. 그녀의 겁에 질린 듯한 커다란 눈동자는 바짝 여윈 얼굴 탓에 툭 불거져 보였다. 그녀는 그런 모습으로 방 안 가득 흐트러진 물건들 틈에서 무언가를 꺼내느라 활짝 열어젖힌 속옷장 앞에 서 있었다. 남편의 발소리가 들리자, 그녀는 문을 가만히 응시하며 딱딱하고 멸시하는 듯한 표정을 지으려 부질없이 애쓰고 있었다. 그녀는 남편이 싫었고 눈앞에 닥친 남편과의 만남을 피하고 싶었다. 그녀는 지난 사흘 동안 이미 열 번이나 시도했던 일을 지금 막 하려던 참이었다. 아이들과 자신의 물건을 챙겨서 친정으로 가려 했던 것이다. 그런데 이번에도 마음을 정할 수 없었다. 하지만 지난번처럼 이번에도 그녀는 이대로 넘어갈 순 없다고, 무슨 수를 써서라도 남편을 벌주고 모욕을 안기고 자기가 받은 고통을 그에게 조금이라도 갚아야 한다고 스스로에게 말했다. 그녀는 남편을 떠날 거라고 줄곧 다짐하면서도, 자기가 그러지 못하리라는 것을 깨달았다. 그녀가 그를 떠난다는 건 불가능했다. 그를 남편으로 여기고 사랑하던 습관을 떨칠 수 없기 때문이었다. 게다가 그녀는 이 집에서도 다섯 아이들을 간신히 돌보는 처지에 아이들을 모두 데리고 다른 곳으로 간다면 아이들의 형편이 더 나빠질 거라는 걸 깨닫고 있었다. 그렇지 않아도 지난 사흘 동안, 막내아들은 상한 수프를 먹어 탈이 났고, 나머지 아이들은 어제 저녁 거의 아무것도 먹지 못했다. 그녀는 자신이 떠날 수 없다는 걸 깨달았다. 그러나 여전히 자신을 속인 채 물건을 챙기며 떠날 것처럼 굴었다.

남편을 발견한 그녀는 속옷장 서랍에 손을 집어넣고 무언가를 찾는 척하다가, 그가 그녀 곁에 바짝 다가왔을 때야 비로소 그를 유심히 바라보았다. 그녀는 딱딱하고 단호한 표정을 지으려 했지만, 그녀의 얼굴이 절망과 고통을 드러내고 말았다.

"돌리!" 그가 작고 소심한 목소리로 불렀다. 그는 목을 움츠린 채 가련하고 순종적인 표정을 지으려고 했지만, 여전히 생기와 건강함으로 빛났다.

그녀는 생기와 건강함으로 빛나는 그의 모습을 머리부터 발끝까지 재빨리 훑어보았다. '그래, 그는 행복하고 만족스러운 거야!' 그녀는 생각했다. '그런데 난? 그리고 이 친절한 태도는 정말 역겨워. 남들은 이 친절한 성격 때문에 그를 좋아하고 칭찬하지. 하지만 난 그의 이런 친절함을 혐오해.' 그녀의 입이 굳게 닫혔다. 창백하고 신경질적인 얼굴의 오른쪽 뺨 근육이 바르르 떨렸다.

"무슨 일로 왔어요?" 그녀는 빠른 어조로, 그러나 그녀답지 않은 가슴에서 울리는 듯한 저음으로 말했다.

"돌리!" 그는 떨리는 목소리로 다시 그녀를 불렀다. "안나가 오늘 이곳으로 출발한다는군."

"그게 나와 무슨 상관이에요? 내가 어떻게 그녀를 맞을 수 있겠어요!" 그녀가 소리쳤다.

"하지만, 돌리……."

"나가요! 나가라고요! 어서 나가요!" 그녀는 그를 쳐다보지도 않은 채 소리쳤다. 마치 그녀의 외침은 육체의 고통에서 터져 나오는 것 같았다.

스테판 아르카지치는 아내를 생각하는 동안에는 태연하게 있을 수 있었다. 마트베이의 말대로, 모든 것이 잘될 거라 기대할 수 있었고, 그래서 편안하게 신문을 읽고 커피를 마실 수 있었다. 그러나 고통스러워하는 그녀의 얼굴을 보고 체념과 절망 어린 목소리를 듣자, 그는 무언가 북받쳐 오르는 듯 숨이 막혔고, 그의 눈동자는 눈물로 반짝였다.

"아, 내가 무슨 짓을 저지른 걸까! 돌리! 제발! 정말이지……." 그는 말을 잇지 못했다. 흐느낌이 그의 목구멍을 막았다.

그녀는 속옷장을 쾅 닫고 그를 쳐다보았다.

"돌리, 내가 무슨 말을 할 수 있겠어……! 오직 한 가지, 용서를 빌 뿐이야, 용서해 줘……. 생각해 봐. 정말로 지난 9년의 생활이 한순간, 단 한순간의 잘못을 용서할 수 없다는 거야?"

그녀는 가만히 서서 눈을 내리깔고 그가 무슨 말을 할지 기대하며 그의 말을 들었다. 마치 그가 어떻게든 그녀의 의심을 풀어 주길 간절히 바라는 것 같았다.

"한순간……, 마음을 빼앗긴 단 한순간……." 그는 계속 말을 잇고 싶었다. 하지만 이 말에 육체적인 고통이 엄습하기라도 한 듯 그녀의 입술은 다시 꽉 다물렸고 오른쪽 뺨 근육이 바르르 떨리기 시작했다.

"나가요! 여기서 당장 나가라고요!" 그녀는 다시 날카롭게 소리쳤다. "그리고 당신이 마음을 빼앗겼든, 구역질을 일으켰든, 내 앞에서 다시는 그런 얘기를 꺼내지 말아요!"

그녀는 방에서 나가려 했다. 그러나 몸이 휘청거리는 바람에, 그녀는 의자의 등을 잡고 몸을 지탱했다. 그의 얼굴이 넓어지고 입술이 부풀어 오르고 눈에 눈물이 가득 고였다.

"돌리!" 그는 흐느끼며 말했다. "제발, 아이들을 생각해. 애들에게 무슨 죄가 있어. 내가 잘못했으니 날 벌하고 내게 속죄할 기회를 줘. 할 수만 있다면 무슨 짓이든 할게! 내가 잘못했어. 내가 잘못했다는 말밖에 할 말이 없어! 하지만 돌리, 용서해 줘!"

그녀는 앉았다. 그는 그녀의 무겁고 거친 숨소리를 들었다. 그러자 그녀가 이루 말할 수 없이 불쌍하게 느껴졌다. 그녀는 몇 번이나 말을 꺼내려고 했지만, 아무 말도 할 수 없었다. 그는 기다렸다.

"여보, 당신이 아이들을 생각하는 건, 아이들과 놀 때뿐이에요. 하지만 난 늘 아이들을 생각해요. 그리고 이젠 모두 끝이라는 것도 알아요." 이 말은 아마 그녀가 지난 사흘 동안 속으로 몇 번이나 되뇐 문구 가운데 하나일 것이다.

그녀는 그에게 여보라고 말했다. 그래서 그는 그녀를 고마운 마음으로 바라보며 그녀의 손을 잡으려고 몸을 움직였다. 하지만 그녀는 그에게 혐오를 드러내며 몸을 피했다.

"난 늘 아이들을 생각해요. 그래서 아이들을 위한 것이라면 무슨 짓이든 할 거예요. 하지만 어떤 것이 아이들을 위한 건지 정말 모르겠어요. 아버지에게서 떼어 놓아야 할지, 방탕한 아버지와 살도록 내버려 두어야 할지. 그래요, 방탕한 아버지와 함께요……. 자, 말해 봐요. 그런 일이 있었는데도…… 우리가 과연 함께 살 수 있을까요? 정말 그럴 수 있겠냐고요! 말해 봐요, 그럴 수 있겠어요?" 그녀는 목소리를 높이며 똑같은 말을 되풀이했다. "내 남편, 내 아이들의 아버지가 자식들의 가정교사와 불륜을 저지른 뒤에……."

"그럼, 어떻게…… 도대체 어떻게 하란 말이야?" 그는 자신이 무슨 말을 하는지도 모른 채 처량한 목소리로 말하며 고개를 점점 아래로 떨어뜨렸다.

"더럽고 혐오스러워요!" 그녀는 점점 더 흥분하며 외쳐 댔다. "당신의 눈물은 그저 물일 뿐이에요! 당신은 한 번도 날 사랑한 적이 없어요. 당신에겐 심장도 없고 고결함도 없어요! 당신은 내게 역겹고 더럽고 낯설고, 그래요, 낯설어요!" 그녀는 자기가 들어도 소름끼치는 이 '낯설다.'라는 말을 고통과 악의에 찬 목소리로 내뱉었다.

그는 그녀를 바라보았다. 그녀의 얼굴에 떠오른 악의가 그를 위협하고 깜짝 놀라게 했다. 그는 그녀에 대한 자신의 연민이 그녀를 자극한다는 것을 이해하지 못했다. 그녀가 그에게서 본 것은, 사랑이 아니라 자신에 대한 동정이었다. 그는 생각했다. '안 돼, 아내는 날 증오하고 있어. 아내는 용서하지 않을 거야.'

"끔찍한 일이야! 끔찍해!" 그는 말했다.

그때 다른 방에서 어린아이가 큰 소리로 울음을 터뜨렸다. 아마도 바닥에 넘어진 모양이었다. 다리야 알렉산드로브나는 가만히 귀를 기울였다. 문득 그녀의 얼굴이 부드러워졌다.

그녀는 잠시 후 정신을 차렸다. 마치 자기가 어디에 있는지, 무엇을 하고 있는지 잊은 것 같았다. 그녀는 벌떡 일어나 문으로 다가갔다.

'아내는 분명 내 아이를 사랑하고 있어.' 그는 어린아이의 울음소리에 그녀의 낯빛이 변한 걸 알아채고 생각에 잠겼다. '나의 아이를…… 그런데 어떻게 나를 미워할 수 있지?'

"돌리, 한마디만 더." 그는 그녀를 뒤따라가며 말했다.

"당신이 날 따라오면 하인들을 부르겠어요! 아이들도 부를 거예요. 모두에게 당신이 비열한 사람이라고 말하겠어요. 난 당장 이 집을 나갈 테니, 당신은 여기서 당신의 정부(情婦)와 살아요."

그녀는 문을 쾅 닫고 나가 버렸다.

스테판 아르카지치는 한숨을 내쉬더니 얼굴을 닦고 조용한 걸음으로 방을 나섰다. '마트베는 잘될 거라고 했는데…… 하지만 어떻게? 그럴 가능성은 눈곱만큼도 보이지 않는걸. 아, 아, 정말이지 끔찍해! 게다가 소리를 지르다니, 저속하기 짝이 없어!' 그는 아내가 소리를 질러 대던 모습과 비열한 사람이니, 정부니 하는 말들을 떠올리며 혼잣말을 했다. '아마 하녀들도 들었겠지! 끔찍할 정도로 진부하군. 끔찍해.' 스테판 아르카지치는 잠시 혼자 서 있다가 눈물을 닦고 숨을 몰아쉬고 가슴을 쪽 펴고는 방에서 나갔다.

마침 금요일이어서, 식당에는 독일인 시계공이 시계태엽을 감고 있었다. 스테판 아르카지치는 이 꼼꼼한 대머리 시계공에 대해 자기가 만든 농담을 떠올리며 씩 웃음을 지었다. 그는 "시계태엽을 감는 일을 위해, 저 독일인의 몸에도 평생 태엽이 감겨 있다."라고 말했던 것이다. 스테판 아르카지치는 멋진 농담을 좋아했다. '뭐, 잘되겠지! 그나저나 '잘될 거야.'라는 말은 참 멋진 말이야. 써먹기에 좋은 말인걸.' 그는 생각했다.

"마트베이!" 그는 소리쳤다. "자네와 마리야는 안나 아르카지예브나가 묵을 수 있도록 소파가 있는 방을 잘 정돈해 두도록 해." 그는 자기 앞에 온 마트베이에게 말했다.

"알겠습니다."

스테판 아르카지치는 외투를 입고 현관을 나섰다.

"식사는 집에서 하지 않으십니까?" 주인을 배웅하던 마트베이가 말했다.

"상황을 봐서. 자, 당장 쓸 돈이야." 그는 지갑에서 10루블을 꺼내 주며 말했다. "충분한가?"

"충분하든 충분하지 않든, 이 돈으로 어떻게든 해 봐야죠." 마트베이는 마차 문을 닫고 현관 계단으로 물러섰다.

다리야 알렉산드로브나는 그사이에 아이를 달래고 있다가 마차 소리로 남편이 나간 것을 확인한 후 다시 침실로 돌아왔다. 이곳은 그녀가 번거로운 집안일에서 벗어날 수 있는 유일한 피난처였다. 이곳을 나서는 순간, 곧 집안의 걱정거리들이 그녀를 에워쌌다. 지금만 해도, 그녀가 아이들 방으로 간 그 짧은 동안에, 영국인 여자와 마트료나 필리모노브나가 그녀에게 몇 가지 질문거리를 갖고 왔다. 하나같이 미뤄 둘 수 없고 그녀만이 답할 수 있는 그런 질문이었다. 산책을 나갈 때 아이들에게 무엇을 입힐까요? 우유를 먹일까요, 말까요? 다른 요리사를 구하러 사람을 보낼까요, 말까요?

"아, 날 좀 내버려 둬." 그녀는 침실로 돌아와 조금 전에 남편과 이야기한 자리에 다시 앉았다. 그리고 깡마른 두 손을 맞잡은 채 조금 전의 대화를 하나하나 떠올리기 시작했다. 뼈마디가 앙상하게 드러난 그녀의 손가락에서 반지가 헐겁게 내려왔다. 그녀는 생각했다. '가 버렸어! 하지만 그 여자와는 어떻게 끝낸 걸까?' 아직도 그 여자를 만나는 게 아닐까? 왜 난 그에게 물어보지 않았을까? 아니야, 아니야, 더 이상 함께 살 순 없어. 설사 우리가 한집에 산다 해도, 우리는 남남이야. 영원히 남이라고!' 그녀는 끔찍하게 들리는 이 말에 특별한 의미를 부여하며 계속 되풀이했다. '아, 이럴 수가! 내가 얼마나 그를 사랑했는데! 정말이지 얼마나 사랑했는데……! 얼마나 사랑했는데! 그런데 이젠 내가 정말로 그를 사랑하지 않는 건 아닐까? 혹시 예전보다 더 깊이 사랑하고 있는 건 아닐까? 가장 끔찍한 건…….' 그녀는 자신의 생각을 미처 다 끝맺을 수 없었다. 마트료나 필리모노브나가 문틈으로 몸을 쑥 내밀었기 때문이다.

"이제 저의 오라버니를 불러오라고 분부를 내려 주세요." 그녀가 말했다. "오라버니는 적어도 음식은 만들 수 있거든요. 그러지 않으면, 아이들이 어제처럼 6시까지 아무것도 먹지 못할 거예요."

"그럼, 그렇게 해. 지금 내가 나가서 지시를 내리지. 그건 그렇고, 신선한 우유를 가져오도록 사람을 보냈어?"

그리하여 다리야 알렉산드로브나는 그날의 집안일에 몰두하며 잠시나마 자신의 슬픔을 가라앉혔다.

5

    스테판 아르카지치는 타고난 재능 덕분에 공부는 잘했지만, 게으른 데다 장난을 좋아해서 성적은 밑바닥을 맴돌았다. 그러나 그는 늘 방탕한 생활을 하고 관등도 대단치 않고 나이도 그리 많지 않은데, 모스크바의 어느 관청에서 봉급이 많고 명예로운 최고 책임자 직을 맡고 있었다. 그는 이 지위를 누이동생인 안나의 남편, 알렉세이 알렉산드로비치 카레닌의 도움으로 얻었다. 카레닌은 그 관청이 속한 내각 부서의 고관이었다. 그러나 카레닌이 자기 처남을 그 자리에 앉히지 않았다 해도, 스티바 오블론스키는 형제, 누이, 사촌, 부모의 형제들 등 수백 명의 친인척을 통해 그 자리나 연봉이 6000루블 정도 되는 그와 비슷한 자리를 얻었을 것이다. 아내의 재산이 꽤 많았지만, 그의 방탕한 생활 때문에 그 정도의 봉급은 필요했다.

    모스크바와 페테르부르크의 절반은 스테판 아르카지치의 친척과 친구들이었다. 그는 이 세계에서 막강한 세력을 가졌거나 가진 사람들 사이에서 성장했다. 국가의 고위인사들 가운데 3분의 1은 아버지의 친구들이어서 그를 어릴 때부터 알았다. 또 3분의 1은 그와 허물없이 지내는 사이였고, 나머지 3분의 1은 잘 아는 지인이었다. 따라서 직위, 부동산, 이권 등 지상의 부를 나눠 가진 이들은 모두 그의 친구였으므로 그를 외면할 수 없었다. 그래서 오블론스키는 돈을 많이 받는 직위를 얻기 위해 특별히 애쓸 필요가 없었다. 그저 남의 부탁을 거절하지 않고 시기하지 않고 다투지 않고 성내지만 않으면 되었다. 그는 성품이 순했기 때문에 그런 행동을 할 사람이 절대로 아니었다. 만일 누군가 그에게 그가 필요로 하는 만큼의 봉급을 받을 수 있는 자리를 얻지 못할 거라고 말했다면, 그는 우습게 생각했을지도 모른다. 그가 대단한 무언가를 바라지 않았기 때문에 더욱 그러했다. 그는 단지 그의 동갑내기들이 받는 만큼을 원했고, 그 정도의 직무는 그도 남 못지않게 충분히 해낼 수 있었다.

그를 아는 모든 사람들은 스테판 아르카지치의 선량하고 명랑한 기질과 의심할 바 없이 성실한 태도 때문에 그를 좋아했다. 게다가 그의 잘생기고 산뜻한 외모, 빛나는 눈동자, 검은 눈썹과 머리칼, 홍조를 띤 하얀 얼굴에는 그를 만나는 사람들에게 육체적으로 다정하고 유쾌한 인상을 주는 무언가가 있었다. "여! 스티바! 오블론스키! 그가 왔군!" 그를 마주친 사람들은 거의 언제나 즐거운 미소를 띠며 그렇게 말했다. 사람들은 가끔 그와 이야기를 나눈 후 특별히 즐거운 일이 없었음을 깨닫고는 했지만, 그 이튿날에도, 또 그 이튿날에도 여전히 그와의 만남을 즐거워했다.

모스크바의 한 관청에서 3년째 책임자의 자리를 맡는 동안, 스테판 아르카지치는 동료, 부하 직원, 상관, 업무상 그와 만나는 모든 사람에게서 사랑은 물론 존경까지 받았다. 직무상의 이런 일반적인 존경을 받을 수 있었던 것은 스테판 아르카지치의 주된 특징 때문이었다. 그 가운데 첫 번째는 사람들에 대한 극도의 관용으로, 이는 대체로 그가 자신의 결점을 스스로 잘 알았던 데서 비롯되었다. 두 번째는 철저한 자유주의로, 이는 그가 신문에서 읽고 익힌 것이 아니라 그의 피에 흐르는 것이었다. 자신의 핏속에 흐르는 철저한 자유주의로 인해, 그는 모든 사람을 재산과 신분에 상관없이 똑같이 공평하게 대했다. 세 번째, 이것이 가장 중요한데, 그는 자신이 맡은 일에 철저히 무관심했다. 그 결과 그는 결코 일에 몰두하거나 실수를 범하는 일이 없었다.

자신의 근무지에 도착한 스테판 아르카지치는 예의 바른 수위의 안내를 받으며 서류 가방을 든 채 자신의 작은 집무실에 들러 제복으로 갈아입고 사무실에 들어갔다. 서기들과 모든 부하 직원들이 쾌활하고 예의 바르게 인사했다. 스테판 아르카지치는 언제나처럼 황급히 자기 자리로 가서 사람들과 악수를 나누고 의자에 앉았다. 그는 예의에 어긋나지 않을 만큼의 농담과 이야기를 건네고는 업무를 시작했다. 업무를 유쾌한 방식으로 해 나가는 데 필요한 자유, 솔직함, 격식의 경계, 이런 것들을 스테판 아르카지치만큼 정확하게 찾아내는 사람도 없었다. 스테판 아르카지치가 있는 곳의 사람들이 으레 그러하듯, 한 사무장이 쾌활하고 예의 바른 태도로 서류를 갖고 다가와 자유주의자다운 허물없는 말투로 이야기를 꺼냈다. 이런 말투는 스테판 아르카지치 때문에 퍼진 것이었다.

"드디어 펜자 현청에서 보고가 들어왔습니다. 이것입니다만, 어떨는지……."

"마침내 왔나?" 스테판 아르카지치가 손가락 사이에 보고서를 끼우며 말했다. "자, 여러분……." 그리고 업무가 시작되었다.

'만일 저 사람들이 알게 된다면…….' 그는 진지하게 머리를 숙인 채 보고를 들으면서 생각에 잠겼다. '30분 전만 해도 자기들의 상관인 내가 큰 잘못을 저지른 사내아이 같은 꼴로 있었다는 걸…….' 그러자 그의 눈동자는 보고서가 낭독되는 동안 웃음을 띠었다. 업무는 중간 휴식 없이 2시까지 하기로 되어 있었고, 2시부터는 점심시간이었다.

사무실의 커다란 유리문이 갑자기 열리며 누군가가 들어온 것은, 2시가 채 못 됐을 때였다. 황제의 초상화 아래 있던 사람들도, 정의표[19] 뒤에 있던 사람들도 모두 심심풀이가 생긴 것에 기뻐하면서 문을 바라보았다. 그러나 문 앞에 선 수위가 즉각 그 사람을 내쫓고, 그의 등 뒤에서 유리문을 쿵 닫아 버렸다.

보고서의 낭독이 끝나자, 스테판 아르카지치는 자리에서 일어나 기지개를 켠 후, 시대의 자유주의에 경의를 표하며 담배를 한 대 꺼내 들고는 집무실로 갔다. 그의 두 보좌관인 고참 관리 니키친과 카메르융커[20] 그리네비치도 그와 함께 사무실

---

19) 제정 러시아의 관청 사무실 책상에 놓는 삼면체 장식물로, 쌍두 독수리가 달려 있고 '공정함을 지키라.'라는 표트르 대제의 교훈이 새겨져 있다.

20) 러시아 궁정에서는 시종관을 가리키기 위해 '침실의 신사'라는 뜻의 이 독일어 명칭을 사용했다.

을 나왔다.

"점심시간 뒤에 다 끝낼 수 있겠지." 스테판 아르카지치가 말했다.

"물론이죠!" 니키친이 말했다.

"그런데 이 포민이란 자는 대단한 사기꾼이 틀림없습니다." 그리네비치는 그들이 조사하는 사건에 연루된 한 인물에 대해 말했다.

스테판 아르카지치는 그리네비치의 말에 이맛살을 찌푸렸다. 이러한 행동은 때 이른 판단이 좋지 않다는 것을 깨닫게 하기 위해서였다. 그는 아무 대답도 하지 않았다.

"아까 들어온 사람이 누구지?" 그는 수위에게 물었다.

"각하, 제가 잠깐 등을 돌린 사이에 어떤 사람이 허락도 없이 들어왔습니다. 각하를 뵙겠다고 말입니다. 전 다른 분들이 나가면 그때 뵈라고……."

"그 사람은 어디 있나?"

"현관으로 갔나 봅니다. 아, 바로 저 사람입니다." 수위는 곱슬머리에 어깨가 딱 벌어진 단단한 체격의 남자를 가리키며 말했다. 그는 양가죽 모자를 벗지도 않은 채 닳은 돌계단을 따라 빠르고 가벼운 걸음으로 뛰어올라오고 있었다. 서류 가방을 들고 아래로 내려가던 어느 야윈 관리가 걸음을 멈추고 못마땅한 표정으로 계단을 뛰어오르는 남자의 다리를 보더니, 그다음엔 오블론스키의 얼굴을 이상하다는 듯 쳐다보았다.

스테판 아르카지치는 계단 위에 서 있었다. 수놓은 제복 옷깃 위에서 선하게 빛나던 그의 얼굴이 계단을 뛰어 올라오는 남자를 알아보고는 더욱 환하게 빛났다.

"역시 그랬어! 레빈, 드디어 왔군!" 그는 자기에게 다가오는 레빈을 보며 다정하면서도 놀리는 듯한 미소를 지었다. "자네가 어떻게 이런 소굴까지 날 찾아왔나!" 스테판 아르카지치는 악수에 만족하지 않고 친구에게 입을 맞추며 말했다. "온 지는 오래됐나?"

 "지금 막 왔어. 자네가 너무 보고 싶었거든." 레빈은 쑥스러운 듯하면서도 불안하고 성난 표정으로 주위를 둘러보며 대답했다.

 "자, 내 방으로 가지." 스테판 아르카지치는 친구의 자존심 강하고 쉽게 격분하는 내성적인 성격을 잘 알고 있었기에 이렇게 말했다. 그는 친구의 손을 잡고, 마치 도사리고 있는 위험 사이로 안내하듯 그를 이끌었다.

 스테판 아르카지치는 거의 모든 지인들을 '너, 자네' 하는 친밀한 호칭으로 대했다. 그는 환갑 노인, 스무 살의 앳된 젊은이, 배우, 장관, 상인, 시종무관장과 허물없이 지냈다. 그와 허물없이 지내던 이들 가운데 아주 많은 사람들이 사회 계급의 양 극단에 있었으므로, 그들은 자신들이 오블론스키를 통해 무언가를 공유하고 있다는 걸 알았다면 매우 놀랐을 것이다. 그는 샴페인을 함께 마신 사람이라면 너 나 할 것 없이 친한 사이가 되었고, 모든 이들과 샴페인을 마셨다. 그래서 자신의 부하 직원들이 있는 자리에서 자신의 수치스러운 — 그는 자기 친구들 가운데 많은 이들을 농담 삼아 이렇게 불렀다 — '너' 를 만날 경우, 그는 자신의 독특한 재치로 부하 직원들을 위해 그 불쾌한 인상을 줄일 수 있었다. 레빈은 수치스러운 '너'가 아니었다. 하지만 오블론스키는 레빈이 자신의 부하 직원들 앞에서 자신과 친한 모습을 보여 주고 싶어 하지 않을 수 있다는 것을 특유의 재치로 감지하고 서둘러 그를 자신의 집무실로 데려갔다.

레빈은 오블론스키와 거의 같은 또래였는데, 그들이 허물없는 사이가 된 것은 함께 샴페인을 마셨기 때문만은 아니었다. 레빈은 청춘을 함께 보낸 친구였다. 성격이나 취향은 서로 달랐지만, 그들은 청년기에 만난 친구들이 서로 사랑하듯 그렇게 서로를 사랑했다. 그렇지만 서로 다른 길을 선택한 사람들이 종종 그러하듯, 그들은 이성적으로는 상대방의 활동을 인정하면서도 마음속으로는 그것을 경멸했다. 그들은 제각기 자신이 선택한 삶이 진정한 삶이고 친구가 택한 삶은 망상에 지나지 않는다고 생각했다. 오블론스키는 레빈을 보고 가벼운 조소를 금할 수 없었다. 그는 시골에서 모스크바로 올라온 레빈을 이미 여러 차례 만났다. 레빈은 시골에서 무언가를 하고 있었다. 하지만 스테판 아르카지치는 아직도 그가 무슨 일을 하는지 제대로 이해하지 못했고 관심도 없었다. 레빈은 모스크바에 올라올 때마다 언제나 흥분했고 조급해했고 다소 갑갑해했고 이런 갑갑함에 화를 냈고 종종 사물에 대해 완전히 새로운, 미처 예기치 못한 시각을 드러내곤 했다. 스테판 아르카지치는 그 점을 비웃으면서도 마음에 들어 했다. 레빈도 마음속으로는 친구의 도시적인 생활 방식과 직업을 경멸했다. 그는 친구의 직업을 하찮게 생각했고 그것을 비웃었다. 그러나 두 사람의 진정한 차이는, 오블론스키가 다른 사람들처럼 행동하면서 자신만만하고 선량한 태도로 조롱하는 데 반해 레빈은 자신 없고 간혹 성난 듯한 모습으로 조소한다는 점이다.

"오랫동안 자네를 기다렸어." 스테판 아르카지치는 집무실로 들어가자 레빈의 손을 놓았다. 마치 이런 행동으로 이제 위험이 사라졌음을 보여 주려는 듯했다. "자네를 보니 아주아주 기쁘군." 그는 계속해서 말했다. "그건 그렇고, 어떻게 지냈나? 언제 왔어?"

레빈은 자신이 모르는 오블론스키의 두 동료를 보고는 입을 다물었다. 특히 그리네비치의 우아한 손, 몹시 하얗고 긴 손가락, 끝이 구부러진 길고 노란 손톱, 루바슈카의 소매에 달린 크고 빛나는 커프스단추가 아마도 그의 주의력을 온통 흡수하여 생각의 자유마저 앗아간 것 같았다. 오블론스키는 곧 그것을 알아채고 빙그레 미소를 지었다.

"아, 그렇지, 내 동료들을 소개해야겠군. 이쪽은 필립 이바노비치 니키친과 미하일 스타니슬라비치 그리네비치." 그리고 레빈을 돌아보며 말했다. "이쪽은 젬스트보[21]의 활동가, 젬스트보의 새 일꾼, 한 손으로 5푸드[22]를 들어 올리는 운동선수, 목축업자, 사냥꾼인 내 친구 콘스탄친 드미트리치 레빈일세. 세르게이 이바니치 코즈니셰프의 동생이지."

"대단히 반갑습니다." 고참 관리가 말했다.

"영광스럽게도, 형님 되시는 세르게이 이바니치를 뵌 적이 있습니다." 그리네비치는 긴 손톱이 달린 가느다란 손을 내밀었다.

---

21) 지방행정을 위해 선출직 의원으로 구성한 현(제정 러시아의 행정단위로, 우리나라의 도(道)에 해당한다.) 의회. 알렉산드르 2세가 1865년에 설립한 제도이다.
22) 1푸드는 약 16.38킬로그램.

레빈은 얼굴을 찌뿌리며 싸늘하게 악수를 하고는 곧 오블론스키 쪽으로 고개를 돌렸다. 그는 러시아 전역에서 이름을 떨치는 문필가인 자신의 형 — 둘은 아버지가 달랐다 — 을 대단히 존경했지만, 지금처럼 사람들이 자신을 콘스탄친 레빈으로서가 아니라 유명한 코즈니셰프의 동생으로 대하는 것을 도저히 참을 수 없었다.

"아니, 난 이제 젬스트보에서 활동하지 않아. 모든 의원과 싸운 뒤 더 이상 모임에 나가질 않지." 그는 오블론스키를 향해 말했다.

"벌써?" 오블론스키는 미소를 지으며 말했다. "하지만 어쩌다? 왜?"

"말하자면 길어. 나중에 이야기하지." 레빈은 이렇게 말했지만, 곧 사연을 늘어놓았다. "그러니까, 간단하게 말하면, 젬스트보가 아무런 활동도 하지 않고 또 할 수도 없다는 것을 확신했기 때문이야." 그는 마치 지금 누군가 자기를 모욕이라도 한 것처럼 흥분하며 이야기를 시작했다. "젬스트보는 장난감이나 마찬가지야. 의원들은 지금도 젬스트보에서 놀이를 벌이고 있어. 하지만 나는 장난감을 갖고 놀 만큼 젊지도, 늙지도 않았어. 어떻게 보면(그는 말을 더듬었다.) 젬스트보는 현 내의 패거리들이 돈을 벌기 위한 수단에 불과해. 전에는 감독청이나 재판소가 그렇더니, 이제는 젬스트보가 그 꼴이야……. 그것도 뇌물의 형태가 아니라 봉급의 형태로 말이지." 그는 마치 그 자리에 있는 누군가가 자기 의견에 반박하기라도 한 것처럼 맹렬히 말했다.

"오호! 그럼 자네는 다시 새로운 국면에 접어든 모양이군.

이번엔 보수주의인가?" 스테판 아르카지치가 말했다. "하지만 이 문제는 나중에 이야기하지."

"그래, 다음에 이야기하는 게 좋겠군. 하지만 난 자네를 꼭 만나야 했어." 레빈은 그리네비치의 손을 혐오 어린 눈길로 바라보며 말했다.

스테판 아르카지치는 희미한 미소를 지었다.

"그런데 자네, 다시는 유럽식 옷을 입지 않겠다고 하지 않았나?" 그는 프랑스 재단가가 지은 게 틀림없는 레빈의 새 옷을 유심히 바라보며 말했다. "그렇군. 알겠어. 새로운 국면 때문이군."

레빈은 갑자기 얼굴을 붉혔다. 그런데 그 모습은 어른이 자기도 모르는 사이에 약간 얼굴을 붉히는 정도가 아니었다. 그의 얼굴은 마치 소년들이 자신의 수줍음 때문에 놀림감이 되었다고 느껴 그로 인해 수치스러워하고 더욱더 얼굴을 붉히며 금방이라도 울음을 터뜨리려 할 때처럼 그렇게 새빨개졌다. 그의 총명하고 늠름한 얼굴이 그토록 어린아이처럼 변하는 것이 너무나도 낯설게 느껴져, 오블론스키는 그를 더 쳐다보지 않았다.

"그럼, 어디에서 만날까? 정말로 자네에게 꼭 해야 할 이야기가 있는데……" 레빈이 말했다.

오블론스키는 잠시 주저하는 것 같았다.

"이렇게 하지. 구린에 가서 식사를 하고 거기서 이야기를 하는 거야. 3시까지는 한가하니까."

"안 돼." 레빈은 생각을 해 보더니 이렇게 말했다. "또 가 봐야 할 곳이 있어."

"좋아. 그럼 저녁 식사나 함께 하지."

"저녁 식사? 뭐, 특별한 이야기를 하려는 것은 아니고, 그저 두 마디만 말하고 물어보면 돼. 뭐, 나중에 이야기하지."

"그럼 그 두 마디를 지금 말해 봐. 나머지 얘기는 저녁 식사 때 하고."

"그 두 마디란 이런 거야." 레빈이 말했다. "하지만 정말로 특별한 이야기는 아니야."

수줍음을 억누르려 안간힘을 쓴 탓에, 그의 얼굴은 불현듯 성난 표정을 지었다.

"쉐르바츠키 가의 사람들은 어떻게 지내나? 다들 변함없이 지내?" 그는 말했다.

스테판 아르카지치는 이미 오래전부터 레빈이 자기 처제인 키티[23]를 사랑한다는 것을 알고 있었기에 슬며시 웃음을 흘렸다. 그의 눈동자가 유쾌하게 반짝였다.

"자네는 두 마디를 했지만, 난 두 마디로 답할 수 없어. 왜냐하면…… 미안, 잠시만 기다려."

서류를 든 한 비서관이 통속적인 경의와 모든 비서관에게 공통된 공손한 우월감, 즉 실무에 대한 지식은 자기가 상관보다 뛰어나다는 우월감을 보이며 오블론스키에게 다가오더니, 질문하는 척하면서 어떤 복잡한 일을 설명하기 시작했다. 스테판 아르카지치는 끝까지 듣지도 않고 비서관의 소매 위에 자신의 손을 부드럽게 얹었다.

"아니, 내가 지난번에 말한 대로 해요." 그는 질책을 미소

---

23) 카체리나의 영어식 애칭. 러시아식 애칭은 카챠, 카첸카이다.

로 부드럽게 하며, 그 문제에 대한 자신의 생각을 간단히 설명하고 서류를 옆으로 밀쳐놓았다. "그렇게 해요. 자하르 니키티치."

당황한 비서관이 자리에서 물러났다. 레빈은 스테판 아르카지치와 비서관이 이야기를 나누는 동안 자신의 곤혹스러운 기분을 완전히 떨친 채, 두 손으로 의자를 짚고 서 있었다. 그들의 모습을 주시하던 그의 얼굴에 냉소적인 표정이 떠올랐다.

"모르겠어. 이해가 안 돼." 그가 말했다.

"뭘 모르겠다는 거야?" 오블론스키는 여전히 유쾌한 미소를 지으며 담배를 꺼냈다. 그는 레빈에게서 뭔가 괴상한 말을 예상했다.

"자네들이 하는 일을 이해할 수 없어." 레빈이 어깨를 으쓱하며 말했다. "자네는 어떻게 이런 일을 진지하게 할 수 있지?"

"왜?"

"왜라니, 아무것도 하는 일이 없잖아."

"그건 자네 생각이지. 우리는 일에 파묻혀 있어."

"일이 아니라 서류겠지. 하긴, 자네는 이런 일에 소질이 있으니까." 레빈이 덧붙였다.

"그러니까 자네는 나에게 어떤 결함이 있다고 생각하는 건가?"

"그럴지도 모르지." 레빈이 말했다. "하지만 어쨌든 난 자네의 뛰어난 재능을 아끼고 이렇게 훌륭한 사람이 내 친구라는 걸 자랑스럽게 생각해. 하지만 자네는 아직 내 질문에 대답하지 않았어." 레빈은 필사적인 노력으로 오블론스키의 눈을 똑바로 쳐다보며 말했다.

"그래, 좋아, 좋아. 두고 봐. 자네도 이렇게 될 테니. 카라진 현에 3000제샤치나[24]의 땅이 있고, 그렇게 멋진 근육과 열두 살 소녀 같은 싱싱함을 간직하고 있으니 좋겠지. 하지만 자네도 우리처럼 될 거야. 그건 그렇고, 자네의 질문에 관해서라면 말이지, 달라진 건 없어. 하지만 자네가 그렇게 오랫동안 이곳에 오지 않은 건 유감이야."

"아니, 왜?" 레빈이 깜짝 놀라며 물었다.

"음, 별일 아니야." 오블로스키가 대답했다. "나중에 이야기하지. 그건 그렇고 대체 무슨 일로 온 거야?"

"아, 그 얘기도 나중에 하지." 레빈이 또 귀까지 빨갛게 물들이며 말했다.

"그래, 알았어. 그런데 말이야, 정말로 자네를 집으로 초대하고 싶은데, 아내가 몸이 너무 안 좋아. 그래서 말인데, 그 집 가족들을 만나고 싶다면 동물원에 가 봐. 분명 다들 오늘 4시에서 5시까지 그곳에 있을 거야. 키티는 그곳에 스케이트를 타러 다녀. 그곳으로 가 봐. 나도 그곳에 들를게. 그리고 함께 어디에서 저녁 식사나 하지." 스테판 아르카지치가 말했다.

"좋아. 그럼, 이따 만나."

"이봐. 자네를 잘 아니까 하는 얘긴데, 또 깜빡 잊어버리거나 갑자기 시골로 가 버리는 건 아니겠지?" 스테판 아르카지치가 웃으며 소리쳤다.

"절대 아냐."

레빈은 문까지 갔을 때야 비로소 오블론스키의 동료들에게

---

24) 1제샤치나는 약 1.092헥타르.

깜빡 잊고 인사하지 않은 것을 기억해 냈지만, 그냥 사무실을 나섰다.

"대단히 정력적인 분인가 봅니다." 레빈이 나가자, 그리네비치가 말했다.

"맞아." 스테판 아르카지치는 고개를 가볍게 끄덕였다. "정말 행복한 녀석이지! 카람진 현에 3000제샤치나의 땅이 있겠다, 앞날이 창창하겠다, 게다가 얼마나 생기가 넘치나! 우리와는 다른 부류지."

"스테판 아르카지치, 당신 같은 분이 어째서 불평을 하십니까?"

"추악하고 비루해." 스테판 아르카지치가 무거운 한숨을 쉬며 말했다.

6

　오블론스키가 레빈에게 도대체 무슨 일로 왔느냐고 묻자, 레빈은 얼굴을 붉혔고, 또한 얼굴을 붉힌 것 때문에 스스로에게 화를 냈다. 왜냐하면 '자네 처제에게 청혼을 하러 왔어.'라고 대답할 수 없었기 때문이다. 오직 그 일 때문에 모스크바까지 왔으면서.

　레빈 가와 쉐르바츠키 가는 모스크바의 오랜 귀족 가문으로, 두 가문은 늘 서로 절친하게 지내 왔다. 이러한 관계는 레빈의 학창 시절에 더욱 강해졌다. 그는 돌리와 키티의 오빠인 젊은 쉐르바츠키 공작과 함께 입시를 준비하고 함께 대학에 들어갔다. 그 무렵 레빈은 쉐르바츠키 가를 빈번히 드나들면서 그 집안에 흠뻑 빠지고 말았다. 이상하게 여길지 모르겠지만, 콘스탄친 레빈은 그 집안, 그 가족, 특히 쉐르바츠키 가의 여인들에게 매혹되었다. 레빈은 자신의 어머니를 기억하지 못했고 하나밖에 없는 누이는 그보다 훨씬 나이가 많았다. 그래서 그는 아버지와 어머니의 죽음으로 잃어버린 교양 있고 고결한 오랜 귀족 가문의 가정환경을 쉐르바츠키 가에서 난생처음으로 보게 되었다. 그에게는 그 가족의 모든 이들이, 특히 여인들이 어떤 신비하고 시적인 베일에 싸여 있는 것처럼 여겨졌다. 그리고 그는 그들에게서 어떠한 결점도 찾지 못했을 뿐 아니라, 그들을 덮은 신비하고 시적인 베일 속에 지극히 고결한 감정과 온갖 종류의 완벽함이 있을 거라 상상했다. 무엇 때문에 그 집의 세 아가씨들이 정해진 시간에 교대로 피아노를 치는지 — 피아노 소리는 언제나 두 남학생이 공부하는 2층의 오빠 방까지 들렸다 — 무엇 때문에 프랑스 문학, 음악, 그림, 춤 등을 가르치는 선생들이 그 집을 드나드는지, 무엇 때문에 세 아가씨들이 모두 정해진 시간에 새틴 코트를 — 돌리는 긴 코트를, 나탈리[25]는 반코트를, 키티는 착 달라붙는 빨간 스타킹에 감싸인 매끈한 다리가 훤히 드러날 정도로 아주 짧은 코트를 — 차려입고서 mademoiselle 리농과 마차를 타고 트베르스코이 가로수 길을 달리는지, 무엇 때문에 그들이 모자에 금빛 휘장을 단 하인을 데리고 트베르스코이 가로수 길을 거닐어야 하는지, 이 모든 일과 그들의 신비한 세계에서 벌어지는 다른 많은 일들이 그에게는 이해가 되지 않았다. 그러나 그는 그곳에서 일어나는 모든 일이 아름답다는 것을 알았고, 바로 이러한 신비로움에 마음을 뺏겼던 것이다.

그는 대학 시절에 하마터면 맏딸인 돌리를 사랑할 뻔했지만, 그녀는 곧 오블론스키와 결혼하여 집을 떠났다. 그다음 그

---

25) 나탈리야의 영어식 애칭. 러시아식 애칭은 나타샤이다.

는 둘째 딸을 사랑하게 되었다. 마치 그는 세 자매 가운데 한 명과 사랑해야 한다고 느끼면서도 누구를 선택할지 모르는 것처럼 보였다. 하지만 나탈리도 사교계에 얼굴을 내밀자마자 외교관인 리보프와 결혼하여 집을 떠났다. 레빈이 대학을 졸업했을 때, 키티는 아직 어린애에 불과했다. 해군에 들어간 젊은 쉐르바츠키가 발트 해에서 익사한 뒤, 그와 쉐르바츠키 가의 왕래는 점점 소원해졌다. 비록 그와 오블론스키의 우정은 여전히 지속되었지만. 그런데 올해 초겨울, 시골에서 1년을 보낸 레빈이 모스크바로 올라와 쉐르바츠키 가의 사람들을 만났을 때, 그는 자신이 세 자매 가운데 누구와 사랑에 빠질 운명이었는지 깨달았다.

가문도 좋고 가난하기보다 부유한 편에 속하는 서른두 살의 그가 쉐르바츠키 공작의 딸에게 구혼한다는 것은, 어쩌면 너무나 간단한 일로 보일지 모른다. 틀림없이 그는 당장 좋은 배필로 인정받았을 것이다. 하지만 레빈은 사랑에 빠져 있었고, 그런 그의 눈에는 키티가 모든 면에서 지극히 완전하고 지상의 모든 것을 초월한 존재로 보였다. 그리고 그에 반해 자신은 너무나 저열한 지상의 존재여서, 다른 사람들과 그녀가 자신을 그녀에게 어울리는 배필로 인정하리라고는 도저히 생각할 수 없었다.

그는 키티를 만나기 위해 발을 들여놓은 모스크바의 사교계에서 두 달 동안 거의 매일같이 그녀를 바라보며 황홀하게 지내다가, 갑자기 이런 일이 가능할 리 없다고 단정하고는 시골로 떠나 버렸다.

레빈이 이렇게 확신한 것은, 그녀의 부모가 보기에 그는 아름다운 키티의 배우자가 되기엔 부족하고 못난 남자일 뿐 아니라 키티 자신도 그를 사랑할 수 없을 거라고 생각했기 때문이었다. 딸을 가진 부모의 눈으로 볼 때, 그는 서른두 살이 되도록 뚜렷한 직업도, 사회적 지위도 없는 남자였다. 그의 친구들은 이미 대령, 시종무관, 교수, 은행장, 철도청장이거나, 오블론스키처럼 관청의 장을 맡고 있었다. 그러나 그는 한낱(그는 다른 사람들의 눈에 자기가 어떻게 비칠지 아주 잘 알고 있었다.) 소를 키우고 도요새를 사냥하고 건물이나 짓는 지주일 뿐이었다. 이를테면 아무것도 기대할 수 없는 무능한 사내였고, 세상 사람들이 생각하기에 아무 짝에도 쓸모없는 인간들이나 하는 일에 매달려 있는 남자였다.

신비롭고 아름다운 키티는 그토록 추한 — 그는 스스로를 그렇게 생각했다 — 남자, 무엇보다 비범한 구석이라고는 전혀 찾아볼 수 없는 그토록 평범한 남자를 도저히 사랑할 수 없을 것이다. 게다가 그와 키티의 예전 관계, 그러니까 그녀의 오빠와의 우정 때문에 빚어진 어른과 어린애의 관계가 이 사랑의 새로운 장애물처럼 느껴졌다. 그가 생각하기에, 못생기고 선량한 — 그는 스스로를 그렇게 생각했다 — 남자를 친구로서 사랑하는 것은 가능할지 몰라도, 그가 키티에게 품은 그러한 사랑을 받을 수 있는 남자는 잘생기고 무엇보다 특별한 사람이어야 할 것 같았다.

여자들이 종종 못생기고 평범한 남자를 좋아한다고들 하지만, 그는 이 말을 믿을 수 없었다. 왜냐하면 자기만 해도 아름답고 신비롭고 특별한 여자만을 사랑할 수 있었기 때문이다.

하지만 두 달 동안 시골에서 혼자 지낸 후, 그는 자신의 감정이 그가 풋풋한 젊은 날에 경험한 그런 사랑이 아니라는 것, 이 감정은 그에게 한순간의 평온도 허락하지 않는다는 것을 확신하게 되었다. 그리고 그녀가 그의 아내가 될 것인가 아닌가 하는 문제를 해결하지 않고는 도저히 살 수 없다는 것, 그의 절망은 그저 그의 상상에서 비롯되었다는 것, 그가 거절당하리라는 증거는 어디에도 없다는 것을 확신했다. 그래서 그는 청혼을 하고 만약 승낙을 얻으면 결혼까지 하겠다는 굳은 결심과 함께 모스크바로 올라왔다. 혹시라도……. 그는 만약 거절당할 경우 자기가 어떻게 될지에 대해선 생각조차 할 수 없었다.

7

아침 기차로 모스크바에 도착한 후, 레빈은 같은 어머니에게서 태어난 형 코즈니셰프의 집으로 가서 짐을 풀었다. 그는 옷을 갈아입은 후, 자신이 온 이유를 말하고 조언을 구할 생각으로 형의 서재에 들어갔다. 그러나 형은 혼자가 아니었다. 그의 서재에는 하리코프에서 온 유명한 철학 교수가 앉아 있었다. 그가 온 이유는 지극히 중요한 철학 문제를 놓고 둘 사이에 생긴 오해를 풀기 위해서였다. 교수는 유물론자들을 겨냥한 열띤 논쟁을 펼쳤고, 세르게이는 그 논쟁을 관심 있게 추적하다가 교수의 최근 논문을 읽은 후 그에게 반박하는 내용을 편지에 써서 보냈다. 그는 교수가 유물론자들에게 지나치게 많이 양보한다며 비난했다. 그러자 교수는 그와 이야기를 나누기 위해 즉시 모스크바로 달려왔다. 그들은 인간의 활동에서 심리적 현상과 생리적 현상[26]을 구분할 수 있는가, 그렇다면 그 경계는 어디인가 하는 당시 유행하던 문제에 대해 이야기를 나누었다.

세르게이 이바노비치는 모든 사람에게 습관처럼 짓는 그 부드럽고도 차가운 미소로 동생을 맞이하고, 동생과 교수를 서로 소개한 후 대화를 계속했다.

왜소하고 이마가 좁고 안경을 쓰고 얼굴이 누렇게 뜬 교수는 인사를 하기 위해 잠시 대화를 중단했다가, 이내 레빈에게는 전혀 주의를 기울이지 않은 채 이야기를 계속했다. 레빈은 의자에 앉아 교수가 돌아가길 기다리다가, 점차 대화의 주제에 관심을 갖기 시작했다.

레빈은 두 사람이 논하는 내용을 여러 잡지에 실린 논문을 통해 접한 적이 있었고, 그 논문들이 자기가 대학을 다닐 때 이과 학생으로서 공부한 자연과학 원론의 발전이라고 생각하며 흥미 있게 읽기도 했다. 그러나 동물로서의 인간의 기원[27], 반사작용, 생물학과 사회학에 관한 이런 과학적 결론들을 삶과 죽음의 의미에 관한 문제들과 결부시킨 적은 한 번도 없었다. 최근 들어 삶과 죽음에 관한 문제는 점점 더 빈번히 그의 머릿속에 떠오르곤 했다.

형과 교수의 대화를 듣던 그는 그들이 과학적인 문제들을 정신적인 문제들과 연관 지으면서 여러 차례 이 문제에 접근하

26) 1872~1873년에 《유럽의 전령사》라는 잡지에서 심리학적 현상과 생리학적 현상의 관계에 대한 열띤 논쟁이 벌어졌다. 한쪽은 그 둘 사이에 아무런 관계가 없다고 말했고, 한쪽은 모든 정신적 행위는 반사작용이라 할 수 있으며 따라서 생리학적 연구에 종속된다고 말했다. 레빈처럼 톨스토이도 양쪽의 견해에 대해 모두 거리를 두었다.

27) 1870년대 초반, 찰스 다윈의 저작들이 러시아에 출간되었고, 그의 자연선택 이론과 인간이 동물에서 진화했다는 주장은 러시아의 모든 잡지와 신문에서 논의되었다.

다가도, 그가 가장 중요하다고 여기는 문제에 가까이 접근할 때마다 부랴부랴 황급하게 멀어지고, 다시 세밀한 분석, 주석, 인용, 암시, 권위에 대한 언급 등의 영역으로 깊이 파고드는 것을 눈치챘다. 그래서 그는 그들이 하는 이야기를 이해하는 데 무척 애를 먹었다.

"나는 인정할 수 없습니다." 세르게이 이바노비치는 늘 그러하듯 분명하고 시원시원한 표현과 우아한 말투로 말했다. "외부 세계에 대한 나의 모든 표상이 인상에서 나온다는 케이스의 이론에 난 결코 동의할 수 없습니다. 존재라는 가장 근본적인 개념은 감각을 통해 받아들여지는 것이 아닙니다. 왜냐하면 이 개념을 전달할 특별한 기관이 없기 때문이죠."

"그렇죠. 그러나 부르스트, 크나우스트, 프리파소프[28)]는 당신에게 이렇게 대답할 것입니다. 존재에 대한 당신의 의식은 모든 감각의 총체에서 나오며, 존재에 대한 이러한 인식은 감각의 결과라고 말입니다. 부르스트는 심지어 노골적으로 말합니다. 감각 없이는 존재에 대한 개념도 없다고 말이죠."

"내 생각은 정반대입니다." 세르게이 이바노비치가 말을 시작했다.

그러나 레빈이 보기에 그들은 또 가장 중요한 문제에 접근했다가 다시 멀어지는 것처럼 보였다. 그래서 그는 교수에게 질문을 던져 보기로 마음먹었다.

"그렇다면, 만약 감각이 모두 사멸하고 육신이 죽어 버리면,

---

28) 톨스토이는 패러디적이고 우스꽝스러운 효과를 위해 이 이름을 지어냈다. 이 이름은 각각 '소시지', '인색한 혹은 날카로운', '식량'을 뜻한다.

더 이상 어떠한 존재도 있을 수 없는 겁니까?" 그가 물었다.

교수는 대화의 중단으로 정신적인 고통을 받기라도 한 듯 짜증을 내며 질문을 던진 낯선 남자에게 고개를 돌렸다. 그는 철학자라기보다는 배를 끄는 인부처럼 보이는 이 남자를 흘깃 돌아보고는, 세르게이 이바노비치에게로 시선을 옮겼다. 그의 눈길은 마치 '여기에서 왜 그런 얘기가 나와?' 하고 묻는 것 같았다. 하지만 세르게이 이바노비치는 교수처럼 결코 강압적이고 일방적인 말투로 말하는 사람이 아니었다. 게다가 그의 머릿속에는 교수에게 답하면서 동시에 그런 질문을 낳은 단순하고도 당연한 시각을 이해할 만한 여유로움이 있었다. 그랬기에 그는 미소를 지으며 말했다.

"우리에겐 아직 이 질문을 해결할 만한 권리가 없어……."

"자료가 없을 뿐입니다." 교수는 이 점을 지적하며 자신의 논증을 계속했다. "아닙니다. 내가 주목하는 것은, 프리파소프가 노골적으로 지적했듯이, 만약 감각이 인상을 그 기초로 삼고 있다면, 우리가 이 두 가지 개념을 엄격히 구분하지 않으면 안 된다는 점입니다."

레빈은 더 이상 이야기를 듣지 않고, 교수가 어서 가기만을 기다렸다.

8

교수가 가자, 세르게이 이바노비치는 동생에게 말을 걸었다.

"이렇게 와 주니 무척 기쁘구나. 오래 있을 거니? 영지는 어때?"

레빈은 형이 영지에 별로 관심도 없으면서 그저 그에게 화두를 양보하려고 물어본 것임을 알고 있었다. 그래서 그는 밀을 판 일과 금전 문제에 대해서만 간단히 대답했다.

레빈은 형에게 자신의 결혼 계획에 대해 말하고 그에게 조언을 구하고 싶었다. 그는 이렇게 하려고 굳은 결심까지 했다. 그러나 형을 만나고 형이 교수와 하는 대화를 듣고, 형이 선심 쓰듯 무심한 말투로 영지(어머니의 영지는 아직 분배되지 않았기 때문에 레빈이 두 사람 몫을 모두 관리하고 있었다.)에 대해 묻는 말을 듣자, 어쩐지 형에게 자신의 결혼 문제에 대한 이야기를 꺼내고 싶은 마음이 사라졌다. 형은 이 문제를 그가 바라는 대로 볼 것 같지 않았다.

"그곳 젬스트보는 어떻게 돌아가고 있니?" 세르게이 이바노비치가 말했다. 그는 젬스트보에 대해 관심이 많았고 그것에 큰 의의를 부여했다.

"글쎄, 실은 잘 몰라……."

"뭐? 넌 자치회 의원이잖아."

"이젠 아냐. 사퇴했어." 콘스탄친 레빈이 대답했다. "더 이상 회의에도 나가지 않아."

"유감이구나!" 세르게이 이바노비치가 이맛살을 찌푸리며 나지막하게 중얼거렸다.

레빈은 그에 대한 변명으로 현의 모임에서 무슨 일이 벌어지는지 이야기했다.

"늘 그런 식이지!" 세르게이 이바노비치가 그의 말을 가로막았다. "우리 러시아 사람들은 언제나 그렇단 말이야. 어쩌면 그것이 우리의 장점일지도 모르지. 자신의 단점을 볼 수 있는 능력 말이야. 하지만 우리는 도가 지나쳐. 우리는 비꼬길 좋아하고, 혀끝에는 언제나 가시가 돋쳐 있어. 우리의 지방자치제 같은 이런 권리를 다른 유럽 민족들에게 주었다면, 독일인이나 영국인들은 그것에서 자유를 만들어 냈을 거야. 그런데 우리는 그저 이렇게 냉소할 뿐이지."

"하지만 어쩌겠어?" 레빈이 자책감을 느끼며 말했다. "나로선 이게 마지막 시도였어. 나도 최선을 다했단 말이야. 난 못해. 능력이 없어."

"능력이 없는 게 아니겠지. 넌 문제를 올바로 보려 하지 않아." 세르게이 이바노비치가 말했다.

"그럴지도 모르지." 레빈은 음울하게 대답했다.

"참, 너, 니콜라이가 또 이곳에 온 것 아니?"

니콜라이는 콘스탄친 레빈의 친형이고, 세르게이 이바노비치와는 어머니만 같았다. 그는 자기 몫의 많은 재산을 탕진한 데다 괴상하고 못된 사람들과 어울리며 타락의 길을 걷고 있었고, 그 때문에 형제들과 사이가 좋지 않았다.

"방금 뭐라고 했어?" 레빈은 공포에 사로잡혀 큰 소리로 외쳤다. "어떻게 알았어?"

"프로코피가 길에서 봤다는구나."

"여기, 모스크바에서? 지금 어디 있는데? 형은 알아?" 레빈은 당장이라도 형을 찾아갈 것처럼 의자에서 벌떡 일어났다.

"괜히 말했군." 세르게이 이바노비치는 막내 동생이 흥분하는 걸 보자 머리를 흔들었다. "사람을 시켜 니콜라이가 어디에 사는지 알아냈다. 그리고 내가 트루빈에게 대신 갚아 준 그 녀석의 어음을 보냈지. 이게 니콜라이가 내게 보낸 답장이야."

세르게이 이바노비치는 서진(書鎭) 밑에서 한 장의 편지를 꺼내어 동생에게 건넸다.

레빈은 기묘하면서도 친숙한 필체로 적힌 편지를 읽었다. '제발 날 가만히 내버려 둬. 이것이 나의 사랑하는 형제들에게 바라는 유일한 소망이야.'

레빈은 편지를 다 읽고도, 여전히 손에 편지를 들고 고개를 숙인 채 세르게이 이바노비치 앞에 서 있었다.

그의 마음에서는 이제 불행한 형에 대해선 잊고 싶다는 바람과 그렇게 하는 것은 옳지 않다는 자각이 싸우고 있었다.

"그 녀석은 틀림없이 나를 모욕하려는 거야." 세르게이 이바노비치가 계속 말을 이었다. "하지만 그놈은 날 모욕할 수 없어. 난 진심으로 그 애를 돕고 싶다. 하지만 난 알아. 그것은 불가능한 일이라는 걸."

"그래, 그래." 레빈은 같은 말을 되풀이했다. "이해해. 그리고 니콜라이 형에 대한 형의 태도를 존중하고 있어. 하지만 난 니콜라이 형에게 가 보겠어."

"정 그러고 싶다면 가 봐. 별로 권하고 싶진 않다만." 세르게이 이바노비치가 말했다. "그러니까, 난 말이지, 이런 일이 조금도 두렵지 않아. 그 녀석 때문에 우리가 서로 싸우는 일은 없을 거야. 하지만 넌 달라. 충고하는데, 가지 않는 편이 나을 거다. 그 애를 도울 수 없을 거야. 하지만 네가 하고 싶은 대로 해."

"아마 도울 수 없겠지. 그래도 내 생각엔, 더구나 이럴 때, 아니, 이건 별개의 문제지만, 내 마음이 편하지 않을 것 같아."

"글쎄, 난 이해할 수 없다만." 세르게이 이바노비치가 말했다. "하지만 한 가지는 알고 있지." 그는 덧붙였다. "바로 겸손의 교훈이야. 난 니콜라이가 지금과 같은 인간이 된 뒤로, 비열함이라 불리는 것에 대해 이전과 달리 더 관대한 시각으로 보게 되었다. 너도 알지, 그놈이 무슨 짓을 했는지……."

"아, 끔찍해. 끔찍해!" 레빈은 같은 말을 되풀이했다.

레빈은 세르게이 이바노비치의 하인에게서 니콜라이의 주소를 받아 들고, 즉시 그에게 갈 채비를 했다. 그러나 곰곰이 생각해 본 후, 형에게 찾아가는 일을 저녁까지 미루기로 했다. 마음의 평안을 얻으려면, 무엇보다 그를 모스크바로 오게 만든 그 일부터 해결해야 했다. 레빈은 형의 집을 나와 오블론스키가 근무하는 관청으로 가서 쉐르바츠키 가의 근황에 대해

묻고는, 오블론스키가 키티를 만날 수 있을 거라고 알려 준 곳
으로 갔다.

9

4시, 동물원에 도착한 레빈은 심장이 마구 고동치는 걸 느
끼며 마차에서 내려 산과 스케이트장으로 난 오솔길을 걸었다.
그는 그곳에 그녀가 있다는 것을 알았다. 마차 대는 곳에서 쉐
르바츠키 가의 마차를 보았기 때문이다. 청명하고 얼어붙을 듯
추운 날씨였다. 마차 대는 곳에는 사륜마차, 썰매, 삯마차, 헌병
들이 줄지어 서 있었다. 입구와 깨끗이 쓸어 놓은 오솔길은 맵
시 있게 차려입은 사람들로 붐볐다. 눈부신 햇살 아래서 그들
의 모자가 반짝였다. 오솔길 주위에는 소용돌이무늬를 조각한
처마와 지붕 마룻대가 붙은 러시아식 오두막집이 흩어져 있었
다. 동물원의 울창한 자작나무 고목은 눈의 무게를 이기지 못
해 가지를 축축 늘어뜨렸고, 그 모습은 마치 새 축제 의상으로
아름답게 단장한 듯 보였다.

　그는 오솔길을 따라 스케이트장으로 걸어가며 혼잣말을 했
다. "흥분하지 마. 침착해. 도대체 왜 그래? 무엇 때문에 그러

는 거야? 가만히 있어, 바보 같으니!" 그는 자신의 심장에게 호소했다. 마음을 가라앉히려 할수록 더욱더 숨이 막히는 것 같았다. 도중에 마주친 지인이 레빈의 이름을 불렀다. 그러나 레빈은 그 사람이 누군지 알아보지도 못했다. 그는 언덕으로 다가갔다. 그곳에서는 사람들이 끌고 오르내리는 작은 썰매의 쇠사슬 소리, 쏜살같이 미끄러지는 썰매 소리, 사람들의 명랑한 목소리가 울려 퍼지고 있었다. 그는 몇 발짝 더 앞으로 갔다. 그러자 그의 앞에 스케이트장이 펼쳐졌다. 그는 스케이트를 지치는 많은 사람들 틈에서 그녀를 바로 알아보았다.

그녀를 발견한 그의 마음은 기쁨과 두려움에 사로잡혔다. 그녀는 스케이트장의 반대편 끝에서 어느 부인과 이야기를 나누고 있었다. 그녀의 복장이나 그녀의 몸짓에는 전혀 특별한 데가 없었다. 그러나 레빈에게는 이 많은 사람들 틈에서 그녀를 찾는 것이 엉겅퀴 틈에서 장미를 찾는 것만큼이나 쉬운 일이었다. 그녀로 인해 주위의 모든 것이 환하게 빛났다. 그녀는 주위의 모든 것을 비추는 미소였다. '과연 내가 저기 빙판으로 내려가 그녀에게 가까이 다가갈 수 있을까?' 그는 잠시 생각에 잠겼다. 그에게는 그녀가 있는 곳이 절대 접근할 수 없는 성소처럼 여겨졌다. 순간 그는 그곳을 떠날 뻔했다. 그만큼 그는 두려웠다. 그는 안간힘을 다해 이성적으로 판단하려고 애썼다. 그는 그녀 주위에 온갖 사람들이 다니는 걸 보아 자기도 스케이트로 그곳에 갈 수 있을 거라는 결론을 내렸다. 그는 그녀가 마치 태양이기라도 한 듯 오래 보는 것을 피하면서 아래로 내려갔다. 그러나 태양과 마찬가지로, 그녀의 모습은 눈으로 보지 않아도 알 수 있었다.

매주 이날 이 시간에는 같은 모임의 사람들이 빙판에 모였다. 그래서 모두 서로 잘 아는 사이였다. 그곳에는 멋진 솜씨를 자랑하는 선수 급의 사람들, 의자를 잡고 벌벌 떨며 서툴게 움직이는 초보자들, 소년들, 위생학적[29] 목적을 위해 스케이트를 타는 노인들이 있었다. 레빈에게는 그들 모두가 선택받은 행운아처럼 보였다. 왜냐하면 그들은 그녀 가까이에 있었기 때문이다. 스케이트를 타는 사람들은 모두 너무나 무심한 표정으로 그녀를 앞지르거나 뒤따르며 그녀와 이야기를 나누기도 했다. 다들 그녀와는 아무 상관없이 훌륭한 빙판과 멋진 날씨를 즐기며 흥겹게 놀고 있었다.

키티의 사촌 오빠인 니콜라이 쉐르바츠키는 짧은 재킷에 통 좁은 바지 차림으로 스케이트를 신은 채 벤치에 앉아 있다가, 레빈을 발견하고 큰 소리로 그를 불렀다.

"야아, 러시아 최고의 스케이트 선수! 언제 왔나? 빙판이 훌륭해. 어서 스케이트를 신지그래."

"스케이트도 없는걸." 레빈은 그녀 옆에서 그렇게 대담하고 거리낌 없이 행동하는 그에게 놀라며 대답했다. 그는 비록 그녀를 보지는 않았지만, 한순간도 그녀를 시야에서 놓치지 않았다. 그는 태양이 자기에게 가까이 다가오고 있음을 느꼈다. 모퉁이를 돌던 그녀는 긴 부츠를 신은 가느다란 다리를 둔각(鈍角)으로 벌리고 겁먹은 모습으로 빙판을 지치며 그에게 다가왔다. 러시아 전통 복장을 한 소년이 몸을 낮게 숙인 채 필

---

29) '위생학적(gigienicheskiy)'이란 표현은 19세기 후반에 의학의 대중화로 유행하게 된 신조어 가운데 하나로서, 톨스토이가 경멸조로 사용하였다.

사적으로 두 팔을 휘두르며 그녀를 앞질러 달렸다. 그녀는 너무나 불안한 자세로 빙판을 지쳤다. 그녀는 끈을 단 작은 머프에서 두 손을 뺀 채 위험에 대비했다. 그리고 레빈을 알아보고는 그와 자신의 두려움을 향해 미소를 던졌다. 그녀는 한 바퀴를 다 돌자, 그 조그만 발로 빙판을 경쾌하게 한 번 차더니 쉐르바츠키에게로 곧장 미끄러져 왔다. 그러고는 그의 손에 매달려 방긋 웃으며 레빈에게 머리를 끄덕여 보였다. 그녀는 그가 상상했던 것보다 훨씬 아름다웠다.

그녀를 생각할 때면, 그는 그녀의 모든 것, 특히 어린아이처럼 맑고 선한 표정을 띤 자그마한 얼굴과 처녀다운 가냘픈 어깨 위에 자연스럽게 늘어뜨린 옅은 금빛 머리칼의 아름다움을 생생하게 떠올릴 수 있었다. 그녀의 얼굴에 떠오른 앳된 표정은 날씬하고 아름다운 몸매와 어우러져 그가 기억하는 그녀의 독특한 매력을 이루었다. 그러나 매번 그를 놀라게 하는 것은, 바로 상냥하고 고요하고 진실한 그녀의 눈빛과 특히 언제나 레빈을 마법의 세계로 이끄는 그녀의 미소였다. 그는 그 마법의 세계에서 어린 시절에도 좀처럼 맛보지 못한 감동과 부드러움을 느꼈다.

"여기에 오신 지 오래됐나요?" 그녀가 손을 내밀며 말했다. "고마워요." 그가 그녀의 머프에서 떨어진 손수건을 주워 주자, 그녀가 이렇게 덧붙였다.

"나요? 별로 오래되지는 않았습니다. 어제…… 그러니까 오늘…… 왔습니다." 그는 갑작스러운 흥분으로 그녀의 질문을 잘 이해하지 못하여 이렇게 말했다. "당신에게 오고 싶었습니다." 그는 순간적으로 자기가 그녀를 찾은 이유를 떠올리고는 당황하여 얼굴을 붉혔다. "당신이 스케이트를 타리라고는, 더구나 이렇게 잘 타리라고는 생각도 못했습니다."

그녀는 그가 당황하는 이유를 알고 싶기라도 한 듯 찬찬히 그를 바라보았다.

"당신의 칭찬이니 믿어야겠죠. 이곳 사람들은 당신이 스케이트의 일인자라는 전설을 지금도 간직하고 있으니까요." 그녀는 이렇게 말하며, 검은 장갑을 낀 자그마한 손으로 머프에 떨어진 서리를 가볍게 털어 냈다.

"네, 나도 한때는 열정적으로 스케이트를 탔었죠. 완벽의 경지에 이르고 싶었거든요."

"당신은 모든 일을 열정적으로 하시는 것 같아요." 그녀는 미소를 지으며 말했다. "당신이 스케이트 타는 모습을 꼭 보고 싶어요. 어서 스케이트를 신으세요. 함께 타요."

'함께 스케이트를 타자고! 과연 그런 일이 가능할까?' 레빈은 그녀를 바라보며 생각했다.

"당장 스케이트를 신고 오겠습니다." 그가 말했다.

그리고 레빈은 스케이트를 신으러 갔다.

"오랜만에 오셨네요, 나리." 스케이트장 직원이 레빈의 한쪽 발을 받친 채 뒤축의 나사를 죄면서 말했다. "나리를 잇는 명수는 아직 한 명도 없었어요. 이 정도면 괜찮으시겠어요?" 그가 가죽끈을 조이며 말했다.

"좋아, 됐어. 좀 더 빨리 해 줘." 레빈은 얼굴에 저절로 떠오르는 행복의 미소를 간신히 억누르며 대답했다. '그래.' 그는 생각했다. '바로 이런 게 인생이야. 이런 게 행복이라고! 함께, 그녀가 그렇게 말했어, 함께 타요. 지금 그녀에게 말해 버릴까? 하지만 그녀에게 고백하기가 두려운 것도 그 때문이야. 지금 난 행복하니까, 희망만으로도 행복하니까……. 하지만 그 고백을 한 다음엔……? 그래도 고백해야 해. 꼭 해야 해! 나약한 마음 아, 썩 꺼져라!'

레빈은 일어나 코트를 벗었다. 그리고 오두막 옆의 거친 빙판을 따라 내달리다 속력을 다해 매끄러운 빙판으로 나오더니 힘들이지 않고 빙판을 지치기 시작했다. 마치 자유자재로 속도를 냈다 줄였다 하고 마음대로 방향을 바꾸는 것 같았다. 그는 두려움을 안고 그녀에게 다가갔다. 하지만 그녀의 미소가 다시금 그의 마음을 평온하게 해 주었다.

그녀가 그에게 한 손을 내밀자, 그들은 천천히 속도를 내면서 나란히 빙판을 달렸다. 속도가 빨라질수록, 그녀는 그의 손을 더욱더 꼭 잡았다.

"당신과 함께 타면 나도 금방 배울 것 같아요. 어쩐지 당신에게는 믿음이 가요." 그녀가 그에게 말했다.

"당신이 날 의지하니, 나도 자신이 생기는군요." 그는 이렇게 말하고는, 곧 자기가 한 말에 깜짝 놀라 얼굴을 붉혔다. 사실 그가 이 말을 하자마자, 태양이 구름 뒤로 숨어 버리듯, 갑자기 그녀의 얼굴에서 상냥함이 사라져 버렸다. 레빈은 그녀의 얼굴에서 사고의 노력을 나타내는 낯익은 흔들림을 발견했다. 그녀의 매끈한 이마에 작은 주름이 잡혔다.

"불쾌한 일이라도 있습니까? 하긴, 그런 걸 물어볼 권리가 내게는 없죠." 그가 빠르게 말했다.

"왜요……? 아니에요, 불쾌한 일 같은 건 없어요." 그녀는 냉담하게 대답하며, 곧 이렇게 덧붙였다. "Mademoiselle 리농을 만나지 않으셨나요?"

"아뇨, 아직."

"그녀에게 가 보세요. 그녀는 당신을 정말 좋아해요."

'이게 무슨 소리야? 내가 이 여자를 화나게 했군. 아, 하느님, 도와주소서!' 레빈은 잠시 생각에 잠겼다. 그러고는 벤치에 앉은 회색 곱슬머리의 나이 든 프랑스 여인에게 달려갔다. 그녀는 틀니가 드러나도록 활짝 미소를 지으며 오랜 친구를 대하듯 그를 맞이했다.

"참, 한편에서는 성장하고……." 그녀는 눈짓으로 키티를 가리키며 말했다. "한편에서는 늙어가고. Tiny bear[30]가 어느새 저렇게 커 버렸군요." 프랑스 여인은 웃으면서 그가 농담 삼아 세 아가씨를 영국 민담에 나오는 곰 세 마리라 불렀던 것에 대해 말했다. "기억나요? 당신이 곧잘 그렇게 말했잖아요."

그는 전혀 기억나지 않았지만, 그녀는 벌써 10년째 그 농담을 입에 올리며 웃음을 터뜨리곤 했다.

"자, 가요, 가서 스케이트를 타요. 우리 키티도 이젠 정말 잘 타요, 그렇죠?"

레빈이 다시금 키티에게 달려가자, 키티의 딱딱한 표정은 이미 사라지고 그녀의 두 눈동자는 아까처럼 진실하고 상냥한 빛을 띠며 그를 바라보았다. 그러나 레빈은 그녀의 상냥함 속에서 뭔가 이상한, 일부러 침착한 척하는 듯한 분위기를 느꼈다. 그는 우울해졌다. 키티는 나이 든 가정교사와 그녀의 기이한 성격에 대해 늘어놓더니, 레빈의 생활에 대해 물었다.

---

30) '작은 곰.'(영어)

"정말로 시골에서 겨울을 보내는 게 지겹지 않으세요?" 그녀가 말했다.

"아뇨, 지루하지 않습니다. 굉장히 바쁘거든요." 그는 자신이 그녀의 차분한 어조에 지배되고 있음을 느꼈다. 그는 겨울 초엽에 그랬던 것처럼 이번에도 그 어조에서 벗어나지 못할 것이다.

"이곳에 오래 계실 건가요?" 키티가 물었다.

"모릅니다." 그는 자신이 무슨 이야기를 하고 있는지 생각지도 않고 이렇게 대답했다. 문득 이처럼 평온한 우정의 어조에 굴복한다면 또다시 아무것도 매듭짓지 못한 채 떠나고 말 거라는 생각이 떠올랐다. 그래서 그는 그녀의 어조에 저항하기로 결심했다.

"어떻게 모를 수가 있죠?"

"모릅니다. 그건 당신에게 달려 있으니까요." 그는 말을 끝내자마자 자신의 말에 두려움을 느꼈다. 그녀는 그의 말을 듣지 못했거나 듣고 싶지 않은 것 같았다. 하지만 무언가에 걸리기라도 한 듯, 한 발로 빙판을 두어 번 치더니 황급히 그를 떠나 버렸다. 그녀는 mademoiselle 리농에게 다가가 뭐라고 말하더니, 부인들이 스케이트를 벗는 오두막으로 향했다.

'아, 이런! 내가 무슨 짓을 한 거지! 하느님, 나를 도우소서! 나를 가르치소서!' 레빈은 이렇게 기도했다. 동시에 그는 격렬한 동작에 대한 욕구를 느껴 힘차게 빙판을 지치면서 원을 그리기 시작했다.

그때 스케이트의 새로운 명수로 떠오르고 있는 한 젊은이가 담배를 물고서 스케이트를 신은 채 찻집에서 걸어 나왔다. 그러고는 힘껏 내달리더니 쿵쿵 소리를 내고 껑충 뛰기도 하면서 층계를 내려왔다. 그는 날듯이 아래로 내려와 팔의 자연스러운 위치를 바꾸지 않은 채 그대로 빙판을 지쳤다.

"아, 저것이 새로 나온 묘기군!" 레빈은 말이 떨어지기가 무섭게 그 새로운 묘기를 해 보고자 위로 달려갔다.

"그러다 다쳐. 연습이 필요해." 니콜라이 쉐르바츠키가 그에게 소리쳤다.

레빈은 발판으로 올라가 있는 힘껏 달려 아래로 내려왔다. 익숙하지 않은 동작이라 양손으로 균형을 잡아야 했다. 마지막 계단에서 걸리긴 했지만 한 손만 빙판에 닿을락 말락 했을 뿐, 그는 힘찬 동작을 끝내고는 자세를 바로잡고 웃으며 앞으로 나아갔다.

'멋지고 사랑스러운 사람이야.' 그때 mademoiselle 리농과 오두막을 나서던 키티는 그의 모습을 바라보며, 사랑하는 오빠를 바라보듯 잔잔하고 부드러운 미소를 지었다. '과연 내가 나쁜 걸까? 정말 내가 저속한 짓을 한 걸까? 흔히 교태라고들 하지. 난 내가 저 사람을 사랑하지 않는다는 걸 알아. 하지만 그와 함께 있으면 즐거운걸. 게다가 그는 너무나 멋진 사람이지. 그는 도대체 왜 그런 말을 한 걸까……?' 그녀는 생각했다.

스케이트장을 떠나려는 키티와 계단에서 그녀를 맞이하는 어머니를 보면서, 레빈은 세찬 운동을 한 직후의 벌건 얼굴로 잠시 멈춰 서서 생각에 잠겼다. 그는 스케이트를 벗고는 동물원 출구에서 그들 모녀를 따라잡았다.

"만나서 정말 반가워요." 공작부인이 말했다. "늘 그랬듯이, 우리는 목요일마다 손님을 초대한답니다."

"그럼, 오늘이군요?"

"방문해 준다면 정말 기쁠 거예요." 공작부인이 싸늘한 말투로 말했다.

그 매정한 말투가 키티의 마음을 괴롭혔다. 그래서 그녀는 어머니의 냉정한 태도를 누그러뜨리고픈 욕구에 시달렸다. 그녀는 고개를 돌려 미소를 지으며 말했다.

"다음에 봐요."

그때 스테판 아르카지치가 모자를 비스듬히 쓴 채 얼굴과 눈동자를 빛내며 개선장군처럼 의기양양하게 동물원으로 들어왔다. 그러나 장모에게로 온 그는 죄의식을 느끼는 듯한 침울한 얼굴로 돌리의 건강을 묻는 장모의 물음에 대답했다. 장모와 조용하고 침울하게 이야기를 나눈 뒤, 그는 가슴을 쫙 펴고 레빈의 손을 잡았다.

"자, 그럼, 가 볼까?" 그가 물었다. "난 줄곧 자네만 생각했어. 자네가 와서 얼마나 기쁜지 몰라." 그는 레빈의 눈동자를 바라보며 의미심장한 표정을 지었다.

"가, 가자." 레빈이 행복에 잠겨 대답했다. "다음에 봐요."라고 말하던 키티의 목소리가 계속 귀에서 맴돌았고 그녀의 미소가 눈에 선했다.

"앙글리아[31]로 갈까, 에르미타쥬로 갈까?"

"어느 쪽이든 상관없어."

"그럼, 앙글리아로 가지." 스테판 아르카지치가 말했다. 그가

---

31) 당시 페트로프카에 실제로 있던 호텔로서 귀족들의 모임 장소로 애용되었다.

앙글리아를 고른 것은, 에르미타쥬보다 앙글리아에 외상을 더 많이 졌기 때문이다. 그는 외상 때문에 그 호텔을 피하는 것은 옳지 않다고 생각했다. "자네에게 삯마차가 있지? 잘됐군. 내가 타고 온 마차는 돌려보냈거든."

두 친구는 호텔로 가는 동안 내내 말이 없었다. 레빈은 키티의 얼굴에 나타난 표정의 변화가 무엇을 뜻하는지 생각하면서, 때로는 희망이 있다고 확신하기도 하고, 때로는 절망에 빠진 채 자신의 희망이 얼마나 어리석은 것인가를 뚜렷이 깨닫기도 했다. 하지만 그는 자신이 그녀의 미소와 "다음에 봐요."라는 말을 대하고 난 후 완전히 딴 사람이 되어 있음을 느꼈다.

스테판 아르카지치는 그동안 메뉴를 생각했다.

"자네, 가자미 좋아하나?" 호텔이 가까워지자, 스테판 아르카지치가 레빈에게 말했다.

"뭐?" 레빈이 되물었다. "가자미? 좋아, 난 가자미를 끔찍이 좋아해."

10

오블론스키와 호텔에 들어선 순간, 레빈은 스테판 아르카지치의 얼굴과 몸 전체에서 마치 억제된 광채 같은 어떤 특별한 표정을 눈치채지 않을 수 없었다. 오블론스키는 코트를 벗고 모자를 비스듬히 쓴 채 식당으로 들어가더니, 연미복 차림에 냅킨을 들고 그를 졸졸 따르는 타타르인[32]에게 이것저것 지시를 내렸다. 그리고 어딜 가나 그렇듯, 거기에서도 그를 즐겁게 맞이하는 지인들에게 좌우로 인사를 하며 똑바로 나아갔다. 그는 바에서 생선 안주에 보드카 한 잔을 걸친 후, 카운터에 앉은 프랑스 여자에게 뭐라고 말했다. 화장을 짙게 하고 리본과 레이스와 곱슬머리를 치렁치렁 늘어뜨린 여자였다. 그러자 그의 이야기에 이 프랑스 여자까지 까르르 웃어 댔다. 레빈

---

32) 러시아 제국의 여러 소수 민족 가운데 하나. 타타르인은 본래 카스피해 동쪽에 자리 잡은 중앙아시아의 민족이다.

은 보드카를 한 잔도 마시지 않았다. 단지 이 프랑스 여자가 눈에 거슬린다는 이유만으로. 그녀는 온통 다른 사람의 머리카락과 poudre de riz[33]와 vinaigre de toilette[34]로 이루어진 듯했다. 그는 불결한 장소를 빠져나가듯 황급히 그녀를 떠났다. 그의 마음은 온통 키티에 대한 기억으로 가득 찼고, 그의 눈에서는 승리와 행복의 미소가 빛났다.

"각하, 어서 이리로 오십시오. 이곳은 시끄럽지 않습니다, 각하." 특히나 열심히 따라다니던 흰 머리의 늙은 타타르인이 말했다. 그의 연미복의 뒷자락은 커다란 엉덩이 때문에 쫙 벌어져 있었다. "모자를 이리 주십시오, 각하." 그가 레빈에게 말했다. 스테판 아르카지치에 대한 경의의 표시로 그의 손님의 비위까지 맞추려는 것이다.

순식간에 그는 청동 브래킷[35] 아래의 테이블보 깔린 둥근 테이블 위에 새 테이블보를 펼치고는, 스테판 아르카지치 앞에 벨벳 의자를 권하며 서 있었다. 그는 손에 냅킨과 메뉴를 든 채 주문을 기다렸다.

"각하, 별실이 필요하시다면 곧 마련해 드리겠습니다. 골리친 공작님과 숙녀분이 곧 일어나실 테니까요. 그리고 신선한 굴이 들어와 있습니다."

"아, 굴이라……!"

스테판 아르카지치는 생각에 잠겼다.

"레빈, 계획을 바꿔 보지 않겠어?" 그는 메뉴에 손가락을

---

33) '쌀가루로 만든 화장분.'(프랑스어)
34) '화장용 식초.'(프랑스어)
35) 벽이나 기둥 등에 붙이는 조명 기구.

올려놓고 말했다. 그의 얼굴에는 진지하게 망설이는 빛이 역력했다. "굴은 상품(上品)인가?"

"플렌스부르크산입니다, 각하. 오스텐드산은 없습니다."

"플렌스부르크산이라, 좋아, 굴은 신선한가?"

"어제 들어왔습니다."

"그럼, 굴부터 시작하지 않겠어? 그런 다음 전체 계획을 바꿔 버리는 거야, 어때?"

"마음대로. 나는 쉬치와 카샤[36]가 가장 좋지만, 여기엔 그런 것이 없겠지."

"그럼, 카샤 아 라 루스[37]가 어떻습니까?" 타타르인은 마치 어린아이를 돌보는 보모처럼 레빈에게 몸을 굽히며 말했다.

"아냐, 농담은 그만하지. 자네가 고르는 것이라면 뭐든지 다 좋아. 스케이트를 좀 탔더니 배가 고파." 그는 오블론스키의 얼굴에 나타난 불만스러운 표정을 눈치채고 이렇게 덧붙였다. "내가 자네의 선택을 존중하지 않는다고 생각하진 마. 난 뭐든 맛있게 잘 먹으니까."

"물론이지! 자네가 뭐라고 하든, 이것도 역시 삶의 기쁨인걸." 스테판 아르카지치가 말했다. "그럼, 굴을 스무 개, 아냐, 좀 적은가, 서른 개 갖다 주게. 야채수프도 가져오고……."

"프랭타니에르를 말씀하시는 거군요." 타타르인이 그의 말을

---

36) 쉬치(양배추 수프)와 카샤(죽)은 러시아 농민의 주식이었다.

37) '러시아식 카샤'라는 뜻을 프랑스어로 나타낸 표현. 톨스토이는 귀족들이 사용하는 프랑스어와 영어와 독일어 등은 원어를 그대로 표기하나, 이 장면에서 타타르인이 음식을 일컬을 때 사용하는 프랑스어는 러시아어로 발음만 표기한다.

받았다. 그러나 스테판 아르카지치는 타타르인에게 프랑스어로
요리 이름을 말하는 기쁨을 주고 싶지 않은 것 같았다.

"채소 뿌리가 든 것 말이야, 알겠지? 그다음엔 진한 소스를
얹은 가자미하고, 그다음엔……, 로스트비프를 가져와. 좋은 걸
로 부탁해. 닭 요리도 괜찮지, 음, 과일 통조림도 가져오고."

타타르인은 요리 이름을 프랑스어 메뉴로 말하지 않는 스테
판 아르카지치의 습관을 떠올리고는, 그의 말을 되풀이하지 않
고 모든 주문을 메뉴에 따라 다시 읽는 즐거움을 스스로 누
렸다. "수프 프랭타니에르, 츄르보 소스 보마르셰, 플라르드 아
레스트라곤, 마세두안 드 프리……." 그는 말을 마치자마자, 용
수철에서 튀어 오르듯, 두꺼운 표지를 댄 메뉴판을 내려놓고
포도주 리스트를 집어 스테판 아르카지치에게 권했다.

"뭘 마실까?"

"자네가 고르는 걸로. 난 조금만 마실 테니까. 샴페인도 좋
고." 레빈이 말했다.

"뭐? 처음부터? 하지만, 좋아, 그걸로 부탁하네. 레빈, 흰색
봉인지가 붙은 걸 좋아해?"

"카셰 블랑입니다." 타타르인이 그의 말을 받았다.

"그럼, 일단 그것과 굴을 가져오게. 그러고 나서 생각하지."

"알겠습니다. 식사용 포도주는 어떤 것으로 드릴까요?"

"뉴이로 가져와. 아냐, 클래식한 샤블리가 좋지."

"알겠습니다. 치즈는 늘 드시던 걸로 가져올까요?"

"그렇지, 파마산 치즈로 가져오게. 아니, 다른 치즈로 할
까?"

"아냐, 난 뭐든 좋아." 레빈이 웃음을 참지 못하며 말했다.

그러자 타타르인은 커다란 엉덩이 위로 연미복 자락을 펄럭이며 달려가더니, 5분 후 손가락 사이에 굴 접시와 술병을 끼고 잽싸게 걸어왔다.

스테판 아르카지치는 풀 먹인 빳빳한 냅킨을 꾸깃꾸깃 비벼 조끼에 끼우고는, 두 손을 테이블에 편안하게 얹은 채 굴을 먹기 시작했다.

"나쁘지 않은데." 그는 은제 포크로 진주빛 껍데기에서 즙 많은 굴을 떼어 계속 삼켰다. "나쁘지 않아." 그는 촉촉하게 빛나는 눈동자로 레빈과 타타르인을 번갈아 쳐다보며 말했다.

레빈은 굴도 먹었다. 하지만 치즈를 얹은 흰 빵이 그의 입맛에 더 잘 맞았다. 그러나 그는 오블론스키를 감탄의 눈길로 바라보았다. 코르크 마개를 뽑아 거품이 이는 술을 오목하고 얇은 유리잔에 따르던 타타르인도, 눈에 보일 만큼 만족스러운 미소를 띤 채 자신의 하얀 넥타이를 고쳐 매며 스테판 아르카지치를 바라보았다.

"자네는 굴이 별로 마음에 안 드나 보지?" 스테판 아르카지치가 잔을 비우며 말했다. "아니면 무슨 걱정거리가 있나 보군. 그렇지?"

그는 레빈이 즐거워하길 바랐다. 레빈은 즐겁지 않은 건 아니지만 답답했다. 마음속에 자리 잡은 생각 때문이기도 했지만, 다들 귀부인을 동반하여 저녁 식사를 하는 별실들 사이의 바에서 분주하고 시끌벅적한 가운데 있는 것이 불쾌하고 겸연쩍었던 것이다. 청동제 장식들, 거울, 가스, 타타르인, 이 모든 것이 그의 눈에 거슬렸다. 그는 자신의 영혼에 충만한 것을 더럽힐까 봐 두려웠다.

"나? 그래, 걱정이 있긴 하지. 하지만 그것 말고도, 이 모든 것이 날 숨 막히게 하는군. 자네는 나 같은 시골 사람에게 이 모든 것이 얼마나 야만스럽게 보이는지 상상도 못 할 거야. 자네 사무실에서 본 그 신사의 손톱처럼……." 그가 말했다.

"아, 나도 봤어. 자네는 가엾은 그리네비치의 손톱에 굉장한 관심을 보이더군." 스테판 아르카지치가 웃으며 말했다.

"나도 어쩔 수 없어. 자네도 내 속에 들어와 시골 사람의 눈으로 보려고 해 봐. 우리 시골 사람들은 자기 손을 일하기에 편리하도록 관리하려고 한단 말이야. 그래서 손톱을 짧게 깎고 때론 옷소매를 걷어 올리기도 하지. 그런데 이곳 사람들은 일부러 손톱을 최대한 기르고, 소매엔 접시만 한 단추를 달고 다녀. 손으로 아무것도 할 수 없게 말이야." 레빈이 대답했다.

스테판 아르카지치는 유쾌하게 웃었다.

"맞아. 그건 그 친구가 거친 노동을 할 필요가 없다는 표시야. 그는 머리로 일을 하니까……."

"그럴지도 모르지. 그래도 나에겐 여전히 야만스러워 보여. 지금 이 모습도 야만스럽게 보이기는 마찬가지야. 우리 시골 사람들은 일을 하기 위해 빨리 배를 채우려고 하는데, 여기 있는 자네와 난 최대한 더디게 배를 채우려고 애쓰잖아. 그래서 굴을 먹는 거고……."

"물론, 그렇지." 스테판 아르카지치가 말을 가로챘다. "하지만 이런 것에 교양의 목적이 있는 거야. 모든 것에서 쾌락을 만들어 내는 것 말이야."

"음, 그것이 정말 교양의 목적이라면 난 야만인이 되고 싶군."

"자넨 그 상태로도 야만스러워. 레빈 가 모두 야만인이지."

레빈은 한숨을 내쉬었다. 그는 니콜라이 형을 떠올렸다. 그러자 수치심과 고통이 그를 엄습했다. 그는 이맛살을 찌푸렸다. 그러나 오블론스키가 레빈의 관심을 단숨에 끌어당길 만한 주제에 대해 이야기하기 시작했다.

"그건 그렇고, 오늘 저녁에 우리의 쉐르바츠키 가로 갈 건가?" 그는 울퉁불퉁한 굴 껍데기를 옆으로 밀치고 치즈를 끌어당기며 말했다. 그의 눈동자가 의미심장하게 반짝였다.

"그럼, 꼭 갈 거야." 레빈이 대답했다. "공작부인이 마지못해 날 초대한 것 같긴 하지만."

"무슨 소리야! 정말 쓸데없는 생각을 하고 있군. 그건 그분의 방식이야……. 여기, 수프 좀 갖다 주게! 그건 그분의 방식이야. Grand dame[38]이잖나. 나도 갈 거야. 하지만 그전에 먼저 바니나 백작부인 댁에 합창 연습을 하러 가야해. 그건 그렇고, 자네가 어떻게 야만인이 아니라고 할 수 있겠어? 자네가 갑자기 모스크바에서 사라진 이유를 어떻게 설명할 거야? 쉐르바츠키 가의 사람들이 내게 끊임없이 그 이유를 물었어. 내가 그 이유를 당연히 알고 있어야 한다는 식이었지. 하지만 내가 아는 건 오직 한 가지뿐이야. 자네는 언제나 남이 하지 않는 일을 한다는 것이지." 스테판 아르카지치가 말했다.

"그래." 레빈은 천천히 흥분한 어조로 말했다. "자네 말이 맞아. 난 야만인이야. 하지만 내가 야만인인 이유는, 내가 떠나서가 아니라 지금 이곳에 왔기 때문이지. 내가 지금 왔기 때문

---

38) '귀부인.'(프랑스어)

이라고!"

"오, 자넨 정말 행복한 사람이야!" 스테판 아르카지치가 레빈의 눈을 바라보면서 그의 말을 가로챘다.

"어째서?"

"준마는 낙인으로 알고, 사랑에 빠진 젊은이는 눈빛으로 알지[39]." 스테판 아르카지치는 시를 낭송하듯 말했다. "자네 앞에는 모든 것이 펼쳐져 있어."

"그럼, 자네에겐 모든 것이 이미 다 지나갔다는 건가?"

"아니, 지나간 건 아니라 해도……. 어쨌든 자네에겐 미래가 있고, 나에겐 현재가 있지. 그나마 현재도 이렇게 복잡하고."

"왜?"

"그냥 안 좋아. 음, 내 얘긴 별로 하고 싶지 않군. 게다가 모든 걸 설명하는 것도 불가능하고." 스테판 아르카지치가 말했다. "그런데 자넨 왜 모스크바에 왔지? 어이, 여기 좀 치워 줘." 스테판 아르카지치가 타타르인에게 소리쳤다.

"자넨 알고 있지?" 레빈은 깊은 곳에서부터 빛을 발하는 두 눈동자로 스테판 아르카지치를 계속 응시하며 대답했다.

"눈치는 챘지만, 그렇다고 내가 먼저 얘기를 꺼낼 수는 없잖아. 이쯤 되면, 자네도 내가 제대로 추측한 건지 아닌지 알 수 있을 텐데." 스테판 아르카지치는 미묘한 웃음을 지으며 레빈을 바라보았다.

"그럼, 자네 생각은 어때?" 레빈은 떨리는 목소리로 말했다.

---

39) 오블론스키는 알렉산드르 푸슈킨의 「아나크레온으로부터」(1835)라는 시를 부정확하게 인용하고 있다.

그는 얼굴의 모든 근육이 바르르 떨리는 걸 느꼈다. "자네는 이 문제를 어떻게 보나?"

스테판 아르카지치는 레빈을 주시하며 천천히 샤블리 잔을 비웠다.

"나?" 스테판 아르카지치가 말했다. "이보다 좋을 순 없지. 그야말로 일어날 수 있는 일 가운데 최고야."

"착각하고 있는 것 아닌가? 내가 무슨 말을 하는지 알고나 하는 소리야?" 레빈은 상대방을 뚫어지게 바라보며 말했다. "자네는 그 일이 가능하다고 생각해?"

"가능하고말고. 불가능할 이유가 뭐야?"

"아니, 자네는 정말 그 일이 가능하다고 생각해? 아냐, 자네의 생각을 전부 말해 봐! 음, 만약 내가 거절당한다면……? 난 그렇게 확신하는데……."

"왜 그런 생각을 하지?" 스테판 아르카지치는 레빈의 흥분하는 모습을 보며 미소를 지었다.

"이따금 그런 생각이 들어. 그건 나와 그녀 모두에게 엄청난 일이 될 테니까."

"음, 어쨌든 아가씨들에게는 별로 대단한 일도 아냐. 어느 아가씨나 청혼받는 걸 자랑스럽게 생각하거든."

"그래, 어느 아가씨나 다 그렇겠지. 하지만 그녀는 아냐."

스테판 아르카지치가 미소를 지었다. 그는 레빈의 이러한 감정을 너무나 잘 알고 있었다. 그리고 레빈의 눈에는 이 세상의 모든 아가씨가 두 부류로 나뉜다는 사실도 잘 알고 있었다. 한 부류는 그녀를 제외한 이 세상의 모든 아가씨로서, 그녀들은 온갖 인간적인 약점을 가진 지극히 평범한 여자들이다. 또 한 부류에는 오직 그녀만이 존재한다. 그녀는 어떠한 약점도 없고 모든 인간적인 것을 초월한 여자이다.

"잠깐, 소스를 쳐야지." 그는 소스를 옆으로 치우는 레빈의 손을 잡았다.

레빈은 순순히 소스를 쳤지만, 스테판 아르카지치에게 먹을 틈을 주지 않았다.

"아냐, 잠시만, 잠시만 기다려." 레빈이 말했다. "이해해 줘. 이 일은 나에게 생사를 가르는 문제야. 난 이 일을 누구에게도 이야기한 적 없어. 자네 말고는 이 이야기를 그 누구에게도 할 수 없었어. 사실 우리는 모든 면에서 달라. 취향도, 관점도, 모든 게 다르지. 하지만 난 알아. 자네가 날 아끼고 이해해 준다는 걸. 그래서 난 자네를 무척 좋아해. 하지만 이번만큼은 제발 숨김없이 솔직히 말해 줘."

"내 생각을 있는 그대로 말한 거야." 스테판 아르카지치가 미소를 지었다. "하지만 더 얘기해 주지. 내 아내는 정말로 놀라운 여자야……." 스테판 아르카지치는 아내와의 관계를 떠올리며 한숨을 쉬었다. 그는 잠시 침묵하더니 계속 말을 이었다. "그녀에게는 앞일을 예측하는 재능이 있어. 그녀는 사람을 꿰뚫어 보지. 하지만 이런 말로는 부족해. 그녀는 앞으로 무슨 일이 일어날지 알아. 특히 결혼 문제를 잘 알아맞히지. 그녀는 샤호프스카야가 브렌첼른과 결혼할 거라고 예견했어. 아무도 그것을 믿고 싶어 하지 않았지만 결국 그렇게 됐지. 그런데 그녀가 자네 편이야."

"무슨 뜻이야?"

"그러니까, 그녀는 자네를 좋아해. 게다가 이런 말까지 하더군. 키티가 틀림없이 자네의 아내가 될 거라고 말이야."

이 말에 레빈의 얼굴이 갑자기 미소로 빛났다. 그 미소는 감동의 눈물에 가까웠다.

"그녀가 그렇게 말했다니!" 레빈이 소리쳤다. "내가 늘 말했지, 그녀는, 자네 부인은 정말 훌륭한 여자라고 말이야. 음, 충분해, 그 얘기는 이걸로 충분한 것 같아." 그는 자리에서 일어나며 말했다.

"좋아, 하지만 앉아 봐. 수프가 나오잖아."

하지만 레빈은 자리에 앉을 수 없었다. 그는 단호한 걸음걸이로 좁은 실내를 두어 번 왔다 갔다 하고, 눈물이 나오는 걸 참기 위해 눈을 몇 번 깜빡이고 나서야, 다시 제자리에 앉았다.

"이해해·줘." 그는 말했다. "이건 사랑이 아냐. 나도 사랑에 빠진 적이 있지만, 이건 그런 사랑과는 달라. 이건 내 감정이 아니라 어떤 외부의 힘이 나를 사로잡은 거야. 내가 이곳을 떠난 것도, 그런 일은 있을 수 없다고, 그런 일은 지상에 존재하지 않는 행복이라고 판단했기 때문이지. 하지만 난 나 자신과 계속 싸우면서, 이것 없이는 나의 삶도 존재할 수 없다는 걸 알게 됐어. 그래서 결심을 해야만 했어……."

"도대체 왜 떠났던 거야?"

"아, 잠시만! 너무 많은 생각이 떠올라! 물어볼 말도 얼마나 많은지! 자네는 상상도 못할 거야. 자네의 말이 나에게 얼마나 큰 힘이 됐는지. 난 너무나 행복해. 나 자신이 혐오스러울 만큼 말이야. 난 모든 걸 잊고 있었어……. 난 오늘 니콜라이 형이……. 자네도 알지? 형이 이곳에 있다는 걸 알게 됐어……. 그런데 형의 일까지 까맣게 잊고 있었던 거야. 이젠 형조차 행복한 사람으로 보여. 이건 광기와 흡사해. 하지만 한 가지 두려운 건……. 자네는 결혼을 했으니까 이런 느낌을 알겠지만……. 우리처럼 꽤 나이를 먹은, 이미 과거를 가진 남자들이, 사랑이 아니라 죄악의 과거 말이지, 갑자기 깨끗하고 순결한 존재와 가까이한다는 게, 그게 두려워. 그것이 혐오스러워서, 스스로를 경멸하지 않을 수가 없어."

"뭐, 자네의 죄는 별로 큰 것도 아니야."

"아, 그렇지만……. 그래도 '난 혐오에 찬 눈길로 내 삶을 읽으며, 부들부들 떨고 저주하며 쓰라린 한탄을 하지…….'[40] 난 그래." 레빈이 말했다.

"어쩌겠어, 세상이 그런 걸. 내가 늘 좋아하던 기도문에 '날 공적(功績)으로 용서하지 마시고 자비로 용서하소서.'라는 문구가 있어. 그게 나의 유일한 위안이지. 그녀가 날 용서할 수 있는 유일한 방법이기도 해." 스테판 아르카지치가 말했다.

---

40) 레빈은 푸슈킨의 「회상」(1828)이라는 시를 인용하고 있다.

11

레빈은 잔을 비웠다. 두 사람은 잠시 침묵했다.

"자네에게 해 줄 말이 한 가지 더 있어. 자네, 브론스키를 아나?" 스테판 아르카지치가 레빈에게 말했다.

"아니, 몰라. 왜 그런 걸 묻지?"

"한 병 더 가져와." 스테판 아르카지치는 타타르인을 돌아보았다. 그는 두 사람 주위를 돌아다니며 잔이 빌 때마다 술을 따르곤 했다.

"어째서 브론스키를 아느냐고 물은 거야?"

"자네가 알아야 하니까. 그가 자네의 경쟁자거든."

"브론스키가 도대체 어떤 사람인데?" 어린아이처럼 좋아하던 레빈의 표정, 방금 전만 해도 오블론스키가 도취된 채 바라보던 그 표정이 별안간 악의에 찬 불쾌한 표정으로 변했다.

"브론스키는 키릴 이바노비치 브론스키 백작의 아들이야. 페테르부르크의 귀공자들 가운데 가장 멋진 부류에 속하지.

난 트베리에서 근무할 때 그를 알게 됐어. 그는 신병 모집 때문에 와 있었지. 굉장히 부유하고 잘생기고 연줄이 많은 시종무관이야. 게다가 대단히 매력적이고 착한 청년이지. 하지만 단순히 착하기만 한 게 아냐. 여기서 그를 만나면서 알게 된 건데, 그는 교양도 있고 아주 총명하더군. 크게 성공할 사람이야."

레빈은 이맛살을 찌푸린 채 말이 없었다.

"그러니까, 그는 자네가 떠난 지 얼마 안 돼 이곳에 나타났어. 내가 알기로, 그는 키티에게 푹 빠졌어. 그리고 자네도 알다시피, 키티의 어머니가……."

"미안하지만 난 도무지 이해할 수 없어." 레빈은 눈썹을 찌푸리며 침울하게 말했다. 순간, 그의 뇌리에 니콜라이 형이 떠올랐다. 그러자 자신이 형의 일을 잊을 만큼 혐오스러운 인간이라는 생각이 들었다.

"잠깐, 잠깐만!" 스테판 아르카지치가 미소를 지으며 그의 손을 어루만졌다. "난 자네에게 내가 아는 걸 말했을 뿐이야. 다시 한 번 말하지만, 이 미묘하고 민감한 문제에서, 내가 추측하기에, 기회는 자네 편인 것 같아."

레빈은 의자 등에 몸을 기댔다. 얼굴이 창백했다.

"그러나 가능하면 빨리 이 문제를 매듭지으라고 충고하겠어." 오블론스키는 레빈의 잔에 술을 따르며 계속 말을 이었다.

"아냐, 고맙지만 난 더 못 마시겠어." 레빈은 자기 잔을 옆으로 밀어 놓았다. "취할 것 같아……. 그건 그렇고, 자네는 어떻게 지냈나?" 그는 화제를 바꾸고 싶은 게 분명했다.

"한마디만 더. 충고하는데, 어쨌든 빨리 이 문제를 해결해.

오늘은 더 이상 그 문제에 대해 충고하지 않겠어." 스테판 아르 카지치가 말했다. "내일 아침에 가서 정식으로 청혼해. 하느님 이 자네를 축복할 거야……."

"어떻게 된 거야? 자넨 늘 사냥하러 우리 집에 오고 싶어 했잖아. 봄이 되면 꼭 와." 레빈이 말했다.

지금 레빈은 스테판 아르카지치와 이런 대화를 시작한 것을 마음 깊이 후회하고 있었다. 그의 특별한 감정은 페테르부르크 에서 온 어느 장교와의 경쟁을 운운한 대화와 스테판 아르카 지치의 추측과 충고로 인해 더럽혀졌다.

스테판 아르카지치는 빙그레 웃었다. 그는 레빈의 마음속에 서 무슨 일이 일어나고 있는지 알아차렸다.

"언제 한번 가지." 그가 말했다. "그런데, 친구, 여자들이란 나사 같은 거야. 그 위에서 모든 것이 돌아가지. 나도 사정이 안 좋아. 그것도 아주 안 좋아. 다 여자들 때문이지. 솔직히 말 해 줬으면 해." 그는 한 손에 시가를 꺼내 들고 한 손에 잔을 쥔 채 계속 말을 이었다. "자네의 충고를 듣고 싶어."

"하지만 무슨 일 때문에?"

"말하자면 이런 거야. 가령 자네는 결혼했고 아내를 사랑하 고 있어. 그런데 다른 여자에게 끌려서……."

"미안하지만, 나로서는 도저히 이해할 수 없군. 마치…… 난 지금 배가 부른데, 빵집 옆을 지나면서 빵을 훔치는 것과 똑같 잖아."

스테판 아르카지치의 눈이 여느 때보다 더욱 빛났다.

"그게 어때서? 빵도 때로는 참을 수 없을 만큼 좋은 냄새를 풍기기도 하잖아.

Himmlish ist', wenn ich bezwungen

Meine irdische Begier;

Aber doch wenn's nicht gelungen

Hatt'ich auch recht hübsch Plaisir![41]"

이 구절을 읊조리면서, 스테판 아르카지치는 미묘한 웃음을 지었다. 레빈도 웃지 않을 수 없었다.

"아냐, 농담은 집어치우고……." 오블론스키는 계속 말을 이었다. "매력적이고 착하고 사랑스럽고 불쌍하고 외로운 여자가 있어. 이런 여자가 모든 걸 희생했단 말이야. 이미 일은 벌어졌는데 이제 와서, 이런 표현을 이해해 주었으면 해, 과연 그녀를 버릴 수 있을까? 가령, 가정을 파괴하지 않기 위해 그녀와 헤어진다고 치자. 하지만 과연 그녀를 불쌍히 여기고 그녀에게 살 길을 마련해 주고 그녀를 달래 주면 안 되는 걸까?"

"글쎄, 미안해. 자네도 알다시피, 난 모든 여자가 두 부류로 나뉜다고 생각해……. 그러니까, 아냐, 더 정확히 말하면 한쪽에는 여자가 있고, 다른 한쪽에는……. 난 지금까지 아름다운 타락한 창조물[42]을 본 적도 없고, 앞으로도 보지 못할 거야. 머리칼을 고불고불 지지고 얼굴에 화장을 덕지덕지 한 저 카

---

41) '얼마나 좋으랴, 내가

지상의 욕망을 이긴다면.

그러나 그렇게 하지 못한대도

난 여전히 더없는 행복을 맛보리라!'(독일어)

요한 슈트라우스가 음악을 맡은 오페레타 「박쥐」의 대본 가운데 한 연이다.

42) 이 문구는 푸슈킨의 소(小) 비극 『역병 가운데 향연』(1830)에서 월싱엄의 말을 바꾸어 말한 것이다.

운터 앞의 프랑스 여자 같은 여자들은, 내 눈에 파충류처럼 보여. 그리고 타락한 여자들도 마찬가지야."

"그럼, 복음서에 나오는 여자들은?"

"아, 그만! 만약 자신의 말이 악용되리라는 걸 알았다면, 그리스도도 결코 그런 말[43]을 하지 않았을 거야. 복음서 전체에서 고작 그런 말만 기억하다니. 하지만 내가 말한 건, 내 생각이 아니라 내 느낌일 뿐이야. 난 타락한 여자에게 혐오감을 느껴. 자네는 거미를 무서워하지만, 난 이런 파충류들이 무서워. 자네는 아마 거미를 연구하지 않아서 그 속성을 모르겠지. 나도 마찬가지야."

"자네가 그렇게 말한다면 좋아. 그건 마치 디킨스 소설에 나오는 신사[44]와 다를 바 없어. 그는 곤란한 문제들을 모두 왼손으로 오른쪽 어깨 너머에 집어 던지지. 하지만 사실을 부정하는 것은 해답이 안 돼. 도대체 어떻게 해야 하지? 자네가 한번 말해 봐. 어떻게 해야 좋을지. 아내는 점점 늙어 가고 자네는 생명으로 충만해 있어. 미처 익숙해질 겨를도 없이, 자네는 이미 아내를 더 이상 사랑할 수 없다는 사실을 깨닫게 돼. 설사 자네가 아무리 아내를 존중한다 해도 말이지. 그때 갑자기 사랑이 찾아온 거야. 그럼 자네도 무너지고 말걸. 무너지고말고!" 스테

---

43) 누가복음서 7 : 47. 즉 "그러므로, 내가 네게 말하거니와, 이 여자는 그 많은 죄를 용서받았다. 그것은 그가 많이 사랑하였기 때문이다."를 가리킨다. 이 말은 그리스도가, 그의 발을 씻기 위해 향유를 가져온 창녀를 가리켜 한 말이다. 레빈은 오블론스키가 이 말을 부도덕한 행위에 대한 변명으로 맥락 없이 사용함을 비꼬고 있다.

44) 찰스 디킨스의 『우리의 공통의 친구』(1865)에 등장하는 존 포드스냅을 가리킨다.

판 아르카지치는 음울하고 절망적인 어조로 말했다.

레빈이 가볍게 웃었다.

"그럼, 무너지고말고." 오블론스키가 계속해서 말했다. "그럼, 어떻게 해야 할까?"

"빵을 훔치지 않으면 되잖아."

스테판 아르카지치가 웃음을 터뜨렸다.

"호, 도덕군자가 나셨군! 하지만 생각해 봐. 여기 두 여자가 있어. 한 명은 자신의 권리만을 주장해. 그 권리란 자네가 그녀에게 도저히 줄 수 없는 자네의 사랑을 뜻하지. 또 한 여자는 자네를 위해 모든 걸 희생했으면서도 아무것도 요구하지 않아. 자네라면 어떻게 할 건가? 어떻게 처신하겠어? 바로 여기에 끔찍한 드라마가 있는 거야."

"만약 그 문제에 대한 나의 고백을 듣고 싶다면 말해 주지. 난 거기에 드라마가 있다고 믿지 않아. 그 이유는 말이지, 내 생각에 사랑은……, 두 사랑은, 기억해? 플라톤이 『향연』에서 정의한 두 가지 사랑[45] 말이야, 아무튼 두 사랑은 사람들에게 시금석 같은 역할을 하지. 어떤 사람들은 한쪽 사랑만 알고, 어떤 사람들은 다른 쪽 사랑만 알아. 그리고 육체적 사랑만 아는 사람들이 꼭 쓸데없이 드라마를 운운해. 그런 사랑에 드라마란 있을 수 없어. 그리고 플라토닉한 사랑에도 드라마는 있을 수 없어. 그런 사랑에는 모든 것이 분명하고 순수하기 때문이지. 그리고……."

---

45) 플라톤이 『향연』에서 논하는 두 가지 사랑은 아프로디테 여신의 두 가지 측면, 즉 지상의 관능적 사랑(아프로디테 판데모스)과 육체적 욕망이 없는 지고한 사랑(아프로디테 우라니아)이다.

그 순간 레빈은 자신의 죄와 지난날에 겪은 내면의 투쟁을 떠올렸다. 그러자 그는 갑자기 이런 말을 덧붙였다.

"하지만 어쩌면 자네 말이 옳을지도 몰라. 그 말이 정말 옳을지도⋯⋯. 하지만 난 모르겠어. 전혀 모르겠어."

"이것 봐." 스테판 아르카지치가 말했다. "자네는 매우 순수한 사람이야. 그건 자네의 미덕이자 결점이기도 하지. 자네는 순수한 성격이라 인생 전체가 순수한 현상으로 이루어지길 바라지만, 그런 일은 있을 수 없어. 자네는 공무(公務) 활동을 경멸해. 자네는 행위와 목적이 언제나 일치하기를 바라니까. 하지만 그런 일은 있을 수 없어. 또 자네는 한 인간의 활동이 언제나 목적을 갖기를, 사랑과 가정생활이 언제나 일치하기를 바라지. 하지만 그런 일은 불가능해. 인생의 변화, 인생의 매력, 인생의 아름다움, 그 모든 것은 빛과 그림자로 이루어져 있기 마련이야."

레빈은 탄식만 할 뿐 아무 말이 없었다. 그는 자기의 일을 생각하느라 오블론스키의 말을 듣지 못했다.

그러다 갑자기 그 두 사람은 깨달았다. 자기들은 친구 사이인 데다 함께 식사를 하고 술까지 마시고 있지만 ─ 이런 것은 그들을 더욱 가깝게 해 주는 일이 되었어야 할 텐데 ─ 저마다 자기 생각에 빠져 상대방의 일은 전혀 신경 쓰지 않았다는 것을 말이다. 오블론스키는 식사 후에 서로 가까워지는 대신 이런 극단적인 분리가 일어나는 경우를 이미 여러 번 경험했기 때문에, 이럴 때 어떻게 해야 할지 잘 알고 있었다.

"계산서!" 그는 이렇게 소리치고는 옆 홀로 나갔다. 마침 그곳에서 아는 부관을 만난 오블론스키는 그와 함께 어느 여배우와 그녀를 소유한 남자에 관해 이야기를 나누었다. 부관과 대화를 시작하자, 오블론스키는 이내 마음이 편해지는 걸 느꼈다. 레빈과의 대화는 언제나 그의 정신과 영혼에 지나친 긴장을 불러일으켰다.

타타르인이 26루블 남짓 되는 액수에 팁을 추가한 계산서를 들고 나왔다. 레빈은 다른 때 같으면 촌사람답게 자기 몫으로 14루블이 적힌 계산서를 보고 깜짝 놀랐을 테지만, 지금은 그것에 신경 쓰지 않고 얼른 돈을 지불하고는 집으로 돌아왔다. 옷을 갈아입고서 그의 운명이 결정될 쉐르바츠키 가로 가기 위해서였다.

12

공작의 딸 키티 쉐르바츠카야는 열여덟 살이었다. 올겨울, 그녀는 사교계에 첫발을 내디뎠다. 그녀는 사교계에서 그녀의 두 언니보다 더 큰 성공을 거두었다. 그녀의 성공은 공작부인의 기대 이상이었다. 모스크바의 여러 무도회에서 키티와 춤을 춘 거의 모든 젊은이들이 그녀에게 흠뻑 빠졌을 뿐 아니라, 그 첫해에 벌써 두 명의 진지한 구혼자가 나선 것이다. 두 구혼자는 바로 레빈과 그가 떠난 직후에 나타난 브론스키 백작이었다.

초겨울, 레빈의 출현과 그의 빈번한 방문과 누가 보아도 알 수 있을 키티에 대한 그의 사랑은, 키티의 부모에게 딸의 장래를 처음으로 진지하게 의논하는 계기를 마련했고, 공작과 공작부인 사이에 싸움의 빌미를 제공했다. 공작은 레빈의 편이었다. 그는 키티를 위해 이보다 좋은 배필은 없다고 말했다. 그러나 공작부인은 문제를 회피하려는 여성 특유의 버릇으로, 키티가 너무 어리다느니, 레빈이 자신의 진지한 의향을 한 번도 비치지 않았다느니, 키티가 그에게 전혀 애착을 느끼지 않는다느니 하며 온갖 이유들을 들먹였다. 그러나 중요한 이유, 즉 그녀가 딸을 위해 더 나은 짝을 기다리고 있다는 점, 레빈이 그녀의 마음에 들지 않는다는 점, 자기는 도저히 레빈을 이해할 수 없다는 점에 대해서는 입도 벙긋하지 않았다. 레빈이 모스크바를 홀연히 떠났을 때, 공작부인은 매우 기뻐하며 의기양양하게, "그것 봐요. 내 말이 맞잖아요." 하고 남편에게 말했다. 그리고 브론스키가 나타나자, 그녀는 더욱더 기뻐하며 키티가 그럭저럭 좋은 짝이 아닌 훌륭한 배필을 만나야 한다는 생각을 굳혔다.

키티의 어머니에게 브론스키와 레빈을 비교한다는 건 있을 수도 없는 일이었다. 키티의 어머니가 레빈을 싫어한 까닭은, 그의 기묘하고 날카로운 비판과 사교계에서 보인 서툰 태도 — 그녀는 그것이 오만에서 비롯된 태도라고 생각했다 — 그리고 시골에서 가축을 돌보고 농부들을 상대하는 그의 야만스러운 생활 — 그녀의 생각에 따르면 — 때문이었다. 특히 그녀의 마음에 들지 않는 것은, 그녀의 딸을 사랑하는 그가 무언가를 기대하듯 한 달 반 동안 그녀의 집을 드나들고 마치 청혼을 하면 명예가 크게 손상되지 않을까 두려워하듯 눈치를 살피면서도 혼기가 찬 딸이 있는 집을 드나들 때는 자신의 의사를 분명히 해야 한다는 걸 모른다는 점이었다. 그러다 갑자기 그는 아무 해명도 없이 훌쩍 떠나 버렸다. '그렇게 무뚝뚝하니 키티가 좋아하지 않지. 오히려 잘된 일이야.' 키티의 어머니는 생각했다.

브론스키는 그녀의 모든 바람에 꼭 맞는 사람이었다. 그는 대단히 부유하고 총명하고 집안도 좋고 시종무관으로서 앞길이 창창하고 매력적인 사람이었다. 더 이상 바랄 게 없었다.

브론스키는 여러 무도회에서 공공연히 키티를 따라다니며 그녀와 춤을 추었고 그녀의 집에도 자주 드나들었으므로, 그의 의도의 진실성에 대해서는 의심의 여지가 없었다. 그런데도 키티의 어머니는 올겨울 내내 지독한 불안과 동요를 겪었다.

공작부인 자신은 30여 년 전에 친척 아주머니의 중매로 결혼했다. 약혼자 — 이미 그에 대해선 모든 것이 알려져 있었다 — 가 약혼녀의 집으로 찾아와 그녀를 만났고, 그녀의 집안 사람들도 그를 보았다. 중매를 선 친척 아주머니가 양쪽에게 서로의 인상을 물어 그것을 양가에 전했다. 인상은 좋았다. 그 다음엔 약속된 시간에 그가 그녀의 부모에게 예상된 청혼을 하러 왔고, 부모는 이를 받아들였다. 모든 일이 너무나 쉽고 간단했다. 적어도 공작부인에게는 그렇게 느껴졌다. 그러나 그녀는 자기 딸들을 결혼시키면서 평범하게 보였던 그 일이 결코 쉽고 간단한 게 아니라는 점을 절실히 느꼈다. 위의 두 딸 다리야와 나탈리야를 결혼시킬 때, 그녀는 얼마나 많이 두려워하고 얼마나 많은 생각을 했던가! 또 돈은 얼마나 많이 썼으며, 남편과는 얼마나 숱하게 충돌했던가? 막내딸을 사교계에 내보낸 요즘, 그녀는 그때와 똑같은 두려움과 의심을 겪고 있으며, 남편과는 두 딸을 결혼시킬 때보다 더 심하게 싸우고 있었다. 노(老)공작은 모든 아버지들이 그렇듯 자기 딸의 명예와 순결에 대해 특히나 까다롭게 굴었다. 그는 딸들, 특히 자신이 가장 아끼는 키티를 지키기 위해 무분별할 정도로 신경을 곤두

세웠다. 그래서 그는 매번 공작부인이 딸의 명예를 떨어뜨린다며 그녀와 분쟁을 일으켰다. 공작부인은 맏딸을 결혼시킬 때부터 이런 일에 익숙해져 있었지만, 요즘에는 공작이 까다롭게 구는 것도 다 그럴 만하다는 생각을 했다. 그녀는 최근에 사회의 풍습이 많이 변하여 어머니로서 책임을 진다는 것이 훨씬 더 어려워졌음을 깨달았다. 그녀는 키티와 같은 또래의 처녀들이 모임을 만들고 강의[46]에 다니고 남자들과 자유롭게 사귀고 혼자서 길을 마구 쏘다니고, 심지어 많은 처녀들이 인사할 때 무릎을 굽히지 않는 것을 보았다. 무엇보다 키티 또래의 처녀들은 전부, 남편감을 고르는 것이 부모가 아닌 자신의 일이라고 굳게 믿었다. '요즘 처녀들은 예전처럼 결혼하지 않는다.' 모든 젊은 아가씨, 심지어 나이 든 사람들까지 그렇게 생각하고 말했다. 그러나 정작 요즘 처녀들이 어떻게 결혼을 하는지에 대해선, 그 누구도 공작부인에게 말해 주는 이가 없었다. 부모가 자식의 운명을 결정하는 프랑스의 관습은 배척과 비난을 받았다. 여성에게 완전한 자유를 주는 영국의 관습도 배척받긴 마찬가지였고, 더욱이 러시아 사회에서는 불가능한 일이었다. 중매결혼을 하는 러시아의 관습은 추한 것으로 여겨졌고, 모두들, 심지어 공작부인까지도 이것을 비웃었다. 하지만 어떻게 장가가고 시집가야 하는지에 대해선, 아무도 알지 못했다. 공작부인과 이 문제를 이야기한 사람들은 모두 한결같이 그녀에게 이렇게 말했다. "당치도 않아요. 이젠 그런 구습은 버

---

[46] 1872년, 여성을 위한 학교가 모스크바에 문을 열었다. 고등학교 졸업 증서를 가진 여성들은 그곳에서 문학, 역사, 예술사, 문명사, 외국어, 물리학, 수학, 위생학을 공부할 수 있었다.

릴 때가 됐어요. 결혼을 하는 건 젊은 사람들이지, 부모가 아니잖아요. 그러니 젊은 사람들이 자기가 알아서 결혼하게 내버려 두어야 해요." 하지만 그 사람들은 딸이 없으니 얼마든지 그렇게 말할 수 있을 것이다. 그러나 공작부인은 딸이 남자들과 어울려 다니다 사랑에 빠질 수 있다는 것, 그것도 결혼할의사가 없거나 남편감으로 적당하지 않은 남자와 사랑에 빠질수 있다는 것을 알고 있었다. 그래서 이제 공작부인은 젊은 사람들 자신이 스스로의 운명을 결정해야 한다는 이야기를 아무리 많이 들어도 그 말을 믿을 수 없었다. 그건 마치 어느 시대나 다섯 살짜리 어린아이의 가장 좋은 장난감은 탄알을 장전한 권총임에 틀림없다는 말을 믿을 수 없는 것과 같았다. 그래서 공작부인은 위의 두 딸을 결혼시킬 때보다 키티에게 훨씬마음이 쓰였다.

지금 그녀는 브론스키가 자기 딸을 쫓아다니는 데 그치지 않을까 두려워했다. 그녀는 딸이 이미 그를 사랑하게 된 것을 알았지만, 그는 성실한 사람이니 그런 짓을 하지 않을 거라며 스스로를 위로했다. 하지만 그녀는 지금처럼 교제가 자유로운 시대에 젊은 아가씨들의 마음을 뺏는 것이 얼마나 쉬운 일인지, 대부분의 남자들이 이러한 잘못을 얼마나 가볍게 보고있는지도 알았다. 지난주 키티는 브론스키와 마주르카를 추며 나눈 이야기를 어머니에게 들려주었다. 그 대화는 어느 정도 공작부인을 안심시켰다. 그렇다고 해서 그녀가 완전히 마음을 놓을 수 있었던 건 아니다. 브론스키는 키티에게 자기네 두형제는 어머니의 뜻을 전적으로 따르는 데 길들여져 있어, 어머니와 상의하지 않고 어떤 중요한 일을 과감하게 추진한 적이

한 번도 없다고 말했다. "그래서 난 특별한 행복을 기다리는 마음으로, 페테르부르크에서 어머니가 오시길 손꼽아 기다리고 있답니다." 브론스키는 그렇게 말했다.

키티는 그 말에 별다른 의미를 부여하지 않은 채 그 이야기를 들려주었다. 그러나 그녀의 어머니는 그 말을 다른 뜻으로 해석했다. 그녀는 사람들이 노부인의 도착을 눈이 빠지게 기다리고 있다는 걸 알았다. 그리고 노부인이 아들의 선택에 기뻐하리라는 것도 알았다. 그런데도 브론스키가 어머니를 노엽게 할까 두려워 청혼을 하지 않는 것이 그녀에겐 이상하게 보였다. 그러나 그녀는 그 결혼을 간절히 원하는 데다 무엇보다 근심에서 벗어나고 싶었기 때문에 그 말을 믿었다. 남편과 헤어지려는 맏딸 돌리의 불행을 지켜보는 것이 지금의 공작부인에게는 너무나 가슴 아픈 일이었지만, 막내딸의 운명에 대한 걱정이 그녀의 모든 감정을 삼켜 버리고 말았다. 오늘, 레빈의 출현으로 그녀에게 새로운 걱정거리가 생겼다. 그녀는 한때 레빈에게 호감을 느낀 것처럼 보이는 딸이 정직함 때문에 그를 거절하지나 않을까, 레빈의 도착이 대단원을 눈앞에 둔 이 혼담을 위협하거나 지연시키지는 않을까 두려웠다.

"그 사람 말이야, 온 지 오래됐니?" 키티가 집에 돌아오자 공작부인이 레빈에 대해 물었다.

"오늘 왔대요, maman[47]."

"한 가지 말해 두고 싶구나……." 공작부인이 말을 꺼냈다.

---

47) '엄마.'(프랑스어)

키티는 어머니의 진지하고 생기 있는 얼굴을 보며, 어머니가 무슨 이야기를 하려는지 알아차렸다.

"엄마." 그녀는 얼굴을 붉히고 재빨리 어머니를 돌아보며 말했다. "제발, 제발 부탁이에요. 그 얘긴 하지 마세요. 나도 알아요. 다 안다고요."

그녀도 어머니와 같은 바람을 갖고 있었지만, 어머니의 동기가 그녀에게 모욕감을 안겨 주었다.

"내가 말하고 싶은 건, 단지 한 사람에게만 기대를……."

"엄마, 제발, 그만하세요. 그런 이야기를 하는 게 너무 무서워요."

"알았다, 알았어." 어머니는 딸의 눈에 눈물이 고인 것을 보았다. "대신 한 가지만 묻자. 넌 나에게 아무것도 숨기지 않겠다고 약속했어. 정말 그렇게 할 거지?"

"그럼요, 엄마. 꼭 그렇게 할게요." 키티는 얼굴을 붉히며 어머니의 얼굴을 똑바로 쳐다보았다. "하지만 지금은 할 말이 없어요. 전…… 전…… 설사 하고 싶은 말이 있다 해도 무슨 말을 어떻게 해야 할지 모르겠어요……. 정말 모르겠어요……."

'그래, 저런 눈으로 어떻게 거짓말을 하겠어.' 어머니는 딸의 흥분과 행복에 미소를 지었다. 공작부인은 지금 가여운 딸아이의 마음속에서 벌어지는 일들이 그녀 자신에게 얼마나 엄청나고 중요한 문제로 보일까 생각하며 미소를 지었다.

13

저녁 식사가 끝나고 야회가 시작되기까지, 키티는 전투를 앞둔 젊은이가 느낄 법한 그런 감정을 맛보았다. 그녀는 심장이 팔딱팔딱 뛰어 아무것도 차분히 생각할 수 없었다.

그녀는 그 두 사람이 처음으로 부딪칠 오늘밤의 야회가 그녀의 운명을 결정짓는 순간이 될 거라고 느꼈다. 그래서 그녀는 마음속에 그 두 사람을 따로따로 그려 보기도 하고, 함께 그려 보기도 했다. 지난날을 생각하자, 기쁘고 부드러운 느낌과 함께 레빈과 관련된 추억이 떠올랐다. 어린 시절의 추억, 죽은 오빠와 레빈의 우정에 관한 추억은 그와 그녀의 관계에 특별한 시적인 아름다움을 더했다. 그녀를 향한 그의 사랑 ── 그녀는 이것을 확신했다 ── 은 그녀에게 뿌듯함과 기쁨을 안겨주었다. 그래서 레빈을 떠올릴 때면 마음이 편했다. 브론스키는 대단히 사교적이고 침착한 사람이었지만, 브론스키에 대한 기억에는 레빈과 달리 어쩐지 거북한 느낌이 뒤섞였다. 레빈을 생각할 때는 너무나 담백하고 깨끗한 기분이 드는데, 브론스키를 떠올릴 때는 그가 아닌 — 그는 매우 담백하고 기분 좋은 사람이다 — 그녀 자신에게 어떤 위선이 있는 것처럼 여겨졌다. 대신 브론스키와 함께할 미래를 떠올리자, 이내 그녀 앞에는 찬란하게 빛나는 행복한 전경이 펼쳐졌다. 하지만 레빈과의 미래를 떠올리자 앞날이 안개처럼 흐릿해 보일 뿐이었다.

야회복을 입기 위해 2층으로 올라가 거울을 보았을 때, 그녀는 오늘이 자신의 생애에서 가장 멋진 날들 가운데 하루라는 것을, 자신이 힘으로 충만해 있다는 것을 알아채고 기뻐했다. 그녀에게는 눈앞에 놓인 일을 위해 이런 것이 절실히 필요했다. 그녀는 자신의 동작에서 외적인 평온과 자유로운 우아함을 느꼈다.

7시 반, 그녀가 응접실에 내려가자 하인이 콘스탄친 드미트리치 레빈이 왔다고 알렸다. 공작부인은 아직 자기 방에 있었고, 공작의 모습도 보이지 않았다. '역시 그랬어.' 이렇게 생각하자, 온몸의 피가 심장으로 치솟았다. 거울을 들여다본 그녀는 자신의 창백한 얼굴에 몸서리를 쳤다.

지금 그녀는 분명히 알고 있었다. 그가 이렇게 일찍 온 이유는 그녀가 혼자 있을 때 청혼하기 위해서라는 걸. 그때 처음으로 그녀는 모든 문제를 새로운 측면에서 볼 수 있었다. 그제야 그녀는 문제가 '나는 누구와 결혼하면 행복할까, 나는 누구를 사랑하는 걸까?' 같은 그녀 혼자만의 문제가 아니라는 것을 깨달았다. 이 순간, 그녀는 자기가 사랑하는 사람을 모욕하지 않으면 안 된다. 그것도 지독하게……. 무엇 때문에? 좋은 사람인 그가 그녀를 사랑하고 그녀에게 반했다는 이유로. 어쩔 수 없다. 그렇게 해야 한다. 그렇게 하지 않으면 안 된다.

'아, 정말로 이 이야기를 내 입으로 그에게 해야만 하나?' 그녀는 생각에 잠겼다. '그에게 뭐라고 하지? 난 당신을 사랑하지 않는다고 말해야 할까? 그건 사실이 아닐 텐데. 그럼 뭐라고 하지? 다른 사람을 사랑한다고? 아냐, 난 그렇게 못해. 달아나야지. 달아날 테야.'

그녀의 발걸음은 이미 문으로 향하고 있었다. 그때 그의 발소리가 들렸다. '아냐! 이건 정직하지 못한 행동이야. 내가 두려워할 게 뭐가 있어? 난 아무런 나쁜 짓도 하지 않았어. 될 대로 되라지! 사실대로 말할 거야. 그와 이렇게 거북한 상태로 있을 순 없어. 그가 오는구나.' 그녀는 그의 늠름하면서도 주눅든 모습과 그녀를 향한 빛나는 눈동자를 보며 마음속으로 이렇게 말했다.

"적당하지 않은 때에 온 것 같군요. 너무 일찍 왔나요?" 그가 텅 빈 응접실을 바라보며 말했다. 그가 기대했던 대로 그의 말을 방해할 사람이 아무도 없는 것을 보자, 그의 얼굴이 어두워졌다.

"어머, 아니에요." 키티는 이렇게 말하며 테이블 앞에 앉았다.

"하지만 난 당신이 혼자 있기를 바랐습니다." 그는 용기를 잃지 않기 위해 자리에 앉지도, 그녀를 보지도 않았다.

"엄마가 곧 나오실 거예요. 엄마는 어제 무척 피곤해하셨어요. 어제……."

그녀는 자기의 입술이 무슨 말을 하는지도 모르는 채 말을 늘어놓았고, 애원하고 어루만지는 듯한 눈길을 그에게서 떼지 않았다.

그가 그녀를 쳐다보자, 그녀는 얼굴을 붉힌 채 입을 다물었다.

"모스크바에 오래 머물지 어떨지 모르겠다고…… 그건 당신에게 달려 있다고 말했죠……."

그녀는 점점 다가오는 일에 대해 뭐라고 대답해야 할지 몰라 자꾸만 고개를 숙였다.

"그건 당신에게 달려 있습니다." 그는 같은 말을 되풀이했다. "내가 하고 싶은 말은…… 내가 하려는 말은……. 난 그 일 때문에 이곳에 왔습니다……. 그러니까…… 당신이 내 아내가 되어 줬으면 해서." 그는 자신이 무슨 말을 하는지도 모른 채 이렇게 말했다. 하지만 그는 가장 두려운 말을 입 밖으로 꺼냈다고 느끼며 말을 멈추고 그녀를 바라보았다.

그녀는 그를 바라보지도 않은 채 무겁게 숨을 내쉬었다. 그녀는 황홀한 기쁨을 느꼈다. 행복감이 그녀의 영혼을 가득 채웠다. 그녀는 그의 입에서 흘러나온 사랑의 말이 그녀에게 그토록 강렬한 인상을 주리라고는 상상도 못했다. 그러나 그것은 한순간에 지나지 않았다. 그녀는 투명하고 진실한 눈으로 레빈을 쳐다보았다. 그리고 그의 절망적인 얼굴을 보며 황급히 대답했다.

"그럴 수 없어요……. 용서하세요……."

1분 전만 해도 그녀는 그에게 얼마나 가까운 존재였으며 그의 삶에서 얼마나 소중한 존재였던가!

"어쩔 도리가 없군요." 그는 그녀를 쳐다보지도 않은 채 말을 내뱉었다.

그는 허리를 굽혀 인사를 하고는 곧장 나가려 했다.

14

하지만 바로 그때 공작부인이 들어왔다. 두 사람이 함께 있는 모습과 그들의 혼란스러운 표정을 보자, 그녀의 얼굴에 두려운 빛이 떠올랐다. 레빈은 그녀에게 고개를 숙일 뿐 아무 말도 하지 않았다. 키티는 눈을 내리깐 채 아무 말도 없었다. '그의 청혼을 거절했구나. 다행이야.' 키티의 어머니는 그렇게 생각했다. 그러자 그녀의 얼굴이 목요일에 손님을 맞이하며 지어 보이는 의례적인 미소로 빛났다. 그녀는 자리에 앉아 레빈에게 시골 생활에 대해 이것저것 묻기 시작했다. 레빈은 남모르게 조용히 자리를 뜰 수 있도록 손님들이 모여들기를 기다리며 다시 자리에 앉았다.

5분쯤 지나자, 작년 겨울에 결혼한 키티의 친구 노르츠톤 백작부인이 들어왔다. 그녀는 바짝 여위고 누렇게 뜬 얼굴에 검은 눈을 빛내는 병약하고 신경질적인 여자였다. 그녀는 키티를 좋아했다. 그리고 키티에 대한 그녀의 애정은, 결혼한 여자가 아가씨들에게 보내는 애정이 늘 그렇듯, 자기가 꿈꾸는 행복의 이상에 따라 키티를 결혼시키려는 열망으로 나타났다. 그래서 그녀는 키티를 브론스키와 맺어 주고 싶어 했다. 그녀에게는 초겨울에 키티의 집에서 종종 보았던 레빈이 늘 불쾌한 존재였다. 그녀는 레빈을 만날 때마다 늘 그를 조롱하기에 바빴다.

"난 그 사람이 잘난 척하며 나를 내려다보거나, 어리석은 나 때문에 지혜로운 대화를 중단하거나, 젠체하며 내 수준에 맞춰 줄 때가 좋아요. 마지못해 내 수준에 맞춰 주는 모습이 정말로 마음에 들어요! 그 사람이 날 더 이상 참지 못할 때면 얼마나 기쁜지 몰라요." 그녀는 레빈에 대해 이렇게 말하곤 했다.

그녀의 말은 옳았다. 사실 레빈은 그녀를 못 견디게 싫어했으며 그녀가 자랑하고 자신의 미덕으로 내세우는 것들을 경멸했다. 그는 그녀의 신경질을 경멸했고, 일상의 질박한 모든 것을 우아한 모욕과 무시로 대하는 태도를 경멸했다.

노르츠톤과 레빈은 사교계에서 흔히 볼 수 있는 관계를 맺고 있었다. 두 사람은 겉으로는 다정한 척하면서도, 상대방을 진지하게 대하지도, 상대방에게 모욕을 주지도 못할 만큼 서로를 지독히 경멸했다.

노르츠톤 백작부인은 곧 레빈에게 달려들었다.

"어머! 콘스탄친 드미트리치! 우리의 타락한 바빌론으로 다시금 와 주셨군요." 그녀는 그에게 누렇고 조그만 손을 내밀면서, 초겨울의 모스크바는 바빌론이라고 한 레빈의 말을 상기시켰다. "바빌론이 나아지기라도 했나요? 아니면 당신이 타락한 건가요?" 그녀는 이렇게 덧붙이고는, 냉소를 지으며 키티를 돌아보았다.

"백작부인, 당신이 내 말을 이렇게 기억해 주시니 정말 영광입니다." 가까스로 정신을 차린 레빈은 이내 그동안의 습관대로 노르츠톤 백작부인과 적의에 찬 빈정거림을 주고받기 시작했다. "그 말이 당신에게 매우 강렬한 인상을 주었나 봅니다."

"아, 물론이죠! 난 무엇이든 기록해 둔답니다. 참, 키티, 또 스케이트 타러 갔었다며?"

그녀는 키티와 이야기를 나누기 시작했다. 지금 자리를 뜨는 것이 아무리 겸연쩍은 일이라 해도, 레빈에게는 저녁 내내 이곳에 머물며 키티를 보는 것보다 그 편이 훨씬 마음 편할 것 같았다. 키티는 이따금 그를 흘긋거리며 그의 시선을 피했다. 그는 자리에서 일어나려 했지만, 그 순간 그가 말이 없음을 눈치챈 공작부인이 그에게 말을 건넸다.

"모스크바에 온 지 오래됐나요? 젬스트보에서 일하는 것 같던데, 그럼 이곳에 오래 있지 못하겠군요."

"아닙니다, 공작부인. 이젠 젬스트보의 일을 하지 않습니다. 전 이곳에 2, 3일 예정으로 왔습니다." 그가 말했다.

'오늘 저 사람에게 뭔가 특별한 일이 있었던 게 틀림없어.' 노르츠톤 백작부인은 그의 단정하고 진지한 얼굴을 바라보며 생각에 잠겼다. '어째서 그는 장황한 격론을 늘어놓지 않는 걸까? 하지만 내가 끌어내 봐야지. 키티 앞에서 그를 바보로 만드는 건 정말 즐거운 일이야. 좋았어, 해 봐야지.'

"콘스탄친 드미트리치." 그녀가 그에게 말을 걸었다. "이게 무슨 뜻인지 제발 나에게 설명 좀 해 주시겠어요? 당신은 이런 문제에 대해 아주 잘 알고 계시잖아요. 우리 칼루가 영지에서 농부들과 아낙네들이 모두 술독에 빠져 가산을 탕진하고는, 이제 와서 우리에게 아무것도 지불하지 않는 거예요. 이게 무얼 의미할까요? 당신은 언제나 농부들을 칭찬하셨잖아요."

이때 또 한 부인이 응접실로 들어왔다. 레빈은 일어섰다.

"실례합니다, 백작부인. 사실 그 문제에 대해 아는 바가 전혀 없어 아무 말도 해 드릴 수 없습니다." 그는 이렇게 말하고는 부인을 따라 들어오는 한 군인을 쳐다보았다.

'저 남자가 분명 브론스키일 거야.' 레빈은 자기의 생각이 맞나 확인하려고 키티를 바라보았다. 그녀는 이미 브론스키를 보고 다시 레빈을 돌아보는 참이었다. 레빈은 무심결에 반짝이는 그녀의 시선만으로도 그녀가 이 남자를 사랑하고 있다는 걸 알 수 있었다. 그것은 그녀가 마치 말로 표현하기라도 한 것처럼 분명한 사실이었다. 하지만 저 남자는 도대체 어떤 사람일까?

레빈은 이제 좋든 싫든 그 자리에 남지 않을 수 없었다. 그는 그녀가 사랑하는 남자가 어떤 사람인지 알아야만 했다.

세상에는 모든 행운을 두루 갖춘 경쟁자를 만났을 때 그 즉시 상대방의 장점을 모두 외면하고 단점만을 보려는 사람들이 있다. 반대로 그 행복한 경쟁자에게서 무엇보다 그에게 승리를 안겨 준 장점들을 발견하려 하고 가슴이 저리도록 아픈데도 그에게서 좋은 점만을 찾아내는 사람들이 있다. 레빈은 바로 그런 사람이었다. 브론스키에게서 멋지고 매력적인 점을 찾아내는 것은 그에게 그다지 어려운 일이 아니었다. 그런 점은 금방 눈에 들어왔다. 브론스키는 적당한 키에 단단한 체격을 갖춘 사내였다. 얼굴은 선하고 아름다우며 매우 부드러우면서도 강한 느낌을 주었다. 얼굴과 몸매, 짧게 깎은 검은 머리칼과 깨끗이 면도한 턱, 넉넉히 재단한 새로 맞춘 군복, 그 모든 것이 단정하면서도 우아했다. 브론스키는 응접실로 들어오던 부인에게 길을 내준 뒤, 공작부인에게 다가가 인사를 하고 다시 키티에게 다가갔다.

그가 그녀에게 다가가는 순간, 그의 아름다운 눈동자가 특별한 부드러움으로 빛나기 시작했다. 그리고 보일 듯 말 듯한 행복한 미소를, 겸손하면서도 승리감에 도취된(레빈에게는 그렇게 보였다.) 미소를 띤 채, 정중하고 조심스러운 태도로 그녀에게 몸을 굽히며 작지만 넓은 손을 내밀었다.

그는 모든 사람들과 인사를 나누고 몇 마디를 주고받은 뒤 자리에 앉았다. 그동안 그에게서 눈을 떼지 못하는 레빈에게는 한 번도 눈길을 주지 않았다.

"인사하세요." 공작부인이 레빈을 가리키며 말했다. "콘스탄친 드미트리치 레빈이에요. 이쪽은 알렉세이 키릴로비치 브론스키 백작이구요."

브론스키는 자리에서 일어나 레빈의 눈을 다정하게 바라보며 손을 내밀었다.

"올겨울에 당신과 반드시 식사를 하게 되리라 생각했습니다." 그는 소탈하고 시원한 미소를 지으며 말했다. "하지만 당신이 갑자기 시골로 떠나 버려서."

"콘스탄친 드미트리치는 도시와 우리 같은 도시 사람들을 경멸하고 증오하신답니다." 노르츠톤 백작부인이 말했다.

"분명 내 말이 당신에게 강렬한 인상을 주었나 보군요. 내 말을 그렇게 잘 기억하는 걸 보니." 레빈은 자기가 이미 이 말을 했던 것을 떠올리고 얼굴을 붉혔다.

브론스키는 레빈과 노르츠톤 백작부인을 바라보며 빙그레 웃었다.

"늘 시골에 계십니까?" 그가 물었다. "겨울에는 지루할 것 같은데요."

"지루하지 않습니다. 할 일이 있다면 말이죠. 특히 자기 자신의 문제에 빠져 있을 땐 전혀 지겹지 않습니다." 레빈이 격렬한 어조로 말했다.

"난 시골이 좋습니다." 브론스키는 레빈의 어조를 눈치챘으면서도 일부러 모른 척하며 말했다.

"하지만 백작님, 당신이 시골에 정착해야겠다고 결심하지 않았으면 해요." 노르츠톤 백작부인이 말했다.

"잘 모르겠습니다. 시골에 가 본 지가 오래돼서요. 그런데 이상한 감정을 느낀 적은 있답니다." 그는 계속 말을 이었다. "니스에서 어머니와 겨울을 보낼 때였죠. 그때만큼 시골을, 러시아의 시골을 간절히 그리워한 적도 없었습니다. 나무껍질 신발을 신은 농부들이 있는 곳 말입니다. 니스는 아시다시피 그 자체로 따분한 곳이죠. 나폴리와 소렌토도 잠시 동안만 좋았습니다. 그런데 러시아가, 즉 러시아의 시골이 너무나도 생생하게 떠오르는 곳은 바로 그런 곳이란 말이죠. 그건 마치……."

그는 온화하고 다정한 눈길로 키티와 레빈을 번갈아 바라보며 말했다. 머릿속에 떠오른 대로 말하는 게 분명했다.

그는 노르츠톤 백작부인이 무언가 말하려는 것을 알아채고는, 자기 이야기가 끝나지 않았는데도 말을 멈추고 주의 깊게 그녀의 말에 귀 기울였다.

대화는 한시도 끊이지 않았다. 그래서 이야깃거리가 떨어질 경우를 대비해 언제나 두 개의 대포, 즉 고전 및 실무 교육, 병역의 의무화라는 화두를 마련해 두는 연로한 공작부인은 그 이야기를 미처 꺼내 보지도 못했고, 노르츠톤 백작부인 역시 레빈을 조롱할 기회를 얻지 못했다.

레빈은 공동의 화제에 끼어들고 싶었지만 그럴 수 없었다. 그는 매순간 '이제 가야지.' 하며 속으로 중얼거리면서도, 그 자리를 떠나지 못한 채 계속 무언가를 기다렸다.

화제는 회전하는 테이블과 영혼[48]으로 옮겨 갔다. 그러자 심령술을 믿는 노르츠톤 백작부인이 자기가 본 기적에 대해 이야기를 늘어놓았다.

"아, 백작부인, 제발 꼭 날 거기 데려가 주세요! 나도 가는 곳마다 열심히 찾아보긴 했지만, 한 번도 신기한 일을 본 적이 없답니다." 브론스키가 미소를 지으며 말했다.

"좋아요. 다음 주 토요일에 가요." 노르츠톤 백작부인이 대답했다. "콘스탄친 드미트리치, 당신도 심령술을 믿나요?" 그녀가 레빈에게 물었다.

"왜 내게 그런 걸 묻죠? 당신도 내가 무슨 말을 할지 잘 알고 있잖습니까?"

"하지만 당신의 의견을 듣고 싶은걸요."

---

48) 톨스토이는 1870년대에 러시아로 들어와 유행이 된 심령술에 매우 관심이 많았다. 심령술에 대한 그의 최초의 비판은 여기 레빈과 브론스키의 논쟁에 처음 등장한다. 1890년에는 심령술을 풍자한 『계몽의 열매』라는 희곡을 발표했다. 이 희곡은 1892년에 모스크바의 말리 극장에서 상연되었다.

"내 의견은 간단합니다. 그 회전하는 테이블은 소위 교양 있는 사람들도 농부들보다 더 나을 게 없음을 입증합니다. 농부들은 눈을 믿고 주문과 마력을 믿습니다. 하지만 우리는……."

"그럼, 당신은 믿지 않으시나요?"

"믿을 수 없습니다, 백작부인."

"하지만 내가 직접 보았다면요?"

"농부의 아낙들도 집 안에서 자기의 두 눈으로 똑똑히 고블린을 보았다고 말합니다."

"그럼 내가 거짓말을 한다고 생각하세요?"

그녀는 불쾌한 미소를 지었다.

"아냐, 마샤, 콘스탄친 드미트리치는 그것을 믿을 수 없다고 말한 것뿐이야." 키티가 레빈 때문에 얼굴을 붉히며 말했다. 그것을 알아차린 레빈은 더욱 화가 나서 백작부인의 말에 대꾸를 하려 했다. 하지만 바로 그때 브론스키가 시원스럽고 쾌활한 미소를 지으며, 불쾌하게 끝날 조짐이 보이는 대화를 살려보려 나섰다.

"당신은 그 가능성을 전혀 인정하지 않으십니까?" 그가 물었다. "왜죠? 우리는 전기에 대해 아무것도 모르면서 전기의 존재를 인정하지 않습니까? 우리에게 아직 알려지지 않은 새로운 힘이 존재할지도 모르잖습니까? 그러니까……."

"전기가 발견되었을 땐……." 레빈은 재빨리 말을 가로챘다. "오직 현상만이 발견되었을 뿐, 전기가 어디에서 오고 어떻게 생성되는지에 대해서는 알려지지 않았습니다. 그 후 수백 년이 지나서야 비로소 사람들은 전기를 응용하는 문제에 대해 생각하게 되었습니다. 그런데 심령술을 믿는 사람들은 반대로 테이블이 그 사람에게 글을 써 준다거나 영혼이 그 사람에게 찾아 든다는 이야기에서 출발하고, 그다음에 이것은 알려지지 않은 힘이라고 말하기 시작합니다."

브론스키는 늘 그랬듯이 레빈의 말을 주의 깊게 들었다. 하지만 그의 말에 흥미를 느끼는 듯했다.

"그렇군요. 하지만 심령술을 믿는 사람들은 말합니다. 지금 우리는 그 힘이 어떤 것인지 모르지만, 그 힘은 분명히 존재하고 어떤 조건 아래에서 작용한다고 말입니다. 그 힘이 무엇으로 이루어져 있는지 알아내는 것은 학자들의 몫입니다. 아니, 난 그것을 새로운 힘으로 보지 못할 이유가 뭔지 모르겠군요. 만약 그 힘이……."

"왜냐하면……." 레빈이 다시 말을 가로챘다. "전기의 경우, 수지로 털실을 문지르면 매번 일정한 현상이 나타납니다. 그런데 심령술은 그렇지 않죠. 따라서 심령술은 자연현상이 될 수 없습니다."

응접실에서 나누는 대화로서는 지나치게 진지한 방향으로 흘러간다고 느꼈는지, 브론스키는 더 이상 반박하지 않았다. 그리고 화제를 바꾸려 애쓰면서, 얼굴에 유쾌한 미소를 띠고 부인들을 돌아보았다.

"지금 한번 시험해 보는 게 어떨까요, 백작부인?" 그가 말을 꺼냈다. 하지만 레빈은 그의 생각을 끝까지 말하고 싶었다.

"내 생각에는……." 그는 계속 말했다. "심령술을 믿는 사람들이 자기가 본 기적을 어떤 새로운 힘으로 설명하려는 이런 시도는 대단히 잘못된 것입니다. 그들은 노골적으로 정신의 힘 운운하면서, 물질적인 실험으로 그것을 증명하고 싶어 하죠."

모두들 그의 말이 어서 끝나기를 기다렸고, 레빈도 그것을 느꼈다.

"내 생각에 당신은 뛰어난 영매(靈媒)가 될 것 같아요." 노르츠톤 백작부인이 말했다. "당신 안에는 쉽사리 무아경에 몰입하는 무언가가 있으니까요."

레빈은 입을 열어 무언가를 말하려다 얼굴을 붉히며 입을 굳게 다물었다.

"자, 공작의 따님, 어서 테이블로 실험해 봅시다." 브론스키가 말했다. "공작부인, 허락해 주실 거죠?"

브론스키는 자리에서 일어나 눈으로 테이블을 찾았다.

키티는 테이블을 가져오려고 일어섰다. 그리고 레빈 옆을 지나치다 그와 눈이 마주쳤다. 그녀는 그가 가여워 견딜 수 없었다. 더구나 그를 불행하게 한 원인이 자기에게 있었기 때문에 더욱 그랬다. '날 용서할 수 있다면, 제발 용서하세요.' 그녀의 눈이 그렇게 말했다. '난 너무 행복하답니다.'

'모두를 증오합니다. 당신도, 나도.' 그의 눈은 그렇게 답했다. 그리고 그는 모자를 집었다. 하지만 운명은 그를 떠나도록 내버려 두지 않았다. 사람들이 테이블 주위에 자리를 잡고 레빈이 나가려는 순간, 연로한 공작이 들어와 부인들과 인사를 나누고 레빈에게 말을 걸었다.

"아!" 그는 기쁨에 넘쳐 입을 열었다. "언제 왔나? 자네가 온 줄 미처 몰랐네. 자네를 보니 무척 기쁘군."

늙은 공작은 레빈을 때로는 '자네', 때로는 '당신'이라고 불렀다. 그는 레빈을 끌어안고, 브론스키는 알아보지도 못한 채 레빈하고만 이야기를 나누었다. 브론스키는 자리에서 일어나 공작이 자기에게 말을 걸어 줄 때까지 침착하게 기다렸다.

키티는 지금 같은 때 아버지의 따뜻한 태도가 레빈에게는 무거운 짐이 될 거라고 느꼈다. 또한 그녀는 자기 아버지가 브론스키의 인사에 얼마나 차갑게 답하는지 보았다. 그리고 그녀는 브론스키가 다정하면서도 곤혹스러운 눈길로 그녀의 아버지를 바라보며, 무엇 때문에 자기에게 그처럼 불쾌한 태도를 취하는지 이해하려 애쓰다 결국 포기하는 것을 지켜보았다. 그것을 본 키티는 얼굴을 붉히고 말았다.

"공작님, 콘스탄친 드미트리치를 이쪽으로 보내 주세요." 노르츠톤 백작부인이 말했다. "저희는 지금 실험을 하려 해요." "무슨 실험? 테이블을 돌리는 것 말이오? 실례지만, 신사 숙녀 여러분, 내 생각에는 고리 던지기를 하는 게 더 재미있을 것 같소이다." 늙은 공작은 브론스키를 보고 이것이 그의 생각임을 알아차렸다. "고리 던지기도 의미가 있지요."

브론스키는 흔들림 없는 시선으로 감탄하듯 공작을 바라보았다. 그리고 곧 보일 듯 말 듯한 미소를 지으며 노르츠톤 백작부인에게 다음 주로 예정된 성대한 무도회에 대해 말하기 시작했다.

"당신도 올 거죠?" 그가 키티에게 말을 걸었다.

레빈은 연로한 공작이 다른 사람에게 고개를 돌린 틈을 타 조용히 응접실을 나왔다. 그가 이날 파티에서 얻은 마지막 인상은, 무도회에 대한 브론스키의 질문에 미소 띤 얼굴로 답하는 키티의 행복한 얼굴이었다.

15

파티가 끝난 후, 키티는 어머니에게 레빈과 나눈 대화를 이야기했다. 레빈에게 이루 말할 수 없는 연민을 느끼면서도, 그녀는 자기가 청혼을 받았다는 생각에 기쁨을 감출 수 없었다. 그녀는 자신이 올바로 처신했다는 데 한 치의 의혹도 품지 않았다. 그러나 침대에 누운 그녀는 오랫동안 잠을 이룰 수 없었다. 하나의 인상이 집요하게 그녀를 괴롭혔다. 그것은 아버지의 이야기에 귀를 기울이면서도 눈으로는 그녀와 브론스키를 좇던 레빈의 얼굴이었다. 눈썹을 찌푸린 채 우울하게 그들을 바라보던 쓸쓸한 눈동자……. 그러자 그가 너무도 가엾게 느껴져 눈에서 눈물이 핑 돌았다. 하지만 곧 그녀는 자신이 레빈과 맞바꾼 남자를 생각했다. 남자다운 강인한 얼굴, 점잖고 침착한 태도, 무슨 일이 있든 누구를 만나든 언제나 부드럽게 빛나는 친절한 성품이 생생하게 떠올랐다. 그녀는 사랑하는 남자가 자기에게 보여 준 사랑을 떠올렸다. 그러자 그녀의 영혼에 또다시 행복이 찾아들었다. 그녀는 행복한 미소를 지으며 베개를 베고 누웠다. '가엾고 불쌍해. 그래도 어쩌겠어? 내 잘못이 아닌걸.' 그녀는 속으로 생각했다. 하지만 내면의 목소리는 그녀에게 다른 말을 속삭였다. 자신이 후회하는 게 레빈을 유혹한 것인지, 그의 청혼을 거절한 것인지, 그녀는 알 수 없었다. 그녀의 행복은 그런 의혹으로 깨지고 말았다. '주여, 자비를 베푸소서, 주여, 자비를 베푸소서, 주여 자비를 베푸소서!' 그녀는 계속 이 말을 중얼거리다 잠이 들었다.

그때 아래층에 있는 공작의 작은 서재에서는, 사랑하는 딸의 문제로 부모 사이에 종종 되풀이되던 장면이 벌어지고 있었다.

"왜냐고? 그럼 말해 주겠소!" 공작은 손을 마구 흔드는 동시에 하얀 할라트의 앞섶을 연신 여미며 이렇게 소리쳤다. "당신에게는 자존심도 품위도 없소. 당신은 그 천박하고 어리석은 혼담으로 딸을 수치스럽게 만들고 그 아이의 인생을 망치고 있을 뿐이오!"

"무슨 말을 그렇게 해요. 아, 여보, 내가 뭘 했다고 그래요?" 공작부인은 울먹이다시피 말했다.

그녀는 딸과 대화를 나눈 뒤 행복하고 흡족한 기분이 되어 여느 때처럼 잘 자라는 말을 하러 공작에게 왔다. 그녀는 남편에게 레빈의 청혼과 키티의 거절에 대해 이야기할 생각은 없었지만, 키티와 브론스키의 문제가 완전히 매듭지어졌으며 그의 어머니가 오는 대로 해결될 것 같다고 넌지시 돌려 말했다.

그러자 그 말에 공작이 버럭 화를 내며 점잖지 못한 말로 고래고래 소리를 지르기 시작했다.

"당신이 무슨 짓을 했느냐고? 첫째로, 당신이 신랑감을 꾀어 들인 바람에, 모스크바 전체가 이러쿵저러쿵 입방아를 찧을 거요. 그래도 마땅하지. 파티를 벌일 거면, 선택받은 구혼자들만 부르지 말고 모두 불러요. 멍청이들(공작은 모스크바의 젊은이들을 그렇게 불렀다.)도 모두 부르란 말이오. 악사도 불러서 다들 춤이라도 추라고 해요. 오늘처럼 신랑감들만 불러 모으지 말고. 나는 그런 걸 보기만 해도 역겹고 불쾌하오. 당신은 딸아이의 머리를 붕 뜨게 만들었더군. 레빈이 천배나 훌륭한 사람이오. 페테르부르크에서 온 그 멋쟁이 녀석 따위는 기계로 얼마든지 찍어 낼 수 있소. 그런 놈들은 다들 똑같아. 하나같이 쓰레기라고! 그 녀석이 왕실의 혈통이라 해도 말이오. 내 딸은 조금도 부족한 데가 없어!"

"도대체 내가 뭘 했다고 그래요?"

"뭘 했느냐면……." 공작이 분노에 찬 목소리로 외쳤다.

"당신 말만 듣다간……." 공작부인이 말을 막았다. "영영 딸을 시집보낼 수 없을 거예요. 그렇게 되면 시골로 갈 수밖에 없어요."

"그러는 편이 훨씬 낫지."

"그만해요. 내가 아첨이라도 떨었어요? 난 결코 그런 적 없어요. 다만 한 젊은이가, 그것도 아주 훌륭한 젊은이가 내 딸을 사랑하고, 그 애도 그런 것 같고……."

"당신이 보기에는 그렇겠지! 만약 딸애가 그를 정말로 사랑하게 되고 그 젊은이가 내가 생각하는 만큼 결혼에 대해 생각하지 않는다면 그땐 어쩔 거요? 아! 난 도저히 그런 모습을 지켜볼 수 없을 거요! '어머, 심령술, 어머, 니스, 어머, 무도회…….'" 공작은 아내의 흉내를 내며 한마디 한마디 할 때마다 무릎을 살짝 굽혔다. "만일 우리가 카첸카의 불행을 만들고 있다면 어떻게 할 거요? 만일 카첸카가 정말 머릿속에 그런 생각을 갖고 있다면……."

"도대체 왜 그렇게 생각해요?"

"생각하는 게 아니라 알고 있는 거요. 그것을 보는 눈은 여자들이 아니라 우리 남자들에게 있단 말이오. 내 눈에는 진지한 의도를 가진 사람이 보이오. 바로 레빈이지. 그리고 내 눈에는 잠시 즐기기만 하려는 얄미운 메추라기 새끼도 보인다오."

"좋아요. 당신이 그런 생각을 고집한다면……."

"당신이 내 말을 기억할 때가 올 거요. 하지만 그땐 이미 늦어요. 다셴카를 봐요."

"좋아요, 좋아. 이제 그만 얘기해요." 공작부인이 그의 말을 가로막았다. 그녀는 돌리의 불행한 처지를 떠올렸다.

"좋소. 잘 자구려!"

그들은 서로 성호를 그어 주고 입을 맞추었다. 그러나 그들은 제각기 자기의 의견을 고집하고 있음을 느끼며 헤어졌다.

공작부인도 처음에는 오늘의 파티가 키티의 운명을 결정했고 브론스키의 의향에도 의심의 여지가 없다고 굳게 확신하기는 했지만, 남편의 말에 마음이 어지러웠다. 자기 방으로 돌아온 그녀는 키티와 똑같이 예측할 수 없는 미래에 두려움을 느끼며 몇 번이고 혼잣말을 되풀이했다. '주여, 자비를 베푸소서, 주여, 자비를 베푸소서, 주여, 자비를 베푸소서!'

16

브론스키는 가정생활을 전혀 알지 못했다. 그의 어머니는 젊은 시절에 사교계를 휩쓸던 눈부신 여성이었다. 그녀는 결혼한 후에도 숱한 로맨스를 일으켰으며, 미망인이 된 후에는 더욱 그랬다. 그녀의 연애 사건은 사교계에 모르는 사람이 없을 정도였다. 그는 아버지를 거의 기억하지 못했고, 어린 시절을 유년 학교[49]에서 보냈다.

그는 대단히 젊고 멋진 장교로서 학교를 졸업한 후 곧 페테르부르크의 부유한 군인들이 가는 길로 빠져들었다. 그는 이

---

[49] 러시아 황실과 연관을 맺은 엘리트 군사학교로, 150명의 소년들로 구성된다. 이곳엔 대개 궁정 귀족의 자제들이 입학하였다. 이 학교에서 4~5년을 공부하고 졸업 시험에 통과한 학생들은 자신이 원하는 부서의 장교로 임명되었다. 그리고 해마다 성적이 가장 우수한 학생 열여섯 명은 황실 가문의 시종무관으로 뽑혔다. 따라서 당시의 사람들은 유년 학교에 입학하는 것을 출세의 출발점으로 여겼다.

따금 페테르부르크의 사교계에 드나들기도 했지만, 연애만큼은 언제나 사교계 밖에서 벌였다.

페테르부르크에서 화려하고 방탕한 나날을 보내던 그는, 모스크바에서 처음으로 사교계의 사랑스럽고 순수한 아가씨, 자신을 사랑하는 아가씨와 교제하는 황홀함을 맛보았다. 그는 키티에 대한 자신의 태도에 무언가 나쁜 점이 있을지도 모른다는 생각은 전혀 하지 않았다. 그는 무도회에서 주로 키티와 춤을 추었고 그녀의 집에도 드나들었다. 그는 사교계의 흔한 화젯거리와 온갖 시시한 일에 대해 그녀와 이야기를 나누었다. 그러나 그는 본능적으로 그런 시시한 이야기에 그녀를 위한 특별한 의미를 부여하곤 했다. 그가 모든 사람들 앞에서 말하지 못할 내용을 그녀에게 이야기한 적은 없지만, 그는 그녀가 점점 더 그에게 의존적으로 변해 가는 것을 느꼈다. 그는 그 점을 느낄수록 더욱 즐거웠고, 그녀에 대한 그의 감정도 더욱 부드러워졌다. 그는 키티에 대한 자기의 행동 양식이 일정한 명칭을 갖고 있다는 것, 그것은 결혼할 의사도 없으면서 아가씨들을 유혹하는 짓이라는 것, 그러한 유혹이 그와 같은 멋진 젊은이들 사이에 흔한 나쁜 행실 가운데 하나라는 것을 몰랐다. 그에게는 자신이 그러한 만족을 처음 발견한 사람처럼 느껴졌고, 그래서 자신의 발견을 마음껏 즐겼다.

만약 그가 그날 밤 키티의 부모들이 나누는 이야기를 들었다면, 그리고 그가 가족으로 시선을 돌려 자신이 키티와 결혼하지 않을 경우 키티가 불행해지리라는 것을 알았다면, 그는 너무 놀라 그 사실을 믿으려 들지 않았을 것이다. 그는 자신, 아니 무엇보다 그녀에게 그처럼 멋지고 커다란 만족을 주는 일이 나쁜 짓일 수 있다고는 도저히 믿을 수 없었다. 나아가 자신이 그녀와 결혼해야 한다는 것은 더욱더 믿을 수 없었다.

그는 한 번도 자기가 결혼을 하리라고 생각해 본 적이 없었다. 그는 가정생활을 좋아하지 않았다. 게다가 자신이 누리는 독신자 세계의 일반적인 시각에 비추어 볼 때, 가정은, 특히 남편은 낯설고 적대적이고 무엇보다 우스꽝스러운 것이었다. 브론스키는 키티의 부모가 어떤 이야기를 나누었는지 상상도 못 했지만, 그가 쉐르바츠키 가를 나설 때 자기와 키티 사이에 존재하던 은밀한 정신적 관계가 그날 밤 너무나 견고해진 것을 느껴 뭔가 대책을 마련해야 한다고 생각했다. 그러나 무엇을 마련할 수 있는지, 무엇을 마련해야 하는지 도무지 생각해 낼 수 없었다.

'황홀해.' 그는 쉐르바츠키 가에서 돌아오며, 언제나처럼 깨끗하고 신선한 쾌감 — 어느 정도는 저녁 내내 담배를 피우지 않은 덕분이다 — 을 느꼈고, 자신에 대한 그녀의 사랑 앞에 새로운 감동을 느끼기도 했다. '황홀해. 나도 그녀도 아무 말 하지 않았지만, 시선과 말의 억양만으로 채워진 그런 보이지 않는 대화 속에서 우리는 서로를 충분히 이해할 수 있었지. 오늘 그녀는 그 어느 때보다 분명히 날 사랑한다고 말했어. 얼마나 사랑스럽고 소박한가! 무엇보다 쉽게 사람을 믿는 그 태도라니! 나 자신마저 더욱 순수해지는 듯한 이 기분! 내게도 심장이 있고 내 안에도 좋은 점들이 많이 있다는 느낌이 드는군. 사랑에 빠진 그 사랑스러운 눈동자! '그리고 정말'이라고 그녀가 말할 땐……'

'그래서, 그게 어쨌다고? 아무것도 아냐. 나도 좋았고, 그녀도 좋았잖아.' 그리고 그는 오늘 밤을 어디서 마무리할까 하고 생각에 잠겼다.

그는 자신이 갈 만한 장소를 머릿속으로 가늠해 보았다. '클럽에 갈까? 베지크 카드놀이[50]를 하고 이그나토프와 샴페인을 마시는 건 어떨까? 아냐, 가지 말자. Château des fleurs[51]로 갈까? 그곳에서 오블론스키를 만나 프랑스 노래와 캉캉이나 즐겨 볼까? 아냐, 그것도 지겨워. 그래서 쉐르바츠키 가 사람들이 좋아. 그 사람들과 있으면 나 자신이 더 좋은 사람이 되는 것 같거든. 그냥 숙소로 가자.' 그는 듀소 호텔에 있는 자기 숙소로 곧장 돌아와 밤참을 주문했다. 그러고 나서 옷을 벗고는, 베개에 머리를 대자마자 언제나처럼 깊고 편안한 잠에 빠져들었다.

---

50) 두 명이나 네 명이 64장의 카드를 갖고 하는 놀이. 러시아에는 1600년대에 소개됐는데, 1860년대에 이르러 다시 유행이 되었다.

51) '꽃들의 성.'(프랑스어) 당시 모스크바에 있던 레스토랑으로, 가수, 무용수, 경륜 선수 등을 출연시켜 여흥을 북돋웠다.

17

이튿날 오전 11시, 브론스키는 페테르부르크 철도역[52]으로 어머니를 마중하러 나갔다. 큰 계단에서 처음 마주친 사람은 이번 기차로 올 누이를 기다리는 오블론스키였다.

"어이! 백작 나리!" 오블론스키가 소리쳤다. "누구를 마중 왔나?"

"어머니가 오셔." 오블론스키와 만난 사람이라면 누구나 그 렇듯, 브론스키도 환하게 웃으며 그와 악수를 하고는 함께 계단을 올라갔다. "오늘 페테르부르크에서 어머니가 오시거든."

"어젯밤 2시까지 자네를 기다렸어. 쉐르바츠키 가에서 나와 어디로 간 거야?"

---

52) 러시아에서는 각 도시의 철도역에 그 도시의 이름을 붙이지 않고 구간별 종착지의 이름을 붙인다. 이 장면에 등장한 페테르부르크 철도역은 페테르부르크에서 출발한, 혹은 페테르부르크로 향하는 기차들이 정차하는 역을 가리킨다.

"숙소로 갔어." 브론스키가 대답했다. "솔직히 고백하지. 실은 어젯밤 쉐르바츠키 가에서 나온 뒤 너무 기분이 좋아 아무 데도 가고 싶지 않았어."

"준마는 낙인으로 알고, 사랑에 빠진 젊은이는 눈빛으로 알지." 스테판 아르카지치는 전에 레빈에게 했던 말을 똑같이 읊조렸다.

브론스키는 그 말을 부인하지 않겠다는 듯한 표정으로 미소를 지었으나, 곧 화제를 바꾸었다.

"그런데 자네는 누구를 맞으러 온 건가?" 그가 물었다.

"나? 아름다운 여인을 맞으러 왔지." 오블론스키가 말했다.

"그렇군!"

"Honi soit qui mal y pense[53]! 여동생 안나를 마중하러 온 거야."

"아, 카레닌의 부인?" 브론스키가 말했다.

"내 동생을 아나 보군?"

"알 것 같아. 아닌가……. 사실 기억이 잘 안 나는군." 브론스키는 카레닌이라는 이름에서 막연히 거만하고 따분한 인상을 떠올리며 무심하게 대답했다.

"하지만 그 유명한 나의 매제 알렉세이 알렉산드로비치는 알겠지. 온 세상이 그를 다 아니까."

---

53) '그것을 악하다고 생각하는 자가 부끄러운 것이다.'(프랑스어) 이것은 1348년에 영국의 에드워드 3세가 창설한 가터 훈장의 문구다. 본래 무공이 있는 왕과 기사에게 수여하는 영국 최고의 훈장이었으나, 이후 외국의 원수와 귀족에게도 수여하곤 했다. 가터 훈장은 무릎에 다는 것으로, 청색 벨벳 천에 금실로 수놓은 이 프랑스어 문구가 가장 큰 특징이다.

"그의 얼굴과 명성은 익히 알고 있지. 총명하고 학식이 뛰어나고 어느 정도 종교적인 인물로 알고 있어. 하지만 자네도 알다시피, 그건 내 영역이 아니라…… 알잖아, not in my line.[54]" 브론스키가 말했다.

"그래, 그는 정말 비범한 사람이지. 다소 보수적이긴 해도 훌륭한 사람이야." 스테판 아르카지치는 다시 한 번 말했다. "훌륭한 사람이고말고."

"응, 그 말이 그에게 더 잘 어울리겠군." 브론스키가 미소를 지으며 말했다. "아, 자네도 왔군." 그가 입구에 선 키 크고 나이 든 하인에게 말을 걸었다. 그는 어머니의 하인이었다. "이리로 들어와."

요즘 들어 브론스키는 스테판 아르카지치에게서 모든 사람들이 그에게 느끼는 일반적인 호감 이상의 애착을 느꼈다. 브론스키가 스테판 아르카지치와 키티를 서로 결부시켜 상상했기 때문이다.

"그건 그렇고, 일요일에 디바를 위해서 만찬을 여는 게 어떨까?" 브론스키가 그의 팔을 잡으며 미소를 지었다.

"그러지. 내가 사람들을 모아 볼게. 아, 자네, 어제 내 친구 레빈을 만나지 않았나?" 스테판 아르카지치가 물었다.

"물론. 하지만 그는 어쩐 일인지 서둘러 가 버리더군."

"그는 훌륭한 젊은이야." 오블론스키가 계속 말을 이었다. "그렇지 않아?"

"모르겠어." 브론스키가 대답했다. "모스크바 사람들은 다

---

54) '내 성미에 안 맞아.'(영어)

들 왜 그럴까? 물론 지금 나와 이야기하는 사람은 빼고." 그는 익살맞게 덧붙였다. "다들 어딘지 모르게 날카로운 데가 있어. 왜 그런지 다들 계속 신경을 곤두세우고 화를 내고……. 마치 계속 상대방에게 무언가를 느끼게 하려는 것 같아."

"맞아, 그런 면이 있지." 스테판 아르카지치는 유쾌하게 웃으며 말했다.

"열차가 곧 도착할까요?" 브론스키는 역무원에게 말을 걸었다.

"열차가 곧 들어옵니다." 역무원이 대답했다.

역이 분주해지고 짐꾼들이 뛰어다니고 헌병과 역무원들이 눈에 띄고 마중 나온 사람들이 속속 도착하는 걸 보아, 열차가 가까이 왔음을 더욱더 분명하게 느낄 수 있었다. 차갑게 피어오른 수증기 속으로 반코트를 입고 부드러운 펠트 부츠를 신은 채 구부러진 선로를 뛰어다니는 인부들이 보였다. 멀리 떨어진 선로 위로 기관차의 기적 소리와 무언가 묵직한 것이 움직이는 소리가 들렸다.

"아냐." 스테판 아르카지치가 말했다. 그는 브론스키에게 키티를 향한 레빈의 마음을 말해 주고 싶어 견딜 수 없었다. "아냐, 자네는 내 친구 레빈에 대해 그릇된 평가를 내리고 있어. 사실 그는 매우 신경질적인 사람이고 때로는 남을 불쾌하게 만들기도 해. 하지만 때로는 매우 좋은 사람이 되기도 하지. 그는 대단히 순수하고 진실한 성품을 가진 사람이야. 게다가 황금처럼 고귀한 마음을 지녔어. 하지만 어제는 특별한 이유가 있었지." 스테판 아르카지치는 의미심장한 미소를 지으며 계속 말을 이었다. 그는 어제 자신의 친구에게 느꼈던 진심 어린 공감을 깡그리 잊은 채, 이제는 브론스키에게만 그런 감정을 느낄 뿐이었다. "그래, 어제는 그에게 특별한 행복을 느끼거나 특별한 불행을 느낄 만한 이유가 있었어."

브론스키는 걸음을 멈추고 노골적으로 물었다.

"그럼 뭐야, 어제 그 사람이 자네의 belle-souer[55]에게 청혼이라도 했다는 거야?

"아마도." 스테판 아르카지치가 말했다. "내가 보기엔 어쩐지 어제 그런 일이 있을 것 같더군. 그가 일찍 자리를 뜬 데다 기분마저 안 좋았다면, 분명 그랬나 본데······. 그는 아주 오래전부터 키티를 사랑했어. 그 사람, 참 안됐군."

"그랬군! 하지만 난 그녀에게 더 나은 배우자를 바랄 자격이 있다고 생각해." 브론스키는 이렇게 말한 뒤 가슴을 쫙 펴며 다시 걸음을 떼기 시작했다. "하지만 난 그를 잘 몰라." 그가 말을 덧붙였다. "그래, 어쨌든 힘든 상황이군! 그래서 대부분의 사람들은 클라라와 관계를 갖는 편이 더 낫다고 생각하지. 그쪽에서의 실패는 단지 돈이 충분하지 않다는 사실을 증명할 뿐이지만, 이쪽에서의 실패는 인간의 존엄을 저울질하니까. 그건 그렇고, 저기 기차가 들어오는군."

과연 저 멀리서 기관차의 기적 소리가 들려왔다. 몇 분 후, 플랫폼이 진동하기 시작했다. 그러더니 기차가 추위 때문에 아래쪽으로 증기를 내뿜으며, 천천히 규칙적으로 가운데 바퀴의 지렛대를 돌렸다 폈다 하면서 역 안으로 들어왔다. 목도리로

---

55) '처형, 처제, 시누이, 올케 등 인척 관계로 맺어진 여성에 대한 호칭.'(프랑스어)

얼굴을 칭칭 감은 기관사는 고드름을 주렁주렁 단 채 연신 고개를 숙이며 인사를 했다. 탄수차(炭水車) 뒤에는 수하물차가 날카롭게 짖어 대는 개를 실은 채 속도를 줄이면서 더욱 심하게 플랫폼을 뒤흔들며 들어오기 시작했다. 그리고 마침내 승객을 태운 객차가 들어와 가볍게 진동하다 멈추었다.

용감무쌍한 차장이 호각을 불며 채 멈추지 않은 기차에서 훌쩍 뛰어내렸다. 그러자 그를 뒤따라 성급한 승객들이 한 명씩 내리기 시작했다. 몸을 쭉 펴고 근엄하게 주위를 둘러보는 근위 장교, 배낭을 진 채 유쾌하게 웃어 대는 경박한 상인, 어깨에 큰 자루를 짊어진 농부.

브론스키는 오블론스키와 나란히 서서 객차와 플랫폼에 내린 승객들을 둘러보다 어머니의 일을 완전히 잊어버리고 말았다. 지금 막 키티에 대해 알게 된 사실이 그를 흥분과 기쁨으로 몰아넣었다. 그의 가슴이 무심결에 쫙 펴지고 그의 눈동자가 환하게 빛났다. 그는 승리자라도 된 듯한 기분을 느꼈다.

"브론스카야 백작부인이 이 객차에 계십니다." 용감무쌍한 차장이 브론스키에게 다가와 말했다.

차장의 말이 그를 깨우고 눈앞에 닥친 어머니와의 만남을 떠올리게 했다. 그는 어머니를 진심으로 존경하지 않았다. 그리고 미처 깨닫지 못했지만, 그는 어머니를 사랑하지도 않았다. 자신이 속한 집단의 견해나 자신이 받은 교육에 따르면, 그는 어머니에 대해 가장 공손하고 정중한 태도를 보여야 했고 그 밖의 다른 관계란 상상할 수도 없었다. 그러나 마음속에 어머니에 대한 존경과 사랑이 적으면 적을수록, 그는 겉으로 더욱더 공손하고 정중하게 어머니를 대했다.

18

브론스키는 차장을 뒤따라 객차로 들어가다가 어느 부인에게 길을 내주고자 객차의 입구 앞에서 걸음을 멈췄다. 사교계 사람의 감각이 몸에 밴 브론스키는 그 부인의 용모를 보고는 한눈에 그녀가 상류사회의 여성임을 알아차렸다. 그는 양해를 구하고 객차 안으로 들어가려다, 한 번 더 그녀를 꼭 보아야겠다는 충동을 느꼈다. 그녀가 대단히 아름다워서도 아니고, 그녀의 모습 전체에서 풍기는 우아함과 겸손한 기품 때문도 아니었다. 다만 그의 옆을 지나치는 그녀의 사랑스러운 얼굴 표정에 유난히 상냥하고 부드러운 무언가가 있었기 때문이다. 그가 뒤돌아보자, 그녀 또한 고개를 돌렸다. 짙은 속눈썹 때문에 검게 보이는 그녀의 빛나는 회색 눈동자가 다정한 빛을 띠며 마치 그를 알기라도 하듯 그의 얼굴을 유심히 바라보았다. 그러고는 곧 누군가를 찾는지 가까이 다가오는 군중들에게로 시선을 옮겼다. 그 짧은 시선을 통해, 브론스키는 그녀의 얼굴에서 뛰노는 절제된 활기를 포착할 수 있었다. 붉은 입술을 곡선 모양으로 만든 희미한 미소와 빛나는 눈동자 사이에서 차분한 생기가 날개를 파닥이며 날아다녔다. 마치 그녀의 존재에서 어떤 것이 넘쳐흘러 그녀의 의지와 상관없이 반짝이는 눈빛과 미소로 나타나는 것 같았다. 그녀가 일부러 눈 속의 빛을 꺼 버리긴 했지만, 그 빛은 그녀의 의지에 반해 희미한 미소로 반짝였다.

브론스키는 객차로 들어갔다. 검은 눈동자와 곱슬머리를 지닌 여윈 노부인이 눈을 가늘게 뜨고 아들을 바라보며 얇은 입술에 살짝 미소를 지었다. 그녀는 좌석에서 일어나 하녀에게 작은 손가방을 건넨 후, 자그마한 야윈 손을 아들에게 내밀고는 그 손에 입 맞추는 아들의 머리를 들어 올려 그의 얼굴에 입을 맞추었다.

"전보는 받았니? 잘 지낸 거냐? 참으로 다행이구나."

"여행은 편안하셨어요?" 아들이 어머니 옆에 앉으며 말했다. 그러다 무심결에 문밖에서 들리는 여인의 목소리에 귀를 기울였다. 그는 그 목소리가 입구에서 마주친 그 부인의 목소리라는 것을 알아차렸다.

"그래도 난 당신 생각에 찬성할 수 없어요."

"마님, 그건 페테르부르크식의 생각입니다."

"페테르부르크식이 아니라, 단지 한 여자의 생각일 뿐이에요." 그녀가 대답했다.

"그럼, 마님의 손에 입 맞추는 걸 허락해 주십쇼."

"잘 가요, 이반 페트로비치. 참, 오빠가 거기 있나 한번 봐 주세요. 거기 있으면 이쪽으로 좀 오라고 해요." 부인은 입구

바로 옆에서 이렇게 말한 뒤 다시 객차 안으로 들어왔다.

"어떻게 됐어요? 오빠를 찾았나요?" 브론스카야 백작부인이 그녀에게 말을 걸었다.

브론스키는 그제야 그녀가 카레니나 부인임을 알아차렸다.

"당신의 오빠는 이곳에 와 있습니다." 그는 자리에서 일어나 말을 꺼냈다. "실례합니다. 미처 부인을 알아보지 못했습니다. 당신과 함께한 시간이 워낙 짧아서요." 브론스키는 인사를 하며 말을 건넸다. "아마 절 기억하지 못하실 겁니다."

"오, 아니에요." 그녀가 말했다. "저야말로 당신을 알아봤어야 하는데. 이곳으로 오는 동안 내내 당신 어머님과 당신에 관해서만 이야기한 것 같으니까요." 그녀가 말했다. 마침내 그녀는 밖으로 나가기를 청하는 자신의 활기에 미소로 모습을 드러내도 좋다고 허락했다. "그런데 오빠가 아직 안 오네요."

"알료샤[56], 네가 불러 와." 연로한 백작부인이 말했다.

브론스키는 플랫폼으로 나가 소리쳤다.

"오블론스키! 여기야!"

그러나 카레니나는 오빠를 끝까지 기다리지 않고, 그를 보자마자 경쾌하고 단호한 걸음으로 객차를 나섰다. 그러고는 오빠가 가까이 다가오자, 브론스키도 놀랄 만큼 대담하고 우아한 몸짓으로 왼손을 오빠의 목에 감더니 재빨리 자기에게로 끌어당겨 힘차게 입을 맞췄다. 브론스키는 그녀를 뚫어지게 바라보다 그만 영문도 모른 채 씩 웃고 말았다. 하지만 문득 그를 기다리고 있을 어머니가 떠올라 다시 객차 안으로 들어갔다.

---

56) 알렉세이의 애칭.

"정말 사랑스러워, 그렇지 않니?" 백작부인이 카레니나에 대해 말했다. "그녀의 남편이 그녀를 내 옆에 앉게 했어. 그래서 무척 기뻤단다. 우리는 줄곧 이야기를 나누었지. 그건 그렇고, 사람들이 그러더구나, vous filez le parfait amour. Tant mieux, moncher, tant mieux.[57]"

"Maman, 무슨 말씀인지 모르겠군요." 아들이 차갑게 대답했다. "자, maman, 숙소로 가시죠."

카레니나는 백작부인과 작별 인사를 하려고 다시 객차 안으로 들어왔다.

"이제 백작부인은 아드님을 만나셨고, 저는 오빠를 만났네요." 그녀가 명랑하게 말했다. "게다가 제 이야깃거리도 다 떨어져 더 이상 해 드릴 얘기도 없고요."

"아니, 그렇지 않아요, 사랑스러운 분." 백작부인이 그녀의 손을 잡고 말했다. "당신과 함께라면 온 세상을 돌아다닌다 해도 지겹지 않을 거예요. 이야기를 나누든 말없이 있든 함께 있기만 해도 즐거운 사랑스러운 여성들이 있죠. 당신도 그런 사람이에요. 참, 아들 생각은 그만해요. 아들과 평생 헤어지지 않고 살 수는 없으니까요."

카레니나는 몸을 꼿꼿이 세운 채 꼼짝도 하지 않았다. 그런 그녀의 눈동자에 미소가 어렸다.

"안나 아르카지예브나에게는……." 백작부인이 아들에게 설명했다. "여덟 살짜리 아들이 있단다. 그런데 지금까지 한 번도

---

57) '네가 이상적인 사랑을 하고 있다고. 그럴수록 좋다, 나의 아들아, 그럴수록 좋아.'(프랑스어)

떨어져 본 적이 없나 봐. 그래서 아들을 두고 온 것 때문에 계속 마음 아파하는구나."

"네, 백작부인과 저는 줄곧 그런 얘기만 했어요. 저는 제 아들에 대해, 백작부인께선 자신의 아들에 대해." 카레니나가 말했다. 그러자 또다시 미소가 그녀의 얼굴을 환하게 빛냈다. 그것은 그를 향한 부드러운 미소였다.

"어머니의 이야기에 무척 지루하셨죠?" 그는 그녀가 던진 이 교태의 공을 즉시 받아치며 말했다. 하지만 그녀는 더 이상 이런 어조로 이야기를 계속하고 싶지 않은 듯 백작부인을 향해 돌아섰다.

"정말 감사합니다. 어제 하루가 어떻게 갔는지 모르겠어요. 안녕히 가세요, 백작부인."

"잘 가요, 친구." 백작부인이 대답했다. "당신의 아름다운 얼굴에 입 맞추게 해 줘요. 나이도 먹을 만큼 먹었으니 단순하고 솔직하게 말할게요. 난 당신을 무척 좋아하게 됐답니다."

카레니나는 이런 상투적인 말을 진심으로 믿고 무척 기뻐하는 것 같았다. 그녀는 얼굴을 붉히고는 살짝 몸을 굽혀 자기 얼굴을 백작부인의 입술에 댔다. 그녀는 다시 몸을 펴고 입술과 눈동자 사이에서 물결치는 그 미소를 지으며 브론스키에게 손을 내밀었다. 그는 그녀가 내민 작은 손을 잡았다. 그러자 그의 손을 힘차고 대담하게 끌어당기는 그녀의 정열적인 악수에서 뭔가 특별한 것을 대하기라도 한 듯 그의 마음속에 기쁨이 차올랐다. 그녀는 재빨리 걸어 나갔다. 그 걸음은 제법 풍만한 그녀의 몸을 신기할 정도로 가뿐히 옮겼다.

"정말 사랑스러워." 노부인이 말했다.

그녀의 아들도 똑같은 생각을 했다. 그는 그녀의 우아한 자태가 사라질 때까지 계속 그녀를 눈으로 좇았다. 그녀를 바라보는 그의 얼굴에 미소가 어렸다. 그는 창밖으로 그녀가 오빠에게 다가가 손을 맞잡으며 무언가 활기차게 이야기하는 것을 보았다. 분명 브론스키 자신과는 전혀 상관없는 이야기일 텐데, 그에게는 그것이 분하고 억울하게 느껴졌다.

"음, 그런데 maman, 다들 잘 지내나요?" 그가 어머니에게 돌아서며 말을 되풀이했다.

"다들 잘 지내. 아주 잘 지내지. 알렉산드르는 무척 사랑스러운 아이야. 마리도 무척 예뻐졌단다. 무척 재미있는 아이야."

그리고 노부인은 자신의 가장 큰 관심사, 즉 손자의 세례식 — 그녀는 그 일 때문에 페테르부르크에 다녀왔다 — 과 군주가 맏아들에게 베푼 특별한 은총에 대해 이야기하기 시작했다.

"라브렌치가 왔네요." 브론스키가 창밖을 바라보며 말했다. "자, 괜찮으시다면 이제 나갈까요?"

백작부인을 모시고 온 늙은 집사가 객차 안으로 들어와 모든 것이 준비되었다고 보고하자, 노부인은 그곳을 나서려고 몸을 일으켰다.

"자, 가요. 이제 사람들도 줄었어요." 브론스키가 말했다.

하녀는 손가방과 강아지를 들고 집사와 인부는 다른 가방을 들었다. 브론스키는 어머니의 손을 잡았다. 그런데 그들이 객차를 나섰을 때, 갑자기 몇몇 사람들이 소스라치게 놀란 표정으로 그들을 지나쳐 달려갔다. 다른 색의 모자를 쓴 역장도 달려갔다. 색다른 무언가가 일어난 게 분명했다. 열차에서 내린 사람들은 뒤쪽으로 달려갔다.

"뭐야……? 무슨 일이야……? 어디에서……? 뛰어들었어……! 기차에 치였어……!" 지나가던 사람들 사이에서 이런 말들이 들렸다.

누이동생과 함께 놀란 표정으로 되돌아온 스테판 아르카지치는 군중을 피해 객차 입구에 섰다.

부인들은 객차 안으로 들어갔고, 브론스키와 스테판 아르카지치는 이 불행한 사고의 세세한 정황을 알아보려 군중을 뒤따라갔다.

술에 취해서 그랬는지 지독한 추위에 몸을 옷으로 지나치게 감싸서 그랬는지, 한 경비원이 기차가 선로를 바꾸는 소리를 듣지 못해 그만 기차에 치이고 말았다.

부인들은 브론스키와 오블론스키가 돌아오기 전에 벌써 집사로부터 이런 상세한 정황을 들었다.

오블론스키와 브론스키는 형체를 알아볼 수 없이 손상된 시체를 보았다. 오블론스키는 몹시 괴로워 보였다. 그는 얼굴을 찡그리며 금방이라도 울 듯한 표정을 지었다.

"아, 정말 끔찍해! 아, 안나, 네가 그 모습을 봤더라면! 아, 소름 끼쳐!" 그는 계속해서 말했다.

브론스키는 말이 없었다. 그의 잘생긴 얼굴은 심각해 보이긴 하나 너무나 태연한 표정을 짓고 있었다.

"아, 백작부인, 당신이 그걸 보셨다면……." 스테판 아르카지치가 말했다. "그 사람의 부인도 그곳에 있었는데……. 어찌나 안됐던지……. 남편의 시체에 몸을 던지고……. 사람들이 그러는데, 그 남자 혼자서 그 많은 가족을 먹여 살렸다더군요. 정말 끔찍한 일이야!"

"그 여자를 위해 뭔가 할 수 있는 일이 없을까요?" 카레니나가 두려움에 떨며 조용히 속삭였다.

브론스키는 그녀의 얼굴을 보더니 곧장 객차 밖으로 나갔다.

"Maman, 금방 다녀올게요." 그는 입구에서 어머니를 돌아보며 이렇게 덧붙였다.

몇 분 후 그가 돌아왔을 때, 스테판 아르카지치는 이미 백작부인에게 신인 여가수에 관해 떠벌이고 있었다. 그러나 백작부인은 아들을 기다리며 초조하게 계속 문을 바라보고 있었다.

"자, 이제 가죠." 브론스키가 안으로 들어오며 말했다. 그들은 함께 객차를 나섰다. 브론스키는 어머니와 함께 앞에서 걸어갔다. 카레니나는 오빠와 함께 그들을 뒤따랐다. 출구에 이르자, 브론스키를 뒤쫓아 온 역장이 그에게 다가갔다.

"당신이 제 조수에게 200루블을 주셨더군요. 그 돈을 누구에게 주신 건지 정확히 지목해 주시지 않겠습니까?"

"미망인에게 주십시오." 브론스키가 어깨를 으쓱하며 말했다. "그런 걸 물어볼 필요가 있습니까?"

"자네가 돈을 줬다고?" 오블론스키가 뒤에서 소리쳤다. 그러고는 누이의 손을 꽉 잡으며 이렇게 덧붙였다. "멋져, 아주 멋져! 훌륭한 젊은이가 아닙니까? 존경을 표합니다, 백작부인."

그리고 그는 누이와 함께 그녀의 하녀를 찾느라 잠시 서성였다.

그들이 역 밖으로 나왔을 때, 브론스키의 일행을 태운 마차는 이미 떠나고 없었다. 역에서 나오던 사람들은 아직도 방금 일어난 일에 대해 계속 이야기하고 있었다.

"참으로 끔찍한 죽음이야!" 어떤 신사가 그들을 지나치며 말했다. "몸이 두 동강이 났다더군."

"내 생각은 달라. 그건 가장 편안한 죽음이었을 거야. 순식간에 죽었으니." 다른 사람이 말했다.

"어째서 적절한 조처를 취하지 않았을까?" 또 다른 사람이 말했다.

카레니나는 마차에 올라탔다. 스테판 아르카지치는 그녀의 입술이 떨리고 그녀가 가까스로 눈물을 참는 모습을 보며 깜짝 놀랐다.

"무슨 일이니, 안나?" 마차가 역에서 수백 사젠[58]을 벗어나자 그는 물었다.

"불길한 징조예요." 그녀가 말했다.

"쓸데없는 소리!" 스테판 아르카지치가 말했다. "중요한 건네가 왔다는 사실이지. 내가 너에게 얼마나 기대를 걸고 있는지 넌 상상도 못할 거다."

"오빠는 브론스키를 오래전부터 알았나요?"

"그래. 그런데 말이지, 우리는 그가 키티와 결혼할 거라고 기대하고 있어."

"그래요?" 안나가 조용히 말했다. "그럼, 이제 오빠의 이야기를 해 보세요." 그녀는 마치 자신을 혼란스럽게 하는 쓸데없는 무언가를 육체로부터 몰아내려는 듯, 머리를 흔들며 이렇게 덧붙였다. "오빠의 문제를 말해 줘요. 오빠의 편지를 받고 이렇게

---

58) 1사젠은 약 2.13미터.

왔잖아요."

"그래, 네가 유일한 희망이야." 스테판 아르카지치가 말했다.

"그러니 전부 말해 봐요."

그러자 스테판 아르카지치는 이야기를 시작했다.

집에 도착하자, 오블론스키는 누이를 마차에서 내려 주고 한숨을 쉬며 그녀의 손을 잡았다. 그러고는 관청으로 향했다.

19

안나가 안으로 들어갔을 때, 돌리는 작은 응접실에 앉아 아마빛 머리칼을 지닌 포동포동한 아들의 프랑스어 읽기 연습을 봐 주고 있었다. 아들의 모습은 벌써 아버지를 쏙 빼닮아 있었다. 소년은 책을 읽으면서, 윗도리에 간신히 붙은 단추를 손으로 돌려 잡아 뜯으려 했다. 어머니가 몇 번이고 손을 떼 놓았지만, 포동포동한 작은 손은 계속 단추를 만지작거렸다. 어머니는 아예 단추를 떼어 자기 호주머니에 집어넣었다.

"그리샤, 손을 가만히 둬." 그녀는 이렇게 말하고 다시 오래전부터 짜 오던 모포를 집어 들었다. 그녀는 힘들 때면 언제나 이 모포를 집어 들곤 했는데, 지금도 손가락으로 코를 세며 신경질적으로 모포를 짜고 있었다. 어제 남편에게 시누이가 오든 말든 자기는 상관하지 않겠다고 말했지만, 그녀는 시누이를 맞이할 만반의 준비를 해 놓고 두근거리는 마음으로 시누이를 기다리고 있었다.

슬픔이 돌리를 절망에 빠뜨리고 그녀를 완전히 삼켜 버렸다. 그러나 그녀는 시누이 안나가 페테르부르크의 최고 고위층 인사 가운데 한 명의 아내이고 페테르부르크의 귀부인이라는 사실을 기억했다. 이런 사정 때문에 그녀는 남편에게 말한 대로 하지 않았다. 즉 시누이가 온다는 사실을 잊지 않은 것이다. '그래, 안나에게는 아무 잘못이 없어.' 돌리는 생각했다. '난 그녀에 대해 좋은 점 말고는 아는 게 없잖아. 게다가 그녀는 상냥하고 다정하게 날 대해 줬어.' 사실 페테르부르크의 카레닌 집에서 받은 인상을 기억하는 한, 그들의 가정 자체는 그녀의 마음에 들지 않았다. 그들 가족의 모든 생활 방식에는 무언가 가식적인 것이 있었다. '하지만 도대체 무슨 구실로 그녀를 맞이하지 않을 수 있겠어? 단지 그녀가 날 위로하려 들지나 않으면 좋겠는데!' 돌리는 생각했다. '위로니 충고니 그리스도교적인 용서니, 이 모든 것들을 천 번도 넘게 생각했지만, 모두 다 소용없어.'

지난 며칠 동안 돌리는 아이들하고만 있었다. 그녀는 자기의 슬픔에 대해 말하고 싶지 않았고, 마음속에 이런 슬픔을 간직한 채 엉뚱한 이야기를 늘어놓을 수도 없었다. 그녀는 어쨌든 자신이 안나에게 모든 것을 털어놓으리라는 걸 알았다. 그녀는 모든 얘기를 털어놓을 수 있다는 생각에 기쁘기도 했지만, 한편으로는 남편의 여동생인 그녀에게 자신의 수치에 대해 말하지 않으면 안 되고 그녀에게서 판에 박힌 충고와 위로의 말을 들어야 한다고 생각하자 울화가 치밀었다.

종종 일어나는 일이지만, 그녀는 계속 시계를 쳐다보며 매순간 시누이를 기다렸는데도, 막상 손님이 도착한 그 순간을 놓치는 바람에 벨소리를 듣지 못하고 말았다.

　문가에서 옷자락 스치는 소리와 가벼운 발소리가 나는 것을 듣고서야 그녀는 뒤를 돌아보았다. 그러자 괴로움에 지친 그녀의 얼굴에는 무심결에 기쁨이 아닌 놀라움이 떠올랐다. 그녀는 일어나 시누이를 껴안았다.

　"어머, 벌써 왔어요?" 그녀는 시누이에게 입을 맞추며 말했다.

　"돌리, 이렇게 얼굴을 보니 너무 기뻐요."

　"나도요." 그녀는 힘없이 웃으며 안나의 표정에서 그녀가 알고 있는지 어떤지 알아내려고 애썼다. '틀림없이 알고 있을 거야.' 그녀는 안나의 얼굴에서 동정의 빛을 알아채며 이렇게 생각했다. "자, 가요. 방으로 안내할게요." 그녀는 할 수 있는 한 설명의 순간을 늦추기 위해 말을 계속했다.

　"이 애가 그리샤죠? 어머, 이제 다 컸구나!" 안나는 돌리에게서 눈을 떼지 않으며 그리샤에게 입을 맞추고는 가만히 얼굴을 붉혔다. "아니, 그냥 여기 있기로 해요."

　그녀는 숄과 모자를 벗다가 검은 곱슬머리가 끼는 바람에 머리를 흔들어 머리카락을 떼어 냈다.

　"안나는 행복과 건강으로 빛나는군요!" 돌리는 거의 질투에 가까운 감정으로 말했다.

　"내가요……? 그래요." 안나는 말했다. "어머, 타냐! 우리 세료쟈[59]와 동갑내기지?" 그녀는 응접실로 뛰어 들어오는 소녀를 돌아보며 이렇게 덧붙였다. 그녀는 타냐의 손을 잡고 입을

---

59) 세르게이의 애칭.

맞추었다.

"정말 사랑스럽구나. 너무 귀여워! 아이들을 다 보여 주세요."

그녀는 아이들의 이름을 일일이 불렀다. 그녀는 이름뿐만이 아니라 생년월일과 성격, 아이들이 앓은 질병까지 기억해 냈다. 돌리도 그녀의 이런 점을 높이 평가하지 않을 수 없었다.

"자, 애들 방으로 가요." 그녀가 말했다. "바사[60]가 자고 있어 유감이네요."

아이들을 다 본 후, 그들은 이제 단둘이서 커피를 앞에 놓고 응접실에 앉았다. 안나는 찻잔을 쥐었다가 다시 내려놓았다.

"돌리." 그녀가 말했다. "오빠에게서 다 들었어요."

돌리는 냉정한 태도로 안나를 바라보았다. 지금 그녀는 가식적인 동정의 말을 예상하고 있었다. 그러나 안나는 그런 말을 한마디도 하지 않았다.

"돌리, 사랑하는 돌리! 난 오빠를 편들어 말하거나 당신을 위로하고 싶지 않아요. 그래서는 안 되죠. 하지만 그저 당신이 가여워요. 정말이지 당신이 가여워 못 견디겠어요." 그녀가 말했다.

반짝이는 눈의 짙은 속눈썹 아래서 갑자기 눈물이 비쳤다. 안나는 올케에게 바짝 다가앉으며 활기가 넘쳐흐르는 작은 손으로 그녀의 손을 꼭 잡았다. 돌리는 시누이의 손을 피하지 않았지만, 그녀의 메마른 표정은 여전히 그대로였다. 그녀가 말했다.

---

60) 바실리의 애칭.

"날 위로할 생각은 하지 말아요. 그 일이 일어난 후 모든 게 끝났어요. 모든 게 허사가 되어 버렸다고요!"

그녀가 이 말을 내뱉은 순간, 갑자기 그녀의 표정이 부드러워졌다. 안나는 돌리의 메마르고 야윈 손을 들어 올려 입을 맞추고는 이렇게 말했다.

"하지만 돌리, 도대체 어떻게 하려고요? 어떻게 할 생각이에요? 이런 끔찍한 상황에서 어떻게 행동하는 게 가장 좋은 방법일까요? 그것을 생각해야 해요."

"모든 게 끝났어요. 더 이상 아무것도 남지 않았어요." 돌리가 말했다. "더욱 나쁜 것은, 당신도 이해하겠지만, 그를 버릴 수 없다는 거예요. 아이들이 있으니, 난 그에게 매여 있는 몸이라고요. 그렇다고 그와 함께 살 수도 없어요. 남편을 보는 것만으로도 고통스러우니까요."

"돌리, 오빠에게 사정을 다 들었지만, 난 당신의 이야기가 듣고 싶어요. 내게 전부 말해 봐요."

돌리는 의심스러운 눈초리로 안나를 바라보았다.

안나의 얼굴에는 가식 없는 동정과 사랑이 엿보였다.

"좋아요." 문득 그녀가 말했다. "하지만 처음부터 말할게요. 내가 어떻게 결혼했는지 당신도 알죠? 난 엄마의 교육 때문에 순진하고 어리석은 여자가 되고 말았어요. 난 아무것도 몰랐어요. 사람들의 말로는, 남편은 아내에게 자기의 과거를 들려주곤 한다더군요. 하지만 스티바는……." 그녀는 다시 고쳐 말했다. "스테판 아르카지치는 내게 아무런 이야기도 해 주지 않았어요. 믿어지지 않겠지만, 난 지금까지 그가 아는 여자라고는 나 하나뿐일 거라고 생각했어요. 그렇게 8년을 살았어요.

당신은 먼저 이걸 알아야 해요. 난 그가 부정할 거라고는 추호도 의심해 본 적 없을 뿐 아니라 그런 일은 있을 수도 없는 일이라 생각했다는 걸……. 그리고 상상해 봐요. 그런 생각으로 살아온 내가 어느 날 갑자기 그 끔찍한 일들을, 그 추악한 일들을 모조리 알게 됐으니……. 알겠어요? 철저히 자신의 행복을 믿고 있었는데, 어느 날 갑자기……." 돌리는 터져 나오려는 울음을 간신히 참으며 계속해서 말했다. "편지를 발견한 거예요……. 그가 자기 애인에게, 우리 집 가정교사에게 보내는 편지를 말이에요. 아니, 너무 끔찍했어요." 그녀는 황급히 손수건을 꺼내 얼굴을 가렸다. "나도 마음을 빼앗기는 게 어떤 건지 알아요." 그녀는 잠시 말을 멈추었다 계속해서 말했다. "하지만 그는 치밀하고 교활한 방법으로 날 속였어요……. 그것도 하필이면……. 계속 그 여자와 사귀면서 나의 남편 노릇을 하다니……. 정말 무서워요! 당신은 이해할 수 없을 거예요."

"오, 아니에요. 이해하고말고요! 이해해요, 사랑하는 돌리, 이해한다고요." 안나가 그녀의 손을 잡으며 말했다.

"그럼, 그가 이런 끔찍하기 짝이 없는 내 입장을 이해한다고 생각해요?" 돌리가 계속해서 말했다. "천만에요! 그는 행복해하고 만족스러워하는걸요."

"오, 아니에요!" 안나가 재빨리 그녀의 말을 가로막았다. "오빠는 지금 풀이 죽어 있어요. 후회로 괴로워하며……."

"그가 후회할 사람인가요?" 돌리가 말을 가로막으며 시누이의 얼굴을 유심히 바라보았다.

"그럼요. 난 오빠를 알아요. 난 오빠가 가여워 차마 눈뜨고 못 보겠어요. 우리 둘 다 오빠를 알잖아요. 오빠는 착하지만 오만한 사람이죠. 그런 오빠가 지금은 얼마나 수치스러워하는지 몰라요. 무엇보다 내 마음을 움직인 건(그 순간 안나는 돌리의 마음을 움직일 수 있는 최선의 무기를 알아냈다.) 오빠가 두 가지 일로 괴로워하고 있다는 사실이에요. 하나는 아이들을 볼 면목이 없다는 것이고, 또 하나는 오빠가 당신을 사랑하면서도, 그래요, 이 세상에서 그 누구보다 사랑하면서도……." 안나는 재빨리 그녀의 말에 반박하려는 돌리를 가로막았다. "당신을 아프게 하고 절망에 빠뜨렸다는 거예요. 오빠는 계속 '아냐, 아냐, 그녀는 날 용서하지 않을 거야.'라는 말만 했어요."

돌리는 시누이의 말을 들으면서 깊은 생각에 잠긴 듯 그녀를 피해 다른 곳을 바라보았다.

"그래요. 나도 그의 처지가 얼마나 가여운지 알아요. 죄 없는 사람보다 죄 지은 사람이 훨씬 괴로운 법이니까요." 그녀가 말했다. "그가 모든 불행이 자신의 죄 때문이라고 느낀다면 말이죠. 하지만 내가 어떻게 그를 용서할 수 있겠어요? 그런 일이 있었는데, 어떻게 다시 그의 아내로 지낼 수 있겠어요? 이제는 그와 사는 것이 고통스러울 거예요. 그건 내가 예전처럼 지금도 여전히 그를 사랑하고, 그에게 바친 나의 지난날의 사랑을 사랑하기 때문에……."

그 순간 흐느낌이 그녀의 말을 삼켰다.

하지만 일부러 그러는 것처럼, 그녀는 마음이 가라앉을 때마다 자신을 격분시킨 일을 다시 끄집어냈다.

"그 여자는 정말 젊고 예뻐요." 그녀는 계속 말했다. "안나, 나의 젊음과 아름다움을 앗아간 사람이 누구죠? 바로 남편과 그의 자식들이에요. 난 그동안 그를 뒷바라지했고, 그러느라 내가 가진 모든 것을 잃었어요. 그런데 이제 그는 싱싱하고 천한 여자를 좋아하네요. 그 둘이서 틀림없이 나에 관한 이야기를 했겠죠. 어쩌면 서로 아무 말 하지 않았을지도 모르고요. 그 편이 더 나쁘지만……. 내 마음을 알겠어요?" 다시 그녀의 눈동자가 증오심으로 불타올랐다. "그가 내게 털어놓는다 해도…… 내가 어떻게 그의 말을 믿죠? 절대 믿을 수 없어요. 아니요, 이젠 모든 게 끝났어요. 내게 기쁨과 고생에 대한 보람과 고통을 주던 그 모든 일들이……. 믿을 수 있겠어요? 난 지금도 그리샤에게 공부를 가르쳐요. 전에는 이것이 즐거운 일이었지만, 지금은 고통스러운 일이 되었어요. 무엇 때문에 내가 이렇게 애쓰고 고생해야 하죠? 무엇 때문에 아이들을 데리고 있어야 하죠? 갑자기 내 마음이 뒤집혀 버린 게 소름 끼쳐요. 내게는 사랑과 다정함 대신 그에 대한 적개심만 남았어요. 그래요, 적개심 말이에요. 난 그를 죽여 버리고……."

"사랑하는 돌리, 이해해요, 하지만 제발 자신을 학대하지는 말아요. 당신은 지금 상처가 너무 커서, 너무 흥분해서, 많은 일들을 잘못된 눈으로 보고 있어요."

돌리는 마음을 진정시켰다. 두 사람은 2분가량 아무 말도 하지 않았다.

"안나, 어떻게 하면 좋아요, 생각해 봐요, 제발 날 도와줘요. 그동안 계속 생각하고 또 생각했지만, 정말 아무것도 모르겠어요."

안나는 아무것도 생각해 내지 못했다. 하지만 그녀의 마음은 올케의 말 한마디 한마디에, 표정 하나하나에 완전히 공감하고 있었다.

"한 가지만 말할게요." 안나가 말을 꺼냈다. "난 오빠의 동생이에요. 그래서 오빠의 성격을 잘 알죠. 모든 걸 쉽게 잊는 능력(그녀는 이마 앞에 제스처를 취해 보였다.), 유혹에 쉽게 빠지는 능력을 말이에요. 하지만 금방 후회하는 오빠의 성격도 잘 알죠. 오빠는 자신이 어떻게 그런 짓을 했는지 지금도 믿을 수 없고 이해할 수 없나 봐요."

"아니에요. 그는 잘 알고 있어요, 알고 있다고요!" 돌리가 말을 가로막았다. "하지만 난……. 당신은 나의 처지를 잊고 있어요. 이런 상황이 내게는 편할 것 같으요?"

"잠깐만요, 솔직히 말해 오빠의 이야기를 들었을 때는 당신의 괴로운 처지를 전혀 이해하지 못했어요. 난 오빠만을 보았고 가족이 무너진 모습만 보았어요. 난 오빠를 동정했어요. 하지만 당신의 이야기를 들은 후, 여자의 눈으로 다른 점을 보게 되었어요. 당신이 고통스러워하는 것을 보니, 말로 다 표현할 수 없을 만큼 당신이 가여워요! 하지만, 사랑하는 돌리, 난 당신의 고통을 너무나 잘 알아요. 그런데 한 가지만은 모르겠어요. 정말 모르겠어요……. 당신의 마음에 오빠에 대한 사랑이 얼마만큼 남아 있는지, 그걸 모르겠어요. 당신은 알 거예요. 오빠를 용서할 수 있을 만큼 당신의 사랑이 남아 있는지 말이에요. 만약 그만큼의 사랑이 남아 있다면 오빠를 용서해 줘요!"

"안 돼요." 돌리가 말을 꺼냈다. 그러나 안나는 그녀의 말을 가로막고 그녀의 손에 한 번 더 입 맞추었다.

"난 당신보다 세상을 더 많이 알아요." 안나가 말했다. "난 오빠 같은 사람들을 알아요. 그런 사람들이 이 문제를 어떻게 보는지도 알고요. 당신은 오빠가 그녀와 당신에 대해 이야기했을 거라고 말했죠. 이런 부류의 사람은 부정한 짓을 저지르기는 해도, 자신의 가정과 아내를 신성한 것으로 생각해요. 왜 그런지 모르지만, 그 사람들은 이런 여자들을 경멸해요. 그래서 이 여자들은 가정을 훼방할 수 없어요. 그 사람들은 가정과 이런 여자들 사이에 어떤 넘지 못할 경계선을 그어요. 나에겐 이해가 안 되지만, 실제로 그렇답니다."

"그래요. 하지만 그는 그 여자에게 키스를 하고……."

"돌리, 내 말을 들어 봐요. 난 당신을 사랑하던 스티바를 기억해요. 그때가 기억나요. 오빠는 내게 달려와 울면서 당신에 대해 말했어요. 당신은 오빠의 손에 닿기에 너무나 아름답고 고귀한 사람이었어요. 난 알아요. 오빠와 당신이 점점 더 많은 날들을 함께 살면서, 당신은 오빠에게 더욱 고귀한 사람이 되었어요. 오빠는 말끝마다 이렇게 덧붙였죠. '돌리는 놀라운 여자야.' 그래서 우리가 종종 놀리곤 했어요. 당신은 오빠에게 언제나 신성한 존재였어요. 그러니 이번에 바람을 피운 것은 오빠의 진심에서 나온 행동이 아니에요……."

"하지만 이런 일이 되풀이되면 어쩌죠?"

"그럴 리는 없어요. 내가 아는 한은……."

"그럼, 당신이 내 입장이라면 용서하겠어요?"

"모르겠어요. 판단이 안 서네요……. 아니에요. 용서할 수 있어요." 안나는 잠시 생각하다니 이렇게 말했다. 안나는 머릿속으로 그런 처지를 포착하고, 마음의 저울로 그것을 달아 본 후 덧붙였다. "아니에요, 용서할 수 있어요. 그럴 수 있어요. 있고말고요. 그래요, 난 용서할 거예요. 난 똑같은 경우를 겪지는 않겠지만, 용서할 거예요. 마치 그런 일도 없었던 것처럼, 전혀 없었던 것처럼, 그렇게 용서하겠어요."

"물론이에요." 돌리는 재빨리 안나의 말을 가로막았다. 그녀는 마치 몇 번이나 생각하던 것을 말하는 것 같았다. "그렇지 않다면 용서라 할 수 없겠죠. 용서한다면, 깨끗이, 깨끗이 해야 해요. 자, 가요, 당신이 머물 방으로 안내할게요." 돌리는 이렇게 말하며 자리에서 일어났다. 그리고 도중에 안나를 꼭 끌어안았다. "소중한 사람, 당신이 와서 얼마나 기쁜지 몰라요. 정말 기뻐요. 마음이 한결 가벼워졌어요."

20

그날 하루 종일 안나는 집에, 즉 오블론스키의 집에 있었다. 그녀를 아는 몇몇 사람들이 그녀의 도착을 알고 그날로 찾아 왔지만, 그녀는 아무도 만나지 않았다. 안나는 오전 내내 돌리 와 아이들과 지냈다. 단지 그녀는 오빠에게 저녁 식사는 꼭 집 에서 하라는 쪽지를 보냈을 뿐이다. "돌아오세요. 하느님은 자 비로우세요." 그녀는 쪽지에 그렇게 썼다.

오블론스키는 집에서 저녁 식사를 했다. 보통의 대화가 오 갔고, 아내는 그를 전과 달리 친밀하게 부르며 이야기했다. 남 편과 아내의 관계는 여전히 소원했지만, 더 이상 별거에 대한 이야기는 없었다. 그래서 스테판 아르카지치는 변명과 화해의 가능성을 알아차렸다.

식사가 막 끝났을 때 키티가 찾아왔다. 그녀는 안나 아르카 지예브나를 알고는 있었지만 겨우 얼굴만 아는 처지였다. 그래 서 그녀는 언니의 집으로 오는 동안 모두가 그토록 칭찬하는 이 페테르부르크 사교계의 부인이 자기를 어떻게 맞아 줄지 걱정했다. 하지만 안나 아르카지예브나는 그녀를 좋아했다. 그녀도 그것을 알아차렸다. 안나는 분명 그녀의 아름다움과 젊음에 도취된 듯 보였다. 키티도 순식간에 자신이 이미 그녀의 영향을 받고 있을 뿐 아니라 그녀에게 반해 버렸음을 느꼈다. 그것은 젊은 아가씨들이 결혼한 연상의 여인들에게 느끼는 사랑의 감정이었다. 안나는 사교계의 여성이나 여덟 살짜리 아들을 둔 어머니처럼 보이지 않았다. 만약 진지하고 때로 우울하기까지 한 그녀의 눈빛 ─ 그 눈빛은 키티를 감동시키고 키티를 그녀에게로 끌어당겼다 ─ 이 없었다면, 안나는 스무 살의 아가씨처럼 보였을지 모른다. 그녀의 유연한 동작, 싱싱한 모습, 얼굴에 가득한 생기, 미소와 눈빛을 통해 흘러나오는 생기만 보자면 충분히 그렇게 보였다. 키티는 안나가 매우 담백하고 숨김없는 사람이라고 느꼈다. 하지만 안나 안에는 어떤 다른 지고한 세계, 자신이 다가갈 수 없는 복잡하고 시적인 의미로 충만한 세계가 있는 것 같았다.

저녁 식사 후 돌리가 자기 방에서 나가자, 안나는 재빨리 자리에서 일어나 시가를 피우는 오빠에게로 다가갔다.

"스티바." 그녀는 명랑하게 한쪽 눈을 찡긋해 보이며 그에게 성호를 그어 주고는 눈짓으로 문을 가리켰다. "가 봐요. 하느님의 도우심이 있기를……."

그녀의 말을 이해한 그는 담배를 집어던지고 문 뒤로 사라졌다.

스테판 아르카지치가 방에서 나가자, 안나는 소파로 돌아왔다. 그녀는 아이들에게 둘러싸인 채 그곳에 앉았다. 아이들은 엄마가 고모를 좋아하는 것을 알기 때문인지, 그들 자신이 고모의 특별한 매력을 느꼈기 때문인지, 아이들이 흔히 그러하듯 위의 두 아이를 따라 그 아래의 동생들도 저녁 식사 때까지 새로 온 고모에게 착 달라붙어 떨어지려 하지 않았다. 아이들 사이에 놀이 비슷한 것이 벌어졌다. 아이들은 할 수 있는 한 고모 옆에 가까이 앉으려 하고 그녀의 몸을 만지려 하고 그녀의 작은 손을 잡으려 하고 그녀에게 입 맞추려 하고 그녀의 반지를 갖고 놀거나 하다못해 그녀의 옷자락이라도 만지려 했다.

"자, 얘들아, 아까 앉았던 대로 앉자." 안나 아르카지예브나는 자기 자리에 앉으며 말했다.

그러자 또다시 그리샤가 그녀의 팔 아래로 슬그머니 머리를 밀어 넣어 그녀의 옷에 머리를 기대고는 자랑스러움과 행복감으로 환한 표정을 지었다.

"그런데 무도회가 언제죠?" 그녀가 키티를 돌아보며 물었다.

"다음 주예요. 멋진 무도회죠. 언제 가도 즐거운 무도회들 가운데 하나예요."

"언제나 즐거운 무도회라니, 그런 게 있을까요?" 안나는 조소가 깃든 부드러운 말투로 물었다.

"이상하죠? 그런데 있어요. 보브리셰프 가의 무도회에 가면 언제나 즐거워요. 니키친 가의 무도회도 그렇죠. 하지만 메슈코프 가의 무도회는 늘 따분해요. 그렇게 느끼지 않았어요?"

"아뇨, 사랑스러운 아가씨, 내게는 이미 즐거운 무도회 같은 건 없어요." 안나가 말했다. 그 순간 키티는 그녀의 눈동자에서 자기 앞에 문을 연 적 없는 특별한 세계를 보았다. "나에게도 덜 힘겹고 덜 지루한 무도회가 있기는 하죠……."

"당신 같은 분에게 무도회가 따분하다니, 어떻게 그럴 수 있어요?"

"왜 내가 무도회를 지루해할 리 없다는 거죠?" 안나가 물었다.

키티는 안나가 자신이 뭐라고 대답할지 이미 알고 있다고 느꼈다.

"당신은 언제나 모든 여자들 가운데 가장 아름다우니까요."

안나는 얼굴을 붉히는 능력을 갖고 있었다. 그녀는 얼굴을 붉히며 말했다.

"무엇보다 절대 그럴 리 없고, 설사 그렇다 해도 그런 게 무슨 소용 있나요?"

"이번 무도회에 오실 거죠?" 키티가 물었다.

"안 갈 수는 없다고 생각해요. 자, 가져가." 그녀는 자신의 희고 가느다란 손가락에서 쉽사리 빠질 듯한 반지를 빼내려는 타냐에게 이렇게 말했다.

"당신이 온다면 정말 기쁠 거예요. 무도회에서 꼭 만나고 싶어요."

"꼭 가야만 한다면, 당신에게 기쁨을 줄 수 있다는 생각으로 스스로를 위로하면 되겠네요. 그리샤, 제발 잡아당기지 마. 머리가 다 흐트러졌잖니." 그녀는 그리샤가 만지고 놀아 헝클어진 머리카락을 매만졌다.

"난 당신이 무도회에 라일락 같은 연보라색 옷을 입고 올 거라고 상상해요."

"왜 꼭 라일락 색이어야 하죠?" 안나는 미소를 지으며 말했다. "자, 얘들아, 가, 어서 가. 미스 굴리가 차를 마시라고 부르는 소리가 안 들리니?" 그녀는 아이들을 떼어 식당으로 내보냈다.

"난 알아요. 당신이 왜 날 무도회에 오라고 하는지……. 당신은 이 무도회에 많은 것을 기대하고 있어요. 그래서 당신은 다들 그곳에 오기를, 다들 참석하기를 바라고 있어요."

"맞아요. 어떻게 알았어요?"

"아! 참 좋은 때예요." 안나는 말을 계속했다. "난 그 하늘빛 안개를 기억해요. 그건 마치 스위스의 산을 덮은 안개 같았죠. 그 안개는 어린 시절이 끝나는 바로 그 행복한 시간 속의 모든 것을 감싸요. 하지만 그 커다랗고 행복하고 즐거운 원에서 나온 한 줄기 길은 점점 더 좁아지고, 마침내 그 방에 들어가려 하면 즐겁기도 하고 무섭기도 해요. 그 방이 아무리 눈부시게 아름답다 해도 말이에요……. 그 길을 지나지 않은 사람이 어디 있겠어요?"

키티는 말없이 미소를 지었다. '그런데 이분은 도대체 어떻게 그 길을 지나왔을까? 이분의 로맨스를 모두 알고 싶어.' 키티는 안나의 남편인 알렉세이 알렉산드로비치의 산문적[61]인 용모를 떠올리며 생각에 잠겼다.

"나도 어느 정도 알고 있어요. 스티바에게 들었거든요. 축하해요. 나도 그분을 무척 좋아해요." 안나는 계속 말했다. "기차역에서 브론스키를 만났어요."

"어머, 그분이 역에 나갔나요?" 키티가 얼굴을 붉히며 물었

---

61) 러시아어에서 '시적'이라는 말은 '예술적인'이나 '아름다운'의 뜻을, '산문적'이라는 말은 '일상적이고 범속한'이나 '무미건조한'의 뜻을 함축하고 있다.

다. "스티바가 뭐라고 하던가요?"

"모든 걸 다 말하더군요. 그렇게 되면 나도 무척 기쁠 거예요. 어제 브론스키의 어머니와 같은 칸을 타고 왔어요." 그녀는 계속 말했다. "그런데 어머니는 끊임없이 아들에 관한 이야기만 하셨어요. 그는 어머니의 사랑을 한몸에 받고 있더군요. 어머니란 존재가 얼마나 편파적인지 나도 잘 알지만……."

"어머니는 당신에게 어떤 이야기를 하셨나요?"

"아, 많은 이야기를 했죠! 나도 그가 어머니의 귀염둥이라는 걸 알아요. 하지만 그는 기사처럼 보였어요……. 음, 예를 들면, 어머니는 이런 이야기를 하시더군요. 그가 형에게 모든 재산을 양보하려 했고, 그가 어린 시절에 물에 빠진 여자를 구할 정도로 비범한 아이였다고요. 한마디로 영웅이었어요." 안나는 그가 역에서 미망인에게 건넨 200루블을 떠올리며 미소를 지었다.

하지만 그녀는 이 200루블에 대해서는 이야기하고 싶지 않았다. 어쩐지 그 일을 떠올리는 것이 달갑지 않았다. 그 속에 그녀와 관련된, 더욱이 있어서는 안 될 무언가가 있는 것만 같았다.

"어머니가 방문해 달라고 간곡히 부탁하시더군요." 안나는 계속 말했다. "나도 노부인을 만나는 것이 즐거워요. 그래서 내일 찾아뵐까 해요. 그런데, 다행히 스티바가 돌리의 방에 오래 있네요." 안나는 화제를 바꾸며 자리에서 일어났다. 그 모습은 키티가 보기에도 어쩐지 불만스러워 보였다.

"아냐, 내가 먼저야! 아냐, 나라니까!" 차를 다 마신 아이들이 큰 소리로 떠들며 안나 고모에게 뛰어왔다.

"다같이!" 안나는 생긋 웃으며 아이들 쪽으로 달려가, 기뻐 소리를 지르며 몰려드는 아이들을 끌어안고 그들과 하나가 되어 넘어졌다.

21

어른들이 차 마실 시간이 되자, 돌리가 자기 방에서 나왔다. 스테판 아르카지치는 모습을 보이지 않았다. 그는 뒷문으로 아내의 방을 빠져나간 것이 분명했다.

"2층이 당신에게 추울 것 같아 걱정이에요." 돌리는 안나를 돌아보며 말했다. "당신 방을 아래층으로 옮겼으면 해요. 그래야 우리도 더 가까이 지낼 수 있고."

"아, 괜찮아요. 내 걱정은 하지 말아요." 안나는 돌리의 얼굴을 들여다보며 그들이 화해했는지 알아내려 애썼다.

"여기가 더 밝을 거예요." 올케가 대답했다.

"난 언제 어디서나 겨울잠쥐처럼 잘 자요."

"무슨 이야기야?" 스테판 아르카지치가 서재에서 나오며 아내에게 물었다.

키티와 안나는 그의 어조에서 부부가 화해한 것을 알아차렸다.

"안나의 방을 아래층으로 옮겼으면 해요. 하지만 그렇게 하려면 우선 커튼을 갈아야 해요. 그런데 할 만한 사람이 아무도 없어서 내가 직접 해야 해요." 돌리는 그를 돌아보며 이렇게 말했다.

'완전히 화해한 건가?' 안나는 그녀의 냉정하고 조용한 어조를 들으며 생각에 잠겼다.

"아, 알았어, 돌리. 늘 성가신 일을 만든다니까." 남편이 말했다. "당신이 정 원한다면, 내가 다 할게……."

'됐어. 화해한 게 분명해.' 안나는 생각했다.

"당신이 다 해 줄 거라고 생각했어요." 돌리가 대답했다. "당신은 늘 자기가 하지 못할 일을 마트베이에게 시키고는 사라져 버리죠. 그럼 마트베이가 모든 걸 엉망진창으로 만들고……." 그녀가 이 말을 하는 순간, 습관이 되어 버린 조소가 그녀의 입술 끝을 일그러뜨렸다.

'완전히 화해했어. 완전히.' 안나는 생각했다. '다행이야!' 안나는 자신이 화해의 동기가 되었다는 사실에 기뻐하며 돌리에게 다가가 입을 맞추었다.

"천만에! 당신은 왜 나와 마트베이를 그렇게 무시하는 거야?" 스테판 아르카지치는 보일 듯 말 듯한 미소를 지으며 아내에게 말을 걸었다.

저녁 내내 돌리는 언제나처럼 남편을 가볍게 조롱하듯 대했고, 스테판 아르카지치는 만족스럽고 즐거워 보였다. 그러나 용서를 받았다고 해서 자신의 죄를 잊어버린 것처럼 보일 정도는 아니었다.

9시 반, 오블론스키 가의 티 테이블 주위를 둘러싼 특별히 즐겁고 유쾌한 가족적인 대화는 지극히 평범해 보이는 하나의 사건 때문에 깨지고 말았다. 그러나 그 단순한 사건은 어쩐 일인지 모든 사람에게 기묘하게 느껴졌다. 그들이 공통으로 아는 페테르부르크의 지인들에 대해 이야기를 나누고 있을 때, 안나가 벌떡 일어섰다.

"내 사진첩에 그 여자의 사진이 있어요." 그녀가 말했다. "그래요, 말이 난 김에 우리 세료쟈도 보여 줄게요." 그녀는 어머니다운 자랑스러운 미소를 지으며 이렇게 덧붙였다.

10시가 가까운 시간이었다. 그녀는 보통 그 시간에 아들에게 잘 자라는 인사를 했고, 무도회에 가기 전에는 종종 자신이 직접 아들을 재우곤 했다. 그녀는 아들과 이렇게 멀리 떨어져 있다는 것 때문에 슬퍼졌다. 그래서 사람들이 무슨 이야기를 하든, 그녀의 마음은 그 자리에 있지 않고 오직 자신의 곱슬머리 아들에게로만 향했다. 그녀는 아들의 사진을 보며 아들에 대한 이야기를 하고 싶었다. 그래서 그녀는 구실이 생기자 곧장 자리에서 일어나 경쾌하고 야무진 걸음걸이로 사진첩을 가지러 갔다. 2층에 마련된 그녀의 방으로 이어지는 계단은 현관 앞의 커다란 정면 계단이 있는 따뜻한 홀에서 시작되었다.

그녀가 응접실에서 나오자, 마침 현관에서 벨이 울렸다.

"누굴까?" 돌리가 말했다.

"나를 데리러 오기에는 이른 시간이고, 손님이 방문하기에는 늦은 시간이네요." 키티가 말했다.

"아마 내게 서류를 전해 주러 왔나 봐." 스테판 아르카지치가 덧붙였다. 안나가 계단 옆을 지나칠 때, 하인은 손님이 찾아

왔음을 알리러 2층으로 뛰어올라왔고 손님은 램프 옆에 서 있었다. 아래를 내려다본 안나는 곧 그가 브론스키임을 알아차렸다. 그러자 그녀의 마음에 갑자기 기묘한 만족감과 함께 어떤 공포감이 일었다. 그는 외투도 벗지 않은 채 호주머니에서 무언가를 꺼내고 있었다. 그녀가 계단 중간에 이르렀을 때, 그가 눈을 들어 그녀를 쳐다보았다. 순간 그의 얼굴에는 어딘지 모르게 부끄럽고 소스라치게 놀란 듯한 표정이 떠올랐다. 그녀는 고개를 가볍게 숙이고 지나쳤다. 그러자 그녀 뒤에서 그에게 들어오라고 하는 스테판 아르카지치의 커다란 목소리와 이를 거절하는 브론스키의 나지막하면서도 부드럽고 침착한 목소리가 들렸다.

안나가 사진첩을 가지고 돌아오자, 그는 이미 자리에 없었다. 스테판 아르카지치는 브론스키가 이곳을 방문한 명사들을 위해 열릴 내일의 만찬회에 대해 알아보려 잠시 들렀다고 말했다.

"무슨 일 때문인지 들어오려 하지 않는군. 어쩐지 수상해." 스테판 아르카지치가 이렇게 덧붙였다.

키티는 얼굴을 붉혔다. 그녀는 그가 왜 왔는지, 왜 들어오지 않았는지 그 이유를 자기 혼자만 알고 있다고 생각했다. '그는 우리 집에 갔던 거야.' 그녀는 생각했다. '그런데 내가 안 보이니까, 내가 여기 있다고 생각한 거지. 하지만 시간도 늦고 안나도 있어서 들어오지 않은 거야.'

모두 아무 말 없이 서로를 쳐다보다 안나의 사진첩을 들여다보기 시작했다.

내일 열릴 만찬회에 대해 자세히 알아보려 밤 9시 반에 친구 집에 들렀다가 안으로 들어오지 않았다는 사실에는, 전혀 특별할 것도 이상할 것도 없었다. 하지만 그 일은 모든 사람에게 이상하게 여겨졌다. 누구보다 이상하고 불길하게 느낀 사람은 바로 안나였다.

22

무도회가 막 시작된 순간, 붉은 카프탄[62]을 입은 분 바른 하인들과 꽃들이 죽 늘어선 휘황찬란한 정면 계단에 키티와 그녀의 어머니가 들어섰다. 안쪽의 여러 홀에서 마치 벌집처럼 끊임없이 바스락대는 소리가 실려 왔다. 두 사람이 층계참의 나무들 사이에서 거울을 보며 머리를 매만지는 동안, 홀에서 첫 번째 왈츠를 연주하기 시작한 오케스트라의 바이올린 소리가 섬세하고 또렷하게 들려왔다. 다른 거울 앞에서는 문관 제복을 입은 작달막한 노인이 향수 냄새를 풍기며 잿빛 구레나룻을 매만지고 있었다. 그는 층계참에서 두 모녀와 마주치자 잘 알지도 못하는 키티를 황홀하게 바라보며 길을 비켜 주었다. 지나치게 앞섶이 벌어진 조끼를 입은 수염 없는 한 청년,

---

62) 옷자락이 긴 남자용 상의. 원래 투르크인의 의상이었으나, 표트르 대제 시대 이후 러시아에서도 널리 유행하게 되었다.

즉 쉐르바츠키 공작이 멍청이라 부르는 사교계 청년들 가운데 한 명은 하얀 넥타이를 고쳐 매며 걷다가 두 사람에게 인사를 했다. 그러고는 그들을 지나쳐 뛰어가다가 키티에게 카드릴을 청하러 다시 돌아왔다. 첫 번째 카드릴은 이미 브론스키와 함께 추기로 했기 때문에, 그녀는 이 청년에게 두 번째 카드릴을 약속할 수밖에 없었다. 어느 군인은 장갑의 단추를 끼우다 입구에서 길을 비켜섰다. 그러고는 콧수염을 매만지며, 장밋빛으로 치장한 키티를 황홀하게 바라보았다.

키티는 화장, 머리 모양, 그 밖의 무도회를 위한 온갖 준비에 많은 노력과 고민을 기울였다. 그러나 장밋빛 페티코트 위에 섬세한 실크 드레스를 입은 그녀는, 그 모든 장미꽃 장식과 레이스와 섬세한 옷차림이 그녀와 그녀의 가족들에게는 한순간도 눈여겨볼 가치가 없는 것이라는 듯, 자기는 날 때부터 이 실크 드레스를 입고 이 높다란 머리 모양에 두 장의 잎이 달린 장미꽃 한 송이를 꽂은 채 태어났다는 듯, 너무나 자연스럽고 꾸밈없는 태도로 무도회장에 들어왔다.

연로한 공작부인이 홀의 입구에서 그녀의 허리띠에 달린 리본을 고쳐 주려 하자, 키티는 살짝 몸을 피했다. 그녀는 모든 것을 있는 그대로 두는 편이 아름답고 우아해 보이므로 아무것도 고칠 필요가 없다고 느꼈다.

키티는 가장 행복한 나날 가운데 하루를 맞이했다. 드레스는 꽉 끼는 데가 전혀 없고, 레이스 깃은 제자리에 반듯하게 붙어 있고, 장미꽃 장식은 조금도 구겨지거나 뜯어지지 않았다. 굽이 높고 활처럼 구부러진 장밋빛 구두는 발가락을 죄기는커녕 경쾌한 느낌을 주었다. 금발로 굵게 땋은 가발 장식은 마치 진짜 머리카락이기라도 한 듯 그녀의 자그마한 얼굴에 꼭 어울렸다. 긴 장갑에 달린 세 개의 단추도 고스란히 꼭 달라붙어 있었다. 그 장갑은 그녀의 손 모양을 바꾸지 않고 자연스럽게 감쌌다. 로켓을 단 검은 벨벳 리본이 그녀의 목을 특별히 부드럽게 감쌌다. 이 벨벳 리본은 매혹적이었다. 그래서인지 집에서 거울로 자신의 목을 바라보면서, 키티는 이 벨벳 리본이 말을 하는 것 같다고 느꼈다. 다른 모든 것에 대해서는 의심의 여지가 있을지 모르지만, 이 벨벳 리본만은 더할 나위 없이 아름다웠다. 키티는 이곳 무도회에 와서도 거울에 그것을 비춰 보며 미소를 지었다. 키티는 드러난 어깨와 팔에서 차가운 대리석 같은 느낌을 받았다. 그것은 그녀가 특별히 좋아하는 느낌이었다. 눈동자는 빛났고, 붉은 입술은 자신의 매력에 대한 자각으로 미소를 억누르지 못했다. 그녀는 홀에 들어가 실크와 리본과 레이스와 꽃으로 치장하고서 남자들의 춤 신청을 기다리는 부인들의 무리(키티는 한 번도 그 무리에 낀 적이 없었다.)에 미처 이르기도 전에 이미 왈츠를 함께 추자는 신청을 받았다. 더욱이 왈츠를 신청해 온 사람은 최고의 파트너였다. 그는 무도회의 서열상 우두머리로서 유명한 무도회 지휘자이고 연회의 사회자이고 유부남이고 잘생긴 외모에 몸매마저 날렵한 예고르슈카 코르순스키였다. 마침 그는 왈츠의 첫 라운드를 함께 춘 바나나 백작부인을 남겨 두고 그의 영역, 즉 춤을 추기 시작한 몇 쌍을 돌아보다가, 홀로 들어오는 키티를 보고는 무도회 지휘자 특유의 거리낌 없는 느린 걸음으로 그녀에게 달려와 허리를 굽혀 인사한 다음, 그녀의 의향을 묻지도 않은 채 손을 올려 그녀의 가는 허리를 안으려 했다. 그녀가 부채를 누구에게 맡길까 둘러보자, 이 집의 여주인이 생긋 웃으며 부채를 받아 주었다.

"당신이 제때에 와서 얼마나 좋은지 모릅니다." 그가 그녀의 허리를 안으며 말했다. "어쩌다 지각하는 게 유행이 됐는지……."

그녀는 왼팔을 굽혀 그의 어깨에 올렸다. 이윽고 장밋빛 구두를 신은 자그마한 두 발은 음악의 박자에 맞춰 반들반들한 세공 마루 위를 민첩하고 경쾌하고 율동적으로 움직이기 시작했다.

"당신과 왈츠를 추니 마음이 편안하군요." 그는 그다지 빠르지 않은 처음 몇 스텝을 내디디며 그녀에게 말했다. "잘 추시는군요. 참으로 경쾌하고 정확합니다." 그는 가까운 사람들에게 거의 어김없이 던진 말을 그녀에게도 했다.

그녀는 그의 찬사에 미소를 지으며 그의 어깨 너머로 홀 안을 계속 둘러보았다. 그녀는 무도회에 온 모든 사람들의 얼굴을 하나의 매혹적인 인상으로 뒤섞어 버리는 신출내기가 아니었다. 그렇다고 모든 사람들의 얼굴이 너무 눈에 익어 따분해 할 만큼 무도회에 찌든 아가씨도 아니었다. 그녀는 이 두 부류의 중간에 속했다. 그녀는 흥분을 느끼면서 동시에 주위를 관찰할 수 있을 만큼의 자제력을 보였다. 그녀는 홀의 왼쪽 구석에서 사교계의 꽃들이 무리지어 있는 것을 보았다. 그곳에는 더 이상 드러낼 수 없을 만큼 몸을 노출한 아름다운 리디, 즉 코르순스키의 부인도 있었고, 이 집의 여주인도 있었다. 그리고 사교계의 꽃이 있는 곳이라면 언제 어디서나 모습을 드러내는 크리빈도 그곳에서 대머리를 빛내고 있었다. 청년들은 감히 다가갈 엄두를 못 내며 그곳을 바라보았다. 그녀의 눈동자는 그곳에서 스티바를 발견했고, 뒤이어 검은 벨벳 드레스를 입은 안나의 아름다운 자태와 머리를 보았다. 그도 거기에 있었다. 키티는 레빈을 거절한 그날 밤 이후 그를 보지 못했다. 키티는 시력이 좋은 눈으로 곧 그를 알아보았고, 그가 그녀를 바라보고 있다는 것도 알아차렸다.

"어때요, 한 번 더 출까요? 힘들지 않아요?" 코르순스키가 가볍게 숨을 헐떡이며 말했다.

"아뇨, 됐어요. 감사합니다."

"어디로 모셔 드릴까요?"

"카레니나 부인이 저기 있는 것 같은데……. 그분에게 데려다 주세요."

"당신이 명하시는 곳이라면 어디든 보내 드리죠."

코르순스키는 스텝을 조절하며 홀의 왼쪽 구석에 있는 무리를 향해 왈츠를 추면서 갔다. 그는 "Pardon, mesdames, pardon, mesdames.[63]"라고 말하면서 작은 깃털 하나 건드리지 않은 채 레이스와 실크와 리본의 파도 사이를 빠져나갔다. 그가 파트너를 휙 돌리자, 투명한 스타킹을 신은 그녀의 날씬한 두 다리가 훤히 드러났고, 그녀의 긴 치맛자락이 부채꼴로 펼쳐지며 크리빈의 무릎을 덮었다. 코르순스키는 허리를 굽혀 인사한 후 넓은 가슴을 쭉 펴고 그녀를 안나 아르카지예브나에게 인도하기 위해 한쪽 팔을 내밀었다. 키티는 새빨개진 얼굴로 크리빈의 무릎에서 치맛자락을 잡아당기고는 약간 현기증

---

63) '실례합니다, 부인, 실례합니다, 부인.'(프랑스어)

을 느끼며 안나를 찾기 위해 주위를 두리번거렸다. 안나는 여러 부인과 남자들에게 둘러싸인 채 이야기를 나누고 있었다. 안나는 키티가 간절히 바라던 라일락 색 옷이 아닌 깊게 파인 검은 벨벳 드레스를 입었다. 그 드레스는 오래된 상아로 조각한 듯한 그녀의 풍만한 어깨와 가슴, 둥그스름한 팔, 작고 가느다란 손을 훤히 드러냈다. 그리고 드레스의 가장자리에는 베네치아산 레이스가 박음질되어 있었다. 장식 가발이 섞이지 않은 그녀의 검은 머리에는 삼색 팬지꽃을 엮은 작은 화환이 있었고, 허리에 감은 검은 리본에도 하얀 레이스 사이에 똑같은 꽃으로 엮은 띠가 달려 있었다. 그녀의 머리 모양은 그다지 시선을 끌지 않았다. 눈에 띄는 것이라고는 늘 그녀의 목덜미와 관자놀이에서 제멋대로 흘러내리는 곱슬머리의 작은 고리들뿐이었다. 그런데 이것이 그녀의 아름다움을 돋보이게 했다. 칼로 조각한 듯한 단단한 목에는 진주 목걸이가 걸려 있었다.

키티는 매일같이 안나를 만나면서 그녀의 매력에 감탄했고, 늘 라일락 색 옷을 입은 그녀를 상상해 왔다. 그러나 지금 검은 옷을 입은 안나를 보면서, 키티는 자신이 안나의 매력을 완전히 이해하지 못했다는 사실을 깨달았다. 지금 그녀는 안나를 완전히 새롭게, 자신이 전혀 예기치 못한 눈길로 바라보고 있었다. 이제 키티는 안나가 라일락 색 옷을 입을 리 없다는 것, 그녀의 매력은 언제나 그녀의 몸치장을 초월해 있다는 것, 어떤 옷이든 그녀가 입으면 전혀 눈에 띌 수 없다는 것을 이해했다. 화려한 레이스가 달린 검은 옷도 그녀가 입으니 전혀 눈에 띄지 않았다. 그것은 단지 틀에 불과했고, 눈에 띄는 것이라고는 오직 그녀, 단순하고 자연스럽고 우아하면서도 동시에 밝고 생기 있는 그녀뿐이었다.

그녀는 여느 때처럼 몸을 쭉 곧게 세운 자세로 서 있었다. 키티가 무리에게 다가갔을 때, 그녀는 이 집의 주인 쪽으로 머리를 살짝 돌린 채 그와 이야기를 나누고 있었다.

"아니에요, 저라면 결코 돌을 던지지 않겠어요[64]." 그녀는 주인을 보며 무엇인가에 대해 대답하였다. "물론 저로서는 잘 이해가 되지 않지만요." 그녀는 어깨를 으쓱하며 말을 계속하고는, 곧 보호자 같은 부드러운 미소를 지으며 키티를 돌아보았다. 그녀는 여성 특유의 재빠른 시선으로 키티의 옷차림을 훑어보고는, 남들이 거의 알아차릴 수 없을 만큼 살짝 고개를 끄덕였다. 그러나 키티는 그것이 자신의 옷차림과 화장을 칭찬하는 몸짓임을 알 수 있었다. "당신은 홀에 들어올 때도 춤을 추며 오는군요." 그녀는 이렇게 덧붙였다.

"이분은 나의 가장 믿음직한 조력자 가운데 한 분입니다." 코르순스키는 아직 한 번도 만난 일이 없는 안나 아르카지예브나에게 허리를 굽히며 인사를 했다. "공작 영애는 이 자리가 유쾌하고 훌륭한 무도회가 되도록 돕고 있습니다. 안나 아르카지예브나, 저와 왈츠를 한 곡 추시겠습니까?" 그가 허리를 숙이며 말했다.

"서로 아는 사이입니까?" 주인이 물었다.

"우리가 아는 사이냐고요? 저와 제 아내는 하얀 늑대 같아

---

64) 요한복음서 8 : 7을 염두에 둔 표현이다. 서기관과 바리새인들이 간통하다 잡힌 여자를 예수 앞에 끌고 와서 이 여자를 어떻게 하는 것이 옳냐고 묻자, 예수는 "너희 가운데서 죄가 없는 사람이 먼저 이 여자에게 돌을 던져라."라고 답한다.

서, 누구나 우리를 안답니다." 코르순스키가 대답했다. "안나 아르카지예브나, 왈츠를 한 곡 추실까요?"

"전 어쩔 수 없는 경우가 아니면 춤을 추지 않아요." 그녀가 말했다.

"하지만 오늘 밤은 그럴 수 없을걸요." 코르순스키가 대답했다.

이때 브론스키가 다가왔다.

"음, 오늘 밤은 춤을 추지 않으면 안 된다니 어쩔 수 없군요. 그럼 가시죠." 그녀는 브론스키의 인사를 못 본 척하며 재빨리 코르순스키의 어깨에 한 손을 올렸다.

'그녀는 왜 그를 못마땅하게 여기는 걸까?' 키티는 안나가 일부러 브론스키의 인사에 화답하지 않은 것을 알아차리고 생각에 잠겼다. 브론스키는 키티에게 다가와 첫 번째 카드릴을 함께 추기로 한 약속을 상기시키며 그동안 키티를 만나는 기쁨을 얻지 못한 것에 대해 유감스러워했다. 키티는 왈츠를 추는 안나를 황홀하게 바라보며 그의 말을 들었다. 그녀는 그가 왈츠를 청해 주기를 기다렸다. 하지만 그는 왈츠를 청하지 않았고, 그녀는 그런 그를 놀란 눈으로 쳐다보았다. 그는 얼굴을 붉히며 황급히 왈츠를 청했다. 그러나 그가 그녀의 가는 허리를 안고 첫 스텝을 떼자마자, 갑자기 음악이 멈춰 버렸다. 키티는 자신과 아주 가까운 거리에 있는 그의 얼굴을 바라보았다. 그 후 오랫동안, 몇 년이 지난 후에도, 그 시선은 고통스러운 치욕이 되어 그녀의 심장을 찢어 놓곤 했다. 그녀가 그때 사랑에 가득 찬 시선으로 그를 바라보았는데도, 그는 그 시선에 아무런 화답도 하지 않았던 것이다.

"Pardon, pardon! 왈츠, 왈츠!" 코르순스키는 홀의 저편에서 이렇게 외치더니, 맨 처음 손에 잡힌 아가씨를 끌어안고 춤을 추기 시작했다.

23

브론스키는 키티와 함께 여러 번 왈츠를 추었다. 왈츠가 끝난 뒤, 키티가 어머니 옆으로 다가가 노르츠톤 백작부인과 몇 마디를 채 나누기도 전에, 브론스키는 첫 번째 카드릴을 추자며 그녀를 뒤따라왔다. 카드릴을 추는 동안 중요한 이야기는 전혀 없었고, 그저 코르순스키 부부와 앞으로 생길 대중 극장[65]에 대한 이야기만 띄엄띄엄 이어졌다. 브론스키는 그들을 사랑스러운 사십 대의 아이들이라며 매우 익살스럽게 묘사했다. 그러다 단 한 번 그녀의 아픈 곳을 찌르는 화제가 나왔다. 그가 레빈에 대한 이야기를 꺼내며 그가 이곳에 와 있는지 묻더니 자기는 레빈이 무척 마음에 들었다고 덧붙인 것이다. 하지만 키티도 카드릴에서 많은 것을 기대하지는 않았다. 그녀는 두근

---

65) 1873년에 모스크바에서 러시아 최초의 대중 극장이 문을 열었다. 그전에 모스크바와 페테르부르크의 모든 극장은 황실 극장부의 감독 아래 운영되었다.

거리는 마음으로 마주르카를 기다렸다. 그녀의 생각에는 마주르카에서 모든 것이 결정될 것 같았다. 그녀는 카드릴을 추는 동안 그가 자기에게 마주르카를 신청하지 않은 것에 대하여 불안해하지 않았다. 그녀는 예전의 무도회에서처럼 그와 마주르카를 추리라고 굳게 믿었기 때문에, 이미 선약이 있다고 말하며 다섯 사람의 신청을 거절했다. 마지막 카드릴을 추기 전까지만 해도, 키티에게는 이 무도회가 즐거운 색채와 소리와 몸짓이 어우러진 매혹적인 꿈처럼 느껴졌다. 그녀는 너무 피곤해서 휴식을 취할 때 외에는 계속 춤을 추었다. 하지만 그녀는 따분한 청년들 가운데 도저히 거절할 수 없었던 한 명과 마지막 카드릴을 추는 동안 우연히 브론스키와 안나를 vis-à-vis[66] 하게 되었다. 그녀는 이곳에 와서 춤을 추는 동안 한 번도 안나와 마주친 적이 없었다. 그런데 지금 갑자기 또 한 번 안나에게서 전혀 예상하지 못한 새로운 모습을 보게 된 것이다. 그녀는 안나에게서 자기도 너무나 잘 아는, 성공에서 오는 흥분의 기미를 보았다. 그녀는 안나가 스스로 불러일으킨 환희에 도취되어 있는 것을 보았다. 그녀는 그 느낌을 잘 알았고 그 징후도 잘 알았다. 그런데 안나에게서 그런 것들이 보였다. 그녀는 안나의 눈동자에서 전율하며 타오르는 빛, 무심결에 입술을 곡선으로 만드는 행복과 흥분의 미소, 우아하고 정확하고 경쾌한 동작을 보았다.

'누굴까?' 그녀는 스스로에게 물었다. '모든 사람? 아니면 한 사람?' 그녀는 자신과 춤을 추는 청년이 대화의 끈을 놓치고

---

66) '마주보는 것.'(프랑스어)

다시 이야기를 잇지 못해 고민하는 것을 도우려 하지 않았다. 그리고 겉으로는 모든 이들에게 grand rond[67]이나 chaîne[68]을 만들라고 외치는 코르순스키의 유쾌한 구령에 따르는 척했다. 그녀가 주위를 관찰하는 동안, 그녀의 심장은 점점 더 죄어 왔다. '아냐, 그녀가 도취한 건 군중이 자기에게 감탄해서가 아니라 한 남자가 자기를 황홀하게 보고 있기 때문이야. 그런데 그 남자가 누구지? 설마 그가?' 브론스키가 안나에게 말을 건넬 때마다, 그녀의 눈에서는 기쁨의 빛이 타올랐고 행복의 미소가 그녀의 붉은 입술을 곡선으로 만들었다. 그녀는 그 기쁨의 징후를 드러내지 않기 위해 자신을 억누르려는 듯했다. 그러나 그 기쁨의 징후들은 스스로 그녀의 얼굴 위에 떠올랐다. '그럼 그는 어떨까?' 키티는 그를 보고 두려움에 몸을 떨었다. 키티는 안나의 얼굴이라는 거울에서 그토록 선명하게 보았던 것을 그의 얼굴에서도 보았다. 언제나 침착하고 빈틈없던 태도, 무심한 듯 차분한 표정은 어디로 간 걸까? 아니, 지금 그는 그녀를 향할 때마다 그녀 앞에 몸이라도 던질 듯 자꾸만 고개를 숙이고 그의 눈빛은 오직 복종과 두려움만을 담고 있다. '나는 당신을 모욕하고 싶지 않습니다.' 그의 눈빛은 매 순간 이렇게 말하는 듯했다. '다만 나 자신을 구원하고 싶을 뿐입니다. 그러나 어떻게 해야 할지 모르겠습니다.' 그의 얼굴에는 키티가 지금까지 한 번도 보지 못한 표정이 떠올랐다.

두 사람은 서로가 아는 지인들을 언급하며 지극히 사소한

---

67) '큰 원.'(프랑스어)
68) '사슬.'(프랑스어)

대화를 했다. 그러나 키티에게는 그들의 입에서 나오는 모든 말이 그들과 그녀의 운명을 결정하는 것처럼 들렸다. 그리고 이상한 것은, 그들이 실제로는 이반 이바노비치의 프랑스어가 정말로 우스꽝스럽다든지, 옐레츠카야가 더 나은 짝을 만날 수 있을 것이라든지 등을 이야기했는데도, 이런 말들이 그들에게 어떤 중요한 의미를 띠었다는 것이다. 그리고 그들 역시 키티와 마찬가지로 그것을 느끼고 있었다. 키티의 마음속에서 무도회와 세상은 온통 안개에 덮이고 말았다. 그녀는 오직 자신이 받은 엄격한 교육의 힘으로 버텼다. 사람들이 그녀에게 요구하는 것, 즉 춤추고 질문에 답하고 말하고 웃는 것도 그 힘으로 해냈다. 그러나 마주르카를 시작하기 전, 사람들이 의자를 배치하고 몇몇 쌍이 작은 홀에서 큰 홀로 자리를 옮기기 시작하자, 키티는 절망과 공포의 순간을 맞이하게 되었다. 그녀는 다섯 사람의 신청을 거절했기 때문에, 이젠 마주르카를 함께 출 사람이 없었다. 게다가 다른 사람에게 신청을 받으리라는 희망도 없었다. 그녀가 사교계에서 거둔 성공이 너무나 컸기 때문에, 지금까지 그녀에게 마주르카를 함께 출 상대가 없으리라고는 아무도 생각하지 못한 것이다. 그녀는 어머니에게 아프다고 말하고 집으로 돌아가야만 했다. 그러나 그럴 힘이 없었다. 그녀는 자신이 초라하게 느껴졌다.

그녀는 조그만 응접실의 구석에 가서 안락의자에 털썩 주저앉았다. 공기처럼 가벼운 스커트가 그녀의 가느다란 몸 주위로 구름처럼 부풀어 올랐다. 맨살을 드러낸 가늘고 부드러운 한쪽 손이 힘없이 늘어진 채 장밋빛 튜닉의 주름 속에 파묻혔다. 그녀는 다른 손에 부채를 쥐고서 빠르고 성마른 동작으로 열에 들뜬 얼굴을 식혔다. 그녀는 이제 막 풀잎에 달라붙어 금방이라도 무지갯빛 날개를 펼쳐 날아오를 것 같은 나비의 모습을 하고 있었지만, 그녀의 심장은 무서운 절망으로 조여드는 듯했다.

'어쩌면 나의 착각일지도 몰라. 혹시 아무 일도 없었던 게 아닐까?'

그녀는 다시 자신이 본 것을 전부 떠올렸다.

"키티, 어떻게 된 거야?" 노르츠톤 백작부인이 소리 없이 양탄자를 밟으며 그녀에게 다가왔다. "도저히 이해가 안 돼."

키티의 아랫입술이 바르르 떨렸다. 그녀는 재빨리 일어섰다.

"키티, 마주르카 안 춰?"

"응, 그래." 키티가 눈물을 삼키며 떨리는 목소리로 말했다.

"그가 내 앞에서 그녀에게 마주르카를 청하더라." 노르츠톤 백작부인은 '그'와 '그녀'가 누군지 키티는 알 거라고 생각하며 이렇게 말했다. "그녀가 이렇게 말하던데. '당신은 쉐르바츠카야 공작 영애와 추지 않나요?'"

"아, 아무래도 상관없어." 키티가 대답했다.

그녀 자신 외에 그 누구도 그녀의 처지를 알지 못했다. 어제 그녀가 어쩌면 자신이 사랑하고 있을지 모를 남자를 거절했다는 것, 그것도 다른 남자를 믿었기 때문이라는 것을 아무도 알지 못했다.

노르츠톤 백작부인은 자신과 마주르카를 추던 코르순스키를 찾아 키티의 파트너가 되어 달라고 부탁했다.

키티는 첫 번째 조에서 춤을 추었다. 다행히 그녀는 아무 말도 할 필요가 없었다. 코르순스키가 계속 자신의 영역을 분주히 돌아다니며 사람들을 지휘했기 때문이다. 브론스키와 안나는 그녀의 맞은편에 자리를 잡았다. 그녀는 시력이 좋은 눈으로 그들을 바라보았고, 조가 교차할 때 가까이에서 그들을 보기도 했다. 그런데 그들을 보면 볼수록, 그녀는 자신의 불행이 이미 결정되었다는 것을 더욱더 굳게 확신하게 되었다. 그녀는 그들이 사람들로 가득한 이 홀에 단둘이 있는 것처럼 느끼는 것을 보았다. 언제나 그토록 자존심 강하고 의연해 보이던 브론스키의 얼굴에서, 그녀는 자신을 놀라게 한 불안과 복종의 표정, 영리한 개가 잘못을 저질렀을 때 짓는 표정을 보았다.

안나가 웃으면, 그 미소가 그에게 전해졌다. 그녀가 생각에 잠기면 그도 진지해졌다. 어떤 초자연적인 힘이 키티의 눈동자를 안나의 얼굴로 끌어당겼다. 단순한 검은 드레스를 입은 그녀는 매력적이었다. 팔찌를 낀 풍만한 팔도 매력적이고, 진주 목걸이에 감긴 단단한 목도 매력적이고, 흩어진 곱슬머리도 매력적이고, 자그마한 손과 발의 가볍고 우아한 동작도 매력적이고, 생기가 넘치는 아름다운 얼굴도 매력적이었다. 하지만 그녀의 매력에는 무섭고 잔혹한 무언가가 있었다.

키티는 이전보다 더욱 그녀에게 매혹되었지만, 그럴수록 더욱 고통스러웠다. 키티는 산산이 부서진 자신을 느꼈고, 그녀의 표정이 이를 드러냈다. 마주르카를 추다 그녀와 마주친 브론스키는 그녀를 한눈에 알아보지 못했다. 그만큼 그녀는 변해 있었다.

"멋진 무도회군요!" 그는 그녀에게 뭐라도 말해야 할 것 같아 이렇게 말했다.

"네." 그녀가 대답했다.

마주르카가 한창 무르익자, 안나는 코르순스키가 새로 고안한 복잡한 형을 되풀이하면서 원 가운데로 나오더니, 두 남자 파트너를 옆에 붙잡아 두고 어느 부인과 키티를 자기 쪽으로 불렀다. 키티는 놀란 표정으로 그녀에게 다가갔다. 안나는 눈을 가늘게 뜬 채 그녀를 바라보면서 그녀의 손을 잡고 미소 지었다. 하지만 키티의 얼굴이 자신의 미소에 절망과 놀라움의 표정으로 응답하는 것을 보고는, 고개를 돌려 다른 부인과 즐겁게 이야기를 나누기 시작했다.

'그래, 그녀에게는 어딘지 모르게 낯설고 악마적이고 매혹적인 데가 있어.' 키티가 속으로 중얼거렸다.

안나는 만찬에 남지 않으려 했으나 주인이 가지 말라고 그녀에게 매달리기 시작했다.

"그만하세요, 안나 아르카지예브나." 코르순스키가 그녀의 드러난 팔을 자신의 연미복 소매 밑으로 끌어당기며 말했다. "나에게 코티용[69]에 대한 멋진 아이디어가 있습니다. Un bijou![70]"

그리고 그는 안나를 끌고 가려고 애쓰며 조금씩 움직였다. 주인은 흡족한 미소를 지었다.

"아니에요, 전 남지 않겠어요." 안나가 웃으며 대답했다. 그러나 그 미소에도 불구하고, 코르순스키와 주인은 그녀의 단호한 말투로 미루어 그녀가 남지 않으리라는 것을 알아차렸다.

"아니에요. 페테르부르크에서 겨울 내내 춘 것보다 댁의 무

---

69) 여덟 사람이 한 조가 되어 추는 프랑스의 궁정 무용. 보통 4분의 2박자 음악에 맞추어 추며, 18세기에 프랑스를 중심으로 유럽에서 유행하였다.

70) '나의 보석이여!'(프랑스어)

도회에서 더 많이 춘걸요." 안나는 옆에 선 브론스키를 쳐다보
며 이렇게 말했다. "먼 길을 떠나기 전에 좀 쉬어야겠어요."

"내일 꼭 떠나실 겁니까?" 브론스키가 물었다.

"네. 그럴 생각이에요." 안나는 그의 대담한 질문에 놀란 듯
했다. 그러나 그녀가 대답하는 순간, 그녀의 눈동자와 미소에
서 떨리던 억제할 수 없는 불꽃이 그의 마음에 불을 지폈다.

안나 아르카지예브나는 만찬에 남지 않고 떠나 버렸다.

24

'그래, 나에게는 사람들을 밀어내는 불쾌한 무언가가 있어.' 레빈은 쉐르바츠키 가를 나와 형의 집으로 걸어가며 생각에 잠겼다. '게다가 다른 사람과도 잘 맞지 않아. 남들은 내가 오만하다고 말하지. 아니. 나에겐 긍지도 없어. 만약 자존심이라는 게 있었다면, 스스로를 그런 처지에 몰아넣지 않았을 거야.' 그는 행복에 잠긴 선량하고 총명하고 침착한 브론스키를 떠올렸다. 브론스키는 분명 오늘밤에 레빈이 처했던 그런 끔찍한 상황을 한 번도 겪지 않았을 것이다. '그래, 그녀가 그를 선택한 것도 당연해. 그렇게 되는 게 마땅하지. 나는 그 누구, 그 무엇에 대해서도 불평할 수 없어. 잘못은 나 자신에게 있으니까. 난 도대체 무슨 권리로 그녀가 자신의 삶을 내 삶과 결합시키길 원한다고 생각했을까? 내가 누군데? 내가 뭔데? 아무에게도 쓸모없는 하찮은 인간인 주제에.' 그러자 문득 니콜라이 형이 떠올랐다. 그는 즐겁게 그 기억에 빠져들었다. '이 세상의 모든 것이 추하고 더럽다는 형의 말이 맞는 게 아닐까? 과연 우리가 니콜라이 형에 대해 공정한 판단을 내렸던가? 혹은 지금이라도 그럴 수 있을까? 물론 누더기 같은 외투를 입고 술에 취한 형을 본 프로코피의 눈에는, 니콜라이 형이 멸시를 받을 만한 사람으로 보이겠지. 그러나 나는 형의 다른 모습을 알아. 나는 형의 영혼을 알고, 내가 형과 비슷하다는 것을 알아. 그런데 나는 형을 찾으러 나서는 대신 식사를 하러 다니고, 또 여기까지 왔어.' 레빈은 가로등으로 다가가 지갑에 든 니콜라이 형의 주소를 읽고는 삯마차를 불렀다. 형을 찾아 먼 길을 가는 동안, 그는 줄곧 니콜라이 형의 생애에서 자기가 아는 사건들을 생생하게 되짚어 보았다. 그는 형이 대학 시절과 대학을 졸업한 후 1년 동안 친구들의 조롱에도 아랑곳없이 수도사처럼 살았던 것을 기억했다. 형은 종교상의 모든 의식과 예배와 재계를 엄격하게 지키고 모든 향락, 특히 여자를 멀리했다. 그러다 갑자기 무언가가 그를 파괴하기라도 한 듯, 그는 가장 추악한 사람들과 어울리며 이루 말할 수 없이 무절제하고 방탕한 생활에 빠졌다. 레빈은 형이 시골에서 데려온 소년을 떠올렸다. 그 소년을 교육시키겠다던 형은 발작처럼 터져 나온 악의로 소년을 심하게 구타한 나머지 소년을 불구로 만든 죄목으로 고소당했다. 또 레빈은 형이 사기꾼과 도박을 하다 져서 어음을 준 뒤 나중에 그가 자기를 속였다고 고소한 일을 떠올렸다.(세르게이 이바니치가 돈을 물어 준 어음이 바로 그 어음이다.) 레빈은 형이 폭행으로 유치장에서 하룻밤을 보낸 일도 기억했다. 그리고 니콜라이 형이 세르게이 이바니치 형을 상대로 제기한 수치스러운 소송도 떠올렸다. 니콜라이 형은 세르게

이 형이 어머니의 영지에서 나오는 수입 가운데 그의 몫을 지불하지 않은 것처럼 주장했다. 마지막 사건은 니콜라이 형이 서부 지방에 복무하러 갔을 때 상사를 구타한 죄목으로 법정에 섰던 사건이다. 이 모든 사건들은 소름 끼치도록 추악한 것이었다. 하지만 레빈에게는 이런 일들이 니콜라이 형을 모르고 그의 과거와 그의 마음을 모르는 사람들의 눈에 비친 것처럼 그렇게 추악하게 보이지는 않았다.

레빈은 기억했다. 니콜라이 형이 수도사처럼 경건한 생활을 하고 재계와 교회 예배에 충실하면서 자신의 정열적인 기질에 대한 굴레와 구원을 종교에서 찾을 때, 아무도 그를 지지하지 않았을 뿐 아니라 자신을 포함한 모든 사람이 그를 비웃었던 것을. 사람들은 그를 조롱하며 노아니 수도사니 하고 불렀다. 그런데 막상 그가 타락하자 아무도 그를 돕지 않았고, 모두들 두려움과 극도의 혐오감을 드러내며 등을 돌렸다.

레빈은 니콜라이 형이 비록 추악하기 짝이 없는 생활을 하고는 있지만 그의 마음은, 그 마음의 밑바닥은 그를 멸시하는 사람들에 비해 더 악하지 않다고 느꼈다. 그가 억제할 수 없는 기질과 어딘지 모르게 억눌린 정신을 타고난 것은 그의 잘못이 아니었다. 하지만 그는 언제나 좋은 사람이 되기를 원했다. '형에게 모든 것을 말하겠어. 그리고 형이 모든 걸 털어놓도록 만들겠어. 내가 형을 사랑한다는 것을, 그래서 형을 이해한다는 것을 보여 줘야지.' 11시경 마차가 주소에 적힌 호텔에 도착할 무렵, 레빈은 자신에게 다짐했다.

"2층의 12호실과 13호실입니다." 수위가 레빈의 질문에 대답했다.

"지금 안에 있나?"

"틀림없이 계실 겁니다."

12호실의 문이 반쯤 열려 있었고, 그곳에서 새어 나온 한 줄기 빛을 타고 싸구려 담배의 진한 연기가 흘러나왔다. 안에서 레빈이 들어 보지 못한 목소리가 들렸다. 하지만 레빈은 형이 그곳에 있다는 것을 금방 알아차렸다. 이따금 기침하는 소리가 들렸던 것이다.

그가 문 안으로 들어섰을 때, 낯선 목소리는 이런 말을 하고 있었다.

"모든 것은 그 일이 얼마나 이성적으로, 의식적으로 수행되느냐에 달렸습니다."

콘스탄친 레빈은 안을 엿보았다. 소매 없는 코트를 입고 머리를 산발한 젊은 남자가 말을 하고 있고, 소파에는 얼굴이 얽은 젊은 여자가 깃도 소매도 없는[71] 모직 옷을 입은 채 앉아 있었다. 형은 보이지 않았다. 형이 아무런 연고도 없는 사람들 틈에서 살고 있다고 생각하니, 콘스탄친은 가슴이 미어지는 듯했다. 아무도 콘스탄친의 기척을 듣지 못했다. 그래서 그는 덧신을 벗으며, 반코트를 입은 신사의 말에 귀를 기울였다. 그는 어느 기업에 대해 이야기하고 있었다.

"쳇, 특권계층 따윈 지옥에나 가라지." 기침을 하며 웅얼대는 형의 목소리가 들렸다. "마샤[72]! 밤참을 준비해 줘. 술도 좀

---

71) '깃도 소매도 없는 옷'은 가난을 상징한다. 당시 여자들의 옷은 소매와 깃을 붙였다 뗐다 할 수 있게 만들어졌다. 여자들은 소매와 깃을 자주 바꿔 달고 세탁할 수 있도록, 옷장 안에 여벌을 많이 마련해 두곤 했다.

72) 마리야의 애칭.

가져오고. 없으면 나가서 사 오든지."

여자는 의자에서 일어나 칸막이 밖으로 나오다 콘스탄친을 발견했다.

"어떤 신사분이 오셨어요. 니콜라이 드미트리치[73]." 그녀가 말했다.

"누구를 찾는 거야?" 니콜라이 레빈의 성난 목소리가 들렸다.

"나야." 콘스탄친 레빈이 밝은 곳으로 나오며 말했다.

"나라니, 도대체 누구야?" 아까보다 더 화가 난 듯한 니콜라이의 목소리가 들렸다. 급히 일어나다 무언가에 걸리는 소리가 들리더니, 문 옆에 선 레빈의 눈앞에 형의 모습이 나타났다. 매우 낯이 익긴 하지만 예전과 달리 난폭하고 병적인 인상이 두드러진 데다 기골이 장대하고 마르고 등이 굽은 모습이었다. 형의 커다란 눈동자는 소스라치게 놀란 듯 보였다.

콘스탄친 레빈이 그를 마지막으로 본 것은 3년 전이었다. 그는 그때보다 훨씬 더 말라 있었다. 그는 단이 짧은 프록코트를 입고 있었다. 그래서인지 손과 굵은 뼈마디가 더 크게 보였다. 머리칼은 숱이 적어졌고, 예전처럼 곧은 수염은 입술을 덮었고, 예전과 변함없는 눈동자는 방문객을 미심쩍다는 듯이, 그러면서도 순박하게 바라보았다.

---

73) 소설가 나보코프의 설명에 따르면, 마샤가 니콜라이를 부를 때 이름과 부칭을 함께 붙여 격식을 차리는 것이 마치 품위 있는 프티부르주아 여성들이 남편을 부르는 모습과 비슷하다고 한다. 이에 반해 돌리 같은 귀족 여성들은 자신이 남편에게 거리를 두고 있음을 표현하고자 할 때 일부러 그런 표현을 선택한다고 한다.

"아, 코스챠[74]!" 동생을 알아본 그가 불쑥 입을 열었다. 그의 눈동자가 기쁨으로 빛났다. 하지만 곧 그는 이 젊은 남자를 유심히 보더니 마치 넥타이가 너무 조이기라도 한 듯 머리와 목을 부들부들 떨며 콘스탄친이 너무나 잘 아는 경련적인 움직임을 보였다. 그러더니 그의 깡마른 얼굴 위에 아까와 전혀 다른 사납고 잔인하고 고통에 가득 찬 표정이 떠올랐다.

"내가 너와 세르게이 이바노비치에게 편지를 보냈을 텐데. 난 너희들을 모르고 알고 싶지도 않다고 말이야. 너, 아니 너희들이 원하는 게 도대체 뭐야?"

그의 모습은 콘스탄친이 상상하던 것과 전혀 달랐다. 콘스탄친 레빈은 그를 생각할 때 그의 성격 가운데 가장 까다롭고 나쁜 부분, 그와의 교제를 너무나 어렵게 만드는 그 부분을 잊곤 했다. 그런데 지금 그의 얼굴, 특히 머리를 경련적으로 흔드는 모습을 보며, 콘스탄친은 그 모든 성격을 기억해 냈다.

"아무것도 바라는 것 없어." 그는 겁을 먹은 듯한 모습으로 말했다. "난 그저 형을 보러 온 것뿐이야."

동생의 겁먹은 모습이 아마도 니콜라이의 마음을 누그러뜨린 듯했다. 그는 입술을 바르르 떨었다.

"아, 그래?" 그가 말했다. "그럼, 들어와 앉아. 밤참을 먹을 테냐? 마샤, 3인분을 가져와. 아냐, 잠깐 기다려. 너, 이 사람이 누군지 알아?" 그가 소매 없는 코트를 입은 신사를 가리키며 동생에게 말했다. "이 신사는 크리츠키야. 내가 키예프에 있을 때부터 친구였지. 대단히 훌륭한 인물이야. 물론 늘 경찰에게

---

74) 콘스탄친의 애칭.

쫓기는 신세이긴 하지만, 그건 이 사람이 비열한 인간이 아니기 때문이지."

그러고 나서 그는 평소 습관대로 방 안에 있는 모든 사람을 둘러보았다. 그는 문가에 서 있던 여자가 나가려는 걸 보고 그녀에게 소리 질렀다. "거기 서 있으라고 했잖아." 그는 다시 모든 사람들을 훑어보며 콘스탄친이 익히 아는 미숙하고 사리에 맞지 않는 말솜씨로 동생에게 크리츠키의 경력을 늘어놓기 시작했다. 그가 가난한 학생들을 위한 원조회와 일요 학교[75]를 만들었다는 이유로 대학에서 퇴학당한 일, 그 후 그가 민중 학교의 교사가 되었다가 그곳에서 쫓겨난 일, 그 후 그가 어떤 일 때문에 재판을 받은 일 등을 말이다.

"당신은 키예프 대학에 다녔습니까?" 콘스탄친 레빈은 잠시 동안 이어진 어색한 침묵을 깨기 위해 크리츠키에게 말을 건넸다.

"네. 키예프 대학에 있었습니다." 크리츠키는 얼굴을 찌푸리며 성난 목소리로 말했다.

"그리고 저 여자는……." 니콜라이 레빈이 마샤를 가리키며 그의 말을 가로챘다. "내 인생의 동반자인 마리야 니콜라예브나야. 내가 그녀를 집에서 끌어냈지." 그는 이 말을 하면서 목을 부들부들 떨었다. "하지만 난 저 여자를 사랑하고 존중해. 그러니 나를 알고 지내고 싶은 사람은 모두……." 그는 목소리를 높이고 눈살을 찌푸리며 이렇게 덧붙였다. "저 여자를 사

---

75) 1870년대 초반, 혁명가들은 공장 안에 일요 학교를 만들어 노동자들에게 기초적인 교육을 했다. 1874년에 일요 학교에 대한 엄격한 통제가 시작됨에 따라, 일요 학교에 참여한 많은 대학생들이 퇴학을 당했다.

랑하고 존중해 주었으면 좋겠어. 저 여자는 내 아내나 다름없어. 그렇고말고. 자, 그럼 네가 어떤 사람들을 상대해야 하는지 알겠지? 이것을 모욕이라고 느낀다면, 어서 저 문으로 꺼져 버려."

또다시 그의 눈동자가 미심쩍다는 듯한 표정으로 모든 사람들을 재빨리 훑었다.

"무엇 때문에 내가 모욕을 느끼겠어? 정말 이해할 수 없군."

"그럼 마샤, 밤참을 준비하도록 해. 3인분이야. 보드카와 와인도 가져오고⋯⋯. 아냐, 기다려⋯⋯. 아냐, 됐어⋯⋯. 가 봐."

25

"너도 보다시피……." 니콜라이 레빈은 이마를 찌푸리고 경련을 일으키며 간신히 말을 이어 나갔다. 그에게는 무슨 말을 하고 무슨 행동을 할지를 판단하는 일이 힘겨워 보였다. "너도 봤겠지만……." 그는 방 한구석에 놓인 삼노끈으로 묶은 철물을 가리켰다. "저것 보이지? 저것은 우리가 착수하려고 하는 새로운 사업의 기초야. 그 사업이란 바로 생산 협동조합이지."

콘스탄친은 그의 말을 거의 듣지 않았다. 폐병에 걸린 형의 병약한 얼굴을 쳐다보고 있자니 더욱더 그가 불쌍하게 느껴졌다. 그래서 형이 협동조합에 대해 늘어놓는 이야기에 좀처럼 집중할 수 없었다. 그는 이 협동조합이라는 것이 자기혐오에서 벗어나기 위한 닻에 불과하다는 것을 알았다. 니콜라이 레빈은 계속해서 말했다.

"너도 자본이 노동자를 억압한다는 것을 알고 있지. 우리나라의 노동자와 농민은 노동의 모든 짐을 짊어진 채, 아무리 일

해도 자기들이 기르는 가축보다 나을 게 없는 생활을 하고 있어. 그들의 노동에서 발생하는 모든 이윤은 그들이 자신의 처지를 개선하고 여가를 만들어 교육을 받는 데 사용되어야 해. 그런데 자본가들이 그 모든 이윤과 잉여를 그들에게서 빼앗아 가지. 그처럼 노동자와 농민이 더 많은 노동을 할수록, 상인과 지주만 부유해지고 노동자와 농민은 늘 노동하는 가축이 되고 마는 그런 사회가 만들어졌어. 이제 이런 질서를 바꾸어야 해." 말을 마친 그는 미심쩍은 눈빛으로 동생을 바라보았다.

"물론이지." 콘스탄친은 형의 툭 튀어나온 광대뼈 밑에 떠오른 홍조를 쳐다보며 말했다.

"그래서 우리가 금속 협동조합을 만들려고 하는 거야. 그곳에서는 생산, 이윤, 생산도구, 특히 마지막 게 중요해, 아무튼 이 모든 것을 모든 조합원이 공유하게 돼."

"협동조합을 어디에 세울 건데?" 콘스탄친 레빈이 물었다.

"카잔 현의 보즈드료마 마을에."

"왜 하필이면 시골에 두려 하지? 시골에는 그렇지 않아도 일이 많은 것 같은데. 어째서 금속 협동조합이 시골에 있어야 하는 거야?"

"농민은 지금도 예전처럼 노예나 다름없기 때문이지. 게다가 너나 세르게이 이바니치가 그들이 이런 노예 상태에서 벗어나는 것을 달가워하지 않는다는 것도 이유가 되지." 니콜라이 레빈은 동생의 반박에 흥분하며 말했다.

콘스탄친 레빈은 한숨을 쉬며 음울하고 더러운 방을 돌아보았다. 이 한숨이 니콜라이의 화를 더욱 돋운 것 같았다.

"너나 세르게이 이바니치 같은 귀족들의 견해는 잘 알고 있어. 그가 현존하는 악을 정당화하기 위해 머리를 쥐어짜고 있다는 것도 알고."

"그렇지 않아. 그건 그렇고, 도대체 뭣 때문에 세르게이 이바노비치 형에 관한 이야기를 꺼내는 거야?" 레빈이 웃으며 말했다.

"세르게이 이바니치? 다 이유가 있지!" 니콜라이 레빈은 세르게이 이바니치의 이름을 듣자 갑자기 소리를 질렀다. "왜냐면……. 뭐라고 할까? 다만 한 가지……. 그런데 넌 뭣 때문에 온 거야? 넌 이 모든 걸 경멸하고 있어. 뭐, 좋아. 신과 함께 꺼져 버려. 당장 나가!"

"조금도 경멸하지 않아." 콘스탄친 레빈은 겁먹은 듯한 말투로 말했다. "형과 논쟁할 생각도 없어."

이때 마리야 니콜라예브나가 돌아왔다. 니콜라이 레빈은 화를 내며 그녀를 쳐다보았다. 그녀는 재빨리 그에게 다가가 뭐라고 속삭였다.

"건강하지 않으니 걸핏하면 화를 내게 되는군." 니콜라이 레빈은 화를 가라앉히며 무겁게 한숨을 쉬었다. "게다가 네가 세르게이 이바노비치와 그의 논문에 대해 이야기를 꺼내니까……. 그 논문은 터무니없는 엉터리에 지독한 사기에 엄청난 자기기만이야. 정의를 모르는 인간이 어떻게 정의에 대한 글을 쓰겠어? 당신은 그 논문을 읽어 봤소?" 그는 크리츠키에게 말을 건네며 다시 테이블 앞에 앉았다. 그리고 테이블 위를 치우기 위해 반쯤 채운 담배들을 옆으로 밀쳐놓았다.

"읽어 보지 않았습니다." 크리츠키가 음울하게 말했다. 분명 대화에 끼고 싶지 않은 눈치였다.

"왜요?" 니콜라이 레빈이 이번에는 크리츠키를 돌아보며 성을 냈다.

"그것을 읽는 데 시간을 낭비할 필요가 없을 것 같아서요."

"미안하오만, 그것이 시간 낭비가 될지 어떻게 알았소? 그 논문은 많은 사람들에게 난해하게 보일 거요. 그들보다 수준이 높아서 말이오. 하지만 난 다르지. 난 그의 사상을 꿰뚫어 보고 그것이 왜 빈약한지도 알거든."

모두 입을 다물었다. 크리츠키가 모자를 집으며 천천히 일어섰다.

"밤참을 들지 않을 거요? 그럼, 잘 가시오. 내일 금속 직공을 데리고 오시오."

크리츠키가 나가자마자, 니콜라이 레빈이 씩 웃으며 한쪽 눈을 찡긋했다.

"저 사람 역시 졸렬해. 난 다 알아……." 그가 말했다.

그런데 그때 크리츠키가 문가에서 그를 불렀다.

"또 무슨 일이오?" 그는 이렇게 말하며 그가 있는 복도로 나갔다. 마리야 니콜라예브나와 단둘이 남게 된 레빈은 그녀에게 말을 걸었다.

"형과 지낸 지 오래됐습니까?" 그가 그녀에게 말했다.

"네. 벌써 2년째인걸요. 저분의 건강이 많이 악화됐어요. 술을 너무 많이 마셔요." 그녀가 말했다.

"어떻게 마시기에……?"

"보드카를 마셔요. 그런데 저분에게는 보드카가 해롭대요."

"정말 많이 마십니까?" 레빈이 작은 목소리로 말했다.

"네." 그녀가 문가를 흘깃거리며 겁먹은 듯 말했다. 그때 니콜라이 레빈이 문가에 모습을 드러냈다.

"무슨 얘기를 하고 있어?" 그가 얼굴을 찌푸리며 놀란 눈으로 두 사람을 번갈아 보았다. "무슨 얘기야?"

"아무것도 아냐." 콘스탄친이 당황하며 말했다.

"말하고 싶지 않으면 하지 마. 다만 저 여자하고 굳이 이야기를 할 필요는 없어. 저 여자는 매춘부이고 넌 신사니까." 그가 목을 부들부들 떨며 중얼거렸다.

"난 다 알아. 넌 이미 모든 것을 헤아리고 평가했어. 그리고 이제는 나의 방종을 동정의 눈길로 바라보고 있지." 그가 다시 목소리를 높이며 말하기 시작했다.

"니콜라이 드미트리치, 니콜라이 드미트리치." 마리야 니콜라예브나가 다시 그에게 다가가 귓속말을 했다.

"그래, 좋아, 좋아!……. 그런데 밤참은 어떻게 됐지? 아, 저기 가져오는군." 그는 쟁반을 들고 들어오는 하인을 보며 말했다. "여기야, 여기에 놓아." 그는 성난 목소리로 말하며 곧장 보드카를 집어 들어 술잔에 따르고는 탐욕스럽게 마셔 댔다. "마실래?" 금방 유쾌한 기분을 찾은 그가 동생에게 말을 건넸다. "이제 세르게이 이바노비치에 대한 이야기는 그만하자. 그래도 널 만나니 기분 좋구나. 네가 무슨 말을 하든, 우리는 남이 아니니까. 자, 한잔해. 요즘 뭐 하는지 말해 봐." 그는 빵 조각을 게걸스레 씹으면서 술을 또 한 잔 따랐다. "어떻게 지냈냐?"

"전처럼 시골에서 영지를 돌보며 혼자 지내." 콘스탄친은 형이 게걸스레 먹고 마시는 모습을 오싹한 기분으로 쳐다보며 그런 눈길을 들키지 않으려고 애써 노력했다.

"결혼은 왜 안 해?"

"기회가 없었어." 콘스탄친이 얼굴을 붉히며 대답했다.

"어째서? 나야 끝장났지만……. 난 인생을 망쳐 버렸어. 전에도 말했고 앞으로도 말하겠지만, 내게 필요할 때 내 몫의 재산을 나누어 주었더라면 내 인생은 완전히 달라졌을 거야."

콘스탄친 드미트리치는 황급히 화제를 바꾸었다.

"형이 데리고 있던 바뉴슈카[76]가 포크로프스코예에 있는 내 사무실에서 일하고 있어." 그가 말했다.

니콜라이는 목을 부들부들 떨며 생각에 잠겼다.

"그래. 포크로프스코예는 어떻게 돌아가고 있는지 말해 봐. 어때? 집은 그대로냐? 자작나무들이며 우리가 다니던 학교는? 참, 정원사로 있던 필리프는 아직 살아 있나? 지금도 그 정자와 벤치가 눈에 선하군. 집 안의 아무것도 바꾸지 마라. 신경 좀 써 줘. 어쨌든 어서 결혼해서 다시 옛날처럼 집을 꾸며 다오. 그럼 널 찾아가마. 물론 네 아내가 착한 여자라면 말이다."

"지금이라도 집으로 와." 레빈이 말했다. "우리 둘이 정말 잘 살 수 있을 거야!"

"그곳에서 세르게이 이바니치와 부딪치지 않을 거라는 확신이 들면 가지."

"형과 부딪칠 일은 없어. 난 형에게서 완전히 독립해 살고 있으니까."

"그렇지. 하지만 어쨌든 넌 나와 그 인간 중에 한 명을 선택해야 해." 그는 주저하는 태도로 동생의 눈을 바라보며 말했다. 이런 소심한 모습이 콘스탄친의 마음을 움직였다.

---

76) 이반의 애칭.

"이 점에 대해 나의 솔직한 고백을 듣고 싶다면, 말할게. 만약 형과 세르게이 이바니치 형이 싸운다면 난 어느 쪽도 편들지 않을 거야. 둘 다 옳지 않으니까. 외면적으로는 형이 더 나쁘고, 내면적으로는 세르게이 이바니치 형이 더 나쁘거든."

"아, 아! 그걸 알고 있었구나, 알고 있었어!" 니콜라이가 기쁜 듯이 소리쳤다.

"형이 알고 싶다면 또 하나 말해 주지. 난 개인적으로 형과의 우정을 더 소중히 생각해. 왜냐하면……"

"왜, 어째서?"

콘스탄친은 자기가 니콜라이와의 우정을 더 소중히 여기는 까닭이 니콜라이가 불행하기 때문이라고, 니콜라이에게 우정이 필요하기 때문이라고 차마 말할 수 없었다. 하지만 니콜라이는 콘스탄친의 속마음을 알아채고는 얼굴을 찌푸리며 다시 보드카 병을 잡았다.

"그만해요, 니콜라이 드미트리치!" 마리야 니콜라예브나는 훤히 드러난 포동포동한 팔을 술병 쪽으로 뻗으며 말했다.

"내버려 둬! 귀찮게 하지 마! 때릴 거야!" 그가 소리를 질렀다. 마리야 니콜라예브나는 상냥하고 선한 미소를 지었다. 그 미소가 니콜라이에게도 옮아갔다. 그녀는 보드카를 집어 들었다.

"넌 저 여자가 아무것도 모를 거라고 생각하지?" 니콜라이가 말했다. "저 여자는 이 모든 것에 대해 우리보다 더 잘 알아. 사실, 그녀에겐 어딘지 모르게 선하고 사랑스러운 데가 있어."

"당신은 예전에 모스크바에 한 번도 머문 적이 없습니까?"

콘스탄친이 무언가를 말하려고 그녀에게 물었다.

"저 여자에게 '당신'이란 존칭을 쓰지 마. 저 여잔 그 말을 무서워 해. 저 여자에게 '당신'이란 존칭을 쓴 사람은 치안판사 외에 아무도 없었어. 저 여자는 매춘굴에서 빠져나오려 한 죄목으로 재판을 받았지. 아, 세상의 모든 것은 다 무의미할 뿐이야!" 갑자기 그가 큰 소리로 외쳤다. "새로운 제도니 치안판사니 젬스트보니, 이 무슨 꼴불견이란 말이냐!"

그러더니 그는 자신이 새로운 제도와 충돌했던 사례들을 늘어놓기 시작했다.

콘스탄친 레빈은 그의 말을 들었다. 그도 형처럼 모든 사회 제도의 의미를 부정하고 종종 그러한 생각을 말로 표현하기도 했지만, 지금 형의 입에서 그 말을 들으니 기분이 유쾌하지는 않았다.

"저세상에 가면 이 모든 것을 알게 되겠지." 그는 농담 삼아 이렇게 말했다.

"저세상이라고? 아, 난 저세상이 싫어! 싫단 말이야." 니콜라이가 겁에 질린 거친 눈으로 동생의 얼굴을 바라보며 말했다. "모든 추악하고 혼란스러운 것에서 벗어날 수 있다면 좋을 것 같아. 그 추하고 혼란스러운 것이 남의 문제든 내 문제든 상관없어. 하지만 죽음은 무서워. 소름이 끼치도록 두렵다고." 그는 몸서리를 쳤다. "자, 뭐든 마셔. 샴페인 마실래? 아니면 어디 갈까? 집시들에게 가자! 너도 알지? 내가 집시와 러시아 민요를 얼마나 좋아하는지……."

그의 말이 점점 뒤죽박죽이 되었다. 이야기가 한 주제에서 다른 주제로 마구 건너뛰기 시작했다. 콘스탄친은 마샤의 도움으로 형에게 아무 데도 가지 말자고 설득하고는 완전히 취해 버린 형을 자리에 눕혔다.

마샤는 문제가 생기면 콘스탄친에게 편지를 보내고 니콜라이 레빈에게 동생의 집에 가서 살라고 설득하기로 약속했다.

26

    콘스탄친 레빈은 아침에 모스크바를 떠나 저녁 무렵 집에 도착했다. 돌아오는 기차 안에서, 그는 옆자리에 앉은 사람들과 정치와 새로운 철도에 대해 이야기를 나누었다. 그런데 모스크바에 있을 때처럼 이번에도 사고의 혼란, 자신에 대한 불만, 무언가에 대한 수치가 그를 무겁게 내리눌렀다. 그러나 목적지의 기차역을 빠져나와 카프탄의 깃을 세운 애꾸눈 마부 이그나트를 알아보았을 때, 기차역 창문에서 흘러나온 흐릿한 빛 속에서 양탄자를 간 자기의 썰매와 꼬리를 묶고 술과 고리가 달린 마구를 씌운 자기의 말을 보았을 때, 썰매에 올라타자마자 마부 이그나트가 마을의 새로운 소식을 전해 주고 건축업자가 왔었다는 것과 파바가 송아지를 낳았다는 것을 말해주었을 때, 그는 점차 혼란스럽던 머릿속이 맑아지고 자신에 대한 수치심과 불만이 사라지는 것을 느꼈다. 그는 이그나트와 말을 본 순간부터 이런 감정을 느꼈다. 하지만 이그나트가 가져온 모피 외투를 입고 썰매에 앉아 담요로 몸을 감싼 채 집으로 가는 동안, 그는 앞으로 시골에서 처리할 문제들에 대해 골똘히 생각하면서 끌채를 매지 않은 여벌의 말을 바라보았다. 예전에 승마용이었던 이 말은 돈 지방에서 자란 말로 위풍이 당당했다. 그는 여러 가지 생각에 잠겨 말을 바라보다가 자신에게 일어난 일을 완전히 다른 식으로 생각하기 시작했다. 그는 자신의 존재를 느꼈으며 다른 무언가가 되기를 원하지 않았다. 그는 이제 예전보다 더 나은 사람이 되기를 바랄 뿐이었다. 첫 번째, 그는 이제부터 결혼에서 얻을지 모를 특별한 행복에 대해 더 이상 희망을 품지 않으며 자신의 현재를 하찮게 여기지 않겠다고 결심했다. 두 번째, 그는 앞으로 두 번 다시 추악한 정욕에 사로잡히지 않겠다고 결심했다. 그가 청혼을 하기로 결심했을 때, 추악한 정욕에 대한 기억이 그를 몹시도 괴롭혔다. 그리고 그는 니콜라이 형을 떠올리며 다시는 형을 잊지 않겠다고, 형이 곤경에 빠졌을 때 언제라도 도움의 손길을 펼 수 있도록 형의 행방을 늘 주시하여 시야에서 놓치지 않겠다고 다짐했다. 그는 머지않아 이런 일이 닥칠 거라고 느꼈다. 또한 형과 코뮤니즘에 대해 나눈 대화는 그를 생각에 잠기게 했다. 이야기를 나눌 때만 해도 그는 코뮤니즘에 대해 너무나 가볍게 생각했었다. 경제적인 조건을 개조한다는 것은 그에게 허무맹랑한 소리로 들렸다. 그러나 그는 언제나 가난한 민중과 비교하여 자신이 가진 부가 공정하지 못하다고 느끼고 있었다. 그래서 지금 그는 자신이 더할 나위 없이 정당하다고 느끼기 위해, 전보다 더욱 열심히 일하고 더욱 사치를 삼가야겠다고 다짐했다. 물론 예전에도 많은 일을 하고 사치스러운 생활을 하지 않았지만 말이다. 이 모든 일을 아주 쉽게 해낼 수 있을 것 같다는 생각에, 그는 줄곧 기분 좋은 공상에 잠긴 채 집으로 돌아왔다. 그는 밤 8시가 넘은 시각에 새롭고 멋진 생활에 대한 기대에 부풀어 활기찬 모습으로 자기 집에 도착했다.

그의 집의 살림을 도맡아 하는 늙은 보모 아가피야 미하일로브나의 방 창문에서 불빛이 새어 나와 저택 앞의 눈 덮인 안마당을 비추었다. 그녀는 아직 자지 않고 있었다. 그녀는 쿠지마를 깨웠고, 잠에서 덜 깬 쿠지마는 맨발로 현관 계단에 달려 나왔다. 사냥개 라스카도 쿠지마를 넘어뜨릴 듯한 기세로 뛰어나와 컹컹 짖으면서 레빈의 무릎에 몸을 비비고 뒷발로 서서 그의 가슴에 앞발을 대려고 버둥댔다.

"정말 빨리 돌아오셨군요." 아가피야 미하일로브나가 말했다.

"집이 그리웠어요, 아가피야 미하일로브나. 손님으로 있는 것도 좋지만, 역시 내 집이 최고예요." 그는 이렇게 말하고 서재로 들어갔다.

그가 들고 들어온 촛불의 빛에 서재가 서서히 밝아졌다. 눈에 익은 물건들이 모습을 드러냈다. 사슴뿔, 책을 진열한 선반, 거울, 통풍구가 달린 스토브 — 이 스토브는 오래전부터 수리받지 않은 채 자리만 차지하고 있었다 —, 아버지의 소파, 커다란 책상, 책장이 펼쳐진 책, 깨진 재떨이, 그의 글씨가 적힌 공책. 이 물건들을 보자, 순간적으로 그의 마음속에 그가 집으로 오면서 공상했던 새로운 생활을 과연 해 나갈 수 있을까 하는 의혹이 생겼다. 그의 삶의 흔적들이 마치 그를 둘러싸고 이렇게 말하는 듯했다. '아니, 넌 우리에게서 벗어날 수 없어. 넌 다른 사람이 될 수 없고, 그저 예전처럼 살아갈 거야.

의혹, 자신에 대한 끝없는 불만, 자신을 개선하려는 부질없는 시도, 타락, 지금껏 손에 넣어 본 적 없고 앞으로도 얻지 못할 행복에 대한 영원한 기대, 그런 것들과 함께 말이지.'

그러나 그것은 그의 물건들이 한 말이었다. 마음속의 다른 목소리는 과거에 굴복할 필요 없다고, 자신은 무엇이든지 할 수 있다고 속삭였다. 그는 이 목소리를 들으며 1푸드짜리 아령 한 쌍이 놓인 방구석으로 다가갔다. 그리고 활기를 찾기 위해 아령을 들어 올리며 운동을 시작했다. 이때 문밖에서 발소리가 들렸다. 그는 황급히 아령을 내려놓았다.

집사가 들어와 모든 일이 다행히 순조로웠다고 말하면서 새 건조기에 말린 메밀이 조금 탔다고 보고했다. 이 소식은 레빈의 신경을 자극했다. 레빈은 새 건조기를 설치하고 그것의 고안에도 일부분 참여했다. 집사는 언제나 그 건조기를 반대했기에, 지금 메밀이 탔다고 보고하면서 은근히 승리감을 내비쳤다. 레빈은 메밀이 탄 이유는 오직 한 가지, 그가 입이 닳도록 지시해 둔 방법을 지키지 않았기 때문이라고 굳게 믿었다. 그는 화가 치밀어 집사에게 잔소리를 늘어놓았다. 하지만 한 가지 중요하고 기쁜 소식도 있었다. 파바가 새끼를 낳은 것이었다. 이 집에서 가장 좋은 암소인 파바는 그가 암소 박람회에서 비싼 돈을 주고 산 것이었다.

"쿠지마, 털외투를 가져와. 그리고 사람들에게 등불을 들고 오라고 말해 줘요. 내가 가서 한번 봐야겠어." 그가 집사에게 말했다.

소중한 암소들을 넣어 두는 축사는 저택 뒤편에 있었다. 그는 라일락 나무 옆에 쌓인 눈 더미를 지나 안마당을 가로질러 축사로 갔다. 얼어붙은 문을 열자, 거름 더미로부터 올라오는 훈훈한 김에서 냄새가 났다. 익숙하지 않은 등불의 빛에 놀란 암소들이 새로 깔아 준 짚 위에서 꿈지럭댔다. 검은 얼룩이 있는 네덜란드산 암소의 매끄럽고 넓은 등이 얼핏 눈에 띄었다. 황소 베르쿠트는 코뚜레를 한 채 누워 있다 일어나려는 듯 기척을 냈다. 하지만 곧 마음을 고쳐먹고 사람들이 지나가는 동안 그저 두어 번 숨을 헐떡였다. 하마처럼 몸집이 큰 붉은빛의 아름다운 소 파바는 궁둥이를 돌리더니 들어온 사람들로부터 새끼를 감싸며 코를 쿵쿵거렸다.

레빈은 칸막이 안으로 들어가 파바를 찬찬히 훑어보고는 붉은 얼룩이 있는 송아지를 일으켜 휘청거리는 긴 다리로 서게 했다. 흥분한 파바는 음매하고 울어 대다가, 레빈이 암송아지를 자기에게 끌어다 주자 잠잠해졌다. 그리고 무겁게 숨을 내쉬고는 까칠까칠한 혀로 새끼를 핥았다. 무언가를 찾던 송아지는 코로 어미의 허벅지를 쿡쿡 찔러 대더니 꼬리를 흔들었다.

"여기를 비춰 줘. 등불을 이쪽으로 가져와." 레빈이 송아지를 찬찬히 살펴보며 말했다. "어미를 쏙 빼닮았군. 털 색깔은 아비를 닮았지만 말이야. 참으로 훌륭해. 다리가 길고 옆구리가 탄탄하군. 바실리 표도로비치, 훌륭하지 않습니까?" 그는 집사에게 말을 걸었다. 그는 송아지를 본 기쁨으로 메밀의 일은 다 잊고 그에 대해 완전히 마음을 풀었다.

"어느 쪽을 닮든 나쁠 리가 있습니까? 참, 주인님이 출발하신 다음 날, 건축업자 세묜이 왔습니다. 그와 계약 조건을 정해야 할 것 같습니다, 콘스탄친 드미트리치." 집사가 말했다.

"아까 그 기계에 대해 보고를 드렸습니다만……."

그 한 가지 문제는 영지를 경영하는 크고 복잡한 일의 세세한 부분으로 레빈을 이끌었다. 그는 암소 축사에서 나와 곧장 사무실로 가서 집사와 건축업자 세몬을 만나 이야기를 나눈 뒤 저택으로 돌아와 곧바로 2층의 응접실로 갔다.

저택은 크고 고풍스러웠다. 레빈은 혼자 살면서 집 전체에 불을 때고 전 공간을 사용했다. 그는 이런 행동이 어리석은 짓임을 알았다. 그리고 이것이 바람직하지 않을 뿐 아니라 자신의 새로운 계획에도 반하는 것임을 알았다. 하지만 이 집은 레빈에게 있어 완전한 세계였다. 이 집은 레빈의 아버지와 어머니가 살다 떠난 세계였다. 그들은 레빈에게 완벽한 이상(理想)으로 보이는 삶을, 레빈이 자신의 아내와 가족과 함께 부활시키겠다고 꿈꾼 그런 삶을 살았다.

레빈은 어머니를 거의 기억하지 못했다. 그에게는 어머니라는 개념이 하나의 신성한 기억이었다. 따라서 미래의 아내는 그가 상상하는 아름답고 신성하고 이상적인 여성 — 그에게는 곧 어머니를 의미했다 — 이 재현된 존재여야 했다.

그는 결혼을 배제한 채 여성을 사랑한다는 것을 상상할 수조차 없었다. 뿐만 아니라 그는 우선 가정을 떠올리고 그다음에 그에게 가정을 줄 여성을 생각했다. 따라서 그의 결혼관은 그가 아는 대부분의 사람들과 조금도 비슷하지 않았다. 그들에게는 결혼이 사회생활에 따르는 수많은 일들 가운데 하나일 뿐이었다. 하지만 레빈에게는 결혼이 인생에서 가장 중요한 일이었고, 인생의 모든 행복이 걸린 문제였다. 그런데 지금 그는 그것을 포기해야만 하는 것이다!

그는 늘 차를 마시던 작은 응접실에 들어가 책을 든 채 자신의 안락의자에 앉았다. 그러자 아가피야 미하일로브나가 차를 들고 들어와 늘 하던 대로 "도련님, 저도 앉을게요."라고 말하며 창가의 의자에 앉았다. 그 순간 그는 이상하게도 자신이 그 꿈을 버리지 않았고 앞으로도 그 꿈 없이 살 수 없다는 느낌을 받았다. 그녀와 살든, 다른 여자와 살든, 그 꿈은 실현될 것이다. 그는 책을 읽다가 방금 읽은 내용에 대해 생각에 잠기기도 하고, 잠시 책에서 눈을 뗀 채 지치지 않고 조잘거리는 아가피야 미하일로브나의 이야기를 듣기도 했다. 그러는 동안 영지 경영과 미래의 가정생활에 대한 온갖 장면들이 두서없이 그의 머릿속에 떠올랐다. 그는 영혼의 깊은 곳에서 무언가가 자리를 잡고 바로잡히고 정리되어 가는 것을 느꼈다.

그는 아가피야 미하일로브나로부터 프로호르가 하느님을 잊고서 레빈이 말을 사라고 준 돈으로 술을 진탕 마시고 아내를 죽도록 팬 이야기를 들었다. 그는 이야기를 듣고 책을 읽으면서 독서가 머릿속에 불러일으킨 사고의 흐름을 전부 떠올렸다. 그 책은 틴들[77]이 열에 대해 쓴 책이었다. 그는 틴들이 자신의 정교한 실험에 만족할 뿐 철학적 통찰이 부족한 것에 대해 자신이 한 비판을 떠올렸다. 그러자 갑자기 즐거운 생각이 떠올랐다. '2년 뒤에는 내 축사에 네덜란드산 소가 두 마리 있겠지. 어쩌면 파바도 그때까지 살아 있을지도 모르고. 베르쿠트에게서 얻은 젊은 암소 열두 마리, 그래, 거기에 이 세 마리를 더하면…… 멋진걸!' 그는 다시 책을 집어 들었다.

'그래, 좋아, 전기와 열은 같은 것이니까. 하지만 문제를 풀 때 하나의 양(量)을 다른 양으로 대치할 수 있을까? 안 돼. 그럼 어떻게 하지? 자연의 모든 힘 사이의 연관은 본능으로 충분히 감지할 수 있으니……. 특히 기쁜 건 파바의 새끼가 붉은 얼룩이 있는 암송아지라는 점이지. 게다가 가축들 사이에 이 세 마리가 섞여 들어가면……. 훌륭해! 아내와 손님들을 데리고 가축을 보러 가는 거야. 아내는 이렇게 말하겠지. 코스챠와 난 이 송아지를 아이처럼 돌봤어요. 그럼 손님이 물을 거야. 어떻게 이런 일에 그토록 흥미를 가질 수 있게 됐습니까? 남편이 흥미를 느끼는 일이라면 저도 흥미를 느끼게 돼요. 그런데 내 아내가 될 사람은 과연 누굴까?' 그러자 모스크바에서 있었던 일이 떠올랐다……. '글쎄, 어떻게 해야 했을까……? 난 잘못이 없어. 하지만 이제는 모든 것이 새롭게 될 거야. 삶이 허락하지 않는다, 과거가 허락하지 않는다는 말은 다 허튼 소리야. 더 잘 살기 위해, 한층 더 잘 살기 위해 노력해야 해…….' 그는 고개를 약간 든 채 생각에 잠겼다. 주인이 돌아온 기쁨을 아직 완전히 소화하지 못한 늙은 라스카가 안마당을 뛰어다니며 짖다가 꼬리를 흔들며 되돌아왔다. 그러고는 바

---

77) 영국의 물리학자. 톨스토이는 1872년에 『운동 양식으로서의 열』(1863)이 라는 그의 책을 읽고 이를 번역하여 페테르부르크에서 출간했다.

깥 공기의 냄새를 몰고 그에게 다가와 그의 손 밑으로 머리를 들이밀더니, 애처롭게 낑낑거리며 어루만져 달라고 졸랐다.

"말만 못할 뿐이에요." 아가피야 미하일로브나가 말했다. "하지만 개는…… 주인이 돌아온 것도 알고 주인이 울적해하는 것도 다 알아요."

"내가 뭣 때문에 울적해하겠어요?"

"제가 모를 것 같아요, 도련님? 이젠 저도 주인님을 알 때가 됐죠. 어릴 때부터 주인님의 가문에서 자란걸요. 걱정 마세요, 도련님. 건강과 깨끗한 양심을 갖고 있다면야……."

레빈은 그녀가 그의 생각을 훤히 들여다보고 있는 데 깜짝 놀라 그녀의 얼굴을 뚫어지게 바라보았다.

"어때요, 차 한잔 더 가져올까요?" 그녀는 이렇게 말하고는 찻잔을 들고 나갔다.

라스카는 계속 레빈의 손 밑으로 머리를 들이댔다. 그가 라스카를 쓰다듬어 주자, 라스카는 그의 발치에 몸을 동그랗게 말고 뒷다리에 머리를 얹었다. 그러고는 이제 모든 것이 만족스럽다는 표시로 살짝 입을 벌리며 입맛을 다시더니 노쇠한 이빨 주위에 끈적이는 입술을 착 갖다 붙이고 행복한 평온에 잠겼다. 레빈은 이 마지막 동작을 유심히 지켜보았다.

'저게 바로 내 모습이야!' 그는 속으로 혼잣말을 했다. '저게 내 모습이야! 괜찮아……. 모든 게 좋아.'

28

무도회에서 돌아온 후, 안나 아르카지예브나는 아침 일찍 남편에게 그날로 모스크바를 떠나겠다는 전보를 보냈다.

"아니에요. 난 가야 해요. 가야 한다니까요." 그녀는 마치 셀 수 없이 많은 일들을 떠올린 듯한 어조로 새언니에게 일정을 변경한 것에 대해 변명했다. "아니에요. 오늘 가는 게 좋겠어요!"

스테판 아르카지치는 집에서 점심 식사를 하진 않았으나 여동생을 역까지 배웅하러 7시에 집으로 돌아오겠다고 약속했다.

키티도 머리가 아프다는 쪽지만 보내왔다. 돌리와 안나는 아이들과 영국인 가정교사하고만 점심 식사를 했다. 아이들은 변덕이 심해서인지 너무 예민해서인지, 혹은 오늘의 안나가 그들이 그토록 좋아하던 그날의 고모와 전혀 다르다고 느껴서인지, 아니면 고모가 더 이상 자기들에게 관심을 쏟지 않는다고 느껴서인지, 갑자기 고모와 놀지도 않고 고모에게 애정을 표현하지도 않았으며 고모가 떠나는데도 전혀 관심이 없었다. 안나는 오전 내내 떠날 준비를 하느라 분주했다. 그녀는 모스크바의 지인들에게 편지를 쓰고 수첩에 지출 경비를 기록하고 짐을 챙겼다. 돌리의 눈에는 그녀가 안절부절못하고 근심에 잠긴 것처럼 보였다. 돌리는 자신의 경험으로 그러한 상태를 익히 알고 있었다. 그런 마음에는 이유가 있기 마련인데, 대부분 자신에 대한 불만을 감추려는 데서 비롯된다. 식사 후 안나는 옷을 갈아입으러 방으로 갔고 돌리도 그녀를 따라갔다.

"오늘 정말 이상하군요." 돌리가 그녀에게 말했다.

"내가요? 그렇게 보여요? 난 이상한 게 아니에요. 난 못된 여자예요. 난 곧잘 이래요. 그냥 울고만 싶어요. 너무 바보 같지만, 이런 것도 곧 지나갈 거예요." 안나는 빠르게 말하며 나이트캡과 마로 지은 손수건을 넣어 둔 장난감 같은 작은 주머니 쪽으로 붉게 물든 얼굴을 숙였다. 그녀의 눈동자가 유난히 반짝이고 그녀의 눈동자에 계속 눈물이 고였다. "페테르부르크를 떠날 때도 선뜻 내키지 않더니, 이제는 이곳을 떠나고 싶지 않네요."

"당신은 이곳에 와서 좋은 일을 했어요." 돌리는 안나를 유심히 살피며 말했다.

안나는 눈물에 젖은 눈으로 돌리를 바라보았다.

"그런 말 말아요, 돌리. 난 아무것도 한 게 없고 할 수도 없었어요. 난 종종 왜 사람들이 약속이라도 한 듯 날 망치려 드는 걸까 의아해하곤 해요. 내가 무엇을 했는데요? 내가 무엇을 할 수 있었다는 거죠? 당신의 마음속에 용서할 만큼의 사랑이 남아 있었기에……."

"당신이 없었다면 어떻게 됐을지 몰라요. 당신은 정말 행운을 주는 여자예요, 안나!" 돌리가 말했다. "당신의 마음속에 있는 모든 것이 분명하고 훌륭해 보여요."

"모든 사람의 마음속에는 영국인이 말하듯 자신만의 skeleton[78]이 있기 마련이죠."

"당신은 어떤 skeleton을 갖고 있어요? 당신에게는 모든 것이 너무나 분명하잖아요."

"그래도 있어요!" 안나가 갑자기 이렇게 말했다. 그 순간 눈물을 흘린 뒤라고는 보이지 않을 만큼 교활하고 익살맞은 미소가 그녀의 입술에 주름을 만들었다.

"그렇다면 당신의 skeleton은 음울한 것이 아니라 무척 재미있는 것이겠군요."

"아뇨, 음울한 것이에요. 내가 왜 내일이 아니라 오늘 당장 떠나려고 하는지 알아요? 이런 고백을 하는 건 무척 괴로운 일이지만, 당신에게는 하고 싶어요." 안나는 단호한 태도로 안락의자에 몸을 던지고는 돌리의 눈을 똑바로 쳐다보았다. 돌리는 안나가 귀까지, 검은 곱슬머리가 넘실거리는 목 언저리까지 얼굴을 붉히는 걸 보고 깜짝 놀랐다.

"그래요." 안나는 계속 말을 이었다. "키티가 왜 점심 식사를 하러 오지 않았는지 알아요? 그녀는 날 질투하고 있어요. 내가 망쳐 놓았어요……. 어젯밤 무도회는 그녀에게 기쁨이 아니라 고통이었어요. 나 때문이에요. 하지만 정말로, 정말로 난

---

78) '해골 혹은 골격.'(영어) 이 문장에서는 비밀이란 뜻으로 사용되었다.

아무 잘못이 없어요. 설사 잘못이 있다 해도 아주 조금밖에 없어요." 그녀는 '아주 조금'이란 말을 길게 늘이며 가냘픈 소리로 말했다.

"어머, 어쩌면 그렇게 스티바와 비슷한 말을 해요!" 돌리는 웃으면서 말했다.

안나는 모욕을 느꼈다.

"아뇨, 아니에요. 난 스티바와 달라요." 그녀가 눈살을 찌푸리며 말했다. "내가 이렇게 말을 꺼낸 이유는, 단 한순간이라도 나 자신을 의심하고 싶지 않아서예요." 안나가 말했다.

그러나 그녀는 그 말을 내뱉는 순간, 그것이 옳지 않음을 느꼈다. 그녀는 자신을 의심하고 있을 뿐 아니라 브론스키를 생각할 때마다 흥분을 느꼈다. 그녀가 예정보다 빨리 떠나려는 것은 단지 그와 더 이상 부딪히고 싶지 않다는 이유 때문이었다.

"그래요, 스티바가 말해 주었어요. 당신이 그와 마주르카를 추고, 그가……."

"그 일이 얼마나 우스운 꼴을 낳았는지 상상도 못할 거예요. 난 그저 두 사람을 이어 주려고 했을 뿐인데, 뜻밖에도 일이 전혀 다른 방향으로 흘러가고 말았어요. 어쩌면 내 의지와 반대로……."

그녀는 얼굴을 붉히며 머뭇거렸다.

"오, 그들도 지금 그렇게 느껴요." 돌리가 말했다.

"하지만 만일 그 순간 그에게 무언가 진지한 것이 있었다면, 난 절망하고 말 거예요." 안나가 그녀의 말을 가로막았다. "그리고 난 이 모든 일이 곧 잊히리라 믿어요. 키티도 날 더 이상 미워하지 않을 거예요."

"하지만 안나, 솔직히 말해, 키티를 생각하면 이 결혼이 별로 탐탁하지 않았어요. 만일 그가, 브론스키가 하루 만에 당신에게 빠질 수 있는 그런 사람이라면, 차라리 혼담이 깨지는 편이 나아요."

"아, 하느님! 정말 어리석은 일이에요!" 안나가 말했다. 그녀를 사로잡은 생각을 남의 입을 통해 말로 듣는 순간, 그녀의 얼굴에는 다시 짙은 만족의 빛이 떠올랐다. "결국 난 그토록 좋아하는 키티를 적으로 돌리고 이렇게 떠나가는군요. 아, 그녀는 정말 사랑스러운 아가씨예요! 하지만 돌리, 당신이 이 일을 바로잡아 줄 거죠, 그렇죠?"

돌리는 가까스로 웃음을 참았다. 그녀는 안나를 좋아했다. 하지만 그녀에게도 약점이 있다는 걸 알게 되자 기분이 유쾌해졌다.

"적이라뇨? 그럴 리가 있나요."

"난 내가 당신들을 좋아하듯 당신들도 날 좋아해 주길 바랐어요. 그리고 지금 난 당신들을 더욱더 좋아하게 됐어요." 안나는 눈물을 글썽이며 말했다. "아, 오늘 내가 왜 이렇게 바보 같지!"

그녀는 손수건으로 얼굴을 살짝 누르고는 옷을 갈아입기 시작했다.

스테판 아르카지치는 출발 시간이 다 되어서야 불그스레해진 유쾌한 얼굴로 술과 시가 냄새를 풍기며 돌아왔다.

안나의 감성이 전해졌다. 그러자 돌리는 마지막으로 시누이를 안으며 이렇게 속삭였다.

"기억해요, 안나. 당신이 날 위해 해 준 일을 내가 결코 잊지 않을 거라는 걸요. 그리고 내가 당신을 가장 좋은 벗으로서 사랑했고 앞으로도 영원히 사랑할 거라는 것도 기억해 줘요."

"왜죠?" 안나가 그녀에게 입을 맞추고 눈물을 감추며 말했다.

"당신은 날 이해해 주었고 지금도 이해하고 있잖아요. 잘 가요, 나의 아름다운 사람!"

　'이제, 모든 게 끝났어. 다행이야!' 세 번째 종소리[79]가 들릴 때까지 객차 안에서 길을 막고 서 있던 오빠와 마지막으로 작별 인사를 한 후, 안나 아르카지예브나의 머리에 가장 먼저 떠오른 생각은 바로 이것이었다. 그녀는 안누슈카[80]와 나란히 좌석에 앉아 어두침침한 침대차 안을 둘러보았다. '다행히 내일이면 세료쟈와 알렉세이 알렉산드로비치를 보겠구나. 그리고 난 예전처럼 모범적이고 습관적인 생활을 하게 되겠지.'

　안나는 그날 내내 자신을 사로잡은 근심 속에서도, 즐겁고 분명한 태도로 길 떠날 준비를 했다. 그녀는 작고 민첩한 손으로 빨간 손가방을 열고는 작은 방석을 꺼내 무릎에 얹고 조심

---

79) 제정 러시아의 기차역에서는 세 번의 종소리로 기차의 출발을 알렸다. 첫 번째 종은 출발 15분전에, 두 번째 종은 출발 5분전에, 마지막 종은 출발 시각에 울린다.
80) 안나의 애칭. 하녀의 이름도 안나이다.

스럽게 다리를 감싼 후 자리에 앉았다. 병약한 부인은 벌써 잘 준비를 했다. 다른 두 부인은 안나에게 말을 건넸고, 뚱뚱한 노부인은 다리를 감싸며 난방에 대해 불평을 늘어놓았다. 안나는 부인들에게 몇 마디 대꾸를 했지만, 어쩐지 대화가 재미있을 것 같지 않아 안누슈카에게 작은 등불을 꺼내라고 하여 그것을 좌석 손잡이에 걸고는 작은 손가방에서 페이퍼 나이프[81]와 영국 소설을 꺼냈다. 처음에는 글이 눈에 들어오지 않았다. 우선 주위의 소란과 사람들의 발소리가 그녀를 방해했다. 그런 다음 기차가 움직이기 시작하자, 그녀는 기차 소리를 듣지 않으려 해도 듣지 않을 수 없었다. 그다음엔 왼쪽 창문을 두들기며 유리창에 달라붙는 눈, 옷가지를 몸에 칭칭 감은 채 차장 옆을 지나치며 눈을 맞고 다니는 사람들의 모습, 바깥에 불고 있는 매서운 눈보라에 대해 사람들이 나누는 말소리가 그녀의 주의를 흐트러뜨렸다. 그다음부터는 똑같은 풍경이 계속 되풀이되었다. 덜컹거리는 기차 소리와 문을 여닫는 소리, 창밖에 날리는 눈, 열기에서 냉기로 다시 냉기에서 열기로 급격하게 바뀌는 실내온도, 어슴푸레한 어둠 속에서 아른거리는 얼굴들, 똑같은 목소리. 그러는 사이 안나는 책을 읽고 그 내용을 이해하기 시작했다. 안누슈카는 한 짝에 구멍이 난 장갑을 낀 넓적한 두 손으로 무릎 위에 놓인 빨간 손가방을 붙잡고서 졸고 있었다. 안나 아르카지예브나는 책을 읽고 내용을 이해했지만, 책을 읽는 행위, 다시 말해 다른 사람들의 삶의 반영을 좇는 행위가 마음에

---

81) 당시에 새로 출간되는 책들은 바깥쪽 세로 모서리가 절개되지 않은 상태로 보급되었기 때문에 신간을 읽기 위해서는 책의 낱장을 자르는 전용 나이프가 필요했다.

들지 않았다. 그녀로서는 자신의 삶을 살고 싶은 마음이 간절했다. 소설의 여주인공이 환자를 간호하는 장면을 읽으면, 그녀도 발소리를 죽이며 병실을 돌아다니고 싶었다. 또 의원이 연설을 하는 장면을 읽으면, 그녀도 그 연설을 하고 싶었다. 레이디 메리가 말을 타고 사냥감을 쫓거나 새언니를 골리거나 대담한 행동으로 주위 사람들을 놀라게 하는 장면에서는, 그녀도 직접 그것을 똑같이 해 보고 싶었다. 하지만 그녀가 할 수 있는 일은 아무것도 없었다. 그래서 그녀는 자그마한 손으로 매끄러운 페이퍼 나이프를 만지작거리며 책을 읽으려 애썼다.

소설의 남자 주인공은 이미 영국인으로서의 행복과 남작의 지위와 영지를 손에 넣기 시작했다. 안나도 그와 함께 그 영지에 가 보고 싶었다. 그런데 문득 그녀는 그 주인공이 수치스러워하고 있는 게 틀림없다고 느꼈다. 그리고 그녀에게도 이것이 수치스럽게 느껴졌다. 하지만 그는 도대체 무엇 때문에 수치스러워할까? '난 도대체 왜 수치스러워하는 거지?' 그녀는 모욕과 놀라움을 느끼며 스스로에게 물었다. 그녀는 책을 내려놓고 좌석의 등받이에 기댄 채 페이퍼 나이프를 양손으로 꽉 쥐었다. 부끄러워할 일은 아무것도 없었다. 그녀는 모스크바에서의 기억을 하나하나 되새겨 보았다. 모든 것이 좋았고 유쾌했다. 그녀는 무도회를 떠올리고, 브론스키를 떠올리고, 사랑에 빠진 그의 순종적인 얼굴을 떠올리고, 그와의 모든 관계를 떠올렸다. 수치스러워할 만한 일은 하나도 없었다. 그런데도 바로 이 부분의 기억에서 수치심은 더욱 강해졌다. 그녀가 브론스키를 떠올린 순간, 마치 어떤 내면의 목소리가 그녀에게 이렇게 말하는 듯했다. '따뜻해. 아주 따뜻해, 타는 듯이 뜨거워.' '그래서 어떻다는 거지?' 그녀는 고쳐 앉으며 스스로에게 단호히 물었다. '도대체 이것이 무엇을 의미하는 걸까? 난 이것을 직시하는 게 두려운 걸까? 도대체 어떻게 된 거지? 과연 나와 저 풋내기 장교 사이에 단순한 지인 관계를 뛰어넘은 어떤 다른 관계가 있다는 건가? 아니, 그런 관계가 있을 수 있을까?' 그녀는 경멸 섞인 미소를 지으며 다시 책을 집어 들었다. 그러나 도무지 글이 머릿속에 들어오지 않았다. 그녀는 유리창 표면을 따라 페이퍼 나이프를 움직였다. 그러고는 매끄럽고 차가운 유리에 뺨을 갖다 대고 있다가, 불현듯 원인 모를 기쁨에 사로잡혀 자칫 소리 내어 웃을 뻔했다. 그녀는 자신의 신경이 줄감개에 조인 현처럼 점점 더 팽팽해지는 것을 느꼈다. 그녀는 자신의 눈동자가 더욱더 크게 벌어지고, 손가락과 발가락이 신경질적으로 움직이고, 가슴속의 무언가가 숨을 막고, 이 흔들리는 어둠 속의 모든 형상과 소리가 그녀의 마음에 매우 또렷한 인상을 남기고 있다고 느꼈다. 기차가 앞으로 가는지, 뒤로 가는지, 아니면 아예 멈췄는지, 그런 것에 대한 의혹의 순간이 끊임없이 그녀에게 찾아왔다. 내 옆에 있는 사람이 안누슈카일까, 아니면 전혀 낯선 사람일까? '저기 손잡이에 걸린 게 뭘까? 털외투일까, 아니면 짐승일까? 그리고 여기에 있는 나는 누구지? 나 자신일까, 아니면 다른 사람일까?' 그녀는 이런 몽환적인 상태에 자신을 맡기는 것이 무서웠다. 하지만 무언가가 그녀를 그 속으로 끌어당겼다. 그녀는 자신의 의지에 따라 그것에 몸을 맡길 수도, 자신을 억누를 수도 있었다. 그녀는 냉정을 되찾기 위해 자리에서 일어나 덮개를 치우고 방한복의 목도리를 떼어 냈다. 그녀는 잠시 정신을 가다듬었다. 그리고 단추가 하나 떨어져 나간 긴 무명 외투 차림으로 객차에 들어온 야윈 남자가 화부라는 것, 그가 온도계를 보았다는 것, 그를 뒤따라 문으로 눈보라가 들이치고 있다는 것을 깨달았다. 하지만 다시 모든 것이 뒤섞이고 말았다……. 허리가 긴 이 남자는 벽에서 무언가를 긁어 내기 시작했고, 노부인은 객차의 길이만큼 다리를 쭉 뻗은 채 객차 안을 검은 구름으로 채우기 시작했다. 그러더니 마치 누군가를 갈기갈기 찢기라도 하듯, 어떤 날카로운 소리와 쿵쿵거리는 소리가 무섭게 들려왔다. 그러자 빨간 불이 눈을 부시게 하더니 곧 모든 것이 벽 속으로 숨어 버렸다. 안나는 아래로 떨어지는 듯한 느낌을 받았다. 하지만 그 모든 것이 무섭지 않고 유쾌하게 느껴졌다. 눈으로 뒤덮인 사람의 목소리가 그녀의 귓가에 뭐라고 소리쳤다. 그녀는 자리에서 일어나 정신을 차렸다. 그녀는 기차가 역에 가까이 왔다는 것과 그녀에게 소리 지른 남자가 차장이라는 것을 알아차렸다. 그녀는 안누슈카에게 벗어 놓은 목도리와 숄을 다시 달라고 부탁하여 그것을 걸치고는 문으로 향했다.

"나가시게요?" 안누슈카가 물었다.

"응, 찬바람을 쐬고 싶어. 여긴 너무 더워."

그녀는 문을 열었다. 눈보라가 그녀에게 몰아쳐, 그녀는 문을 사이에 두고 눈보라와 싸우지 않으면 안 되었다. 그래도 그녀에게는 이런 것이 즐겁게 느껴졌다. 그녀는 문을 열고 밖으로 나갔다. 바람은 마치 그녀를 기다렸다는 듯이 기쁘게 휘파람을 불며 그녀를 휩쓸어 가려고 했다. 하지만 그녀는 차디찬 쇠기둥을 한 손으로 세게 잡고 옷을 단단히 여미며 플랫폼으로 내려가 객차의 뒤편으로 갔다. 승강구에는 바람이 강했지만, 객차 뒤편의 플랫폼은 잠잠했다. 그녀는 즐거운 마음으로 눈이 날리는 차가운 공기를 가슴 깊이 들이마시고는 객차 옆에 서서 플랫폼과 불이 환하게 켜진 역을 둘러보았다.

30

지독한 눈보라가 몰아치며 객차의 바퀴 사이에서, 기둥 위에서, 역 구석에서 윙윙 소리를 냈다. 객차, 기둥, 사람 등 눈에 보이는 것마다 한쪽이 눈으로 덮인 채, 그 위로 점점 더 많은 눈이 쌓여 갔다. 눈보라는 순식간에 잠잠해졌다가, 그녀가 도저히 버틸 수 없을 만큼 또다시 격렬하게 불기 시작했다. 하지만 그러는 사이에도 사람들은 여기저기 뛰어다니고 유쾌하게 담소를 나누고 플랫폼의 널빤지를 삐걱거리며 돌아다니고 커다란 문을 쉴 새 없이 열었다 닫았다 했다. 사람의 구부러진 그림자가 그녀의 발밑으로 슬그머니 숨어들었고, 뒤이어 쇠를 두들기는 망치 소리가 들렸다. "전보를 줘!" 눈보라 치는 어둠 속 저편에서 성난 목소리가 울렸다. "이리로 오십시오!" "28호입니다." 다른 여러 사람들의 목소리도 들리고, 옷을 겹겹이 껴입은 사람들이 눈을 맞으며 달려갔다. 담배를 입에 문 두 신사가 그녀 옆을 지나갔다. 그녀는 공기를 흠뻑 마시기 위해 다시

한 번 깊이 숨을 들이쉬었다. 그리고 객차의 기둥을 잡고 안으로 들어가고자 머프에서 손을 뺐다. 그 순간 군인 외투를 입은 사람이 그녀 옆에 나타나 등불의 흔들리는 불빛을 가로막았다. 그녀는 그를 쳐다보자마자 그가 브론스키라는 것을 알아차렸다. 그는 모자의 차양에 손을 올리더니 허리를 굽히며 뭔가 필요한 것은 없는지, 뭔가 도울 일은 없는지 물었다. 그녀는 꽤 오랫동안 아무 대답 없이 그를 뚫어지게 바라보았다. 그가 그늘에 서 있긴 했지만, 그녀는 그의 얼굴 표정과 눈빛을 보았다. 아니, 본 것처럼 느껴졌다. 그것은 어제 그녀에게 그토록 강한 인상을 준 순종적이고 환희에 찬 표정이었다. 그녀는 지난 며칠 동안, 그리고 바로 이 순간에도 브론스키는 어디에서나 볼 수 있는 영원히 똑같은 수백 명의 청년들 가운데 한 명일 뿐이라고, 그에 대해서는 생각조차 하고 싶지 않다고 몇 번이고 스스로에게 말했다. 하지만 이제는 그를 만난 첫 순간부터 기쁨에 찬 자신감이 그녀를 사로잡았다. 그녀로서는 그가 왜 이곳에 있는지 물어볼 필요도 없었다. 마치 그에게서 그가 이곳에 있는 이유는 그녀가 있는 곳에 있고 싶어서라는 고백을 듣기라도 한 듯, 그녀는 그 이유를 너무나 분명히 알고 있었다.

"당신이 이 기차에 타고 있는 줄 몰랐어요. 어째서 모스크바를 떠나시나요?" 그녀가 기둥을 잡고 있던 손을 내려놓고 말했다. 그녀의 얼굴에는 억누를 수 없는 기쁨과 생기가 빛나고 있었다.

"어째서 떠나느냐고요?" 그는 그녀의 눈을 똑바로 응시하며 되물었다. "당신도 알잖습니까, 당신이 있는 곳에 있고 싶어서 떠난다는 걸." 그가 말했다. "달리 어쩔 도리가 없었습니다."

바로 그 순간, 마치 장애물을 뚫기라도 한 듯 바람이 객차의 지붕에서 눈을 와르르 쏟아 내리고 어디선가 뜯겨 나온 쇳조각을 덜컹덜컹 흔들었다. 그리고 앞쪽에서는 기관차의 굵은 기적 소리가 구슬프고 음울하게 울려퍼졌다. 이처럼 무시무시한 눈보라도 지금의 그녀에게는 그 어떤 풍경보다 훨씬 더 아름답게 보였다. 그는 그녀의 영혼이 갈망하던 그 말을, 그녀의 이성이 두려워하던 그 말을 입 밖에 꺼냈다. 그녀는 아무 대답도 하지 않았다. 그는 그녀의 얼굴에서 격렬한 싸움을 보았다.

"제 말이 불쾌하셨다면 용서하십시오." 그가 정중히 말했다.

그가 공손하고 정중하게, 그러면서도 너무나 확고하고 완강하게 말했기 때문에, 그녀는 오랫동안 아무 대답도 할 수 없었다.

"듣기 거북한 말이군요. 부탁이에요. 당신이 좋은 분이라면, 당신이 지금 한 말을 잊어 주세요. 저도 잊겠어요." 그녀가 마침내 입을 열었다.

"저는 당신의 말 한마디 한마디, 당신의 몸짓 하나하나를 결코 잊을 수 없습니다."

"그만! 그만하세요!" 그녀는 이렇게 소리치며, 그가 탐욕스럽게 쳐다보는 자신의 얼굴에 엄한 표정을 지으려고 헛된 노력을 기울였다. 그러고는 한 손으로 차가운 기둥을 잡고 승강구에 올라 재빨리 객차의 연결 통로로 들어갔다. 하지만 그녀는 이 작은 통로에 멈춰 선 채 방금 전 있었던 일을 곰곰이 머릿속에 떠올렸다. 비록 자신의 말도, 그의 말도 전혀 떠오르지 않았지만, 그녀는 그 짧은 순간의 대화로 그들이 무섭도록 가까워졌음을 직감적으로 깨달았다. 그녀는 이러한 사실에 놀라면서도 행복을 느꼈다. 그녀는 몇 초 동안 그곳에 서 있다가 객차 안으로 들어가 자기 자리에 앉았다. 처음에 그녀를 괴롭히던 매혹적인 긴장 상태가 되살아났다. 뿐만 아니라 그것은 점점 심해져 그녀가 자기 안에서 지나칠 정도로 팽팽하게 긴장된 그 무엇이 툭 끊어지지나 않을까 두려워할 정도에 이르렀다. 그녀는 밤새 잠을 이루지 못했다. 하지만 그러한 긴장감이나 그녀의 머릿속을 꽉 채운 환상 속에는 불쾌하거나 음울한 것이 전혀 없었다. 오히려 기쁘고 강렬하고 흥분을 자극하는 무언가가 있었다. 새벽녘 안나는 의자에 앉은 채 졸기 시작했다. 그녀가 눈을 떴을 때 창밖은 이미 하얗게 빛나고 기차는 페테르부르크에 거의 다 온 상태였다. 그러자 집안일, 남편, 아들에 대한 생각과 오늘부터 앞으로 며칠 동안 부딪히게 될 일들에 대한 걱정이 그녀를 에워쌌다.

기차가 페테르부르크 역에 정차하여 그녀가 객차 밖으로 나온 순간, 가장 먼저 그녀의 주의를 끈 얼굴은 남편의 얼굴이었다. '아, 어쩜! 저이의 귀는 어째서 저렇게 생긴 걸까?' 그녀는 차갑고 당당한 그의 모습, 특히 지금 자신에게 충격을 준 귀의 연골 —둥근 모자의 가장자리를 떠받친— 을 보며 생각에 잠겼다. 그녀를 발견한 그는 버릇대로 입술을 다문 채 조롱하는 듯한 미소를 짓고 지친 듯한 커다란 눈으로 그녀를 똑바로 바라보며 그녀를 맞으러 다가왔다. 그의 완강하고 피로한 시선과 부딪힌 순간, 어떤 불쾌한 감정이 그녀의 심장을 조이는 듯했다. 마치 그녀가 그의 다른 모습을 기대하기라도 한 듯……. 특히 그녀를 놀라게 한 것은 그를 만난 순간 스스로에게 느낀 불만이었다. 그러한 감정은 오래전부터 익숙하게 느껴 온 감정으로 위선과도 비슷한 것이었다. 그녀는 그 감정을 남편과의 관계에서 종종 경험하곤 했다. 그녀는 예전엔 이러한 감정을 알아채지 못했으나, 지금은 분명하고 고통스럽게 의식하고 있었다.

"자, 보다시피, 다정한 남편이, 결혼한 지 2년밖에 안 된 것처럼 다정한 남편이, 당신을 보고 싶다는 열망으로 불타오르고 있어." 그는 가늘고 높은 목소리로 느릿느릿 말했다. 그는 그녀를 대할 때마다 거의 늘 이런 말투를 사용했다. 특히 지금의 말투는 실제로 그렇게 말하는 사람이 있다면 조롱이라도 해 주고 싶다는 듯한 말투였다.

"세료쟈는 건강해요?" 그녀가 물었다.

"이것이 나의 열정에 대한 보상의 전부인가? 건강해, 건강하고말고……."

31

브론스키는 그날 밤 밤새도록 잠을 이루려 하지 않았다. 그는 자기 좌석에 앉은 채 정면을 뚫어지게 바라보기도 하고, 들어오고 나가는 사람들을 흘깃거리기도 했다. 예전의 그가 특유의 흔들림 없는 침착한 태도로 타인을 놀라게 하고 흥분시키는 사람이었다면, 지금의 그는 훨씬 더 오만하고 자신에 대해 만족스러워하는 것처럼 보였다. 그는 사물을 대하듯 사람들을 바라보았다. 그의 맞은편에는 지방 재판소에서 근무하는 신경질적인 청년이 앉아 있었는데, 그는 브론스키의 이러한 태도 때문에 브론스키를 증오하고 있었다. 청년은 브론스키에게 자기가 사물이 아닌 사람이라는 것을 느끼게 하고자, 그에게 담뱃불을 빌리기도 하고 말을 걸기도 하고 심지어 그를 쿡쿡 찌르기까지 했다. 하지만 브론스키는 여전히 그를 등불 보듯 바라보았다. 그러자 청년은 자신을 인간으로 인정하지 않는 그의 태도에 압도된 채 자신이 침착함을 잃고 있다고 느끼며 얼굴을 찌푸렸다. 그 때문에 그는 잠을 이룰 수 없었다.

브론스키는 아무것도, 아무도 보지 않았다. 그는 자신이 차르[82]라도 된 것처럼 느꼈다. 그가 안나에게 깊은 인상을 남겼다고 믿어서가 아니라 ── 그는 아직 그것을 확신하지 못했다 ── 그녀가 자기에게 불러일으킨 인상이 행복과 자신감을 주었기 때문이다.

그 모든 것으로부터 어떤 결과가 나올지, 그는 알지 못했고 생각조차 하지 않았다. 그는 지금까지 흩어져 있던 그의 모든 힘이 하나로 모여 무서운 에너지를 발산하며 하나의 행복한 목적을 향하고 있다고 느꼈다. 그 때문에 그는 행복했다. 그는 그저 자신이 그녀에게 진실을 말했다는 것, 자신이 그녀가 있는 곳으로 가고 있다는 것, 이제 자신은 그녀를 보고 그녀의 목소리를 듣는 것에서 삶의 모든 행복과 삶의 유일한 의미를 발견한다는 것만을 알 뿐이었다. 그가 젤테르 광천수[83]를 마시려고 볼로고예 역에서 내렸다가 안나를 보았을 때, 무심결에 튀어 나온 그의 첫마디는 그의 생각을 그녀에게 말해 버렸다. 그는 그녀에게 속마음을 고백한 것이 기뻤고, 그녀가 이제 그의 마음을 알고 그것에 대해 생각하게 된 것이 기뻤다. 그는 밤을 꼬박 새웠다. 객차로 돌아온 그는 그녀를 만났을 때의 모든 정황과 그녀가 한 모든 말을 끊임없이 하나하나 다시 떠올렸다. 그의 상상 속에서 앞으로 일어날지 모를 광경들이 떠오르자, 그는 심장이 멎는 듯했다.

---

82) 제정 러시아의 통치자에 대한 호칭.
83) 프로이센의 젤테르산 광천수.

페테르부르크 역에 도착하여 객차에서 내렸을 때, 그는 밤을 꼬박 새웠음에도 차가운 물을 채운 욕조에서 막 빠져나온 듯 생기 넘친 상쾌한 기분을 느꼈다. 그는 자기가 타고 온 객차 옆에 서서 그녀가 나오길 기다렸다. '한 번 더 봐야겠어.' 그는 자기도 모르게 미소를 지으며 마음속으로 중얼거렸다. '그녀의 걸음걸이와 그녀의 얼굴을 봐야지. 그녀가 내게 말을 건넬지도 몰라. 어쩌면 고개를 돌려 날 바라보고는 미소를 지을지도 모르지.' 그러나 그녀를 발견하기도 전에, 그는 역장이 군중들 틈으로 그녀의 남편을 정중히 안내하며 다가오는 것을 보았다. '아, 그렇지! 남편!' 브론스키는 지금에서야 비로소 그녀가 남편이라는 인물과 결부되어 있다는 사실을 분명히 깨달았다. 그는 그녀에게 남편이 있다는 것을 알았지만 그의 존재를 믿지 않았다. 그런데 남편의 머리, 어깨, 검은 바지에 감싸인 다리를 본 후에야 비로소 그는 남편의 존재를 확연히 느끼게 된 것이다. 특히 이 남편이 자신의 소유물을 대하듯 편안하게 그녀의 손을 잡는 것을 보자, 그의 존재를 더욱 분명히 느낄 수 있었다.

페테르부르크 사람다운 생기 있는 얼굴[84], 엄격하고 자신만만한 모습, 둥근 모자와 약간 굽은 등, 이런 모습의 알렉세이 알렉산드로비치를 본 후, 브론스키는 그의 존재를 분명히 인식했고 불쾌한 감정마저 느꼈다. 그것은 갈증으로 괴로워하다가 가까스로 샘에 이른 사람이 샘 속에서 개나 양, 혹은 돼지를

---

84) 당시 사람들은 네바강의 연수(軟水)와 페테르부르크의 짭조름한 공기가
혈색을 좋게 한다고 생각했다.

발견했을 때, 또한 이 가축이 샘물을 마시고 물을 더럽힌 것을 알게 됐을 때 느꼈음 직한 감정이었다. 브론스키는 골반 전체와 둔한 다리를 이리저리 흔들며 걷는 알렉세이 알렉산드로비치의 걸음걸이에서 특히 모욕을 느꼈다. 그는 그녀를 사랑할 권리를 오직 자기의 것으로 생각했다. 하지만 그녀는 여전히 그대로였다. 그녀의 모습은 여전히 그에게 깊은 인상을 주었고, 그에게 육체적인 생동감을 주었으며, 그의 영혼을 자극하고 행복감으로 충만하게 했다. 그는 이등칸에서 달려온 독일인 하인에게 짐을 가져가라고 지시한 후, 그녀에게 다가갔다. 그는 남편과 아내의 첫 만남을 지켜보다가, 사랑에 빠진 남자의 예리함으로 그녀가 남편에게 말할 때 묻어나는 다소 억눌린 듯한 낌새를 알아차렸다. '아냐, 그녀는 남편을 사랑하지 않아. 아니 사랑할 수도 없어.' 그는 스스로 이렇게 단정했다.

브론스키가 안나 아르카지예브나의 뒤를 따라가는 동안, 그녀는 그의 접근을 눈치채고 주위를 살피다 그를 발견하고는 다시 남편 쪽으로 고개를 돌렸다. 그는 이것을 알아채고 몹시 기뻐했다.

"밤새 안녕하셨습니까?" 브론스키는 그녀와 그녀의 남편을 향해 허리를 굽혀 인사하고는, 알렉세이 알렉산드로비치가 그 인사를 자기에게 한 것으로 받아들이든 말든, 그를 알아보든 말든 좋을 대로 하라는 투의 태도를 취했다.

"아주 잘 쉬었어요. 감사합니다." 그녀가 대답했다.

그녀의 얼굴은 피곤해 보였다. 그리고 때로는 미소에서, 때로는 눈동자에서 빛나던 그 생기의 유희도 그녀의 얼굴에서 전혀 찾아볼 수 없었다. 하지만 그를 바라보는 그녀의 눈동자에서 한순간 무언가 반짝였다. 그 불꽃은 금방 꺼지고 말았지만, 그는 그 순간을 맛본 것만으로도 행복했다. 그녀는 남편이 브론스키를 아는지 확인하려고 남편을 쳐다보았다. 알렉세이 알렉산드로비치는 불만스럽게 브론스키를 바라보며 무심한 태도로 그가 누구인지 떠올리고 있었다. 브론스키의 침착함과 자신만만함이 마치 돌에 부딪친 큰 낫처럼 알렉세이 알렉산드로비치의 차가운 자신감과 충돌했다.

"브론스키 백작이에요." 안나가 말했다.

"아! 우린 서로 아는 사이인 것 같군요." 알렉세이 알렉산드로비치는 손을 내밀며 무심하게 말했다. "어머니와 갔다가, 아들과 돌아오는군." 그는 말 한마디 한마디에 루블을 내기라도 하듯 또박또박 발음하며 말했다. "휴가를 갔다가 돌아오는 길인가 봅니다." 그는 이렇게 말하고는 대답도 기다리지 않고 익살스러운 말투로 아내에게 말을 건넸다.

"어땠어? 모스크바에서 작별을 나눌 때 눈물깨나 흘렸겠군?"

그는 이처럼 아내에게 몸을 돌리면서 브론스키에게 아내와 둘만 있고 싶다는 뜻을 넌지시 알리고, 브론스키를 돌아보며 모자에 손을 댔다. 그러나 브론스키는 안나 아르카지예브나를 돌아보았다.

"댁을 방문할 영광을 누리고 싶습니다." 그가 말했다.

알렉세이 알렉산드로비치는 지친 듯한 눈길로 브론스키를 바라보았다.

"대단히 기쁘군요." 그는 차갑게 말했다. "우리 집은 월요일마다 손님을 맞이합니다." 그런 다음 그는 브론스키를 물러나

게 하고 아내에게 말했다. "30분 정도 짬이 생겨서 얼마나 다행인지 몰라. 이렇게 당신을 마중하러 나와 당신에게 나의 다정함을 보여 줄 수 있어서 말이야." 그는 여전히 농담조로 말했다.

"당신은 자신의 다정함을 지나치게 강조하는군요. 내가 높이 평가하도록 말이죠." 그녀는 똑같이 농담조로 말하면서 자기도 모르게 그들을 뒤따라오는 브론스키의 발소리에 귀를 기울였다. '하지만 나와 무슨 상관이람?' 그녀는 이렇게 생각하며 자기가 없는 동안 세료쟈가 어떻게 지냈는지 남편에게 묻기 시작했다.

"아, 아주 잘 지냈지. 마리에트의 말로는 그 애가 아주 즐겁게 잘 지냈다고 하더군. 그리고…… 당신에겐 슬픈 얘기겠지만…… 당신 남편만큼 그렇게 당신을 그리워하진 않던걸. 하지만 다시 한 번 말해야겠군. Merci[85], 나의 벗이여, 하루 일찍 와 줘서 고맙구려. 우리의 사랑스러운 사모바르가 기뻐하겠어.(사모바르란 그가 유명한 백작부인 리디야 이바노브나에게 붙인 별명으로, 늘 매사에 흥분하고 격분하는 성격을 빗댄 것이다.) 그녀가 당신에 대해 여러 번 물었어. 있잖아, 감히 충고하자면, 오늘이라도 그녀를 만나 보는 게 좋겠어. 그녀는 정말이지 온갖 일에 마음 아파하니까 말이야. 지금도 그녀는 자신의 모든 골칫거리를 제쳐 두고, 오블론스키 부부를 화해시키는 문제로 근심에 빠져 있다니까."

리디야 이바노브나 백작부인은 안나의 남편의 친구이자, 페

---

85) '고맙소.'(프랑스어)

테르부르크 사교계에 속한 한 모임의 중심인물이었다. 안나는 남편을 통해 그 모임과 매우 가까운 관계를 맺고 있었다.

"그녀에게 편지를 보냈어요."

"하지만 그녀는 무엇이든 상세하게 들어야 직성이 풀리는 성격이잖아. 나의 벗이여, 피곤하지 않으면 한번 찾아가 보구려. 콘드라치가 당신에게 마차를 내어 줄 거야. 그럼 난 위원회에 가야겠어. 이제는 혼자 식사하지 않아도 되겠군." 알렉세이 알렉산드로비치가 계속 말을 했다. 하지만 더 이상 농담조의 말투는 아니었다. "당신은 믿지 않겠지. 내가 얼마나 익숙해지고 말았는지……"

그는 오랫동안 그녀의 손을 꽉 쥐고 있더니, 특유의 미소를 지으며 그녀를 마차에 태웠다.

32

집에서 안나를 가장 먼저 맞이한 사람은 아들이었다. 아이는 가정교사의 고함 소리에 아랑곳하지 않고 계단을 뛰어 내려오며 벅찬 기쁨에 겨워 소리쳤다. "엄마, 엄마!" 그녀 앞까지 달려온 아이는 그녀의 목에 매달렸다.

"내가 말했잖아요, 엄마라고!" 아이는 가정교사에게 소리쳤다. "난 벌써 알고 있었단 말이에요!"

그런데 아들도 남편과 다름없이 안나의 마음속에 환멸과 비슷한 감정을 불러일으켰다. 그녀는 실제 모습보다 더 멋진 아들을 상상했던 것이다. 그녀는 있는 그대로의 아들에게서 즐거움을 얻기 위해 현실로 내려와야만 했다. 하지만 금발의 곱슬머리, 하늘색 눈동자, 긴 양말을 팽팽하게 당겨 신은 균형 잡힌 통통한 다리 등 지금의 아들 모습도 무척 귀엽고 매력적이었다. 안나는 아들이 가까이 다가와 안길 때의 촉감에서 육체적인 쾌락에 가까운 즐거움을 느꼈다. 그녀는 아이의 천진난만

하고 남을 쉽게 믿는 듯한 사랑스러운 눈빛을 대하면서, 그리고 아이의 순진한 질문을 들으면서 정신적인 평온마저 느껴졌다. 안나는 돌리의 아이들이 보낸 선물을 꺼내면서, 아들에게 모스크바의 타냐라는 소녀에 대해 이야기했다. 그리고 이 타냐라는 아이가 책도 무척 잘 읽고 심지어 다른 아이들에게 책 읽는 법을 가르쳐 주기도 하더라는 이야기를 들려주었다.

"그럼, 내가 그 애보다 못한 거예요?" 세료쟈가 물었다.

"엄마에게는 우리 아들이 세상에서 최고야."

"나도 알아요." 세료쟈가 방긋 웃으며 말했다.

안나가 미처 커피를 마실 새도 없이 하인이 리디야 이바노브나 백작부인의 방문을 알렸다. 리디야 이바노브나 백작부인은 키가 크고 뚱뚱한 여성으로 얼굴은 누렇게 병색을 띠었지만, 생각에 잠긴 듯한 그녀의 검은 눈동자는 무척 아름다웠다. 안나는 그녀를 좋아했다. 그러나 오늘 안나는 처음으로 그녀의 모든 결점을 보아 버린 듯한 기분이 들었다.

"나의 벗이여, 어떻게 됐나요? 올리브 나뭇가지를 들고 왔나요?" 리디야 이바노브나 백작부인은 방으로 들어오기가 무섭게 이렇게 물었다.

"네. 그 일은 모두 마무리됐어요. 하지만 우리가 생각했던 만큼 큰일은 아니었답니다." 안나가 말했다. "우리 belle-souer 가 너무 완고한 사람이라서요."

하지만 리디야 이바노브나 백작부인은 자기와 관계없는 모든 일에 호기심을 가지면서도 정작 그녀의 흥미를 끈 것에 대해서는 전혀 듣지 않는 습관이 있었다. 그녀는 안나의 말을 가로챘다.

"그래요, 슬픔과 악이 판치는 세상이에요. 오늘은 정말이지 너무 힘들었어요."

"아니, 왜요?" 안나는 웃음을 억지로 참으며 이렇게 말했다.

"난 진리를 위한 헛된 투쟁에 지치기 시작했어요. 때로는 완전히 기진맥진해지고 말아요. 자매회(이것은 박애적, 종교적, 애국적인 성격을 띤 단체였다.)의 일은 순조롭게 잘되었어요. 하지만 그 신사들과는 더 이상 아무것도 할 수 없어요." 리디야 이바노브나 백작부인은 시큰둥한 표정으로 운명에 굴복하며 이렇게 덧붙였다. "그들은 신념에만 매달린 나머지 신념을 왜곡하고는, 이제 와서 너무나 저급하고 초라한 방식으로 그것을 논하고 있어요. 당신의 남편을 포함해 두세 사람 정도만 이 일의 의의를 분명히 이해하고 있죠. 다른 사람들은 그저 이 일의 품격을 떨어뜨릴 뿐이에요. 어제 프라브진에게 편지를 받았는데……."

프라브진은 외국에 사는 범(汎)슬라브주의자[86]였다. 리디야 이바노브나 백작부인은 그가 보낸 편지의 내용을 이야기했다.

그러고 나서 백작부인은 교회의 통합이라는 대의를 가로막는 간계와 불쾌한 일들에 대해 좀 더 이야기하고는, 어느 단체의 회의와 슬라브 위원회에 참석할 일이 남았다며 서둘러 돌아가 버렸다.

'이 모든 일은 전에도 있었잖아. 그런데 난 어째서 예전에는 이것을 깨닫지 못했을까?' 안나는 혼잣말을 했다. '그렇지 않

---

86) 범슬라브주의자란 서구와의 긴밀한 친교보다는 모든 슬라브 민족의 정치적, 정신적 결합에서 러시아의 미래를 찾고자 하던 사람들이다.

으면 그녀가 오늘 유난히 짜증을 부린 걸까? 사실 우스워. 그녀의 목적은 선행이고 그녀는 그리스도교 신자잖아. 그런데 늘 화만 내. 게다가 그녀에게는 모든 것이 적이야. 모든 것이 그리스도교 정신과 선행을 위협하는 적이지.'

리디야 이바노브나 백작부인이 돌아간 뒤, 안나의 친구인 국장 부인이 찾아와서 페테르부르크의 모든 소식을 들려주었다. 3시가 되자, 그녀는 만찬에 오겠다고 약속하며 돌아갔다. 알렉세이 알렉산드로비치는 관청에 있었다. 혼자 남은 안나는 만찬 전까지 아들이 식사하는 자리에 함께 앉아 있기도 하고 (아들은 따로 저녁 식사를 했다.) 자기의 물건을 정리하기도 하고, 테이블 위에 쌓인 쪽지와 편지를 읽거나 그에 대한 답장을 쓰기도 하며 시간을 보냈다.

그녀가 여행하는 동안 느낀 원인 모를 수치심과 흥분은 완전히 사라졌다. 익숙한 생활 조건 속에서, 그녀는 다시 스스로를 견실하고 흠잡을 데 없는 사람으로 느꼈다.

그녀는 어제의 자신의 상태를 떠올리며 놀라움을 느꼈다. '도대체 무슨 일이 있었는데? 별일 아니잖아. 브론스키가 어리석은 말을 했지만 그건 쉽게 끝낼 수 있는 일인걸. 게다가 난 응당 해야 할 대답을 했잖아. 그 일에 대해선 남편에게 말할 필요도 없고 말해서도 안 돼. 그 일에 대해 이야기해 보았자 별일 아닌 일을 중대한 것처럼 보이게 만들 뿐이야.' 그녀는 페테르부르크에서 남편의 젊은 부하 직원이 그녀에게 고백에 가까운 말을 하여 남편에게 그것을 이야기한 일을 떠올렸다. 그때 알렉세이 알렉산드로비치는 이렇게 대답했다. 세상을 살다 보면 모든 여자들이 그런 일을 겪을 수 있다고, 하지만 자신은 그녀의 기지를 전적으로 믿기에 결코 그녀와 자신을 질투 때문에 비천하게 만드는 일은 없을 거라고. '그러니까 그에게 말할 필요는 없겠지? 그래, 다행히 이야기할 만한 것도 없잖아.' 그녀는 혼잣말을 했다.

33

알렉세이 알렉산드로비치는 4시에 관청에서 돌아왔다. 종종 있는 일이지만, 그는 아내의 방으로 곧장 들어갈 수 없었다. 그는 서재에 들어가 자신을 기다리는 청원자들을 접견하고 지배인이 들고 온 몇 가지 서류에 서명을 해야 했다. 만찬 시간(카레닌 가에서는 언제나 서너 사람이 함께 저녁 식사를 했다.)에 맞추어 사람들이 도착했다. 이날 온 손님은 알렉세이 알렉산드로비치의 연로한 사촌 누이, 국장 부부, 알렉세이 알렉산드로비치의 추천으로 관청에서 근무하게 된 청년이었다. 안나는 손님을 상대하러 응접실로 나왔다. 정각 5시, 표트르 대제 청동 시계가 괘종을 다섯 번 치기도 전에, 알렉세이 알렉산드로비치가 서재에서 나왔다. 그는 하얀 넥타이를 매고 프록코트에 별 모양의 훈장을 두 개 달았다. 식사 후 곧 나가 봐야 했기 때문이다. 알렉세이 알렉산드로비치의 생활은 분(分) 단위로 계획이 잡혀 있었다. 매일 자신에게 주어진 일을 처리하기 위해, 그는 지극히 엄격한 정확성을 고수했다. '서두르지 말고, 쉬지 말고'는 그의 좌우명이었다. 그는 이마를 닦으며 홀에 들어와 모두와 인사를 나누고는 아내에게 미소를 지어 보이며 서둘러 자리에 앉았다.

"아, 나의 고독한 생활도 끝이 났군. 당신은 믿지 않겠지만 혼자 식사를 하는 게 얼마나 어색하던지."(그는 어색하다는 말을 유난히 강조했다.)

식사를 하는 동안, 그는 아내와 모스크바의 일에 대해 이야기를 나누고, 냉소를 흘리며 스테판 아르카지치에 대해 물었다. 그러나 대화는 주로 공통의 화제, 즉 페테르부르크의 관청과 사회와 관련된 이야기들로 채워졌다. 식사 후 그는 손님들과 30분가량 시간을 보내고, 다시 미소 띤 얼굴로 아내의 손을 잡고는 회의에 참석하러 떠났다.

그날 안나는 그녀의 도착을 알고 그녀를 야회에 초대한 벳시[87] 트베르스카야 공작부인에게도 가지 않았고, 그날 밤 특별석을 예약해 둔 극장에도 가지 않았다. 그녀가 가지 않은 중요한 이유는, 그녀가 맡긴 옷이 완성되지 않았기 때문이었다. 안나는 손님들이 돌아간 후 몸치장을 하려다 기분이 무척 상했다. 대체로 그다지 비싸지 않은 비용으로 맵시 있게 옷을 입는 안나는 모스크바로 떠나기 전에 옷 세 벌을 고쳐 달라고 재봉사에게 맡겼다. 옷은 이미 사흘 전에 원래의 모양을 알아볼 수 없도록 말끔히 고쳐져 있어야 했다. 그런데 옷 두 벌은 전혀 손도 안 댄 것 같았고, 한 벌은 안나가 원한 대로 모양이 나오지 않았다. 변명하러 온 재봉사는 자기가 고쳐 놓은 모양이 훨

---

87) 엘리자베타의 영어식 애칭. 러시아식 애칭은 리자이다.

씬 낫다고 주장했다. 그래서 안나는 나중에 떠올리기도 부끄러울 만큼 심하게 화를 내고 말았다. 그녀는 마음을 완전히 진정시키기 위해 아이 방으로 가서 저녁 내내 아들과 시간을 보낸 후 직접 아들을 재우고 성호를 그어 주고는 이불을 덮어 주었다. 그녀는 아무 데도 가지 않고 이날 밤을 이렇게 멋지게 보낸 것이 기뻤다. 그녀는 마음이 가벼워지고 편안해지는 것을 느꼈다. 기차를 타고 오는 동안 그토록 중요하게 생각되던 모든 것이 사교계의 흔하고 하찮은 일화일 뿐이며, 자신이 그 누구 앞에서도, 심지어 스스로에 대해서도 아무것도 부끄러워할 필요가 없음을 분명히 깨달았다. 안나는 영국 소설을 들고 난롯가에 앉아 남편을 기다렸다. 9시 30분 정각에 초인종 소리가 들리고 그가 방으로 들어왔다.

"드디어 왔군요." 그녀는 그에게 손을 내밀며 말했다.

그는 그녀의 손에 입 맞추고 그녀 옆에 나란히 앉았다.

"당신의 여행은 대체로 성공적이었나 보군."

그가 그녀에게 말했다.

"네, 대성공이었어요." 그녀는 이렇게 대답하며 그에게 그동안의 일들을 처음부터 들려주었다. 그녀는 먼저 브론스카야 백작부인과의 여행, 도착, 철도에서 일어난 사고에 대해 이야기했다. 그런 다음 처음엔 오빠에게, 나중엔 돌리에게 느꼈던 연민의 감정을 이야기했다.

"그런 사람을 용서한다는 게 가능할 것 같진 않군. 비록 당신의 오빠이긴 하지만." 알렉세이 알렉산드로비치는 단호하게 말했다.

안나는 미소를 지었다. 그녀는 알고 있었다. 그가 이런 말을 한 이유는 친척 관계조차 자신이 솔직한 견해를 표현하는 데 장애가 될 수 없음을 보여 주기 위해서라는 것을. 그녀는 남편의 그런 성격을 알고 있었고, 그것을 좋아했다.

"모든 일이 순조롭게 끝나고 당신이 이렇게 돌아와서 기뻐." 그는 계속해서 말했다. "참, 내가 의회에서 통과시킨 새 법령에 대해 그곳에서는 뭐라고들 하나?"

안나는 그 법령에 대해 아무것도 들은 것이 없었다. 그녀는 남편에게 그토록 중요한 일을 자신이 그처럼 쉽게 잊을 수 있었다는 사실에 부끄러움을 느꼈다.

"그쪽과 달리 여기서는 큰 소동을 일으켰지." 그는 만족스러운 미소를 지으며 말했다.

안나는 알렉세이 알렉산드로비치가 그 문제에 대해 자신을 흡족하게 한 일들을 말하고 싶어 하는 것을 알아차렸다. 그래서 그녀는 여러 가지 질문을 던지며 화제를 그쪽으로 이끌었다. 그는 여전히 만족스러운 미소를 지으며 그 법령을 통과시킬 때 자신에게 쏟아진 우레와 같은 갈채에 대해 이야기했다.

"정말, 정말로 기뻤어. 마침내 우리 나라에서도 이 문제를 이성적이고 견실한 시각으로 보기 시작했다는 사실이 입증된 셈이니까."

크림 바른 빵을 곁들여 두 번째 찻잔을 비운 후, 알렉세이 알렉산드로비치는 자리에서 일어나 서재로 갔다.

"그런데 당신은 아무 데도 가지 않았나 보군. 지루하지 않았어?" 그가 말했다.

"오, 아니에요!" 그녀는 그를 따라 일어나서 홀을 지나 서재까지 그와 동행했다. "지금 읽고 있는 책이 뭐예요?" 그녀가 물었다.

"난 요즘 Duc de Lille의 *Poésie des enfers*[88]를 읽고 있어. 아주 훌륭한 책이야."

안나는 사랑하는 사람들의 약점을 보고 미소 지을 때처럼 빙긋 웃었다. 그러고는 남편에게 팔짱을 끼고 그를 서재 문까지 바래다주었다. 그녀는 밤마다 책을 읽는 그의 습관, 필수적인 일과가 되다시피 한 그의 습관을 알고 있었다. 그리고 그녀는 그가 관청 근무에 거의 모든 시간을 빼앗기면서도 지식의 분야에 나타난 훌륭한 책들을 모두 탐독하고 그것을 자신의 의무로 여기는 것을 알고 있었다. 그녀는 그의 관심을 끄는 책이 사실 정치, 철학, 신학에 관한 책이라는 것, 예술은 그의 기질에 전혀 맞지 않는다는 것, 그런데도 혹은 오히려 그 때문에 더욱 그가 이 분야에서 세간을 떠들썩하게 한 것들을 하나도 빼놓지 않고 섭렵한다는 것을 알고 있었다. 그녀는 알렉세이 알렉산드로비치가 정치, 철학, 신학의 영역에서는 의혹을 품거나 조사를 하기도 하지만, 예술과 시, 특히 음악의 문제 ── 그는 음악에 대해서는 이해력을 전혀 갖추지 못했다 ── 에 대해서는 대단히 명확하고 확고한 견해를 갖고 있음을 알고 있었다. 그는 셰익스피어와 라파엘로와 베토벤에 대해, 시와 음악의 새로운 유파에 대해 즐겨 이야기했지만, 그런 것들은 그의 머

---

88) Duc de Lille이라는 이름은 톨스토이가 프랑스의 파르나스 파(派) 시인 르콩트 드 릴(Leconte de Lisle, 1818~1894)의 이름을 익살스럽게 고친 것이다. 'Poésie des enfers'라는 책 제목도 보들레르의 『악의 꽃(Les Fleurs du mal)』을 포함해 그 당시 프랑스 책의 제목을 패러디한 것이다. 톨스토이는 『예술이란 무엇인가』(1898)에서 동시대의 새로운 예술에 대한 혐오감을 드러냈다.

릿속에서 너무나 선명한 논리에 따라 분류되었다.

"그럼, 하느님이 당신과 함께하시길." 그녀는 서재의 문가에서 이렇게 말했다. 그곳에는 이미 그를 위하여 갓을 씌운 촛불과 물병이 안락의자 옆에 준비되어 있었다. "그럼, 난 모스크바에 보낼 편지를 쓸게요."

그는 그녀의 손을 잡고 다시 그녀에게 입을 맞췄다.

'하지만 그는 좋은 사람이야. 정직하고 선량하고 자신의 분야에서도 뛰어나지.' 그녀는 자기 방으로 돌아오면서 속으로 혼잣말을 했다. 마치 남편을 비난하며 그를 사랑해선 안 된다고 말하는 사람 앞에서 남편을 옹호하려는 듯. '하지만 그의 귀는 왜 저렇게 이상할 정도로 툭 튀어나온 거야! 아니면 이발을 해서 그런가?'

12시 정각, 안나가 아직 책상 앞에 앉아 돌리에게 보낼 편지를 마무리하는 동안, 슬리퍼 끄는 소리가 규칙적으로 들리더니, 세수를 하고 머리를 빗은 알렉세이 알렉산드로비치가 겨드랑이에 책을 끼고 그녀에게 다가왔다.

"시간이 됐어. 시간이." 그는 특별한 미소를 지으며 침실로 갔다.

'도대체 무슨 권리로 그가 내 남편을 그런 눈으로 본 거지?' 안나는 알렉세이 알렉산드로비치를 바라보던 브론스키의 시선을 떠올리며 생각에 잠겼다.

그녀는 옷을 벗고 침실로 들어갔다. 하지만 모스크바에 머무는 동안 그녀의 눈동자와 미소에서 뿜어져 나오던 생기는 더 이상 그녀의 얼굴에서 찾아볼 수 없었고, 오히려 지금은 그녀 안의 불꽃이 꺼져 버렸거나 어딘가 멀리 숨은 것처럼 보였다.

34

브론스키는 페테르부르크를 떠날 때 모르스카야 거리에 있
는 자신의 큰 아파트를 그의 친구이자 가장 좋아하는 동료인
페트리츠키에게 맡겼다.

페트리츠키는 젊은 육군 중위로서, 그다지 가문도 좋지 않
은 데다 부유하기는커녕 여기저기에 빚을 지고 있었다. 밤에
는 언제나 술에 취해 있고, 온갖 우스꽝스럽고 너절한 일로 영
창에 들어가기 일쑤였지만, 동료들과 상관에게 사랑을 받았다.
정오 무렵, 브론스키는 기차역에서 마차를 타고 자기 아파트로
돌아오다 현관에서 눈에 익은 삯마차를 보았다. 벨을 울리자,
집 안에서 남자들의 웃음소리와 프랑스어로 재잘대는 여자 목
소리와 페트리츠키의 고함 소리가 들렸다. "악당 녀석이 왔거
든, 들여보내지 마!" 브론스키는 당번병에게 자기가 왔다는 말
을 하지 말라고 지시한 후, 첫 번째 방으로 몰래 들어갔다. 페
트리츠키의 여자 친구인 쉴리톤 남작부인은 연보랏빛 새틴 드

레스를 입고 금발에 장밋빛 뺨을 한 조그만 얼굴을 빛내며, 카나리아처럼 방 안 전체를 파리 토박이 말투로 채우면서, 둥근 테이블 앞에 앉아 커피를 끓이고 있었다. 외투를 입은 페트리츠키와 정복 차림의 기병 대위 카메로프스키는 이제 막 근무지에서 돌아온 것 같았다. 그들은 쉴리톤 남작부인 주위에 앉아 있었다.

"브라보! 브론스키!" 페트리츠키는 벌떡 일어나 의자를 덜거덕거리며 외쳤다. "주인이 오셨군! 남작부인, 이 사람에게 새로 끓인 커피를 한잔 줘요. 정말 뜻밖인데! 서재의 새 장식이 자네 마음에 들었으면 좋겠군." 그가 남작부인을 가리키며 말했다. "두 사람은 아는 사이지?"

"그럼!" 브론스키가 쾌활하게 웃으면서 남작부인의 작은 손을 잡았다. "물론이지! 우린 오랜 친구야."

"여행을 다녀온 모양이군요." 남작부인이 말했다. "그럼, 난 빨리 자리를 피해 드려야겠네요. 아, 내가 방해가 된다면 지금 당장 떠나겠어요."

"당신이 계신 곳이 당신의 집입니다, 남작부인." 브론스키가 말했다. "잘 있었나, 카메로프스키." 그는 이렇게 덧붙이며 카메로프스키와 싸늘한 악수를 나누었다.

"당신은 이렇게 멋진 말을 절대로 못 할 거예요." 남작부인이 페트리츠키를 돌아보며 말했다.

"아니, 어째서요? 식사 후에 나도 그에 못지않은 말을 해 주죠."

"식사 후에는 소용없단 말이에요! 자, 그럼 내가 커피를 줄 테니, 어서 씻고 옷을 갈아입어요." 남작부인은 이렇게 말하고는 다시 테이블 앞에 앉아 새 커피포트의 나사를 조심스럽게 돌렸다. "피에르, 커피를 갖다 줘요." 그녀가 페트리츠키를 향해 말했다. 그녀는 그를 페트리츠키라는 성(姓)에서 딴 피에르라는 이름으로 부르며, 자기와 그의 관계를 굳이 감추려 하지 않았다. "커피를 좀 더 넣어야겠어요."

"커피를 망치겠군요."

"아뇨, 망치지 않아요! 그런데 부인은요?" 남작부인은 별안간 브론스키와 동료의 대화에 끼어들며 이렇게 말했다. "부인을 데리고 오지 않았나요? 우리가 이 자리에서 당신을 결혼시켰잖아요."

"아뇨, 남작부인. 난 집시로 태어나 집시로 죽을 겁니다."

"그럼 더 좋죠. 더 좋고말고요. 자, 손을 주세요."

남작부인은 브론스키를 놓아주지 않은 채, 그에게 농담을 섞어 가며 자신의 최근 계획을 늘어놓기도 하고 그의 조언을 구하기도 했다.

"그는 여전히 이혼을 해 주려 하지 않아요! 어떻게 하면 좋을까요?(그란 그녀의 남편을 가리켰다.) 이제 소송을 제기하고 싶어요. 당신은 내게 어떤 조언을 해 줄 건가요? 카메로프스키, 커피를 좀 봐 줘요. 끓어 넘쳤잖아요. 내가 바쁜 게 안 보여요! 난 소송을 원해요. 나에게도 내 재산이 필요하기 때문이죠. 내가 부정한 아내일 것 같다니, 당신이라면 그런 어리석은 말을 이해할 수 있겠어요?" 그녀는 경멸조로 말했다. "그는 그것을 핑계로 내 영지를 이용하려는 거예요."

브론스키는 이 예쁘장한 여자의 명랑한 수다를 즐겁게 들으면서, 그녀의 말에 맞장구를 치기도 하고 반 농담조로 조언을 하기도 하는 등, 대체로 이런 부류의 여자들을 대할 때 흔히 취하던 태도를 보였다. 페테르부르크에서 그의 세계는 완전히 상반된 두 부류의 사람들로 이루어져 있었다. 그 가운데 하나는 그야말로 저급하기 짝이 없는 부류였다. 저속하고 어리석고 무엇보다 우스꽝스러운 이 인간들은 일부일처제를 신봉했고, 처녀는 순결해야 한다는 둥, 여자는 모름지기 수줍어할 줄 알아야 한다는 둥, 남자는 남자다워야 하고 자제력이 있으며 의연해야 한다는 둥, 자식을 키우고 자신의 노동으로 빵을 벌고 남에게 진 빚은 갚아야 한다는 둥, 그와 비슷한 온갖 어리석은 것들을 믿었다. 이 사람들은 구태의연하고 우스꽝스러운 부류였다. 하지만 진짜 인간들로 이루어진 또 다른 부류가 있었다. 브론스키 집에 모인 사람들은 모두 그 부류에 속했다. 이 무리에 속하려면 무엇보다 우아하고 아름답고 너그럽고 대담하고 쾌활해야 하며, 얼굴을 붉히지 않고서 모든 정욕에 몸을 맡길 줄 알아야 했다. 그리고 그 밖의 모든 것을 비웃는 사람이어야 했다.

브론스키는 모스크바에서 전혀 다른 세계에 대한 인상을 안고 온 직후라 처음에만 놀랐을 뿐, 낡은 슬리퍼에 발을 밀어 넣듯 곧 예전의 즐겁고 유쾌한 세계로 들어갔다.

커피는 제대로 끓여지지 않았다. 하지만 모든 사람에게 튀고 끓어 넘쳐 때마침 필요하던 효과를 자아냈다. 즉 소란과 웃음의 동기를 제공하고, 값비싼 양탄자와 남작부인의 드레스를 더럽혔던 것이다.

"그럼, 이제 작별 인사를 해야겠네요. 그러지 않으면 당신은 절대로 씻지 않을 테고, 고상한 사람의 가장 큰 죄인 불결이

내 양심을 꺼림칙하게 만들 거예요. 그러니까 당신의 충고는 그의 목에 칼을 대라는 말이죠?"

"반드시. 그리고 당신의 작은 손을 그의 입술에 가까이 가져가요. 그가 당신의 작은 손에 키스할 테고, 그러면 모든 게 다 잘 마무리될 겁니다." 브론스키가 대답했다.

"그럼, 오늘 밤 프랑스 극장에서 봐요." 그녀는 치맛자락 스치는 소리를 내며 사라졌다.

카메로프스키도 자리에서 일어났다. 브론스키는 그가 미처 집을 나서기도 전에 그와 악수를 나누고는 화장실로 가 버렸다. 그가 씻는 동안, 페트리츠키는 브론스키가 집을 떠난 후 자신의 처지가 얼마나 달라졌는지 대충 이야기해 주었다. 그에겐 돈이 한 푼도 없었다. 아버지는 돈을 주거나 빚을 갚아 주려 하지 않았다. 한 재봉사는 그를 감옥에 집어넣으려 했고, 다른 재봉사도 그를 반드시 감옥에 처넣겠다고 위협하고 있었다. 연대장은 이런 추문이 그치지 않으면 그를 부대에서 쫓아내겠다고 선언했다. 그는 남작부인에게 진절머리를 냈는데, 특히 그녀가 걸핏하면 돈을 주려 했기 때문이었다. 그리고 나중에 브론스키에게 보여 줄 여자가 한 명 있는데, 그녀는 절세의 미인인 데다 매혹적이고 동양적이며 단정한 분위기를 갖춘, 한마디로 "알잖아, 노예 소녀 레베카 스타일."[89]이었다. 또 어제는 베르코쇼프와 서로 욕설을 퍼붓고 싸웠다. 베르코쇼프는 결투 입회인을 보내려 했지만, 물론 아무 일도 없을 것이다. 대체로

---

89) 셈족 유형의 미인. 19세기의 러시아에서 고전적인 유형의 미인 대신 큰 인기를 누렸다.

모든 것이 멋지고 대단히 유쾌했다. 페트리츠키는 동료를 자신의 세세한 상황으로 깊숙이 끌어들이지 않고, 온갖 흥미진진한 소식을 들려주기 시작했다. 3년째 살고 있는 자기 아파트의 너무나 익숙한 가구들 틈에서 그만큼이나 익숙한 페트리츠키의 이야기를 듣는 동안, 브론스키는 익숙하고 아무 걱정 없는 페테르부르크의 생활로 돌아왔다는 쾌감을 맛보았다.

"그럴 리가!" 그는 건장한 붉은 목에 물을 뿌리던 세면대의 페달을 놓치며 이렇게 소리쳤다. "그럴 리 없어!" 그는 로라가 페르친코프를 차 버리고 밀레예프와 사귄다는 소식을 듣자 큰 소리로 외쳤다. "그놈은 지금도 여전히 멍청하고 자기 생활에 만족하고 있나? 참, 부줄루코프는 어때?"

"아, 부줄루코프에게도 일이 있었지. 대단했어!" 페트리츠키가 소리쳤다. "그 녀석은 무도회라면 사족을 못 쓰잖아. 특히 궁정 무도회는 한 번도 빠진 적이 없지. 그런데 녀석이 신형 군모를 쓰고 큰 무도회에 갔지 뭐야. 자네, 신형 군모를 본 적이 있나? 정말 좋아. 훨씬 가볍고. 녀석이 거기에 서 있는데……. 아니, 자네, 듣고 있는 거야?"

"그럼, 듣고 있어." 브론스키는 수건으로 몸을 닦으며 대답했다.

"대공비가 어느 대사와 그곳을 지나갔어. 녀석, 재수도 없지. 하필이면 두 사람의 화제가 신형 군모로 옮겨간 거야. 대공비는 대사에게 신형 군모를 보여 주고 싶었는데……. 마침 거기에 서 있던 우리의 사랑스러운 친구를 본 거지.(페트리츠키는 부줄루코프가 군모를 쓰고 서 있던 모습을 흉내 냈다.) 대공비는 군모를 잠시 보여 달라고 부탁했어. 녀석은 군모를 내놓지 않았고. 무슨 일이야? 사람들이 그에게 눈짓을 하고 고개를 까닥이고 얼굴을 찡그려 보였지. 어서 건네 드려. 그는 군모를 건네지 않았어. 그만 얼어 버리고 만 거지. 상상해 봐! 그러자 그 남자가……. 그 남자 이름이 뭐였더라……? 아무튼 그 사람이 부줄루코프의 군모를 벗기려 했는데…… 그래도 주지 않은 거야! 결국 그 남자가 군모를 강제로 벗겨 대공비에게 드렸지. '이것이 신형 군모예요.' 대공비가 대사에게 말했어. 그러고는 군모를 뒤집었는데, 자네가 상상할 수 있을지 모르겠지만, 별안간 쿵 소리가 났지. 배가 떨어지고 당과가 떨어지고, 당과는 2푼트[90]나 됐어. 녀석이 군모 속에 감춰 두었던 거지. 귀여운 녀석이야!"

브론스키는 배를 움켜쥐고 미친 듯이 웃었다. 그 후로도 오랫동안 그는 다른 이야기를 하다가도 군모가 떠오를 때마다 튼튼하고 가지런한 이를 드러내며 건강한 웃음을 터뜨리곤 했다.

새로운 소식을 모두 들은 후, 브론스키는 하인의 시중을 받아 군복을 입고 연대에 보고하러 나갔다. 보고가 끝나면, 형을 만나 보고 다음엔 벳시에게 들렀다가 몇 군데 방문할 생각이었다. 그것은 카레니나를 만날 수 있을 만한 사교계에 드나들기 위한 준비였다. 페테르부르크에서의 생활이 늘 그렇듯, 그는 밤늦게까지 돌아오지 않을 작정으로 집을 나섰다.

---

90) 1푼트는 약 0.41킬로그램.

2부

1

겨울이 끝날 무렵, 쉐르바츠키 가에서 의사들의 진단 회의
가 열렸다. 키티의 건강 상태를 진단하고 그녀의 쇠약해져 가
는 기력을 회복하기 위해 어떤 조치를 취할지 결정하는 회의
였다. 키티는 건강이 좋지 않았다. 그녀의 건강은 봄이 다가오
면서 더욱 악화되었다. 주치의는 그녀에게 간유를, 그다음엔
철분을, 그다음엔 질산은을 권했다. 그러나 첫 번째 처방도,
두 번째 처방도, 세 번째 처방도 아무 효과가 없었다. 그러던
가운데 주치의가 봄에 외국으로 요양을 떠나라고 권하자, 쉐
르바츠키 가에서는 유명한 의사를 초빙하기로 한 것이다. 나
이도 별로 많지 않은 데다 대단한 미남인 이 명의는 환자를
직접 진찰할 필요가 있다고 말했다. 그는 처녀의 수치심은 야
만 시대의 잔재일 뿐이라느니, 그다지 늙지 않은 남자가 젊은
여자의 벗은 몸을 만져 보는 것만큼 자연스러운 일은 없다느
니 주장하면서 특별한 만족을 느끼는 것 같았다. 그가 이것을

자연스러운 일로 여긴 것은, 매일 이렇게 해 왔고 또 그럴 때 자신이 나쁜 감정을 느끼거나 나쁜 생각을 한 적이 한 번도 없다고 생각했기 때문이었다. 그래서 그는 처녀의 수치심이 야만 시대의 잔재일 뿐 아니라 자신에 대한 모욕이라고까지 생각했던 것이다.

가족들은 의사의 말을 따를 수밖에 없었다. 모든 의사들이 같은 학교에서, 같은 책으로 배우기 때문에 그들이 아는 것이 똑같을 수밖에 없긴 했지만, 게다가 몇몇 사람들이 이 명의가 돼먹지 못한 의사라고 말하긴 했지만, 공작의 집안과 그 주위 사람들은 어쩐 일인지 오직 이 명의만이 특별한 비법을 알고 오직 그만이 키티를 구할 수 있다고 인정하는 것이었다. 수치심으로 어쩔 줄 몰라 아연실색이 된 환자를 조심스럽게 진찰하고 두들기던 명의는, 손을 정성껏 씻고 응접실에 서서 공작과 이야기를 나누었다.

공작은 의사의 말을 들으면서 이따금씩 헛기침을 하고 이맛살을 찌푸렸다. 경험이 많은 데다 바보도 환자도 아닌 그는 의학을 신뢰하지 않았을 뿐 아니라, 속으로 이 모든 희극에 울화통을 터뜨리고 있었다. 게다가 키티가 병에 걸린 이유를 제대로 아는 사람은 오직 자기뿐이라고 생각하니 더욱 그랬다. '쓸데없이 짖어 대는 개 같으니라고!' 그는 머릿속으로 사냥꾼들의 은어를 명의에게 갖다 붙이며 딸의 증세에 대한 의사의 수다를 듣고 있었다. 한편 의사는 이 늙은 귀족에 대한 경멸을 간신히 억누르며 자신을 공작의 이해 수준으로 애써 낮추었다. 그는 이 노인과 이야기해 보았자 아무 소용이 없으며 이집의 우두머리는 바로 어머니라는 것을 알아차렸다. 그는 공작부인 앞에서 구슬을 뿌리기[91]로 마음먹었다. 마침 그때 공작부인이 주치의와 함께 응접실로 들어왔다. 공작은 자신이 이 모든 희극을 얼마나 우습게 여기는지 들키지 않도록 애쓰면서 옆으로 비켰다. 공작부인은 당황하여 어찌할 바를 몰랐다. 그녀는 키티 앞에서 죄의식을 느꼈다.

"저, 선생님, 이제 우리의 운명을 결정해 주세요." 공작부인이 말했다. "전부 다 말해 주세요." 그녀는 '희망이 있을까요?' 하고 물어보고 싶었지만 입술이 떨려 이 질문을 입 밖으로 낼 수가 없었다. "저, 어떤가요, 선생님?"

"공작부인, 일단 동료와 의견을 나누어 보겠습니다. 그런 다음에야 제 견해를 보고할 영광을 얻을 것 같습니다."

"그럼 두 분만 있게 자리를 비켜 드릴까요?"

"좋으실 대로 하십시오."

공작부인은 한숨을 쉬며 응접실에서 나갔다.

의사들만 남게 되자, 주치의는 벌벌 떨며 폐결핵 초기지만 어쩌고저쩌고 하며 자신의 견해를 말하기 시작했다. 명의는 그의 말을 듣다가 중간에 자신의 커다란 금시계를 쳐다보았다.

"그렇군요. 하지만……."

주치의는 공손히 입을 다물었다.

"아시다시피 우리는 결핵 초기를 진단하지 못합니다. 폐에 공동(空洞)이 생기기 전까지는 명확한 증상이 나타나지 않으니까요. 하지만 의심을 해 볼 수는 있죠. 식욕부진, 신경성 흥분 등 몇몇 징후들이 있으니 말입니다. 이렇게 질문을 던질 수 있

---

91) '알랑거리다.'라는 뜻을 나타내는 러시아식 표현이다.

습니다. 폐결핵이 의심되는 시점에서, 영양 상태를 유지하려면 어떤 조치를 취해야 하는가?"

"하지만 아시다시피 이런 경우에는 언제나 정신적, 영적인 원인이 숨어 있지요." 주치의는 미묘한 웃음을 지으며 그의 말에 끼어들었다.

"그렇죠, 당연한 말입니다." 명의는 다시 시계를 쳐다보며 대답했다. "실례지만, 야우자 다리는 완공되었습니까? 아니면 아직도 빙 돌아서 가야 합니까?" 그가 물었다. "아, 완공되었다고요. 그럼, 20분 안에 갈 수 있겠군요. 그건 그렇고, 아까 이런 문제를 제기한 것까지 이야기했죠. 식욕을 유지하고 신경을 안정시킬 것. 두 문제는 서로 연관되어 있으니, 양 측면에서 모두 치료 효과를 거두어야 합니다."

"그렇다면 외국 여행은?" 주치의가 물었다.

"난 외국 여행 반대론자입니다. 생각해 보세요. 만일 폐결핵 초기라면, 우리는 그 상태에 대해 진단을 내릴 수도 없을 테고, 그러니 외국 여행은 별 도움이 안 될 겁니다. 식욕이 떨어지지 않도록 유지할 방법이 필요합니다."

그러고 나서 명의는 소젠수(水)로 치료하자는 계획을 제시했다. 그 치료법을 제시한 목적은 아마도 그 방법이 해를 끼칠 리 없다는 점 때문일 것이다.

주치의는 그의 말을 공손한 태도로 주의 깊게 끝까지 들었다.

"하지만 제가 외국 여행을 권하는 이유는 습관을 바꿀 수 있고 기억을 불러일으키는 환경에서 떨어져 있을 수 있기 때문입니다. 게다가 어머니도 그러기를 바라고……." 그가 말했다.

"아! 그럼, 이 경우에는, 뭐, 다녀오라고 하세요. 다만 독일의 사기꾼들이 해를 끼칠 텐데……. 제 말을 듣는 편이……. 뭐, 그럼 다녀오라고 하십시오."

그는 다시 시계를 들여다보았다.

"오! 벌써 시간이 됐군요." 그는 이렇게 말하며 문으로 향했다.

명의는 공작부인에게 한 번 더 환자를 진찰해야겠다고 말했다.(예의에 대한 감각이 이를 부추겼다.)

"어머! 한 번 더 진찰하시겠다고요!" 어머니는 두려움에 떨며 소리쳤다.

"오, 아닙니다. 몇 가지 세부적인 것을 확인하려는 것뿐입니다, 공작부인."

"그럼, 이리로 오세요."

어머니는 의사를 데리고 키티가 있는 응접실로 들어갔다. 수척해진 키티는 얼굴을 붉힌 채 수치심을 참느라 눈에는 독특한 빛을 띠고 방 한가운데 서 있었다. 의사가 들어오자, 그녀는 얼굴을 확 붉히며 눈물을 글썽였다. 그녀에게는 병이니 치료니 하는 것들이 너무나 어리석은, 심지어 우스꽝스러운 것으로 보였다! 그녀에게는 자신을 치료한다는 것이 마치 깨진 꽃병 조각을 이어 보려는 것만큼이나 우스꽝스러워 보였다. 그녀의 마음은 갈기갈기 찢어져 버렸다. 그런데 이 사람들은 알약과 가루약으로 그녀에게서 도대체 무엇을 고치려는 것일까? 하지만 어머니에게 모욕을 줄 수는 없었다. 게다가 어머니는 스스로를 책망하고 있지 않은가?

"아가씨, 자리에 앉아 주시겠습니까?" 명의가 말했다.

그는 미소를 지으며 그녀의 맞은편에 앉더니, 맥박을 재고는 또다시 따분한 질문들을 던지기 시작했다. 그녀는 그의 질문에 대답을 하다가 갑자기 화를 내며 일어섰다.

"죄송하지만, 선생님, 이런 건 정말 아무 소용없어요. 그리고 선생님은 똑같은 것을 세 번째 묻고 계세요."

명의는 화를 내지 않았다.

"병으로 인한 과민 증상입니다." 키티가 나가 버리자, 그는 공작부인에게 이렇게 말했다. "어쨌든, 진찰은 끝났습니다……."

그리고 의사는 대단히 지적인 여성을 대하듯 공작부인에게 딸의 상태를 과학적으로 정의해 주고, 마실 필요도 없는 물을 마시는 방법에 대해 설명하는 것으로 이야기를 맺었다. 외국에 가야 할지를 묻는 질문에 대해, 의사는 마치 어려운 문제를 해결하려는 사람처럼 깊은 사색에 빠졌다. 마침내 결정이 내려졌다. 외국으로 가긴 가되, 사기꾼들을 믿지 말고 모든 일을 자신과 의논하라는 것이었다.

의사가 떠나자 마치 뭔가 즐거운 일이라도 일어난 것 같았다. 어머니는 즐거운 표정으로 딸에게 돌아왔고, 키티도 기분이 좋은 척했다. 그녀는 종종, 아니 거의 언제나 지금처럼 속마음과 달리 행동해야 했다.

"전 정말 건강해요, maman. 하지만 엄마가 원하시면 가겠어요." 그녀는 곧 떠날 여행에 흥미를 보이려 애쓰면서, 출발 준비에 대해 이야기하기 시작했다.

2

의사가 다녀간 뒤 돌리가 찾아왔다. 그녀는 이날 진단 회의가 있다는 것을 알고 있었다. 그래서 출산 후 얼마 전에야 겨우 자리에서 일어났는데도(그녀는 겨울이 끝날 무렵 딸을 낳았다.) 또한 그녀 자신에게도 많은 슬픔과 근심거리가 있는데도, 오늘 결정될 키티의 운명을 알기 위해 젖먹이와 병에 걸린 딸아이를 떼어 놓고 일부러 들른 것이었다.

"그래서 어떻게 됐어요?" 그녀는 응접실에 들어서자 모자도 벗지 않고 말했다. "다들 명랑하네요. 좋은 결과가 나온 거죠?"

사람들은 그녀에게 의사가 말한 내용을 이야기해 주려 했다. 그러나 의사가 그렇게 오랫동안 매우 유창하게 떠들었는데도, 사람들은 그가 말한 내용을 도저히 옮겨 말할 수가 없었다. 사람들의 관심은 오직 외국 여행이 결정된 것에만 모아졌다.

돌리는 자기도 모르게 한숨을 쉬었다. 그녀의 가장 좋은 벗인 여동생이 떠나는 것이다. 게다가 그녀의 생활도 즐거운 편이 아니었다. 스테판 아르카지치와 화해를 한 뒤, 그와의 관계는 굴욕적인 것이 되고 말았다. 안나가 해 놓고 간 납땜이 탄탄하지 않았던 것이다. 그리고 가족의 화목도 또다시 똑같은 지점에서 깨지고 말았다. 특별한 일이 있었던 것은 아니었다. 하지만 스테판 아르카지치는 좀처럼 집에 붙어 있지 않았고, 집에는 거의 언제나 돈이 없었다. 남편이 바람을 피울지 모른다는 의심이 돌리를 끊임없이 괴롭혔다. 그녀는 이전에 경험한 질투의 고통이 두려워 마음속에서 의심을 몰아내려 애썼다. 이미 한 번 겪은 질투의 폭발이 더 이상 되풀이될 리 없었고, 남편의 부정을 알아낸다고 해서 그것이 그녀에게 처음 같은 충격을 줄 리도 없었다. 이제 그러한 사실을 드러내는 것은 그녀에게서 가정생활을 앗아 갈 뿐이다. 그래서 그녀는 남편을 경멸하고 무엇보다 이러한 약점을 지닌 자신을 경멸하면서 스스로를 기만하고 있었다. 게다가 대가족을 꾸려 나가는 일도 그녀를 끊임없이 괴롭혔다. 젖먹이를 키우는 일도 만만치 않은 데다, 보모가 집을 나가기도 하고 지금처럼 아이들 가운데 한 명이 앓기도 했다.

"그래, 너희 집안은 어떠니?" 어머니가 물었다.

"아, maman, 어머니에게도 어머니 나름의 슬픔이 많겠죠. 릴리가 계속 아파요. 릴리가 성홍열에 걸린 게 아닐까 걱정이 돼요. 지금은 소식을 들으러 이렇게 나와 있긴 하지만, 성홍열이라면, 아, 하느님 도와주세요, 그렇다면 집에 꼼짝없이 갇혀 있어야 해요."

늘은 공작은 의사가 떠난 뒤 서재에서 나와 돌리의 뺨에 자기의 뺨을 대고 딸과 몇 마디 나눈 뒤 아내를 돌아보았다.

"어떻게 하기로 결정했소? 갈 거요? 그럼, 난 어떻게 했으면 좋겠소?"

"당신은 집에 남는 편이 좋겠어요, 알렉산드르 안드레이치." 아내가 말했다.

"좋을 대로 하구려."

"Maman, 아빠는 왜 우리와 함께 가지 않아요?" 키티가 말했다. "함께 가는 편이 아빠에게나 우리에게나 더 즐거울 텐데요."

늘은 공작은 자리에서 일어나 한 손으로 키티의 머리를 어루만졌다. 그녀는 고개를 들고 억지로 웃으며 아버지를 쳐다보았다. 그녀는 늘 생각했다. 아버지와 별로 이야기를 나누진 않았지만, 식구 가운데 그 누구보다 자신을 잘 이해하는 사람은 아버지라고. 그녀는 막내딸로서 아버지의 사랑을 독차지했다. 그리고 그녀가 생각하기에 딸에 대한 사랑이 아버지에게 통찰력을 준 것 같았다. 아버지의 주름진 얼굴과 그녀를 뚫어지게 바라보는 선한 푸른 눈동자와 마주친 지금, 그녀에게는 아버지가 그녀를 꿰뚫어 보고 있고 그녀의 마음속에서 일어나는 좋지 않은 생각들을 모조리 알아챈 것만 같았다. 그녀는 얼굴을 붉히고 입맞춤을 기대하며 아버지를 향해 몸을 굽혔다. 그러나 아버지는 그녀의 머리를 가볍게 토닥거리며 이렇게 말했다.

"이 바보 같은 시뇽[92]은 뭐냐! 진짜 딸아이는 만져 보지도

---

92) 여성의 뒷머리에 덧대는 장식용 땋은 머리.

못하고, 죽은 여자의 머리카락만 어루만지고 있으니. 그런데 돌린카, 넌 어떻게 지내니?" 그는 맏딸에게 말을 건넸다. "너희 집 멋쟁이는 요즘 뭘 하며 지내?"

"별로 하는 일도 없어요, 아빠." 돌리는 남편 이야기임을 알아채고 이렇게 대답했다. "늘 돌아다니기 바쁜 사람이라, 저도 그이 얼굴을 거의 못 봐요." 그녀는 조롱하는 듯한 미소를 띠며 이렇게 덧붙이지 않을 수 없었다.

"무슨 소리야, 아직 산림을 매각하러 시골에 가지 않았다는 거냐?"

"네, 늘 간다고 말만 해요."

"정말이냐!" 그리고 공작은 자리에 앉으며 아내에게 말했다. "그럼 나도 갈 준비를 하란 말이오? 듣고 있소." 그는 막내딸에게 덧붙였다. "그런데 카챠, 너 말이다. 어느 아름다운 날, 눈을 떴을 때 이렇게 혼잣말을 해 보렴. '그래, 난 정말 건강하고 즐거워. 그러니 예전처럼 아침 일찍 아빠와 서리를 밟으며 산책을 하러 나가는 거야.' 어떠냐?"

아버지의 말은 매우 단순한 것 같았지만, 키티는 그 말에 덜미를 잡힌 범인처럼 허둥대고 당황했다. '그래, 아버지는 모든 걸 알고 모든 걸 이해하고 계셔. 그래서 이런 말을 통해, 설사 부끄럽더라도 스스로 수치를 극복해야 한다고 말씀하시는 거야.' 그녀는 뭐라고 대답할 용기가 나지 않았다. 그녀는 입을 열려다 갑자기 울음을 터뜨리며 방에서 뛰쳐나갔다.

"그걸 농담이라고 하는 거예요!" 공작부인이 남편을 힐난했다. "당신은 언제나……." 그녀는 비난조의 이야기를 늘어놓기 시작했다.

공작은 꽤 오랫동안 말없이 공작부인의 질책을 들었다. 그러나 그의 얼굴은 점점 더 심하게 일그러졌다.

"저 애가 너무 불쌍해요. 가여운 것, 정말 불쌍해서 못 견디겠어요. 그런데 당신은 저 애가 원인을 암시하는 조그만 말에도 상처를 받는다는 걸 느끼지 못하는군요. 아, 사람들 앞에서 그런 실수를 하다니!" 공작부인이 말했다. 돌리와 공작은 공작부인의 어조의 변화로 미루어 그녀가 브론스키에 대해 이야기하고 있음을 알아차렸다. "그렇게 추악하고 배은망덕한 인간을 벌하는 법이 없다니, 이해가 안 돼요."

"아, 못 들어 주겠군." 공작은 침울하게 말했다. 그는 안락의자에서 일어나더니 밖으로 나가려는 듯하다가 문 앞에서 멈췄다. "법은 있어. 그리고 말이야, 당신이 먼저 이 문제를 들쑤시겠다면 나도 당신에게 이 모든 일이 누구의 잘못인지 말하리다. 그건 바로 당신, 당신이야. 그 누구도 아닌 당신의 잘못이라고. 그따위 풋내기들을 혼내 줄 법은 언제나 있었고, 지금도 있어! 그렇고말고. 결코 해서는 안 될 일을 하지만 않았더라도, 비록 늙은이긴 하지만 내가 그 불한당에게 결투를 신청했을 거야. 그래, 그런데 이제 병을 치료한답시고 돌팔이들까지 끌어들이고 있어!"

공작은 아직 할 말이 많은 것 같았다. 그러나 공작부인은 그의 어조를 듣자마자 기가 죽어 후회하기 시작했다. 심각한 문제에 부딪칠 때면 늘 그랬듯이.

"알렉산드르, 알렉산드르." 그녀는 남편에게 다가가 속삭이듯 말하더니 그만 울음을 터뜨리고 말았다.

그녀가 울기 시작하자, 공작도 입을 다물었다. 그가 그녀에게 다가갔다.

"자, 이제 됐어. 그만! 당신도 괴롭다는 것 알아. 하지만 어쩌겠어? 불행은 더 이상 없을 거야. 하느님은 자비로우시니······. 하느님께 감사드리라고······." 그는 이미 자신이 무슨 말을 하는지도 모른 채, 자기 손에 느껴지는 부인의 축축한 입맞춤에 답하며 이렇게 말하고는 방에서 나갔다.

키티가 울면서 방을 나갈 때부터, 돌리는 이미 자신의 모성적이고 가정적인 습성으로 여자가 할 일이 있다는 것을 즉시 알아채고는 그 일을 할 준비를 했다. 그녀는 모자를 벗고 소매를 걷어붙일 듯한 기세로 행동을 준비했다. 어머니가 아버지를 공격할 때, 그녀는 딸로서 지켜야 할 예의가 허락하는 한 어머니를 말리려 했다. 공작이 화를 터뜨리자 그녀는 침묵했다. 그녀는 어머니를 보며 수치심을 느낀 반면, 금방 인자함을 되찾은 아버지에게는 부드러운 감정을 느꼈다. 아버지가 방에서 나가자, 그녀는 지금 해야 할 가장 중요한 일을 하기로 했다. 즉 키티에게 가서 그녀를 위로하기로 한 것이다.

"Maman, 오래전부터 말씀드리려 했어요. 레빈이 지난번 모스크바에 왔을 때 키티에게 청혼하려 했던 것을 아세요? 그가 스티바에게 그렇게 말했어요."

"무슨 소리니? 난 전혀 모르는 일이다······."

"그럼, 혹시 키티가 그를 거절한 게 아닐까요? 키티가 어머니에게 아무 말도 하지 않았어요?"

"아니, 이런저런 일에 대해 전혀 말이 없었어. 그 앤 자존심이 너무 강하잖니. 하지만 모든 일이 그 때문이라는 건 나도 알고 있지······."

"맞아요, 생각해 보세요. 그 애가 레빈을 거절했다면 말이에요, 제가 아는 한, 그 사람만 없었으면 그 애가 레빈의 청혼을 거절했을 리 없어요. 그러고 나서 그 사람은 너무나 끔찍하게 그 애를 기만했죠."

공작부인은 자기가 딸에게 얼마나 큰 잘못을 저질렀는지를 생각하니 너무나 두려웠다. 그래서 그녀는 그만 화를 내고 말았다.

"아, 난 이제 아무것도 모르겠다! 요즘엔 다들 자기의 생각대로 살려고 들고 어머니에게는 아무 말도 하지 않으니, 그러고는……."

"Maman, 제가 가 보겠어요."

"그러렴. 내가 널 막기라도 했니?" 어머니가 말했다.

3

Vieux saxe[93]의 인형들로 장식한 키티의 자그마하고 예쁜 장 밋빛 방, 바로 두 달 전의 키티처럼 젊디젊고 발랄한 그 장밋 빛 방으로 들어가면서, 돌리는 지난해 키티와 둘이서 기쁨과 사랑이 가득한 마음으로 이 방을 꾸민 일을 떠올렸다. 문 가까 이에 놓인 낮은 의자에 앉아 시선을 양탄자 한구석에 고정시 킨 키티를 본 순간, 돌리는 심장이 차갑게 얼어붙는 듯했다. 키 티는 언니를 쳐다보았으나, 여전히 싸늘하고 다소 냉혹해 보이 는 표정을 짓고 있었다.

"난 이제 집으로 돌아가면 한동안 계속 갇혀 지내야 할 것 같고, 너는 우리 집에 올 수 없을 것 같아서 말이야." 다리야 알렉산드로브나는 키티 옆에 앉으며 말했다. "너와 이야기를 하고 싶어."

---

93) 독일 삭소니아 지방의 고풍스러운 도자기.

"무슨 얘기?" 키티는 깜짝 놀라 고개를 쳐들며 재빨리 물었다.

"너의 슬픔에 관해서지. 달리 무슨 얘기를 하겠니?"

"슬픈 일 없어."

"이제 그만해, 키티. 내가 모를 것 같아? 난 다 알고 있어. 그러니 내 말을 믿어. 이런 건 너무나 하찮은 일이야……. 우리도 다 그런 일을 겪었어."

키티는 침묵했고, 그녀의 얼굴에는 딱딱한 표정이 떠올랐다.

"네가 그 사람 때문에 괴로워하다니, 그는 그럴 만한 사람이 못 돼." 다리야 알렉산드로브나는 단도직입적으로 말을 이었다.

"그래, 그 사람은 나를 무시했으니까." 키티가 떨리는 목소리로 말했다. "그만해! 제발, 더 이상 말하지 마!"

"도대체 누가 너에게 그런 소리를 했다는 거니? 아무도 그런 말을 하지 않았어. 난 그 사람이 너를 좋아했고 지금도 그럴 거라고 믿어. 하지만……."

"아, 이런 동정이 내겐 더 끔찍해." 키티가 별안간 화를 내며 소리쳤다. 그녀는 홱 돌아앉아 얼굴을 붉히고는 손에 쥔 벨트의 버클을 왼손으로 죄었다 오른손으로 죄었다 하며 손가락을 빠르게 움직였다. 돌리는 동생이 흥분하면 이렇게 손으로 무언가를 졸라매는 버릇이 있음을 알고 있었다. 또한 그녀는 동생이 흥분하면 제정신을 잃고서 불쾌하고 쓸데없는 말을 많이 내뱉는다는 것도 알았다. 그래서 돌리는 동생을 진정시키려 했으나 이미 때는 늦었다.

"왜 그래? 도대체 나에게 무엇을 느끼게 하고 싶은 거야?"

키티가 빠르게 말했다. "내가 날 알고 싶어 하지도 않는 남자에게 빠져서 상사병으로 죽어 가고 있다는 것? 언니는 내게 이런 걸 말하고 있어. 언니가 생각하는 건, 그건……. 언니는 날 동정하고 있어! 난 이런 연민이나 위선 같은 건 바라지 않아!"

"키티, 그렇지 않아!"

"왜 날 괴롭히는 거야?"

"난 오히려……. 난 네가 슬퍼하는 것 같아서……."

하지만 흥분한 키티의 귀에는 그녀의 말이 들리지 않았다.

"내겐 슬퍼할 일도, 위로받을 일도 없어. 난 너무 자존심이 강해서 나를 사랑하지 않는 남자를 사랑하는 짓은 절대로 못해."

"내가 그런 얘기를 한 게 아니잖아……. 한 가지만 묻자. 진실을 말해 줘." 다리야 알렉산드로브나는 동생의 손을 잡고 말했다. "말해 봐. 레빈이 네게 말했니……?" 레빈을 떠올리게 한 것이 키티의 마지막 자제력을 빼앗은 것 같았다. 그녀는 의자에서 벌떡 일어나 버클을 바닥에 내동댕이치고 빠르게 손을 놀리며 말했다.

"무엇 때문에 이젠 레빈까지 들먹이는 거야? 어째서 언니가 날 이렇게 괴롭혀야만 하는지 모르겠어. 아까도 말했잖아. 다시 한 번 말하지만, 난 자존심이 강해서 절대로, 절대로 언니처럼 살지 않아. 자기를 배신하고 다른 여자를 사랑한 남자를 다시 받아 주다니……. 난 이해가 안 돼. 도저히 이해할 수 없어! 언니는 할 수 있을지 몰라도, 난 못해!"

그녀는 이렇게 말하고 언니를 쳐다보았다. 돌리가 아무 말 없이 슬픈 표정으로 고개를 떨구자, 키티는 방에서 나가려다 말고 문가에 앉아 손수건으로 얼굴을 가린 채 머리를 숙였다.

2분가량 침묵이 흘렀다. 돌리는 자신에 대해 생각했다. 그녀가 늘 느끼던 자신의 수치를 동생이 건드리자, 그 굴욕적인 아픔이 더욱 뼈저리게 그녀의 마음을 때렸다. 동생에게 그런 잔인한 말을 듣게 되리라 생각도 못한 그녀는 동생에게 화가 치밀었다. 그런데 뜻밖에도 옷자락 스치는 소리와 함께 꾹 참았던 흐느낌이 터져 나오는 소리가 들렸다. 그리고 누군가의 손이 아래서부터 그녀의 목을 끌어안았다. 키티가 그녀 앞에 무릎을 꿇고 있었다.

"돌린카, 난 너무나 너무나 불행해!" 키티가 미안한 듯 속삭였다.

그러고는 눈물에 젖은 아름다운 얼굴을 다리야 알렉산드로브나의 치마폭에 묻었다.

눈물은 두 자매의 소통을 연결하는 기계를 작동시키는 데 없어서는 안 될 윤활유와도 같았다. 눈물을 쏟은 후, 자매는 그들의 마음을 차지한 문제와 상관없는 이야기를 주고받았다. 그러나 그들은 하잘것없는 이야기를 나누면서도 서로를 이해했다. 키티는 깨달았다. 남편의 배신과 아내의 굴욕에 대해 홧김에 내뱉은 말이 가엾은 언니에게 큰 충격을 주었는데도 언니가 자기를 용서했다는 것을. 돌리는 자신이 알고자 했던 모든 것을 알게 되었다. 그녀는 자신의 추측이 옳았음을 확인했다. 즉 키티의 치유되지 않는 고통은 레빈이 그녀에게 청혼한 일과 그녀가 레빈을 거절한 후 브론스키에게 기만당한 일 때문이라는 것, 그녀의 마음은 레빈을 사랑할 준비가 되어 있는 한편 브론스키를 증오한다는 것을 확인한 것이다. 키티는 이에 대해 한마디도 하지 않았다. 그녀는 다만 자신의 마음 상태에 대해 말했을 뿐이다.

"난 전혀 괴롭지 않아." 그녀는 마음을 가라앉히고 이렇게 말했다. "하지만 언니는 이해하기 힘들 거야. 내게는 모든 것이 추하고 역겹고 천박하게 보여. 무엇보다 나 자신이 그래. 내가 매사에 얼마나 추악한 생각을 품는지 언니는 상상도 못할 거야."

"네가 무슨 추한 생각을 한다고 그러니?" 돌리가 웃으며 물었다.

"너무나 추하고 천박한 생각들. 차마 언니에게는 말하지 못하겠어. 그건 슬픔도, 울적함도 아냐. 그보다 훨씬 나쁜 거야. 마치 내 속에 있던 선한 것이 모두 어디론가 숨어 버리고 가장 추한 것만 남은 것 같아. 아, 뭐라고 말하면 좋을까?" 그녀는 언니의 눈동자에 주저하는 빛이 떠오른 것을 보며 계속 말을 이었다. "아빠는 방금 내게 말을 꺼냈다가……. 아빠는 그저 내게 필요한 건 결혼이라고 생각하는 것 같아. 엄마는 나를 무도회에 끌고 다니지. 엄마는 단지 하루빨리 나를 결혼시켜 나에게서 벗어나려고 나를 무도회에 데리고 다니는 것 같아. 나도 이런 생각이 옳지 않다는 것을 알지만, 도저히 떨칠 수가 없어. 난 신랑감이라는 사람들을 못 보겠어. 그 인간들이 나를 자로 재고 있는 것 같아서 말이야. 전에는 야회복을 입고 어딘가로 가는 일이 그저 즐겁기만 했어. 내 모습을 보며 스스로 감탄하기도 했고. 그런데 지금은 수치스럽고 어색하기만 해. 아, 그러니 어쩌겠어! 의사는…… 글쎄……."

키티는 말을 더듬었다. 그녀는 이렇게 말하고 싶었다. 자기에게 이런 변화가 생긴 뒤로 스테판 아르카지치가 불쾌하게 느껴져 견딜 수가 없고, 그를 볼 때마다 추잡하고 추악하기 짝이 없는 상상을 떠올리게 된다고 말이다.

"그래, 내게는 모든 것이 너무나 추악하고 천박하게 보여." 그녀는 말을 계속했다. "이게 바로 나의 병이야. 어쩌면 이 병도 지나갈지 모르지······."

"그런 생각 하지 마······."

"그렇게 안 돼. 그저 언니네 집에서 아이들하고 있을 때만 기분이 좋아져."

"넌 우리 집에 올 수 없잖아. 딱하게 됐네."

"아냐, 갈게. 난 성홍열을 앓은 적이 있어. Maman에게 가게 해 달라고 부탁할 테야."

키티는 고집을 부려 언니의 집으로 거처를 옮겼다. 그 후 언니 집에 정말로 성홍열이 돌았고, 키티는 성홍열이 집에서 완전히 사라질 때까지 병에 걸린 아이들을 보살펴 주었다. 여섯 아이들은 두 자매의 보살핌으로 무사히 건강을 회복했지만, 키티의 건강은 나아지지 않았다. 그래서 쉐르바츠키 일가는 대재(大齋)[94] 기간에 외국으로 여행을 떠났다.

---

94) 정교의 교회력에서 수난 주간과 부활절 전의 40일을 '대재'라고 한다. 사순절이라고도 하며 이 기간에는 육식을 금하고 정진에 힘쓴다. '대재'라는 표현을 쓴 것은 교회력의 다른 축일을 기념하는 '작은' 재계 기간들과 구분하기 위해서다.

4

페테르부르크의 상류층은 사실 한몸이나 다름없었다. 그 래서 그들은 다들 서로서로 잘 알았을 뿐 아니라 서로의 집 을 왕래하기도 했다. 그러나 이 커다란 사회 안에도 그 나름의 분파가 있었다. 안나 아르카지예브나는 세 무리와 밀접한 관계 를 유지하며 그 구성원들과 친분을 쌓고 있었다. 그 가운데 하 나는 남편이 몸담고 있는 공직계의 모임으로서, 남편의 동료와 부하 직원들로 이루어져 있었다. 그 모임은 사회적 조건상 가 장 잡다하고 변덕스러운 형태의 이합집산이 벌어지는 곳이었 다. 처음에 안나는 그 사람들에게 경건에 가까운 존경심을 품 었지만, 이제는 그런 감정을 떠올리는 것조차 힘들었다. 그녀 는 이제 시골 사람들이 서로를 아는 것처럼 그들 모두를 속속 들이 알고 있었다. 그녀는 누구에게 어떤 버릇과 약점이 있는 지, 누구의 부츠가 어느 쪽 발을 죄는지도 알았다. 그리고 그 들 간의 관계와 그들과 중심 세력 간의 관계에 대해서도 알았다. 그녀는 누가 누구를 어째서 어떻게 지지하는지, 누가 누구와 어떤 문제로 손을 잡고 갈라섰는지 알았다. 그러나 그녀는 리디야 이바노브나 백작부인의 훈계에도 불구하고 정치적이고 남성적인 관심사로 묶인 이 모임에 흥미를 느낄 수 없었다. 그래서 그녀는 이 모임을 피하려 했다.

안나와 가까운 또 다른 모임은 알렉세이 알렉산드로비치에게 출세의 발판이 되어 준 모임이었다. 이 모임의 핵심 인물은 바로 리디야 이바노브나 백작부인이었다. 이 모임은 나이도 지긋하고 아름답지도 않지만 덕망 높고 신앙심 깊은 여성들과 총명하고 학식이 높고 명예를 존중하는 남성들로 이루어져 있었다. 이 모임에 속한 총명한 사람들 가운데 한 명은 이 모임을 '페테르부르크 사회의 양심'이라고 불렀다. 알렉세이 알렉산드로비치는 이 모임을 대단히 높이 평가했고, 모든 사람과 사이 좋게 지내는 솜씨가 탁월한 안나는 처음 페테르부르크 생활을 할 때 이 모임에서 친구를 몇 명 발견하기도 했다. 그런데 모스크바를 다녀온 지금, 이 모임은 그녀에게 견딜 수 없는 것이 되어 버렸다. 그녀가 보기에 그녀 자신이나 다른 사람들이나 다들 가면을 쓰고 있는 것 같았다. 그래서 그녀는 이 사람들과 함께 있는 것이 너무나 따분하고 어색해서, 리디야 이바노브나 백작부인의 집에도 가급적이면 가지 않으려 했다.

마지막으로, 그녀가 연을 맺고 있는 세 번째 모임은 말 그대로 사교계였다. 무도회, 만찬, 화려한 의상이 있는 사교계, 화류계로 전락하지 않기 위해 한 손으로 궁정을 꼭 붙잡고 있는 사교계였던 것이다. 이 모임의 회원들은 자신들이 화류계를 경멸한다고 생각했지만, 그들의 취향은 화류계와 비슷할 뿐 아니라 똑같기까지 했다. 이 모임과 안나의 관계는 그녀의 사촌 올케인 벳시 트베르스카야 공작부인을 통해 유지되었다. 그녀에게는 연간 12만 루블의 수입이 있었다. 그녀는 안나가 사교계에 모습을 드러낸 후로 안나를 유달리 좋아하며 그녀를 이모저모로 돌봐 주었고, 리디야 이바노브나 백작부인의 모임을 비웃으며 안나를 자기 모임으로 끌어들였다.

"나도 늙고 추해지면 그렇게 되겠죠." 벳시는 말했다. "하지만 당신처럼 젊고 아름다운 여자가 그런 양로원에 들어가는 것은 아직 일러요."

처음에 안나는 가능하면 트베르스카야 공작부인이 속한 이 사교계를 피하려 했다. 왜냐하면 사교계는 그녀가 가진 돈보다 더 많은 지출을 요구했고, 게다가 그녀는 리디야 이바노브나의 모임을 더 좋아했기 때문이다. 그러나 모스크바에 다녀온 뒤로 모든 것이 뒤바뀌었다. 그녀는 정신적인 벗들을 피하고 상류사회를 드나들었다. 그곳에서 그녀는 브론스키를 만났고 이 만남에서 가슴 설레는 기쁨을 맛보았다. 그녀는 특히 벳시의 집에서 브론스키를 자주 만났다. 벳시는 브론스키 가문의 사람으로 브론스키의 사촌 누이였다. 브론스키는 안나를 볼 수만 있다면 어디든 나타나, 기회가 있을 때마다 그녀에게 사랑을 고백했다. 그녀는 그에게 어떠한 빌미도 주지 않았다. 그러나 그를 만날 때마다 그녀의 마음속에서는 열차에서 그를 처음 본 그날 그녀에게 찾아든 생동감이 타오르는 것이었다. 그녀 자신도 그를 볼 때마다 자신의 눈동자가 기쁨으로 빛나고 입술이 웃음으로 오므라드는 것을 느꼈다. 그녀는 이 기쁨의 표정을 억누를 수 없었다.

처음에는 안나도 자기를 쫓아다니는 브론스키를 못마땅하게 생각했다. 아니, 자신이 그럴 거라고 진심으로 믿었다. 그러나 모스크바에서 돌아온 직후 그를 만나게 되리라 생각했던 파티에서 그의 모습이 보이지 않았을 때, 그녀는 자신을 사로잡은 슬픔을 통해 분명히 깨달았다. 자신이 스스로를 기만하고 있다는 것을, 그리고 그가 쫓아다니는 것이 전혀 불쾌하지 않을 뿐 아니라 그것이 자기 삶의 유일한 관심사라는 것을.

유명한 여가수가 두 번째 노래를 불렀다. 극장 안에는 상류 사회의 모든 사람이 와 있었다. 첫 번째 줄의 자기 좌석에서 사촌 누이를 발견한 브론스키는 중간 휴식 시간까지 기다리지 않고 그녀가 있는 특별석으로 들어갔다.

"왜 만찬에 오지 않았어요?" 그녀가 그에게 말했다. "사랑에 빠진 사람들의 투시력은 놀라워요." 그녀가 미소를 지으며 그에게만 들리도록 작은 목소리로 덧붙였다. "그녀도 오지 않았어요. 하지만 오페라가 끝난 뒤 우리 집에 오세요."

브론스키는 뭔가 물어보고 싶은 듯한 눈으로 그녀를 바라보았다. 그녀는 고개를 숙였다. 그는 그녀에게 미소로 감사의 마음을 전하고 그녀 옆에 앉았다.

"난 당신의 조소를 잘 기억하고 있어요!" 이런 정열의 성공을 지켜보는 데서 특별한 만족을 느끼던 벳시 공작부인이 계속 말을 이었다. "그 모든 것이 어디로 사라졌을까요! 나의 사랑스러운 오라버니가 단단히 사로잡혔군요."

"사로잡히는 것이 나의 유일한 소망입니다." 브론스키는 특유의 평온하고 선한 미소를 지으며 대답했다. "불만이 있다면, 사실 지나칠 정도로 아주 조금만 사로잡혔다는 것이지요. 난 희망을 잃기 시작했어요."

"도대체 당신이 어떤 희망을 품을 수 있다는 거죠?" 자기의 친구 편에 선 그녀가 모욕을 느끼며 말했다. "Entendons nous[95]……." 그러나 그녀의 눈동자에서 빛나는 불꽃은 이렇게 말하고 있었다. 난 당신이 어떤 희망을 품을 수 있는지 당신 못지않게 잘 알고 있어요.

"아무런 희망도 없습니다." 브론스키는 씩 웃으며 가지런한 치아를 내보였다. "잠깐 실례!" 그는 이렇게 덧붙이며 그녀의 손에서 오페라글라스를 빼앗아 그녀의 드러난 어깨 너머로 특별석의 맞은편을 둘러보기 시작했다. "내 꼴이 우스워질까 걱정입니다."

그는 잘 알고 있었다. 벳시를 비롯한 사교계의 모든 사람들은 그가 웃음거리로 전락할 모험을 하고 있다고 보지 않을 것이다. 그는 또한 이 사람들의 눈에는 아가씨나 대체로 자유로운 여성을 사랑하는 불행한 연인의 역(役)이야말로 우습게 보인다는 것을 알고 있었다. 결혼한 여성을 따라다니며 무슨 수를 써서라도 그녀를 간통에 끌어들이고자 자기의 목숨을 거는 남자의 역, 이 역은 이 사람들의 눈에 아름답고 위대한 것으로 보일 뿐 결코 웃음거리가 될 리 없었다. 그래서 그는 콧수염 밑으로 자신만만하고 쾌활한 미소를 지으며 오페라글라스를 내려놓고는 사촌 누이를 바라보았다.

---

95) '우리, 서로를 이해해 보기로 하죠.'(프랑스어)

"그런데 왜 만찬에 오지 않았어요?" 그녀가 도취된 눈길로 그를 바라보며 말했다.

"당신에게는 이유를 말하지 않을 수 없군요. 바빴습니다. 무슨 일 때문이냐고요? 백에 하나, 천에 하나 있을까 말까 한 일을 들려주죠. 당신은 짐작도 못할 겁니다. 난 그때 어느 남편과 그의 아내를 능욕한 남자를 화해시키고 있었습니다. 그럼요, 사실입니다!"

"그래서, 화해시켰나요?"

"거의."

"내게 그 이야기를 들려주셔야 해요." 그녀가 자리에서 일어나며 말했다. "다음 중간 휴식 때 오세요."

"안 돼요. 난 지금 프랑스 극장으로 가야 합니다."

"닐손[96]의 노래는요?" 벳시가 경악스럽다는 듯 물었다. 하지만 그녀가 닐손과 다른 여자 합창단원을 구별할 수 있을 리 없었다.

"어쩔 수 없습니다. 그곳에서 누굴 만나기로 했거든요. 이게 다 그 사람들을 화해시키기 위해서랍니다."

"평화를 이루는 사람은 복이 있다. 그들이 구원을 받을 것이다.[97]" 벳시는 누군가에게 들은 그 비슷한 말을 떠올리며

---

96) 크리스티아네 닐손은 스웨덴 출신의 소프라노 가수이다. 그녀는 1872~1885년에 모스크바의 볼쇼이 극장과 페테르부르크의 마린스키 극장 무대에서 대성공을 거두었다.

97) 벳시는 마태복음서 5:9를 부분적으로 인용하고 있다. 원문은 다음과 같다. "평화를 이루는 사람은 복이 있다. 그들이 하느님의 자녀라고 불릴 것이다."

말했다. "자, 그럼 앉아 봐요. 그리고 그 일에 대해 이야기해 줘요."

그녀는 다시 자리에 앉았다.

5

　"이건 좀 지저분한 이야기지만, 너무 유쾌한 이야기라 꼭 들려주고 싶군요." 브론스키가 웃음 띤 눈으로 그녀를 바라보며 말했다. "이름은 밝히지 않겠습니다."

　"하지만 제가 알아맞힐걸요. 하긴 그 편이 더 좋아요."

　"자, 들어 봐요. 두 쾌활한 청년이 마차를 타고 어디론가 가고 있는데⋯⋯."

　"물론, 당신 연대의 장교겠죠?"

　"난 장교라고 말하지 않았습니다. 그냥 식사를 끝낸 두 청년이⋯⋯."

　"바꿔 말하세요. 술에 취한 청년들이라고 말이에요."

　"그럴지도. 아무튼 그들은 동료의 집에서 열리는 만찬에 가고 있습니다. 그들은 무척 들떠 있었죠. 그런데 아름다운 여인이 삯마차를 타고 그들을 앞질러 가다 뒤를 돌아보는 겁니다. 적어도 그들의 눈에는 그 여인이 자기들에게 고개를 끄덕이며 웃는 것처럼 보였습니다. 물론 그들은 그녀를 뒤쫓아 가죠. 그들은 전속력으로 마차를 몹니다. 놀랍게도 그 미인은 그들이 가기로 한 집의 현관 앞에서 내립니다. 미인은 위층으로 뛰어 올라갑니다. 두 사람이 본 것은 짧은 베일 아래로 비친 붉은 입술과 작고 아름다운 발뿐입니다."

"당신이 마치 그 두 사람 가운데 한 명인 것처럼 말하고 있 군요."

"아, 방금 뭐라고 말했죠? 아무튼 청년들은 동료의 집으로 들어가 송별회에 참석합니다. 송별회에 가면 늘 그렇듯이, 그들은 아마 이곳에서도 코가 비뚤어지도록 마셔 댔을 겁니다. 만찬 도중에 그들은 2층에 누가 사느냐고 물어봅니다. 하지만 아무도 아는 사람이 없습니다. 단지 주인의 하인만 2층에 맘젤[98]이 사느냐는 두 사람의 질문에 이렇게 대꾸합니다. '2층에는 맘젤이 아주 많이 사는뎁쇼.' 만찬 후 두 청년은 주인의 서재로 가서 알지도 못하는 여인에게 편지를 씁니다. 그들은 사랑을 고백한 열정적인 편지를 써서 2층으로 직접 들고 갑니다. 편지로 전혀 납득이 안 될 것 같은 부분을 설명하기 위해서 말이죠."

"어째서 당신은 내게 그처럼 추잡한 이야기를 하시는 거죠? 그래서요?"

"그들은 벨을 울립니다. 그러자 하녀가 나옵니다. 그들은 편지를 건네며 두 사람 다 사랑에 푹 빠져 지금 당장 문 앞에서 죽을 것 같다고 우깁니다. 하녀는 미심쩍어 하며 그들과 옥신

---

98) 마드무아젤을 러시아식으로 일컫는 호칭. 러시아식 음가로 표시한 것은, 이 어휘를 쓰는 사람들이 프랑스어를 정식으로 교육받지 못한 하층계급임을 드러내기 위해서인 듯하다.

각신합니다. 그런데 갑자기 소시지 같은 볼수염을 기르고 새우처럼 시뻘건 신사가 나타나 자기 집에는 아내 외에 아무도 살지 않는다고 선언하고 그들을 내쫓습니다."

"당신이 그 남자에게 소시지 같은 볼수염이 있는지 어떻게 알죠?"

"좀 들어 봐요. 내가 오늘 그 사람들을 화해시키러 다녀왔다니까요."

"그래서, 어떻게 됐어요?"

"바로 여기가 가장 재미있는 대목입니다. 알고 보니 그들은 구등(九等) 문관[99]과 구등 문관의 아내라는 행복한 부부였던 겁니다. 구등 문관이 청년들을 고소해서 내가 중재를 맡게 된 거죠. 중재자라니! 단언하는데, 탈레랑[100]도 나에 비하면 아무것도 아닙니다."

"뭐가 힘들었는데요?"

"자, 들어 봐요……. 우리는 마땅히 사과를 했습니다. '우리는 절망에 빠져 있습니다. 부디 이 불행한 오해를 용서해 주시기 바랍니다.' 소시지를 단 구등 문관의 태도가 누그러지기 시작했습니다. 하지만 그는 자신의 기분도 표현하고 싶었던 겁니다. 그는 자기의 기분을 말로 드러내자마자 감정이 격해져 무례한 말을 퍼붓기 시작했습니다. 그래서 난 다시 모든 외교적 수완을 발휘하지 않을 수 없었죠. '이들의 행동이 좋지 않았다는 것은 나도 인정합니다. 하지만 오해와 젊은 혈기에서 비롯

---

99) 표트르 대제가 제정한 14관등제 가운데 아홉 번째 관료.
100) 프랑스의 외교관이자 정치가. 혁명, 제정 시대, 왕정복고를 아우르는 시기에 많은 중요한 직책을 맡아 수행하였다.

된 일이라는 것을 당신이 이해해 주셨으면 합니다. 게다가 마침 이 청년들은 막 식사를 끝낸 뒤였습니다. 당신도 아시잖습니까? 이들은 마음 깊이 후회하고 잘못을 빌고 있습니다.' 구등 문관은 다시 누그러졌습니다. '백작님의 말에 동감합니다. 저도 그들을 용서하려고 합니다. 하지만 생각해 보십시오. 제 아내가, 제 아내같이 정숙한 여자가 난폭하고 뻔뻔스러운 풋내기들에게 추격을 당했단 말입니다. 역겨운……' 당신도 알다시피, 이 자리에는 청년들도 있습니다. 그러니 그들도 달래야 합니다. 다시 내가 외교적 수완을 발휘하여 모든 문제를 매듭지으려는 찰나, 구등 문관이 화를 내면서 얼굴을 붉히고 소시지를 곤두세웁니다. 그러면 난 다시 섬세한 외교적 수완을 발휘하며 이런저런 이야기를 지껄이게 되죠."

"아, 당신에게 들려줄 이야기가 있어요!" 벳시는 특별석에 들어오는 부인에게 웃으며 말을 건넸다. "이분이 정말 재미있는 이야기를 들려주었어요."

"그럼, bonne chance![101]" 그녀는 브론스키에게 부채를 쥐지 않은 자유로운 손가락을 내밀고 어깨를 움직여 약간 위로 올라간 드레스의 윗부분을 내렸다. 그것은 그녀가 무대의 풋라이트를 향해 나아가는 동안 가스등 아래서 그녀의 훤하게 드러난 어깨가 사람들의 눈에 잘 보이도록 하기 위해서였다.

브론스키는 프랑스 극장으로 향했다. 그는 그곳에서 연대장 — 그는 프랑스 극장에서 상연되는 작품을 하나도 놓치지 않는 사람이었다 — 을 만나, 지난 사흘간 그에게 흥미와 즐거

---

101) '행운을 빌어요!'(프랑스어)

움을 느끼게 해 준 그 중재 건에 대해 의논하기로 했다. 그 사건에는 그가 좋아하는 페트리츠키와 얼마 전에 입대한 젊은 케드로프 공작이 개입되어 있었다. 케드로프 공작은 훌륭한 청년이었고 더할 나위 없이 멋진 동료였다. 또한 무엇보다 중요한 것은, 이 문제에 연대의 이익도 개입되었다는 점이다.

두 사람 모두 브론스키의 기병 중대에 소속되어 있었다. 그런데 어느 관리, 즉 구등 문관 벤젠이 연대장을 찾아와 자기 아내를 모욕한 장교들을 고소했다. 벤젠(그는 반 년 전에 결혼했다.)의 말에 따르면, 그의 젊은 아내는 어머니와 교회에 갔다가 어떤 상황 때문에 몸이 좋지 않아 계속 서 있을 수가 없었다.[102] 그래서 그녀는 처음 마주친 삯마차를 타고 집으로 향했다. 바로 그때 장교들이 그녀를 뒤쫓아 왔고, 그녀는 너무 놀란 나머지 몸 상태가 더 악화되었다. 그녀는 계단을 뛰어올라 집으로 들어왔다. 때마침 관청에서 돌아온 벤젠이 벨 소리와 사람들의 목소리를 듣고 현관 밖으로 나갔다. 그는 편지를 든 술 취한 장교들을 보고 그들을 떠밀었다. 그는 엄한 처벌을 요구했다.

"자네가 무슨 말을 해도 안 돼." 연대장은 브론스키를 불러 이렇게 말했다. "페트리츠키는 이제 어쩔 도리가 없어. 한 주도 사고를 치지 않고 넘어가는 적이 없어. 그 관리는 이 문제를 가만두지 않고 계속 밀어붙일 거야."

브론스키는 이 사건이 얼마나 꼴사나운지 알고 있었다. 그

---

102) 정교의 교회에는 신자를 위한 좌석이 없다. 사람들은 예배 내내 서 있어야 하는데, 때로 예배가 매우 길어지기도 한다.

렇다고 결투를 할 수도 없으니, 구등관을 달래어 사건을 무마할 수 있도록 모든 방법을 동원해야 했다. 연대장이 브론스키를 부른 이유는 그가 고결하고 총명한 사람이며 무엇보다 연대의 명예를 중시하는 사람이라고 생각했기 때문이다. 두 사람은 상의한 끝에 브론스키가 페트리츠키와 케드로프를 데리고 구등 문관에게 사과하러 가기로 결정했다. 연대장과 브론스키 둘 다 잘 알고 있었다. 브론스키라는 이름과 시종무관의 휘장이 구등 문관을 달래는 데 큰 힘이 되리라는 것을 말이다. 사실 그 두 가지 수단은 어느 정도 효과가 있는 듯했다. 하지만 중재의 결말은 브론스키의 말대로 아직 의심스러웠다.

프랑스 극장에 도착한 브론스키는 연대장과 함께 로비로 나가 성공인지 실패인지 모를 결말을 알렸다. 곰곰이 생각하던 연대장은 사건을 미해결로 남겨 두기로 결정했다. 그러고 나서 재미 삼아 브론스키에게 구등 문관을 만난 일에 대해 자세히 묻기 시작했다. 그는 브론스키에게서 잠잠해진 구등 문관이 사건의 세세한 정황을 떠올리다 갑자기 화를 낸 일, 브론스키가 능수능란하게 중재를 위한 마지막 한마디를 던진 후 자기는 물러나고 페트리츠키를 앞으로 떠민 일을 들으며 한참 동안 배꼽을 잡고 웃었다.

"추잡한 이야기지만 우습기 짝이 없군. 아무튼 케드로프가 그 신사와 주먹질을 할 리는 없겠어! 그렇게 심하게 화를 내던가?" 그가 웃으면서 이렇게 되물었다. "오늘 클레르가 어떤가? 정말 멋지지 않나!" 그는 프랑스의 신인 여배우에 대해 말했다. "아무리 봐도 날마다 새롭게 보인단 말이야. 오직 프랑스 사람만이 그렇게 할 수 있지."

6

벳시 공작부인은 마지막 막의 결말을 기다리지 않고 극장을 나섰다. 그녀는 자기 옷방으로 들어가자마자 길고 창백한 얼굴에 파우더를 두들겼다 털어 내고 머리를 매만졌다. 그러고는 큰 응접실에 차를 준비하라는 지시를 내렸다. 바로 그때 볼샤야 모르스카야 거리에 있는 그녀의 대저택에 마차들이 속속 도착했다. 손님들이 널찍한 현관 입구에 내려서면, 뚱뚱한 수위가 거대한 현관문을 소리 없이 열어 손님들이 지나가도록 했다. 이 수위는 아침마다 그 앞으로 지나가는 사람들을 교화할 목적으로 유리문 안에서 신문을 읽곤 했다.

여주인과 손님들이 거의 동시에 커다란 응접실로 들어섰다. 한 문으로는 머리 모양과 화장을 고친 여주인이, 다른 문으로는 손님들이 들이닥쳤다. 검은 벽, 부드러운 양탄자, 눈부시게 빛나는 테이블, 양초의 불빛 아래 빛나는 하얀 테이블보와 은빛 사모바르와 투명한 자기로 만든 다기(茶器), 그런 것들이 있는 커다란 응접실로……

여주인은 사모바르 옆에 앉아 장갑을 벗었다. 손님들은 조심스럽게 움직이는 하인들의 도움으로 의자를 옮기며 둘로 나뉘어 자리를 잡았다. 한 무리는 사모바르 옆에 있는 여주인 주위에, 한 무리는 맞은편 끝에 있는 대사 부인의 주위에 모였다. 대사 부인은 검고 또렷한 눈썹에 검은 벨벳 드레스를 입고 있었다. 늘 그렇듯 인사를 주고받고 차를 돌리는 처음 한동안, 양쪽의 대화는 마치 어디에 머물러야 좋을지 찾기라도 하는 듯 갈팡질팡했다.

"그녀는 매우 뛰어난 배우더군요. 아마도 카울바흐[103]를 연구한 것 같습니다." 대사 부인의 주위에 있던 외교관이 말했다. "당신도 보셨죠, 그녀가 어떻게 쓰러지는지……."

"아, 제발, 닐손에 대한 얘기는 이제 그만해요! 그녀에 대해서는 새로운 이야기를 한다는 것 자체가 불가능해요." 낡은 실크 드레스를 입은 금발의 부인이 말했다. 그녀는 뚱뚱하고 얼굴이 붉은 데다 눈썹도 없고 시뇽도 얹지 않았다. 그녀는 바로 직선적이고 거친 태도로 유명한, 'enfant terrible'[104]이라 불리는 먀흐카야[105] 공작부인이었다. 먀흐카야 공작부인은 두 무리 사

---

103) 독일의 화가이며 뮌헨 예술 아카데미의 학장을 역임했다. 그는 관념론의 마지막 대표자로 여겨졌다. 동시대의 배우와 오페라 가수는 무대 연기를 배우기 위해 성서와 역사를 소재로 한 그의 작품들을 연구하곤 했다.

104) '무서운 아이, 개구쟁이, 난폭한 자, 버릇없는 놈' 등의 뜻.(프랑스어)

105) '먀흐카야'는 '부드러운, 편안한, 온화한, 우아한' 등을 뜻하는 러시아어 'mjakhkii'에 여성형 어미 '-aja'를 붙여 지은 이름이다. 톨스토이는 먀흐카야 공작부인에게 이름의 이미지와 정반대인 외모와 기질을 부여함으로써 우스꽝스러운 인물로 그려 냈다.

이에 앉아 가만히 귀 기울이고 있다가 이쪽저쪽 끼어들며 말참견을 했다. "오늘 세 사람이 나에게 마치 약속이나 한 듯 카울바흐에 대해 그와 똑같은 말을 하더군요. 무슨 이유 때문인지 몰라도, 그 문구가 그 사람들의 마음에 꼭 들었나 보죠."

이러한 비난으로 대화가 중단되자, 사람들은 다시 새로운 주제를 생각해 내지 않으면 안 되었다.

"뭔가 재미있는 이야기를 들려주세요. 단, 악의가 없는 이야기로요." 영어로 smalltalk[106]라고 하는 우아한 대화의 대가인 대사 부인이 외교관을 돌아보며 말했다. 하지만 그 역시 지금 무슨 이야기를 꺼내야 할지 몰랐다.

"사람들은 그것이 매우 어려운 일이라고 말합니다. 흔히 악의 있는 이야기만이 재미있다고들 하죠." 그가 미소를 지으며 말을 꺼냈다. "하지만 한번 시도는 해 보겠습니다. 주제를 주십시오. 문제는 전적으로 테마에 달려 있으니까요. 일단 주제가 주어지면, 이야기를 엮어 가는 것이 훨씬 쉬워집니다. 나는 종종 생각해 봅니다. 지난 세기의 뛰어난 이야기꾼들도 이제는 재치 있게 이야기를 하기가 어렵다는 것을 발견했을 거라고 말입니다. 다들 재간을 부린 말에 너무 싫증을 내니까요……"

"오래전에 들은 이야기네요." 대사 부인이 웃음 띤 얼굴로 그의 말을 가로막았다.

대화는 멋있게 시작되었지만, 오히려 지나치게 멋있었기 때문에 다시 막히고 말았다. 그는 절대로 배신하지 않는 확실한 수단, 즉 독설에 의지할 수밖에 없었다.

---

106) 사교 모임에서 사람들이 사소한 일들에 대해 나누는 정중한 대화.

"투슈케비치에게서 어딘지 모르게 루이 15세 같은 분위기가 나지 않습니까?" 그는 테이블 옆에 서 있는 잘생긴 금발 청년을 눈으로 가리키며 말했다.

"어머, 그러네요! 저분과 이 응접실은 취향이 같은 것 같아요. 그래서 저분이 이곳에 그처럼 자주 오시는 거군요."

이 화제는 사람들의 지지를 받았다. 왜냐하면 그것은 이 응접실에서 해서는 안 될 이야기, 즉 투슈케비치와 여주인의 관계를 암시했기 때문이다.

한편 사모바르와 여주인 주위에 모인 사람들의 대화도 피해 갈 수 없는 세 가지 주제 사이에서 한동안 갈팡질팡했다. 최근의 사회 소식, 연극, 지인들에 대한 험담을 오가던 대화는 역시 마지막 주제, 즉 독설에 이르자 거기에 완전히 정착하였다.

"들으셨어요? 말치쉐바가, 아니, 딸 말고 그 어머니가 diable rose[107]로 옷을 지어 입었대요."

"그럴 리가! 아뇨, 멋지네요!"

"난 놀랐어요. 우둔한 사람도 아닌데, 그 정도 상식을 갖춘 사람이 자기가 얼마나 우스워 보이는지 어떻게 모를 수가 있죠?"

모두들 불행한 말치쉐바를 헐뜯고 조롱할 만한 이야깃거리를 갖고 있었기에, 사람들은 타오르기 시작한 모닥불처럼 유쾌하게 재잘거리며 대화를 이어나갔다.

벳시 공작부인의 남편은 판화 수집에 열광하는 선량한 뚱보였다. 그는 아내의 손님들이 와 있다는 걸 알고 클럽에 가기

107) '자극적이고 야한 느낌의 장밋빛.'(프랑스어)

전 응접실에 들렀다. 그는 부드러운 양탄자를 밟으며 마흐카야 공작부인에게 소리 없이 다가갔다.

"닐손이 마음에 들던가요, 공작부인?" 그가 말했다.

"어머, 어쩜 그렇게 몰래 올 수 있죠? 깜짝 놀랐잖아요." 그녀가 대답했다. "제발 내게 오페라 얘기는 하지 마세요. 어차피 당신은 음악에 대해선 아무것도 모르잖아요. 차라리 내 수준을 당신 수준으로 끌어내려 마욜리카 도자기[108]와 판화에 대해 이야기하는 편이 낫겠어요. 참, 최근엔 벼룩시장에서 어떤 보물을 사 왔나요?"

"당신이 원한다면 보여 드리지요. 하지만 당신은 볼 줄도 모르잖습니까."

"보여 주세요. 난, 그 사람들, 이름이 뭐더라, 아무튼 은행가들에게 배웠어요. 그 사람들 집에 멋진 판화들이 있거든요. 그 집 사람들이 우리에게 판화를 보여 주었어요."

"혹시, 슈츠부르크 씨 댁에 갔었나요?" 사모바르 쪽에서 여주인이 물었다.

"네, ma chère[109]. 그 집에서 우리 부부를 만찬에 초대했어요. 그 만찬에 나온 소스의 값이 1000루블이라고 하더군요." 마흐카야 공작부인은 다들 그녀의 이야기에 귀를 기울이고 있다는 걸 알아채고 큰 소리로 떠들었다. "너무나 혐오스러운 소스였어요. 어쩐지 녹색을 띤 것 같더군요. 이번엔 우리가 그 집

---

108) 15세기경에 이탈리아에서 발달하여 유럽 전역으로 퍼진 도자기. 흰 바탕에 여러 색으로 화려하게 그림을 그려 넣은 것이 특징이다.

109) 여성을 다정하게 부르는 프랑스어 호칭. 영어로 'my darling'에 해당하며 우리말로는 문맥상 '여보'가 적당하다.

부부를 초대해야 했죠. 난 85코페이카[110]로 소스를 만들었는데, 다들 무척 마음에 들어 했어요. 난 1000루블짜리 소스를 만들 수는 없었어요."

"특이한 여자군요!" 대사 부인이 말했다.

"놀라워요!" 누군가 이렇게 말했다.

먀흐카야 공작부인의 말이 일으키는 효과는 언제나 동일했다. 그녀가 일으키는 효과의 비결은 지금처럼 꼭 적절하지는 않아도 단순하면서 의미 있는 이야기를 한다는 것이었다. 그녀가 생활하는 사회에서는 그런 말이 대단히 재치 있는 농담과 마찬가지의 효과를 자아냈다. 먀흐카야 공작부인은 그런 말이 어째서 그런 효과를 불러일으키는지 이해할 수 없었지만, 어쨌든 대단한 효과를 불러일으킨다는 것만은 분명히 알고 있었기에 그런 이야기를 이용하곤 했다.

먀흐카야 공작부인이 이야기하는 동안 모두 그녀의 말을 듣느라 대사 부인의 주위에서는 대화가 중단됐다. 그래서 여주인은 모임을 하나로 합치려고 대사 부인에게 말을 건넸다.

"그쪽은 전혀 차를 안 마시는군요. 다들 이쪽으로 오시는 게 어때요?"

"아니에요, 우리는 여기 있는 게 너무 좋아요." 대사 부인은 미소를 지으며 이렇게 말하고 조금 전 하던 이야기를 계속했다.

대화는 매우 유쾌했다. 사람들은 카레닌 부부를 비난하고 있었다.

"안나가 모스크바에 다녀온 뒤로 많이 변했어요. 뭔가 이상

---

110) 100코페이카는 1루블에 해당한다.

하다니까요." 안나의 친구가 말했다.

"가장 큰 변화는 알렉세이 브론스키라는 그림자를 달고 왔다는 것이죠." 대사 부인이 말했다.

"그게 어때서요? 그림 동화에 그런 이야기도 있잖아요. 그림자가 없는 사나이, 그림자를 잃은 사나이[111] 말이에요. 사나이가 그림자를 잃은 건 무언가 잘못을 저질러 벌을 받았기 때문이죠. 난 그가 무엇 때문에 그런 벌을 받았는지 도저히 모르겠어요. 하지만 여자들에게는 그림자가 없다는 것이 유쾌한 일은 아닐 거예요."

"맞아요, 하지만 그림자를 달고 다니는 여자들은 대개 추한 종말을 맞이하기 마련이죠." 안나의 친구가 말했다.

"쓸데없는 말 하지 말아요." 먀흐카야 공작부인이 그녀의 말을 듣다가 불쑥 이렇게 말했다. "카레니나는 훌륭한 여자예요. 난 그녀의 남편은 좋아하지 않지만, 그녀는 정말 좋아해요."

"왜 당신은 그녀의 남편을 싫어하죠? 그는 대단히 훌륭한 분이에요." 대사 부인이 말했다. "남편이 그러더군요. 그만한 정치인은 유럽에서도 찾아보기 힘들다고요."

"내 남편도 그렇게 말해요. 하지만 난 그 말을 믿지 않아요." 먀흐카야 공작부인이 말했다. "만약 우리의 남편들이 그런 말을 하지 않았더라면, 우리는 있는 그대로를 보았을 거예요. 내 생각에 알렉세이 알렉산드로비치는 그저 바보일 뿐이에요. 큰 소리로 얘기할 순 없지만……. 어때요, 모든 게 분명해

---

111) 그림 형제가 수집한 동화에는 그런 이야기가 없다. 잃어버린 그림자라는 모티프는 아달베르트 샤밋소의 『피터 슐레밀의 기이한 모험』에 등장한다.

지지 않나요? 예전에 사람들이 그가 얼마나 뛰어난 사람인지 알라고 하기에, 난 열심히 그의 훌륭한 점을 찾으려 노력했어요. 하지만 그의 훌륭한 점을 찾지 못하고, 결국 내가 바보라는 생각을 하게 되었죠. 그런데 내가 작은 목소리로 '그 사람은 바보야.'라고 했더니, 모든 것이 너무나 분명해지는 거예요. 그렇지 않나요?"

"오늘은 독기가 가득하군요!"

"전혀 그렇지 않아요. 달리 표현할 말이 없어서 그래요. 우리 둘 중에 한 명은 바보예요. 그런데 당신도 알다시피, 사람은 절대로 자신을 바보라고 하지 않죠."

"아무도 자기의 재산에는 만족하지 않지만, 누구나 자신의 지혜에는 만족하네." 외교관이 프랑스 시를 읊었다.

"그래요, 바로 그거예요." 먀흐카야 공작부인이 재빨리 그를 돌아보았다. "하지만 문제는 내가 당신들에게 안나를 내주지 않겠다는 거예요. 그녀는 대단히 훌륭하고 사랑스러운 여자예요. 다들 그녀에게 푹 빠져 그림자처럼 그녀 뒤를 졸졸 따라다닌다 해도, 그녀가 어떻게 할 수 있겠어요?"

"나도 비난할 생각은 없었어요." 안나의 친구가 변명했다.

"우리를 그림자처럼 따라다니는 사람이 없다 해서, 우리에게 남을 비난할 권리가 있는 건 아니죠."

이렇게 안나의 친구를 적당히 다룬 뒤, 먀흐카야 공작부인은 자리에서 일어나 대사 부인과 함께 다른 테이블로 갔다. 그곳에서는 프로이센의 왕에 대해 이야기를 나누고 있었다.

"당신들은 그곳에서 무슨 험담을 하셨나요?" 벳시가 물었다.

"카레닌 부부에 대해서요. 공작부인이 알렉세이 알렉산드로비치의 성격을 분석했어요." 대사 부인이 웃음 띤 얼굴로 테이블 앞에 앉으며 대답했다.

"그 이야기를 듣지 못한 게 유감이군요." 여주인은 이렇게 말하며 입구를 쳐다보았다. "아, 드디어 오셨군요!" 그녀는 응접실로 들어오는 브론스키에게 미소를 던지며 말을 건넸다.

브론스키는 이곳에 모인 사람들을 모두 알고 있을 뿐 아니라 매일 만나다시피 했기 때문에 방금 헤어진 사람들에게 되돌아온 것처럼 편안한 태도로 들어왔다.

"어디서 오는 길이냐고요?" 그가 대사 부인의 물음에 대답했다. "어쩔 수 없이 고백해야겠군요. 부프[112]를 보고 오는 길입니다. 백 번을 보아도 늘 새로운 즐거움을 준다니까요. 정말 멋지더군요! 수치스러운 일이라는 건 나도 압니다. 하지만 오페라를 볼 때는 늘 졸지만, 부프를 볼 때는 끝까지 유쾌하게 앉아 있죠. 오늘……."

그는 프랑스 여배우의 이름을 말하며 그녀에 대해 무언가 말하려고 했다. 그러나 대사 부인이 장난스럽게 놀라는 표정을 지으며 그의 말을 가로막았다.

"제발 그런 끔찍한 얘기는 하지 마세요."

"그럼, 그만두죠. 더욱이 이 끔찍한 것에 대해선 다들 잘 알고 계시니까요."

"만일 그것이 오페라와 똑같이 인정을 받는다면 다들 거기에 갈 거예요." 마흐카야 공작부인이 그의 말을 거들었다.

---

112) 이탈리아의 '오페라 부파'에서 유래된 프랑스의 '오페라 부프'는 18세기에 큰 인기를 누렸다. 1870년에는 페테르부르크에 '오페라 부프'라는 프랑스 희가극 극장이 문을 열었다.

7

입구 쪽에서 발소리가 들렸다. 벳시 공작부인은 카레니나가 왔음을 알고 브론스키를 쳐다보았다. 그는 문을 바라보았다. 그런데 그의 얼굴에 이상야릇한 새로운 표정이 떠올랐다. 그는 안으로 들어오는 안나를 기쁨에 겨워 뚫어지게 바라보면서도 겁먹은 듯한 표정을 지었다. 그는 천천히 자리에서 일어났다. 응접실로 안나가 들어왔다. 늘 그렇듯이 몸을 꼿꼿이 세우고 시선을 똑바로 한 채, 사교계의 다른 여자들과 달리 의연하면서도 빠르고 경쾌한 걸음으로 몇 발짝 걸어와 여주인의 손을 잡고 미소를 지었다. 그러고는 미소 띤 얼굴 그대로 브론스키를 돌아보았다. 브론스키는 허리를 깊숙이 숙이고 그녀를 위해 의자를 옮겨 주었다.

그녀는 그저 고개를 끄덕이는 것으로 답례를 하고는 얼굴을 붉히며 눈살을 찌푸렸다. 그러나 곧 아는 사람들에게 재빨리 인사를 하고 그들이 내민 손을 잡으며 여주인에게 말을 건넸다.

"리디야 백작부인 댁에 있다 왔어요. 좀 더 일찍 오려고 했는데, 그만 오래 있고 말았네요. 마침 존 경이 오셨더군요. 대단히 재미있는 분이었어요."

"아, 그 선교사요?"

"네, 그분이 인도 생활에 대해 아주 재미있는 이야기를 들려주었어요."

안나의 도착으로 중단된 대화는 꺼져 가는 램프의 불꽃처럼 다시 비틀거리기 시작했다.

"존 경! 그래, 존 경. 그 사람을 본 적 있어요. 그는 말을 참 잘해요. 블라시예바는 그에게 완전히 반했어요."

"그런데 블라시예바의 여동생이 토포프와 결혼한다는 게 사실인가요?"

"네, 그렇게 하기로 결정했다더군요."

"난 그 부모에게 놀랐어요. 사람들의 말로는 열애 끝에 하는 결혼이라면서요."

"열애요? 당신은 어떻게 그런 구시대적인 생각을 갖고 있나요? 요즘도 열애에 대해 말하는 사람이 있나요?" 대사 부인이 말했다.

"어쩝니까? 그런 어리석은 구시대적 방식이 아직도 사라지지 않는데요." 브론스키가 말했다.

"그런 방식을 고수하는 사람들을 위해서도 좋지 않아요. 내가 알기로 오직 이성에 따른 결혼만이 행복할 수 있어요."

"그래요. 하지만 그 대신 이성에 따른 결혼의 행복도 종종 먼지처럼 흩어지곤 하잖습니까? 인정받지 못한 그 열정의 출현 탓에 말입니다." 브론스키가 말했다.

"하지만 우리는 서로 방종한 시기를 보낸 이후를 이성에 따른 결혼이라고 부르죠. 그것은 한 번은 반드시 거쳐야 하는 홍역과도 같은 거예요."

"그렇다면 천연두 접종처럼 사랑을 예방하는 인공 백신도 발견해야 되겠군요."

"난 젊은 시절 하급 수도사에게 반한 적이 있어요." 먀흐카야 공작부인이 말했다. "그 일이 내게 무슨 도움이 됐는지 모르겠네요."

"아뇨, 농담이 아니고요, 난 사랑을 알려면 실수를 저지르고 그것을 고쳐 나가야 한다고 생각해요." 벳시 공작부인이 말했다.

"결혼한 후에도요?" 대사 부인이 장난스럽게 말했다.

"후회하기에 너무 늦은 때는 없다." 외교관이 영국 속담을 인용했다.

"바로 그거예요." 벳시가 그의 말을 거들었다. "실수를 하고 바로잡아야만 해요. 당신은 어떻게 생각해요?" 그녀는 안나를 돌아보았다. 안나는 보일 듯 말 듯한 딱딱한 미소를 지으며 말없이 이 대화를 듣고 있었다.

"내 생각에는……." 안나는 벗어 놓은 장갑을 만지작거리며 말했다. "내 생각에는…… 사람의 머릿수만큼 그 생각도 가지각색이라면, 마음의 수만큼 사랑의 종류도 다양할 것 같아요."

브론스키는 안나를 바라보며 두근거리는 마음으로 그녀의 말을 기다렸다. 그런데 그녀가 이렇게 말하자, 그는 마치 위험에서 벗어난 것처럼 숨을 크게 몰아쉬었다.

별안간 안나가 그에게 말을 걸었다.

"모스크바에서 편지가 왔어요. 키티 쉐르바츠카야가 몹시 아프다고 하네요."

"정말입니까?" 브론스키는 얼굴을 찌푸리며 말했다.

안나는 엄한 표정으로 그를 바라보았다.

"당신은 이 소식에 관심이 없나 보군요?"

"오히려 반대입니다. 편지에 뭐라고 쓰여 있는지 물어봐도 되겠습니까?" 그가 물었다.

안나는 자리에서 일어나 벳시에게 다가갔다.

"차 한잔 주시겠어요?" 안나는 벳시의 의자 뒤에 서서 말했다.

벳시 공작부인이 그녀에게 차를 따라 주는 동안, 브론스키가 안나에게 다가갔다.

"뭐라고 쓰여 있던가요?" 그가 되물었다.

"난 종종 이런 생각을 한답니다. 남자들은 고결함이 뭔지도 모르면서 항상 그 말을 입에 담는구나 하고요." 안나가 그의 질문에는 대답도 않고 이렇게 말했다. "난 오래전부터 당신에게 말하고 싶었어요." 그녀는 이렇게 덧붙이고 몇 발짝 걸음을 떼어 사진첩이 놓인 구석 테이블 앞에 앉았다.

"난 당신이 무슨 뜻으로 그런 말을 하는지 전혀 모르겠습니다." 그는 그녀에게 찻잔을 건네주며 말했다.

그녀가 주위의 소파에 시선을 던지자, 그는 즉시 그 자리에 앉았다.

"그래요, 당신에게 꼭 말하고 싶었어요." 그녀는 그를 외면하며 말했다. "당신의 행동은 나빴어요. 그것도 아주, 아주 나빴어요."

"내 행동이 옳지 않았다는 걸 내가 모르는 줄 아십니까? 하지만 내가 그렇게 행동한 게 누구 때문인데요?"

"왜 내게 그런 말을 하죠?" 그녀가 그를 쏘아보며 말했다.

"왜 그런지는 당신도 아실 텐데요." 그는 그녀의 시선을 똑바로 마주보며 대담하게, 그리고 기쁜 듯이 말했다.

당황한 건 그가 아니라 오히려 그녀였다.

"그건 당신에게 마음이 없다는 것을 증명할 뿐이에요." 그녀가 말했다. 하지만 그녀의 눈빛은 이렇게 말하고 있었다. 그에게 마음이 있다는 것을 알고 있다고, 그래서 그가 두렵다고.

"지금 당신이 말한 그 일은 나의 실수였습니다. 사랑이 아니었습니다."

"기억하실 텐데요. 내가 당신에게 그 말, 그 추한 말을 입에 담지 못하게 금지시킨 것을요." 안나는 몸을 떨며 말했다. 하지만 그 순간 그녀는 금지시켰다는 이 한마디 말로 자신에게 그에 대한 모종의 권리가 있음을 인정했다는 것, 바로 그 때문에 자신이 그에게 사랑을 고백하도록 부추겼다는 것을 깨달았다. "난 오래전부터 당신에게 이 말을 하고 싶었어요." 그녀는 그의 눈을 똑바로 쳐다보며 계속해서 말했다. 그러자 그녀의 얼굴을 달아오르게 한 홍조가 더욱 붉어졌다. "난 오늘 당신을 만날 줄 알고 일부러 이곳에 왔어요. 내가 온 건 당신에게 이런 일을 끝내야 한다고 말하기 위해서예요. 난 지금까지 누구 앞에서도 얼굴을 붉힌 적이 없는데, 당신은 나에게 어떤 죄의식을 느끼게 해요." 그는 그녀를 바라보다가 그녀의 얼굴에 떠오른 새로운 정신적 아름다움에 깊은 감명을 받았다.

"당신이 내게 원하는 게 뭡니까?" 그가 솔직하고도 진지하게 말했다.

"내가 원하는 건 당신이 모스크바에 가서 키티에게 용서를 구하는 거예요." 그녀가 이렇게 말한 순간, 그녀의 눈동자에서 작은 불꽃이 깜박였다.

"당신은 내가 그렇게 하길 바라지 않습니다." 그가 말했다.

그는 알았다. 그녀가 한 말은 스스로에게 강요한 말이지, 그녀의 바람이 아니라는 것을.

"당신의 말대로, 당신이 날 사랑한다면……." 그녀는 속삭이듯 말했다. "내 마음이 평온해지도록 해 주세요."

그의 얼굴이 환하게 빛났다.

"당신은 정말로 모르십니까? 내게는 당신이 삶의 전부라는 걸. 난 평온이란 걸 모릅니다. 그래서 당신에게 줄 수도 없습니다. 나의 모든 것, 사랑……, 그렇습니다. 난 당신과 나를 따로 떼어 생각할 수 없습니다. 내게는 당신과 내가 하나입니다. 그리고 앞으로도 나에게든 당신에게든 평온 따위 있을 것 같지 않군요. 내 눈에는 절망과 불행, 아니면 행복, 그것도 커다란 행복의 가능성만 보일 뿐입니다. 그것이 과연 불가능한 일일까요?" 그는 입술만 움직여 이렇게 덧붙였다. 하지만 그녀는 그 말을 들을 수 있었다.

그녀는 마땅히 해야 할 말을 찾기 위해 이성의 힘을 총동원했다. 그러나 그녀는 사랑 가득한 눈길로 그를 바라보기만 할 뿐 아무런 대답도 하지 못했다.

'그래, 됐어!' 그는 미칠 듯이 기뻐하며 생각에 잠겼다. '난 이미 절망에 빠져 있었는데, 도저히 끝이 날 것 같지 않았는데, 이제 된 거야! 그녀는 날 사랑해. 그녀는 지금 그것을 고백

하고 있어.'

"그럼, 날 위해 그렇게 해 줘요. 그리고 다시는 그런 말 하지 말아요. 우리, 좋은 친구로 남기로 해요." 그녀의 입은 그렇게 말했지만, 그녀의 눈빛은 전혀 다른 것을 말하고 있었다.

"우리는 친구가 될 수 없습니다. 그 점은 당신도 알고 있습니다. 우리가 세상에서 가장 행복한 사람이 되느냐 가장 불행한 사람이 되느냐는, 당신에게 달려 있습니다."

그녀는 무언가 말하려 했지만, 그가 그녀를 가로막았다.

"내가 바라는 것은 오직 한 가지, 지금처럼 기대를 품은 채 괴로워할 권리뿐입니다. 하지만 이것마저 안 된다면, 차라리 내게 사라지라고 하세요. 그럼 사라져 드리겠습니다. 나와 함께 있는 것이 괴롭다면, 다시는 당신 앞에 나타나지 않겠습니다."

"당신을 그 어디로도 쫓아내고 싶지 않아요."

"그럼, 아무것도 바꾸지만 말아 주십시오. 모든 걸 지금 있는 그대로 놔 두세요." 그가 떨리는 목소리로 말했다. "저기 당신의 남편이 오는군요."

정말로 그 순간 알렉세이 알렉산드로비치가 특유의 침착하고 느긋한 걸음걸이로 응접실에 들어왔다.

그는 아내와 브론스키를 흘깃 본 후 여주인에게 다가갔다. 그는 앉아서 차를 마시며 특유의 침착하고도 또렷한 목소리로, 언제나처럼 조롱하는 듯한 말투로 누군가를 놀려 대듯 말하기 시작했다.

"당신의 랑부예[113] 전 회원이 참석했군요." 그는 모인 사람들

---

113) 17세기 프랑스 사교계를 주도한 랑부예 후작부인의 문학 살롱.

을 죽 둘러보며 말했다. "카리테스[114]와 뮤즈도 있군요."

하지만 벳시 공작부인은 그의 sneering[115] 한 ─ 그녀 자신의 표현에 따르면 ─ 말투를 도저히 참을 수 없었다. 그녀는 현명한 여주인답게 재빨리 병역 의무제에 관한 진지한 화제로 그를 이끌었다. 알렉세이 알렉산드로비치는 금방 그 화제에 빠져들어, 벳시 공작부인 앞에서 이 새로운 법령을 진지하게 옹호하기 시작했다. 그러자 벳시 공작부인이 그를 반박했다.

브론스키와 안나는 작은 테이블 앞에 계속 앉아 있었다.

"상황이 점점 추하게 흘러가는군요." 한 부인이 카레니나와 브론스키와 카레니나의 남편을 눈짓으로 가리키며 속삭였다.

"그러게 내가 뭐랬어요?" 안나의 친구가 대답했다.

하지만 그 부인들뿐 아니라 응접실에 있던 거의 모든 사람들, 심지어 먀흐카야 공작부인과 벳시까지도 사람들에게서 멀찍이 떨어져 앉은 이 두 사람을 마치 자기들에게 방해가 되기라도 한 듯 몇 번이고 쳐다보았다. 오직 알렉세이 알렉산드로비치만이 그쪽을 한 번도 쳐다보지 않고서 지금 오가는 대화에 열중했다.

모두가 불쾌해하고 있음을 눈치챈 벳시 공작부인은 알렉세이 알렉산드로비치의 말을 들어 줄 사람으로 자기 대신 다른 사람을 슬그머니 밀어 넣고는 안나에게 다가갔다.

"당신 남편의 분명하고 정확한 표현은 언제나 날 놀라게 해요." 그녀가 말했다. "아무리 심오한 개념도 저분이 이야기하면

---

114) 미, 우아, 환희의 세 여신을 가리킨다.

115) '비꼬는.'(영어) 톨스토이는 프랑스어와 영어를 자주 입에 담는 당시의 귀족들의 언어 풍습을 살리기 위해 'sneering'이란 단어를 그대로 썼다.

쉽게 이해할 수 있다니까요."

"아, 그럼요!" 안나는 행복한 미소를 환하게 빛내며 말했다. 그러나 그녀는 벳시가 말한 내용을 한마디도 이해하지 못했다. 그녀는 큰 테이블로 자리를 옮겨 공통의 화제에 끼어들었다.

알렉세이 알렉산드로비치는 30분가량 앉아 있다가 아내에게 다가가 함께 집으로 돌아가자고 말했다. 그러나 안나는 그를 쳐다보지도 않은 채 만찬에 남겠다고 대답했다. 알렉세이 알렉산드로비치는 사람들에게 인사를 하고는 자리를 떴다.

카레니나의 마부인 늙고 뚱뚱한 타타르인은 반질반질한 가죽 코트 차림으로 현관 앞에서 추위에 덜덜 떠는 왼쪽의 회색 말을 간신히 붙잡고 있었다. 하인은 마차의 문을 열어 놓고 서 있었다. 수위는 현관문을 잡고 서 있었다. 안나 아르카지예브나는 자그맣고 민첩한 손으로 모피 코트의 호크에 걸린 소매의 레이스를 풀면서, 고개를 숙인 채 그녀를 배웅하는 브론스키의 말을 기쁨에 겨워 듣고 있었다.

"당신은 아무 말도 하지 않은 겁니다. 그리고 나 역시 아무것도 요구하지 않은 것으로 해 둡시다." 그가 말했다. "하지만 당신도 알다시피, 내게 필요한 건 우정이 아닙니다. 내 인생에는 단 하나의 행복이 있을 뿐입니다. 그것은 당신이 그토록 싫어한 말……, 그래요, 사랑입니다."

"사랑……." 그녀가 내면의 목소리로 천천히 그 말을 되풀이했다. 그리고 레이스를 풀자마자 갑자기 이렇게 덧붙였다. "내가 그 말을 싫어하는 건, 그 말이 내게 너무나도 많은 것을 의미하기 때문이에요. 당신이 생각하는 것보다 훨씬 더 많은……." 그녀는 그의 얼굴을 쳐다보았다. "다음에 봐요!"

그녀는 손을 내밀고 재빠르고 경쾌한 걸음으로 수위 옆을 지나 마차 안으로 사라졌다.

그녀의 시선과 손의 감촉이 그를 달아오르게 했다. 그는 자기 손바닥을 펼쳐 그녀의 손이 닿은 자리에 입을 맞추었다. 그리고 지난 두 달 동안보다 오늘 밤에야말로 그의 목적을 달성하는 데 훨씬 더 근접했다는 생각을 하며, 행복한 기분으로 집으로 가는 마차에 올랐다.

8

알렉세이 알렉산드로비치는 그의 아내가 브론스키와 함께 따로 떨어진 테이블에 앉아 생기 넘친 모습으로 이야기를 나누었다고 해서 그 속에 무언가 특별하고 부적절한 것이 있다고는 생각하지 않았다. 그러나 그는 응접실에 있던 다른 사람들에게 이 모습이 뭔가 특별하고 부적절한 것으로 보인다는 것을 알아챘다. 그러자 그에게도 두 사람의 모습이 부적절하게 보였다. 그는 아내에게 이 일에 대해 한마디 해야겠다고 생각했다.

집으로 돌아온 알렉세이 알렉산드로비치는 평소처럼 서재의 안락의자에 앉아 법왕 신성설에 관한 책을 집어 들고는 페이퍼 나이프를 꽂아 놓은 부분을 펼쳐 평소처럼 1시까지 읽었다. 이따금 그는 툭 튀어나온 이마를 문지르다 마치 어떤 생각을 몰아내려는 듯 머리를 흔들곤 했다. 시간이 되자, 그는 자리에서 일어나 잘 준비를 했다. 안나 아르카지예브나는 아직 귀가 전이었다. 그는 겨드랑이에 책을 끼고 2층으로 올라갔다. 그러나 오늘 밤에는, 평소처럼 직무에 대한 생각 대신, 아내와 그녀에게 일어난 불쾌한 무언가가 그의 머리를 꽉 채웠다. 그는 평소 습관과 달리 침대에 눕지 않고 뒷짐을 진 채 앞뒤로 왔다 갔다 했다. 자리에 누울 수가 없었다. 그는 새롭게 출현한 상황에 대해 곰곰이 생각을 해 보는 것이 우선이라고 느꼈다.

알렉세이 알렉산드로비치가 아내와 이야기를 해 봐야겠다고 다짐할 때만 해도, 그에게는 이 문제가 매우 가볍고 단순한 것으로 보였다. 하지만 새롭게 발생한 이 상황을 곰곰이 생각하자, 이제는 그것이 대단히 복잡하고 곤란한 문제로 여겨졌다.

알렉세이 알렉산드로비치는 질투가 많은 편이 아니었다. 그의 소신에 따르면, 질투는 아내를 모욕하는 행위였다. 그는 아내에 대한 신뢰를 가져야 한다고 믿었다. 어째서 신뢰를 가져야 하는지, 즉 어째서 그의 젊은 아내가 늘 자기를 사랑하리라는 절대적인 신뢰를 가져야 하는지, 그는 한 번도 의문을 품은 적이 없었다. 그는 불신을 경험한 적이 없었다. 왜냐하면 아내에 대한 믿음을 갖고 있었고, 또 그래야만 한다고 스스로에게 다짐했기 때문이다. 지금도 질투란 수치스러운 감정이고 아내를 믿어야 한다는 신념에는 변함이 없었지만, 그는 자신이 비논리적이고 납득할 수 없는 무언가에 직면했음을 느끼고 어찌할 바를 몰랐다. 알렉세이 알렉산드로비치는 인생과 대면한 것이다. 그의 아내가 그가 아닌 다른 누군가를 사랑할 수도 있다는 사실과 맞닥뜨린 것이다. 그에겐 이런 것이 무의미하고 이해할 수 없는 것으로 보였다. 왜냐하면 이것이 삶 자체였기 때문이다. 알렉세이 알렉산드로비치는 삶의 반영을 다루는 공무(公務) 분야에서 전 생애를 보냈다. 그래서 그는 삶 자체와 부딪칠 때마다 매번 그것을 회피했다. 이제 그는 낭떠러지 위에 놓인 다리를 침착하게 걸어가던 사람이 문득 그 다리는 허물어졌고 그 아래에 깊은 바다가 있다는 것을 알게 되었을 때 느꼈음 직한 그런 감정을 맛보고 있었다. 이 심해는 삶 자체였으며 다리는 알렉세이 알렉산드로비치가 살아온 인공적인 삶이었다. 그의 아내가 다른 누군가를 사랑할 수도 있다는 생각이 처음으로 그의 뇌리를 스쳤다. 그는 이러한 의혹 앞에서 전율했다.

그는 옷을 벗지도 않은 채 램프 하나만 켜진 식당에 들어가 특유의 규칙적인 걸음걸이로 발소리가 울리는 세공 마루를 따라 왔다 갔다 하다가, 어둠에 잠긴 응접실의 양탄자 위로 걸음을 옮겼다. 소파 위에는 최근에 그린 그의 커다란 초상화가 걸려 있었는데, 빛이 그 위에만 비치고 있었다. 그는 안나의 방으로 갔다. 초 두 자루가 그녀의 육친과 친구들의 초상화, 책상 위에 놓인, 오래전부터 낯익은 자질구레한 장식품들을 비추며 밝게 타오르고 있었다. 그는 안나의 방을 지나 침실 문 앞까지 갔다가 다시 발걸음을 돌렸다.

이런 순서로 한 바퀴씩 돌 때마다 그는 걸음을 멈추고 — 대개는 밝은 식당의 세공 마루에서 — 속으로 혼잣말을 했다. '그래, 어서 이 문제를 해결하고 막아야 한다. 이 문제에 대한 내 견해와 결심을 밝혀야 한다.' 그리고 그는 뒤돌아섰다. '하지만 도대체 무슨 말을 한단 말인가? 어떤 결정을⋯⋯?' 그는 응접실에서 혼잣말로 중얼거렸다. 하지만 그에 대한 대답을 찾을 수 없었다. 그는 아내의 방으로 가기에 앞서 스스로에게 물었다. '그래, 도대체 무슨 일이 있었단 말인가? 아무 일도 없었다. 아내가 그와 오랫동안 이야기를 했다. 그래서 뭐가 어쨌단 말인가? 사교계의 여성은 다른 사람들과 얼마든지 이야기를 나눌 수 있지 않은가? 그리고 질투는 나 자신과 그녀를 부끄럽게 만드는 짓이다.' 그는 그녀의 방으로 들어가면서 혼잣말을 했다. 하지만 전에는 그토록 무게감을 지니던 고찰이 지금은 아무런 무게감도, 의미도 갖지 못했다. 그는 침실에서 다시 홀로 향했다. 하지만 그가 어두운 응접실로 되돌아간 순간, 어떤 목소리가 그에게 속삭였다. 그렇지 않아, 다른 사람들이 눈치챘다는 건 무언가가 있다는 뜻이야. 그는 식당에서 다시 혼잣말을 했다. '그래, 어서 이 문제를 해결하고 막아야 한다. 그리고 내 견해를……' 그는 응접실로 들어가기에 앞서 또 한 번 스스로에게 물었다. '어떻게 해결할 것인가?' 그러고는 '무슨 일이 일어났단 말인가?' 하고 자신에게 물었다. 그는 '아무 일도 없었다.'라고 대답한 후, 질투는 아내를 모욕하는 감정이라는 사실을 떠올렸다. 그러나 응접실에 이르자 또다시 무언가 일어났다는 확신이 들었다. 그의 생각은 그의 육신처럼 새로운 것을 전혀 발견하지 못한 채 빙글빙글 돌기만 했다. 그는 이 사실을 깨닫고는 이마를 문지르며 그녀의 방에 주저앉아 버렸다.

바로 그때 공작석으로 만든 서진과 쓰다 만 편지가 놓인 책상을 보자, 불현듯 그의 생각이 변했다. 그는 그녀에 대해, 그녀의 생각과 감정에 대해 생각하기 시작했다. 그는 처음으로 그녀의 사생활, 그녀의 생각, 그녀의 소망을 상상해 보았다. 그러자 아내에게도 그녀만의 특별한 삶이 있을 수 있고, 또 당연히 그래야 한다는 생각이 무시무시하게 고개를 치켜들었다. 그는 황급히 생각을 떨쳐 버렸다. 그것이야말로 그가 들여다보기를 두려워하던 심해였다. 타인의 생각과 감정으로 들어간다는 것은 알렉산드르 알렉산드로비치에게 낯설게 느껴지는 정신 행위였다. 그는 이런 정신 행위를 해롭고 위험한 망상으로 여겼다.

그는 생각했다. '그리고 무엇보다 두려운 것은, 하필이면 나의 일이 곧 마무리되려는(그는 지금 자신이 통과시키려고 하는 법안을 생각했다.) 바로 이때, 내게 정신적인 평안과 힘이 절실히 필요한 이때, 이런 무의미한 불안이 나를 덮쳤다는 것이다. 하지만 도대체 어떻게 해야 한단 말인가? 난 불안과 걱정으로 괴로워하면서 그것을 직시할 힘조차 없는 사람들과 다르다.'

"심사숙고해서 문제를 해결하고 어서 이 짐을 벗어 버려야 해." 그는 소리 내어 말했다.

'그녀의 감정에 대한 문제, 그녀의 영혼에서 무슨 일이 벌어졌고 앞으로 무슨 일이 일어날 것인가 하는 문제는 내 소관이 아니다. 그건 그녀의 양심의 문제이고, 종교의 영역에 속한 문제이다.' 그는 이번에 발생한 상황이 속한 적법한 조항을 발견했다는 자각으로 마음이 가벼워지는 것을 느꼈다.

'그러니까······.' 알렉세이 알렉산드로비치는 계속 혼잣말을 했다. '그녀의 감정 등에 대한 문제는 그녀의 양심의 문제이다. 내 소관이 될 수 없는 문제. 그렇다면 내 의무는 분명해진다. 나는 가장으로서 그녀를 지도할 의무가 있는 사람이다. 따라서 내게도 어느 정도 책임이 있다. 난 내가 본 위험을 지적하고 그것에 대해 경고해야 하며, 때에 따라서는 권력도 행사해

야 한다. 난 그녀에게 말해야 한다.'

그러자 알렉세이 알렉산드로비치의 머릿속에 그가 이제 아내에게 말할 모든 내용이 선명하게 떠올랐다. 그는 말할 내용을 곰곰이 생각하다 이처럼 하찮은 집안일에 자신의 시간과 지력을 낭비해야 한다는 것이 아깝다는 생각이 들었다. 그렇지만 그의 머릿속에는 앞으로 할 말의 형식과 순서가 마치 강연처럼 명료하게 정리되었다. '난 이렇게 말해야 한다. 처음에는 여론과 예의의 의미를 설명하고, 두 번째로 결혼의 의미를 종교적으로 설명하자. 세 번째, 필요하다면 아들에게 닥칠지도 모를 불행에 대해 지적하자. 네 번째로는 그녀 자신이 당할 불행을 언급하고.' 그러고 나서 알렉세이 알렉산드로비치는 깍지를 낀 채 손바닥을 아래로 향하게 하여 팔을 쭉 뻗었다. 그러자 손가락 관절이 뚝뚝 소리를 냈다. 깍지를 끼고 손가락을 꺾는 이 동작은 비록 나쁜 버릇이긴 했지만 언제나 그를 진정시켜 주었고 정확성을 갖게 해 주었다. 이런 정확성은 지금 그에게 너무나도 필요한 것이었다. 현관 입구에서 마차 소리가 들렸다. 알렉세이 알렉산드로비치는 홀 한가운데에서 걸음을 멈추었다.

계단을 오르는 여자의 발소리가 들렸다. 말할 준비를 마친 알렉세이 알렉산드로비치는 깍지 낀 손가락을 꽉 쥐고 또 어디에서 소리가 나지 않나 기다렸다. 관절 하나가 뚜둑 소리를 냈다.

그는 계단을 오르는 가벼운 발소리로 아내가 가까이 다가오고 있음을 알아차렸다. 그러자 자신이 준비한 말에 만족하고 있는데도, 눈앞에 닥친 아내와의 대화가 두려워지기 시작했다.

9

안나는 고개를 숙인 채 외투의 모자에 달린 술을 만지작거리며 걸어왔다. 그녀의 얼굴은 강렬한 빛으로 반짝이고 있었다. 하지만 그 광채는 즐거운 빛이 아니었다. 그는 캄캄한 밤에 일어난 불길의 무시무시한 번쩍임을 떠올렸다. 남편을 본 안나는 머리를 들더니 마치 잠에서 깨어난 듯한 얼굴로 생긋 웃었다.

"아직 안 잤어요? 어머, 놀라워라!" 그녀는 이렇게 말하며 외투의 모자를 벗었다. 그녀는 걸음을 멈추지 않고 곧장 옷방으로 갔다. "잘 시간이에요, 알렉세이 알렉산드로비치." 그녀가 문 뒤에서 말했다.

"안나, 당신에게 할 이야기가 있어."

"나한테요?" 그녀는 깜짝 놀라며 방에서 나와 남편을 쳐다보았다.

"그래."

"무슨 일이에요? 무슨 이야기인데요?" 그녀는 의자에 앉으며 말했다. "꼭 해야 할 말이라면 어서 말해 봐요. 하지만 괜찮다면 그냥 자고 싶어요."

안나는 생각나는 대로 말하고는 자기가 한 말을 들으며 자기의 거짓말 솜씨에 스스로 놀랐다. 그녀의 말은 얼마나 단순하고 자연스러운가! 그냥 자고 싶다는 말은 또 얼마나 그럴듯한가! 그녀는 자신이 그 무엇으로도 꿰뚫을 수 없는 거짓의 갑옷을 입고 있다고 느꼈다. 그녀는 보이지 않는 어떤 힘이 자기를 돕고 지탱하는 것을 느꼈다.

"안나, 당신에게 경고해 둘 말이 있어." 그가 말했다.

"경고요?" 그녀가 말했다. "무슨……?"

그녀가 너무나 꾸밈없고 명랑한 모습으로 그를 쳐다보았기에, 남편만큼 그녀를 알지 못하는 사람이라면 그녀의 말이 지닌 울림이나 의미에서 부자연스러운 점을 결코 발견하지 못했을 것이다. 하지만 그녀를 잘 아는 그에게는, 그가 5분만 늦게 잠자리에 들어도 그녀가 이것을 알아채고 왜냐고 묻는다는 것을 잘 아는 그에게는, 그녀가 자신이 느낀 기쁨과 즐거움과 슬픔을 그에게 곧바로 털어놓는다는 것을 잘 아는 그에게는, 지금처럼 그의 상태를 헤아리려 하지 않고 자신에 대해 말 한마디 하지 않으려는 그녀의 모습이 많은 것을 의미했다. 그는 그녀의 영혼의 깊은 곳, 예전에는 늘 그에게 열려 있었던 그 심연이 그의 앞에서 굳게 닫힌 것을 보았다. 게다가 그는 그녀의 말투에서 그녀가 이것을 전혀 대수롭게 여기지 않는다는 것을 알았다. 그녀는 노골적으로 이렇게 말하는 것 같았다. "그래요. 닫혔어요. 그래야 마땅하고, 앞으로도 그럴 거예요." 지금 그는 집으로 돌아왔다가 문이 잠긴 걸 본 남자가 느꼈음 직한 그런 기분을 맛보고 있었다. '아냐, 아마 열쇠를 찾을 수 있을 거야.' 알렉세이 알렉산드로비치는 생각했다.

"내가 당신에게 경고하고 싶은 건……." 그는 나지막한 목소리로 말했다. "당신의 경솔하고 무분별한 행동이 사교계 사람들에게 당신을 놓고 입방아를 찧을 만한 빌미를 제공할 수도 있다는 거야. 오늘 브론스키 백작(그는 이 이름을 적당한 간격을 두어 또박또박 침착하게 발음했다.)과 지나칠 정도로 생기발랄하게 대화를 나누는 당신의 모습이 사람들의 주의를 끌었어." 그는 이렇게 말하며 웃고 있는 그녀의 눈동자, 이젠 꿰뚫어 볼 수 없어 무섭기만 한 그녀의 눈동자를 바라보았다. 그는 이야기를 하는 동안 자신의 말이 얼마나 어리석고 무익한지 절감하고 있었다.

"당신은 늘 이런 식이에요." 그녀는 그를 도저히 이해할 수 없다는 듯이 말했다. 그리고 일부러 그가 한 말 가운데 마지막 말만 알아들은 척했다. "어떨 때는 내가 지루해하는 것이 싫다고 했다가, 어떨 때는 내가 즐거워하는 것이 싫다고 했다가……. 오늘은 지루하지 않았어요. 그게 당신의 감정을 상하게 했나요?"

알렉세이 알렉산드로비치는 몸을 부르르 떨며 손가락을 꺾으려고 양손을 구부렸다.

"아, 제발, 손가락 꺾는 소리 좀 내지 말아요. 난 그 소리가 정말 싫단 말이에요." 그녀가 말했다.

"안나, 정말 당신 맞아?" 알렉세이 알렉산드로비치는 자신을 억누르고 손동작을 자제하며 조용한 목소리로 말했다.

"도대체 왜 그래요?" 그녀는 진지하면서도 희극적인 놀라움을 보이며 말했다. "나에게 원하는 게 뭐예요?"

알렉세이 알렉산드로비치는 입을 다물고 한 손으로 이마와 눈자위를 문질렀다. 그는 본래 하려고 했던 일, 즉 사교계의 눈에 비친 그녀의 실수에 대해 주의를 주려던 일 대신, 자기가 저도 모르게 그녀의 양심에 관한 문제로 흥분하고 있으며 그 자신이 상상한 어떤 벽과 싸우고 있음을 알아차렸다.

"내가 하려던 말은 이거야." 그는 냉정하고 침착하게 말을 이었다. "내 말을 끝까지 들어 주었으면 해. 당신도 알다시피, 난 질투가 수치스럽고 비천한 감정이라고 생각해. 그렇기 때문에 결코 이 감정이 날 지배하도록 내버려 두지 않을 거야. 하지만 어떤 예의와 법도라는 게 있어. 이것을 어기게 되면 반드시 벌을 받게 되지. 오늘 저녁 난 아무것도 알아차리지 못했어. 하지만 모임에 온 사람들의 인상을 보니, 다들 당신의 행동이나 처신이 전혀 바람직하지 못하다고 여기는 모양이더군."

"정말이지 이해가 안 돼요." 안나가 어깨를 으쓱했다. '저 사람은 일이 어떻게 되든 상관없는 거야. 그런데 사교계 사람들이 눈치를 채니까, 그것이 신경에 거슬리는 거야.' 안나는 생각했다. "당신, 오늘 몸이 안 좋은가 보네요, 알렉산드르 알렉산드로비치." 그녀는 이렇게 덧붙이며 자리에서 일어나 방으로 가려 했다. 하지만 그가 그녀를 막아서려는 듯 앞으로 나섰다.

그는 보기 흉하고 음울한 표정을 짓고 있었다. 안나는 지금까지 그에게서 한 번도 그런 표정을 본 적이 없었다. 그녀는 걸음을 멈추고 머리를 한쪽으로 기울여 민첩한 손놀림으로 머리핀을 뽑기 시작했다.

"좋아요. 무슨 얘기를 하든 듣겠어요." 그녀가 비아냥거리듯 침착하게 말했다. "그것도 아주 흥미롭게 들을게요. 나도 무슨 일인지 알고 싶으니까요."

그녀는 이렇게 말하면서 자신의 자연스럽고 침착하고 진실한 말투와 자신이 고른 어휘에 깜짝 놀랐다.

"내게는 당신의 감정을 세세하게 간섭할 권리가 없어. 대체로 난 그런 행동이 무익할 뿐 아니라 해롭다고 생각해." 알렉세이 알렉산드로비치가 말을 꺼냈다. "자신의 마음속을 파고들다 보면, 우리는 종종 그 속에서 자신도 미처 깨닫지 못하던 것을 발견하곤 하지. 당신의 감정, 그건 당신의 양심 문제야. 하지만 나에게는 당신 앞에서, 나 자신 앞에서, 하느님 앞에서 당신의 의무를 일깨워 줄 의무가 있어. 우리의 삶은 하나로 결합되어 있어. 그리고 우리를 묶은 건 인간이 아니라 하느님이야. 이 결합을 파괴할 수 있는 건 오직 죄악뿐이지. 더욱이 이런 종류의 죄악은 무거운 벌을 초래해."

"무슨 말인지 하나도 모르겠어요. 아, 하느님, 유감스럽지만 너무 졸리네요!" 그녀는 이렇게 말하고는 한 손으로 재빨리 머리를 쓸어 넘기면서 남아 있는 머리핀을 찾았다.

"안나, 제발, 그런 식으로 말하지 마." 그가 온순하게 말했다. "내가 잘못 생각한 건지도 모르지. 하지만 믿어 줘. 내가 이런 말을 하는 건 당신과 나 자신을 위해서야. 난 당신의 남편이고 당신을 사랑해."

순간 그녀는 고개를 숙였다. 그녀의 눈동자에서 일렁이던 조롱의 불꽃도 꺼졌다. 하지만 "사랑해."라는 말이 또 한 번 그녀를 격분하게 했다. 그녀는 생각했다. '사랑? 과연 그가 사랑을 할 수나 있을까? 그는 사랑이 있다는 말을 남에게 듣지 않았다면, 결코 그 말을 쓰지도 못했을 사람이야. 그는 사랑이 뭔지도 몰라.'

"알렉세이 알렉산드로비치, 난 정말 모르겠어요." 그녀가 말했다. "분명히 말해 줘요. 당신이 무슨 생각을 하는지……."

"잠깐. 내 말을 끝까지 들어 봐. 난 당신을 사랑해. 하지만 나 자신에 대한 얘기를 하려는 건 아냐. 여기서 중요한 사람은 바로 우리 아들과 당신 자신이지. 아까 한 얘기를 또 하는 것 같은데, 분명히 당신에게는 내 말이 너무나 황당하게 들릴 거야. 어쩌면 그 말은 내 오해에서 비롯된 건지도 몰라. 만약 그렇다면 당신에게 용서를 구할게. 하지만 만일 당신이 내 말에 조금이라도 근거가 있다고 느낀다면, 내 말을 잘 생각해 봤으면 좋겠어. 그리고 당신의 마음이 하는 말을 내게도 말해 줬으면 해……."

알렉세이 알렉산드로비치는 자신도 모르는 사이에 미리 준비해 둔 말과는 전혀 다른 말을 하고 있었다.

"난 할 말이 없어요. 그리고……." 그녀는 간신히 웃음을 참으며 갑자기 빠른 말투로 말했다. "정말 이젠 자야겠어요."

알렉세이 알렉산드로비치는 한숨을 쉬었다. 그러고는 더 이상 아무 말도 하지 않고 침실로 갔다.

그녀가 침실에 들어가자, 그는 이미 자리에 누워 있었다. 그는 입을 굳게 다문 채 그녀에게 눈길도 주지 않았다. 그녀는 침대에 들어가, 매 순간 그가 다시 말을 걸어오기를 기다렸다. 그녀는 그가 말을 걸어올까 봐 두려워하면서도 그렇게 해 주길 바랐다. 하지만 그는 말이 없었다. 그녀는 오랫동안 꼼짝도 않고 그의 말을 기다리다 어느새 그의 존재를 까맣게 잊고 말았다. 그녀는 다른 남자를 생각했다. 그녀는 그를 보고 느낄 수 있었다. 그를 생각하는 동안 그녀의 마음은 흥분과 죄악의 기쁨으로 가득 찼다. 그런데 갑자기 그녀의 귀에 규칙적이고 평온한 코 고는 소리가 들렸다. 처음엔 알렉세이 알렉산드로비치도 자신의 소리에 놀란 듯 코 골기를 멈추었다. 그러나 두어 번 숨을 쉬더니, 또다시 평온하고 고르게 코를 골기 시작했다.

"늦었어, 늦었어, 이미 늦어 버렸어." 그녀는 미소를 지으며 속삭였다. 그녀는 눈을 뜬 채 오랫동안 꼼짝 않고 누워 있었다. 그녀는 어둠 속에서 자신의 눈동자가 뿜는 광채를 본 것 같았다.

10

그날 밤 이후 알렉세이 알렉산드로비치와 그의 아내에게는 새로운 생활이 시작되었다. 특별한 일은 없었다. 여느 때처럼 안나는 사교계를 출입했고, 특히 벳시 공작부인의 집을 자주 드나들었다. 그리고 가는 곳마다 브론스키와 만났다. 알렉세이 알렉산드로비치도 이 사실을 알았지만 어찌할 도리가 없었다. 그는 그녀와 진지하게 이야기를 나누려고 온갖 시도를 다했으나, 그녀는 그에게 꿰뚫을 수 없는 어떤 즐거운 망설임의 벽을 쌓았다. 겉으로 보기에는 예전과 똑같았지만, 내부의 관계는 완전히 변해 버렸다. 정치 활동에서는 그토록 강인한 알렉세이 알렉산드로비치도 이 문제에서는 완전한 무기력을 느꼈다. 그는 황소처럼 유순하게 고개를 숙인 채 머리 위로 도끼가 떨어지길 기다렸다 — 그에겐 누군가 자기의 머리 위로 도끼를 쳐들고 있는 것 같았다 — 그는 이 문제를 생각할 때마다 늘 다시 한 번 시도해 봐야 한다고 느꼈다. 그리고 아직은 다정하고 부드러운 설득으로 그녀를 구하고 그녀를 정신 차리게 할 희망이 있다고 느꼈다. 그래서 그는 날마다 그녀와 이야기를 해 보려고 애썼다. 하지만 그녀에게 이야기를 꺼낼 때마다, 그는 그녀를 사로잡은 악과 거짓의 영이 자기마저 지배하고 있어서 자기가 원하는 말이나 말투와는 전혀 다른 식으로 말하게 되는 것을 느꼈다. 그는 무심결에 자신의 버릇대로, 진지하게 말하려는 사람을 비웃는 듯한 말투로 그녀에게 말하곤 했다. 하지만 이런 말투로는 그녀에게 마땅히 해야 할 말을 하는 것이 불가능했다. ....
....

11

거의 1년 동안 브론스키의 삶에서 이전의 모든 욕망을 대신하는 유일한 희망이었던 것, 안나에게는 결코 있을 수 없는 끔찍한 것, 하지만 그만큼 더 황홀한 행복의 꿈이었던 것, 그 희망이 마침내 실현되었다. 그녀 앞에 선 그는 창백한 얼굴로 아래턱을 덜덜 떨며 그녀에게 안심하라고 애원했다. 하지만 그 자신도 왜 그래야 하는지, 어떻게 해야 하는지 알지 못했다.

"안나! 안나!" 그가 떨리는 목소리로 말했다. "안나, 제발!"

하지만 그가 목소리를 높일수록, 그녀는 더욱더 머리를 아래로 숙였다. 한때 도도하면서도 명랑하게 치켜들고 다니던 머리는 이제 수치심으로 짓눌렸다. 몸을 푹 숙이는 바람에 그녀는 앉아 있던 의자에서 그의 발치로 떨어졌다. 그가 그녀를 잡아 주지 않았더라면, 그녀는 양탄자 위에 쓰러졌을 것이다.

"하느님! 날 용서해 주세요." 그녀는 흐느껴 울며 그의 손을 자기 가슴에 갖다 댔다.

그녀는 자신이 너무나 큰 죄를 저질렀음을 느꼈다. 그녀는 자기가 할 수 있는 일은 오직 스스로를 낮추고 용서를 비는 것뿐이라고 생각했다. 그런데 이제는 그녀의 삶에 브론스키 말고는 아무도 없으므로, 그를 향해 용서를 구하는 기도를 한 것이다. 그를 보고 있노라니, 그녀는 육체적인 굴욕이 느껴져 더 이상 아무 말도 할 수 없었다. 그는 살인자가 자신이 생명을 빼앗은 육체를 바라보며 느꼈을 그런 기분을 맛보았다. 그가 생명을 빼앗은 이 육체는 바로 그들의 사랑, 그들의 사랑의 첫 단계였다. 수치심이라는 이런 무시무시한 대가를 치르고 얻은 것을 돌이켜보니, 무언가 끔찍하고 혐오스러운 것이 있었다. 자신의 벌거벗겨진 영혼 앞에 선 수치심이 그녀의 목을 졸랐고, 그것은 곧 그에게도 전해졌다. 하지만 살인자는 시체 앞에서 느끼는 무시무시한 공포에도 불구하고 시체를 난도질하여 숨겨야 하고 살인으로 획득한 것을 이용해야만 한다.

그리고 살인자는 마치 정열과도 같은 적의를 갖고 그 시체에 달려들어 그것을 끌고 다니며 난도질한다. 브론스키도 그렇게 그녀의 얼굴과 어깨에 키스를 퍼부었다. 그녀는 그의 손을 잡은 채 꼼짝도 하지 않았다. 그래, 이 키스는 이런 수치심을 대가로 산 것이야. 그래, 이 손, 영원히 나의 것이 될 이 손은 나의 공범자의 손이야. 그녀는 그 손을 들어 올려 키스했다. 그는 무릎을 꿇고 그녀의 얼굴을 들여다보려 했다. 그러나 그녀는 얼굴을 숨긴 채 아무 말도 하지 않았다. 마침내 그녀는 자신을 억누르는 듯한 모습으로 자리에서 일어나더니 그를 밀쳐 냈다. 그녀의 얼굴은 여전히 아름다웠다. 하지만 그래서 더욱 애처로워 보였다.

"다 끝났어요." 그녀가 말했다. "나에겐 이제 아무것도 없어. 당신뿐이야. 잊지 말아요."

"나의 생명인 당신을 어떻게 잊겠어? 이 행복한 순간을 위해……."

"행복이라니?" 그녀는 증오와 공포를 드러냈다. 그리고 공포는 어느새 그에게로 전해졌다. "제발, 아무 말도, 더 이상 아무 말도 하지 말아요."

그녀는 재빨리 일어나 그에게서 물러났다.

"더 이상 한마디도 하지 말아요." 그녀는 같은 말을 되풀이했다. 그러고는 그에게 낯선 차가운 절망의 표정으로 그를 떠났다. 그녀는 이 순간 새로운 삶으로 가는 이 입구 앞에서 자신이 느낀 수치와 기쁨과 공포를 말로 표현할 수 없다고 느꼈다. 그녀는 그것에 대해 말하고 싶지 않았고, 부정확한 말로 그 감정들을 저속하게 만들고 싶지도 않았다. 하지만 나중에도, 다음 날에도, 그다음 날에도 그녀는 이런 복잡한 감정을 표현할 만한 말을 찾지 못했고, 자신의 영혼에 있는 모든 것을 스스로 깊이 숙고하는 데 도움이 될 만한 생각도 찾지 못했다.

그녀는 혼잣말을 했다. '아냐, 지금은 이 문제를 생각할 수 없어. 나중에, 내 마음이 좀 더 진정된 다음에.' 하지만 그것을 생각하기 위한 마음의 평화는 결코 오지 않았다. 그 대신 '내가 무슨 짓을 저질렀나, 나는 앞으로 어떻게 될까, 난 무엇을 해야 할까.' 하는 생각이 떠오를 때마다 공포가 엄습했다. 그럴 때마다 그녀는 이런 생각을 머릿속에서 몰아내곤 했다.

"나중에, 나중에." 그녀는 말했다. "내 마음이 좀 더 진정된 다음에."

하지만 자신의 생각을 지배할 힘이 없는 꿈속에서는, 그녀의 처지가 완전히 벌거벗은 자신의 추한 알몸으로 그녀 앞에 나타나곤 했다. 거의 매일 밤 똑같은 꿈이 그녀에게 찾아들었다. 그녀는 두 사람이 모두 자기의 남편으로 나오고 그 두 사람이 자기에게 애무를 퍼붓는 꿈을 꾸었다. 알렉세이 알렉산드로비치는 울면서 그녀의 두 손에 키스를 하고 이렇게 말한다. '지금 이 순간이 너무 좋아!' 그 자리에는 알렉세이 브론스키도 있다. 그 역시 그녀의 남편이다. 그리고 그녀는 한때 이 일이 도저히 있을 수 없는 일처럼 보였다는 사실에 놀라면서 웃음 띤 얼굴로 변명한다. 이러는 편이 훨씬 간단하지 않느냐고, 두 사람 모두 지금 만족스럽고 행복하지 않느냐고. 하지만 그 꿈은 악몽처럼 그녀의 목을 졸랐고, 그럴 때마다 그녀는 소스라치게 놀라며 눈을 뜨곤 했다.

12

모스크바에서 돌아온 후 한동안, 레빈은 거절당한 치욕이 떠오를 때마다 몸을 떨고 얼굴을 붉히며 이렇게 혼잣말을 했다. '2학년 때 물리 과목에서 낙제를 받고 유급되었을 때도, 난 모든 게 끝장이라고 생각하면서 이렇게 얼굴을 붉히고 몸을 떨었지. 내가 누나에게 부탁받은 일을 망쳐 버렸을 때도 끝장이라 생각했어. 그런데 무슨 일이 있었나? 몇 해가 지난 지금에 와서 그 일을 다시 떠올리면 어떻게 그런 일로 괴로워했을까 그저 놀라울 뿐이야. 지금의 고통도 마찬가지일 거야. 시간이 지나면 이 일에 대해서도 무심해지겠지.'

하지만 석 달이 지나도 그의 마음은 진정되지 않았다. 그 일을 떠올리면 모스크바에서 돌아온 지 얼마 안 됐을 때처럼 여전히 마음이 아팠다. 그는 마음의 평안을 찾을 수 없었다. 왜냐하면 그토록 오랫동안 가정을 꿈꾸고 가정을 감당할 만큼 충분히 성숙했다고 느끼던 자신이 아직 결혼도 하지 않은 데다 더욱이 그 어느 때보다 결혼에서 멀어졌기 때문이다. 주위의 모든 사람들은 그 나이의 남자가 독신으로 지내는 것이 좋지 못하다고 생각했고, 그 자신도 그것을 고통스럽게 절감하고 있었다. 그는 모스크바로 떠나기 전에 그의 가축을 치는 순박한 농부 니콜라이와 나눈 대화를 떠올렸다. 그는 평소에도 니콜라이와 이야기하는 것을 좋아했다. "그게 말이야, 니콜라이! 결혼을 할까 해." 그러자 니콜라이는 너무나 당연하다는 듯 얼른 이렇게 대답했다. "오래전에 벌써 했어야죠, 콘스탄친 드미트리치." 하지만 결혼은 이제 그에게서 그 어느 때보다 더 멀어졌다. 자리는 이미 차 있다. 그래서 상상으로 자기가 아는 아가씨들 가운데 누군가를 그 자리에 세워 보아도, 이제는 그런 일이 도저히 불가능한 것처럼 느껴졌다. 더욱이 거절당한 일과 그때 자기가 한 역할을 떠올리면 수치심으로 괴로워 견딜 수가 없었다. 그때의 일에 대해서는 자기에게 아무 잘못이 없다고 아무리 혼잣말을 해 보아도, 그 기억은 그런 종류의 다른 수치스러운 기억들과 똑같이 그의 몸을 떨리게 하고 얼굴을 뜨겁게 했다. 다른 남자들처럼 그도 과거에 자신이 나쁘다고 생각하는 행동을 한 경험이 있다. 그 때문에 그는 분명 양심의 가책으로 괴로웠을 것이다. 하지만 나쁜 짓에 대한 기억도 이 사소하면서도 수치스러운 기억만큼 그를 괴롭히진 않았다. 이 상처는 결코 아물지 않았다. 게다가 이젠 이 기억들과 나란히, 키티의 거절과 그날 밤 다른 사람들의 눈에 비쳤을 자신의 초라한 처지가 떠오르는 것이었다. 하지만 시간과 노동은 나름대로 자신의 역할을 잘 수행하고 있었다. 눈에 잘 띄지 않으면서도 중요한 시골의 이런저런 사건들이 그의 괴로운 기억을 점점 더 두껍게 뒤덮기 시작했다. 한 주 한 주 지나면서 키티를 생각하는 일이 점점 줄어들었다. 그는 키티가 이미 결혼을 했다거나 곧 결혼할 거라는 소식을 초조하게 기다렸다. 그는 그 소식이 썩은 이를 뽑듯 그의 고통을 완전히 치유해 주길 바랐다.

그러는 사이에 봄이 왔다. 애타게 기다리게 하거나 속이는 일 없이, 식물이나 동물이나 사람이나 모두 다 즐거워하는 보기 드물게 아름답고 다정한 봄이었다. 이 아름다운 봄은 레빈을 더욱 흥분시켰고, 자신의 고독한 생활을 남의 간섭 없이 견고하게 세우기 위해서는 이전의 것은 모두 버려야겠다는 생각을 더욱 굳히게 만들었다. 그가 시골에 돌아오면서 세운 계획들 가운데 아직 실현하지 못한 계획도 많았지만, 가장 중요한 것, 즉 삶의 순수만큼은 그래도 지켜지는 편이었다. 그는 추락 이후 으레 찾아오는 그런 수치를 느끼지 않았고, 사람들의 눈을 주저 없이 바라볼 수 있었다. 2월에 그는 마리야 니콜라예브나에게서 형 니콜라이가 건강이 악화되었는데도 치료를 받으려 하지 않는다는 내용의 편지를 받았다. 그 편지 때문에 레빈은 모스크바에 있는 형에게 다녀왔다. 그는 형에게 의사의 진찰을 받아 보고 외국의 온천에 다녀오라고 잘 설득했다. 그는 형을 설득하는 일을 썩 훌륭하게 해냈을 뿐 아니라 형을 자극하지 않고 그에게 여비를 빌려 주었다는 것에 대해 스스로 만족했다. 봄에 특별히 주의를 요하는 농사일과 독서 외에도, 레빈은 그해 겨울에 농업에 관한 저서를 집필하기 시작했다. 그 저작의 골자는 농업에서 노동자의 자질은 기후와 토양과 마찬가지로 절대적인 요소로 받아들여져야 하며, 따라서 농업에 관한 학문의 모든 명제는 토양과 기후라는 요소에서

가 아니라, 토양과 기후와 노동자의 어떤 불변 자질이라는 요소에서 끌어내야 한다는 것이었다. 그리하여 고독에도 불구하고, 아니 어쩌면 고독 덕분에 그의 생활은 대단히 충만하게 되었다. 다만 아주 간혹 그는 자기의 머릿속에 떠도는 생각을 아가피야 미하일로브나가 아닌 다른 사람에게 전하고 싶다는 충족되지 않는 욕구를 맛보곤 했다. 물론 아가피야 미하일로브나와 물리학, 농학, 특히 철학에 대해 토론을 하는 경우도 종종 있었다. 철학은 아가피야 미하일로브나가 가장 좋아하는 화제였다.

봄은 오랫동안 스스로를 열어 보이지 않았다. 사순절의 마지막 두어 주 동안 얼어붙을 듯이 춥고 청명한 날씨가 계속되었다. 낮에는 햇빛에 얼음이 녹기도 했지만, 밤이 되면 기온이 영하 7도[116]까지 내려갔다. 녹았다가 다시 얼어붙은 빙판이 무척이나 단단하여 길이 없는 곳에서는 그 위로 짐수레가 다닐 수 있을 정도였다. 부활절에도 여전히 눈이 남아 있었다. 그런데 부활절 다음 날 갑자기 따뜻한 바람이 불기 시작하고 먹구름이 몰려들더니, 사흘 낮 사흘 밤 동안 따뜻한 비가 세차게 쏟아졌다. 목요일엔 바람이 잠잠해지고, 마치 자연 속에서 일어나는 변화의 신비를 감추려는 듯 짙은 회색 안개가 서서히 깔리기 시작했다. 안개 속에서 하천이 콸콸 흐르고 얼음덩어리가 쩍쩍 갈라지며 움직이기 시작하고 탁한 시냇물이 거

---

116) 당시 러시아에서는 레오뮈르가 창안한 온도계를 사용했다. 이 온도계로 측정한 기온에는 열씨라는 단위가 붙는데, 열씨 영하 7도는 섭씨 영하 9도와 같다.

품을 일으키며 빠르게 흐르다가, 크라스나야 고르카[117]의 저녁부터는 안개가 걷히고 먹구름이 하얀 새털구름에 밀려 흩어지고 하늘이 맑게 개면서 진정한 봄이 펼쳐졌다. 이튿날 아침에는 눈부시게 떠오른 태양이 얇은 얼음을 빠르게 녹였고, 따뜻한 공기는 잠에서 깨어난 대지에서 모락모락 올라오는 수증기로 아른거렸다. 묵은 풀도, 바늘처럼 삐죽 나온 어린 풀도 점점 푸르러지기 시작하고, 까마귀밥나무와 구스베리와 알콜 냄새를 풍기는 끈끈한 자작나무의 눈도 부풀어 오르고, 황금빛 꽃이 흐드러진 버드나무에는 벌집에서 나온 벌들이 붕붕 소리를 내며 날아다녔다. 겨울 보리 싹이 벨벳처럼 깔린 들판과 얼음으로 뒤덮인 경작지 위로 눈에 보이지 않는 종달새들의 지저귀는 소리가 쏟아져 내렸고, 갈색 흙탕물이 고인 웅덩이와 늪지에서는 댕기물떼새들의 울음소리가 들리기 시작했으며, 높은 하늘에서는 학과 기러기 들이 봄 특유의 울음소리를 내면서 날아다녔다. 방목장에서는 털갈이가 완전히 끝나지 않아 털이 듬성듬성한 가축들이 큰 소리로 울어 댔고, 다리가 구부정한 새끼양들은 털을 깎인 채 매애매애 우는 어미 주위를 뛰어다녔고, 발이 빠른 어린아이들은 맨발 자국이 찍힌 메마른 오솔길을 따라 달렸고, 냇가에서는 린넨 천을 빠는 아낙네들이 명랑한 목소리로 재잘거렸고, 안마당에서는 쟁기와 써

---

117) 문자 그대로 번역하면 '아름다운 작은 언덕'이라는 뜻이다. 러시아의 전통에 따르면 '크라스나야 고르카'라고 하는 이날은 성 토마스의 일요일(부활절 후 첫 번째 일요일) 뒤에 오는 화요일로서 죽은 자들을 추모하는 날이다.

레를 손보는 농부들의 도끼 소리[118]가 울려 퍼졌다. 바야흐로 진정한 봄이 온 것이다.

---

118) 러시아 농부들은 단단한 나무로 만든 쟁기와 써레를 사용했다. 그래서 도끼 소리가 들리는 것이다. 톨스토이는 뒷부분에서 레빈이 철제 농기구의 도입에 저항하는 농부들에게 분노를 터뜨리는 장면을 묘사한다.

13

레빈은 커다란 부츠를 신고 처음으로 모피 코트가 아닌 천 코트를 걸친 후, 햇빛을 받아 눈부시게 빛나는 개울을 건너기도 하고 얼음을 딛기도 하고 질척한 진흙탕 속에 빠지기도 하면서 농장을 둘러보았다.

봄은 계획과 설계의 시간이다. 봄의 나무가 물이 한껏 오른 새순 속의 어린 새싹과 가지 들이 어디로 어떻게 뻗어 나갈지 잘 모르는 것처럼, 안마당으로 나가던 레빈도 자신의 사랑하는 농장에서 이제 어떤 계획에 착수해야 할지 잘 몰랐다. 하지만 그는 자기 안에 더할 나위 없이 훌륭한 계획과 설계가 가득 차 있다는 것을 느낄 수 있었다. 먼저 그는 가축을 보러 갔다. 우리 안에 풀어 놓은 암소들은 털갈이를 한 매끄러운 털을 빛내며 햇볕을 쬐다가 들판으로 내보내 달라며 울어 댔다. 레빈은 아주 사소한 점까지도 알고 있는 암소들을 대견스레 바라본 후, 암소들을 들로 내보내고 송아지만 우리에 두라고 일렀다. 목동은 명랑하게 뛰어다니며 들에 나갈 준비를 했다. 가축을 돌보는 아낙네들은 마른 나뭇가지를 들고 치맛자락을 걷어 올린 채 아직 햇볕에 그을지 않은 하얀 맨발로 진흙탕 속을 이리저리 첨벙첨벙 뛰어다니며, 봄의 기쁨에 넋을 잃고 울어 대는 송아지들을 안마당으로 몰았다.

레빈은 올해 태어난 새끼들을 황홀하게 바라보았다. 이 송아지들은 유달리 건강하여, 일찍 나온 송아지들은 농부의 암소만큼이나 컸고, 생후 3개월인 파바의 새끼는 한 살 된 송아지만큼 키가 컸다. 레빈은 송아지들을 위해 여물통을 밖으로 내놓고 건초를 시렁에 얹으라고 일렀다. 하지만 그는 겨우내 사용하지 않은 우리 안에서 작년 가을에 만든 시렁이 망가져 버린 것을 알게 되었다. 그는 사람을 보내 자기의 명령으로 탈곡기를 만들고 있을 목수를 불렀다. 하지만 알고 보니, 목수는 사순절 전에 이미 수리를 끝냈어야 할 써레를 이제야 수리하고 있었다. 레빈은 몹시 화가 치밀었다. 지난 몇 년 동안 농장에서 일어나는 방종과 온 힘을 다해 싸워 왔는데, 이러한 끝없는 방종이 또다시 반복되고 있다는 사실에 화가 난 것이다. 그가 알아본 바에 따르면, 시렁은 겨울에 필요하지 않아 짐 부리는 말을 위한 마구간에 옮겨졌다가 그곳에서 망가지고 말았다. 송아지용이라고 너무 얄팍하게 만들었기 때문이었다. 게다가 이 일로 인해, 그가 일부러 목수를 세 명이나 고용하여 겨울 동안 수리해 두라고 일러 둔 써레와 다른 모든 농기구가 아직도 수리되지 않았다는 사실이 밝혀졌다. 써레질을 해야 할 지금에 와서야 목수들이 써레를 수리하고 있는 것이다. 레빈은 집사를 데려오라고 사람을 보내고, 자신도 곧 그를 찾으러 나섰다. 집사는 가장자리에 양가죽을 두른 모피 코트 차림으로 그날 줄곧 그랬던 것처럼 환한 얼굴로 지푸라기를 손으로 꺾으며 탈곡장에서 나왔다.

"어째서 목수가 탈곡기를 안 만드는 겁니까?"

"어제 말씀드리려 했습니다. 실은 써레를 먼저 수리해야 합니다. 이제 밭갈이를 할 때가 됐으니까요."

"도대체 겨울에는 뭘 한 거요?"

"그런데 목수는 무슨 일로 찾으십니까?"

"송아지 우리에 둔 시렁은 어디에 있지요?"

"제자리에 갖다 두라고 했습니다만……. 그 인간들에게 말을 해서 뭐 하겠습니까!" 집사는 손을 저으며 말했다.

"그 인간들이 아니라 집사가 문제요!" 레빈이 벌컥 화를 내며 말했다. "도대체 내가 뭣 때문에 당신을 내 집에 두겠습니까!" 그가 버럭 소리를 질렀다. 하지만 이런 말을 해 보았자 별 도움이 안 된다는 것을 깨달은 그는 중간에 말을 멈추고 그저 한숨만 쉬었다. "그래, 파종은 할 수 있겠어요?" 그는 잠시 침묵하다가 이렇게 물었다.

"투르킨 너머는 내일이나 모레쯤 할 수 있을 겁니다."

"토끼풀은?"

"바실리와 미슈카를 보냈습니다. 둘이서 씨를 뿌리고 있을 겁니다. 다만 잘될지 모르겠군요. 땅이 물에 잠겨 있어서요."

"파종할 면적이 몇 제샤치나죠?"

"여섯 제샤치나입니다."

"어째서 땅 전체에 뿌리지 않는 거요!" 레빈이 버럭 소리 질렀다.

스무 제샤치나가 아닌 여섯 제샤치나의 땅에만 토끼풀 씨를 뿌린다는 사실이 그를 더욱더 화나게 했다. 이론상으로나 자신의 경험으로나, 토끼풀 파종은 가능하면 빨리, 그것도 아직 눈이 남아 있을 때 하는 것이 좋다. 그런데 레빈은 한 번도 이 일을 성공적으로 해낸 적이 없었다.

"일할 사람이 없으니까요. 그 인간들을 데리고 뭘 할 수 있겠습니까? 셋은 오지도 않았고, 세몬은 지금……."

"그런데도 당신은 지금껏 지푸라기나 만지작거리고 있었단 말입니까?"

"그래서 저도 그만두고 나온 겁니다."

"사람들은 어디에 있죠?"

"다섯 사람은 콤포트(그는 콤포스트라고 해야 할 말을 콤포트라고 했다.)를 만들고 있습니다.[119] 그리고 네 사람은 귀리를 옮기고 있지요. 귀리가 썩지 않도록 말입니다, 콘스탄친 드미트리치."

레빈은 '귀리가 썩지 않도록'이라는 말이 영국산 종자용 귀리가 이미 썩었다는 뜻임을 잘 알고 있었다. 그가 지시한 일을 또 해 놓지 않은 것이다.

"그래서 내가 사순절에 통풍구를 살펴보라고 얘기해 두었잖아요!" 그가 소리를 질렀다.

"염려 마십시오. 때맞춰 모두 해 놓을 테니까요."

레빈은 화가 나서 한 손을 마구 휘두르며 귀리를 보러 창고

---

119) 콤포트는 설탕에 절이거나 설탕물에 졸인 과일을 말하며, 콤포스트는 퇴비를 뜻한다.

에 갔다가 마구간으로 다시 돌아왔다. 귀리는 아직 썩지 않았다. 하지만 일꾼들은 귀리를 창고 바닥으로 곧장 쏟아 내리면 될 텐데 굳이 삽으로 퍼 옮기고 있었다. 그래서 레빈은 귀리를 그냥 밑으로 쏟으라고 지시하고 그곳의 일꾼 두 명을 토끼풀 파종하는 곳에 보냈다. 그제야 레빈은 집사에 대한 노여움을 가라앉힐 수 있었다. 게다가 날씨가 너무 좋아 화를 내고 있을 수가 없었다.

"이그나트!" 그는 큰 소리로 마부를 불렀다. 마부는 우물가에서 양 소매를 걷어 올린 채 마차를 씻고 있었다. "말에 안장을 얹어."

"어느 말에 얹을까요?"

"음, 콜피크로 하지."

"알겠습니다."

말에 안장을 얹는 동안, 레빈은 집사와 화해하기 위해 눈앞에서 어슬렁대는 그를 불렀다. 레빈은 그에게 눈앞에 닥친 봄철의 작업과 농사 계획을 이야기했다.

거름 운반은 일찌감치 시작해서 풀 베는 시기에 즈음하여 모두 마칠 것. 멀리 떨어진 들도 빠짐없이 쟁기로 갈아서 풀이 없는 휴경지로 만들어 둘 것. 풀은 농민과 반씩 나눠 갖지 말고 일꾼을 고용하여 모두 거둬들일 것.

집사는 레빈의 말을 주의 깊게 들었다. 보아하니 그는 주인의 제안에 맞장구를 치려 애쓰는 것 같았다. 하지만 그는 레빈에게 너무나 익숙한, 그리고 언제나 그를 화나게 만드는 그런 무기력하고 침울한 표정을 짓고 있었다. 그 표정은 이렇게 말하고 있었다. '다 좋습니다. 하지만 그것도 하느님이 허락하셔야

말이죠.'

이런 말투만큼 레빈의 마음을 괴롭히는 것은 없었다. 하지만 그의 집을 거쳐 간 집사들의 말투는 모두 그랬다. 다들 그의 제안에 똑같은 태도를 보였다. 그래서 이제는 레빈도 화가나는 것이 아니라 서글펐다. 그리고 이런 어떤 불가항력과의 투쟁에 더욱더 자극받는 자신을 느꼈다. 그가 '하느님이 허락하셔야'라는 이름 외에 달리 적당한 이름을 찾을 수 없었던 그 힘은 끊임없이 그에게 대항해 왔다.

"우리가 할 수만 있다면 말입니다, 콘스탄친 드미트리치." 집사가 말했다.

"어째서 할 수 없다는 겁니까?"

"일꾼을 열다섯 명 정도 더 고용해야 합니다. 하지만 일꾼이 없어요. 오늘 몇 명이 오긴 했는데, 여름 한 철에 70루블을 달라고 하지 뭡니까."

레빈은 입을 다물었다. 또 그 힘이 대항해 온 것이다. 그는 자신들이 아무리 노력해도 현재의 임금으로는 기껏해야 서른일곱에서 서른여덟 명 정도만 고용할 수 있을 뿐 마흔 명 이상은 안 된다는 것을 알고 있었다. 마흔 명은 고용할 수 있을지도 모른다. 하지만 그 이상은 안 된다. 그렇다고 해도 그는 싸우지 않을 수 없었다.

"만약 일꾼이 모이지 않으면, 수리와 체피로프카로 사람을 보내요. 어떻게든 일꾼을 구해야 합니다."

"보내 보기는 하겠습니다만……." 바실리 표도로비치가 침울하게 말했다. "그리고 말들도 쇠약해졌습니다."

"말을 더 삽시다. 아, 나도 잘 알고 있어요." 그는 웃으며 덧붙였다. "당신네들은 모든 걸 더 작게, 더 나쁘게 만들어 버린다는 것을요. 하지만 올해는 당신네들이 마음대로 하지 못하게 할 겁니다. 내가 직접 모든 걸 할 생각이거든요."

"그럼, 주인님은 거의 잠을 못 주무시겠군요. 우리는 더 좋죠. 주인님의 눈앞에서 일하는 편이……."

"그럼 자작나무 골짜기 너머에서 토끼풀을 파종하고 있겠군요? 내가 가서 보지요." 그는 마부가 끌고 온 자그마한 암갈색 말 콜피크 위에 올라타며 말했다.

"개울을 건널 수 없을 겁니다, 콘스탄친 드미트리치." 마부가 소리쳤다.

"그럼, 숲으로 가겠네."

오랫동안 움직이지 못해 조급증이 난 멋진 말은 기운차게 뛰었다. 말은 콧김을 씩씩 내뿜으며 웅덩이를 건너고 이따금 말고삐를 세게 당겼다. 레빈은 말을 타고 안마당의 진흙탕을 지나 대문을 나서 들판으로 향했다.

레빈은 가축우리와 곡물 창고 앞에서도 즐거웠지만, 들판에 나오자 더욱더 기분이 유쾌해졌다. 건강한 말의 기운찬 약진에 율동적으로 흔들리면서, 숲을 지나치는 동안 사방에 발자국과 바퀴 자국이 흩어진 싸라기 같은 잔설(殘雪)을 밟고 싱그러움을 간직한 눈과 대기의 따스한 향기를 들이마시면서, 레빈은 나무껍질에 이끼가 되살아나고 잎눈이 부풀어 오른 자기의 나무들을 한 그루 한 그루 바라보며 즐거워했다. 숲을 빠져 나오자, 그의 앞에 놓인 광활한 공간에 푸른 싹을 틔운 밀밭이 매끄러운 벨벳 양탄자처럼 펼쳐져 있었다. 협곡 군데군데에 녹다만 눈의 흔적으로 얼룩이 진 것 말고는 공지도 습지도 없었다.

농부의 말과 수망아지들이 그의 푸른 밭을 짓밟는 모습을 보아도(그는 밭에서 마주친 농부에게 말을 쫓아내라고 지시했다.) 농부 이나트에게서 상대방을 조롱하는 건지 멍청한 건지 알 수 없는 대답을 들어도, 그는 화가 나지 않았다. 이나트와 마주친 레빈이 "어때, 이나트, 파종할 때가 됐지?"라고 묻자, 이나트는 "먼저 밭을 갈아야죠, 콘스탄친 드미트리치." 하고 대답했다. 앞으로 계속해서 나아갈수록, 그의 마음은 더욱더 즐거워졌다. 그리고 그의 머릿속에는 멋진 농사 계획들이 앞다투어 떠올랐다. 경작지의 남쪽 경계선을 따라 버드나무를 심고 그 아래에 눈이 너무 오래 남아 있지 않도록 할 것, 경작지를 구분하여 여섯 뙈기에는 거름을 주고 세 뙈기는 목초 재배를 위해 예비해 둘 것, 경작지의 맨 끝에 축사를 짓고 못을 팔 것, 밭에 거름을 줄 때 소가 다닐 수 있도록 이동식 울타리를 만들 것. 그리고 300제샤치나에는 밀, 100제샤치나에는 감자, 150제샤치나에는 토끼풀을 심어 단 1제샤치나의 땅도 버려두지 말 것.

그런 공상에 잠긴 채, 레빈은 말이 푸른 밭을 밟지 않도록 좁은 밭이랑을 따라 조심스럽게 말을 몰면서 토끼풀을 파종하는 일꾼들에게로 갔다. 종자를 실은 짐마차는 밭두렁이 아닌 밭 가운데 있었고, 밀의 싹은 마차 바퀴에 파헤쳐지고 말발굽에 짓밟혀 있었다. 밭두렁에는 일꾼 두 명이 앉아 있었는데, 보아하니 파이프 하나를 주거니 받거니 하며 담배를 돌려 피우는 것 같았다. 종자와 섞어 놓은 짐마차 속의 흙은 곱게 부수지 않아 딱딱하게 굳어 있거나 덩어리째 얼어 있었다. 주인을 보자, 일꾼 바실리는 짐마차 쪽으로 다가왔고 미슈카는 씨를 뿌리기 시작했다. 이것은 좋은 모습이 아니었으나, 레빈은 고용 일꾼에게는 좀처럼 화를 내지 않았다. 바실리가 다가오자, 레빈은 그에게 말을 밭두렁으로 끌고 가라고 지시했다.

"괜찮아요, 나리, 새싹은 잘 자랄 겁니다." 바실리가 대답했다.

"제발, 이러쿵저러쿵하지 말게." 레빈이 말했다. "들은 대로만 해."

"알겠습니다." 바실리는 이렇게 대답하고는 말머리를 붙잡았다. "그런데 콘스탄친 드미트리치, 이 파종기 말입니다……." 그가 아첨하며 말했다. "최고예요. 다만 걷기가 힘듭니다! 짚신에 1푸드짜리 추라도 달아 놓은 것 같다니까요."

"그런데 자네들은 어째서 흙을 체로 치지 않았나?" 레빈이 말했다.

"저희는 손으로 문질러 부수는데요." 바실리는 종자를 집어 들고 양손바닥으로 흙을 부수며 이렇게 대답했다.

체로 치지 않은 흙을 받은 것이 바실리의 잘못은 아니었지만, 레빈으로서는 어쨌든 짜증 나는 일이었다.

레빈에게는 자신의 화를 가라앉히고 나아가 나쁘게 보이는 모든 것을 다시 좋은 것으로 돌리는 나름의 방법이 있었고, 이미 그 효과를 여러 번 체험한 바 있었다. 그는 이번에도 그 방법을 사용했다. 그는 미슈카가 양쪽 발에 달라붙는 커다란 흙덩이를 질질 끌며 걸음을 떼는 걸 보고는, 말에서 내려 바실리에게서 파종용 바구니를 빼앗아 씨를 뿌리러 갔다.

"자네, 어디까지 씨를 뿌렸나?"

바실리는 한쪽 발로 표시해 둔 곳을 가리켰고, 레빈은 종자를 섞은 흙을 뿌리려 안간힘을 다해 걸었다. 늪 속을 걸어가는 것만큼이나 걷기가 힘들었다. 한 두둑을 뿌리고 몸이 땀에 흠뻑 젖어 버린 레빈은 걸음을 멈추고 바구니를 건네주었다.

"저, 주인님, 여름에 가서 이 두둑 때문에 저를 욕하시면 안 됩니다." 바실리가 말했다.

"무슨 소리야?" 레빈은 이미 방금 사용한 방법의 효과를 느끼면서 쾌활하게 말했다.

"여름에 가서 한번 보십시오. 차이가 날 테니까요. 제가 작년 봄에 뿌린 곳을 한번 보시라니까요. 얼마나 잘 심었습니까! 콘스탄친 드미트리치, 정말이지 저는요, 친아버지를 위해 일하는 것 같다니까요. 워낙에 저 자신도 건성으로 일하는 걸 싫어해서, 남들도 그런 식으로 못하게 한답니다. 주인님이 좋으면, 저희도 좋은 거죠. 저기를 보세요." 바실리가 경작지를 가리키며 말했다. "심장이 즐거워하죠."

"멋진 봄이야, 바실리."

"네, 노인네들도 이렇게 멋진 봄을 본 적이 없다더군요. 얼마 전 집에 다녀왔는데, 우리 집 노인네도 밀을 3오스민니크[120]나 뿌렸더라고요. 노인네 말로는 주인님이 밀과 호밀도 구별 못할 거라던데요."

"그럼 자네들은 벌써부터 밀을 뿌리기 시작했단 말인가?"

"네, 재작년에 주인님이 그렇게 하라고 가르쳐 주셨잖습니까? 게다가 주인님은 제게 씨앗도 2메라[121] 주셨죠. 저희는 그 가운데 4분의 1을 팔고, 나머지는 3오스민니크에 뿌렸답니다."

"그럼, 잘 보고 덩어리가 있으면 부수도록 해." 레빈은 말이

---

120) 1오스민니크는 약 2630제곱미터.
121) 메라는 러시아 농민들 사이에서 사용되던 곡물 계량 단위로, 1메라는 약 17킬로그램이다.

있는 쪽으로 걸어가며 말했다. "그리고 미슈카도 잘 감독하고. 싹이 잘 트면, 자네에게 1제샤치나당 5코페이카씩 주겠네."

"괜찮습니다. 저희는 이대로도 주인님께 충분히 감사하고 있는걸요."

레빈은 말에 올라탄 후 작년에 토끼풀 밭이 있던 곳으로 갔다가 봄밀을 파종하기 위해 쟁기질을 해 둔 곳으로도 가 보았다.

그루터기에 난 토끼풀의 싹은 무척 아름다웠다. 토끼풀은 이미 다 자라서 작년의 바스러진 밀 줄기 밑에서 견실하게 푸르러지고 있었다. 말은 반쯤 녹은 땅에 발목까지 빠져 발을 뺄 때마다 쑥쑥 소리를 냈다. 말을 타고서 쟁기로 갈아 둔 밭을 지나는 것은 도저히 불가능했다. 그나마 얼음이 남아 있는 곳은 괜찮았지만 얼음이 녹고 있는 고랑에서는 발이 발목 위까지 빠졌다. 밭갈이는 아주 잘되어 있었다. 이틀 정도 지나면 써레로 밭을 고르고 씨를 뿌릴 수 있을 것 같았다. 모든 것이 아름다웠고, 모든 것이 마음을 즐겁게 했다. 레빈은 돌아오는 길에 물이 빠졌기를 바라면서 개울 쪽으로 향했다. 그는 바라던 대로 개울을 건너며 오리 두 마리를 깜짝 놀라게 했다. 그는 '도요새도 있겠어.' 하고 생각했다. 마침 집으로 가는 길모퉁이에서 산지기를 만났는데, 그가 도요새에 대한 레빈의 추측을 확인해 주었다. 레빈은 식사를 하고 저녁에 쓸 총을 준비하기 위해 서둘러 집으로 말을 몰았다.

14

　더할 나위 없이 유쾌한 기분으로 집 근처에 이르자, 대문 쪽에서 말방울 소리가 들려왔다.

　'음, 기차역에서 온 마차군.' 그는 생각했다. '마침 모스크바 기차가 도착할 시간인데……. 누굴까? 니콜라이 형이면 어쩌지? 형이 말했잖아, 어쩌면 온천으로 가고 어쩌면 너의 집으로 가겠다고 말이야.' 처음에 그는 형의 존재가 그의 행복한 봄 기분을 깨뜨릴까 두렵고 불쾌했다. 하지만 그는 이런 감정에 부끄러움을 느꼈다. 그래서 이내 그는 마치 다정하게 두 팔을 활짝 벌릴 듯한 부드러운 기쁨에 젖어, 이제는 집으로 오는 사람이 형이기를 진심으로 기대하고 바랐다. 그는 말을 몰아 아카시아 나무 옆을 지나면서 세 필의 말이 끄는 임대 썰매가 모피 외투를 입은 신사를 태운 채 기차역 쪽에서 달려오는 것을 보았다. 그 사람은 형이 아니었다. 레빈은 '아, 말벗 삼을 만한 유쾌한 사람이면 좋겠다.'라고 생각했다.

"아!" 레빈은 기쁨에 겨워 두 손을 위로 번쩍 치켜들며 소리쳤다. "정말 반가운 손님이군! 아, 자네가 오다니, 정말 반가워." 그는 스테판 아르카지치를 알아보고 소리쳤다.

'그녀가 결혼을 했는지, 아니면 언제 결혼할 건지 확실히 알 수 있겠군.' 그는 생각했다.

이렇게 멋진 봄날에는 그도 그녀를 떠올리는 것이 전혀 괴롭지 않다고 느꼈다.

"어때? 생각도 못했지?" 스테판 아르카지치는 썰매에서 날렵하게 뛰어내렸다. 콧잔등과 뺨과 눈썹에 진흙이 묻었지만, 그의 얼굴은 명랑함과 건강함으로 환하게 빛났다. "자네를 보러 오는 게 첫 번째 목적이고……." 그는 레빈을 얼싸안고 입을 맞추며 말했다. "철새 사냥이 두 번째 목적, 예르구쇼보의 산림을 매각하는 것이 세 번째 목적이지."

"잘됐군! 어때, 멋진 봄 아냐? 그런데 썰매를 타고 어떻게 여기까지 왔나?"

"마차로 오면 더 힘듭니다, 콘스탄친 드미트리치." 마부가 대답했다. 이 마부는 레빈이 잘 아는 사람이었다.

"아무튼 자네를 보니 정말 정말 기쁘군." 레빈은 어린아이같이 즐거워하며 진심에서 우러나온 미소를 지어 보였다.

레빈은 스테판 아르카지치를 손님용 침실로 안내했다. 배낭, 케이스에 든 총, 시가 상자 등 그의 짐도 그곳으로 운반되었다. 레빈은 그가 씻고 옷을 갈아입을 수 있도록 혼자 방에 남겨두고, 그동안 자신은 밭갈이와 토끼풀에 대해 이야기하러 사무실로 갔다. 언제나 집안의 체면에 대해 고민이 많은 아가피야 미하일로브나는 현관에서 그를 맞으며 식사에 대해 물었다.

"좋을 대로 하세요. 빨리만 준비해 줘요." 그는 이렇게 말하고 집사에게 갔다.

그가 돌아오자, 마침 깨끗이 씻고 머리를 가지런히 빗은 스테판 아르카지치가 환한 미소를 지으며 방에서 나왔다. 두 사람은 함께 2층으로 올라갔다.

"아, 자네 집에 오니 정말 기쁘군! 이제야 알겠어. 자네가 이곳에서 실현하려는 비밀이 무엇인지 말이야. 아냐, 아냐, 난 정말이지 자네가 부러워. 멋진 집이야. 모든 것이 너무나 훌륭해! 밝고 쾌적하고!" 스테판 아르카지치는 일 년 내내 봄만 계속된다거나 오늘 같은 맑은 날씨가 늘 있는 게 아니라는 사실을 잊은 채 말했다. "자네 할멈도 대단히 훌륭해! 앞치마를 걸친 예쁘장한 하녀까지 있으면 더 좋겠지만, 수도사같이 엄격한 자네의 생활 방식에는 이런 곳이 아주 잘 어울리는군."

스테판 아르카지치는 흥미로운 소식들을 많이 들려주었다. 특히 레빈의 관심을 끈 소식은, 그의 형 세르게이 이바노비치가 올여름에 그의 마을로 오려고 한다는 소식이었다.

그러나 스테판 아르카지치는 키티와 쉐르바츠키 집안에 대해서는 한마디도 하지 않고, 단지 아내의 인사만 전했다. 레빈은 그의 섬세함에 고마움을 느꼈을 뿐 아니라 집에 손님을 맞게 되어 무척 기뻤다. 늘 그랬듯이 그의 가슴속에는 혼자 지내는 동안 주위 사람에게 전할 수 없었던 많은 생각과 감정이 쌓여 있었다. 그래서 지금 그는 스테판 아르카지치에게 봄의 시적인 환희와 농사를 하며 범한 실수와 계획, 자신이 읽은 책에 대한 소견이나 비판을 열렬히 토로했다. 특히 자신은 미처 깨닫지 못했지만, 농업에 대한 온갖 구태의연한 저작들에 대한 비판이 기초를 이루는 자기 저작의 주된 사상에 대해 많은 이야기를 쏟아 냈다. 늘 쾌활하고 약간의 암시에도 모든 걸 알아차리는 스테판 아르카지치는 이번 여행을 더욱 즐거워했다. 레빈도 그에게서 자기를 치켜세우는 듯한 존경과 일종의 부드러움 같은 새로운 특징을 발견했다.

특별히 훌륭한 정찬을 차리려 한 아가피야 미하일로브나와 요리사의 노력은 큰 성과를 거두지 못했다. 왜냐하면 허기진 두 친구가 자쿠스카[122]를 차린 상 앞에 앉아 버터 바른 빵과 폴로토크[123]와 소금에 절인 버섯을 배가 부를 정도로 먹어 치운 데다, 레빈이 피로그[124]를 넣지 않아도 좋으니 어서 수프를 내오라고 시켰기 때문이다. 피로그는 요리사가 손님을 놀라게 하려고 특별히 정성을 기울인 것이었는데도 말이다. 스테판 아르카지치는 다른 식의 정찬에 익숙한 사람이었지만 이곳의 음식이 모두 무척 훌륭하다고 생각했다. 약초를 넣어 담근 포도주, 빵, 버터, 특히 폴로토크, 게다가 버섯, 쐐기풀 수프, 화이트 소스를 친 닭고기, 크리미아산 백포도주 등 모든 음식이 훌륭하고 놀라웠다.

"훌륭해, 훌륭해." 그는 구운 고기를 먹은 후 굵직한 담배에 불을 붙였다. "자네 집에 있으니, 마치 시끄럽고 요동하는 배를 탔다가 고요한 기슭에 닿은 듯한 기분이 드는군. 그러니까 자네는 노동자라는 요소야말로 연구 대상이 되어야 하고 영농

---

122) 각종 냉육, 캐비어, 청어 절임 등의 어육, 채소 샐러드를 곁들인 러시아식 전채 요리.
123) 물고기나 새고기를 건조, 소금절이, 훈제 등의 방법으로 가공한 식품.
124) 러시아식 만두. 크게 만들어 여러 재료로 장식하기도 한다.

방식의 선택에서 지침이 되어야 한다는 거지. 난 사실 이 분야에는 문외한이야. 하지만 내 생각에는 그 이론과 그것의 응용이 노동자들에게도 영향을 미칠 것 같군."

"그래, 그런데 잠깐. 난 지금 정치경제학에 대해 말하려는 게 아니야. 난 과학적 영농에 대해 이야기하고 있다고. 그것도 자연과학과 같은 것이 되어야 해. 그래서 주어진 현상과 노동자를 경제학적, 민족학적 등등의 관점에서 관찰해야만 하지……"

마침 그때 아가피야 미하일로브나가 잼[125]을 들고 들어왔다.

"아, 아가피야 미하일로브나." 스테판 아르카지치는 자신의 통통한 손가락 끝에 입을 맞추며 그녀에게 말했다. "당신의 폴로토크는 일품이었어요. 약초 술도 얼마나 훌륭하던지! 참, 어때? 코스챠, 시간이 되지 않았어?" 그가 덧붙였다.

레빈은 창문을 통해 앙상한 숲의 우듬지 너머로 지는 해를 바라보았다.

"응. 시간이 됐어." 그는 "쿠지마, 사륜마차에 말을 매!"라고 말한 후 아래로 뛰어 내려갔다.

아래층으로 내려온 스테판 아르카지치는 광택제를 칠한 상자의 범포 덮개를 조심스럽게 벗기고 상자를 연 후 자기의 값진 신형 소총을 조립하기 시작했다. 쿠지마는 이미 술값으로 넉넉한 팁을 받을 것 같다는 낌새를 채고서 스테판 아르카지치의 옆에 딱 붙어 그에게 긴 양말과 부츠를 신겨 주었고, 스

---

125) 오늘날의 잼보다 훨씬 묽은 과일 잼으로, 식사 후에 접시에 담아 커피나 차와 함께 대접했다.

테판 아르카지치도 기꺼이 그가 하는 대로 내버려 두었다.

"코스챠, 내가 랴비닌이라는 상인에게 오늘 여기로 오라고 했거든. 그러니 사람들에게 혹시 그 사람이 오면 그를 집 안에 들이고 이곳에서 잠시 기다리게 하라고 말 좀 해 줘."

"아니, 랴비닌에게 숲을 팔 건가?"

"응. 자네도 그 사람을 아나?"

"물론 알지. 그와 '완전히, 결정적으로' 거래를 한 적이 있거든."

스테판 아르카지치는 웃음을 터뜨렸다. '결정적으로, 완전히'라는 말은 그 상인이 즐겨 사용하는 말이었다.

"맞아, 그 사람은 말하는 게 정말 웃겨. 이 녀석은 주인이 어디로 갈지 알아챘군!" 그는 한 손으로 라스카를 토닥거리며 말했다. 라스카는 낑낑거리는 신음 소리와 함께 레빈 주위를 빙빙 돌며 그의 손이며 부츠와 소총을 핥아 댔다.

그들이 밖으로 나오자, 현관 앞에는 이미 마차가 대기하고 있었다.

"멀진 않지만 마차를 준비하라 일러두었지. 그렇지 않으면 걸어갈까?"

"아냐, 타고 가는 게 좋겠어." 스테판 아르카지치는 마차 쪽으로 다가가며 말했다. 그는 자리에 앉아 호랑이 가죽 덮개로 무릎을 덮고 시가에 불을 붙였다. "자네는 어떻게 시가를 안 피울 수 있나! 시가는 만족이라기보다 만족의 극치이자 만족의 지표야. 이것이 바로 삶이지! 얼마나 멋진가! 이거야말로 내가 바라던 삶이야!"

"그래, 누가 자네를 방해라도 하나?" 레빈이 웃으며 말했다.

"아니, 자네는 행복한 사나이야. 자네는 사랑하는 모든 것을 갖고 있잖아. 좋아하는 말도 있고, 개도 있고, 사냥도 할 수 있고, 농장도 있고."

"아마도 그건 내가 자신에게 있는 것에 만족하고 자신에게 없는 것에 한탄하지 않기 때문일 거야." 레빈은 키티를 떠올리며 말했다.

스테판 아르카지치는 말뜻을 이해하고 그를 쳐다보았으나 아무 말도 하지 않았다.

레빈은 오블론스키가 평소의 날카로운 감각으로 자기가 쉐르바츠키 집안에 관한 화제를 두려워하고 있다는 것을 알아채고 그것에 대해 한마디도 하지 않는 것에 감사했다. 하지만 이제는 레빈도 자신을 그토록 괴롭힌 점에 대해 알고 싶었다. 그러나 이야기를 꺼낼 용기가 나지 않았다.

"그래, 자네는 어때?" 레빈은 자기에 대한 생각만 하는 것이 오블론스키의 입장에서는 좋지 않겠다고 생각하며 이렇게 말했다.

스테판 아르카지치의 눈동자가 유쾌하게 빛나기 시작했다.

"자네는 그날의 빵이 있는데도 흰 빵을 좋아할 수 있다는 것을 도무지 인정할 수 없겠지. 자네 생각에 그것은 범죄일 거야. 하지만 나는 사랑 없는 인생을 받아들일 수 없어." 그는 레빈의 질문을 자기 나름대로 해석하며 말했다. "어쩔 수 없어. 나라는 놈은 애초에 그렇게 만들어진걸. 그리고 사실 그런 일은 다른 사람에게 거의 해를 끼치지 않으면서, 자신에게는 큰 만족을……."

"뭐야, 혹시 또 새로운 사건이라도 터진 거야?" 레빈이 물었다.

"그렇다네, 형제! 알잖아, 오시안의 시[126)에 나오는 그런 종류의 여인들……, 꿈에서 보는 그런 여인들 말이야……. 그런데 그런 여인들이 실제로도 존재하거든. 그리고 그 여인들은 무서워. 정말이지 여인이란 자네가 아무리 연구해도 언제나 전혀 새로운 존재로 보일 그런 대상이라니까."

"그렇다면 연구하지 않는 게 더 낫겠군."

"아냐, 어느 수학자는 쾌락이 진리의 발견이 아니라 진리의 탐구에 있다고 했어."

레빈은 말없이 듣고 있었다. 하지만 그로서는 아무리 노력해도 친구의 마음속으로 들어가 그의 감정이나 그런 여자들을 연구하는 즐거움을 이해한다는 것이 불가능했다.

---

126) 제임스 맥퍼슨이 게일어 음유시인 오시안의 시를 번역하여 출간한 『고대 시가 단편선』을 일컫는다.

15

사냥터는 자그마한 사시나무 숲 속의 개울을 지나 그다지 멀지 않은 곳에 있었다. 숲 근처에 이르자, 레빈은 마차에서 내려 이끼로 덮인 질퍽한 공터로 오블론스키를 안내했다. 그곳에서는 이미 눈의 흔적을 찾아볼 수 없었다. 그리고 자신은 반대편 끝의 쌍둥이 자작나무로 되돌아가 낮게 드리워진 마른 가지의 갈래에 총을 기대 놓은 후 카프탄을 벗고 허리띠를 고쳐 매고는 손의 움직임이 자유로운지 시험해 보았다.

늙고 털이 희끗희끗한 라스카는 그의 뒤를 따라오다가 그의 맞은편에 조심스레 앉더니 귀를 쫑긋 세웠다. 해는 커다란 숲 너머로 지고 있었다. 저녁놀의 빛 속에서 사시나무 사이에 흩어져 자라는 자작나무의 늘어진 가지와 한껏 부풀어 금방이라도 터질 듯한 잎눈이 뚜렷한 윤곽을 드러냈다.

아직 눈이 남은 우거진 숲에서는 구불구불한 좁은 시냇물이 희미한 소리를 내며 흘렀다. 작은 새들은 즐겁게 지저귀며 이따금 이 나무에서 저 나무로 날아다녔다.

　얼어붙은 땅이 녹고 풀이 자라느라 지난해의 묵은 잎들이 흔들리면서, 이따금 완벽한 정적을 뚫고 사락사락 소리가 들리곤 했다.

　'이럴 수가! 풀이 자라는 것을 눈과 귀로 느낄 수 있다니!' 레빈은 뾰족한 어린 풀 옆에서 회색의 축축한 사시나무 잎사귀가 움직이는 것을 보고 혼잣말을 했다. 그는 가만히 서서 소리에 귀를 기울이며 아래를 내려다보았다. 이끼로 덮인 축축한 땅을, 귀를 쫑긋 세운 라스카를, 앞쪽의 산 아래 펼쳐진 숲의 앙상한 우듬지의 바다를, 하얀 구름 띠를 두른 어슴푸레한 하늘을……. 매 한 마리가 느긋하게 날갯짓을 하며 머나먼 숲을 향해 높이 날아갔다. 다른 매 한 마리도 같은 방향으로 똑같이 날아가더니 자취를 감추었다. 새들은 우거진 숲에서 더욱더 소리 높여, 더욱더 분주하게 지저귀었다. 멀지 않은 곳에서 부엉이가 울기 시작했다. 그러자 라스카는 몸을 부르르 떨고는 조심스럽게 몇 발짝 걷다가 머리를 옆으로 숙인 채 가만히 귀를 기울이기 시작했다. 시냇물 건너편에서 뻐꾸기 소리가 들렸다. 뻐꾸기는 평소처럼 두어 번 뻐꾹뻐꾹 울더니 목쉰 소리를 내고는 당황하며 서둘렀다.

　"들어 봐! 벌써 뻐꾸기가 나왔어!" 스테판 아르카지치가 관목 뒤에서 모습을 드러내며 말했다.

　"그래, 나도 들었어." 레빈은 스스로에게도 불쾌하게 느껴지는 목소리로 마지못해 숲의 정적을 깨뜨리며 대답했다. "이제 시간이 됐어."

　스테판 아르카지치의 모습은 다시 관목 뒤로 사라졌다. 그러고는 성냥불이 반짝 켜지는가 싶더니 곧 빨간 담뱃불과 푸르스름한 연기만 보였다.

칙! 칙! 스테판 아르카지치가 방아쇠를 당기는 소리가 울렸다.

"그런데 저 울음소리는 뭐지?" 오블론스키는 마치 망아지가 장난치며 가냘픈 소리로 힝힝거리는 듯한 길게 늘인 울음소리로 레빈의 주의를 돌리며 물었다.

"아, 저 소리를 모른단 말이야? 저건 수토끼야. 뭐, 나중에 이야기하지. 들어 봐, 날아온다!" 레빈은 방아쇠를 당기며 거의 외치다시피 말했다.

휘파람 소리 같은 가느다란 소리가 멀리서 아련하게 들려왔다. 2초가 지나자 평소처럼 사냥꾼에게 너무나 익숙한 그 규칙적인 리듬에 맞춰 두 번째, 세 번째 소리가 들렸고, 세 번째 소리 다음에는 이미 특유의 울음소리가 들려오기 시작했다.

레빈은 시선을 좌우로 움직였다. 그러자 그의 앞에 부드러운 잎눈이 하나로 어우러진 사시나무 우듬지 위로 푸르스름한 하늘을 나는 새 한 마리가 보였다. 새는 그를 향해 곧장 날아왔다. 팽팽한 천을 일정한 속도로 찢는 듯한 커다란 울음소리가 바로 그의 귓가에서 들렸다. 벌써 새의 기다란 코와 목이 보이기 시작했다. 레빈이 총을 겨눈 순간, 오블론스키가 서 있던 관목 뒤에서 붉은 섬광이 번쩍였다. 새는 화살처럼 아래로 곤두박질치다 다시 위로 솟구쳐 올랐다. 다시 섬광이 번쩍이며 총소리가 울렸다. 그러자 새는 마치 공중에 떠 있으려고 애쓰는 듯 날개를 퍼덕이다가, 날갯짓을 멈추고 짧은 순간 그 자리에 그대로 있나 했더니, 질척이는 땅 위로 철퍼덕하는 무거운 소리를 내며 떨어졌다.

"빗맞았나?" 스테판 아르카지치가 소리쳤다. 연기 때문에 그의 눈에는 아무것도 보이지 않았다.

"여기 있어!" 레빈은 라스카를 가리키며 말했다. 라스카는 한쪽 귀를 세우고 털이 북슬북슬한 꼬리 끝을 높이 치켜든 채 마치 만족감을 더 오래 만끽하려는 듯 느릿느릿 걸어오며 웃는 듯한 표정으로 죽은 새를 주인에게 물어 왔다. "자네가 성공해서 기쁘군." 레빈은 그렇게 말하면서도 그 멧도요새를 잡은 사람이 자기가 아니라는 사실에 질투를 느꼈다.

"오른쪽 총신에서 총알이 잘못 나갔어." 스테판 아르카지치가 소총을 장전하며 대답했다. "쉿, 온다."

정말로 날카로운 울음소리가 빠르게 잇달아 들렸다. 멧도요새 두 마리가 장난을 치느라 서로 쫓고 쫓기면서 특유의 소리는 내지 않고 휘파람 같은 소리만 내며 사냥꾼들의 머리 바로 위로 날아왔다. 네 발의 총성이 울렸다. 그러자 멧도요새들은 제비처럼 잽싸게 방향을 바꾸어 시야에서 사라져 버렸다.

....

사냥 성적은 대단히 좋았다. 스테판 아르카지치는 두 마리를 더 잡았고, 레빈도 두 마리를 잡았으나 그 가운데 한 마리는 찾지 못했다. 날이 어둑해지기 시작했다. 벌써 서쪽 하늘 아래에는 빛나는 은색 금성이 자작나무 너머에서 부드러운 빛을 뿌리고 있었고, 동쪽 하늘에는 음울한 대각성(大角星)[127]이 높이 떠올라 붉은 불꽃을 지피고 있었다. 레빈은 머리 바로 위에

---

127) 목동자리에서 가장 큰 별.

서 큰곰자리의 별들을 찾다가 놓쳐 버렸다. 멧도요새들은 더 이상 날아다니지 않았다. 하지만 레빈은 그의 눈에 자작나무 가지보다 낮아 보이는 금성이 그보다 높이 떠오르고 어디서나 큰곰자리의 별들이 선명하게 보일 때까지 좀 더 기다려 보기로 했다. 금성이 자작나무 가지보다 높이 떠오르고 수레채가 달린 큰곰자리 마차가 검푸른 하늘에서 똑똑히 보이기 시작하는데도, 레빈은 여전히 기다렸다.

"갈 시간이 되지 않았어?" 스테판 아르카지치가 말했다.

숲은 이미 고요했고 작은 새 한 마리조차 움직이지 않았다.

"좀 더 있어 보지." 레빈이 대답했다.

"좋을 대로."

그들은 지금 열다섯 걸음 정도 떨어진 채 서 있었다.

"스티바!" 레빈이 불쑥 말을 꺼냈다. "자네는 어째서 내게 자네 처제가 결혼을 했는지, 아니면 언제 하는지 말해 주지 않는 거야?"

레빈은 어떤 대답에도 흥분하지 않을 만큼 자신이 무척 의연하며 침착하다고 생각했다. 하지만 스테판 아르카지치의 대답은 그가 전혀 예상치 못한 것이었다.

"결혼 같은 건 생각한 적도 없고 지금도 생각하지 않는걸. 처제의 건강이 무척 좋지 않아. 그래서 요양을 위해 의사가 처제를 외국으로 보냈어. 다들 그녀가 목숨을 잃지나 않을까 걱정하고 있지."

"뭐!" 레빈이 소리쳤다. "굉장히 아프다고? 그녀에게 무슨 일이 생겼어? 어떻게 그녀가……."

그들이 이런 이야기를 하고 있을 때, 라스카는 귀를 쫑긋 세우고 하늘을 쳐다보다가 책망하는 듯한 시선으로 그들을 바라보았다.

'잡담도 아주 때맞춰 하는군.' 라스카는 생각했다. '새가 날아오는데……. 저기 정말로 오잖아. 멍청하게 놓치기나 하고…….'

하지만 바로 그 순간 두 사람은 불현듯 귀를 찌르는 듯한 날카로운 울음소리를 들었다. 그러자 두 사람은 총을 덥석 잡았고, 두 개의 섬광이 번쩍이며 두 발의 총성이 동시에 울렸다. 하늘 높이 날던 멧도요새는 순간적으로 날개를 접더니 가느다란 가지들을 구부리며 우거진 숲 속으로 떨어졌다.

"우와, 멋진걸. 똑같이 맞혔어." 레빈이 소리치며 라스카와 함께 멧도요새를 찾으러 숲 속으로 달려갔다. '아, 그래, 무슨 일이 마음에 걸렸더라?' 그는 기억을 더듬었다. '그래, 키티가 아프다지……. 어쩔 도리가 없군, 정말 안됐어.' 그는 생각했다.

"아, 찾았구나! 정말 영리한 녀석이야." 그는 라스카의 주둥이에서 따뜻한 새를 받아 꽉 차다시피 한 주머니에 집어넣으며 말했다. "찾았어, 스티바!" 그가 소리쳤다.

16

집으로 돌아오는 동안 레빈은 키티의 병과 쉐르바츠키 집안의 일정에 대해 세세하게 캐물었다. 그로서는 이런 고백을 하는 것이 부끄러운 일이긴 했지만, 사실 기분이 좋았다. 아직 희망이 있다는 것, 더욱이 그의 마음을 그토록 아프게 한 그녀가 아프다는 것이 기뻤다. 하지만 스테판 아르카지치가 키티의 병의 원인을 말하면서 브론스키의 이름을 입에 올리자, 레빈은 그의 말을 가로막았다.

"나에겐 남의 가족사를 세세하게 알 권리가 없어. 솔직히 말하면 나도 전혀 관심이 없고."

스테판 아르카지치는 레빈의 얼굴에 나타난 순간적인 변화, 방금 전에 즐거워하던 것만큼이나 침울한 표정으로 변해 버린, 자신도 익히 아는 그 변화를 알아채고 보일 듯 말 듯한 미소를 지었다.

"랴비닌에게 산을 팔기로 완전히 마음을 정한 건가?" 레빈이 물었다.

"응, 결정했어. 3만 8000루블. 그 값이면 훌륭하지. 우선 8000루블 받고, 나머지는 6년 안에 받기로 했어. 난 오랫동안 이 문제에 매달려 있었지. 그보다 더 준다는 사람은 없더군."

"자네는 산을 거저 준 거나 마찬가지야." 레빈은 음울하게 말했다.

"어째서 거저라는 거지?" 이제는 레빈에게 모든 것이 달갑지 않으리라는 것을 잘 아는 스테판 아르카지치는 선한 미소를 지으며 말했다.

"그 산은 적어도 1제샤치나에 500루블의 가치가 있으니까." 레빈이 대답했다.

"아, 이 시골 지주들이라니!" 스테판 아르카지치가 농담조로 말했다. "자네들은 우리 같은 도시의 형제들에게 이런 경멸의 말투로 대하지! 하지만 사업에 관한 한, 언제나 우리가 더 처신을 잘해. 믿어 줘. 나도 모든 걸 다 고려했다니까." 그가 말했다. "산림은 나에게 아주 유리하게 팔렸어. 난 오히려 그 사람이 이 거래를 취소하지나 않을까 걱정이야. 사실 그 산림은 목재용이 아니잖아." 스테판 아르카지치는 목재용이라는 말로 레빈에게 그의 의심이 부당하다는 것을 완전히 납득시킬 수 있기를 바라며 말했다. "차라리 땔감용이라고 하는 편이 맞겠지. 그러니 1제샤치나에 30사젠 이상은 되지 않을 거야. 그런데 그는 나에게 200루블씩 쳐서 주는 셈이거든."

레빈은 업신여기듯 씩 웃었다. '난 저런 태도를 아주 잘 알아.' 그는 생각했다. '이 친구뿐만이 아니라 도시 사람들은 누구나 그래. 10년 동안 시골에 두어 번 내려와서 시골 사람들의 말을 서너 마디 주워듣고 나면, 자기들이 이미 모든 걸 안다고 굳게 믿으며 이런 말들을 적절하게, 또는 엉뚱하게 써먹지. 목재용이라느니, 30사젠일 거라느니. 그들은 이런 말을 하면서도 사실 아무것도 이해하지 못해.'

"나는 자네가 관청에서 끼적거리는 그런 것들을 자네에게 가르치려는 게 아냐." 그는 말했다. "내게 그런 것이 필요하다면 자네에게 물어보지. 자네는 산림을 매각하는 일에 대한 기초 지식을 속속들이 안다고 굳게 확신하고 있어. 그건 어려운 일이야. 자네, 혹시 나무를 세어 봤나?"

"어떻게 나무를 다 세?" 스테판 아르카지치는 친구를 불쾌한 기분에서 끌어내고 싶어 하며 웃는 얼굴로 말했다. "모래알이나 유성의 광선을 헤아릴 만큼 뛰어난 이성을 지닌 사람이라면[128] 몰라도⋯⋯."

"그렇지. 그런데 랴비닌의 뛰어난 두뇌로는 그게 가능하다니까. 그리고 자네처럼 거저 주는 경우가 아니면, 나무를 세 보지 않고 산을 사는 상인은 없어. 자네의 산은 나도 잘 알아. 해마다 그곳으로 사냥을 가거든. 자네의 산은 현찰로 1제샤치나당 500루블의 가치가 있어. 그런데 그놈은 자네에게 1제샤치나당 200루블을, 그것도 분할로 낸단 말이야. 말하자면 자네는 그놈에게 3만 루블을 거저 준 셈이지."

"됐어. 너무 흥분하지 마." 스테판 아르카지치는 하소연하듯 말했다. "그럼 어째서 그만큼 내려는 사람이 아무도 없지?"

_____

128) 오블론스키는 푸슈킨 이전 세대의 러시아의 대시인 가브릴라 제르쟈빈의 유명한 송시 「신」에서 부정확하게나마 이 문구를 인용하고 있다.

"그건 말이야, 그놈이 다른 상인들과 손을 잡았기 때문이야. 그놈은 매입을 양보한 상인들에게 돈을 주었어. 난 모든 상인들과 거래를 해 보았기 때문에 그들을 잘 알아. 그 녀석들은 상인이 아니라 투기꾼이야. 게다가 그놈은 구전이 10퍼센트, 15퍼센트일 것 같으면 아예 거래를 하지도 않아. 20코페이카로 1루블짜리를 살 수 있을 때까지 기다리지."

"아, 그만! 지금 자네의 기분이 언짢군그래."

"천만에." 레빈은 음울하게 말했다. 그때 그들을 태운 마차가 집에 당도했다.

현관에는 이미 쇠붙이와 가죽을 꽉 조여 맨 소형 마차가 서 있었고, 뒤룩뒤룩한 말의 목에는 넓은 가죽끈이 꽉 매여 있었다. 소형 마차에는 외투 허리띠를 꽉 졸라맨 혈기왕성한 랴비닌의 점원이 앉아 있었다. 그는 랴비닌의 마부이기도 했다. 랴비닌 자신은 벌써 집 안에 들어와 있다가 대기실에서 친구들을 맞이했다. 랴비닌은 콧수염과 깨끗이 면도한 주걱턱과 흐리멍덩한 퉁방울눈을 가진 후리후리한 중년 사내였다. 그는 허리 아래까지 단추가 달린 기다란 파란색 프록코트를 입었다. 그리고 복사뼈 부분에 주름이 잡히고 종아리 부분이 밋밋한 목 긴 부츠를 신고 그 위에 커다란 덧신을 신었다. 그는 등을 동그랗게 구부린 채 손수건으로 얼굴을 닦고는 프록코트의 옷깃을 반듯하게 여미었다. 굳이 그렇게 하지 않아도 프록코트의 매무새는 충분히 단정했다. 그는 안으로 들어오는 사람들을 미소로 맞이하며, 마치 무언가를 붙잡으려는 듯한 태세로 스테판 아르카지치에게 손을 내밀었다.

"아, 벌써 와 있었군요." 스테판 아르카지치가 그에게 손을 내밀며 말했다. "훌륭하십니다."

"길이 무척 나쁘긴 했지만, 어떻게 감히 각하의 명령을 어길 수 있겠습니까! 물론 내내 걸어서 오긴 했지만, 시간에 맞춰 도착했지요. 안녕하십니까, 콘스탄친 드미트리치." 랴비닌은 레빈을 돌아보며 그의 손도 잡으려 했다. 그러나 레빈은 얼굴을 찌푸린 채 그의 손을 못 본 척하며 멧도요새들을 꺼냈다. "사냥을 즐기셨군요? 이건 무슨 새인가요?" 랴비닌은 깔보는 듯한 눈길로 멧도요새를 바라보며 덧붙였다. "그러니까 두 분은 사냥에 취미가 있으시군요." 그는 양가죽이 무두질할 가치가 있는지[129] 무척 의심스럽다는 듯 못마땅한 얼굴로 고개를 저었다.

"서재로 가려나?" 레빈은 침울한 표정으로 눈살을 찌푸리며 스테판 아르카지치에게 프랑스어로 말했다. "서재로 가서 이야기를 나누지그래."

"저는 상관없습니다. 어디든 좋으실 대로 하십시오." 랴비닌은 상대를 업신여기는 듯한 고압적인 태도로 말했다. 마치 다른 이들에게는 사람을 상대하는 것이 어려운 일일지 모르지만 자신에게는 전혀 어려울 게 없다는 것을 느끼게 하려는 듯 말이다.

랴비닌은 서재에 들어서며 습관대로 이콘[130]을 찾는 듯 두

---

129) 아무리 노력해도 실익이 없다는 의미의 러시아식 표현이다.

130) 이콘이란 그리스도, 성모 마리아, 성인, 천사 들을 그린 그림으로, 귀금속과 보석으로 장식되곤 했다. 제정 러시아 시대의 사람들은 교회뿐 아니라 가정에도 이콘을 비치하여 어려운 일이 있을 때마다 그 앞에서 기도했고, 심지어 여행을 다닐 때에도 휴대했다. 톨스토이가 살던 시대만 해도 하층민, 상인, 수공업자 들은 방으로 들어갈 때 이콘을 찾아 성호를 긋곤 했다. 그러나 오블론스키나 레빈처럼 개화된 귀족들은 이런 관습을 따르지 않았다.

리번거렸지만, 막상 이콘을 보자 성호를 긋지 않았다. 그는 장식장과 책장을 쳐다보았다. 그러더니 멧도요새를 볼 때와 똑같은 의혹을 드러내며 업신여기듯 웃고는 못마땅한 표정으로 고개를 저었다. 그는 그 양가죽이 무두질할 가치가 있을 수 있다는 것을 전혀 인정하지 않는 눈치였다.

"그래, 돈은 가져왔습니까?" 오블론스키가 물었다. "앉으시죠."

"우린 돈 문제로 지체하지 않습니다. 제가 온 것은 만나 뵙고 의논을 하기 위해서입니다."

"의논이라니, 무슨 일로요? 자, 우선 앉아요."

"그러지요." 랴비닌은 의자에 앉아 자신에게 가장 불편한 자세를 취하며 팔꿈치를 의자 등받이에 기댔다. "공작님이 조금 양보하셔야겠습니다. 그렇지 않으면 죄가 될 겁니다. 돈은 1코페이카까지 완전히 준비되었습니다. 돈 때문에 지체되는 일은 없을 겁니다."

그사이 소총을 장식장에 넣고 방문을 나서던 레빈은 상인의 말을 듣고 걸음을 멈췄다.

"산을 헐값으로 손에 넣었잖소. 이 친구가 뒤늦게 우리 집에 오지만 않았어도 내가 값을 매겼을 거요."

랴비닌은 자리에서 일어나 말없이 웃기만 하며 레빈을 아래위로 훑어보았다.

"너무 인색하시군요, 콘스탄친 드미트리치." 그는 스테판 아르카지치를 향해 웃으며 말했다. "이분과는 앞으로 완전히 거래를 못하겠군요. 그동안 밀을 거래할 때 좋은 값으로 쳐 드렸습니다만."

"어째서 내가 내 것을 당신에게 거저 주어야 합니까? 땅에서 주운 것도 아니고 훔친 것도 아닌데."

"당치도 않습니다. 요즘 시대에 도둑질을 하는 것은 결정적으로 불가능합니다. 요즘에는 공개 법정에서 모든 게 완전히 까발려지니까요. 오늘날엔 모든 게 고결합니다. 그런 도둑질은 이제 없어요. 우리는 정직하게 상의했습니다. 그런데 산림의 값이 너무 비싸게 매겨져 수지가 맞지 않습니다. 그러니 다만 얼마라도 가격을 낮춰 주셨으면 합니다."

"도대체 거래가 끝난 겁니까, 안 끝난 겁니까? 끝났으면 더 흥정할 게 없을 테고, 안 끝났다면……." 레빈이 말했다. "내가 그 산을 사겠습니다."

순간 랴비닌의 얼굴에서 미소가 싹 사라졌다. 그의 얼굴은 매같이 탐욕스럽고 무서운 표정으로 굳어 버렸다. 그는 앙상하고 민첩한 손가락으로 프록코트의 단추를 끌러 바지 밖으로 나온 루바슈카 자락과 조끼에 달린 구리 단추와 시계줄을 드러내더니 잽싸게 두툼한 낡은 지갑을 꺼냈다.

"자, 산은 제 것입니다." 그는 이렇게 말하며 얼른 성호를 긋고 손을 내밀었다. "돈을 받으십시오. 산은 제 것입니다. 한 푼 두 푼 세지 않는 것이 이 랴비닌의 거래 방식입니다." 그는 눈살을 찌푸린 채 지갑을 흔들며 말했다.

"내가 자네 입장이라면 서두르지 않겠어." 레빈이 말했다.

"무슨 소리야?" 오블론스키가 깜짝 놀라며 말했다. "벌써 약속한걸."

레빈은 문을 쾅 닫고 방에서 나갔다. 랴비닌은 문을 쳐다보고는 히죽 웃으며 머리를 저었다.

"다 젊어서 그런 거죠. 완전히 어린애 같습니다. 정말이지 제 명예를 걸고 말씀드리는데, 제가 산을 산 것은, 그러니까, 말하자면, 오직 명예 때문입니다. 다른 누구도 아닌 이 랴비닌이 오블론스키 집안의 산을 샀다는 명예 말입니다. 그리고 수지를 맞추는 것은 하느님의 뜻에 달려 있죠. 하느님을 믿으세요. 자, 계약서에 서명을……."

한 시간 뒤 상인은 할라트를 조심스럽게 여미고 프록코트의 단추를 잠그고는 계약서를 주머니에 넣은 채 마구를 단단하게 맨 소형 마차에 올라타고 집으로 향했다.

"아, 영주들이란!" 그는 점원에게 말했다. "주제가 늘 똑같단 말이야."

"정말 그래요." 점원은 그에게 고삐를 넘기고는 가죽으로 된 마차 덮개의 단추를 채웠다. "그건 그렇고, 미하일 이그나이치, 거래도 성사됐는데……?"

"그, 글쎄……."

17

상인에게 석 달치 선금으로 받은 지폐 덕분에 호주머니가 두둑해진 스테판 아르카지치는 2층으로 올라갔다. 산림 거래가 마무리되고 돈도 호주머니에 있고 새 사냥도 훌륭했기에, 스테판 아르카지치는 더할 나위 없이 기분이 좋았다. 그래서 더더욱 레빈에게 찾아든 불쾌한 기분을 풀어 주고 싶었다. 그는 저녁 식사 동안 오늘 하루를 시작할 때와 똑같이 유쾌한 기분으로 하루를 매듭짓고 싶었다.

사실 레빈은 기분이 좋지 않았다. 그래서 이 소중한 손님을 다정하고 친절하게 대해 주고 싶은 마음이 간절하면서도 자신을 억누를 수 없었다. 키티가 결혼하지 않았다는 소식이 점점 그의 마음을 취하게 만들었다.

키티는 결혼을 하지 않은 데다 아프기까지 하다. 그것도 자기를 멸시한 사내에 대한 사랑으로 아프다. 레빈에게는 이러한 모욕이 마치 자신에게 쏟아진 것 같았다. 브론스키는 그녀를 멸시했고, 그녀는 그를, 레빈을 멸시했다. 따라서 브론스키에게는 레빈을 경멸할 자격이 있고, 그러므로 그는 레빈의 적이었다. 하지만 레빈이 이 모든 것을 생각하고 있었던 것은 아니다. 그는 이 속에 그를 모욕하는 무언가가 있다고 어렴풋이 느낄 뿐이었다. 그래서 그는 지금 자신의 마음을 상하게 한 일이 아니라 그의 눈앞에 나타난 모든 일에 트집을 잡고 있는 것이었다. 어리석게 팔아 버린 산, 오블론스키가 당한 기만, 그것도 그러한 기만이 자기 집에서 이루어졌다는 사실이 그를 화나게 했다.

"그래, 다 끝났어?" 그는 2층에서 스테판 아르카지치를 맞이하며 말했다. "저녁 식사 하려나?"

"좋아, 거절하지 않겠어. 시골에 있으면 식욕이 이상할 정도로 왕성해진다니까. 그런데 자넨 어째서 랴비닌에게 식사를 권하지 않았나?"

"쳇, 그런 자식은 악마가 끌고 가야 해!"

"하지만 자네가 그를 어떻게 대했는데!" 오블론스키가 말했다. "자넨 그에게 손도 내밀지 않았어. 왜 손을 안 내민 거야?"

"나는 하인과 악수를 하지 않거든. 아니 하인이 백배 더 낫지."

"자넨 정말 보수적이군! 그럼, 계급들 간의 융합에 대해선 어떻게 생각하나?" 오블론스키가 말했다.

"융합을 좋아하는 사람이라면 기꺼이 반기겠지. 하지만 난 반대야."

"내가 보기에 자넨 확실히 보수주의자군."

"사실 난 내가 누군지 생각해 본 적 없어. 난 콘스탄친 레빈일 뿐, 그 이상 아무것도 아냐."

"게다가 기분이 매우 안 좋은 콘스탄친 레빈이지." 스테판 아르카지치가 웃으며 말했다.

"그래, 난 기분이 좋지 않아. 왜 그런지 알아? 미안하지만, 자네가 어리석게 산을 팔아서……."

스테판 아르카지치는 잘못한 것도 없이 심한 대접을 받아 기분이 상한 사람처럼 순한 표정으로 눈살을 찌푸렸다.

"그만, 됐어!" 그가 말했다. "누군가 무엇을 팔 경우, 거래가 끝나면 그 즉시 이런 말을 듣기 마련이지. '훨씬 더 값어치가 나갈 텐데.' 하지만 막상 팔려고 하면 아무도 그렇게 내놓지 않아……. 아니, 내가 보기에 자넨 그 가엾은 랴비닌에게 악의를 품고 있어."

"그럴지도, 아니 사실 그래. 왜 그런지 알아? 자네는 또 날 더러 보수주의자, 어쩌면 그보다 더 지독한 말을 할지 모르지만, 그래도 난 내가 속한 귀족계급이 사방에서 몰락해 가는 모습을 지켜보는 것이 원통하고 불쾌해. 계급 융합이니 뭐니 해도, 난 내가 귀족이라는 사실이 무척 기쁘단 말이야. 그런데 그러한 몰락은 사치 때문이 아냐. 사치 때문이라면 차라리 괜찮아. 호화롭게 사는 것, 그것은 귀족의 직무이고 귀족들만이 그렇게 할 수 있지. 그런데 이제 농부들이 우리 주위의 땅을 모두 사들이고 있거든. 그 점에 대해선 화가 나지 않아. 귀족들은 아무것도 하지 않지만, 농부들은 노동을 하고 쓸모없는 게으름뱅이들을 몰아내고 있어. 당연히 그래야 해. 게다가 난 농부들을 대하면서 큰 기쁨을 느끼지. 하지만 뭐랄까, 딱히 뭐라고 불러야 좋을지 모르겠군, 아무튼 이런 몰락이 순진함 때문에 일어나는 것을 지켜보고 있으면 화가 치밀어. 여기에서는 폴란드인 소작인이 니스에 사는 지주 마님의 비옥한 땅을 반 값에 사들이고, 저기에서는 1제샤치나에 10루블의 가치가 있는 토지를 1루블만 받고 상인에게 임대해 주지. 또 여기에서는 자네가 아무 이유 없이 그 사기꾼에게 3만 루블을 공짜로 안기기나 하고."

"그럼 어쩌라고? 나무를 하나하나 다 세란 말이야?"

"물론 그래야지. 자네는 세지 않았지만 랴비닌은 셌어. 랴비닌의 자식들에게는 생계비와 교육비가 생기겠지만, 자네의 자식들에게는 그렇지 않아!"

"음, 미안하지만 그 계산에는 무언가 빈약한 점이 있어. 우리에게는 우리의 일이 있고, 저들에게는 저들의 일이 있지. 게다가 그들로서는 이윤을 얻어야 하고. 자, 어쨌든 일이 마무리됐군. 이제 끝이야. 아, 구운 달걀이 나오는군. 내가 가장 좋아하는 달걀 요리야. 이제 아가피야 미하일로브나가 그 훌륭한 약초 술을 내올 테고……."

스테판 아르카지치는 테이블 앞에 앉아 오랫동안 이런 식사를 먹어 보지 못했다고 단언하면서 아가피야 미하일로브나와 농담을 주고받기 시작했다.

"나리는 이렇게 칭찬이라도 해 주시죠." 아가피야 미하일로브나가 말했다. "하지만 콘스탄친 드미트리치는 뭘 차려 드려도 조금만 먹고 일어나세요. 심지어 빵 껍질만 드려도 그런답니다."

레빈은 자신을 억누르려고 안간힘을 썼다. 하지만 그는 여전히 우울하고 말이 없었다. 그는 스테판 아르카지치에게 한 가지 꼭 물어볼 게 있었지만 도저히 물어볼 용기가 나지 않았다. 또 언제 어떻게 그 질문을 꺼내야 할지 적절한 방법도, 적절한 기회도 찾을 수 없었다. 스테판 아르카지치는 벌써 아래층에 있는 자기 방으로 내려가 다시 씻고 주름 잡힌 잠옷으로 갈아입은 후 자리에 누웠다. 그러나 레빈은 묻고 싶은 것을 묻지 못한 채 계속 그의 방 안에서 미적대며 온갖 잡담만 늘어놓았다.

"이런 비누를 만들다니, 정말 놀라워!" 레빈은 아가피야 미하일로브나가 손님을 위해 준비한 향기로운 비누 한 장을 이리저리 뜯어보다 포장을 벗겼다. 오블론스키는 그 비누를 쓰지 않고 두었던 것이다. "이것 봐, 정말 예술이야."

"그래, 이젠 어디든 개선이 이루어지지 않은 곳이 없다니까." 스테판 아르카지치는 물기 어린 눈으로 행복하게 하품을 하며 말했다. "가령 연극이라든지 이런 유흥…… 하아!" 그는 하품을 했다. "가는 곳마다 전깃불이[131]…… 하아!"

"그래, 전깃불." 레빈이 말했다. "맞아, 그런데 브론스키는 지금 어디에 있지?" 그는 비누를 내려놓고는 불쑥 이렇게 물었다.

"브론스키?" 스테판 아르카지치가 하품을 멈추고 물었다. "그는 페테르부르크에 있어. 자네가 가 버린 후 그도 곧 떠났지. 그 후로 모스크바에는 한 번도 오지 않았어. 이봐, 코스챠, 솔직히 말할게." 그는 테이블에 팔꿈치를 괴고 한 손으로 홍조 띤 잘생긴 얼굴을 받치며 계속 말했다. 그의 얼굴에서 사람을 녹일 듯한 선하고 몽롱한 두 눈동자가 별처럼 빛났다. "잘못은

---

131) 1870년대 초까지만 해도 전깃불은 대단히 희귀했으며 대체로 비실용적인 것으로 받아들여졌다. 하지만 몇몇 유흥 시설을 드나들던 사람들은 전깃불을 신기한 기술로 여기곤 했다.

바로 자네에게 있어. 자네는 연적을 보고 겁을 냈지. 그때도 자네에게 말했지만, 난 누구에게 가능성이 더 많았을지 지금도 모르겠어. 자넨 어째서 강력히 밀고 나가지 않았나? 그때도 내가 말했잖아……." 그는 입을 벌리지 않고 턱만 움직이며 하품을 했다.

'이 친구는 내가 청혼한 사실을 아는 거야, 모르는 거야?' 레빈은 그를 쳐다보며 생각에 잠겼다. '그래, 이 친구에겐 뭔가 교활하고 외교적인 데가 있지.' 레빈은 얼굴이 붉어지는 것을 느끼며 말없이 스테판 아르카지치의 눈을 똑바로 바라보았다.

"그때 처제에게 무슨 일이 일어났다면, 그건 바로 겉모습에 마음을 빼앗겼다는 거야." 오블론스키는 말을 계속했다. "자네도 알겠지만, 그 완벽한 귀족적 풍모와 미래의 사회적 지위가 그녀가 아닌 그 어머니의 마음을 움직인 거지."

레빈은 인상을 찌푸렸다. 그녀에게 거부당한 치욕이 갓 생긴 상처처럼 그의 심장을 쓰라리게 했다. 그는 집 안에 있고, 집에서는 벽들도 주인을 돕기 마련이다.

"그만, 그만해." 그가 오블론스키의 말을 가로막으며 이야기를 꺼냈다. "귀족적 풍모라고 했나? 자네에게 묻고 싶군. 브론스키든 그 누구든 그 귀족적 풍모라는 게 도대체 어떤 건데? 나를 멸시받게 만든 그 귀족적 풍모라는 게 뭐냐고? 자네는 브론스키가 귀족이라고 생각하지만 난 아냐. 그의 아버지는 교활한 방법으로 하찮은 신분에서 벗어났고, 그의 어머니는 그동안 정을 통하지 않은 사내가 없을 정도로……. 아니, 미안하지만 난 나 자신과 나 같은 사람들이야말로 귀족이라고 생각해. 과거의 가족사에서 삼사 대에 걸친 정직한 세대를 가리킬 수 있는 사람, 높은 수준의 교양(재능이나 지성은 별개의 문제야.)을 갖춘 사람, 나의 아버지와 나의 할아버지처럼 결코 남들에게 아첨을 하거나 남의 도움에 의지하지 않는 사람들 말이야. 난 그런 사람들을 많이 알고 있어. 내가 숲의 나무를 세는 게 자네에겐 천해 보일지 모르지만, 아무튼 자네는 랴비닌에게 3만 루블을 갖다 바쳤어. 물론 자네는 임대료와 내가 모르는 여러 수입을 받고 있지만, 난 그렇지 못해. 그래서 난 조상에게 물려받은 것과 내가 수고하여 얻은 것들을 소중히 여기지…… 귀족은 바로 우리 같은 사람들이야. 권력층에게 동냥질해서 살거나 20코페이카로 매수할 수 있는 그런 사람들이 아니라고.”

“그런데 누구 이야기를 하는 거야? 난 자네와 생각이 같아.” 스테판 아르카지치는 레빈이 20코페이카로 매수할 수 있는 사람에 자기를 포함시켰다는 것을 알면서도 진심으로 명랑하게 말했다. 그는 레빈의 생기를 진심으로 좋아했다. “누구 얘길 하느냐니까? 자네가 브론스키에 대해 한 말 가운데 틀린 것도 많지만 그 점에 대해선 이야기하지 않겠어. 솔직히 말할게. 내가 자네라면 나와 함께 모스크바로 가서……”

“아냐, 자네가 아는지 모르는지 잘 모르겠지만, 나는 어떻게 되든 상관없어. 그래, 자네에게 말해 주지. 난 청혼을 했다가 거절당했어. 이제 카체리나 알렉산드로브나는 내게 괴롭고 수치스러운 기억일 뿐이야.”

“어째서? 정말 바보 같은 소리를 하는군!”

“그런 이야기는 이제 그만하지. 그리고 내가 자네를 무례하게 대했다면 제발 용서해 줘.” 레빈이 말했다. 모든 것을 털어

놓자, 그는 다시 아침 무렵의 모습을 되찾았다. "나한테 화난 거 아니지, 스티바? 제발, 화내지 마." 그는 이렇게 말하고는 미소를 지으며 오블론스키의 손을 잡았다.

"그럼, 전혀 화나지 않았어. 그럴 이유가 없잖아. 난 우리가 서로 이야기를 나누게 되어 기쁜데. 참, 그거 알아? 아침 사냥도 좋아. 같이 가지 않겠나? 난 이렇게 자지 않고 있다가 사냥터에서 기차역으로 바로 가겠어."

"좋아."

18

브론스키의 내적인 삶은 온통 열정으로 가득 차 있었으나,
그의 외적인 생활은 여전히 사교계와 연대에서의 인맥과 이해
관계라는 이전의 익숙한 궤도를 따라 어쩔 수 없이 달려가고
있었다. 연대의 이해관계는 브론스키의 생활에서 중요한 자리
를 차지했다. 그가 연대를 사랑해서이기도 하지만, 무엇보다 연
대 사람들이 그를 사랑했기 때문이다. 연대 사람들은 브론스
키를 좋아했을 뿐 아니라 그를 존경하고 자랑스러워했다. 막대
한 재산을 가진 데다 훌륭한 교양과 재능을 지닌 이 사내, 더
욱이 온갖 종류의 성공을 위한 길이 활짝 열려 있고 야심과
허영심까지 갖춘 이 사내가 이 모든 것을 무시하고서, 인생의
모든 이해관계 가운데 연대와 동료들의 이해관계를 가장 진지
하게 생각했기 때문이다. 브론스키는 자신을 향한 동료들의 시
선을 의식하고 있었다. 그래서 그는 이런 생활을 좋아하기도
했지만, 그 자신에 대한 이런 고정관념을 지키는 것도 자신의

의무라고 생각했다.

물론 그는 자신의 사랑에 대하여 동료들에게 전혀 이야기하지 않았고, 흥청망청한 술자리에서도 결코 입 밖에 내는 일이 없었으며(하지만 그는 자제력을 잃을 만큼 취한 적이 한 번도 없었다.) 경솔한 동료들 중에서 그의 불륜에 대해 넌지시 아는 척하려는 이들이 있으면 그 입을 틀어막았다. 하지만 그의 사랑이 도시 전체에 알려지고, 다들 그와 카레니나의 관계를 어느 정도 정확하게 짐작하고 있는데도, 대부분의 청년들은 그의 사랑에 커다란 난관이 있다는 점, 말하자면 카레닌의 높은 지위와 그 때문에 이 불륜이 사교계 사람들의 눈에 잘 띈다는 점을 질투했다.

안나를 질투하던 데다 그녀를 반듯한 여자로 부르는 것에 이미 오래전부터 싫증을 느끼던 젊은 여자들은 대부분 일이 예상대로 된 것에 기뻐했고 무겁기 짝이 없는 멸시로 그녀를 공격하기 위해 세간의 평판이 뒤집혀 굳어지기만을 기다렸다. 그들은 때가 되면 그녀에게 던지려고 진흙 덩이를 이미 마련해 놓고 있었다. 나이가 지긋하거나 신분이 높은 대부분의 사람들은 점차 무르익어 가는 이 사회적 추문을 못마땅하게 여겼다.

브론스키의 어머니는 아들의 불륜을 알고 처음에는 흡족해했다. 그녀가 생각하기에, 빛나는 청년에게 최후의 완성을 부여하는 것으로 사교계의 불륜만 한 것이 없었고, 자기가 그토록 좋아한 카레니나도, 어린 아들에 대해 그토록 많은 이야기를 하던 그 카레니나도, 브론스카야 백작부인이 보기에 결국 아름답고 고상한 다른 모든 여자들과 조금도 다르지 않았기 때문이다. 그러나 최근에 그녀는 아들이 출세하는 데 중요한 지위를 제안받고도 고작 카레니나를 계속 만나기 위해 연대에 남고자 이를 거절한 사실을 알게 되었다. 게다가 고위층 인사들이 이 일로 그를 못마땅하게 여긴다는 것도 알게 되었다. 그래서 그녀는 자신의 생각을 바꾸게 되었다. 그리고 또 그녀의 마음에 들지 않았던 점은, 그동안 알아낸 모든 점에 비추어 볼 때 그 정사가 자신이 인정할 만한 눈부시고 우아한 사교계 불륜이 아니라, 사람들의 말처럼 아들을 어리석은 행동으로 빠뜨릴 수 있는 베르테르[132]식의 지독한 열정이라는 점이었다. 그녀는 브론스키가 갑작스레 모스크바를 떠난 뒤로 아직 그를 보지 못했다. 그래서 그녀는 큰아들을 통하여 브론스키에게 자기를 보러 오라는 전갈을 보냈다.

형도 동생이 마음에 들지 않았다. 그는 그것이 어떤 사랑인지, 즉 큰지 작은지, 정열적인지 아닌지, 죄악인지 아닌지 따지지 않았다.(그 자신도 자식이 있으면서 무용수를 정부로 두고 있었기에 이 점에 대해선 관대했다.) 하지만 그들이 비위를 맞춰야 할 사람들이 이 사랑을 탐탁하게 여기지 않는다는 것을 알았기에, 그는 동생의 행실을 인정하지 않았다.

근무와 사교 외에도 브론스키에게는 또 다른 일거리가 있었다. 그는 열렬한 말 애호가였다.

마침 올해에는 장교들의 장애물 경마가 열릴 예정이었다. 브론스키는 경마에 참가 신청을 하고 영국산 순종 암말을 샀다.

---

132) 괴테의 『젊은 베르테르의 슬픔』의 주인공. 감상적 연애의 전형적 인물로 친구의 아내 샬로테를 사모하다 이루지 못하는 사랑을 비관하여 자살한다.

비록 사랑에 빠져 있긴 했지만, 비록 자제하려 하긴 했지만, 그는 눈앞에 닥친 경마에 열정적으로 빠져 들고 말았다…….

두 열정이 서로를 방해하지는 않았다. 오히려 그에게는 자신의 사랑에 관계없이 마음을 쏟을 만한 새로운 대상과 일거리가 필요했다. 그로 하여금 기운을 되찾게 하고 자신을 지나치게 흥분시키는 인상으로부터 벗어나게 해 줄 그런 것 말이다.

19

크라스노예 셀로[133]에서 경마가 열린 날, 브론스키는 평소보다 일찍 연대 식당에 가서 비프스테이크를 먹었다. 그의 몸무게는 정확히 규정으로 정해진 4푸드 반이었기 때문에 자신을 지나치게 엄격히 억제할 필요가 없었다. 하지만 조금이라도 살이 찌면 안 됐기 때문에, 그는 밀가루와 단 음식을 피해 왔다. 그는 하얀 조끼 위에 입은 프록코트의 단추를 푼 채 두 팔로 테이블에 팔꿈치를 괴고 앉아, 주문한 비프스테이크를 기다리며 접시 위에 놓인 프랑스 소설책을 읽고 있었다. 그는 단지 식

---

133) '아름다운 마을'이란 뜻으로 본래 페테르부르크에서 남서쪽으로 약 24킬로미터 떨어진 지역이었는데, 1973년에 페테르부르크로 통합되었다. 19세기에 접어들 무렵, 이곳에 황실을 위한 목조 궁전들이 세워졌다. 1823년부터 1917년 혁명 전까지, 이 마을에는 군사학교와 근위대(브론스키가 있던 부대)가 있었다. 1861년에 세워진 경마장은 페테르부르크 귀족들이 즐겨 찾는 여름 휴양지가 되었다.

당을 드나드는 장교들과 대화를 피하기 위해 책을 쳐다보고 있을 뿐 계속 다른 생각에 잠겨 있었다.

그는 안나가 오늘 경기 후에 그를 만나 주기로 약속한 것을 생각했다. 하지만 그는 사흘째 그녀를 보지 못한 데다, 남편이 외국에서 돌아왔기 때문에 오늘 그녀를 만날 수 있을지 없을지도 몰랐고 그것을 어떻게 알아보아야 할지도 몰랐다. 그가 그녀와 마지막으로 만난 장소는 사촌 누이인 벳시의 별장이었다. 그는 카레닌 가의 별장에는 되도록 가지 않았다. 그런데 지금 그는 그곳에 가고 싶어 어떻게 하면 좋을지 방법을 궁리하고 있었다.

'물론 난 벳시의 부탁으로 안나가 경마장에 올 건지 물어보러 왔다고 말할 거야. 물론이지, 난 가고 말 거야.' 그는 책에서 고개를 들고 혼자서 다짐했다. 그녀를 만나는 행복을 머릿속으로 생생하게 그린 후, 그는 얼굴을 환하게 빛냈다.

"우리 집으로 사람을 보내서 서둘러 삼두마차에 말을 매라고 전해." 그는 뜨거운 은접시에 담긴 비프스테이크를 가져온 사환에게 이렇게 말하고는 접시를 끌어당겨 음식을 먹기 시작했다.

옆 당구장에서 당구 치는 소리, 이야기 소리, 웃음소리가 들렸다. 입구에 두 장교가 나타났다. 얼굴이 갸름하고 연약한 젊은 장교는 얼마 전 중앙 육군사관학교를 졸업하고 그들의 연대로 부임했다. 손목에 팔찌를 찬 뚱뚱하고 나이 많은 장교는 살이 찐 탓으로 눈이 작아 보였다.

브론스키는 그들을 쳐다보고는 인상을 찌푸렸다. 그는 그들을 보지 못한 척 책을 힐끔거리며 식사와 독서를 같이 하기 시작했다.

"뭐야? 일을 시작하기에 앞서 기력을 충전하는 건가?" 뚱뚱한 장교가 그의 옆에 앉으며 말했다.

"보시다시피." 브론스키는 눈살을 찌푸린 채 입을 닦고 그에게 눈길도 주지 않으며 대답했다.

"살찌는 게 겁나지도 않나?" 그는 젊은 장교를 위해 의자를 돌려놓으며 말했다.

"뭐?" 브론스키는 혐오스러운 듯 얼굴을 찌푸리고 가지런한 이를 드러내며 성난 목소리로 말했다.

"살찌는 게 두렵지 않냐고?"

"여기, 셰리주[134]!" 브론스키는 그 말에 대꾸도 않고 셰리주를 시킨 뒤, 책을 다른 쪽으로 옮기고는 계속 읽었다.

뚱뚱한 장교는 주류 메뉴를 집어 들고 젊은 장교를 돌아보았다.

"무엇을 마실지 자네가 골라 봐." 그는 젊은 장교에게 메뉴판을 건네며 그를 쳐다보았다.

"라인 포도주로 하죠." 젊은 장교가 말했다. 그는 소심하게 브론스키를 곁눈질하며 겨우 돋아나기 시작한 콧수염을 손가락으로 잡으려 애썼다. 젊은 장교는 브론스키가 돌아보지 않는 것을 알자 자리에서 일어났다.

"당구장으로 갑시다." 그가 말했다.

뚱뚱한 장교는 순순히 일어났다. 그들은 문으로 향했다.

---

134) 스페인의 남서부 지방에서 만드는 도수가 높은 백포도주. 대개 식사 전에 마신다.

바로 그때 훤칠하고 늘씬한 기병 대위 야쉬빈이 식당 안으로 들어왔다. 그는 업신여기듯 두 장교에게 고개를 쳐들어 보이며 브론스키에게 다가왔다.

"아! 여기 있었군!" 그가 큰 소리로 외치며 커다란 손으로 견장을 툭 쳤다. 브론스키는 화가 나서 고개를 돌렸으나, 그의 얼굴은 이내 특유의 침착하고 의연한 부드러움으로 빛났다.

"현명하군, 알료샤." 기병 대위는 커다란 바리톤 음색으로 말했다. "지금은 조금만 먹고 가볍게 한잔만 해."

"그렇지 않아도 먹고 싶은 생각이 없어."

"저기, 단짝이 가는군." 야쉬빈은 그때 막 식당을 나서는 두 장교들을 조롱하듯 바라보며 이렇게 덧붙였다. 그리고 그는 통이 좁은 승마용 바지에 싸인, 의자 높이에 비해 지나치게 긴 허벅지와 종아리를 예각(銳角)으로 꺾고서 브론스키의 옆에 앉았다. "왜 어젯밤 크라스노예 극장에 오지 않았나? 누메로바가 꽤 잘했는데. 어디 있었던 거야?"

"트베르스코이 공작 집에 오래 머물러 있었지." 브론스키가 대답했다.

"아!" 야쉬빈이 대답했다.

노름꾼이자 방탕아인 야쉬빈은 모든 규범을 거부할 뿐 아니라 부도덕한 생활을 좇는 사람이었다. 야쉬빈은 연대 안에서 브론스키의 가장 친한 친구였다. 브론스키가 그를 좋아하는 까닭은 우선 그의 비상한 체력 때문이었다. 야쉬빈은 이 놀라운 체력을 대개 나무통처럼 밤새 술을 들이켜고도 끄떡없는 모습으로 보여 주곤 했다. 브론스키는 야쉬빈의 뛰어난 정신력도 좋아했다. 그는 상관과 동료 사이에서 자신에 대한 두려움과 존경심을 불러일으킴으로써 그 정신력을 입증해 보였다. 또한 몇 만 루블이 걸린 카드놀이에서, 그것도 술까지 마신 상태에서 언제나 영국 클럽의 최고의 도박사로 꼽힐 만큼 노련하고 의연하게 처신함으로써 자신의 정신력을 입증하기도 했다. 브론스키는 야쉬빈이 그의 이름이나 재산이 아닌 그 자신을 좋아해 준다고 느꼈기 때문에 특별히 그를 존경하고 좋아했다. 그래서 브론스키는 모든 사람들 가운데 오직 그에게만은 자신의 사랑을 털어놓고 싶었다. 그는 야쉬빈이 비록 모든 감정을 경멸하는 것처럼 보여도 오직 그만은 지금 자신의 삶 전체를 충만하게 하는 그 강렬한 감정을 이해해 줄 거라고 느꼈다. 게다가 그는 야쉬빈이 분명 유언비어나 추문에서 즐거움을 찾지 않고 자기의 감정을 제대로 이해해 줄 거라고, 즉 이 사랑이 농담이나 장난이 아니라 무언가 진지하고 중요한 것이라는 점을 알아주고 믿어 주리라 확신했다.

브론스키는 자기의 사랑에 대해 그와 이야기를 나누진 않았지만, 그가 모든 것을 알고 모든 것을 제대로 이해하고 있다는 사실을 알아차렸다. 그는 야쉬빈의 눈에서 그것을 보는 것이 즐거웠다.

"아, 그래!" 그는 브론스키가 트베르스코이 공작의 집에 있었다는 말에 이렇게 답하고는, 검은 눈동자를 빛내면서 왼쪽 콧수염을 잡고 그의 지저분한 버릇대로 그것을 입 속에 밀어넣기 시작했다.

"그런 그렇고, 어제는 어땠어? 땄어?" 브론스키가 물었다.

"8000쯤. 그런데 3000은 틀렸어. 줄 것 같지 않아."

"그럼, 내게 건 돈은 잃어도 되겠군." 브론스키가 웃으며 말했다.(야쉬빈은 브론스키 쪽에 큰돈을 걸었다.)

"잃을 리 없지."

"마호친의 말 한 마리가 위험해."

그리하여 화제는 오늘의 경기에 대한 예상으로 옮겨 갔다. 브론스키는 지금 그것 말고는 아무 생각도 할 수 없었다.

"가지. 난 다 먹었어." 브론스키는 이렇게 말하고는 자리에서 일어나 문으로 향했다. 야쉬빈도 커다란 다리와 길쭉한 등을 쭉 펴며 자리에서 일어났다.

"식사를 하기에는 아직 이르지만, 술 한잔은 해야겠어. 금방 올게. 어이, 포도주!" 그는 지휘 때문에 유명해진, 유리창도 떨리게 하는 굵은 저음의 목소리로 외쳤다. "아니, 됐어." 그는 곧 다시 소리쳤다. "자네, 집으로 가지? 그럼, 나도 같이 가."

그러면서 그는 브론스키와 함께 나섰다.

20

　브론스키는 칸막이로 둘로 나뉜 넓고 깨끗한 핀란드풍의 오
두막 안에 서 있었다. 페트리츠키는 야영지에서도 그와 함께
지냈다. 브론스키와 야쉬빈이 오두막에 들어섰을 때, 페트리츠
키는 잠을 자고 있었다.

　"일어나, 충분히 잤잖아." 야쉬빈은 칸막이 뒤로 돌아가, 머
리칼을 흐트러뜨린 채 코를 베개에 처박고 있는 페트리츠키의
어깨를 쿡쿡 찔렀다.

　페트리츠키는 갑자기 벌떡 일어나 무릎을 꿇더니 주위를 둘
러보았다.

　"자네 형이 왔었어." 그가 브론스키에게 말했다. "날 깨우더
니, 제기랄, 악마에게 잡혀가라지, 아무튼 다시 오겠다고 하더
군." 그리고 그는 다시 담요를 끌어 올리고 베개에 몸을 던졌
다. "아, 날 좀 내버려 둬, 야쉬빈." 그는 담요를 잡아당기는 야
쉬빈에게 화를 내며 말했다. "이러지 말라니까!" 그는 돌아누

우며 눈을 떴다. "차라리 뭘 마실 거냐고 말하지그래. 입 안이 너무 텁텁해서……."

"보드카가 최고지." 야쉬빈은 저음으로 말했다. "체레쉔코! 주인에게 보드카와 오이를 갖다 드려라." 그가 소리쳤다. 그는 자기의 목소리를 듣는 것이 즐거운 모양이었다.

"보드카라고? 어?" 페트리츠키는 얼굴을 찌푸리며 눈을 비볐다. "자네도 마실 거야? 그럼, 같이 마시지. 브론스키, 자네도 마시려나?" 페트리츠키는 몸을 일으키며 호피 담요를 몸에 둘렀다.

그는 칸막이에 난 문으로 나와 두 손을 들고서 프랑스어 노래를 불렀다. "투우울레[135]에 왕이 살았네. 브론스키, 자네도 마실 거야?"

"사양하겠어!" 브론스키는 하인이 건네준 프록코트를 입고는 이렇게 말했다.

"어디 가?" 야쉬빈이 그에게 물었다. "저기 마차가 오는군." 그는 오두막으로 다가오는 마차를 보며 말했다.

"마구간에. 그리고 말 때문에 브랸스키에게도 가 봐야 해."

사실 브론스키는 페테르고프[136]에서 10베르스타 떨어진 브랸스키의 집에 들러 말의 값을 치르기로 약속했었다. 그래서

---

135) 툴레. 울티마 툴레라고도 한다. 브리튼 섬의 북쪽으로 약 엿새 동안 항해를 하면 나온다는 전설의 땅이다. 사람들은 툴레가 세계에서 가장 북쪽에 있는 장소라고 생각했다. 페트리츠키가 부른 노래는 프랑스 작곡가 샤를 구노가 괴테의 『파우스트』를 토대로 만든 동명의 오페라에 나온다.

136) 크론슈타트 만에 있는 황실의 대저택과 공원. 표트르 대제가 1711년에 건축했다.

거기에도 들렀다 오고 싶었다. 하지만 동료들은 그가 그곳에만 가는 게 아니라는 사실을 금방 알아차렸다.

페트리츠키는 노래를 계속 부르며 한쪽 눈을 찡긋하고는 마치 이렇게 말하려는 듯 입술을 삐죽거렸다. '우리는 알아, 그 브랸스키가 누구인지.'

"늦지 않게 조심해!" 야쉬빈은 그저 그렇게 말하고는 화제를 바꾸기 위해 창문을 쳐다보며 자신이 브론스키에게 판 짐말에 대해 물었다. "나의 밤색 말은 쓸모가 있나?"

"잠깐!" 페트리츠키는 이미 밖으로 나간 브론스키에게 큰 소리로 외쳤다. "자네 형이 편지와 쪽지를 남겼어. 기다려 봐, 그게 어디 있지?"

브론스키는 걸음을 멈췄다.

"그래, 어디에 있어?"

"그것들은 어디에 있는가? 그것이 문제로다!" 페트리츠키는 집게손가락으로 코에서 위쪽으로 선을 그리며 엄숙하게 말했다.

"그래, 어서 말해, 바보짓 그만하고." 브론스키가 웃으며 말했다.

"벽난로에는 불을 지피지도 않았어. 여기 어딘가 있을 거야."

"됐어. 바보 같은 소리 그만해! 편지는 어디 있어?"

"아냐, 정말 잊어버렸어. 혹시 꿈을 꾼 걸까? 잠깐! 잠깐! 왜 화를 내고 그래! 자네도 어제의 나처럼 술 네 병을 혼자서 마셔 봐. 그럼 자네도 자기가 어디에 드러누워 있는지조차 잊을 테니까. 잠깐, 생각났어!"

페트리츠키는 칸막이 뒤로 가서 자기 침대에 누웠다.

"잠깐! 난 이렇게 누워 있었고 자네 형은 이렇게 서 있었지. 그래, 그래, 그래, 그래…… 여기 있다!" 페트리츠키는 매트리스 밑에서 편지를 꺼냈다. 그는 편지를 그곳에 숨겨 두었던 것이다.

브론스키는 편지와 형의 쪽지를 받았다. 그것은 그가 예상했던 대로 그가 찾아오지 않은 것을 나무라는 어머니의 편지와 뭔가 의논할 게 있다고 적힌 형의 쪽지였다. 브론스키는 이 모든 것이 바로 그 일 때문이라는 것을 잘 알고 있었다. '그게 그 사람들과 무슨 상관이람!' 이렇게 생각한 브론스키는 도중에 자세히 읽으려고 편지를 구겨 프록코트 단추 사이에 찔러 넣었다. 오두막 입구에서 그는 두 장교와 마주쳤다. 한 명은 그의 연대 사람이었고, 또 한 명은 다른 연대 사람이었다.

브론스키의 숙소는 늘 모든 장교들의 소굴이었다.

"어디 가십니까?"

"페테르고프에 일이 있어서요."

"차르스코예에서 말이 왔습니까?"

"왔어요. 나도 아직 못 봤습니다만."

"마호친의 글라디아토르[137]가 다리를 절름거린다던데요."

"바보 같은 소리! 그런데 이 진흙탕 속에서 어떻게 경마를 하시렵니까?" 다른 사람이 말했다.

"나의 구세주들이 왔군!" 페트리츠키가 안으로 들어오는 사람들을 보고 외쳤다. 그의 앞에는 보드카와 오이가 담긴 쟁반을 든 졸병이 서 있었다. "자, 야쉬빈이 내게 정신을 차리게 술

---

137) '검투사'라는 뜻의 영어 단어 'gladiator'를 러시아식으로 발음한 것.

을 마시라고 하는군."

"음, 어제 당신도 우리에게 술을 먹이지 않았습니까!" 들어온 사람 가운데 한 명이 말했다. "밤새 잠도 안 재우고 말입니다."

"아냐, 술자리가 어떻게 끝났는데!" 페트리츠키가 이야기를 늘어놓았다. "볼코프가 지붕에 기어 올라가더니 슬프다고 그러는 거야. 내가 그랬지. '음악을 울려. 장송 행진곡으로 말이야!' 볼코프는 그렇게 지붕 위에서 장송 행진곡을 들으며 잠이 들었지."

"그런데 도대체 뭘 마시고 있는 거지?" 그는 술잔을 쥔 채 인상을 썼다.

"마셔, 보드카를 꼭 마셔야 해. 그다음 젤테르 광천수를 마시고 레몬을 많이 먹어." 야쉬빈은 페트리츠키를 내려다보며 아이에게 약을 먹이는 엄마처럼 말했다. "그다음에는 샴페인을 조금, 그렇지, 작은 병으로."

"이것 참 명약인데. 잠깐, 브론스키, 같이 마시지."

"아냐, 그럼 전 가 보겠습니다. 오늘은 술을 마시지 않겠습니다."

"왜 그래, 몸이 무거워질까 봐? 그럼, 우리만 마시지. 젤테르 광천수와 레몬을 가져와."

"브론스키!" 그가 현관을 나서려는데 누군가 큰 소리로 그를 불렀다.

"왜?"

"자네, 머리를 깎는 게 어때? 그렇지 않으면 머리가 무거울 걸. 특히 벗겨진 자리가 말이야."

사실 브론스키는 나이보다 일찍 머리가 벗겨지기 시작했다. 그는 가지런한 이를 드러내며 유쾌하게 웃음을 터뜨리고는 벗겨진 머리에 군모를 눌러쓰고 밖으로 나와 마차에 올랐다.

"마구간으로!" 그는 이렇게 말하고 편지를 꺼내 읽으려다가 말을 살펴보기 전까지 다른 일에 마음을 뺏기지 말아야겠다며 생각을 바꾸었다. "나중에······!"

21

임시 마구간인 목조 바라크는 경마장 바로 옆에 있었고, 그의 말도 어제 이곳에 도착해야 했다. 그는 아직 자신의 말을 보지 못했다. 지난 며칠 동안 그는 직접 그 말을 타 보지 않고 조마사에게만 맡겨 두었기 때문에, 지금 그는 자기의 말이 어떤 상태로 와 있는지 전혀 몰랐다. 그가 마차에서 내리자마자, '풋내기'라 불리는 그의 마부(마종)가 멀리서 마차를 알아보고 조마사를 불러냈다. 목이 긴 부츠에 짧은 재킷 차림으로 턱 밑에만 수염을 남긴 무뚝뚝한 영국인이 두 팔꿈치를 옆으로 벌린 채 경마 기수 같은 서툰 걸음걸이로 비틀거리며 그를 맞으러 나왔다.

"프루프루는 어떤가요?" 브론스키가 영어로 물었다.

"All right, sir.[138] 아무 문제 없습니다, 나리." 영국인이 목구

---

138) '좋습니다.'(영어)

멍의 안쪽에서 울리는 목소리로 말했다. "가지 않는 편이 좋을 텐데요." 그가 가볍게 모자를 들어 보이며 말했다. "제가 재갈을 물려 놔서 말이 흥분해 있거든요. 가지 않는 편이 좋아요. 말을 불안하게 할 뿐입니다."

"아닙니다. 들어가겠어요. 내 눈으로 보고 싶군요."

"그럼, 같이 가시죠." 그는 여전히 입은 열지 않은 채 이맛살을 찌푸리며 이렇게 말하고는 팔꿈치를 흔들며 나사가 풀린 듯한 걸음걸이로 앞서 걸었다.

그들은 바라크 앞마당에 들어섰다. 깨끗한 재킷을 걸친 말쑥한 옷차림에 체격이 좋은 당직 소년이 손에 빗자루를 든 채 두 사람을 맞이하고 그들을 뒤따랐다. 바라크 안에는 각 우리마다 말이 다섯 마리씩 들어 있었다. 브론스키는 오늘 이곳에 그의 중요한 경쟁자인 마호친의 160센티미터짜리 밤색 말 글라디아토르도 와 있다는 것을 알고 있었다. 브론스키는 자기의 말보다 아직 본 적 없는 글라디아토르가 훨씬 더 보고 싶었다. 하지만 브론스키는 말 애호가의 예의상 그 말을 보아서도 안 될 뿐 아니라 그 말에 대해 묻는 것조차 무례하다는 것을 알고 있었다. 그가 통로를 지나갈 때 소년이 왼쪽의 두 번째 우리 문을 열었다. 그러자 커다란 밤색 말과 그것의 하얀 두 다리가 브론스키의 눈에 띄었다. 그는 그 말이 글라디아토르라는 것을 알았지만, 활짝 펼쳐 놓은 남의 편지를 외면하는 사람의 심정으로 고개를 돌리고는 프루프루가 있는 우리로 다가갔다.

"여기 있는 말이 마크……, 마크……, 아, 도저히 그 이름을 발음할 수 없군요." 영국인이 어깨 너머로 손톱에 때가 낀 커다란 손가락을 들어 글라디아토르의 우리를 가리키며 말했다.

"마호친요? 그래요, 나에게는 저 말이 만만치 않은 유일한 적수입니다." 브론스키가 말했다.

"만일 나리가 저 말을 탄다면……." 영국인이 말했다. "저도 나리에게 돈을 걸 겁니다."

"프루프루는 다른 말보다 신경질적이긴 하지만 기운이 좋아요." 브론스키는 자신의 승마 실력을 칭찬하는 말에 싱긋 웃으며 말했다.

"장애물 경기에서 중요한 것은 승마 실력과 pluck[139]입니다." 영국인이 말했다.

브론스키는 자기 안에 pluck, 즉 힘과 담력이 충만하다고 느꼈다. 그러나 더 중요한 사실은 그가 이 세상에 자기보다 pluck가 센 사람은 없다고 굳게 믿었다는 것이다.

"그럼, 당신 생각에는 정말 연습을 더 시키지 않아도 될 것 같습니까?"

"그럼요." 영국인이 대답했다. "저, 큰 소리로 말하지 마세요. 말이 흥분하거든요." 그가 빗장을 질러 둔 앞쪽 우리를 향해 고개를 끄덕이며 덧붙였다. 짚 위에서 우왕좌왕하는 말발굽 소리가 들렸다.

그가 문을 열자, 브론스키는 하나뿐인 작은 창문으로 희미한 빛이 비치는 우리 안에 들어갔다. 우리 안에는 재갈이 물린 채 새로 깐 짚 위에서 발을 구르는 흑갈색 말이 있었다. 우

---

139) pluck. 담력을 뜻하는 영어로 영국인은 이 단어를 특별히 영어로 표현하였다.

리의 희미한 빛에 익숙해진 브론스키는 자기도 모르게 또다시 애마의 몸을 한눈에 훑었다. 프루프루는 중키의 말로 나무랄 데 없는 몸매를 가졌다고는 할 수 없었다. 이 암말은 골격이 전체적으로 좁았다. 흉골은 앞으로 툭 튀어나왔지만 가슴팍은 좁았다. 엉덩이는 약간 아래로 처진 데다 앞다리는 물론이고 특히 뒷다리가 눈에 띄게 안으로 굽어 있었다. 앞다리와 뒷다리의 근육은 그다지 탄탄하지 않았다. 하지만 그 대신 뱃대끈 언저리가 유난히 넓었는데, 특히 지금은 잘 단련된 체격과 홀쭉한 배 때문에 유난히 두드러져 보였다. 무릎 밑의 다리뼈는 정면에서 보면 손가락 하나의 굵기였지만 옆에서 보면 대단히 굵었다. 늑골을 제외하면 전체적으로 양옆을 꽉 누른 뒤 길게 잡아 늘인 것처럼 보였다. 하지만 이 말에게는 모든 결점을 잊게 만드는 최고의 장점이 있었다. 그 장점은 바로 혈통, 영국식 표현을 빌자면 스스로 자신을 말하는 혈통이었다. 얇고 유연하고 새틴처럼 매끄러운 살갗 속에 그물처럼 뻗은 혈관 밑으로부터 툭 튀어나온 근육은 뼈만큼이나 탄탄해 보였다. 즐거움으로 반짝이는 퉁방울눈이 달린 야윈 머리는 콧마루에서부터 핏발이 선 얇은 막을 지닌 벌름한 콧구멍 쪽으로 넓게 퍼졌다. 전체적인 모습에, 특히 머리 부분에 힘차고도 부드러운 표정이 어려 있었다. 이 말은 그저 입의 운동 구조가 허락하지 않아 말을 하지 않는 것처럼 보이는 동물들 가운데 하나였다.

적어도 브론스키에게는 지금 자신이 말을 보며 느끼는 모든 감정을 말도 이해하는 것처럼 보였다.

브론스키가 우리 안으로 들어가자마자, 맞은편에 있던 말은 숨을 깊게 들이마시고 하얀 눈자위에 핏발이 설 정도로 퉁방울눈을 굴리며 우리에 들어온 사람들을 바라보고는, 재갈을 흔들며 탄력 있는 동작으로 제자리걸음을 했다.

"자, 말이 얼마나 흥분했나 보세요." 영국인이 말했다.

"오, 착하지! 오!" 그는 말에게 다가서며 달랬다.

그러나 그가 가까이 다가갈수록 말은 더욱 흥분했다. 그런데 그가 머리 쪽으로 다가서자 말은 갑자기 잠잠해졌다. 가늘고 부드러운 털 밑의 근육이 바르르 떨기 시작했다. 브론스키는 말의 탄탄한 목을 어루만지고는 앙상한 목덜미를 쓰다듬으며 다른 방향으로 넘어간 갈기를 바로잡아 준 뒤, 박쥐 날개처럼 얇게 늘어난 말 콧구멍에 자기의 얼굴을 갖다 댔다. 말은 요란스레 숨을 들이쉬더니 팽팽한 콧구멍으로 숨을 내뱉고는 몸을 부르르 떨었다. 그리고 뾰족한 귀를 바짝 높이며 마치 브론스키의 소맷자락을 잡으려는 듯이 단단한 검은 입술을 브론스키 쪽으로 쑥 내밀었다. 하지만 재갈에 묶여 있음을 깨닫자, 말은 재갈을 흔들며 다시 조각 같은 다리를 번갈아 구르기 시작했다.

"진정해, 착하지, 진정해!" 그는 또 한 손으로 말의 엉덩이를 쓰다듬으며 말의 상태가 더할 나위 없이 좋다는 것을 기쁜 마음으로 확인하고는 우리를 나섰다.

말의 흥분은 브론스키에게도 전달되었다. 그는 피가 심장으로 몰리는 것을 느꼈고 자기도 말처럼 힘껏 움직이며 마구 물어뜯고 싶다는 생각을 했다. 두렵고도 즐거운 기분이 들었다.

"그럼, 당신만 믿겠습니다." 그가 영국인에게 말했다. "6시 반에 그곳에서 봅시다."

"아무 문제 없습니다." 영국인이 말했다. "그럼 어디로 가십니까, my lord[140]?" 그는 지금까지 거의 써 본 적이 없는 my lord라는 명칭을 쓰며 물었다.

브론스키는 깜짝 놀라 고개를 들고는 그의 대담한 질문에 놀라며 되도록 영국인의 눈이 아닌 이마를 바라보려 했다. 하지만 그는 영국인이 이 질문을 한 것은 그를 주인으로서가 아니라 기수로서 보았기 때문임을 깨닫고 이렇게 대답했다.

"브랸스키로 가야 합니다. 한 시간 후엔 집에 있을 겁니다."

'오늘 이 질문을 몇 번째 듣는 거야!' 그는 속으로 혼잣말을 하고 얼굴을 붉혔다. 이렇게 얼굴을 붉히는 것은 그에게 좀처럼 없던 일이었다. 영국인은 그를 주의 깊게 바라보았다. 그러고는 마치 브론스키가 어디에 가는지 안다는 듯 이렇게 덧붙였다.

"경마 전에는 마음을 편안히 하는 게 제일 중요합니다. 기분을 망치거나 마음을 어지럽히는 일이 없도록 하세요."

"All right." 브론스키는 빙긋 웃으며 대답하고는 마차에 뛰어올라 페테르고프로 가라고 지시했다.

마차가 몇 바퀴 움직이자마자, 아침부터 비를 뿌릴 것 같던 먹구름이 서서히 몰려와 폭우를 퍼붓기 시작했다.

'곤란한걸!' 브론스키는 마차의 덮개를 올리며 생각했다. '그렇지 않아도 땅이 진창인데, 이러다 완전히 늪이 되겠어.' 그는 덮개를 씌운 마차에 홀로 앉아 어머니의 편지와 형의 쪽지를 꺼내어 읽었다.

---

140) '백작님.'(영어) 이 호칭은 후작, 자작, 남작, 백작, 공작 등의 귀족과 그 아들에게 붙이던 존칭으로, 본문에서는 '백작님'으로 옮겼다.

그랬다. 편지나 쪽지나 온통 똑같은 내용뿐이었다. 어머니와 형 모두 그의 연애 문제에 간섭할 필요가 있다고 생각했다. 그러한 간섭은 그에게 적의를 불러일으켰다. 이러한 적의는 그가 좀처럼 느껴본 적이 없는 감정이었다. '그들이 이 일에 무슨 상관이 있지? 왜 모두들 나에 대해 걱정하는 걸 자신의 의무처럼 여기는 거야? 그들은 어째서 날 성가시게 하는 걸까? 그건 그들이 이 일을 이해할 수 없는 것으로 보기 때문이야. 만약 이 일이 흔하고 저속한 사교계의 불륜이었다면, 그들은 날 가만히 내버려 뒀겠지. 그들은 느끼고 있어. 이것이 뭔가 다르다는 걸, 이것이 불장난이 아닐 뿐 아니라 그녀가 나에게 생명보다 소중하다는 걸 말이야. 그들은 이런 일을 이해할 수 없기 때문에 화를 내는 거야. 우리의 운명이 어떠하든, 또 앞으로 어떻게 되든, 그 운명은 우리가 만든 것이고 우리는 그것에 대해 불평하지 않을 거야.' 그는 자신과 안나를 우리라는 말로 묶으며 말했다. '아니, 그들은 우리에게 어떻게 살아야 할지 가르쳐야 한다고 생각해. 그들은 행복이 뭔지 이해하지도 못하고, 우리에게 이 사랑이 없으면 행복도 불행도 없다는 것, 삶 자체가 존재하지 않는다는 것을 몰라.' 그는 생각했다.

그가 사람들의 간섭에 화를 낸 이유는 그들, 그 모든 사람들이 옳다는 것을 마음 깊이 느끼고 있었기 때문이다. 그는 자신과 안나를 묶은 사랑이 사교계의 불륜처럼 그저 스치고 지나가는, 즐겁거나 불쾌한 기억 외에 서로의 삶에 아무런 흔적을 남기지 않는 한순간의 열정이 아님을 느끼고 있었다. 그는 자신과 그녀의 처지가 안고 있는 괴로움, 그들이 속한 사교계 사람들의 눈으로부터 자신들의 사랑을 숨기고 거짓말하고 속이는 것의 어려움을 절실히 느끼고 있었다. 그들을 묶은 열정이 너무나도 강렬하여 그 두 사람이 자기들의 사랑 외에 다른 모든 것을 잊는 순간에조차, 그들은 거짓말을 하고 남을 속이고 술책을 꾸미고 끊임없이 다른 사람들을 생각해야 하는 것이다.

그는 자신의 천성에 맞지도 않는 거짓과 기만을 불가피하게 거듭해야 했던 경우들을 생생하게 떠올렸다. 그는 그녀에게서 이처럼 어쩔 수 없는 기만과 거짓으로 인해 수치스러워하는 모습을 여러 차례 눈치챘다. 그에겐 그 일이 특히나 생생하게 떠올랐다. 그리고 그는 안나와 관계를 맺은 후 이따금 낯선 느낌이 자신을 덮치는 경험을 하곤 했다. 그것은 무언가에 대한 극도의 혐오였다. 그것이 알렉세이 알렉산드로비치에 대한 것인지, 그 자신에 대한 것인지, 사교계 전체에 대한 것인지, 그는 잘 알지 못했다. 그러나 그는 늘 자신에게서 이런 낯선 느낌을 몰아내려 애썼다. 그런데 지금 그는 몸을 부르르 떨며 계속 자신의 생각의 끈을 좇고 있는 것이다.

'그래, 예전에 그녀는 불행하지만 당당하고 침착했어. 그런데 지금 그녀는 비록 겉으로 드러내진 않지만 침착함과 품위를 잃었어. 그래, 이런 건 이제 그만 끝내야 해.' 그는 스스로 다짐했다.

그러자 처음으로 그의 머릿속에 이런 거짓을 끝내야 할 뿐 아니라 빠르면 빠를수록 좋다는 생각이 선명하게 떠올랐다. '그녀나 나나 모든 걸 버리고 우리의 사랑만을 간직한 채 어딘가로 숨어 버려야 해.'

22

폭우는 오래 계속되지 않았다. 브론스키가 마차에 맨 말을
전속력으로 몰며 고삐 없이 진창길을 달리는 부마(副馬)들을
이끌고 목적지에 도착했을 때, 해는 다시 얼굴을 내밀고 큰길
양쪽에 늘어선 별장의 지붕과 정원의 보리수 고목들은 촉촉한
반짝임을 빛내고 나뭇가지에서는 물방울이 똑똑 떨어지고 지
붕에선 물줄기가 쏟아져 내렸다. 이 소나기 때문에 경마장이
엉망이 됐을 거라는 생각은 이미 그의 머릿속에서 사라졌고,
지금 그는 이 비 때문에 틀림없이 집에 그녀만 혼자 있을 거라
고 생각하며 기뻐하고 있었다. 왜냐하면 그는 얼마 전 온천에
서 돌아온 알렉세이 알렉산드로비치가 페테르부르크에서 이곳
으로 아직 거처를 옮기지 않았다는 것을 알았기 때문이다.

그녀만을 만나게 되길 기대하면서, 브론스키는 늘 그랬듯이
남들의 이목을 끌지 않기 위해 다리를 건너기 전 마차에서 내
려 그녀의 집까지 걸어갔다. 그는 길에서 현관으로 곧장 가지

않고 안마당으로 들어섰다.

"주인 나리는 오셨나?" 그가 정원사에게 물었다.

"아뇨. 마님은 계십니다. 현관으로 들어가십시오. 그곳에 사람이 있으니 문을 열어 줄 겁니다." 정원사가 대답했다.

"아냐, 정원 쪽에서 들어가지."

그녀가 혼자 있다는 것을 확인한 브론스키는 그녀 앞에 불쑥 모습을 드러내고 싶었다. 그는 오늘 그녀를 찾아오겠다고 약속하지 않았고, 그녀도 분명 그가 경기를 앞두고 찾아오리라고는 생각도 못 할 것이다. 그는 군도를 꽉 누르고 꽃이 늘어선 보도의 모래를 조심스레 밟으며 정원으로 난 테라스 쪽으로 걸어갔다. 지금 브론스키는 이곳으로 오는 도중에 생각한 자신의 힘들고 어려운 처지에 대해 까맣게 잊고 있었다. 그는 오직 한 가지만을, 이제 곧 상상 속의 그녀가 아니라 현실 속에 존재하는 살아 있는 그녀의 모습 전체를 보게 된다는 것만을 생각했다. 그는 소리를 내지 않기 위해 완만한 테라스 계단을 발 전체로 꾹꾹 밟고 올라가면서, 문득 자신이 늘 잊고 있던 것, 그와 그녀의 관계에서 가장 괴로운 측면을 이룬 것, 즉 그가 보기에 무언가를 캐묻는 듯하고 적의에 찬 시선을 지닌 그녀의 아들을 떠올렸다.

이 소년은 그 누구보다 그들의 관계에 방해가 되었다. 소년이 있으면, 브론스키도 안나도 사람들 앞에서 표현할 수 없는 그런 내용을 말하지 않았을 뿐 아니라 소년이 이해하지 못할 그런 내용에 대해서는 암시로라도 말하지 않았다. 그들이 이일에 대해 서로 의논한 적은 없지만, 상황이 저절로 그렇게 되었다. 이 소년을 속이는 일이 그들에게 수치스럽게 느껴졌을지도 모른다. 그들은 소년 앞에서 단순한 지인인 양 이야기를 나누었다. 그러나 이런 조심스러움에도, 브론스키는 종종 자신을 향한 소년의 주의 깊고 의혹에 찬 시선을 느꼈으며 자신을 대하는 소년의 태도에서 기묘한 어색함, 때로는 상냥하게 굴고 때로는 차갑고도 소심하게 구는 변덕스러움을 발견했다. 마치 소년은 이 남자와 자기 어머니 사이에 자신이 이해할 수 없는 뭔가 중요한 관계가 있다고 느낀 것 같았다.

사실 소년은 자기로서는 이 관계를 이해할 수 없다고 느꼈다. 그래서 소년도 이 남자에게 어떤 감정을 품어야 할지 분명히 하고 싶었지만 그렇게 할 수 없었다. 감정의 발현을 감지하는 아이 특유의 예민함으로, 소년은 아버지와 가정교사와 보모가 모두 그를 좋아하지 않는다는 것, 뿐만 아니라 그에 대해 아무 말 하지는 않지만 증오와 두려움의 눈길로 그를 바라본다는 것, 그런데도 어머니는 그를 가장 친한 친구처럼 바라본다는 것을 분명히 깨닫고 있었다.

'이게 도대체 무슨 뜻일까? 저 남자는 누굴까? 저 남자를 어떻게 좋아해야 하지? 내가 이것을 모른다면 그건 내 잘못이야. 어쩌면 내가 멍청하거나 나쁜 아이라서 그런지도 몰라.' 아이는 생각했다. 브론스키를 그토록 짓누르던, 소년의 주의 깊고 캐묻는 듯하고 때로 적의마저 풍기던 표정, 그리고 어색하고 변덕스러운 태도는 여기에서 비롯되었다. 이 소년의 존재는 늘 브론스키의 마음속에 그가 최근에 경험한 원인 모를 기묘한 혐오감을 불러일으켰다. 이 소년의 존재는 브론스키와 안나의 마음속에, 자신들이 지금 빠른 속도로 나아가는 방향이 가야 할 방향으로부터 멀어지고 있다는 것, 하지만 자신들의 힘으로는 매순간 가야 할 방향에서 점점 더 먼 곳으로 향하는 배를 멈출 수 없다는 것, 이런 어긋남을 스스로 인정하는 것은 결국 파멸을 인정하는 것과 마찬가지라는 것을 나침반을 통해 깨닫는 항해자의 심정을 불러일으켰다.

순진한 눈으로 삶을 바라보는 이 아이는 그 두 사람이 알면서도 알고 싶어 하지 않던 것, 바로 그것으로부터 그들이 얼마나 멀어졌는지를 보여 주는 나침반이었다.

이번에는 집에 세료쟈가 없었다. 그녀는 완벽히 혼자 테라스에 앉아서, 산책을 나갔다 비를 만난 아들이 돌아오기를 기다리고 있었다. 그녀는 아들을 찾아오라며 하인 한 명과 하녀 한 명을 보내고는 테라스에 앉아 기다리고 있었다. 넓게 수를 놓은 흰 옷 차림의 그녀는 테라스 한구석의 꽃송이들 뒤에 앉아 있었기 때문에 그가 오는 소리를 듣지 못했다. 머리칼이 검고 곱슬곱슬한 머리를 숙인 채, 그녀는 난간에 세워 둔 차가운 물뿌리개에 이마를 대고서 그에게 너무나 친숙한 반지들을 낀 아름다운 두 손으로 물뿌리개를 잡고 있었다. 그녀의 윤곽 전체와 머리와 목덜미와 팔의 아름다움은 매번 마치 뜻밖의 모습을 보는 양 브론스키를 놀라게 했다. 그는 걸음을 멈추고 황홀한 눈으로 그녀를 바라보았다. 하지만 그가 그녀에게 다가가기 위해 한 걸음 내딛으려 하는 순간, 그녀는 벌써 그의 접근을 눈치채고 물뿌리개를 밀치더니 그가 있는 쪽으로 빨갛게 물든 얼굴을 돌렸다.

"무슨 일 있어요? 어디 아파요?" 그는 그녀에게 다가가며 프랑스어로 물었다. 그는 그녀에게 달려가고 싶었지만, 다른 사람이 있을지도 모른다는 생각에 발코니 문을 쳐다보며 얼굴을 붉혔다. 그는 두려운 마음으로 주위를 둘러보아야 한다고 느낄 때면 늘 얼굴을 붉혔다.

"아니에요, 난 건강해요." 그녀는 자리에서 일어나 그가 내민 손을 꼭 잡으며 말했다. "난 생각도 못했어요, 당신이……."

"세상에! 손이 이렇게 차다니!" 그가 말했다.

"당신 때문에 깜짝 놀랐어요." 그녀가 말했다. "난 혼자 세료쟈를 기다리고 있었어요. 세료쟈는 산책을 나갔죠. 사람들이 이리로 올 거예요."

그녀는 침착함을 잃지 않으려 애썼지만 그녀의 입술이 바르르 떨렸다.

"이렇게 온 나를 용서해요. 하지만 단 하루도 당신을 보지 않고는 견딜 수 없어요." 그는 늘 그랬듯이 프랑스어로 계속 말했다. 그것은 러시아어로 참을 수 없을 만큼 차가운 '비'라는 호칭과 위험하기 짝이 없는 '티'라는 호칭[141]을 피하기 위해서였다.

"뭣 때문에 용서를 구해요? 난 너무 기뻐요!"

"하지만 몸이 안 좋거나 뭔가 괴로운 일이 있는 것 같은데요." 그는 그녀의 손을 놓아주지 않고 그녀 위로 몸을 숙이며 말했다. "무슨 생각을 하고 있었나요?"

---

141) 러시아어에는 상대방을 정중히 칭하는 '비'라는 호칭과 상대방을 친근하게 부르는 '티'라는 호칭이 있다. 우리말은 상황에 따라 존대어로도 충분히 상대에 대한 친근한 마음을 전달할 수 있기 때문에, 비와 티를 우리말로 '당신'과 '너'라고 칭하고 각각의 호칭에 따라 존대어와 평어로 문장을 번역하는 것에는 어려움이 따른다. 그래서 옮긴이는 문장 전체의 어조를 통해 거리감이나 친밀함을 표현하고자 했다.

"언제나 똑같은 생각이죠." 그녀는 미소를 지으며 말했다.

그녀의 말은 진실이었다. 언제 어느 때든 무슨 생각을 하느냐는 질문을 받게 되면, 그녀는 틀림없이 이렇게 대답했을 것이다. 오직 한 가지, 자신의 행복과 불행에 대해서라고……. 그가 그녀를 만나러 온 이 순간에도, 그녀는 이런 생각을 하고 있었다. 그녀는 다른 사람들, 가령 벳시에게는(그녀는 사교계의 눈을 피한 벳시와 투슈케비치의 은밀한 관계를 잘 알고 있었다.) 너무나 쉬워 보이는 그 모든 일이 왜 그녀에게는 그토록 괴로운 걸까 하고 생각했다. 오늘은 어떤 이유 때문에 이러한 생각이 그녀를 유난히 괴롭혔다. 그녀는 그에게 경마에 대해 물었다. 그는 그녀의 질문에 대답하고, 그녀가 두려움에 떨고 있음을 알고는 그녀의 마음을 즐겁게 해 주기 위해 지극히 담백한 어조로 경마의 준비 상황을 세세히 들려주기 시작했다.

'말할까, 말하지 말까?' 그녀는 그의 평온하고 부드러운 눈을 바라보며 생각했다. '이 사람은 너무나 행복한 데다 경마에 온통 마음을 빼앗겼어. 그러니 이 일을 제대로 이해하지 못할 테고, 이 일이 우리에게 어떤 의미를 지니는지도 전혀 깨닫지 못할 거야.'

"그런데 당신은 내가 들어왔을 때 무슨 생각을 하고 있었는지 말하지 않았어요." 그가 이야기를 하다 말고 불쑥 이렇게 말했다. "자, 말해 봐요!"

그녀는 대답 없이 고개를 살짝 숙인 채 긴 속눈썹 아래의 반짝이는 눈동자로 의아하다는 듯 그를 흘깃 쳐다보았다. 낙엽을 만지작거리던 그녀의 손이 바르르 떨렸다. 그는 그것을 보았다. 그러자 그의 얼굴에 그녀의 마음을 그토록 사로잡던

복종과 노예 같은 충직함이 떠올랐다.

"분명 무슨 일이 있었군요. 당신에게 내가 함께 나누지 못한 슬픔이 있다는 걸 알면서, 내가 어떻게 단 한순간이라도 편안할 수 있겠어요? 말해 줘요, 제발!" 그는 애원하듯 거듭해서 말했다.

'그래, 만약 이 남자가 이 일의 의미를 전혀 이해하지 못한다면 난 이 남자를 용서할 수 없을 거야. 말하지 않는 편이 좋아. 무엇 때문에 이 사람을 시험해야 하지?' 그녀는 여전히 그를 쳐다보면서 나뭇잎을 쥔 자신의 손이 점점 더 심하게 떨리는 것을 느꼈다.

"제발!" 그가 그녀의 손을 잡고 같은 말을 되풀이했다.

"말해요?"

"네, 네, 그럼요······."

"나, 임신했어요." 그녀가 나직한 목소리로 천천히 말했다.

그녀의 손에 들린 나뭇잎이 더욱 심하게 떨렸다. 하지만 그녀는 그가 이것을 어떻게 받아들이는지 알기 위해 그에게서 눈을 떼지 않았다. 그의 얼굴이 창백해졌다. 그는 무언가를 말하려다 입을 다물고는 그녀의 손을 놓고 고개를 숙였다. '그래, 그는 이 사건의 의미를 모두 이해했어.' 이렇게 생각한 그녀는 그에게 고마워하며 그의 손을 꼭 쥐었다.

하지만 그가 이 소식의 의미를 여성인 그녀가 이해하듯 그렇게 이해했다고 생각한 것은 그녀의 실수였다. 이 소식을 듣자 그는 종종 자신을 엄습하던, 누군가에 대한 그 기묘한 혐오감이 열 배나 강한 힘으로 발작처럼 솟구치는 것을 느꼈다. 하지만 동시에 그는 이제야 그가 갈구하던 위기가 닥쳤다는 것,

더 이상 남편을 속일 수 없게 되었다는 것, 어떻게든 이 부자연스러운 상황을 끝내지 않으면 안 된다는 것을 깨달았다. 하지만 그 외에도 그녀의 흥분이 그에게 육체를 통하여 전달되었다. 그는 상냥하고 순종적인 눈길로 그녀를 바라보며 그녀의 손에 입을 맞춘 후 자리에서 일어나 말없이 테라스를 거닐었다.

"그래요." 그는 그녀에게 다가서며 단호하게 말했다. "나도, 당신도 우리의 관계를 장난으로 생각한 적 없어요. 이제 우리의 운명이 정해졌군요. 우리는 끝내야만 해요." 그는 주위를 둘러보며 말했다. "우리가 살고 있는 이 거짓에서……."

"끝낸다고요? 도대체 어떻게 끝낸다는 거죠, 알렉세이?" 그녀가 조용히 말했다.

그녀는 이제 침착함을 되찾았다. 그녀의 얼굴이 부드러운 미소로 빛났다.

"남편을 떠나 우리의 삶을 결합해야죠."

"우리의 삶은 이미 이렇게 결합되어 있잖아요." 그녀가 들릴 듯 말 듯한 목소리로 대답했다.

"맞아요. 하지만 완전히, 완전히 결합해야 해요."

"하지만 어떻게…… 알렉세이, 가르쳐 줘요, 어떻게 해야 하죠?" 그녀는 출구가 보이지 않는 자신의 처지에 서글픈 조소를 보내며 이렇게 말했다. "정말 이런 상황에서 벗어날 길이 있을까요? 정말 내가 내 남편의 아내가 아닐 수 있을까요?"

"어떤 상황이든 벗어날 길이 있기 마련이죠. 결정을 내려야 해요." 그가 말했다. "어떤 상황이든 당신이 처해 있는 상태보다는 낫겠지. 난 당신이 사교계, 아들, 남편, 이 모든 것에 대해 얼마나 괴로워하는지 잘 알아요."

"아, 남편에 대해서만은 그렇지 않아요." 그녀는 솔직한 냉소를 지으며 말했다. "난 그를 몰라요. 그에 대해선 생각하지도 않아요. 그는 존재하지 않거든요."

"당신은 마음에도 없는 소리를 하는군. 난 당신을 알아. 당신은 남편 때문에 괴로워하고 있어요."

"하지만 남편은 아무것도 모르는걸요." 그녀가 말했다. 그러자 갑자기 그녀의 얼굴에 새빨간 홍조가 떠올랐다. 그러더니 뺨, 이마, 목까지 붉게 물들고 수치심에 젖은 눈물이 그녀의 눈동자에 차올랐다. "이제 그 사람 이야기는 그만해요."

23

비록 지금처럼 단호하지는 않았지만, 브론스키는 그녀에게 자신의 처지를 곰곰이 생각해 보도록 이미 여러 차례 시도한 적이 있었다. 하지만 그는 그때마다 지금 그녀가 그의 요청에 답한 것처럼 피상적이고 가벼운 의견에 부딪히곤 했다. 마치 그 속에는 그녀가 이해할 수도 없고 이해하고 싶어 하지도 않는 무언가가 있는 것 같았다. 이 문제에 대해 이야기를 꺼내는 순간, 마치 그녀는, 진짜 안나는 그녀 안의 어디론가 숨어 버리고 그에게 낯설고 생경한 다른 여자, 그가 사랑할 수 없고 그를 두렵게 하는 그 여자, 그에게 저항하는 그 여자가 나타나는 것 같았다. 하지만 오늘 그는 모든 것을 말해 버려야겠다고 결심했다.

"그가 알든 모르든……." 브론스키는 평소의 의연하고 침착한 어조로 말했다. "그가 알든 모르든, 그건 우리가 알 바 아니에요. 우리는 그럴 수 없어요……. 당신은 이런 상태로 있을 수 없어요. 특히 지금은."

"그럼 당신이 생각하기에 내가 어떻게 해야 할 것 같아요?"
그녀는 가벼운 조소가 어린 말투로 물었다. 그가 자신의 임신
을 가볍게 받아들이지나 않을까 그토록 두려워하던 그녀가 지
금은 그가 이 일에서 무언가를 하지 않으면 안 된다는 결론을
이끌어내자 화를 냈다.

"그에게 모든 걸 말하고 그를 떠나요."

"정말 좋죠. 하지만 내가 그렇게 한다고 쳐요." 그녀가 말했
다. "당신은 그것이 어떤 결과를 낳을지 알아요? 이제 모든 걸
말하죠." 방금 전까지만 해도 상냥하던 그녀의 눈에서 악의
에 찬 빛이 타오르기 시작했다. "그래, 당신이 다른 남자를 사
랑하고 그 남자와 죄악의 관계를 맺었단 말이오?(그녀는 남편
을 흉내 내며 알렉세이 알렉산드로비치가 그랬던 것처럼 죄악이라는
단어를 힘주어 말했다.) 난 당신에게 그것이 종교와 사회와 가정
이라는 관계에서 어떤 결과를 초래할지 경고한 적 있소. 당신
은 내 말을 듣지 않았지. 난 이제 와서 내 이름이 치욕을 당하
도록 할 순 없소……. 내 아들도……." 그녀는 더 말하고 싶었
지만 아들을 두고 우스갯소리를 할 순 없었다. "내 이름이 치
욕을 당하도록……." "이런 식으로 몇 마디 더 늘어놓겠죠." 그
녀는 덧붙였다. "대체로 그는 정치가다운 태도로 분명하고 정
확하게 이렇게 말할 거예요. 날 놓아줄 수 없다고, 하지만 추
문을 막기 위해 자기가 할 수 있는 방법을 다 동원하겠다고
요. 그리고 그는 자신의 말을 침착하고 치밀하게 실행할 거예
요. 분명히 그렇게 할 거예요. 그 사람은 인간이 아니라 기계거
든요. 더욱이 화가 날 때면 사악한 기계가 되어 버리죠." 그녀

는 이렇게 덧붙였다. 그녀는 알렉세이 알렉산드로비치의 생김새, 말하는 태도, 성격 등을 하나하나 세세하게 떠올리며 자신이 그에게서 발견할 수 있는 모든 단점을 비난했고 자신을 그의 앞에 죄인으로 서게 만든 그 끔찍한 결점들을 조금도 용서하려 하지 않았다.

"하지만 안나." 브론스키는 그녀를 진정시키려 애쓰며 간절하고 부드러운 목소리로 말했다. "하지만 그에게 말해야 해요. 그러고 나서 그가 하는 대로 따라야 해요."

"그럼 어떻게 해요? 도망이라도 칠 건가요?"

"도망가는 게 어때서요? 난 이 상태로 계속 있는 건 불가능하다고 봐요. 그리고 그건 나를 위해서가 아니에요. 내 눈에는 당신이 괴로워하는 게 보여요."

"그래요. 도망간다고 쳐요. 그럼 난 당신의 정부가 되겠군요?" 그녀가 표독스럽게 말했다.

"안나!" 그는 부드럽게 나무라듯 말했다.

"그래요." 그녀는 계속했다. "난 당신의 정부가 되어 모든 사람을 파멸시키고 말 거예요⋯⋯."

그녀는 또 아들에 대해 말하고 싶어 했다. 하지만 그 말만큼은 도저히 입 밖으로 낼 수 없었다.

브론스키는 강인하고 정직한 성품을 가진 그녀가 어째서 이 거짓된 상황에서 빠져나오지 못하고 그것으로부터 벗어나려 하지 않는지 이해할 수 없었다. 그는 그 주요한 원인이 그녀가 입 밖으로 낼 수 없었던 이 아들이라는 단어 때문이라고는 짐작도 못했다. 아들을 생각하면, 훗날 아들이 아버지를 버린 어머니에게 보일 태도를 생각하면, 그녀는 자신이 저지른 일 때문에 너무나 두려워 상황을 제대로 판단하기는커녕 여느 여자들처럼 모든 것을 예전 그대로 두기 위해, 아들이 어떻게 될까 하는 무서운 문제[142]를 잊기 위해 그릇된 판단과 말로 자신을 안심시키려고만 했다.

"부탁해요. 이렇게 애원할게요." 갑자기 그녀는 그의 손을 잡고 지금까지와는 전혀 다른 진심 어린 부드러운 어조로 말했다. "이 문제에 대해 다시는 이야기를 꺼내지 말아요."

"하지만 안나……."

"절대로. 내게 맡겨요. 내 처지가 얼마나 저열하고 끔찍한지 나도 잘 알아요. 하지만 이건 당신이 생각하듯 그렇게 간단히 결정할 문제가 아니에요. 이 일에 대해 다시는 이야기하지 말아요. 약속할 거죠? ……아니, 아니, 약속해요!"

"뭐든 약속하죠. 하지만 난 마음을 놓을 수 없어요. 특히 당신의 말을 듣고 난 뒤로는. 당신의 마음이 편안하지 않으면 내 마음도 편안해질 수 없어요……."

"나 말이에요?" 그녀가 되풀이했다. "그래요. 난 이따금 괴로워요. 하지만 당신이 앞으로 이 이야기를 꺼내지 않으면, 그것은 그냥 지나갈 거예요. 당신이 이 문제를 꺼내지만 않으면 나도 괴롭지 않을 거예요."

"이해가 안 돼요." 그가 말했다.

"나도 알아요." 그녀가 그의 말을 가로막았다. "당신처럼 정

---

142) 제정 러시아에서는 교회 재판소가 이혼을 인가했지만 이혼을 인가받기는 무척 어려웠다. 배우자의 부정으로 명예에 상처를 입은 쪽만이 이혼 소송을 제기할 수 있었고, 부정을 저지른 쪽은 자녀의 양육권과 재혼할 권리를 박탈당했다.

직한 성품을 가진 사람에게 거짓말을 하는 것이 얼마나 힘든 일인지. 그래서 당신이 불쌍해요. 난 때때로 당신이 나 때문에 자신의 인생을 파멸로 몰아갈 수도 있겠다는 생각을 해요."

"나도 지금 당신과 똑같은 생각을 했어요." 그가 말했다. "당신은 어떻게 나 때문에 모든 걸 희생할 수 있었을까? 난 당신이 불행하다는 것 때문에 나 자신을 용서할 수 없어요."

"내가 불행하다고요?" 그녀는 이렇게 말하며 그에게 가까이 다가가 환희에 찬 미소를 지으며 그를 쳐다보았다. "난 말이죠, 굶주려 있다가 먹을 걸 얻은 사람과도 같아요. 어쩌면 그 사람은 추울지도 몰라요. 옷도 너덜너덜하고 수치스러울지도 모르죠. 하지만 그 사람은 불행하지 않아요. 내가 불행하냐고요? 아뇨, 이게 나의 행복인걸요……."

그녀는 집으로 돌아오는 아들의 목소리를 듣자 재빨리 테라스로 시선을 던지며 벌떡 일어섰다. 그녀의 눈빛은 그에게 익숙한 불꽃으로 타오르기 시작했다. 그녀는 반지로 덮인 아름다운 두 손을 재빨리 들어 올려 그의 머리를 잡고 찬찬히 그를 바라보더니, 미소를 머금으며 입술을 살짝 벌린 채 자신의 얼굴을 가까이 내밀고서 재빨리 그의 입술과 두 눈에 키스하고는 그를 밀었다. 그녀는 자리를 뜨려 했지만 그가 그녀를 붙잡았다.

"언제?" 그가 그녀를 뜨거운 눈빛으로 바라보며 속삭였다.

"오늘 밤 1시." 그녀는 이렇게 속삭이고는 무겁게 한숨을 내쉬며 특유의 경쾌하고 민첩한 발걸음으로 아들을 맞으러 나갔다.

세료쟈는 큰 공원에서 비를 만나 보모와 함께 정자에 머물다 왔다.

"그럼, 다음에 봐요." 그녀는 브론스키에게 말했다. "이제 곧 경마장에 가야 해요. 벳시가 날 데리러 오겠다고 약속했거든 요."

브론스키는 시계를 쳐다본 후 황급히 자리를 떴다.

24

  카레닌 가의 발코니에서 시계를 들여다보았을 때, 브론스키
는 몹시 불안한 데다 자신의 생각에 푹 빠져 있어서 시계 바
늘을 보면서도 몇 시인지 알아채지 못했다. 그는 자갈길로 나
와 조심스럽게 진창길을 밟으며 마차로 향했다. 그의 마음은
안나에 대한 감정으로 가득 차 있어 지금이 몇 시인지, 브랸스
키에게 갈 시간이 있는지 없는지는 전혀 안중에도 없었다. 종
종 있는 일이지만, 그에게는 그저 무슨 일 다음에 무슨 일을
하기로 되어 있는지를 가리키는 피상적인 기억력만 남아 있었
다. 그는 잎이 무성한 보리수의 비스듬한 그늘 아래서 마부석
에 앉아 졸고 있는 마부에게로 다가갔다. 그는 땀에 젖은 말들
위에서 무지갯빛 기둥을 이루며 맴도는 모기떼들을 넋을 잃고
바라보다가 마차에 뛰어올라 브랸스키의 집에 가라고 지시했
다. 7베르스타를 가서야 비로소 시계를 볼 만큼 여유를 되찾
은 그는 지금이 5시 반이며 자기가 늦었다는 사실을 깨달았다.

그날은 여러 종목의 경주가 있었다. 우선 호위대 군인들의 경주가 열리고, 그다음에는 장교들이 참가하는 2베르스타 경주, 4베르스타 경주가 열릴 예정이었다. 그가 참가하는 경주는 바로 이 4베르스타 경주였다. 그는 자신이 참가하는 경주에 늦지 않게 갈 수 있었다. 하지만 브랸스키의 집에 들렀다 가면, 그는 제시간에 간신히 도착할 것이다. 게다가 그때에는 이미 대신들이 모두 와 있을 것이다. 그것은 좋지 않다. 그러나 그는 브랸스키에게 방문하겠다고 약속까지 했기 때문에 계속 가기로 결심하고 마부에게 마차를 아끼지 말고 달리라는 지시를 내렸다.

그는 브랸스키의 집에 도착하여 5분가량 있다가 다시 왔던 길로 마차를 전속력으로 몰았다. 이 질주는 그의 마음을 진정시켰다. 안나와의 관계에 있는 모든 괴로움, 그들의 대화 뒤에 남은 모든 불분명함, 그 모든 것이 그의 머릿속에서 뛰쳐나갔다. 이제 그는 커다란 만족과 흥분을 느끼며 경마에 대한 생각과 그럭저럭 경주에 늦지 않겠다는 생각을 했다. 그리고 이따금 오늘 밤의 행복한 밀회에 대한 기대가 그의 상상 속에서 강렬한 빛처럼 번뜩였다.

그는 별장들과 페테르부르크에서 경마장을 향하는 마차들을 계속 추월하며 경마의 분위기에 점점 더 깊이 빠져들었다. 그럴수록 임박한 경주에 대한 감각이 더욱더 그를 사로잡았다.

그의 숙소에는 이미 아무도 없었다. 모두 경마장에 가고 그의 하인만 대문 앞에서 그를 기다리고 있었다. 그가 옷을 갈아입는 동안, 하인은 그에게 두 번째 경주가 이미 시작되었다는 것, 많은 신사들이 그에 대해 물으러 왔다는 것, 마구간에서 소년이 두 차례나 달려왔다는 것 등을 알렸다.

서두르는 기색 없이 옷을 갈아입은 후(그는 결코 서두르거나 침착함을 잃는 법이 없었다.) 브론스키는 바라크 쪽으로 마차를 몰라고 지시했다. 바라크 쪽을 보니 벌써 경마장 주위로 마차와 보행자와 군인 들이 물결을 이루었고 관람석은 사람들로 꽉 차 있었다. 그가 바라크로 들어간 순간 벨 소리가 들린 것으로 보아 아마도 두 번째 경주가 진행 중인 것 같았다. 마구간으로 다가가던 그는 다리가 하얀 밤색 말 글라디아토르와 마주쳤다. 푸른색으로 테를 두른 듯 큼지막해 보이는 귀를 지닌 글라디아토르는 주황색과 푸른색이 섞인 덮개를 쓴 채 경마장으로 끌려가고 있었다.

"코르드는 어디 있지?" 그는 마구간지기에게 물었다.

"마구간에 있습니다. 말에 안장을 얹는 중입니다."

문이 열린 우리 안의 프루프루에게는 이미 안장이 얹혀 있었다. 사람들이 프루프루를 끌고 나갈 준비를 하고 있었다.

"늦지 않았습니까?"

"All right, all right! 아무 문제 없습니다. 아무 문제 없어요." 영국인이 말했다. "흥분하시면 안 됩니다."

브론스키는 온몸을 부르르 떠는 아름답고 사랑스러운 말의 모습에 한 번 더 눈길을 던지고는 이 광경에서 가까스로 눈을 떼고 바라크를 나왔다. 그는 사람들의 관심을 끌지 않기에 가장 적당한 때에 관람석으로 다가갔다. 2베르스타 경주가 막 끝나 가는 참이라, 모든 이들의 시선이 마지막까지 온 힘을 다하여 결승 푯말을 향해 말을 몰고 있는 근위 기병과 그 뒤를 따르는 경기병에게로 쏠렸다. 트랙의 안팎에 있던 사람들은 모두 결승점 쪽으로 몰렸고, 근위 기병대의 장교와 병사 들은 자기들의 장교이거나 동료인 자의 승리를 기대하며 커다란 함성으로 기쁨을 표현했다. 브론스키는 경주의 끝을 알리는 벨 소리가 울리는 바로 그 순간에 군중들 한가운데로 슬며시 들어갔다. 흙탕물을 뒤집어 쓴 채 선두로 들어온 키 큰 근위 기병은 안장에서 몸을 굽히고는 땀으로 짙은 색을 띤 채 거칠게 숨을 몰아쉬는 회색 종마의 고삐를 늦추기 시작했다.

종마는 발을 땅바닥에 힘겹게 딛으면서 그 커다란 몸뚱이의 빠른 속도를 줄였다. 그리고 근위 기병 장교는 악몽에서 깨어난 사람처럼 주위를 둘러보며 억지로 미소를 지었다. 동료와 낯선 이들의 무리가 그를 둘러쌌다.

브론스키는 관람석 앞에서 조심스럽고도 자유롭게 움직이며 담소를 나누는 최고 상류층 무리를 일부러 피해 다녔다. 그는 그곳에 카레니나와 벳시와 그의 형수가 있다는 것을 알고 있었지만, 정신이 흐트러지지 않도록 하기 위해 일부러 그들에게 다가가지 않았다. 하지만 끊임없이 마주치는 지인들이 그를 불러 세워 그에게 이미 끝난 경주에 대하여 세세하게 들려주고 그에게 늦게 온 이유를 물었다.

경주에 출전한 사람들이 시상을 위해 관람석으로 불려가고 모든 이들이 그쪽을 돌아보는 순간, 브론스키의 형인 알렉산드르가 술에 취해 붉어진 코와 소탈한 표정을 드러낸 채 그에게 다가왔다. 견장을 단 이 대령은 중키에 알렉세이만큼이나 다부지고 외모는 오히려 알렉세이보다 더 잘생긴 데다 혈색도 더 좋았다. 술에 취해 코가 붉어진 그는 소탈한 표정으로 그에게 다가왔다.

"내 쪽지를 받았니? 도대체 널 만날 수가 있어야 말이지." 그가 말했다.

알렉산드르 브론스키는 방탕한 생활, 특히 술에 찌든 생활로 유명했지만 그야말로 완벽한 궁정 사람이었다. 지금 그는 자기로서는 불쾌한 이야기를 동생과 나누면서도 어쩌면 많은 사람들의 눈이 그들을 향하고 있을지도 모른다는 생각에 마치 동생과 대수롭지 않은 일에 대해 농담이라도 하는 양 웃는 표정을 짓고 있었다.

"받았어. 그런데 솔직히 형이 뭣 때문에 걱정하는지 잘 모르겠어." 알렉세이가 말했다.

"내가 걱정하는 건 말이지, 조금 전까지 네가 여기 없었다는 것을 내가 눈치챘다는 점, 그리고 월요일에 페테르고프에서 널 본 사람이 있다는 점이야."

"일이 있었어. 당사자들만이 논할 수 있는 그런 종류의 일 말이야. 그리고 형이 그렇게 걱정하는 그 일은 그런······."

"그래, 하지만 그러려면 근무를 그만두고······."

"내 일에 간섭하지 말아 줘. 내가 부탁하고 싶은 건 그것뿐이야."

알렉세이 브론스키의 음울한 얼굴이 창백해지고 그의 튀어나온 아래턱이 떨리기 시작했다. 이것은 보기 드문 일이었다. 매우 선한 마음을 가진 사람답게 그는 좀처럼 화를 내는 일이 없었다. 그러나 일단 그가 화를 내고 그의 아래턱이 떨리기 시작하면, 알렉산드르 브론스키도 잘 알다시피 그는 위험한 사람이 된다. 알렉산드르 브론스키는 쾌활하게 미소를 지었다.

"난 그저 어머니의 편지를 전하고 싶었을 뿐이야. 어머니에게 답장하렴. 경기 전에 흥분하지 말고. Bonne chance!" 그는 미소를 지으며 이렇게 덧붙이고는 그의 곁을 떠났다.

그러나 그의 뒤를 이어 또 우정 어린 인사가 브론스키를 멈추게 했다.

"친구를 모른 척하기야! 잘 지냈나, mon chèr[143]?" 스테판 아르카지치가 말했다. 이곳에서도, 이 눈부신 페테르부르크의 광휘 한가운데서도, 그는 모스크바에 있을 때 못지않게 혈색 좋은 얼굴과 반질반질하게 손질한 구레나룻으로 빛났다. "어제 왔네. 자네의 승리를 보게 될 거라 생각하니 몹시 기쁘군. 언제 만날까?"

"내일 장교 식당에 들러." 브론스키가 말했다. 브론스키는 그의 외투 소매를 잡고 용서를 구한 뒤 경마장 한가운데로 갔다. 이미 그곳으로 장애물 경주를 위한 말들이 끌려오고 있었다.

경주를 마치고 기진맥진하여 땀에 젖은 말들이 마구간지기의 손에 이끌려 마구간으로 돌아가자, 다음 경주에 출전할 새 말들이 차례차례 모습을 드러냈다. 대부분 영국산인 이 팔팔한 말들은 머리에 두건을 쓰고 배를 끈으로 단단히 조인 모습이 마치 거대한 괴조(怪鳥) 같았다. 날씬한 미녀 프루프루가 오른쪽으로 끌려나오고 있었다. 프루프루는 꽤 길고 탄력 있는 발목으로 마치 용수철을 단 듯이 걸음을 내디뎠다. 프루프루와 멀지 않은 곳에서는 마구간지기들이 커다란 귀를 가진 글

---

143) 남자를 다정하게 부르는 프랑스어 호칭. 영어로 'my darling'에 해당하며 우리말로는 문맥상 '이 사람아' 정도가 적당하다.

라디아토르의 몸뚱이로부터 덮개를 벗기고 있었다. 멋진 엉덩이, 발굽 바로 위에 붙은 듯 유달리 짧은 발목, 크고 아름답고 완벽한 균형을 자랑하는 몸매는 무심결에 브론스키의 주의를 끌었다. 그는 자기 말에게 다가가려 했다. 그런데 아는 사람이 또 그를 붙잡았다.

"아, 저기 카레닌이 오는군요!" 그 사람은 브론스키와 이야기를 나누다 말고 이렇게 말했다. "부인을 찾는데요. 부인은 관람석 한복판에 있는데. 당신은 카레니나 부인을 보지 않았습니까?"

"아뇨, 못 봤습니다." 브론스키는 이렇게 대답하고 지인이 카레니나가 있다고 가리킨 관람석 쪽을 쳐다보지도 않은 채 자기 말이 있는 곳으로 다가갔다.

어떤 조치를 취해 두었어야 했던 안장을 브론스키가 미처 살펴볼 겨를도 없이, 관람석 쪽에서 번호와 출발점을 정한다며 기수들을 부르는 소리가 들렸다. 진지하고 딱딱한 표정을 한 열일곱 장교들 — 그 가운데는 얼굴이 창백해진 사람도 많았다 — 이 관람석 쪽으로 모여 번호를 뽑았다. 브론스키는 7번을 뽑았다. "말에 올라타시오!"

브론스키는 자신과 다른 기수들에게 사람들의 시선이 집중된 것을 느끼며 긴장된 상태로 자기 말에게 다가갔다. 그는 긴장하면 대개 동작이 느려지고 침착해졌다. 코르드는 경마를 축하하기 위해 화려한 옷을 입었다. 단추를 모두 채운 검은 프록코트, 두 뺨을 받친 빳빳한 옷깃, 둥글고 검은 모자, 기병들이 신는 긴 부츠. 그는 말 앞에 서서 여느 때처럼 침착하고 거만한 태도로 몸소 양쪽 고삐를 모두 쥐고 있었다. 프루프루는 마치 열병에 걸린 것처럼 계속 부들부들 떨었다. 활활 타는 듯한 눈동자가 자기에게 다가오는 브론스키를 힐끔거렸다. 브론스키는 말의 배띠 밑에 손가락을 밀어 넣었다. 말은 더욱더 브론스키를 힐끔거리면서 이를 드러내고 한쪽 귀를 납작하게 눕혔다. 영국인은 자신이 얹은 안장을 검사받은 것에 대해 미소를 지어 보이려고 입술을 일그러뜨렸다.

"어서 타세요. 그래야 흥분이 덜할 겁니다."

브론스키는 마지막으로 자기의 경쟁자들을 쳐다보았다. 그는 말을 달릴 때에는 그들을 보지 못하리라는 것을 잘 알고 있었다. 두 사람은 이미 앞서 출발 지점으로 말을 몰고 있었다. 위험한 경쟁자 가운데 한 명이자 브론스키의 친구인 갈리친은 기수를 태우지 않으려는 성난 종마 주위를 빙빙 돌고 있었다. 몸에 붙는 승마 바지를 입은 작달막한 경기병은 영국인을 흉내 내고 싶어 고양이처럼 등을 동그랗게 구부린 채 질주하고 있었다. 쿠조블레프 공작은 창백한 얼굴로 그라보프 종마 사육장에서 데려온 순종 암말을 타고 있었고, 영국인이 그 말의 고삐를 잡고 있었다. 브론스키와 그의 동료들은 모두 쿠조블레프를 잘 알고 있었다. 그 특유의 '나약한' 신경과 지독한 자존심도. 그들은 그가 매사에 겁이 많으며 특히 군마 타는 것을 무서워한다는 점도 잘 알고 있었다. 그런 그가 지금 이것이 무서운 일이라는 그 이유 때문에, 사람들의 목이 부러지곤 한다는 이유 때문에, 모든 장애물 옆에는 의사와 십자 표시를 단 구급 마차와 간호사가 대기하고 있다는 이유 때문에 경주를 하기로 결심한 것이다. 그들의 시선이 마주치자, 브론스키는 그를 다정하게 격려하듯 눈짓을 해 보였다. 그는 최고의 경쟁자인 마호친과 그의 말 글라디아토르만은 쳐다보지 않았다.

"서두르지 마세요." 코르드가 브론스키에게 말했다. "한 가지만 기억하십시오. 장애물 앞에서는 주저하지도 말고 말을 억지로 내몰지도 마세요. 그냥 말이 원하는 대로 하게 내버려 두세요."

"알았어요, 알았어." 브론스키는 고삐를 잡고 말했다.

"가능하면 선두에 서세요. 하지만 설사 뒤쳐졌다 해도 마지막 순간까지 낙심하지 마십시오."

말이 미처 앞으로 나서기도 전에, 브론스키는 유연하고 힘찬 동작으로 톱니처럼 삐쭉삐쭉한 강철 등자를 밟고 올라서서 삐걱거리는 가죽 안장에 자신의 다부진 몸을 경쾌하고도 단단하게 실었다. 브론스키가 오른발을 등자에 끼운 후 익숙한 동작으로 손가락 사이에 두 고삐를 가지런히 고르자, 코르드가 손을 놓았다. 마치 어느 쪽 발을 먼저 내디뎌야 하는지 모르는 것처럼, 프루프루는 긴 목으로 고삐를 잡아당기며 자신의 유연한 등에 올라탄 기수를 용수철처럼 흔들며 움직이기 시작했다. 코르드는 걸음을 빨리 하며 그를 뒤따랐다. 흥분한 말은 기수를 속이려는 듯 고삐를 양옆으로 잡아당겼고, 브론스키는 말을 진정시키기 위해 목소리와 손을 사용하며 부질없는 노력을 했다.

이미 그들은 둑을 쌓은 시냇물 쪽으로 다가가며 출발점으로 정해진 장소로 향했다. 한 무리는 앞쪽에서, 한 무리는 뒤쪽에서 말을 몰았다. 그런데 그때 갑자기 브론스키의 뒤쪽에서 진창길을 따라 말이 질주하는 소리가 들리더니, 마호친이 하얀 다리에 큰 귀를 가진 글라디아토르를 몰며 그를 앞질렀다.

마호친이 긴 이를 드러내며 씩 웃었다. 하지만 브론스키는 성난 눈초리로 그를 노려보았다. 브론스키는 마호친을 전혀 좋아하지 않았던 데다 더욱이 지금은 그를 가장 힘든 적수로 여기고 있었다. 그런 그가 옆으로 달려가며 브론스키의 말을 놀라게 하자, 브론스키는 그에게 화가 치밀었다. 프루프루는 왼발을 차올리며 갤럽[144]으로 뛰다가 두 번 도약을 하고는 팽팽하게 당겨진 고삐에 성을 내며 기수를 떨어뜨릴 듯한 불안정한 속보(速步)로 걸었다. 코르드도 인상을 찌푸린 채 천천히 달리다시피 하며 브론스키의 뒤를 따랐다.

---

144) 네발짐승이 단속적으로 네 발을 땅에서 떼며 질주하는 것.

25

경주에 참가한 장교는 모두 열일곱 명이었다. 경주는 관람석 앞쪽에 있는 4베르스타 길이의 커다란 타원형 코스에서 열리게 되었다. 이 코스에는 아홉 개의 장애물이 설치되었다. 개울, 관람석 바로 앞에 있는 2아르신[145]의 단단한 울타리, 물이 없는 호, 물을 채운 도랑, 비탈, 아일랜드 뱅크.(가장 어려운 장애물 가운데 하나.) 그 가운데 아일랜드 뱅크는 마른 나뭇가지를 채운 흙더미로 그 뒤에는 말에게 보이지 않는 도랑이 하나 더 있어서 말이 두 장애물을 한꺼번에 뛰어넘지 못하면 목숨을 잃을 수밖에 없었다. 그리고 또다시 물을 채운 두 개의 도랑과 물이 없는 호를 지나면 마침내 관람석 맞은편의 결승점이 나타난다. 하지만 경주가 시작되는 곳은 원 코스가 아니라 그곳에서 100사젠 떨어진 곳이었고, 이 범위 안에 첫 번째 장애물

---

145) 1아르신은 약 71.12센티미터.

이 있었다. 그것은 폭이 3아르신이고 양옆을 둑으로 막은 개울이었다. 이 개울을 뛰어넘든 걸어서 건너든, 그것은 기수의 자유였다.

기수들은 세 차례나 정렬을 했으나 매번 누군가의 말이 앞으로 쑥 뛰어나왔기 때문에 다시 처음부터 출발선에 서야만 했다. 마침내 네 번째 구령을 외칠 때는 노련한 출발 신호원인 세스트린 대령도 이미 화가 나 있었다. '출발!' 하는 소리에 기수들이 움직이기 시작했다.

기수들이 정렬하는 동안, 모든 시선과 모든 망원경이 화려한 기수들에게 쏠렸다.

"출발했어! 달린다!" 기대에 찬 침묵 뒤에 사방에서 이런 말들이 터져 나왔다.

사람들은 경기를 더 잘 보기 위해 떼를 지어, 또는 혼자서 이리저리 자리를 옮기며 뛰어다녔다. 첫 순간, 밀집해 있던 기수들이 옆으로 넓게 퍼졌다. 그리고 그들이 둘씩 혹은 셋씩 잇따라 개울에 접근하는 것이 보였다. 관중들의 눈에는 모두 동시에 달려 나간 것처럼 보였다. 그러나 기수들에게는 그들에게 큰 중요성을 갖는 몇 초의 차이가 있었다.

흥분한 데다 지나치게 긴장한 프루프루는 그 첫 순간을 놓치는 바람에 몇몇 말들에게 뒤처지고 말았다. 그러나 개울에 채 이르기도 전에, 브론스키는 고삐를 잡아당기는 말을 온 힘을 다해 제어하며 앞의 세 마리를 손쉽게 앞질렀다. 이제 그의 앞에는 코앞에서 규칙적이고 경쾌한 동작으로 엉덩이를 흔드는 마호친의 밤색 말 글라디아토르와 살았는지 죽었는지 모를 쿠조블레프를 싣고 맨 앞에서 달리는 아름다운 디아나만 있었다.

처음 몇 분 동안 브론스키는 자신도, 말도 제어할 수 없었다. 그는 첫 번째 장애물인 개울이 나타나기 전까지 말의 움직임을 지배하지 못했다.

글라디아토르와 디아나는 거의 동시에 개울에 도착했다. 두 말은 차례로 개울 위를 날아 건너편으로 넘어갔다. 어느새 프루프루도 그 뒤를 따라 날듯이 비상했다. 하지만 자신의 몸이 공중에 떠 있다고 느낀 바로 그 순간, 브론스키는 문득 자기 말의 발 아래로 개울 건너편에서 버둥거리는 쿠조블레프와 디아나를 보았다.(쿠조블레프가 도약 후 말고삐를 놓치는 바람에 말도 그와 함께 곤두박질을 친 것이다.) 브론스키가 이 자세한 정황을 안 것은 나중의 일이었고, 지금 그는 디아나의 머리나 다리가 바로 아래, 프루프루가 착지해야 할 자리에 있는 건 아닌지 볼 뿐이었다. 하지만 프루프루는 땅에 착지하는 고양이처럼 등과 다리에 힘을 주어 디아나를 피한 후 계속해서 달렸다.

'오, 예쁜 것!' 브론스키는 생각했다.

개울을 넘은 후, 브론스키는 말을 완전히 지배하며 제어하기 시작했다. 그는 마호친의 뒤를 이어 커다란 울타리를 넘은 후 그 앞의 장애물이 없는 200사젠 정도의 구간에서 그를 추월할 생각이었다.

커다란 울타리는 차르의 관람석 바로 앞에 있었다. 그와 마호친이 악마(사람들은 커다란 울타리를 그렇게 불렀다.)에게 접근하는 순간, 군주와 모든 대신과 일반 군중들은 일제히 그들을, 즉 브론스키와 말 한 마리의 길이만큼 앞서 달리는 마호친을 쳐다보았다. 브론스키는 자신을 향해 사방에서 쏟아지는 그 시선들을 느꼈다. 그러나 그의 눈에는 자기 말의 귀와 목, 자신을 향해 달려드는 땅, 빠른 박자에 맞추어 일정한 거리를 유지한 채 앞서 달리는 글라디아토르의 엉덩이와 하얀 다리만 보였다. 높이 뛰어오른 글라디아토르는 아무 데도 부딪치지 않은 채 짧은 꼬리를 흔들며 브론스키의 시야에서 사라졌다.

"브라보!" 누군가의 목소리가 들렸다.

그 순간 브론스키의 눈앞에, 바로 그 앞에 울타리의 판자가 아른거렸다. 말은 동작에 지극히 작은 변화도 보이지 않으며 그를 태운 채 날아올랐다. 판자가 사라졌다. 다만 뒤에서 무언가 부딪치는 소리가 들렸다. 앞서 달리는 글라디아토르 때문에 흥분한 말이 판자 앞에서 너무 일찍 뛰어오르는 바람에 뒷발굽이 판자에 부딪쳤던 것이다. 그러나 말의 속력은 전혀 변하지 않았고, 진흙 덩이를 얼굴에 맞은 브론스키는 자신과 글라디아토르 사이의 거리가 다시 똑같아졌다는 것을 깨달았다. 그는 다시 앞서 달리는 글라디아토르의 엉덩이와 짧은 꼬리를 보았고, 또다시 그 말과 일정한 간격을 유지하면서 빠르게 움직이는 하얀 다리를 보았다.

브론스키가 이제 마호친을 앞질러야 한다고 생각한 바로 그 순간, 프루프루도 이미 그의 생각을 이해하고는 아무런 재촉도 받지 않았는데도 눈에 띄게 속력을 내면서 가장 유리한 쪽, 즉 밧줄을 쳐 둔 쪽으로 파고들며 마호친에게 접근하기 시작했다. 마호친은 밧줄이 있는 쪽을 양보하지 않았다. 브론스키가 바깥쪽으로 가도 추월할 수 있다는 생각을 하기가 무섭게, 프루프루는 발을 바꾸어 다름 아닌 그 방법으로 앞질러 가기 시작했다. 이미 땀으로 거무스름해진 프루프루의 어깨가 글라디아토르의 엉덩이와 나란해졌다. 얼마 동안 그들은 나란히 달렸다. 하지만 그들이 향해 가는 장애물 앞에서, 브론스키는 바깥쪽으로 돌지 않기 위해 고삐를 움직여 비탈에서 마호친을 잽싸게 추월했다. 브론스키는 진흙을 뒤집어쓴 마호친의 얼굴을 흘긋 쳐다보았다. 그에게는 마호친이 씩 웃는 것처럼 여겨졌다. 브론스키는 마호친을 추월했으나, 자기의 바로 뒤에서 그를 느꼈으며 바로 등 뒤에서 규칙적인 도약 소리와 글라디아토르의 콧구멍이 뿜어내는 단속적이고 여전히 활기찬 숨소리를 들었다.

그다음의 두 장애물, 즉 도랑과 울타리는 쉽게 넘었다. 그러나 브론스키에게는 글라디아토르의 거친 숨소리와 도약이 더욱더 가깝게 들렸다. 그는 말에 박차를 가했고, 말이 쉽사리 속도를 높이는 것을 즐거운 마음으로 느꼈다. 그러자 글라디아토르의 발굽 소리가 또다시 전과 똑같은 간격을 두고 들리기 시작했다.

브론스키는 선두를 차지했다. 그것은 바로 그가 원했던 것이고 코르드가 그에게 권했던 것이었다. 이제 그는 승리를 확신했다. 그의 흥분과 기쁨, 프루프루를 향한 다정함이 더욱 강해졌다. 그는 뒤를 돌아보고 싶었지만 감히 그렇게는 하지 못하고, 자신을 진정시키며 말을 재촉하지 않으려 애썼다. 글라디아토르에게 남아 있으리라 짐작되는 만큼의 여력을 자기 말에게도 비축해 두기 위해서였다. 이제 단 하나, 가장 어려운 장애물이 남아 있었다. 만약 다른 사람들보다 먼저 그것을 넘기만 한다면, 그는 맨 먼저 결승점에 도착할 것이다. 그는 아일랜드 뱅크를 향해 말을 몰아갔다. 그는 프루프루와 함께 아직 멀찍이 떨어져 있는 그 뱅크를 보았다. 그 순간 그 둘, 즉 브론스키와 말의 뇌리에 순간적으로 의혹이 스쳤다. 그는 말의 귀에서 주저하는 빛을 보자 채찍을 쳐들었다. 그러나 그는 곧 이러한 의혹이 근거 없는 것임을 깨달았다. 말은 무엇을 해야 할지 알고 있었다. 말은 그가 가정한 그대로 속력을 더하여 침착하게 땅을 박차고 뛰어오르며 그 반동에 몸을 맡겼다. 그 힘은 말을 도랑 너머로 멀리 실어 갔다. 바로 그러한 박자와 그러한 보조로 프루프루는 힘들이지 않고 계속 달렸다.

"브라보, 브론스키!" 장애물 옆에 무리 지어 서 있던 사람들의 목소리가 들렸다. 그는 연대 사람들과 친구들임을 알아차렸다. 그는 야쉬빈의 목소리를 알아들을 수 있었지만, 그의 모습은 보지 못했다.

'오, 예쁜 것!' 그는 프루프루에 대해 생각하며 뒤에서 나는 소리에 귀를 기울였다. '뛰어넘었군!' 그는 뒤에서 글라디아토르가 도약하는 소리를 들으며 생각했다. 이제 남은 장애물은 2아르신 너비의 물이 있는 도랑뿐이었다. 브론스키는 그 도랑을 염두에 두지도 않았다. 그러나 2등과의 거리를 훨씬 벌려놓고 싶었기 때문에, 그는 질주의 리듬에 맞춰 말의 머리를 당겼다 내렸다 하며 고삐를 둥글게 움직이기 시작했다. 그는 말이 마지막 힘을 짜내어 달리고 있음을 느꼈다. 말의 목과 어깨가 땀으로 젖었을 뿐 아니라 말갈기 아래쪽과 머리와 뾰족한 귀에도 땀방울이 송글송글 맺혔다. 게다가 말은 거칠고 가쁘게 숨을 몰아쉬고 있었다. 그러나 그는 이 여력만으로도 남은 200사젠을 충분히 달릴 수 있다는 것을 알았다. 브론스키는 자신의 몸이 땅에 더욱 가까워지고 동작이 유난히 부드러워지는 듯한 느낌만으로, 자기 말이 얼마나 속도를 높였는지 알았다. 말은 마치 조그만 도랑이 있는 줄도 몰랐다는 듯 그것을

훌쩍 뛰어넘었다. 말은 새처럼 도랑을 넘었다. 그런데 바로 그
순간, 브론스키는 끔찍하게도 말의 움직임을 따라잡지 못한 자
신이 안장 위로 몸을 내리면서 도저히 용서받을 수 없는 나쁜
짓을 했다는 것을 깨달았다. 그 스스로도 어찌된 영문인지 알
수 없었다. 갑자기 그의 위치가 바뀌었고, 그는 무언가 무서운
일이 일어났다는 것을 알아차렸다. 무슨 일이 일어났는지 미
처 깨닫기도 전에, 밤색 종마의 하얀 다리가 그의 바로 옆에서
어른거리더니 마호친이 빠르게 질주하며 옆으로 지나갔다. 브
론스키의 한쪽 발이 땅에 닿았고, 그의 말이 그 발 위로 쓰러
졌다. 그는 말이 옆으로 쓰러지기 전에 가까스로 발을 빼냈다.
말은 무거운 신음 소리를 내면서 몸을 일으키려 땀에 젖은 가
느다란 목을 부질없이 버둥대다가, 브론스키의 발 아래서 마치
총에 맞은 새처럼 부들부들 떨기 시작했다. 브론스키의 서툰
동작이 말의 등뼈를 부러뜨린 것이다. 그러나 그가 이 사실을
안 것은 훨씬 나중의 일이었다. 지금 그의 눈에는 빠르게 멀어
져 가는 마호친이 보일 뿐이었다. 그는 움직이지 않는 진흙투
성이 땅에 몸을 비틀거리며 홀로 서 있었고, 그의 앞에는 땅바
닥에 드러누운 프루프루가 거칠게 숨을 몰아쉬며 그에게 머리
를 돌린 채 아름다운 눈동자로 그를 쳐다보고 있었다. 아직 무
슨 일이 일어났는지 전혀 깨닫지 못한 브론스키는 말의 고삐
를 잡아당겼다. 말은 다시 안장의 양 날개를 삐걱거리며 물고
기처럼 연신 몸부림을 치더니 앞다리를 세웠다. 그러나 엉덩이
를 일으킬 힘이 없어 이내 비틀거리며 다시 옆으로 쓰러졌다.
열정으로 일그러진 창백한 얼굴로 아래턱을 덜덜 떨면서, 브론
스키는 뒤축으로 말의 배를 걷어차고 다시 고삐를 잡아당기기

시작했다. 그러나 말은 움직이지 않았다. 말은 콧잔등을 땅에 파묻은 채 호소하는 듯한 눈빛으로 주인을 바라보기만 했다.

"아아!" 브론스키는 머리를 움켜쥔 채 중얼거렸다. "아아! 내가 무슨 짓을 한 거지!" 그가 소리쳤다. "경주에서 지다니! 게다가 수치스럽고 용서받지 못할 잘못까지! 이 가련하고 사랑스러운 말을 죽이다니! 아아! 내가 무슨 짓을 한 거지!"

군중들, 의사, 위생병, 그와 같은 연대에 있는 장교들이 그에게 달려왔다. 불행하게도 그는 자신이 다친 데 하나 없이 무사하다는 것을 깨달았다. 말은 등뼈가 부러졌기 때문에 총살하기로 결정했다. 브론스키는 사람들의 질문에 대답할 수 없었고 그 누구와도 말할 수 없었다. 그는 휙 돌아서서 머리에서 벗겨진 군모를 줍지도 않고 자신이 어디로 가는지도 모른 채 경마장을 떠났다. 그는 자신이 불행하다고 느꼈다. 난생처음으로 그는 가장 지독한 불행, 자신의 잘못으로 인한 돌이킬 수 없는 불행을 맛본 것이다.

야쉬빈은 군모를 들고 쫓아와 그를 집까지 바래다주었다. 30분이 지난 후 브론스키는 정신을 차렸다. 그러나 이 경주에 대한 기억은 그의 평생에 가장 괴롭고 고통스러운 기억으로 오랫동안 그의 마음속에 남게 되었다.

26

아내에 대한 알렉세이 알렉산드로비치의 표면적 태도는 예전과 다름없었다. 차이가 있다면, 그가 전보다 훨씬 바빠졌다는 것뿐이었다. 여느 해와 마찬가지로, 그는 봄이 되자 겨울 동안의 강도 높은 근무로 매년 손상되는 건강을 회복하기 위해 외국의 온천으로 떠났다. 그리고 여느 때처럼 7월에 돌아온 그는 곧 왕성한 기운으로 자신의 업무에 매달렸다. 언제나처럼 그의 아내는 별장으로 갔고 그는 페테르부르크에 남았다.

트베르스카야 공작부인 집에서의 만찬 후 그런 대화를 나눈 이래로, 그는 자기의 의심과 질투에 대하여 안나에게 말하지 않았다. 그리고 누군가를 흉내 내는 듯한 그의 평소 말투는 지금 같은 그와 아내의 관계에서 더할 나위 없이 적절한 것이었다. 그는 아내에게 다소 냉담했다. 그는 단지 그녀가 회피하려 했던 그 첫 번째 밤의 대화 때문에 그녀에게 약간의 불만을 품은 것처럼 보였다. 그녀에 대한 그의 태도에는 노여움의 기미가 보이긴 했지만 그 이상은 아니었다. '당신은 나와 터 놓고 이야기하려 하지 않는군.' 그는 마음속으로 그녀를 향해 이렇게 말하는 듯했다. '그럴수록 당신에게 좋지 않아. 이제 당신은 내게 간절히 부탁하겠지. 하지만 난 내 속을 털어놓지 않겠어. 그만큼 당신에겐 좋지 않을걸.' 그는 속으로 이렇게 말했다. 그의 모습은 마치 불을 끄려고 헛되이 애쓰던 사람이 자신의 헛수고에 화를 내며 '꼴좋군! 그것도 그렇게 다 태워 버려!' 하고 말하는 것 같았다.

직무에서는 그처럼 총명하고 빈틈없는 그도 아내에 대한 그러한 태도가 얼마나 어리석은지는 전혀 깨닫지 못했다. 그가 이 사실을 깨닫지 못한 것은, 자신의 현재 처지를 깨닫는 것이 그에게 너무나 두려운 일이기 때문이었다. 그리하여 그는 마음속에서 가족, 즉 아내와 아들에 대한 자신의 감정이 든 상자를 닫고 자물쇠를 채운 뒤 봉인을 해 버렸다. 다정한 아버지였던 그는 그 겨울이 끝날 무렵부터 아들에게 유난히 냉담해지기 시작했고, 아들에게도 아내를 대할 때처럼 조롱하는 듯한 태도를 보였다. 그는 아들을 '어이! 젊은이!'라고 부르곤 했다.

알렉세이 알렉산드로비치는 올해만큼 직무가 많은 적이 없었다고 생각했고, 또 그렇게 말했다. 하지만 그는 자신이 올해 일부러 일거리를 만들고 있다는 것, 그것이 아내와 가족에 대한 감정이나 생각이 든 상자를 열지 않는 방법 가운데 하나였다는 것, 그리고 그런 감정과 생각은 상자 속에 오래 담아 둘수록 점점 더 두려운 것이 되고 만다는 것을 의식하지 못했다. 만약 누군가 알렉세이 알렉산드로비치에게 그의 아내의 행실에 대해 어떻게 생각하는지 물어볼 권리를 가졌다 해도, 온화하고 침착한 알렉세이 알렉산드로비치는 아무런 대꾸도 하지 않고 그런 질문을 한 사람에게 몹시 화를 냈을 것이다. 그 때 문인지 사람들이 그에게 아내의 건강을 묻기라도 하면 알렉세이 알렉산드로비치의 표정에는 오만하고 엄격한 무언가가 내비쳤다. 알렉세이 알렉산드로비치는 아내의 행실과 감정에 대해 아무 생각도 하고 싶지 않았고, 실제로 그것에 대해 전혀 생각하지 않았다.

알렉세이 알렉산드로비치의 별장은 페테르고프에 있었고, 리디야 이바노브나 백작부인은 평소 여름을 그곳에서 보내며 안나의 이웃으로 변함없는 교제를 나누곤 했다. 그러나 올해 리디야 이바노브나 백작부인은 페테르고프에서 지내길 거부하며 한 번도 안나 아르카지예브나를 방문하지 않았고, 알렉세이 알렉산드로비치에게도 안나와 벳시와 브론스키가 가까이 지내는 것이 보기 거북하다며 넌지시 돌려 말했다. 알렉세이 알렉산드로비치는 그녀의 말을 엄격하게 저지하며 자기 아내는 의심받을 만한 행동을 하지 않는다고 말했다. 그 후로 그는 리디야 이바노브나 백작부인을 피하기 시작했다. 그는 사교계의 많은 사람들이 이미 그의 아내를 싸늘한 눈으로 보고 있다는 것을 알려고 하지 않았고 또 알지도 못했다. 그리고 그는 아내가 왜 벳시가 사는 차르스코예로, 브론스키가 속한 연대의 야영지에서 멀지 않은 차르스코예로 가겠다고 유난히 고집을 부리는지 이해하려 하지 않았고 또 이해하지도 못했다. 그는 이 문제에 대해 생각하려 하지 않았고 실제로도 그렇게 했다. 물론 이 문제를 스스로에게 말한 적도 없고 어떤 증거나 의혹도 갖고 있지 않았지만, 그는 자신이 배신당한 남편이라는 것을 마음속 깊이 느끼고 있었으며 이로 인해 매우 불행해했다.

아내와 행복한 생활을 누리던 지난 8년 동안, 알렉세이 알렉산드로비치는 다른 부정한 아내들과 배반당한 남편들을 보면서 마음속으로 이렇게 중얼거린 적이 얼마나 많았던가? '어떻게 이렇게 되도록 내버려 두었을까? 어째서 이런 꼴사나운 상황을 해결하려 하지 않는 걸까?' 하지만 그러한 재앙이 그의 머리 위에 떨어진 지금, 그는 이 상황을 어떻게 해결해야 할지 전혀 생각지 않았을 뿐 아니라 그런 상황을 알고 싶어 하지도 않았다. 그가 그 상황을 알고 싶어 하지 않았던 이유는 다름 아니라 그것이 너무나 끔찍하고 너무나 부자연스럽게 여겨졌기 때문이다.

외국에서 돌아온 후, 알렉세이 알렉산드로비치는 별장에 두 번 다녀왔다. 한 번은 식사를 하고 또 한 번은 손님들과 저녁 시간을 함께 보냈다. 하지만 여느 해와 마찬가지로 그곳에서 밤을 지내는 일은 한 번도 없었다.

경마가 있던 날은 알렉세이 알렉산드로비치에게 몹시도 바쁜 날이었다. 하지만 그는 아침에 그날의 일정을 다 짜 놓고, 일찍 식사를 한 후 별장에 있는 아내에게 들렀다가 경마장에 가기로 결정했다. 그곳에는 모든 대신이 참석할 예정이었고, 그역시 참석해야만 했다. 그가 아내에게 들른 것은, 체면상 일주일에 한 번은 그녀에게 들르기로 다짐했기 때문이었다. 게다가 그는 정해 둔 규칙에 따라 15일인 이날 아내에게 생활비를 전해야 했다.

자신의 생각을 장악하는 평소의 지배력에 힘입어, 그는 아내에 관한 이 모든 것을 곰곰이 생각하고 나서 그녀에 대해 더 이상 생각이 뻗어 나가지 않도록 했다.

이날 아침 알렉세이 알렉산드로비치는 너무나 바빴다. 전날 리디야 이바노브나 백작부인은 중국에 다녀온 후 페테르부르크에 머물고 있는 어느 유명한 여행가의 소책자와 함께 여러 가지 이유로 대단히 흥미롭고 꼭 필요한 인물인 이 여행가를 잘 접대해 달라고 부탁하는 편지를 보냈다. 알렉세이 알렉산드로비치는 간밤에 그 소책자를 다 읽지 못해 아침에 그것을 마저 읽었다. 그 후 청원자들이 나타났고, 보고, 접견, 임명, 파면, 포상과 연금과 봉급의 배정, 편지 등 시간을 아주 많이 잡아먹는 일들, 즉 알렉세이 알렉산드로비치가 지루한 업무라 부르는 일들이 시작되었다. 그다음엔 개인적인 용건, 말하자면 의사와 관리인의 방문이 그를 기다렸다. 관리인은 많은 시간을 빼앗지 않았다. 그는 그저 알렉세이 알렉산드로비치에게 필요한 돈을 건네고 그다지 좋지 못한 그의 재정 상태에 대해 짤막하게 보고를 했을 뿐이다. 그런 상황에 놓이게 된 것은, 올해 잦은 여행으로 돈을 많이 써 버려 적자가 났기 때문이었다. 그런데 페테르부르크의 유명한 의학박사이자 알렉세이 알렉산드로비치와 친구 사이인 의사는 꽤 오랫동안 있다 갔다. 오늘 그가 찾아오리라고 생각도 못한 알렉세이 알렉산드로비치는 그의 방문에 놀랐다. 더욱 놀라운 일은 의사가 알렉세이 알렉산드로비치에게 건강 상태에 관하여 이것저것 자세히 캐묻고는, 그의 가슴에 청진기를 대기도 하고, 간이 있는 자리를 두들기고 만져 보기도 했던 것이다. 알렉세이 알렉산드로비치는 그의 친구인 리디야 이바노브나가 올해 알렉세이 알렉산드로비치의 건강이 좋지 못하다는 것을 알아채고 의사에게 그를 찾아가 진찰해 달라고 부탁한 것을 몰랐다. "날 위해 그렇게 해 줘요." 리디야 이바노브나 백작부인은 의사에게 그렇게 말했다.

"내가 이 일을 하는 것은 러시아를 위해서입니다, 백작부인." 의사는 대답했다.

"정말 귀중한 사람이죠." 리디야 이바노브나 백작부인이 말했다.

의사는 알렉세이 알렉산드로비치에게 몹시 불만스러워했다. 그는 환자의 간이 대단히 비대해진 데다 식사량이 줄어 온천이 아무런 효과가 없었다는 것을 발견했다. 그는 되도록 운동을 많이 하고 정신적인 긴장은 줄이고 무엇보다 절대로 마음의 고통을 피해야 한다고 처방했다. 즉 알렉세이 알렉산드로비치에게는 숨 쉬지 말라는 것만큼이나 불가능한 일을 지시한 것이다. 그리고 그는 알렉세이 알렉산드로비치가 자신의 몸속 어딘가 안 좋은 데가 있고 그것은 절대로 고칠 수 없을 거라는 불쾌한 자각에 이르도록 내버려 둔 채 가 버렸다.

알렉세이 알렉산드로비치의 집을 나오던 의사는 현관 계단에서 슬류진과 부딪쳤다. 그는 알렉세이 알렉산드로비치의 사무장으로 의사와도 서로 잘 아는 사이였다. 대학 동창인 그들은 비록 자주 만나지는 못했지만 서로를 존경하며 좋은 친구로 지내고 있었다. 그래서 의사는 슬류진 외에는 그 누구에게도 하지 않았을 이야기, 즉 환자에 대한 솔직한 소견을 그에게 말해 주었다.

"당신이 알렉세이 알렉산드로비치를 보러 와 줘서 얼마나 기쁜지 모릅니다." 슬류진이 말했다. "그분의 건강이 좋지 않습니다. 제 생각엔……. 그래, 어떻습니까?"

"어떤가 하면……." 의사는 슬류진의 머리 너머로 자기 마부에게 손을 흔들어 보이며 마차를 자기 쪽에 대라는 신호를 보냈다. "그러니까 말입니다." 의사는 하얀 손으로 새끼 염소 가죽장갑의 손가락을 집어 손에 끼면서 말했다. "현을 팽팽히 조이지 않은 채 그것을 끊으려 해 보십시오. 대단히 힘들겠죠. 하지만 현을 최대한 팽팽히 잡아당긴 후 그 위에 손가락만 한 추라도 올려놓으면, 현은 결국 끊어지고 말 겁니다. 그런데 그는 업무에 대한 강한 끈기와 열성 때문에 극도로 긴장되어 있습니다. 그리고 외부로부터 오는 압박이 있습니다. 그것도 아주 무거운 압박 말입니다." 의사는 의미심장하게 눈썹을 치켜올리며 말을 맺었다. "경마에 갈 건가요?" 그는 현관 앞에 댄 마차 쪽으로 내려가며 덧붙였다. "네, 그럼요. 물론이죠. 꽤 시간이 걸릴 겁니다." 의사는 슬류진이 뭔가 알아들을 수 없게 한 말에 그렇게 대답했다. 대단히 많은 시간을 뺏고 나간 의사에 뒤이어 유명한 여행가가 나타났다. 알렉세이 알렉산드로비치는 방금 막 다 읽은 소책자와 그 주제에 대한 자신의 지식을 활용하여 그 방면에 대한 자신의 깊이 있는 지식과 박식한 견해로 여행가를 놀라게 했다.

한편 여행가가 찾아왔을 때, 페테르부르크에 온 현지사가 방문했다는 보고도 함께 올라왔다. 그는 그 사람과도 담소를 나누어야 했다. 그가 돌아간 뒤에는 사무장과 함께 지루한 일상 업무를 끝내야 했고, 또한 심각하고 중요한 문제에 관해 어느 유명 인사를 만나러 가지 않으면 안 되었다. 알렉세이 알렉산드로비치는 식사 시간인 5시가 되어서야 가까스로 돌아올 수 있었다. 그는 사무장과 식사를 끝낸 뒤 그에게 함께 별장에 들렀다 경마장에 가자고 부탁했다.

자신은 깨닫지 못했지만, 알렉세이 알렉산드로비치는 아내를 보러 갈 때 기회만 되면 늘 제삼자를 데려가곤 했다.

27

　안나는 2층의 거울 앞에 서서 안누슈카의 도움을 받으며 그녀의 드레스에 마지막 나비 리본을 핀으로 고정하고 있었다. 문득 그녀의 귀에 현관 입구 쪽에서 자갈 위를 구르는 바퀴 소리가 들렸다.

　'벳시가 오기에는 아직 이른 시간인데.' 이렇게 생각한 그녀는 창문 밖을 내다보았다. 그러자 마차 한 대와 그 속에서 쑥 삐져나온 검은 모자와 너무나 낯익은 알렉세이 알렉산드로비치의 귀가 보였다. '하필이면 이런 때……. 설마 자고 가려나?' 그녀는 생각했다. 그러자 그로 인해 생길지 모를 일들이 너무나 무섭고 끔찍하게 느껴져, 그녀는 한시도 머뭇거리지 않고 즉시 밝고 화사한 얼굴로 그를 맞으러 나갔다. 그리고 그녀는 이미 익숙한 거짓과 기만의 영혼이 자기 안에 존재하는 걸 느끼면서 곧 그 영혼에 몸을 내맡기고는 스스로도 무슨 소리를 하는지도 모르면서 말을 내뱉기 시작했다.

"아, 너무 기뻐요!" 그녀는 남편에게 한쪽 손을 내밀고 가족이나 다름없는 슬류진에게 미소 띤 얼굴로 인사하며 말했다. "당신, 여기서 자고 갈 거죠? 그러면 좋겠어요." 기만의 영혼이 그녀에게 속삭인 첫마디는 이것이었다. "지금 나와 함께 가요. 다만 벳시와 미리 약속을 해 놓은 것이 유감스럽네요. 벳시가 날 데리러 올 거예요."

알렉세이 알렉산드로비치는 벳시의 이름을 듣자 얼굴을 찌푸렸다.

"오, 난 떼어 놓을 수 없는 사람들을 떼어 놓지는 않을 거야." 그는 평소처럼 농담조로 말했다. "난 미하일 바실리예비치와 가겠어. 의사도 내게 걷는 게 좋다고 하니까. 난 길을 따라 산책이라도 하면서 온천에 와 있다는 상상을 하고 싶군."

"서두를 것 없어요." 안나가 말했다. "차 드시겠어요?" 그녀가 벨을 울렸다.

"차를 가져오고 세료쟈에게 알렉세이 알렉산드로비치가 왔다고 전해 줘요. 그건 그렇고, 당신의 건강은 어때요? 미하일 바실리예비치, 당신은 이곳에 처음 오셨죠? 발코니에 서서 이곳이 얼마나 멋진 곳인지 보세요." 그녀는 두 사람을 번갈아 보며 말했다.

그녀는 너무나 꾸밈없이 자연스럽게 말했지만, 지나치게 말이 많고 말하는 속도도 너무 빨랐다. 그녀 자신도 이것을 느꼈다. 게다가 그녀를 향한 미하일 바실리예비치의 호기심 어린 시선에서 그가 자기를 관찰하는 것 같다는 인상을 받았다.

미하일 바실리예비치는 곧 테라스로 나갔다.

그녀는 남편 옆에 앉았다.

"당신 안색이 별로 안 좋아요." 그녀가 말했다. "맞아. 오늘 의사가 와서 한 시간 정도 시간을 뺏었어. 내 친구들 가운데 누군가가 그를 보낸 것 같아. 그만큼 내 건강이 귀중하다는 것인지……." 그가 말했다.

"아니, 의사가 도대체 뭐라고 했는데요?"

그녀는 그에게 건강과 업무에 대해 묻고는 일을 쉬고 별장으로 거처를 옮기라고 권했다.

그녀는 이 모든 말들을 명랑하고 빠르게, 눈동자를 유난히 빛내며 말했다. 그러나 알렉세이 알렉산드로비치는 이제 그녀의 이런 말투에 아무런 의미도 부여하지 않았다. 그는 그저 그녀의 말을 들으며 그 말이 갖는 직접적인 의미만을 떠올릴 뿐이었다. 그도 그녀에게 비록 농담조이긴 했지만 소탈하게 대답했다. 이 모든 대화에 특별한 점은 없었다. 그러나 나중에 안나는 이 짧은 장면을 회상할 때마다 수치라는 고통스러운 아픔을 느꼈다.

세료쟈가 가정교사를 뒤따라 들어왔다. 만약 알렉세이 알렉산드로비치가 주의해서 보려 했다면, 세료쟈가 겁에 질린 당혹스러운 눈길로 아버지를 본 다음 다시 어머니를 바라보는 것을 알아차렸을 것이다. 그러나 그는 아무것도 보려 하지 않았고 또 보지 못했다.

"아, 젊은이! 다 자랐군. 정말이지 이제 어엿한 남자 티가 나는걸. 잘 있었나, 젊은이."

그리고 그는 깜짝 놀란 세료쟈에게 손을 내밀었다.

세료쟈는 전에도 아버지를 대할 때면 늘 겁을 먹었다. 그런데 이제 알렉세이 알렉산드로비치가 그를 젊은이라고 부르기 시작한 후로, 게다가 그의 머릿속에 브론스키가 적인지 친구인지 하는 수수께끼가 찾아든 후로, 그는 아버지를 서먹서먹하게 대했다. 그는 마치 보호를 구하기라도 하듯 어머니를 돌아보았다. 그는 어머니와 단둘이 있을 때만 마음이 편했다. 그사이 알렉세이 알렉산드로비치는 가정교사와 이야기를 나누면서 아들의 어깨를 잡고 있었는데 세료쟈는 안나가 보기에 금방이라도 울음을 터뜨릴 것처럼 몹시 괴롭고 거북한 표정을 짓고 있었다.

아들이 들어온 순간 얼굴이 빨개진 안나는 세료쟈가 거북해하는 것을 알아채고 재빨리 일어나 아들의 어깨에서 알렉세이 알렉산드로비치의 손을 떼어 놓더니 아들에게 입을 맞추고는 그를 테라스로 데리고 나갔다가 곧 돌아왔다.

"그런데 벌써 시간이 됐네요." 그녀가 자기 시계를 쳐다보며 말했다. "벳시는 왜 아직 안 오지……!"

"그렇군." 알렉세이 알렉산드로비치는 자리에서 일어나 손을 깍지 끼고 딱딱 소리를 냈다. "내가 여기에 들른 건 당신에게 돈도 전할 겸 해서야. 꾀꼬리도 옛날이야기만 먹고 살 순 없으니까." 그가 말했다. "당신에게 필요할 거라고 생각하는데."

"아뇨, 괜찮아요……. 그래요, 필요해요." 그녀는 그를 쳐다보지도 않고 머리카락 뿌리까지 빨개진 채 말했다. "그럼, 경마 후엔 이곳에 올 거죠?"

"오, 그럼!" 알렉세이 알렉산드로비치가 대답했다. "저기 페테르고프의 미인 트베르스카야 공작부인이 오는군." 그는 창문을 통해 말에 눈가리개를 하고 작은 차체를 용수철로 매우 높게 올린 영국식 사륜마차가 다가오는 것을 보며 이렇게 덧붙였다. "정말 멋지군. 훌륭해! 그럼, 우리도 가도록 하지."

트베르스카야 공작부인은 마차에서 나오지 않고, 각반이 달린 부츠와 두건 달린 외투와 검은 모자를 착용한 그녀의 하인만 현관 입구에 뛰어내렸다.

"그럼 갈게. 안녕!" 안나는 아들에게 이렇게 말하고 입을 맞추었다. 그리고 알렉세이 알렉산드로비치에게 다가가 그에게 손을 내밀었다. "당신이 와서 너무 좋아요."

알렉세이 알렉산드로비치는 그녀의 손에 입을 맞추었다.

"그럼, 나중에 봐요. 당신, 차 드시러 오실 거죠? 아, 너무 좋아요!" 그녀는 이렇게 말하고 밝고 환한 모습으로 나갔다. 그러나 남편의 모습이 시야에서 사라지자마자, 그녀는 자기의 손에서 남편의 입술이 닿은 곳을 느끼며 혐오감으로 바르르 떨었다.

28

알렉세이 알렉산드로비치가 경마장에 모습을 드러냈을 때, 안나는 이미 상류층 인사가 모두 모인 관람석에 벳시와 나란히 앉아 있었다. 그녀는 멀리서도 남편을 알아보았다. 남편과 연인, 그 두 남자는 그녀의 삶에서 두 개의 중심이었으므로 그녀는 외적인 감각의 도움 없이도 그들의 접근을 느낄 수 있었다. 그녀는 멀리서부터 남편의 접근을 느끼고는, 자기도 모르게 군중을 헤치고 움직이는 그를 눈으로 좇았다. 그녀는 그가 아첨 섞인 인사에 너그럽게 대꾸하기도 하고 동료들과 다정하고도 무심하게 인사를 나누기도 하고 세도가들의 눈길을 애써 기다려 그의 귀 끝을 누르는 큰 둥근 모자를 벗기도 하면서 관람석에 다가오는 것을 보았다. 그녀는 그 모든 태도를 잘 알고 있었고, 그 모든 것이 그녀에게 혐오감을 불러일으켰다. '오직 야심뿐이야. 오직 성공하길 바라는 마음뿐이지. 그것이 그의 마음속에 있는 전부야. 고상한 생각, 학문에 대한 사랑,

종교, 모든 것이 그저 성공을 위한 무기에 불과해.'

그녀는 부인석을 향한 그의 시선에서(그는 그녀를 똑바로 바라보면서도 모슬린, 명주 레이스, 리본, 깃털, 양산의 바다 속에서 그녀를 알아보지 못했다.) 그가 자기를 찾고 있다는 걸 알았다. 그러나 그녀는 일부러 그를 못 본 척했다.

"알렉세이 알렉산드로비치!" 벳시 공작부인이 그에게 소리쳤다. "당신 눈에는 아내가 안 보이나 봐요. 부인은 여기 있어요!"

그는 특유의 차가운 미소를 지었다.

"이곳은 눈이 부실 만큼 휘황찬란하군요." 그는 이렇게 말하며 관람석으로 왔다. 그는 아내에게 미소를 지었다. 그것은 방금 본 아내를 다시 만난 남편이 응당 지어 보여야 할 정도의 미소였다. 그리고 그는 공작부인과 다른 지인들 각각에게 정해진 의무를 다하며, 말하자면 부인들에게는 농담을 던지고 남자들과는 인사말을 주고받으며 인사를 나누었다. 아래쪽 관람석 옆에는 알렉산드르 알렉산드로비치가 존경하는 시종무관장이 서 있었다. 그는 지성과 교양으로 이름 높은 사람이었다. 알렉세이 알렉산드로비치는 그와 담소를 나누었다.

마침 경주와 경주 사이의 휴식 시간이라서 그 무엇도 그들의 대화를 방해하지 않았다. 시종무관장은 경마를 비난했다. 알렉세이 알렉산드로비치는 이를 반박하며 경마를 옹호했다. 안나는 그의 말을 한마디도 놓치지 않으면서 그의 고르고 새된 목소리에 귀를 기울였다. 그러자 그의 말 한마디 한마디가 위선적으로 느껴지며 그녀의 귀를 아프게 찔렀다.

4베르스타 장애물 경주가 시작되자, 안나는 정면을 응시한 채 말에게 다가가 그 위에 올라타는 브론스키를 뚫어지게 바라보았다. 그와 동시에 그녀는 끊임없이 들리는 남편의 혐오스러운 목소리를 듣고 있었다. 그녀는 브론스키에 대한 불안으로 괴로웠다. 그러나 그녀를 더욱 괴롭힌 것은 낯익은 억양으로 쉴 새 없이 지껄이는 — 그녀에게는 그렇게 느껴졌다 — 남편의 새된 목소리였다.

'난 나쁜 여자야. 타락한 여자야.' 그녀는 생각했다. '난 거짓말을 하는 게 싫어. 난 거짓을 참을 수 없어. 그런데 이런 거짓이 그(남편)에게는 양식이지. 그는 모든 걸 알고, 모든 걸 보고 있어. 저렇게 태연하게 이야기를 할 수 있다니, 그가 느끼는 감정은 도대체 어떤 걸까? 그가 나를 죽이려 한다면, 그가 브론스키를 죽이려 한다면, 오히려 난 그를 존경할 텐데. 하지만 아냐. 그에게 필요한 건 거짓과 체면뿐이야.' 안나는 자신이 남편에게 바라는 게 무엇인지, 자신이 남편을 어떻게 보고 싶어 하는지에 대해서는 전혀 생각지 않고 혼잣말을 했다. 그녀는 오늘따라 유난히 말이 많은 알렉세이 알렉산드로비치의 모습, 안나를 너무나도 자극하는 그 모습이 그저 그의 내면에 깃든 불안과 초조함의 표현일 뿐이라는 것을 깨닫지 못했다. 심하게 다친 어린아이가 아픔을 참으려고 펄쩍펄쩍 뛰며 근육을 움직이듯, 알렉세이 알렉산드로비치에게도 아내에 대한 생각을 떨치기 위해 어쩔 수 없이 정신의 운동이 필요했다. 아내와 브론스키가 눈앞에 있고 브론스키의 이름이 끊임없이 들리는 이러한 상황에 내몰리자 그의 신경이 온통 아내에 대한 생각으로 쏠렸기 때문이다. 펄쩍펄쩍 뛰는 것이 아이에게 자연스러운 일이듯, 그에겐 훌륭하고 지적인 말을 하는 것이 자연스러운 일이었다. 그는 말했다.

"군인과 기병 들의 경마에 따르는 위험은 경마의 불가피한 조건입니다. 영국이 전쟁사에서 가장 눈부신 기병대 전투들을 보였다고 말할 수 있다면, 그것은 오로지 영국이 역사적으로 이러한 인간과 동물의 힘을 자국 내에서 발전시켜 왔기 때문입니다. 제 생각에 스포츠는 큰 의의를 갖고 있습니다. 그런데 우리는 언제나처럼 지극히 피상적인 것만을 보고 있지요."

"피상적인 게 아니에요." 트베르스카야 공작부인이 말했다. "어느 장교는 늑골이 두 개나 부러졌대요."

알렉세이 알렉산드로비치는 이를 드러내기만 할 뿐 그 이상 아무 의미도 없는 그 특유의 미소를 지었다.

"공작부인, 그것이 피상적인 게 아니라 본질적인 것이라고 해 봅시다." 그가 말했다. "하지만 문제는 그게 아니에요." 그는 다시 자기와 진지하게 이야기를 나누던 장군을 돌아보았다. "경마에 참가한 사람들은 그런 활동을 선택한 군인이라는 사실을 잊어서는 안 됩니다. 그리고 모든 천직에는 그 나름의 이면이 있다는 것을 인정해야 합니다. 이것은 곧 군인의 의무입니다. 권투나 에스파냐의 투우 같은 난폭한 스포츠는 야만의 징후죠. 그러나 전문적인 스포츠는 발전의 특징입니다."

"아뇨. 전 다시는 오지 않겠어요. 경마는 사람을 너무 조마조마하게 해요." 벳시 공작부인이 말했다. "그렇지 않아요, 안나?"

"조마조마하죠. 하지만 눈을 뗄 수 없어요." 다른 부인이 말했다. "내가 만약 로마인이었다면, 난 한 경기도 놓치지 않았을 거예요."

안나는 아무 말 없이 쌍안경으로 한곳을 뚫어지게 바라보았다.

바로 그때 키가 큰 장군이 관람석을 지나갔다. 알렉세이 알렉산드로비치는 말을 멈추고 황급히, 그러나 위엄 있게 일어나 지나가는 장군에게 깍듯이 인사했다.

"당신은 경주에 참가하지 않습니까?" 장군이 그에게 농담조로 말했다.

"저의 경주가 훨씬 힘듭니다." 알렉세이 알렉산드로비치가 정중하게 대답했다.

별 뜻 없는 대답이었지만, 장군은 현자에게서 지혜로운 말을 들었다는 표정으로 la pointe de la sauce[146]를 충분히 만끽하고 있었다.

"두 가지 측면이 있습니다." 알렉세이 알렉산드로비치는 자리에 앉으며 계속 말을 이었다. "바로 선수와 관람자죠. 이런 구경을 좋아하는 것은 관람자들의 낮은 수준을 보여 주는 가장 확실한 징후입니다. 저도 그 점에 동의하지만……."

"공작부인, 내기를 합시다!" 아래쪽에서 벳시에게 말하는 스테판 아르카지치의 목소리가 들렸다. "당신은 누구에게 거시렵니까?"

"나와 안나는 쿠조블레프 공작에게 걸겠어요." 벳시가 대답했다.

"난 브론스키 쪽에 장갑 한 켤레를 걸겠습니다."

"좋아요!"

---

146) '소스의 풍미.'(프랑스어)

"정말 아름답군요. 그렇지 않습니까?"

알렉세이 알렉산드로비치는 주위 사람들이 이야기하는 동안 입을 다물었다. 그러나 곧 다시 이야기를 시작했다.

"나도 그 점에 동의합니다. 그러나 남성적인 경기란……" 그는 계속 말을 이었다.

하지만 그 순간 기수들이 출발하는 바람에 대화가 모두 중단되고 말았다. 알렉세이 알렉산드로비치는 입을 다물었고, 다들 개울 쪽으로 시선을 돌렸다. 알렉세이 알렉산드로비치는 경주에 별 흥미가 없었기 때문에, 기수를 쳐다보지 않고 지친 눈으로 멍하니 관람객들을 둘러보기 시작했다. 그의 시선은 안나에게 멈췄다.

그녀의 얼굴은 창백하고 딱딱하게 굳어 있었다. 분명 그녀는 오직 한 사람 외에 그 무엇도, 그 누구도 보지 않는 게 틀림없었다. 그녀는 부채를 쥔 손을 바르르 떨며 숨을 숙였다. 그는 잠시 그녀를 보다 다른 사람들에게로 황급히 고개를 돌렸다.

'그래, 저 여자나 다른 여자들이나 매우 흥분해 있어. 그건 너무나 자연스러운 거야.' 알렉세이 알렉산드로비치는 속으로 중얼거렸다. 그는 그녀를 보고 싶지 않았지만 그의 시선은 저도 모르게 그녀 쪽으로 이끌렸다. 그는 그녀의 얼굴에 너무나도 분명히 적힌 것을 읽지 않으려 애쓰며 그녀의 얼굴을 응시했다. 그러나 자신의 의지와는 반대로 그녀의 얼굴에서 그가 읽고 싶지 않았던 것을 읽어 내고는 두려움에 빠졌다.

개울에서 쿠조블레프가 낙마한 첫 번째 사고는 모두를 흥분에 빠뜨렸다. 그러나 알렉세이 알렉산드로비치는 안나의 창백하고도 의기양양한 얼굴에서 그녀가 주시하는 사람이 떨어지지 않았다는 사실을 똑똑히 읽었다. 마호친과 브론스키가 커다란 울타리를 뛰어넘고 그 뒤에 오던 장교가 바로 그 자리에서 곤두박질하여 치명상을 입었을 때, 관중 전체에 공포의 술렁임이 확 퍼졌다. 그때 알렉세이 알렉산드로비치는 안나가 이것을 조금도 알아채지 못하고 있다가 간신히 주위 사람들의 말을 알아듣는 것을 보았다. 하지만 그는 더욱더 빈번히, 더욱더 집요하게 그녀를 쳐다보았다. 말을 달리는 브론스키의 모습에 정신을 온통 빼앗긴 안나는 옆에서 자신을 노려보는 남편의 차가운 시선을 느꼈다.

그녀는 잠시 남편을 돌아보며 의아한 눈으로 그를 바라보더니 살짝 얼굴을 찌푸리고는 다시 고개를 돌렸다.

'아, 어떻게 되든 상관없어요.' 그녀는 그에게 이렇게 말하는 듯 더 이상 그에게 눈길도 주지 않았다.

경주는 성공적이지 못했다. 열일곱 기수 가운데 절반 이상이 말에서 떨어져 다쳤다. 경주가 종국을 향해 치닫자, 관중들은 모두 흥분에 빠졌다. 그 흥분은 차르가 불만스러워하고 있다는 사실로 인해 더욱더 증폭되었다.

29

모두들 큰 소리로 비난을 퍼붓고 누군가가 내뱉은 '오직 사
자와의 싸움이 아쉬울 뿐이다.'라는 문구를 되풀이했다. 모든
사람들에게서 공포가 느껴졌다. 그래서 브론스키가 말에서 떨
어져 안나가 큰 소리로 비명을 질렀을 때도, 거기에는 이상한
점이 전혀 없었다. 하지만 그 뒤 안나의 얼굴에는 이미 뚜렷하
게 부적절한 변화가 일어나고 있었다. 그녀는 완전히 침착함을
잃었다. 그녀는 사로잡힌 새처럼 바들바들 떨기 시작했다. 그녀
는 자리에서 일어나 어딘가 가려 하기도 하고 벳시를 돌아보
기도 했다.

"가요. 가요." 그녀가 말했다.

하지만 벳시는 그녀의 말을 듣고 있지 않았다. 그녀는 아래
로 몸을 굽힌 채 그녀에게 다가온 장군과 이야기하고 있었다.

알렉세이 알렉산드로비치는 안나에게 다가가 정중하게 손
을 내밀었다.

"원한다면 같이 갑시다." 그는 프랑스어로 말했다. 하지만 안나는 장군의 말에 귀를 기울이느라 남편이 온 것도 알아차리지 못했다.

"역시 다리가 부러졌다는군요." 장군이 말했다. "이건 전례가 없던 일입니다."

안나는 남편에게 대답도 하지 않고 쌍안경을 들어 브론스키가 낙마한 장소를 보았다. 하지만 그곳이 워낙 멀리 떨어진 데다 너무나 많은 군중이 모여 있어 아무것도 분간할 수 없었다. 그녀는 쌍안경을 놓고 그 자리를 떠나려 했다. 그러나 바로 그때 한 장교가 말을 타고 달려와 차르에게 어떤 내용을 보고했다. 안나는 몸을 앞으로 쑥 빼고 장교의 말에 귀를 기울였다.

"스티바! 스티바!" 그녀가 오빠에게 소리쳤다.

하지만 오빠는 그녀의 소리를 듣지 못했다. 그녀는 다시 나가려 했다.

"당신에게 한 번 더 손을 내밀겠소. 당신이 가고 싶다면 말이오." 알렉세이 알렉산드로비치가 그녀의 손을 건드리며 말했다.

그녀는 혐오감을 내비치며 그를 피하고는 그의 얼굴을 쳐다보지도 않은 채 이렇게 대답했다.

"아뇨, 아뇨, 날 내버려 두세요. 그냥 여기 있겠어요."

지금 그녀는 브론스키가 낙마한 자리에서 경기장 원을 가로지르며 관람석을 향해 달려오는 한 장교를 보고 있었다. 벳시가 그에게 손수건을 흔들어 보였다.

장교는 관람자들에게 기수는 다치지 않았지만 말의 등뼈가 부러졌다는 소식을 전했다.

이 말을 들은 안나는 털썩 주저앉으며 부채로 얼굴을 가렸다. 알렉세이 알렉산드로비치는 그녀가 우는 것을 보았으며, 그녀가 눈물뿐 아니라 가슴을 들먹이게 하는 흐느낌마저 억누르지 못하는 것을 목격했다. 알렉세이 알렉산드로비치는 자기 몸으로 그녀를 가리고서 그녀에게 자기를 추스를 시간을 벌어 주었다.

"세 번째로 당신에게 내 손을 내밀겠소." 그가 잠시 후 그녀를 향해 말했다. 안나는 그를 쳐다보았지만 무슨 말을 해야 할지 몰랐다. 벳시 공작부인이 그녀를 도우러 왔다.

"아니에요, 알렉세이 알렉산드로비치, 제가 안나를 데리고 왔고, 또 제가 집까지 바래다주기로 약속한걸요." 벳시가 끼어들었다.

"죄송합니다, 공작부인." 그는 정중한 미소를 지으면서도 그녀의 눈을 단호히 바라보았다. "하지만 제가 보기에 안나가 좋지 않은 것 같습니다. 그러니 제가 데리고 가죠."

안나는 놀란 표정으로 주위를 둘러보더니 고분고분 자리에서 일어나 남편의 팔에 손을 얹었다.

"그에게 사람을 보내 상황을 알아본 다음 당신에게 사람을 보낼게요." 벳시가 그녀에게 속삭였다.

언제나 그렇듯 알렉세이 알렉산드로비치는 관람석 입구에서 마주친 사람들과 이야기를 나누었으며, 언제나처럼 안나도 사람들의 말에 대꾸하고 그들과 이야기를 나누어야 했다. 그러나 그녀는 어찌할 바를 모른 채 마치 꿈속을 걷듯 남편의 팔에 기대어 걸어갔다.

'다친 걸까? 아니면 괜찮은 걸까? 그 말이 사실일까? 그가 올까, 안 올까? 오늘 그를 볼 수 있을까?' 그녀는 생각에 잠겼다.

그녀는 묵묵히 알렉세이 알렉산드로비치의 마차에 몸을 실었고 운집한 마차들 틈에서 빠져 나가는 동안 한마디도 하지 않았다. 알렉세이 알렉산드로비치는 자기 눈으로 모든 것을 보고서도 여전히 아내의 참모습에 대하여 생각하려 하지 않았다. 그는 단지 표면적 징후들만 보았을 뿐이다. 그는 그녀가 경우에 맞지 않는 행동을 하는 것을 보았고, 그녀에게 이것을 말해 주는 것이 자신의 의무라고 생각했다. 하지만 그것만을 말하고 더 이상의 이야기를 꺼내지 않는 것은 그에게 몹시 힘든 일이었다. 그는 그녀의 행동이 얼마나 부적절했는지 말하기 위해 입을 열었다. 그러나 자기도 모르게 완전히 다른 말을 내뱉고 말았다.

"그래도 우리 모두에겐 이런 잔인한 구경거리를 보고 싶어 하는 경향이 있다니까." 그가 말했다. "내가 보기엔……"

"뭐라고요? 무슨 말인지 모르겠어요." 안나는 경멸의 빛을 띠며 말했다.

그는 모욕을 느끼며 곧 속에 담아 둔 말을 꺼냈다.

"당신에게 말해야겠소." 그가 말했다.

'올 것이 왔군. 해명이라.' 이렇게 생각하자 그녀는 무서워졌다.

"당신에게 꼭 말해야겠소. 오늘 당신의 행동이 얼마나 부적절했는지 말이오." 그가 프랑스어로 말했다.

"어째서 내 행동이 부적절했다는 거죠?" 그녀는 그를 홱 돌아보더니 그의 눈을 똑바로 쳐다보며 큰 소리로 말했다. 그런

데 무언가를 숨긴 듯한 이전의 쾌활함은 완전히 사라진 채, 그
녀는 단호한 모습 밑에 자신의 두려움을 가까스로 숨기고 있
었다.

"잊지 마시오." 그는 마부석 쪽의 창문이 열린 것을 가리키
며 말했다.

그는 일어나 유리창을 닫았다.

"뭐가 부적절하죠?" 그녀는 거듭 물었다.

"기수들 가운데 한 명이 말에서 떨어졌을 때 당신이 감추지
못한 그 절망 말이오."

그는 그녀의 반박을 기다렸다. 하지만 그녀는 말없이 앞을
바라보았다.

"난 험담꾼들이 당신을 두고 입방아를 찧지 못하도록 사교
계에서 처신을 잘 하라고 이미 당신에게 부탁했소. 한때 내가
우리의 내적인 관계에 대해 말한 적도 있지만 지금 내가 말하
려는 건 그게 아니오. 내가 말하는 건 표면적인 관계요. 당신
의 행동은 부적절했소. 난 이것이 반복되지 않기를 바라는 것
이오."

그녀는 그의 말을 절반도 채 듣지 않았다. 그녀는 그에게 두
려움을 느끼면서도 브론스키가 다치지 않았다는 말이 사실일
까 아닐까 생각했다. 사람은 무사하고 말의 등뼈가 부러졌다고
한 이야기가 그에 관한 것이었나? 그가 말을 끝냈을 때, 그녀
는 그의 말을 듣고 있지 않았기 때문에 위선적이고 비웃는 듯
한 웃음을 흘릴 뿐 아무 대답도 하지 않았다. 알렉세이 알렉산
드로비치는 과감하게 이야기를 꺼냈다. 하지만 자신이 무슨 말
을 하고 있는지를 분명히 깨닫게 되자, 그녀가 느끼는 공포가

그에게로 전해졌다. 그가 아내의 미소를 본 순간, 이상한 망상이 그를 덮쳤다.

'이 여자는 나의 의심을 비웃고 있어. 그래, 이제 그녀는 지난번에 한 말을 또 늘어놓겠지. 내 의심이 아무 근거도 없고 우스꽝스럽다고 말이야.'

모든 폭로가 눈앞에 닥친 지금, 그는 그녀가 예전처럼 그의 의심이 우스꽝스럽고 아무 근거도 없는 것이라며 조롱해 주기를 간절히 바랐다. 그는 자기가 아는 것이 너무나 무섭게 느껴졌기 때문에 이제는 무슨 말이라도 믿고 싶은 심정이었다. 하지만 두려움과 음울함에 젖은 그녀의 표정은 이제 일말의 거짓조차 보여 주지 않았다.

"어쩌면 내 착각인지도 모르겠소." 그가 말했다. "그렇다면 날 용서해 주길 바라오."

"아뇨, 당신은 착각하지 않았어요." 그녀는 그의 차가운 얼굴을 절망적으로 쳐다보며 천천히 말했다. "당신이 착각한 게 아니에요. 난 절망했어요. 아니 절망하지 않을 수 없었어요. 난 당신의 말을 들으며 그를 생각했어요. 난 그를 사랑해요. 난 그의 연인이에요. 난 당신을 견딜 수 없어요. 당신이 무서워요. 난 당신을 증오해요······. 그러니 당신 마음대로 하세요."

그녀는 마차 구석에 몸을 던지고 두 손으로 얼굴을 가린 채 흐느끼기 시작했다. 알렉세이 알렉산드로비치는 조금도 움직이지 않고 시선을 정면에 고정시켰다. 하지만 그의 얼굴 전체는 갑자기 죽은 자처럼 장엄한 빛을 띠며 굳어져 버렸고, 별장에 도착할 때까지 그 표정은 전혀 변하지 않았다. 별장에 도착하자, 그는 똑같은 표정을 띤 채 그녀에게 고개를 돌렸다.

"그렇군! 하지만 그때까지는 체면이라는 외면적인 조건을 지켜 주기 바라오." 그의 목소리가 떨렸다. "내 명예를 지킬 방법을 찾아 그것을 당신에게 알릴 때까지 말이오."

그는 먼저 마차에서 내려 그녀를 내려 주었다. 그는 하인들이 보는 앞에서 말없이 그녀의 손을 꽉 잡고는 마차에 올라 페테르부르크로 떠나 버렸다.

그가 간 뒤, 벳시 공작부인의 하인이 와서 안나에게 쪽지를 전했다.

'알렉세이에게 사람을 보내 그의 건강 상태를 알아보라고 했어요. 그러자 그에게서 자신은 무사하고 건강하지만 절망에 빠져 있다는 답신이 왔어요.'

'그렇다면 그는 올 거야.' 안나는 생각했다. '그에게 모든 걸 말한 건 정말 잘한 일이야.'

그녀는 시계를 쳐다보았다. 아직 세 시간 정도 남았다. 마지막 만남의 세세한 기억들이 그녀의 피를 타오르게 했다.

'아, 정말 환하구나! 두렵긴 하지만, 난 그의 얼굴을 보는 게 좋아. 이 멋진 밝음이 좋아……. 남편! 아, 그래……. 그래도 덕분에 그와는 깨끗하게 끝났잖아.'

사람들이 모이는 곳이라면 어디나 그렇듯, 쉐르바츠키 가의 사람들이 간 독일의 작은 온천에도 사회의 결정체라고 할 만한 것이 형성되어 있었다. 그 관습적인 결정체는 그것에 속한 사람들에게 일정한 불변의 지위를 지정해 준다. 물방울이 얼면 반드시 일정한 모양의 눈의 결정을 띠게 되듯, 온천에 새로 온 사람은 누구나 곧 자신의 고유한 지위 속에 놓이기 마련이었다.

퓌르스트 쉐르바츠키 잠트 게말린 운트 토흐테르[147], 쉐르바츠키 가 사람들은 그들이 머문 숙소와 그들의 이름과 그곳에서 만난 지인에 따라 즉시 그들에게 지정된 일정한 지위 속에서 하나의 결정체로 굳어졌다.

---

147) 톨스토이는 '부인과 딸을 동반한 쉐르바츠키 공작'이라는 뜻의 독일어를 러시아어 음가로 표현하였다.

올해 이 온천에는 진짜 독일 퓌르스틴[148]이 와 있었고, 그녀로 인해 사회의 결정체는 더욱 활발하게 형성되고 있었다. 공작부인은 자기 딸을 프린세스[149]에게 꼭 소개시키고 싶어 했고, 그 이튿날에 기어이 이 의식을 실현해 냈다. 키티는 파리에서 맞춘 매우 수수한, 즉 매우 고급스러운 여름 드레스를 입고서 겸손하고 우아하게 무릎을 굽혀 인사했다. 프린세스는 말했다. "곧 그 아름다운 자그마한 얼굴에 장밋빛을 되찾기 바랍니다." 그리하여 쉐르바츠키 일가에게는 그 즉시 일정한 생활 방식이 정해졌고, 이제 거기에서 벗어나는 것은 불가능했다. 쉐르바츠키 일가는 영국 귀부인 가족, 최근 전쟁에서 부상당한 아들을 데려 온 독일인 백작부인, 스웨덴인 학자, 카넷 가의 오누이와 친해졌다. 하지만 뜻하지 않게도 쉐르바츠키 일가가 주로 어울린 사람들은 모스크바의 귀부인 마리야 예브게니예브나 르치쉐바와 그녀의 딸 — 이 딸 역시 키티와 똑같이 사랑 때문에 병을 앓았으므로 키티는 그녀를 싫어했다. — 과 모스크바의 대령이었다. 어릴 때부터 이 대령을 보았고 그의 견장 달린 군복 차림을 익히 알고 있던 키티에게는 이곳에서 본 그의 조그만 눈과 맨살이 드러난 목 위의 화려한 넥타이가 너무나 우스꽝스러웠다. 게다가 그녀는 도저히 떼어 낼 수 없는 그를 지긋지긋하게 여기고 있었다. 이 모든 것이 너무나 견고히 굳어지자 키티는 무척 지루해하기 시작했다. 게다가 공작

---

148) 톨스토이는 '공작부인'이라는 뜻의 독일어를 러시아어 음가로 표현하였다.
149) 톨스토이는 '왕녀, 공작부인, 공작의 딸 등'의 뜻을 지닌 영어를 러시아어 음가로 표현하였다.

이 카를스바트로 떠나 어머니와 단둘이 남게 되자, 키티는 더욱 지루했다. 그녀는 자기가 아는 사람들에게 관심이 없었고, 그들에게서는 어떤 새로운 모습도 찾을 수 없을 거라고 느꼈다. 이제 온천에서 그녀가 가장 흥미를 느끼는 일은 자기가 모르는 사람들을 관찰하고 그들에 대해 추측하는 것이었다. 그녀는 성격상 사람들에게서 언제나 가장 아름다운 것들을 상상하곤 했는데, 모르는 사람에 대해서는 더욱 그러했다. 지금도 그녀는 '저 사람은 누굴까, 저 사람들은 어떤 관계일까, 저 사람들은 어떤 사람들일까?' 하고 추측하면서, 가장 멋지고 아름다운 특징을 상상하고 자신의 관찰을 뒷받침할 확증을 찾았다.

그 사람들 가운데 마담 슈탈이라는 병든 러시아 귀부인과 함께 온 어느 러시아 아가씨가 유난히 키티의 관심을 끌었다. 마담 슈탈은 상류층 사람이었다. 하지만 그녀는 걷지도 못할 만큼 병이 깊어서 아주 청명한 날에만 휠체어를 타고서 온천에 나타나곤 했다. 하지만 공작부인은 마담 슈탈이 러시아 사람들과 전혀 어울리지 않는 것은 아파서라기보다 거만하기 때문이라고 해석했다. 러시아 아가씨는 마담 슈탈의 간병인 노릇을 했는데, 키티가 살펴본 바로는 마담 슈탈 외에도 온천의 모든 중병환자들 — 온천에는 중병환자들이 많았다 — 과 친하게 지냈으며 지극히 자연스러운 태도로 그들을 돌봐 주곤 했다. 키티가 관찰한 바에 따르면, 이 러시아 아가씨는 마담 슈탈의 친척도 아니었고 마담 슈탈이 고용한 간병인도 아니었다. 마담 슈탈은 그녀를 바렌카[150]라고 불렀고, 다른 사람들은

---

150) 바르바라의 애칭.

'mademoiselle 바렌카'라고 불렀다. 키티가 이 아가씨와 마담 슈탈의 관계에 대해, 그리고 그녀가 모르는 다른 사람들과의 관계에 대해 흥미를 느꼈다는 것은 더 말할 나위도 없다. 종종 그렇듯 키티는 이 mademoiselle 바렌카에게 말로 설명할 수 없는 호감을 느꼈고, 이따금 부딪히는 시선에서 바렌카도 자기를 좋아한다는 것을 느꼈다.

Mademoiselle 바렌카라는 이 여자는 젊음이 갓 피어나는 시기를 넘기지는 않았으나, 마치 젊음이 결여된 존재 같았다. 그녀는 열아홉 살로도 보였고 서른 살로도 보였다. 그녀의 용모를 자세히 뜯어보면, 그녀는 비록 얼굴에 병색이 돌긴 해도 못생겼다기보다 오히려 아름다운 편이었다. 지나치게 야윈 몸과 중키에 비해 큰 머리만 아니면, 그녀의 몸매는 균형 잡히고 아름다운 편에 속했을 것이다. 하지만 그녀가 남자들에게 매력적으로 비칠 리는 없었다. 그녀는 아직 꽃잎이 활짝 피어 있긴 하지만 이미 한창때를 넘겨 향기를 잃은 아름다운 꽃과도 비슷했다. 게다가 그녀가 남자들의 마음을 끌 수 없었던 또 한 가지 이유는 키티에게는 지나칠 정도로 많은 것, 즉 억제된 생명의 불꽃과 자신의 매력에 대한 자각이 그녀에게 부족했기 때문이다.

그녀는 언제나 조금의 의혹도 있을 수 없는 일 때문에 바빠 보였다. 그래서인지 그 밖의 다른 일에는 전혀 관심을 갖지 않는 것 같았다. 그녀의 이러한 자기모순이 특별히 키티의 마음을 끌었다. 키티는 그녀 안에서, 그녀의 생활 방식 안에서 지금 자신이 고통스럽게 찾고 있는 것, 즉 생의 욕구와 생의 가치에 대한 본보기를 찾을 수 있으리라 느꼈다. 그것은 키티가 혐오스러워 하는 사교계의 남녀 관계, 특히 지금의 키티에게는 손님을 기다리는 상품의 낯 뜨거운 진열처럼 보이는 그런 관계의 바깥에 존재하는 것이었다. 미지의 친구를 관찰하면 할수록, 키티는 이 아가씨야말로 자신이 마음속으로 그리던 가장 완벽한 존재라는 것을 더욱 확신하게 되었고 그녀와 사귀기를 더욱더 갈망하게 되었다.

두 아가씨는 날마다 하루에도 몇 번씩 마주쳤고, 두 사람의 시선이 마주칠 때마다 키티는 이렇게 말하곤 했다. '당신은 누구인가요? 당신은 어떤 일을 하나요? 당신은 정말 내가 상상하는 것처럼 아름다운 사람인가요? 하지만 부디……' 그녀의 시선은 이런 말을 덧붙였다. '내가 억지로 친구가 되려 한다고는 생각지 말아 주세요. 난 그저 당신에게 감탄하며 당신을 사랑할 뿐이에요.' '나도 당신이 좋아요. 당신은 아주, 아주 사랑스러워요. 내게 시간이 있다면 당신을 더욱더 사랑할 텐데……' 미지의 아가씨의 시선은 이렇게 답했다. 사실 키티도 그녀가 늘 바쁘게 일하는 것을 보고 있었다. 그녀는 러시아인 가정의 아이들을 데리고 온천 밖으로 나가기도 하고, 병든 여자에게 덮개를 가져다주기도 하고, 병든 남자의 화를 풀어 주느라 애를 쓰기도 하고, 누군가를 위해 커피에 곁들일 비스킷을 골라 사다주기도 했다.

쉐르바츠키 일가가 도착한 직후, 아침 시간의 온천에 사람들의 따가운 눈총을 받는 두 사람이 더 드나들기 시작했다. 한 사람은 키가 몹시 크고 등이 구부정하고 손이 커다란 남자였다. 그는 키에 비해 짧고 낡은 코트를 입었으며 그의 검은 눈동자는 순진하면서도 무서운 빛을 띠었다. 또 한 사람은 얼굴이 살짝 얽은 아름다운 여자로, 매우 초라하고 볼품없는 옷차림을 하고 있었다. 이 사람들이 러시아인이라는 것을 확인한 키티는 벌써 상상의 날개를 펼치며 그들에 대한 아름답고 감동적인 로맨스를 만들어 내고 있었다. 하지만 kurliste1[151]에서 이들이 니콜라이 레빈과 마리야 니콜라예브나라는 것을 확인한 공작부인은 키티에게 레빈 성을 가진 이 남자가 얼마나 추악한 인간인지 설명해 주었고, 그로 인해 이 두 사람에 대한 공상은 그녀에게서 깨끗이 사라지고 말았다. 어머니에게 들은 이야기 때문이라기보다 그 사람이 콘스탄친의 형이라는 사실 때문에, 갑자기 키티는 그 사람들을 극도로 불쾌하게 보기 시작했다. 레빈 성을 가진 그 사람은 경련을 일으키듯 머리를 흔드는 버릇으로 이제 그녀의 마음속에 참을 수 없는 혐오감을 불러일으켰다.

그녀에게는 자신을 집요하게 좇는 그의 부리부리하고 무서운 눈동자에 증오와 조소의 감정이 깃든 것처럼 보였다. 그래서 그녀는 그와 마주치는 일을 애써 피했다.

---

151) '요양인 명부.'(독일어)

31

어느 궂은 날이었다. 오전 내내 비가 내렸고 회랑은 우산을
든 병자들로 붐볐다.

키티는 어머니와 모스크바의 대령과 함께 거닐고 있었다.
모스크바의 대령은 프랑크푸르트에서 산 유럽풍 기성복 프록
코트를 뽐내며 신이 나 있었다. 그들은 회랑 한쪽을 따라 걸으
며 다른 쪽에서 거니는 레빈을 애써 피했다. 검은 드레스를 입
고 챙이 아래로 접힌 검은 모자를 쓴 바렌카는 앞을 못 보는
프랑스인 부인을 부축하여 회랑의 이쪽 끝에서 저쪽 끝으로
거닐고 있었다. 바렌카와 키티는 마주칠 때마다 서로에게 다정
한 시선을 던졌다.

"엄마, 저분과 이야기를 나누어도 괜찮죠?" 키티가 말했다.
미지의 친구의 뒷모습을 눈으로 좇던 키티는 그녀가 샘으로
가는 것을 보고 그곳으로 가면 그녀를 만날 수 있으리라 생각
했다. "그래, 네가 그렇게 원한다면, 내가 먼저 그녀에 대해 알

아보고 그녀를 직접 만나 보마." 어머니가 대답했다. "저 여자에게서 어떤 특별한 점을 발견한 거니? 틀림없이 귀부인의 말상대로 왔을 거야. 원한다면 내가 마담 슈탈과 친분을 맺어 보지. 내가 그녀의 belle-soeur를 잘 알거든." 공작부인은 거만하게 고개를 치켜들며 이렇게 덧붙였다.

키티는 공작부인이 마치 자기와의 교제를 피하는 듯한 슈탈 부인[152]의 태도에 모욕을 느끼고 있다는 것을 잘 알고 있었다. 키티는 더 이상 고집을 부리지 않았다.

"멋져요. 정말 다정한 분이에요!" 그녀가 바렌카를 쳐다보며 말했다. 마침 그녀는 프랑스인 부인에게 컵을 건네고 있었다. "저것 보세요. 모든 행동이 얼마나 꾸밈없고 상냥해요."

"내 눈에는 너의 engouements[153]이 우스워 보인다." 공작부인이 말했다. "아니다. 이제 왔던 길로 가는 게 좋겠다." 그녀는 레빈이 그와 동행한 부인과 독일 의사와 더불어 자기들 쪽으로 걸어오는 걸 보며 이렇게 덧붙였다. 레빈은 화가 나서 큰 소리로 의사에게 무언가 지껄이고 있었다.

그들은 반대 방향으로 걷기 위해 몸을 돌렸다. 바로 그때, 갑자기 큰 소리로 지껄이는 걸 넘어서서 아예 고함을 지르는 소리가 들렸다. 레빈은 걸음을 멈추고 고래고래 소리를 질렀고, 의사도 흥분을 감추지 못했다. 그들 주위로 사람들이 모여들었다. 공작부인은 키티를 데리고 부랴부랴 그 자리를 떴고,

---

152) 톨스토이는 마담 슈탈을 가리킬 때 종종 '부인'이라는 뜻의 러시아어 호칭 'gospozha'를 붙이기도 한다. '고스포쟈 슈탈'인 경우에는 '슈탈 부인'으로 옮겼다.

153) '열중, 몰입, 심취 등.'(프랑스어)

대령은 무슨 일인지 알아보러 사람들 틈에 끼었다.

몇 분 뒤 대령이 두 사람을 뒤쫓아 왔다.

"무슨 일인가요?" 공작부인이 물었다.

"창피하고 부끄러운 일입니다." 대령이 대답했다. "내가 유일하게 두려워하는 것은 외국에서 러시아인들을 만나는 겁니다. 저 키 큰 신사는 의사와 말다툼을 하면서 의사가 자기를 올바로 치료하지 않았다며 그에게 파렴치한 말들을 퍼붓고 지팡이를 휘두르더군요. 정말이지 부끄러운 일입니다!"

"아, 정말 불쾌하기 짝이 없군요." 공작부인이 말했다. "그래서 어떻게 됐나요?"

"다행히 그때 그 여자가, 버섯 같은 모자를 쓴 그 여자 말입니다, 그 여자가 끼어들었습니다. 그 여자도 러시아 사람 같더군요." 대령이 말했다.

"Mademoiselle 바렌카요?" 키티가 기쁜 듯이 물었다.

"네, 맞습니다. 그녀가 누구보다도 신속히 해결책을 생각해 냈죠. 그녀가 그 신사의 팔을 잡고 다른 곳으로 가더군요."

"그것 보세요, 엄마." 키티가 어머니에게 말했다. "엄마는 제가 그분에게 매혹을 느끼는 것을 이상하게 생각하셨죠."

그다음 날 키티는 온천에서 미지의 친구를 관찰하던 중 바렌카가 이미 레빈과 그가 데려온 여자에게 자신이 돌보는 다른 protégés[154]와 똑같이 대하는 것을 발견했다. 그녀는 그들에게 다가가 이야기도 나누고 외국어를 전혀 못하는 여자를 위해 통역을 해 주기도 했다.

---

154) '피보호자들.'(프랑스어)

키티는 바렌카와 사귀게 해 달라고 더욱더 어머니를 졸라
대기 시작했다. 공작부인은 어딘지 모르게 거만해 보이는 슈탈
부인에게 자기가 먼저 교제를 청하는 듯한 모양새가 마음에
들지 않았다. 그러나 바렌카에 대해 조사하고 그녀에 대해 상
세히 알아본 후 그녀와 알고 지내는 것이 딱히 좋을 것도 없
고 나쁠 것도 없다는 결론을 내리고는 자기가 먼저 바렌카에
게 다가가 그녀와 친분을 맺었다.

공작부인은 딸이 샘으로 가고 바렌카가 빵집 앞에 멈춰 섰
을 때를 골라 그녀에게 다가갔다.

"당신과 서로 알고 지내고 싶어요. 괜찮겠어요?" 그녀는 특
유의 기품 있는 미소를 지으며 말했다. "내 딸이 당신을 너
무 좋아해요." 그녀가 말했다. "아마 내가 누군지 모를 거예요.
난……."

"오히려 제가 감사한걸요, 공작부인." 바렌카가 황급히 대답
했다.

"어제 당신은 우리의 불쌍한 동포에게 정말로 좋은 일을 하
셨어요." 공작부인이 말했다.

바렌카는 얼굴을 붉혔다.

"기억이 안 나는데요. 전 아무것도 한 게 없어요." 그녀가
말했다.

"무슨 소리, 당신이 레빈을 그 불쾌한 상황에서 구해 주었잖
아요."

"네, sa compagne[155]가 절 불렀어요. 그래서 제가 그분을 진

---

155) '그와 동행한 여자.'(프랑스어)

정시켜 드리려 애썼죠. 그분은 몹시 아프세요. 그래서 의사에게 불만을 터뜨린 거예요. 전 그런 환자들을 돌보는 일에 익숙해요."

"그렇군요. 내가 듣기로 당신은 마담 슈탈과 멘토나에 산다면서요. 마담 슈탈이라는 분은 당신의 친척 아주머니 같던데. 내가 그분의 belle-soeur를 잘 알아요."

"아뇨, 그분은 제 친척 아주머니가 아니에요. 제가 그분을 maman이라고 부르긴 하지만, 전 그분의 친척이 아니랍니다. 그분이 절 길러 주셨어요." 바렌카는 다시 얼굴을 붉히며 대답했다.

그녀의 말이 너무나 꾸밈없고 그녀의 표정도 너무나 진실하고 솔직해서, 공작부인은 자기 딸 키티가 왜 바렌카를 좋아하게 됐는지 알 것 같았다.

"그래, 그 레빈이란 사람은 어때요?" 공작부인이 물었다.

"곧 떠난대요." 바렌카가 대답했다.

그때 키티가 자기 어머니와 미지의 친구가 서로 가까워진 걸 알고 기쁨에 겨운 환한 모습으로 샘 쪽에서 걸어왔다.

"어머, 저기 키티가 오네요. 얘, 네가 그토록 사귀고 싶어 하던 mademoiselle……."

"바렌카예요." 바렌카가 미소를 지으며 말을 거들었다. "다들 절 그렇게 부르죠."

키티는 기쁨으로 얼굴을 붉히며 말없이 오랫동안 새 친구의 손을 꼭 쥐었다. 새 친구의 손은 키티의 악수에 답하지는 않았지만 키티의 손 안에서 가만히 있었다. 손은 악수에 응답하지 않았지만, mademoiselle 바렌카의 얼굴은 다소 슬퍼 보이면

서도 잔잔하고 기쁨에 찬 미소를 빛냈다. 그러자 큼직하면서도
아름다운 이가 드러났다.

"저도 오래전부터 이렇게 되길 원했어요." 그녀가 말했다.

"하지만 당신이 너무 바쁜 것 같아……."

"아, 오히려 반대에요. 전 전혀 바쁘지 않은걸요." 바렌카가
대답했다. 그러나 바로 그때 환자의 딸인 어린 러시아 소녀 둘
이 그녀에게 달려왔기 때문에 그녀는 새 친구를 두고 떠나야
만 했다.

"바렌카, 엄마가 불러요!" 소녀들이 소리쳤다.

그러자 바렌카는 그들을 뒤따라갔다.

32

바렌카의 과거, 그녀와 마담 슈탈의 관계, 나아가 마담 슈탈에 관하여 상세히 알아본 결과, 공작부인은 다음과 같은 내용을 알게 되었다.

어떤 사람들은 마담 슈탈이 남편을 들볶았다고도 하고, 어떤 사람들은 남편이 부도덕한 행동으로 아내를 괴롭혔다고도 했다. 어쨌든 마담 슈탈은 늘 병을 앓고 무언가에 쉽사리 열광하는 여자였다. 그녀가 첫아이를 낳은 것은 남편과 이미 이혼한 후였는데, 그 아기는 태어나자마자 죽었다. 슈탈 부인의 예민한 성격을 잘 아는 친척들은 그녀가 그 소식을 듣고 죽지나 않을까 걱정한 나머지, 그날 밤 페테르부르크의 같은 집에서 태어난 궁중 요리사의 딸을 데려와 그녀의 아기와 몰래 바꿔 놓았다. 그 아기가 바로 바렌카였다. 그 후 마담 슈탈도 바렌카가 자기 딸이 아니라는 것을 알게 됐지만 계속 그녀를 양육했다. 게다가 얼마 지나지 않아 바렌카의 가족이 한 명도 남지 않게 되어 더욱 그럴 수밖에 없었다.

마담 슈탈은 이미 10년 넘게 남쪽의 타국에서 침대를 떠나는 일 없이 늘 집에만 틀어박혀 살았다. 어떤 사람들은 마담 슈탈이 스스로를 위해 덕이 높고 종교심이 깊은 여자라는 사회적 지위를 만들어 냈다고 했으며, 어떤 사람들은 그녀가 겉치레만 그런 게 아니라 실제로도 이웃의 유익을 위해서만 살아가는 지극히 고결한 존재라고 했다. 그녀의 종교가 가톨릭인지, 프로테스탄트인지, 러시아 정교인지, 그것에 대해 아는 사람은 아무도 없었다. 그러나 한 가지 사실만은 의심할 여지가 없었다. 그녀가 모든 교회와 모든 종교의 최고 고위층 인물들과 절친한 사이라는 점 말이다.

바렌카는 줄곧 부인과 함께 외국에서 살았다. 마담 슈탈을 아는 사람이라면 누구나 자기들이 mademoiselle 바렌카라고 부르는 이 여자를 알았고 또 사랑했다.

이런 상세한 내막을 모두 알게 된 공작부인은 자기 딸과 바렌카가 가까이 지내는 것에 대해 딱히 나무랄 만한 이유를 찾을 수 없었다. 더구나 바렌카는 훌륭한 예의범절과 뛰어난 교양을 갖추었다. 게다가 프랑스어와 영어에도 매우 능통했다. 무엇보다 중요한 것은 슈탈 부인이 병 때문에 공작부인과 사귀는 기쁨을 누리지 못해서 유감스럽다는 뜻을 바렌카를 통하여 전한 것이다.

바렌카와 친구가 된 후, 키티는 이 친구에게 더욱더 매력을 느꼈고 날마다 그녀에게서 새로운 미덕을 발견했다.

공작부인은 바렌카가 노래를 잘한다는 말을 듣고, 그녀에게 저녁때 자기 숙소로 와서 노래를 불러 달라고 청했다.

"키티가 반주를 할 거예요. 우리 숙소에 피아노가 있거든요. 별로 좋은 건 아니에요. 하지만 당신이 우리에게 큰 기쁨을 주겠죠." 공작부인은 특유의 꾸민 듯한 미소를 지으며 말했다. 그 미소는 오늘따라 키티에게 유난히 불쾌하게 느껴졌다. 바렌카가 노래하고 싶어 하지 않는 것을 눈치챘기 때문이다. 하지만 바렌카는 저녁에 악보집을 들고 찾아왔다. 공작부인은 마리야 예브게니예브나와 그 딸과 대령을 초대했다.

바렌카는 그곳에 자기가 모르는 사람들이 와 있다는 사실에 전혀 개의치 않는 듯 곧장 피아노 쪽으로 다가갔다. 그녀는 직접 반주를 하지는 못했지만 목소리로 악보를 아름답게 읽어 갔다. 피아노를 잘 치는 키티가 그녀의 노래에 반주를 해 주었다.

"당신은 대단한 재능을 가졌군요." 바렌카가 첫 곡을 아름답게 부르고 나자, 공작부인이 그녀에게 이렇게 말했다.

마리야 예브게니예브나와 그 딸도 그녀에게 감사하며 찬사를 보냈다.

"저것 보십시오." 대령이 창밖을 바라보며 말했다. "당신의 노래를 들으려고 저렇게나 많은 사람들이 모였군요." 실제로 창 밑에는 꽤 많은 사람들이 모여 있었다.

"제 노래가 여러분을 즐겁게 해 드렸다니, 저도 무척 기뻐요." 바렌카가 꾸밈없이 대답했다.

키티는 자랑스럽게 자기의 친구를 바라보았다. 키티는 바렌카의 노래 솜씨에도, 그 목소리에도, 그 얼굴에도 흠뻑 빠져들었다. 그러나 무엇보다 자신의 노래를 그다지 대단하게 생각지 않고 사람들의 찬사에도 전혀 무관심해 보이는 그녀의 태도에 매혹되었다. 그녀는 그저 '더 불러야 하나요? 아니면 그만 부를까요?' 하고 묻는 것 같았다.

'나라면······.' 키티는 마음속으로 생각했다. '얼마나 잘난 척 했을까! 창문 밑에 모인 저 사람들을 보며 얼마나 기뻐했을까! 그런데 그녀는 그런 것에 전혀 관심이 없어. 그녀가 노래한 것 은 단지 maman의 부탁을 거절하고 싶지 않다는 바람, maman 을 기쁘게 해 주고 싶다는 바람 때문이야. 그녀 안에는 도대체 무엇이 있는 걸까? 모든 것을 무시하고 어떤 상황에서도 침착 함을 유지하게 하는 힘, 도대체 무엇이 그녀에게 이런 힘을 주 는 걸까? 그 힘을 알아내고 그녀에게 그 힘을 배우고 싶어!' 키 티는 친구의 차분한 얼굴을 쳐다보며 생각에 잠겼다. 공작부인 은 바렌카에게 한 곡 더 불러 달라고 부탁했고, 바렌카는 피아 노 옆에 똑바로 서서 앙상하고 거무스름한 손으로 박자에 맞 춰 피아노 위를 가볍게 두들기며, 조금 전처럼 막힘없이 또렷하 고 아름답게 다른 곡을 불렀다.

악보집에 있는 그다음 곡은 이탈리아 가곡이었다. 키티는 전주를 치고 바렌카를 돌아보았다. 키티는 이 전주 부분을 몹 시 좋아했다.

"이 곡은 그냥 넘어가죠." 바렌카가 얼굴을 붉히며 말했다.

키티는 깜짝 놀라 의아한 눈으로 바렌카의 얼굴을 뚫어지 게 바라보았다.

"그럼 다른 곡을 칠게요." 그녀는 악보를 넘기며 황급히 대 답했다. 순간 그녀는 이 노래에 무슨 사연이 있음을 알아챘다.

"아니에요." 바렌카는 한 손을 악보에 올려놓고 미소를 지으 며 대답했다. "아니에요. 이 곡을 부를게요." 그러더니 그녀는 조금 전과 다름없이 침착하고 차분하고 아름답게 그 곡을 불렀다.

그녀가 노래를 마치자, 모두들 또 한 번 그녀에게 감사의 말을 하고 차를 마시러 자리를 옮겼다. 키티와 바렌카는 숙소 앞에 있는 아담한 정원으로 나갔다.

"그 노래에 어떤 추억이 있는 게 틀림없죠?" 키티가 말했다. "말하지 않아도 돼요." 그녀는 황급히 이렇게 덧붙였다. "다만 사실인지 아닌지만 말해 줄래요?"

"아니, 뭐 어때요? 말해 줄게요." 바렌카는 솔직하게 말하며 대답을 기다리지 않고 말을 이었다. "그래요, 추억이 있어요. 한때는 몹시 괴로운 기억이었죠. 한 남자를 사랑했어요. 그에게 이 노래를 불러 주곤 했죠."

키티는 커다란 눈을 동그랗게 뜨고 말없이 다정하게 바렌카를 바라보았다.

"난 그를 사랑했고 그도 나를 사랑했어요. 하지만 어머니의 반대로 그는 다른 여자와 결혼하고 말았죠. 그는 지금 여기서 멀지 않은 곳에 살아요. 그래서 이따금 그를 보곤 해요. 당신은 내게도 이런 로맨스가 있으리라고는 생각도 못했죠?" 그녀가 말했다. 그녀의 아름다운 얼굴에서 키티가 느끼기에 한때 그녀의 존재 전체를 환하게 밝혀 주었음 직한 작은 불꽃이 희미하게 빛났다.

"어떻게 그런 생각을 하지 않았겠어요? 내가 남자라면, 당신을 알고 난 후에는 그 누구도 사랑할 수 없었을 거예요. 다만 내가 이해할 수 없는 건, 어떻게 그가 어머니의 만족을 위해 당신을 잊고 당신을 불행하게 만들 수 있었나 하는 거예요. 그는 심장이 없는 사람이군요."

"오, 아니에요. 그는 아주 좋은 사람이에요. 나도 불행하지 않아요. 오히려 난 너무 행복한걸요. 그럼, 오늘은 노래를 더 부르지 않아도 되는 건가요?" 그녀가 숙소로 향하며 이렇게 덧붙였다.

"당신은 정말 좋은 분이에요! 너무나도 좋은 분이에요!" 키티는 이렇게 소리치고는 그녀를 세우고 입을 맞췄다. "내가 조금이라도 당신을 닮을 수만 있다면!"

"어째서 당신이 다른 사람을 닮아야 하죠? 당신은 지금 그대로가 좋아요." 바렌카는 그녀만의 온화하고 지친 듯한 미소를 띠우며 말했다.

"아니에요. 난 결코 좋은 사람이 아니에요. 자, 말해 줘요……. 잠깐 여기 앉았다 가요." 키티는 그녀를 다시 자기 옆의 작은 벤치에 앉히며 말했다. "말해 줘요. 정말 당신은 아무런 모욕도 느끼지 않아요? 한 남자가 당신의 사랑을 무시했고 그가 당신을 원하지 않았다고 생각해도……."

"그는 날 무시한 게 아니에요. 난 그가 날 사랑했다는 걸 믿어요. 하지만 그는 착한 아들이라……."

"그래요. 하지만 그가 어머니의 뜻을 따른 것이 아니라 그저 그 자신이……." 키티는 이렇게 말하면서 그녀가 자기의 비밀을 털어놓았다는 것을, 또한 수치심으로 빨갛게 달아오른 그녀의 얼굴이 이미 그 비밀을 폭로하고 말았다는 것을 깨달았다.

"그렇다면 그의 행동이 옳지 못한 거겠죠. 나라면 그런 남자에게 미련을 갖지 않겠어요." 바렌카가 대답했다. 그녀는 분명 지금의 이야기가 그녀에 관한 것이 아니라 키티에 관한 것임을 깨달은 듯했다.

"하지만 그 모욕은요?" 키티가 말했다. "그 모욕을 잊을 수 없어요. 도저히 잊을 수 없어요." 그녀는 마지막 무도회에서 음악이 멈춘 동안 자기가 그에게 보낸 시선을 떠올리며 말했다.

"도대체 무엇 때문에 모욕을 느끼는 거죠? 당신이 나쁜 행동을 한 것도 아니잖아요."

"나쁜 행동보다 더 못한 짓을 했어요. 수치스러운 행동이었죠."

바렌카는 고개를 저으며 키티의 손 위에 자기 손을 얹었다.

"그래, 뭐가 수치스러운가요?" 그녀가 말했다. "당신은 당신에게 무관심한 그 남자에게 사랑한다고 말할 수 없었을 텐데."

"물론 그렇죠. 난 그에게 한마디도 고백하지 않았지만, 그는 알고 있었어요. 아뇨, 아뇨, 시선이라는 게 있고, 몸짓이라는 게 있잖아요. 난 100년을 산다 해도 결코 잊을 수 없을 거예요."

"그래서 어쨌다는 거예요? 난 이해할 수 없어요. 문제는 당신이 그를 지금도 사랑하는가 아닌가 하는 거예요."

"난 그를 증오해요. 난 나 자신을 용서할 수 없어요."

"그건 왜죠?"

"수치, 모욕."

"아, 모두가 당신처럼 그렇게 예민하다면……." 바렌카가 말했다. "그런 일을 겪지 않은 여자는 단 한 명도 없을 거예요. 그리고 그런 건 별로 중요하지 않아요."

"그럼 뭐가 중요하죠?" 키티는 호기심에 찬 놀라운 눈으로 그녀의 얼굴을 쳐다보았다.

"아, 많은 것들이 중요하죠." 바렌카가 미소를 지으며 말했다.

"도대체 뭐가요?"

"아, 많은 것들이 중요해요." 바렌카는 뭐라고 말해야 할지 몰라 이렇게 대답했다. 그러나 그때 창문에서 공작부인의 목소리가 들렸다.

"키티, 쌀쌀하구나! 숄을 가져가든지, 안으로 들어오너라."

"정말, 시간이 됐네!" 바렌카는 자리에서 일어서며 말했다.

"난 또 마담 베르테에게 들러야 해요. 그분이 내게 와 달라고 했거든요."

키티는 그녀의 손을 잡고 열정적인 호기심과 애원이 깃든 눈길로 물었다. '도대체 뭐죠? 가장 중요하다는 그것이 도대체 뭐예요? 무엇이 당신을 이토록 평온하게 하는 거죠? 당신은 알고 있죠? 내게 말해 줘요!' 하지만 바렌카는 키티의 눈이 무엇을 묻고 있는지조차 몰랐다. 그녀는 단지 이제 마담 베르테에게 들렀다가 maman과 차 마실 시간에 맞춰 12시까지 자기의 숙소로 서둘러 돌아가야 한다는 것을 떠올렸을 뿐이다. 그녀는 안으로 들어가 악보를 챙기고는 사람들과 인사를 나눈 뒤 돌아갈 채비를 했다.

"당신을 댁까지 모실 수 있도록 허락해 주십시오." 대령이 말했다.

"그래요. 이런 밤중에 어떻게 혼자 가겠어요?" 공작부인이 그의 말에 맞장구를 쳤다. "파라샤라도 데리고 가세요."

키티는 바렌카가 자신을 바래다주어야 한다는 말에 가까스로 웃음을 참는 것을 보았다.

"아니에요, 전 항상 혼자 다니는걸요. 그래도 지금까지 아무 일 없었어요." 그녀는 모자를 집어 들고 이렇게 말했다. 그리고 키티에게 한 번 더 입을 맞춘 뒤 무엇이 중요한지에 대해서는 끝내 말하지 않고서, 겨드랑이에 악보를 낀 채 활기차게 걸으며 여름밤의 어스름 속으로 자취를 감추었다. 무엇이 중요한지, 무엇이 그녀에게 남들이 부러워하는 그런 평온과 기품을 주는지, 그녀는 그것에 관한 비밀을 간직한 채 사라져 버렸다.

33

키티는 슈탈 부인과도 친해졌다. 그리고 그 교제는 바렌카에 대한 우정과 더불어 그녀에게 강력한 영향을 끼쳤을 뿐 아니라 그녀의 슬픔까지 위로해 주었다. 그녀는 그 교제 덕분에 자신의 과거와 전혀 공통점이 없는 완전히 새로운 세계, 자신의 과거를 높은 곳에서 차분히 바라볼 수 있게 해 주는 고결하고 아름다운 세계가 자기 앞에 펼쳐졌다는 것에서 위안을 찾았다. 키티는 지금까지 자기가 탐닉해 온 본능적인 삶 외에도 정신적인 삶이 존재한다는 사실에 눈을 떴다. 그녀에게 이 삶을 열어 준 것은 종교였다. 하지만 그것은 키티가 어릴 때부터 접해 온 종교, 말하자면 브도비 돔[156]에서 아침저녁으로 열리던 예배 — 그곳에 가면 아는 사람들을 만날 수 있었다 — 나

---

156) 러시아어로 '과부의 집'이라는 뜻. 1803년에 페테르부르크와 모스크바에서 문을 연 자선 기관으로 가난한 사람, 병자, 나이 든 과부 등을 돌보았다.

신부와 함께 슬라브어[157] 성서 구절을 외우는 것으로 표현되던 종교가 아니었다. 그것은 숱한 아름다운 사상과 감정이 결합된 고결하고 비밀스러운 종교였으며, 명령 때문에 믿게 되는 종교에 그치지 않고 사랑을 가능하게 하는 종교였다.

키티가 이 모든 것을 알게 된 건 말을 통해서가 아니었다. 마담 슈탈은 키티와 이야기할 때, 사랑스러운 아이에게 넋을 빼앗긴 듯한 표정으로, 자신의 젊은 날을 떠올리는 듯한 표정으로 키티를 바라보았다. 마담 슈탈은 오직 사랑과 믿음만이 인간의 고통에 위로를 주며 우리를 불쌍히 여기는 그리스도의 눈에 하찮은 슬픔은 없다는 말을 단 한 번 했을 뿐, 그나마도 금방 화제를 다른 것으로 바꾸었다. 하지만 키티는 그녀의 몸짓과 말, 거룩한 — 키티의 표현대로 — 눈길, 특히 바렌카를 통해 알게 된 그녀의 일생, 그 모든 것에서 지금까지 몰랐던 것, 즉 '무엇이 중요한지'를 알게 되었다.

하지만 마담 슈탈의 성품이 아무리 고결해도, 그녀의 일생이 아무리 감동적이어도, 그녀의 말이 아무리 고상하고 부드러워도, 키티는 자기도 모르게 그녀 안에서 당혹스러운 면모들을 알아차리게 되었다. 마담 슈탈에게 그녀의 친척들에 관하여 이것저것 묻는 동안, 키티는 마담 슈탈에게서 멸시하는 듯한 미소를 보았다. 그것은 그리스도교 신자다운 선한 모습과 완전히 상반된 것이었다. 또한 키티는 언젠가 마담 슈탈이 자신의 숙소에서 가톨릭 사제와 함께 있는 동안 전등갓 그늘 밑

---

157) 고대 불가리어를 토대로 한 교회 슬라브어를 가리킨다. 슬라브 국가의 정교에서는 지금까지도 의식과 성서를 위한 언어로 교회 슬라브어를 사용한다.

에서 간신히 표정을 관리하며 특이하게 미소 짓는 것을 보았다. 이 두 가지 관찰이 아무리 사소한 것이라 해도, 그 모습은 충분히 그녀를 당혹스럽게 했다. 그 때문에 키티는 마담 슈탈을 의심하게 되었다. 그와 달리 친척도 친구도 없는 외로운 바렌카는 서글픈 실망을 안고서도 아무것도 바라지 않고 아무것도 아쉬워하지 않았다. 그녀는 그야말로 키티가 꿈에서나 그리던 완벽함 그 자체였다. 그녀는 바렌카를 보면서 자신을 잊고 다른 사람들을 사랑하는 사람만이 평온하고 행복하고 아름다울 수 있다는 것을 깨달았다. 키티도 그렇게 되고 싶었다. 키티는 이제야 가장 중요한 것이 무엇인가를 분명히 깨달았다. 하지만 그녀는 그것에 감탄하는 데 만족하지 않고 즉시 그녀 앞에 펼쳐진 이 새로운 삶에 온 마음을 바쳤다. 그녀는 바렌카에게서 마담 슈탈과 여러 사람들 — 그녀는 그들을 그렇게 불렀다 — 이 한 일을 듣고 벌써 미래의 삶을 위한 행복한 계획을 세웠다. 바렌카는 마담 슈탈의 조카 알린에 대해 많은 이야기를 들려주었다. 키티는 알린처럼 어느 곳에 살든 불행한 사람을 찾아 힘이 닿는 한 그들을 돕고 복음을 전하며 병자와 죄인과 죽어 가는 사람들에게 복음서를 읽어 줄 생각이었다. 알린처럼 죄인들에게 복음서를 읽어 주는 상상이 키티의 마음을 유난히 사로잡았다.

하지만 이것은 키티가 어머니에게도, 바렌카에게도 털어놓지 않은 은밀한 공상이었다. 그러나 자신의 계획을 본격적으로 실천할 때가 오기를 기다리는 동안, 키티는 지금이라도 환자와 불행한 사람들이 넘쳐 나는 온천에서 바렌카를 본받아 자신의 새로운 원칙을 펼칠 만한 기회를 쉽사리 찾을 수 있었다.

처음에 공작부인은 키티가 슈탈 부인, 특히 바렌카에 대한 engouement에 강하게 지배받고 있는 줄로만 알았다. 그녀는 키티가 행동만 바렌카를 따라하는 것이 아니라 자기도 모르게 바렌카의 걸음걸이, 말투, 눈을 깜빡이는 버릇까지 흉내 내는 것을 보았다. 그러나 그 후 공작부인은 딸의 내면에서 이런 동경과는 관계없이 어떤 중요한 정신적 대변혁이 일어나고 있음을 알아차렸다.

공작부인은 키티가 저녁마다 슈탈 부인에게 선물받은 프랑스어 복음서를 읽는 것을 보았다. 전에는 없던 일이었다. 그녀는 또한 키티가 사교계 사람들을 멀리 하고 바렌카의 보호를 받는 환자들, 특히 페트로프라는 병든 화가의 가난한 가족과 친하게 지내는 것을 보았다. 키티는 분명 이 가족들 틈에서 독지 간호사의 임무를 실천하는 것에 자랑스러움을 느끼는 것 같았다. 그런 것들은 훌륭한 일이었으므로, 공작부인은 여기에 전혀 반대하지 않았다. 더욱이 페트로프의 아내는 아주 예의 바른 여자인 데다, 키티의 활동을 눈치챈 프린세스도 키티를 천사 같은 위로자라며 칭찬을 아끼지 않았다. 너무 지나치지만 않으면, 모든 것이 더할 나위 없이 좋은 일이었다. 하지만 공작부인은 딸이 극단으로 치우치는 모습을 보며 딸에게 이런 말을 하곤 했다.

"Il ne faut jamais rien outrer.[158]"

그러나 딸은 아무 대답도 하지 않았다. 다만 마음속으로 그

---

158) '무슨 일이든 극단에 치우쳐서는 안 된다.'(프랑스어)

리스도교의 일에 지나치다는 표현은 있을 수 없다고 생각했다. 누가 한쪽 뺨을 때리거든 다른 쪽 뺨까지 돌려 대고 누가 카프탄을 달라고 하면 루바슈카까지 내어 주라는 가르침을 좇는데 어떤 지나침이 있을 수 있단 말인가? 그러나 공작부인은 이런 지나침이 마음에 들지 않았고, 게다가 키티가 자기에게 속마음을 다 털어놓고 싶어 하지 않는다는 것을 느끼자 더욱 못마땅했다. 사실 키티는 자신의 새로운 견해와 감정을 어머니에게 숨겼다. 키티가 그것을 숨긴 것은 어머니를 존경하지 않거나 사랑하지 않아서가 아니라 단지 그녀가 자기 어머니였기 때문이다. 만약 그녀가 누군가에게 그것을 밝히고자 했다면, 아마도 어머니보다 다른 이들에게 먼저 밝혔을 것이다.

"웬일인지 안나 파블로브나가 요즘 통 우리를 보러 오지 않는구나." 한번은 공작부인이 페트로바에 대해 말을 꺼냈다. "그녀를 초대했단다. 그런데 뭔가 불만이 있는 것 같아."

"그래요? 난 모르겠던데요, maman." 키티는 얼굴을 붉히며 말했다.

"너도 그 집에 안 간 지 오래됐지?"

"내일 그 집 가족들과 함께 산에 가기로 했어요." 키티가 대답했다.

"그래, 그럼 다녀오너라." 공작부인은 딸의 당황한 얼굴을 자세히 들여다보며 딸이 당황해하는 이유를 알아내려 애썼다.

바로 그날, 바렌카가 식사를 하러 와서 안나 파블로브나가 내일 산에 가기로 한 것을 취소했다고 전했다. 그때 공작부인은 키티의 얼굴이 다시 붉어진 것을 알아차렸다.

"키티, 너와 페트로프 부부 사이에 뭔가 불쾌한 일이 있었던 것 아니니?" 공작부인은 딸과 단둘이 남자 이렇게 물었다. "왜 그녀는 우리 숙소에 아이들도 보내지 않고 자기도 오지 않는 거니?"

키티는 그들 부부와 아무 일도 없었으며 어째서 안나 파블로브나가 자기에게 불만이 있는 것처럼 구는지 잘 모르겠다고 대답했다. 키티는 진실만을 말했다. 그녀는 자기에 대한 안나 파블로브나의 태도가 왜 달라졌는지 그 이유를 알지는 못했지만 대충 짐작은 하고 있었다. 그녀는 자기가 짐작하는 것을 차마 어머니에게 말할 수 없었다. 그것은 스스로에게도 말할 수 없는 것이었다. 그것은 설사 안다 해도 혼잣말로도 내뱉어서는 안 되는 그런 것들 가운데 하나였다. 만약 실수라도 하게 되면 너무나 무섭고 부끄러운 일이 되기 때문이었다.

그녀는 기억 속에서 그 가족에 대한 자신의 태도를 하나도 빠짐없이 몇 번이고 되풀이하여 떠올렸다. 그녀는 그 가족들을 만날 때 안나 파블로브나의 둥글고 선한 얼굴에 떠오르던 순박한 기쁨을 떠올렸다. 또한 그녀는 환자에 대한 둘만의 은밀한 토론, 의사가 금한 작업에서 환자의 관심을 딴 데로 돌리거나 그를 산책에 끌고 나가기 위해 둘이서 꾸미던 음모, 그녀를 '나의 키티'라고 부르며 그녀 없이는 잠자리에 들려고 하지 않던 막내아들의 애착을 떠올렸다. 모든 게 얼마나 좋았던가! 그리고 그녀는 페트로프의 앙상한 몸, 긴 목, 갈색 프록코트, 숱이 적은 고수머리, 처음에는 무섭게 보이던 캐묻는 듯한 하늘색 눈동자, 그녀 앞에서 건강하고 활기찬 모습을 보이려 애쓰던 그의 병적인 노력을 떠올렸다. 그녀는 다른 폐병 환자들을 대할 때처럼 처음 얼마 동안 그에 대한 혐오감을 극복하기 위해 자신이 쏟은 노력과 그에게 무슨 말을 할까 고심하던 자신의 정성을 떠올렸다. 그녀는 자기를 머뭇머뭇 바라보던 그의 부드러운 눈길, 연민과 어색함이 교차하는 기묘한 느낌, 그리고 자신이 스스로의 선행에 대해 느끼던 자각을 떠올렸다. 이 모든 것이 얼마나 좋았던가! 하지만 그것은 처음 얼마 동안뿐이었다. 며칠 전 그 모든 것은 갑자기 엉망이 되고 말았다. 안나 파블로브나는 부자연스러운 태도로 키티를 맞으며 키티와 자기 남편에게서 잠시도 감시의 눈길을 떼지 않았다.

그녀가 다가갈 때마다 그가 보여 준 그 감동적인 기쁨이 정말로 안나 파블로브나를 냉담하게 만든 원인이었을까?

'그래.' 그녀는 기억을 떠올렸다. '그저께 그녀가 짜증스럽다는 듯 이렇게 말했지. '보세요. 몸이 끔찍할 정도로 쇠약해지는데도, 저이는 저렇게 줄곧 당신을 기다리며 당신이 없으면 커피도 마시려 하지 않았어요.' 그렇게 말하는 안나 파블로브나에게는 평소의 친절한 모습과 전혀 다른 부자연스러운 무언가가 있었어.'

'맞아, 어쩌면 내가 그에게 덮개를 건네준 것이 그녀를 불쾌하게 만들었는지도 몰라. 그것은 아주 간단한 일이었는데, 그는 나까지 어색해질 만큼 굉장히 쑥스러운 태도로 그것을 받아 들고 아주 오랫동안 고맙다는 말을 했지. 그리고 그가 대단히 훌륭한 솜씨로 그린 나의 초상화. 그리고 무엇보다 그 눈길, 당혹스러워하면서도 부드러운 그 눈길! 그래, 맞아, 바로 그거야!' 키티는 몹시 두려워하며 속으로 같은 말을 되풀이했다. '아냐, 그럴 리 없어. 그래서도 안 돼! 그가 너무 불쌍해!' 그녀는 뒤이어 이렇게 중얼거렸다.

이러한 의혹은 그녀가 새로운 삶에서 느끼던 매력을 앗아 가고 말았다.

34

온천 요양의 일정이 끝나 갈 무렵, 러시아의 정신을 충전한
다며 카를스바트에서 바덴과 키신겐으로 러시아 친지들을 방
문하러 떠난 쉐르바츠키 공작이 가족들 곁으로 돌아왔다.

외국 생활에 대한 공작과 공작부인의 견해는 완전히 반대였
다. 공작부인은 모든 것이 훌륭하다고 생각했다. 그녀는 러시
아 사회에 확고한 지위가 있으면서도 외국에 있는 동안 유럽의
귀부인과 비슷하게 보이려 애쓰며 짐짓 그런 척하곤 했다. 그
러나 그녀는 전형적인 러시아풍의 마님이었기에 유럽식 귀부인
이 될 수 없었다. 그래서 그녀가 유럽식 귀부인을 흉내 내는 모
습은 다소 어색해 보였다. 한편 공작은 그와 반대로 외국의 문
물을 추악하게만 보았고 유럽식 생활을 거북하게 여겼으며 자
기의 러시아식 습관을 고집하면서 외국에서는 일부러 자기에
게 있는 유럽인의 모습을 실제보다 더 축소하려 애썼다.

공작은 전보다 마르고 볼의 살이 축 늘어진 모습으로 돌아

왔지만, 기분은 더할 나위 없이 좋아 보였다. 건강을 완전히 회복한 키티를 본 후, 그의 유쾌한 기분은 더욱 고조되었다. 키티가 슈탈 부인과 바렌카와 교제한다는 소식이나 공작부인이 키티의 안에서 일어난 모종의 변화에 대해 들려준 관찰은 공작을 당황하게 했다. 그리고 그러한 것들은 그가 모르는 사이 딸의 마음을 빼앗은 것들에 대한 습관적인 질투심을 자극했고, 딸이 그의 영향을 벗어나 그의 손이 닿지 않는 어떤 영역으로가 버리지나 않을까 하는 두려움을 불러일으켰다. 그러나 그 불쾌한 소식들은 그의 내면에 언제나 존재하던, 특히 카를스바트 온천에서 고조된 선량함과 쾌활함의 바다 속으로 침몰해 버렸다.

여행에서 돌아온 다음 날, 공작은 긴 외투를 입고 러시아인다운 주름투성이의 축 늘어진 볼을 빳빳하게 풀 먹인 깃으로 받친 채 더할 나위 없이 즐거운 기분으로 딸과 온천에 갔다.

아름다운 아침이었다. 작은 정원이 딸린 산뜻하고 명랑해 보이는 집들, 붉은 얼굴과 붉은 손을 내보이며 쾌활하게 일하는, 몸속을 맥주로 가득 채운 독일 하녀들의 모습, 밝은 태양, 이런 풍경들이 마음을 즐겁게 했다. 하지만 온천과 가까워질수록, 두 사람은 점점 더 많은 병자들과 마주치게 되었다. 그들의 모습은 독일의 질서정연한 일상 속에서 더욱 애처롭게 보였다. 키티는 이런 모순에 더 이상 놀라지 않았다. 눈부신 태양, 푸르른 잎사귀들의 즐거운 반짝임, 음악 소리는 그녀에게 병의 악화나 회복처럼 그녀가 주시하는 변화들과 낯익은 사람들을 에워싸는 자연의 틀이었다. 하지만 공작에게는 6월 아침의 눈부신 빛, 최신 유행의 발랄한 왈츠를 연주하는 오케스트라 소리, 특히 건강한 하녀들의 모습이 유럽 각지에서 모여 음울하게 움직이는 이 시체들 틈에서 어딘지 모르게 무례하고 추하게 보였다.

공작은 사랑스러운 딸과 팔짱을 끼고 걸으며 자랑스러움과 젊음이 소생한 듯한 기분을 느꼈다. 그러나 지금 그는 자신의 힘찬 걸음과 지방질로 덮인 큼직한 팔다리 때문에 어쩐지 거북하고 부끄러운 것 같았다. 그는 많은 사람들 앞에서 벌거벗은 사람이 느낄 법한 그런 기분을 맛보았다.

"소개해 주겠니? 너의 새 친구들에게 날 소개해 다오." 그는 팔꿈치로 딸의 팔을 지그시 누르며 말했다. "난 이 혐오스러운 소젠도 좋아하게 되었단다. 이곳이 너의 건강을 회복시켜 주었기 때문이지. 다만 이곳은 서글픈 곳이구나. 우울한 곳이야. 저 사람은 누구니?"

키티는 아는 사람을 만나든 모르는 사람을 만나든, 길에서 마주친 이들의 이름을 아버지에게 가르쳐 주었다. 정원 입구에서 두 사람은 앞을 못 보는 마담 베르테와 그녀를 안내하는 여자를 만났다. 공작은 키티의 목소리를 알아들은 이 프랑스 노부인의 감동에 찬 표정을 보며 기뻐했다. 그녀는 곧 프랑스인 특유의 과도한 상냥함을 보이며 그와 이야기를 나누기 시작했다. 그녀는 너무나도 훌륭한 딸을 두었다며 그에게 찬사를 보내고, 키티를 보배라느니 진주라느니 천사 같은 위로자라느니 하며 키티를 하늘 끝까지 추어올렸다.

"그럼, 제 딸이 두 번째 천사겠군요." 공작이 미소를 지으며 말했다. "제 딸아이는 mademoiselle 바렌카를 천사 1호라 부르니까요."

"오! Mademoiselle 바렌카, 그녀는 진짜 천사예요, Allez.[159]"
마담 베르테가 그의 말에 맞장구를 쳤다.

두 사람은 회랑에서 바렌카도 만났다. 그녀는 우아한 빨간색 손가방을 들고 맞은편에서 황급히 걸어왔다.

"아빠가 돌아오셨어요!" 키티가 그녀에게 말했다.

바렌카는 그녀의 동작이 언제나 그러하듯 소박하고 자연스럽게 무릎을 굽히는 인사와 고개를 숙이는 인사 사이의 중간 동작을 취하고는 곧 모든 사람들을 대할 때처럼 공작과도 자연스럽고 꾸밈없는 말투로 이야기를 나누기 시작했다.

"물론 당신을 알지요. 아주 잘 알고 있어요." 공작은 미소 띤 얼굴로 그녀에게 말했다. 키티는 그 미소를 보며 자기의 친구가 아버지의 마음에 들었다는 것을 즐거운 마음으로 확인했다. "당신은 어디로 그렇게 서둘러 가죠?"

"Maman이 여기에 와 계세요." 그녀는 키티를 돌아보며 말했다. "Maman이 밤새 한숨도 못 주무셔서 의사 선생님이 maman에게 외출을 권하셨어요. 난 maman에게 일거리를 들고 가는 중이에요."

"그러니까 저 여자가 천사 1호라는 거지!" 바렌카가 그곳을 뜨자 공작이 이렇게 말했다.

키티는 공작이 바렌카를 웃음거리로 만들고 싶어 했으나 그녀가 마음에 들었기 때문에 도저히 그렇게 할 수 없었다는 것을 알았다.

"그럼, 이제 너의 친구들을 다 만나게 되겠구나." 그가 덧붙

---

159) '함께 걸을까요.'(프랑스어)

였다. "마담 슈탈도 보겠군. 그녀가 황송하게도 날 알아봐 준다면 말이다."

"아빠, 그런데 정말 그분을 아세요?" 키티는 두려움이 섞인 목소리로 물었다. 그녀는 아버지가 마담 슈탈의 이름을 입에 올릴 때 그의 눈동자에 조소의 불꽃이 타오르는 것을 보았다.

"그녀의 남편을 잘 알지. 그리고 경건주의자가 되기 이전의 그녀에 대해 조금 알고."

"경건주의[160]가 뭐예요, 아빠?" 키티는 자기가 슈탈 부인에게서 그토록 높이 평가한 덕목에 명칭이 있다는 것을 알고 깜짝 놀라 물었다.

"나도 잘 모른다. 난 그저 그녀가 모든 것에 대해 하느님께 감사한다는 것만 알 뿐이다. 모든 불행에 대해서도, 심지어 남편이 죽은 일에 대해서도 말이다. 그런데 그들 부부는 사이가 지독하게 나빴거든. 그러니 꼴이 우습게 된 거지."

"저 사람은 누구니? 저렇게 불쌍한 얼굴을 하고 있다니!" 그는 벤치에 앉은 키 작은 환자를 보며 이렇게 말했다. 그는 갈색 코트에 흰 바지를 입었는데, 살이 없는 앙상한 다리뼈 위에서 흰 바지가 기이한 주름을 이루고 있었다.

그 신사는 성긴 고수머리 위에 쓴 밀짚모자를 약간 들어 올렸다. 그러자 모자 자국으로 병약한 붉은빛을 띤 높은 이마가

---

160) 17세기 말 독일의 루터파 교회의 지성주의를 공격하며 일어난 프로테스탄트적 종교운동. 성서주의, 엄격한 종교 생활, 금욕적 도덕 실천을 특징으로 한다. 그러나 공작은 여기에서 당시 러시아 귀족 사회에 유행하던 보다 일반적인 경건주의를 언급하고 있다. 이것은 표면적인 종교 의례보다 내면의 평화와 기도를 더 중시했다.

드러났다.

"저분은 화가인 페트로프예요." 키티는 얼굴을 붉히며 대답했다. "그리고 저기 있는 분이 부인이고요." 그녀는 안나 파블로브나를 가리키며 덧붙였다. 안나 파블로브나는 두 사람이 자기들 쪽으로 다가오자 마치 일부러 그러는 듯 샛길에서 뛰어다니는 아이의 뒤를 쫓기 시작했다.

"정말 불쌍해 보이는 남자야. 하지만 무척 다정한 표정을 짓고 있구나!" 공작이 말했다 "어째서 넌 그에게 가까이 가지 않니? 그가 너에게 무언가 할 말이 있는 것 같은데."

"그럼 가 보죠, 뭐." 키티는 이렇게 말하며 몸을 홱 돌렸다. "오늘은 몸이 어떠세요?" 그녀가 페트로프에게 물었다.

페트로프는 지팡이를 짚고 일어나 공작을 머뭇머뭇 바라보았다.

"이 아이가 내 딸입니다." 공작이 말했다. "서로 알고 지냅시다."

화가는 인사를 하고 기묘하게 반짝이는 하얀 이를 드러내며 미소를 지었다.

"어제 우리는 당신이 오길 기다렸답니다, 아가씨." 그는 키티에게 말했다.

그는 이렇게 말하며 약간 비틀거렸다. 그러자 그는 한 번 더 휘청거리면서 일부러 그런 것처럼 보이려고 애썼다.

"저도 가고 싶었어요. 그런데 안나 파블로브나가 다들 안 가기로 했다며 바렌카에게 전갈을 보냈다고 해서요."

"어떻게 그런 일이? 우리가 안 가다니요?" 페트로프는 얼굴을 붉히며 곧 기침을 하더니 눈으로 아내를 찾았다. "아네

타[161], 아네타!" 그가 큰 소리로 불렀다. 그러자 그의 가느다란 흰 목에 새끼줄처럼 굵은 핏줄이 솟아올랐다.

안나 파블로브나가 다가왔다.

"당신은 왜 우리가 안 간다고 아가씨에게 전갈을 보낸 거야?" 그는 목소리가 잘 나오지 않자 성난 표정으로 그녀에게 소곤거리듯 말했다.

"안녕하세요, 아가씨!" 안나 파블로브나가 꾸민 듯한 미소를 지으며 말했다. 그 미소는 그녀가 예전에 보여 준 태도와 너무나 달랐다. "뵙게 되어 무척 반갑습니다." 그녀는 공작을 돌아보았다. "오래전부터 뵙고 싶었어요, 공작님."

"어째서 우리가 안 간다고 아가씨에게 전갈을 보냈느냐니까?" 화가는 더욱더 화를 내며 목쉰 소리로 한 번 더 소곤거렸다. 분명 그는 목소리가 잘 나오지 않는 데다 자기가 표현하고 싶은 것에 적당한 말을 찾을 수 없어서 더욱 화가 난 듯했다.

"아, 저런, 난 우리가 못 갈 거라고 생각했죠." 아내는 짜증스럽게 대답했다.

"어떻게, 그……." 그는 기침을 하며 한 손을 휘둘렀다.

공작은 모자를 들어 인사를 하고는 딸과 그곳을 떠났다.

"아, 아!" 그는 무겁게 탄식했다. "아, 불행한 사람들!"

"그래요, 아빠." 키티가 대답했다. "하지만 이것만은 아셔야 해요, 저 부부에게는 아이가 셋이나 있는데 하녀는 한 명도 없고 재산도 거의 없어요. 화가는 아카데미에서 얼마 안 되는 돈

---

161) 아네타는 안나를 라틴어식으로 변형한 이름이며, 이탈리아에서 주로 사용된다.

을 받고 있죠." 키티는 흥분을 억누르고자 애써 발랄하게 이야기했다. 그녀가 흥분한 것은 자기에 대한 안나 파블로브나의 태도에 야릇한 변화가 생겼기 때문이었다.

"아, 저기 마담 슈탈이 있어요." 키티가 휠체어를 가리키며 말했다. 휠체어 안에는 하늘색과 회색 천을 걸친 누군가가 여러 개의 쿠션에 기댄 채 양산 아래 누워 있었다.

마담 슈탈이었다. 그녀 뒤에는 휠체어를 미는 음울한 표정의 건장한 독일인 종업원이 있었다. 그 옆에는 금발의 스웨덴인 백작이 서 있었다. 키티는 그의 이름을 알고 있었다. 휠체어 주위에서는 몇몇 병자들이 무슨 진귀한 것을 바라보듯 이 귀부인을 쳐다보며 꾸물거리고 있었다.

공작은 그녀에게 다가갔다. 그 순간 키티는 그의 눈에서 그녀를 종종 당혹스럽게 하던 조롱의 불꽃을 발견했다. 그는 마담 슈탈에게 다가가 훌륭한 프랑스어로 대단히 정중하고 부드럽게 이야기하기 시작했다. 요즘에는 그런 프랑스어로 말하는 사람이 지극히 적었다.

"날 기억할지 모르겠습니다만, 내 딸에게 보여 준 당신의 친절에 감사하기 위해 당신에게 날 상기시켜야겠습니다." 그는 모자를 벗고 그녀에게 말했다.

"알렉산드르 쉐르바츠키 공작님이군요." 마담 슈탈이 아름다운 눈을 들어 그를 바라보며 말했다. 키티는 그 눈빛에서 불만스러운 기색을 눈치챘다. "정말 반가워요. 난 당신 딸을 무척 좋아하게 됐답니다."

"여전히 건강이 안 좋으십니까?"

"네, 하지만 이젠 익숙해진걸요." 마담 슈탈은 이렇게 말하며 공작에게 스웨덴인 백작을 소개했다.

"당신은 거의 안 변했군요." 공작은 그녀에게 말했다. "내가 당신을 만날 영광을 갖게 된 게 10년인가 11년 만인데."

"그래요, 하느님은 우리에게 십자가를 주시고 그것을 짊어질 힘도 주시죠. 저도 가끔 왜 이런 생활이 계속되는지 놀라곤 한답니다…… 저쪽부터!" 그녀는 짜증을 내며 바렌카를 돌아보았다. 바렌카는 그녀의 다리를 덮개로 감싸는 일에 서툴렀다.

"아마도 선을 행하라고 그런가 봅니다." 공작은 눈웃음을 지으며 말했다.

"그것은 우리가 판단할 문제가 아니죠." 슈탈 부인은 공작의 얼굴에 떠오른 표정의 뉘앙스를 알아채고 이렇게 말했다. "그럼 내게 이 책을 보내 주겠어요, 친절한 백작님? 정말 고마워요." 그녀는 젊은 스웨덴인 남자를 돌아보며 이렇게 말했다.

"아!" 공작은 주위에 서 있던 모스크바 대령을 알아보고 소리치더니, 슈탈 부인에게 인사한 후 그곳에서 만난 모스크바 대령과 딸을 데리고 자리를 떴다.

"이것이 우리 나라의 귀족이라는 겁니다, 공작님." 슈탈 부인이 자기와 친분을 맺지 않는 것에 불만을 품고 있던 모스크바 대령은 그녀를 조롱하고 싶은 마음에 이렇게 말했다.

"저 여자는 예나 지금이나 똑같군." 공작이 대답했다.

"그럼, 공작님은 저분이 병에 걸리기 전부터, 말하자면 병석에 눕기 전부터 저분을 알았습니까?"

"그렇다네, 그녀는 나와 알게 된 무렵부터 병석에 드러누웠지." 공작이 말했다.

"그녀는 10년 동안 한 번도 일어나 본 적이 없다고 하더군요."

"다리가 짧아서 안 일어나는 거야. 그 여자는 몸이 너무 추해서……."

"아빠, 그럴 리 없어요!" 키티가 소리쳤다.

"내 작은 친구여, 입이 험한 사람들이 그렇게 말하더이다. 그건 그렇고 너의 바렌카가 꽤 고생을 하고 있구나." 그가 덧붙였다. "오, 병든 마나님들이란!"

"어, 그렇지 않아요, 아빠!" 키티가 격렬하게 반박했다. "바렌카는 그분을 숭배하고 있어요. 그리고 그분이 얼마나 좋은 일을 많이 하셨는데요! 아무라도 붙잡고 물어보세요! 그분과 알린 슈탈을 모르는 사람이 없어요."

"그럴지도 모르지." 그는 팔꿈치로 그녀의 팔을 지그시 누르며 말했다. "하지만 누구에게 묻든 상관없이, 그런 일은 아무도 모르게 하는 게 더 좋은 법이다."

키티는 입을 다물었다. 그것은 그녀에게 할 말이 없어서가 아니라, 아버지에게조차 자신의 은밀한 생각을 털어놓고 싶지 않았기 때문이었다. 그러나 이상하게도 그녀는 아버지의 견해에 굴복하지 않고 아버지를 자신의 성소에 들여놓지 않기 위해 마음의 준비를 하고 있었는데도, 한 달 동안 자신의 마음에 간직해 온 슈탈 부인의 거룩한 이미지가 돌이킬 수 없이 사라져 버린 것을 스스로도 느꼈다. 그건 마치 벗어 놓은 옷으로 만들어진 어떤 형상이 그저 옷에 불과하다는 것을 깨달았을 때 그 형상이 사라지고 마는 것과 같았다. 키티의 마음속에 남은 것이라곤 몸매가 추하다는 이유로 드러누워 버리고 자기에게 덮개를 잘 감싸 주지 못했다는 이유로 온순한 바렌카를 괴롭히는 다리 짧은 여자뿐이었다. 이제 그 어떤 상상의 힘으로도 예전의 마담 슈탈의 이미지를 되돌릴 수는 없었다.

35

공작은 자신의 유쾌한 기분을 가족과 지인과 심지어 쉐르
바츠키 가족이 묵고 있는 숙소의 독일인 안주인에게까지 전해
주었다.

키티와 온천에서 돌아온 공작은 대령과 마리야 예브게니예
브나와 바렌카에게 커피를 마시러 오라고 초대한 후, 정원의
밤나무 아래에 테이블과 안락의자를 내놓고 그곳에 아침 식
사를 차리라고 지시했다. 집주인도 하녀도 그의 쾌활한 기분에
전염되어 활기를 띠었다. 그들은 그의 후한 성품을 잘 알고 있
었다. 30분 후에는 2층에 묵고 있던 함부르크 출신의 병든 의
사도 창문 뒤에서 밤나무 아래 모인 건강한 사람들의 유쾌한
러시아식 모임을 부러운 듯 내려다보았다. 원을 그리며 흔들리
는 나뭇잎 그늘 아래에는 하얀 천을 덮은 테이블이 놓여 있고,
그 위에는 커피 주전자, 빵, 버터, 치즈, 차게 식힌 고기가 차려
져 있었다. 연보라색 리본이 달린 머리 숄을 쓴 공작부인은 그

옆에 앉아 사람들에게 차와 샌드위치를 나눠 주었다. 맞은편에 앉은 공작은 배불리 먹고 마시며 큰 소리로 유쾌하게 떠들었다. 공작은 칼로 세공한 상자들, 장식품, 온갖 종류의 페이퍼나이프 등 이곳저곳의 온천에서 무더기로 사들인 물건들을 옆에 쌓아 두고 그곳에 있던 사람들에게 모두 나누어 주었다. 그 사람들 가운데는 하녀 리스헨과 숙소의 주인도 있었다. 공작은 주인과 우스꽝스러운 서툰 독일어로 농담을 주고받으며, 키티를 치료한 건 온천이 아니라 주인의 훌륭한 요리, 특히 자두 수프였다고 단언했다. 공작부인은 남편의 러시아식 습관을 비웃긴 했지만, 온천에 온 이후 처음으로 생기 있고 명랑한 모습을 보였다. 대령은 여느 때처럼 공작의 농담에 웃음을 지었지만, 그가 스스로 신중하게 연구하고 있다고 믿는 유럽에 관해서는 공작부인을 지지했다. 착한 마리야 예브게니예브나는 공작이 우스갯소리를 할 때마다 배를 잡고 웃었다. 바렌카도 나직하면서도 전염성이 강한 웃음을 터뜨리며 몸이 나른해지도록 깔깔거렸다. 공작의 농담이 바렌카 안에서 웃음을 자극한 것이다. 키티는 이런 바렌카의 모습을 지금껏 한 번도 본 적이 없었다.

이 모든 것이 키티의 마음을 즐겁게 해 주었지만, 그녀는 도저히 근심을 떨칠 수가 없었다. 아버지는 그녀가 그토록 사랑하게 된 생활과 그녀의 친구들을 특유의 유쾌한 시선으로 바라봄으로써 자기도 모르는 사이에 그녀에게 하나의 과제를 던졌고, 그녀는 그 과제를 도저히 해결할 수 없었던 것이다. 그리고 그 과제에 그녀와 페트로프 가족의 관계가 변한 점까지 더해졌다. 그 변화는 오늘 너무나도 분명하고 불쾌하게 모습을 드러냈다. 다들 즐거워했지만 키티는 즐거워할 수 없었다. 그것이 키티의 마음을 더욱 괴롭혔다. 그녀는 어린 시절 벌을 받느라 자기 방에 갇혀 있는 동안 언니들의 명랑한 웃음소리를 들으면서 느꼈던 감정과 비슷한 기분을 맛보았다.

"아니, 뭣 때문에 이렇게 많이 샀어요?" 공작부인은 웃음을 지으며 남편에게 커피 잔을 건넸다.

"당신도 길을 걷다 가게에 들러 봐. 그러면 점원들이 물건을 사 달라고 사정을 할 테니까. '에를라우흐트, 엑스첼렌츠, 두르흘라우흐트.[162]' 글쎄, 점원들이 'Durchlaucht'라는 말까지 꺼내니 사지 않고는 못 배기겠더군. 그리고 나니 10탈레르가 사라졌지 뭐야."

"그저 따분해서 그런 거예요." 공작부인이 말했다.

"물론 따분해서 그랬지. 여보, 얼마나 지루한지 몸 둘 바를 모르겠더라니까."

"어떻게 그토록 지겨워할 수 있어요, 공작님? 요즘 독일에 재미있는 것이 얼마나 많은데요." 마리야 예브게니예브나가 말했다.

"그래요, 나도 재미있는 것들을 전부 압니다. 자두 수프도 알고, 완두콩을 넣은 소시지도 알지요. 다 알아요."

"아닙니다, 공작님, 어쨌든 그들의 제도는 흥미롭지 않습니까?" 대령이 말했다.

"도대체 뭐가 흥미롭다는 건가? 그들은 모두 한 푼어치 구

---

162) 'Erlaucht, Exzellenz, Durchlaucht.'(독일어) 순서대로 '각하', '저하', '전하'를 뜻한다.

리 동전들처럼 만족스러워하지. 모든 적들을 무찔렀으니까.[163] 그런데 내가 도대체 무엇 때문에 만족해야 하나? 난 누구도 무찌르지 않았고, 여기서는 그저 혼자 부츠를 벗고 더욱이 내 손으로 그것을 문밖에 내놓아야 하는 처지인데. 아침에 일어나면 곧바로 옷을 갈아입고 살롱에 가서 싸구려 차를 마시지. 하지만 내 집에서는 전혀 달라. 느긋하게 잠에서 깨어 뭔가에 화를 내며 투덜거리다, 정신이 들면 모든 일을 찬찬히 곱씹어 본단 말이야. 서두를 필요가 없어."

"하지만 시간은 돈입니다. 공작님은 그 점을 잊고 계시군요." 대령이 말했다.

"무슨 시간! 50코페이카에 한 달을 통째로 내주고 싶을 때도 있고, 아무리 많은 돈을 주어도 30분조차 가질 수 없을 때가 있어. 그렇지 않니, 카첸카? 그런데 넌 왜 그렇게 지루해하니?"

"전 괜찮은데요."

"어디 가려는 게요? 좀 더 있다 가지." 공작은 바렌카를 돌아보았다.

"숙소로 돌아가야 해요." 바렌카는 자리에서 일어나며 이렇게 말하고는 또다시 큰 소리로 깔깔거렸다.

웃음을 그친 그녀는 작별 인사를 하고 모자를 가지러 집 안으로 들어갔다. 키티는 그녀를 뒤따랐다. 이제 바렌카조차 딴 사람처럼 보였다. 그녀에 대한 인상이 전보다 나빠지지는 않았

---

163) 공작은 프로이센 군대가 거둔 일련의 승리를 언급하고 있다. 특히 프로이센-프랑스 전쟁(1870~1871)에서 프랑스 군대에게 거둔 승리는 비스마르크가 독일 제국을 건설하는 데 발판이 되었다.

지만, 키티가 예전에 상상하던 모습과는 달라 보였다.

"아, 오랜만에 이렇게 웃어 보네요!" 바렌카는 양산과 손가방을 주섬주섬 들며 말했다. "당신의 아버님은 정말 좋은 분이에요!"

키티는 말이 없었다.

"우리는 언제 또 만나죠?" 바렌카가 물었다.

"Maman이 페트로프 씨 댁에 들르고 싶어 하세요. 당신은 거기에 안 가나요?" 키티는 바렌카를 시험해 볼 생각으로 이렇게 물었다.

"가요." 바렌카가 대답했다. "그분 가족들이 이곳을 떠나기로 했거든요. 그래서 짐 싸는 걸 도와주겠다고 약속했어요."

"그럼, 나도 가겠어요."

"아니에요. 당신이 뭣 하러……?"

"왜요, 왜, 왜 그래요?" 키티는 눈을 커다랗게 뜨며 바렌카가 가지 못하게 그녀의 양산을 붙잡았다. "아니, 기다려요, 이유가 뭐죠?"

"그냥 아버님도 돌아오신 데다 그 집 사람들이 당신을 꺼리는 것 같아서요."

"아뇨, 말해 줘요, 당신은 내가 페트로프 씨 댁에 자주 드나드는 것을 달가워하지 않았어요. 당신은 분명 달가워하지 않았어요, 그렇지 않나요? 왜죠?"

"난 그렇게 말한 적 없어요." 바렌카가 차분히 말했다.

"아뇨, 제발, 말해 줘요!"

"전부 말하라고요?" 바렌카가 물었다.

"전부요, 다 말해 줘요!" 키티가 그녀의 말을 받았다.

"뭐, 그다지 특별한 것은 없어요. 미하일 알렉세예비치(그것이 화가의 이름이었다.)가 전에는 이곳을 빨리 떠나고 싶어 했는데 지금은 떠나려 하질 않아요. 단지 그뿐이에요." 바렌카가 미소를 지으며 말했다.

"그래서요, 그래서요!" 키티가 어두운 표정으로 바렌카를 바라보며 말을 재촉했다.

"글쎄요, 뭣 때문인지 안나 파블로브나는 그분이 떠나기 싫어하는 이유가 당신이 이곳에 있기 때문이라고 하더군요. 물론 말도 안 되는 소리지만, 그 일 때문에, 당신 때문에 다툼이 있었어요. 당신도 알잖아요, 이런 환자들이 얼마나 쉽게 흥분하는지 말이에요."

키티는 점점 더 인상을 찌푸렸다. 바렌카는 금방이라도 폭발할 것 같은 그녀의 모습을 보고는 그녀를 달래고 진정시키려 애쓰며 혼자서 계속 중얼거렸다. 그 폭발이 눈물로 터질지 말로 터질지, 바렌카로서는 알 수 없었다.

"그러니까 당신은 가지 않는 편이 좋아요……. 당신이 이해해요. 화내지 말고……."

"자업자득이에요! 그런 대접을 받는 것도 당연해요!" 키티는 바렌카의 손에서 양산을 뺏어 들고 친구의 시선을 외면하며 빠르게 말하기 시작했다.

바렌카는 친구가 어린아이같이 화내는 걸 보자 웃음이 나오려 했다. 그러나 그녀는 친구가 모욕을 느낄까 봐 두려웠다.

"어째서 당신 탓이라는 거죠? 이해할 수 없군요." 그녀가 말했다.

"모든 게 위선이었으니까요. 그 모든 것이 마음에서 우러나

온 게 아니라 꾸며 낸 거니까요. 남의 일이 나와 무슨 상관이 죠? 결국 난 부부 싸움의 원인이 되었고, 아무도 내게 부탁하지 않은 일을 했을 뿐이잖아요. 모든 게 위선이었기 때문이에요! 위선! 위선!"

"도대체 무엇을 위해 거짓 행세를 했다는 거예요?" 바렌카가 조용히 말했다.

"아, 너무나 어리석고 추한 짓이었어요! 전혀 쓸모없는⋯⋯. 모든 게 위선이에요!" 키티는 양산을 폈다 접었다 하며 말했다.

"도대체 무슨 목적으로?"

"남들에게, 나 자신에게, 하느님에게 더 잘 보이기 위해서요. 모든 이들을 속이기 위해서요. 아니, 이제 더 이상 그런 것에 굴복하지 않겠어요. 추해 보일지언정, 적어도 거짓말쟁이나 사기꾼은 되지 않겠어요!"

"도대체 누가 사기꾼이라는 거죠?" 바렌카는 비난조로 말했다. "당신은 마치⋯⋯."

하지만 키티는 발작과도 같은 분노에 사로잡혔다. 그녀는 바렌카가 말을 끝까지 맺지 못하도록 가로막았다.

"당신을 두고 한 말은 아니에요. 결코 당신에 대한 이야기가 아니라고요. 당신은 완전한 사람이에요. 네, 그래요, 난 당신이 너무나 완전하다는 것을 잘 알아요. 하지만 내가 나쁜 인간인 걸 어쩌란 말이에요? 내가 나쁜 인간이 아니었다면 이런 일도 없었을 거예요. 그러니 내가 본래 모습으로 살게 내버려 둬요. 이젠 더 이상 착한 척하지 않을래요. 내가 안나 파블로브나와 무슨 상관이 있겠어요! 그 사람들은 그 사람들이 바라는 대로, 나는 내가 바라는 대로 살면 그만이에요. 난 다른 사람이 될 수 없어요……. 모두 다 쓸모없는 짓이에요. 쓸모없는 짓이라고요!"

"어째서 쓸모없다는 거죠?" 바렌카가 주저하는 빛으로 말했다.

"다 헛된 짓이에요. 난 오직 마음이 시키는 대로만 살지만 당신은 원칙에 따라 살죠. 난 그냥 당신이 좋았어요. 하지만 당신이 날 좋아해 준 것은 분명 나를 구원하고 나를 훈계하기 위해서였어요!"

"당신의 말은 옳지 않아요." 바렌카가 말했다.

"나는 지금 다른 사람에 대해 말하는 게 아니에요. 나 자신에 대해 말하고 있다고요."

"키티!" 어머니의 목소리가 들렸다. "이리 와서 아버지에게 너의 산호를 보여 드려라."

키티는 친구와 화해도 하지 않은 채 오만한 태도로 책상에서 산호가 든 작은 상자를 집어 들고는 어머니에게로 갔다.

"무슨 일이 있었니? 왜 그렇게 빨개졌니?" 아버지와 어머니가 입을 모아 말했다.

"아무것도 아니에요." 그녀가 대답했다. "금방 돌아올게요." 그녀는 이 말을 남기고 다시 달려갔다.

'아직 저기 있네!' 그녀는 생각했다. '아, 그녀에게 뭐라고 하지? 아, 하느님, 내가 무슨 짓을 한 거야, 내가 뭐라고 지껄인 거야! 뭣 때문에 그녀를 모욕했을까? 그녀에게 뭐라고 하지?' 키티는 이런 생각을 하며 문가에 멈춰 섰다.

바렌카는 모자를 쓰고 한 손에 양산을 쥔 채 테이블 앞에 앉아 키티가 망가뜨린 손잡이를 바라보고 있었다. 그녀가 고개를 들었다.

"바렌카, 용서해요, 날 용서해요!" 키티는 그녀에게 다가가며 이렇게 속삭였다. "나도 내가 무슨 말을 했는지 모르겠어요. 난……."

"난 정말 당신을 슬프게 하고 싶지 않았어요." 바렌카가 미소를 지으며 말했다.

화해가 이루어졌다. 하지만 아버지가 돌아온 이후 키티에게는 자신이 몸담고 있던 세계가 모두 변했다. 그녀는 자신이 알게 된 모든 것을 거부하지는 않았다. 하지만 그녀는 자기가 바라는 대로 될 수 있다고 생각하며 자신을 속여 왔다는 것을 깨달았다. 그녀는 마치 잠에서 깨어난 것 같았다. 그녀는 위선과 오만 없이 자기가 도달하고자 하는 그 경지를 고집한다는 것이 얼마나 어려운가를 절실히 느꼈다. 그 밖에도 그녀는 그녀가 살고 있는 세계, 즉 슬픔과 질병과 죽어 가는 사람들로 가득 찬 이 세계의 무게를 느꼈다. 그녀는 이 세계를 사랑하기 위해 억지로 노력하는 것이 괴롭게 느껴졌다. 그래서 하루빨리 상쾌한 공기 속으로, 러시아로, 예르구쇼보로 가고 싶었다. 편지를 통해 알게 된 바로는, 언니 돌리가 아이들과 함께 예르구쇼보로 거처를 옮겼다고 했다.

하지만 바렌카에 대한 그녀의 사랑은 조금도 식지 않았다. 작별 인사를 나누던 중, 키티는 바렌카에게 러시아에 있는 자기 집으로 꼭 와 달라고 부탁했다.

"당신이 결혼하면 찾아가죠." 바렌카가 말했다.

"난 절대로 결혼하지 않을 건데요."

"음, 그럼 나도 절대로 가지 않겠어요."

"그럼, 당신을 오게 하기 위해서라도 결혼을 할래요. 조심해요, 그리고 약속 잊지 말아요!" 키티가 말했다.

의사의 예언은 그대로 이루어졌다. 키티는 건강을 회복하여 집으로, 러시아로 돌아왔다. 예전의 그늘 한 점 없는 명랑한 모습은 사라졌지만 그녀는 평온을 되찾았다. 그리고 모스크바에서의 불행은 추억이 되었다.

(2권에서 계속)

세계문학전집 **219**

안나 카레니나 1

1판 1쇄 펴냄 2009년 9월 4일
1판 44쇄 펴냄 2020년 6월 4일

지은이 레프 톨스토이
옮긴이 연진희
발행인 박근섭, 박상준
펴낸곳 (주)민음사

출판등록 1966. 5. 19. (제 16-490호)
서울특별시 강남구 도산대로1길 62(신사동) 강남출판문화센터 5층 (우편번호 06027)
대표전화 02-515-2000 팩시밀리 02-515-2007
www.minumsa.com

© 연진희, 2009. Printed in Seoul, Korea

ISBN 978-89-374-6219-1 04800
ISBN 978-89-374-6000-5 (세트)

* 잘못 만들어진 책은 구입처에서 교환해 드립니다.

세계문학전집 목록

1·2 변신 이야기 오비디우스·이윤기 옮김 서울대 권장도서 100선

3 햄릿 셰익스피어·최종철 옮김 서울대 권장도서 100선 | 미국대학위원회 선정 SAT 추천도서 | 국립 중앙도서관 선정 청소년 권장도서 | 《뉴스위크》 선정 100대 명저

4 변신·시골의사 카프카·전영애 옮김 서울대 권장도서 100선 | 미국대학위원회 선정 SAT 추천도서 | 논술 및 수능에 출제된 책(1998~2005)

5 동물농장 오웰·도정일 옮김 미국대학위원회 선정 SAT 추천도서 | 《타임》 선정 현대 100대 영문소설 | 논술 및 수능에 출제된 책(1998~2005) | 《뉴스위크》 선정 100대 명저 | BBC 선정 꼭 읽어야 할 책

6 허클베리 핀의 모험 트웨인·김욱동 옮김 《뉴스위크》 선정 100대 명저 | 미국대학위원회 선정 SAT 추천도서

7 암흑의 핵심 콘래드·이상옥 옮김 미국대학위원회 선정 SAT 추천도서 | 《뉴스위크》 선정 10대 명저

8 토니오 크뢰거·트리스탄·베니스에서의 죽음 토마스 만·안삼환 외 옮김 노벨 문학상 수상 작가

9 문학이란 무엇인가 사르트르·정명환 옮김

10 한국단편문학선 1 김동인 외·이남호 엮음 국립중앙도서관 선정 청소년 권장도서

11·12 인간의 굴레에서 서머싯 몸·송무 옮김

13 이반 데니소비치, 수용소의 하루 솔제니친·이영의 옮김 노벨 문학상 수상 작가 | 미국대학위원회 선정 SAT 추천도서

14 너새니얼 호손 단편선 호손·천승걸 옮김

15 나의 미카엘 오즈·최창모 옮김

16·17 중국신화전설 위앤커·전인초, 김선자 옮김

18 고리오 영감 발자크·박영근 옮김

19 파리대왕 골딩·유종호 옮김 노벨 문학상 수상 작가 | 《타임》 선정 현대 100대 영문소설 | 미국대학위원회 선정 SAT 추천도서 | 《뉴스위크》 선정 100대 명저 | BBC 선정 꼭 읽어야 할 책

20 한국단편문학선 2 김동리 외·이남호 엮음

21·22 파우스트 괴테·정서웅 옮김 서울대 권장도서 100선 | 미국대학위원회 선정 SAT 추천도서 | 국립중앙도서관 선정 청소년 권장도서 | 논술 및 수능에 출제된 책(1998~2005)

23·24 빌헬름 마이스터의 수업시대 괴테·안삼환 옮김

25 젊은 베르테르의 슬픔 괴테·박찬기 옮김 논술 및 수능에 출제된 책(1998~2005)

26 이피게니에·스텔라 괴테·박찬기 외 옮김

27 다섯째 아이 레싱·정덕애 옮김 노벨 문학상 수상 작가

28 삶의 한가운데 린저·박찬일 옮김

29 농담 쿤데라·방미경 옮김

30 야성의 부름 런던·권택영 옮김

31 아메리칸 제임스·최경도 옮김

32·33 양철북 그라스·장희창 옮김 노벨 문학상 수상 작가 | 서울대 권장도서 100선

34·35 백년의 고독 마르케스·조구호 옮김 노벨 문학상 수상 작가 | 서울대 권장도서 100선 | 미국 대학위원회 선정 SAT 추천도서 | 《뉴스위크》 선정 100대 명저 | BBC 선정 꼭 읽어야 할 책

36 마담 보바리 플로베르·김화영 옮김 　서울대 권장도서 100선 | 미국대학위원회 선정 SAT 추천도서 | 《뉴스위크》 선정 100대 명저

37 거미여인의 키스 푸익·송병선 옮김

38 달과 6펜스 서머싯 몸·송무 옮김

39 폴란드의 풍차 지오노·박인철 옮김

40·41 독일어 시간 렌츠·정서웅 옮김

42 말테의 수기 릴케·문현미 옮김

43 고도를 기다리며 베케트·오증자 옮김 　노벨 문학상 수상 작가 | 서울대 권장도서 100선 | 미국대학위원회 선정 SAT 추천도서

44 데미안 헤세·전영애 옮김 　노벨 문학상 수상 작가

45 젊은 예술가의 초상 조이스·이상옥 옮김 　서울대 권장도서 100선 | 미국대학위원회 선정 SAT 추천도서 | 국립중앙도서관 선정 청소년 권장도서

46 카탈로니아 찬가 오웰·정영목 옮김

47 호밀밭의 파수꾼 샐린저·공경희 옮김 　《타임》 선정 현대 100대 영문소설 | 미국대학위원회 선정 SAT 추천도서 | 《뉴스위크》 선정 100대 명저 | BBC 선정 꼭 읽어야 할 책

48·49 파르마의 수도원 스탕달·원윤수, 임미경 옮김

50 수레바퀴 아래서 헤세·김이섭 옮김 　노벨 문학상 수상 작가 | 국립중앙도서관 선정 청소년 권장도서

51·52 내 이름은 빨강 파묵·이난아 옮김 　노벨 문학상 수상 작가

53 오셀로 셰익스피어·최종철 옮김 　서울대 권장도서 100선 | 국립중앙도서관 선정 청소년 권장도서 | 《뉴스위크》 선정 100대 명저

54 조서 르 클레지오·김윤진 옮김 　노벨 문학상 수상 작가

55 모래의 여자 아베 코보·김난주 옮김

56·57 부덴브로크 가의 사람들 토마스 만·홍성광 옮김 　노벨 문학상 수상 작가

58 싯다르타 헤세·박병덕 옮김 　노벨 문학상 수상 작가

59·60 아들과 연인 로렌스·정상준 옮김 　《뉴스위크》 선정 100대 명저

61 설국 가와바타 야스나리·유숙자 옮김 　노벨 문학상 수상 작가 | 서울대 권장도서 100선

62 벨킨 이야기·스페이드 여왕 푸슈킨·최선 옮김

63·64 넙치 그라스·김재혁 옮김 　노벨 문학상 수상 작가

65 소망 없는 불행 한트케·윤용호 옮김 　노벨 문학상 수상 작가

66 나르치스와 골드문트 헤세·임홍배 옮김 　노벨 문학상 수상 작가

67 황야의 이리 헤세·김누리 옮김 　노벨 문학상 수상 작가

68 뻬쩨르부르그 이야기 고골·조주관 옮김

69 밤으로의 긴 여로 오닐·민승남 옮김 　노벨 문학상 수상 작가 | 미국대학위원회 선정 SAT 추천도서

70 체호프 단편선 체호프·박현섭 옮김

71 버스 정류장 가오싱젠·오수경 옮김 　노벨 문학상 수상 작가

72 구운몽 김만중·송성욱 옮김 　서울대 권장도서 100선 | 국립중앙도서관 선정 청소년 권장도서

73 대머리 여가수 이오네스코·오세곤 옮김

74 이솝 우화집 이솝·유종호 옮김 　논술 및 수능에 출제된 책(1998~2005)

75 위대한 개츠비 피츠제럴드·김욱동 옮김 　《타임》 선정 현대 100대 영문소설 | 미국대학위원회 선정 SAT 추천도서 | 《뉴스위크》 선정 100대 명저 | BBC 선정 꼭 읽어야 할 책

76 푸른 꽃 노발리스·김재혁 옮김

77 1984 오웰·정회성 옮김 　《타임》 선정 현대 100대 영문소설 | 《뉴스위크》 선정 100대 명저 | BBC 선

정 꼭 읽어야 할 책

78·79 영혼의 집 아옌데 · 권미선 옮김

80 첫사랑 투르게네프 · 이항재 옮김

81 내가 죽어 누워 있을 때 포크너 · 김명주 옮김 　노벨 문학상 수상 작가 | 미국대학위원회 선정 SAT 추천도서 | 《뉴스위크》 선정 100대 명저 | 퓰리처상 수상 작가

82 런던 스케치 레싱 · 서숙 옮김 　노벨 문학상 수상 작가

83 팡세 파스칼 · 이환 옮김

84 질투 로브그리예 · 박이문, 박희원 옮김

85·86 채털리 부인의 연인 로렌스 · 이인규 옮김

87 그 후 나쓰메 소세키 · 윤상인 옮김

88 오만과 편견 오스틴 · 윤지관, 전승희 옮김 　미국대학위원회 선정 SAT 추천도서 | 국립중앙도서관 선정 청소년 권장도서 | 《뉴스위크》 선정 100대 명저 | BBC 선정 꼭 읽어야 할 책

89·90 부활 톨스토이 · 연진희 옮김 　논술 및 수능에 출제된 책(1998~2005)

91 방드르디, 태평양의 끝 투르니에 · 김화영 옮김

92 미겔 스트리트 나이폴 · 이상옥 옮김 　노벨 문학상 수상 작가

93 뻬드로 빠라모 룰포 · 정창 옮김

94 차라투스트라는 이렇게 말했다 니체 · 장희창 옮김 　국립중앙도서관 선정 청소년 권장도서

95·96 적과 흑 스탕달 · 이동렬 옮김 　국립중앙도서관 선정 청소년 권장도서

97·98 콜레라 시대의 사랑 마르케스 · 송병선 옮김 　노벨 문학상 수상 작가 | BBC 선정 꼭 읽어야 할 책

99 맥베스 셰익스피어 · 최종철 옮김 　서울대 권장도서 100선 | 미국대학위원회 선정 SAT 추천도서 | 국립중앙도서관 선정 청소년 권장도서

100 춘향전 작자 미상 · 송성욱 풀어 옮김 　서울대 권장도서 100선 | 국립중앙도서관 선정 청소년 권장도서 | 논술 및 수능에 출제된 책(1998~2005)

101 페르디두르케 곰브로비치 · 윤진 옮김

102 포르노그라피아 곰브로비치 · 임미경 옮김

103 인간 실격 다자이 오사무 · 김춘미 옮김

104 네루다의 우편배달부 스카르메타 · 우석균 옮김

105·106 이탈리아 기행 괴테 · 박찬기 외 옮김

107 나무 위의 남작 칼비노 · 이현경 옮김

108 달콤 쌉싸름한 초콜릿 에스키벨 · 권미선 옮김

109·110 제인 에어 C. 브론테 · 유종호 옮김 　미국대학위원회 선정 SAT 추천도서 | BBC 선정 꼭 읽어야 할 책

111 크눌프 헤세 · 이노은 옮김 　노벨 문학상 수상 작가

112 시계태엽 오렌지 버지스 · 박시영 옮김 　《타임》 선정 현대 100대 영문소설 | 《뉴스위크》 선정 100대 명저

113·114 파리의 노트르담 위고 · 정기수 옮김 　미국대학위원회 선정 SAT 추천도서

115 새로운 인생 단테 · 박우수 옮김

116·117 로드 짐 콘래드 · 이상옥 옮김 　《뉴스위크》 선정 100대 명저

118 폭풍의 언덕 E. 브론테 · 김종길 옮김 　미국대학위원회 선정 SAT 추천도서 | 국립중앙도서관 선정 청소년 권장도서 | BBC 선정 꼭 읽어야 할 책

119 텔크테에서의 만남 그라스 · 안삼환 옮김 　노벨 문학상 수상 작가

120 검찰관 고골 · 조주관 옮김

121 안개 우나무노 · 조민현 옮김

122 나사의 회전 제임스·최경도 옮김 미국대학위원회 선정 SAT 추천도서

123 피츠제럴드 단편선 1 피츠제럴드·김욱동 옮김

124 목화밭의 고독 속에서 콜테스·임수현 옮김

125 돼지꿈 황석영

126 라셀라스 존슨·이인규 옮김

127 리어 왕 셰익스피어·최종철 옮김 서울대 권장도서 100선 | 논술 및 수능에 출제된 책(1998~
2005) | 《뉴스위크》 선정 100대 명저

128·129 쿠오 바디스 시엔키에비츠·최성은 옮김 노벨 문학상 수상 작가

130 자기만의 방 울프·이미애 옮김

131 시르트의 바닷가 그라크·송진석 옮김

132 이성과 감성 오스틴·윤지관 옮김

133 바덴바덴에서의 여름 치프킨·이장욱 옮김

134 새로운 인생 파묵·이난아 옮김 노벨 문학상 수상 작가

135·136 무지개 로렌스·김정매 옮김

137 인생의 베일 서머싯 몸·황소연 옮김

138 보이지 않는 도시들 칼비노·이현경 옮김

139·140·141 연초 도매상 바스·이운경 옮김 《타임》 선정 현대 100대 영문소설

142·143 플로스 강의 물방앗간 엘리엇·한애경, 이봉지 옮김 미국대학위원회 선정 SAT 추천도서

144 연인 뒤라스·김인환 옮김

145·146 이름 없는 주드 하디·정종화 옮김

147 제49호 품목의 경매 핀천·김성곤 옮김 《타임》 선정 현대 100대 영문소설 | 미국대학위원회 선
정 SAT 추천도서

148 성역 포크너·이진준 옮김 노벨 문학상 수상 작가 | 퓰리처상 수상 작가

149 무진기행 김승옥

150·151·152 신곡(지옥편·연옥편·천국편) 단테·박상진 옮김 서울대 권장도서 100선 | 미국
대학위원회 선정 SAT 추천도서 | 국립중앙도서관 선정 청소년 권장도서 | 《뉴스위크》 선정 100대 명저

153 구덩이 플라토노프·정보라 옮김

154·155·156 카라마조프 가의 형제들 도스토예프스키·김연경 옮김 서울대 권장도서 100선
| 국립중앙도서관 선정 청소년 권장도서

157 지상의 양식 지드·김화영 옮김 노벨 문학상 수상 작가

158 밤의 군대들 메일러·권택영 옮김 퓰리처상 수상 작가

159 주홍 글자 호손·김욱동 옮김 서울대 권장도서 100선 | 미국대학위원회 선정 SAT 추천도서

160 깊은 강 엔도 슈사쿠·유숙자 옮김

161 욕망이라는 이름의 전차 윌리엄스·김소임 옮김

162 마사 퀘스트 레싱·나영균 옮김 노벨 문학상 수상 작가

163·164 운명의 딸 아옌데·권미선 옮김

165 모렐의 발명 비오이 카사레스·송병선 옮김

166 삼국유사 일연·김원중 옮김 서울대 권장도서 100선

167 풀잎은 노래한다 레싱·이태동 옮김 노벨 문학상 수상 작가

168 파리의 우울 보들레르·윤영애 옮김

169 포스트맨은 벨을 두 번 울린다 케인·이만식 옮김

170 썩은 잎 마르케스·송병선 옮김 노벨 문학상 수상 작가

171 모든 것이 산산이 부서지다 아체베 · 조규형 옮김 《타임》 선정 현대 100대 영문소설 | 《뉴스위크》 선정 100대 명저

172 한여름 밤의 꿈 셰익스피어 · 최종철 옮김 미국대학위원회 선정 SAT 추천도서

173 로미오와 줄리엣 셰익스피어 · 최종철 옮김 미국대학위원회 선정 SAT 추천도서

174·175 분노의 포도 스타인벡 · 김승욱 옮김 노벨 문학상 수상 작가 | 《타임》 선정 현대 100대 영문소설 | 미국대학위원회 선정 SAT 추천도서 | 《뉴스위크》 선정 100대 명저 | BBC 선정 꼭 읽어야 할 책 | 퓰리처상 수상작

176·177 괴테와의 대화 에커만 · 장희창 옮김

178 그물을 헤치고 머독 · 유종호 옮김 《타임》 선정 현대 100대 영문소설

179 브람스를 좋아하세요... 사강 · 김남주 옮김

180 카타리나 블룸의 잃어버린 명예 하인리히 뵐 · 김연수 옮김 노벨 문학상 수상 작가

181·182 에덴의 동쪽 스타인벡 · 정회성 옮김 노벨 문학상 수상 작가

183 순수의 시대 워튼 · 송은주 옮김 《뉴스위크》 선정 100대 명저 | 퓰리처상 수상작

184 도둑 일기 주네 · 박형섭 옮김

185 나자 브르통 · 오생근 옮김

186·187 캐치-22 헬러 · 안정효 옮김 《타임》 선정 현대 100대 영문소설 | 《뉴스위크》 선정 100대 명저 | BBC 선정 꼭 읽어야 할 책

188 솔로호프 단편선 솔로호프 · 이항재 옮김 노벨 문학상 수상 작가

189 말 사르트르 · 정명환 옮김

190·191 보이지 않는 인간 엘리슨 · 조영환 옮김 《타임》 선정 현대 100대 영문소설 | 미국대학위원회 선정 SAT 추천도서 | 《뉴스위크》 선정 100대 명저

192 왑샷 가문 연대기 치버 · 김승욱 옮김 퓰리처상 수상 작가

193 왑샷 가문 몰락기 치버 · 김승욱 옮김 퓰리처상 수상 작가

194 필립과 다른 사람들 노터봄 · 지명숙 옮김

195·196 하드리아누스 황제의 회상록 유르스나르 · 곽광수 옮김

197·198 소피의 선택 스타이런 · 한정아 옮김 퓰리처상 수상 작가

199 피츠제럴드 단편선 2 피츠제럴드 · 한은경 옮김

200 홍길동전 허균 · 김탁환 옮김

201 요술 부지깽이 쿠버 · 양윤희 옮김

202 북호텔 다비 · 원윤수 옮김

203 톰 소여의 모험 트웨인 · 김욱동 옮김

204 금오신화 김시습 · 이지하 옮김

205·206 테스 하디 · 정종화 옮김 미국대학위원회 선정 SAT 추천도서 | BBC 선정 꼭 읽어야 할 책

207 브루스터플레이스의 여자들 네일러 · 이소영 옮김

208 더 이상 평안은 없다 아체베 · 이소영 옮김

209 그레인지 코플랜드의 세 번째 인생 워커 · 김시현 옮김 퓰리처상 수상 작가

210 어느 시골 신부의 일기 베르나노스 · 정영란 옮김

211 타라스 불바 고골 · 조주관 옮김

212·213 위대한 유산 디킨스 · 이인규 옮김 서울대 권장도서 100선 | BBC 선정 꼭 읽어야 할 책

214 면도날 서머싯 몸 · 안진환 옮김

215·216 성채 크로닌 · 이은정 옮김

217 오이디푸스 왕 소포클레스 · 강대진 옮김 서울대 권장도서 100선 | 미국대학위원회 선정 SAT 추천도서

218 세일즈맨의 죽음 밀러·강유나 옮김

219·220·221 안나 카레니나 톨스토이·연진희 옮김　서울대 권장도서 100선 | 국립중앙도서관
선정 청소년 권장도서 | 《뉴스위크》 선정 100대 명저 | BBC 선정 꼭 읽어야 할 책

222 오스카 와일드 작품선 와일드·정영목 옮김

223 벨아미 모파상·송덕호 옮김

224 파스쿠알 두아르테 가족 호세 셀라·정동섭 옮김　노벨 문학상 수상 작가

225 시칠리아에서의 대화 비토리니·김운찬 옮김

226·227 길 위에서 케루악·이만식 옮김　《타임》 선정 현대 100대 영문소설 | 《뉴스위크》 선정 100대 명저

228 우리 시대의 영웅 레르몬토프·오정미 옮김

229 아우라 푸엔테스·송상기 옮김

230 클링조어의 마지막 여름 헤세·황승환 옮김　노벨 문학상 수상 작가

231 리스본의 겨울 무뇨스 몰리나·나송주 옮김

232 뻐꾸기 둥지 위로 날아간 새 키지·정회성 옮김　《타임》 선정 현대 100대 영문소설 | 《뉴스위
크》 선정 100대 명저

233 페널티킥 앞에 선 골키퍼의 불안 한트케·윤용호 옮김　노벨 문학상 수상 작가

234 참을 수 없는 존재의 가벼움 쿤데라·이재룡 옮김

235·236 바다여, 바다여 머독·최옥영 옮김

237 한 줌의 먼지 에벌린 워·안진환 옮김　《타임》 선정 현대 100대 영문소설

238 뜨거운 양철 지붕 위의 고양이·유리 동물원 윌리엄스·김소임 옮김　퓰리처상 수상작

239 지하로부터의 수기 도스토예프스키·김연경 옮김

240 키메라 바스·이운경 옮김

241 반쪼가리 자작 칼비노·이현경 옮김

242 벌집 호세 셀라·남진희 옮김　노벨 문학상 수상 작가

243 불멸 쿤데라·김병욱 옮김

244·245 파우스트 박사 토마스 만·임홍배, 박병덕 옮김　노벨 문학상 수상 작가

246 사랑할 때와 죽을 때 레마르크·장희창 옮김

247 누가 버지니아 울프를 두려워하랴? 올비·강유나 옮김

248 인형의 집 입센·안미란 옮김

249 위폐범들 지드·원윤수 옮김　노벨 문학상 수상 작가

250 무정 이광수·정영훈 책임 편집　서울대 권장도서 100선

251·252 의지와 운명 푸엔테스·김현철 옮김

253 폭력적인 삶 파솔리니·이승수 옮김

254 거장과 마르가리타 불가코프·정보라 옮김

255·256 경이로운 도시 멘도사·김현철 옮김

257 야콥을 둘러싼 추측들 욘존·손대영 옮김

258 왕자와 거지 트웨인·김욱동 옮김

259 존재하지 않는 기사 칼비노·이현경 옮김

260·261 눈먼 암살자 애트우드·차은정 옮김　《타임》 선정 현대 100대 영문소설

262 베니스의 상인 셰익스피어·최종철 옮김

263 말리나 바흐만·남정애 옮김

264 사볼타 사건의 진실 멘도사·권미선 옮김

265 뒤렌마트 희곡선 뒤렌마트·김혜숙 옮김

266 이방인 카뮈·김화영 옮김 노벨 문학상 수상 작가 | 미국대학위원회 선정 SAT 추천도서

267 페스트 카뮈·김화영 옮김 노벨 문학상 수상 작가 | 국립중앙도서관 선정 청소년 권장도서

268 검은 튤립 뒤마·송진석 옮김

269·270 베를린 알렉산더 광장 되블린·김재혁 옮김

271 하얀 성 파묵·이난아 옮김 노벨 문학상 수상 작가

272 푸슈킨 선집 푸슈킨·최선 옮김

273·274 유리알 유희 헤세·이영임 옮김 노벨 문학상 수상 작가

275 픽션들 보르헤스·송병선 옮김 서울대 권장도서 100선

276 신의 화살 아체베·이소영 옮김

277 빌헬름 텔·간계와 사랑 실러·홍성광 옮김

278 노인과 바다 헤밍웨이·김욱동 옮김 노벨 문학상 수상 작가 | 퓰리처상 수상작

279 무기여 잘 있어라 헤밍웨이·김욱동 옮김 노벨 문학상 수상 작가 | 미국대학위원회 선정 SAT 추천도서

280 태양은 다시 떠오른다 헤밍웨이·김욱동 옮김 노벨 문학상 수상 작가 | 《타임》 선정 현대 100대 영문 소설 | 《뉴스위크》 선정 100대 명저

281 알레프 보르헤스·송병선 옮김

282 일곱 박공의 집 호손·정소영 옮김

283 에마 오스틴·윤지관, 김영희 옮김

284·285 죄와 벌 도스토예프스키·김연경 옮김 미국대학위원회 선정 SAT 추천도서 | BBC 선정 꼭 읽어야 할 책

286 시련 밀러·최영 옮김

287 모두가 나의 아들 밀러·최영 옮김

288·289 누구를 위하여 종은 울리나 헤밍웨이·김욱동 옮김 노벨 문학상 수상 작가 | 《뉴스위크》 선정 100대 명저

290 구르브 연락 없다 멘도사·정창 옮김

291·292·293 데카메론 보카치오·박상진 옮김

294 나누어진 하늘 볼프·전영애 옮김

295·296 제브데트 씨와 아들들 파묵·이난아 옮김 노벨 문학상 수상 작가

297·298 여인의 초상 제임스·최경도 옮김 미국대학위원회 선정 SAT 추천도서

299 압살롬, 압살롬! 포크너·이태동 옮김 노벨 문학상 수상 작가

300 이상 소설 전집 이상·권영민 책임 편집

301·302·303·304·305 레 미제라블 위고·정기수 옮김

306 관객모독 한트케·윤용호 옮김 노벨 문학상 수상 작가

307 더블린 사람들 조이스·이종일 옮김

308 에드거 앨런 포 단편선 앨런 포·전승희 옮김 미국대학위원회 선정 SAT 추천도서

309 보이체크·당통의 죽음 뷔히너·홍성광 옮김

310 노르웨이의 숲 무라카미 하루키·양억관 옮김

311 운명론자 자크와 그의 주인 디드로·김희영 옮김

312·313 헤밍웨이 단편선 헤밍웨이·김욱동 옮김 노벨 문학상 수상 작가

314 피라미드 골딩·안지현 옮김 노벨 문학상 수상 작가

315 닫힌 방·악마와 선한 신 사르트르·지영래 옮김

316 등대로 울프·이미애 옮김 《타임》 선정 현대 100대 영문소설 | 《뉴스위크》 선정 100대 명저 | BBC

선정 꼭 읽어야 할 책 | 미국대학위원회 선정 SAT 추천도서

317·318 한국 희곡선 송영 외·양승국 엮음

319 여자의 일생 모파상·이동렬 옮김

320 의식 노터봄·김영중 옮김

321 육체의 악마 라디게·원윤수 옮김

322·323 감정 교육 플로베르·지영화 옮김

324 불타는 평원 룰포·정창 옮김

325 위대한 몬느 알랭푸르니에·박영근 옮김

326 라쇼몬 아쿠타가와 류노스케·서은혜 옮김

327 반바지 당나귀 보스코·정영란 옮김

328 정복자들 말로·최윤주 옮김

329·330 우리 동네 아이들 마흐푸즈·배혜경 옮김 노벨 문학상 수상 작가

331·332 개선문 레마르크·장희창 옮김

333 사바나의 개미 언덕 아체베·이소영 옮김

334 게걸음으로 그라스·장희창 옮김 노벨 문학상 수상 작가

335 코스모스 곰브로비치·최성은 옮김

336 좁은 문·전원교향곡 배덕자 지드·동성식 옮김 노벨 문학상 수상 작가

337·338 암 병동 솔제니친·이영의 옮김 노벨 문학상 수상 작가

339 피의 꽃잎들 응구기 와 시옹오·왕은철 옮김

340 운명 케르테스·유진일 옮김 노벨 문학상 수상 작가

341·342 벌거벗은 자와 죽은 자 메일러·이운경 옮김 퓰리처상 수상 작가

343 시지프 신화 카뮈·김화영 옮김 노벨 문학상 수상 작가

344 뇌우 차오위·오수경 옮김

345 모옌 중단편선 모옌·심규호, 유소영 옮김 노벨 문학상 수상 작가

346 일야서 한사오궁·심규호, 유소영 옮김

347 상속자들 골딩·안지현 옮김 노벨 문학상 수상 작가

348 설득 오스틴·전승희 옮김

349 히로시마 내 사랑 뒤라스·방미경 옮김

350 오 헨리 단편선 오 헨리·김희용 옮김

351·352 올리버 트위스트 디킨스·이인규 옮김

353·354·355·356 전쟁과 평화 톨스토이·연진희 옮김

357 다시 찾은 브라이즈헤드 에벌린 워·백지민 옮김

358 아무도 대령에게 편지하지 않다 마르케스·송병선 옮김

359 사양 다자이 오사무·유숙자 옮김

360 좌절 케르테스·한경민 옮김 노벨 문학상 수상 작가

361·362 닥터 지바고 파스테르나크·김연경 옮김 노벨 문학상 수상 작가

363 노생거 사원 오스틴·윤지관 옮김

364 봄눈 미시마 유키오·윤상인, 손혜경 옮김(근간)

365 마왕 투르니에·이원복 옮김 공쿠르상 수상 작가

세계문학전집은 계속 간행됩니다.